CORAÇÕES CONGELADOS

DE FOGO & FAE LIVRO I

CORAÇÕES CONGELADOS

DAY LEITAO

SPARKLY WAVE

MONTREAL, 2023

ÍNDICE

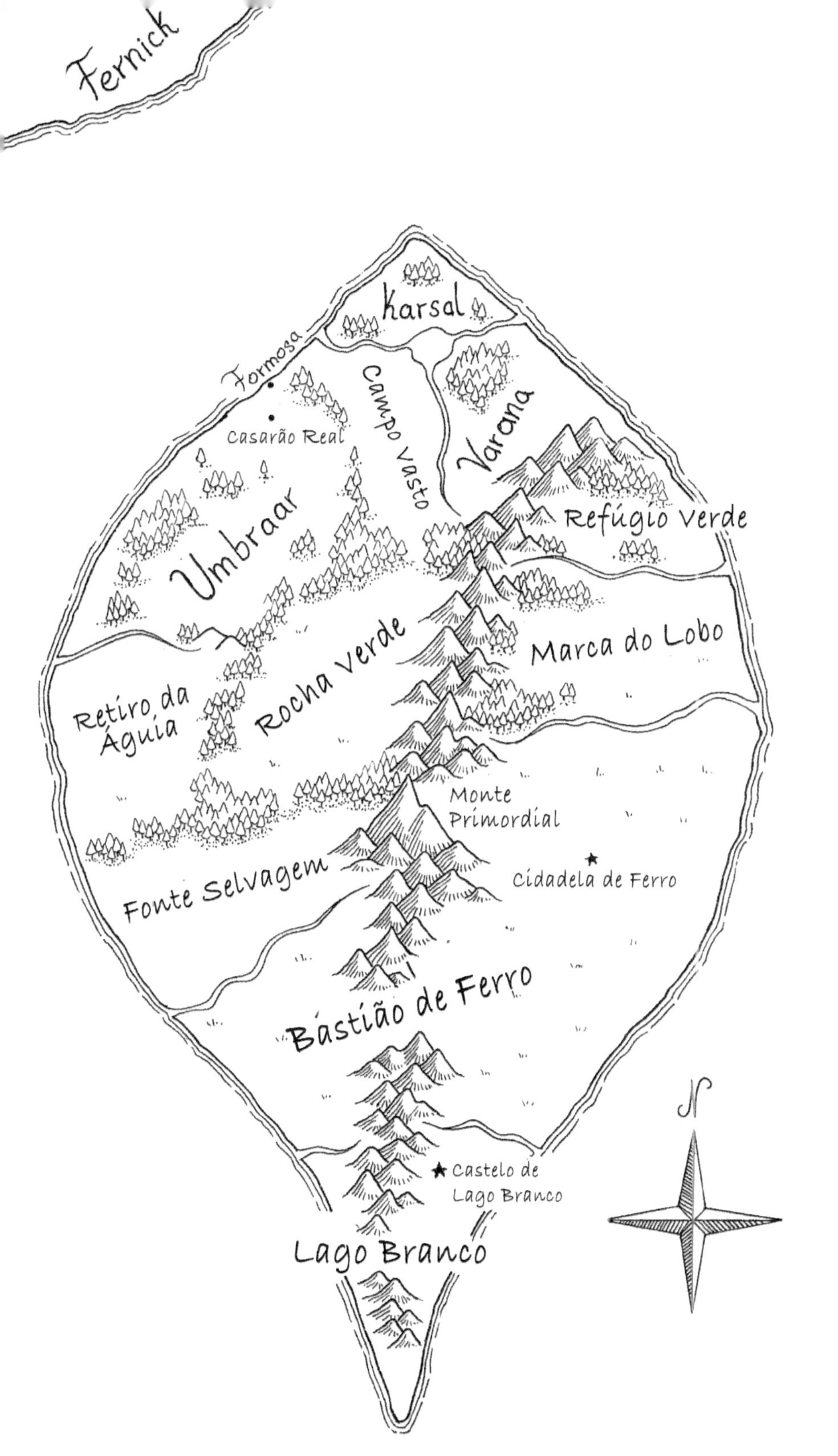

Fernick
Karsal
Formosa
Casarão Real
Campo Vasto
Varana
Umbraar
Refúgio Verde
Rocha Verde
Marca do Lobo
Retiro da Águia
Monte Primordial
Fonte Selvagem
Cidadela de Ferro
Bastião de Ferro
Castelo de Lago Branco
Lago Branco
N

Nota da Tradução

Traduzir é fazer escolhas.

É rara a palavra que só tem uma possibilidade de tradução, e impossível a frase que só tem uma alternativa. Assim, traduzir não é só transpor de uma língua para outra, mas principalmente escolher como fazer essa transposição.

Em algum momento no passado, algum tradutor escolheu traduzir *fae* ou *fey* como *feérico*. É uma escolha bem inteligente, para evitar a palavra feminina *fada*. No entanto, eu acho *feérico* uma palavra muito dura, que não combina com essas criaturas mágicas, pelo menos não da forma como eu as vejo.

Minha escolha, então, foi deixar *fae* como *fae*, mesmo, e acrescentar o plural *faes*, que não existe no inglês, mas que achei que ajudaria com a clareza. Eu não gosto muito de não traduzir termos, mas *fae* ou *fey*, mesmo em inglês, é uma palavra que soa levemente estrangeira, levemente estranha, que nem tem um padrão de escrita definido, e foi mais uma razão pela qual eu quis deixar sem traduzir; quis deixar a palavra soando estranha, como se vinda de um outro mundo, o que eu acho que fica legal para descrever esses seres mágicos.

Não é certo nem errado: é uma questão de escolha, e espero que os leitores acostumados a ler a palavra *feérico* entendam. Eu estou na posição privilegiada de ser tradutora e escritora e, de certa forma, posso traduzir como eu quero. No meu mundo, esses seres se chamam *faes* em português, mas nada impede que tenham outro nome (e outras características) em outros livros.

I

O SEGREDO NA FLORESTA

Os dedos dos pés de Naia estavam gelados, e ela ainda não tinha ideia de que insanidade a tinha feito sair do calor de sua cama, nenhuma ideia do que a tinha forçado a escapar pela janela, nenhuma ideia do porquê de ela estar debaixo da chuva no meio da noite. Uma sensação estranha, um palpite, como uma coceira que ela não conseguia alcançar.

Pena que o palpite tenha esquecido de avisá-la que aqueles chinelos iriam ficar encharcados do lado de fora. Mas então, será que ela realmente precisava ser lembrada do óbvio? O bom senso não era o companheiro dela esta noite. De jeito nenhum.

Era como se algo a chamasse, a puxasse, mas o que quer que fosse, talvez estivesse indo longe demais, pois agora ela estava deixando o jardim do casarão e entrando no Bosque Sombrio. Se ela continuasse, eventualmente encontraria um dos guardas reais estacionados na floresta ao redor da propriedade, e daí ela não queria nem imaginar todas as explicações que teria que dar.

Quando ela se imaginava sentada em frente ao seu pai, a parte que mais temia não era deixá-lo irritado ou preocupado, mas que ele soubesse que ela podia dobrar as barras de ferro da janela. Ele provavelmente colocaria lá algumas treliças de madeira ou algo assim, o que significa o fim dos seus passeios aleatórios em horas estranhas. E daí, *tchau, liberdade.*

Que pensamento horrível. Mas ela se perguntou como ele nunca tinha adivinhado que *barras de metal* não conteriam uma *condutora de ferro*. Certo. Como se ele achasse que a magia dela valesse alguma coisa. Ao menos ser subestimada tinha suas vantagens. Uau, congelar na chuva, que magnífico privilégio!

O pior era que agora tudo estava ficando difícil de ver, pois a luz das lâmpadas do jardim estava sumindo na escuridão, e qualquer som diferente seria abafado pelas gotas de chuva que caíam sobre as árvores e as folhas rugindo com o vento.

Sozinha na floresta escura no meio da noite, com os pés molhados, sem saber porque ela estava ali. Esta seria a hora de voltar para seu quarto quente e suas meias secas. Ai, a maravilha das meias secas. E, ainda assim, havia algo lá fora. Algo... Nada que ela devesse temer. Muito pelo contrário, era algo que a chamava.

De olhos fechados, ela se conectou com a sua mágica, mas não conseguia sentir nenhum tipo de metal, a não ser os traços de ferro no fundo da terra. Ela deu mais alguns passos na floresta, tentando sentir o que estava lá — daí tropeçou em uma raiz e quase caiu. Ela deveria ter prestado mais atenção onde pisava.

Naia olhou para trás. Muito clara para ser casca de árvore. Quando ela tocou na raiz, percebeu que era macia, como... pele. Era uma pessoa. Uma pessoa, deitada de bruços, sem camisa, inconsciente — ou morta.

Naia verificou o pulso. A pessoa estava viva. Mas a mão estava tão fria. Ela estava prestes a gritar e chamar os guardas, chamar alguém para que pudesse trazer um médico, quando notou as unhas. Unhas pontudas e escuras.

Um arrepio correu pela sua espinha. Não poderia ser. Por outro lado, o cabelo comprido não era branco ou loiro pálido. Mesmo encharcado e barrento, parecia castanho ou pelo menos loiro escuro. Ela puxou parte dele atrás de uma orelha — e respirou fundo.

Aquele era o seu inimigo.

Claro, ela só tinha ouvido falar deles em histórias; a temida raça que tinha arrasado cidades, matado seus avós, quase livrado a Alúria dos humanos.

Até que eles desapareceram.

Seu pai sempre disse que um dia eles voltariam. Aqui estava a prova de que ele estivera certo.

Com unhas escuras e orelhas pontiagudas, era um fae.

Ela tocou o topo da cabeça dele e encontrou chifres pontudos, virados para trás. Fae, com certeza. Mas essas criaturas em Alúria eram supostamente monstruosas, com cabelos loiros-brancos, garras afiadas e olhos vermelhos. Bem, as mãos tinham unhas pontiagudas. Mas, ao mesmo tempo, havia algo tão humano, tão vulnerável neste fae, inconsciente na floresta, talvez quase morrendo. Um rapaz, baseado no tamanho de seus braços e costas e no que ela podia ver de seu rosto.

Naia engoliu a seco, seu coração batendo forte em seu peito. Ela deveria chamar os guardas. E depois? O fae seria espancado, talvez pior. Mas ele era um inimigo. Ou talvez não. Tanto tempo tinha passado. Este poderia ser um único sobrevivente ou talvez alguém que não tivesse nada a ver com a guerra passada. Ou talvez uma outra raça feérica, do outro lado do mar.

Talvez, talvez. Cada segundo em que ela pensava era um segundo em que ele ficava naquele chão frio. Naia não era uma curandeira. Mas chamar os guardas ou seu pai poderia selar o destino dele, e ela não sabia se iria querer essa culpa. Ela tinha uma escolha a fazer.

Naia se levantou e correu de volta para seu quarto, depois foi até a cozinha. Lá, pegou a maior bandeja que conseguiu encontrar, uma que eles usavam para servir javalis inteiros. Às vezes, ela utilizava sua magia de metal para transportar animais que ela caçava, e aquela era a única maneira que ela podia se imaginar trazendo aquele fae para dentro.

Talvez ela devesse chamar Fel para ajudá-la. Não. Seu irmão definitivamente iria querer contar ao pai deles e, por enquanto, ela não tinha certeza se seria uma boa ideia. Sim, a magia maravilhosa do gêmeo dela provavelmente seria útil, mas... O fae era o segredo dela e talvez ela quisesse mantê-lo assim.

Levando a bandeja e também um cobertor do seu quarto, voltou para aquele lugar na floresta, quase com medo de que alguém o tivesse encontrado ou que ele tivesse desaparecido de alguma forma, mas ele ainda estava lá, ainda inconsciente. Ela colocou o cobertor sobre a bandeja e daí, com algum esforço, rolou o fae em cima da coberta. Com sorte, isso evitaria que o ferro o machucasse. Se fosse verdade que o ferro os machucava. Se ele fosse realmente um fae.

Ela esperava que ele não fosse um fae branco, que isso não significasse que eles estavam voltando, não significasse que outra guerra estava para começar. Ainda assim, por enquanto, ela só queria salvá-lo; caso contrário ela nunca saberia porque fora atraída por ele, quem ele era, ou o que ele estava fazendo ali.

Levá-lo até o quarto dela não ia ser fácil. Naia suspirou. O peso sobre o metal não deveria fazer diferença, exceto que ela sempre achava que sim, e daí tinha dificuldade para mover objetos pesados. Fel seria capaz de levar aquele fae para dentro sem sequer piscar ou mesmo soltar uma gota de suor.

Blá, blá, blá. No mínimo foi assim que a mágica dela tinha virado uma porcaria; confiando tanto no seu gêmeo. Ela suspirou novamente, e então sentiu sua conexão com o ferro. Não era que ele a chamasse, mas ela conseguia sentir o metal como se fosse uma extensão de seu próprio corpo.

Naia fez a bandeja flutuar com o fae sobre ela, levando-a cuidadosamente para os jardins. Ainda bem que não havia ninguém lá. Ela se aproximou de sua janela, moveu as barras novamente, depois abriu bem os vidros, para dar espaço para o fae inconsciente.

Essa era a parte mais difícil: um erro poderia fazê-lo cair e quebrar seu pescoço. Se é que faes quebravam seus ossos.

Por enquanto, ela levantou a mão, mesmo sabendo que isso não fazia diferença para a magia, e guiou a bandeja através de sua janela. Seu braço começou a tremer e, sentindo que não conseguiria mais segurar, deixou cair a bandeja lamacenta, o cobertor e o fae em sua cama.

Que bagunça.

Naia entrou, fechou a janela e moveu as barras de ferro de volta ao seu lugar original.

O quarto estava frio, então ela colocou mais lenha no fogo e só depois se virou para olhar para a cama. Era um rapaz, apesar de suas orelhas pontudas, que nem eram tão visíveis sob seus longos cabelos castanhos ondulados. Os dois chifres em cima de sua cabeça faziam diferença, mas de alguma forma era como se eles pertencessem à ele. Ele tinha um queixo quadrado com lábios delicados e sem barba. Era o mais diferente de um monstro que ela poderia imaginar. Agora, faes brancos, até onde ela sabia, tinham cabelos claros, então ela não tinha certeza do que fazer com ele. A pele dele era muito mais clara que a dela, mas o cabelo dele era castanho, também mais claro que o seu próprio cabelo preto, mas definitivamente não era loiro pálido.

Com cuidado, Naia puxou a bandeja de metal de baixo dele, depois pegou outro cobertor e secou seu cabelo, torso e calças, evitando as partes bizarras. Ele não tinha feridas visíveis nem febre, seu único problema era que ele estava gelado. Ela aqueceu um cobertor junto ao fogo e o colocou em torno dele. O quarto não estava mais tão frio, então isso também deveria ajudar.

Naia se levantou, ficou ao lado dele, e verificou seu pulso novamente. Ainda vivo. Tomara que seu problema tenha sido apenas frio. Para uma criatura chamada de monstruosa, ele era bastante vulnerável, bastante... humano. Ela tocou um de seus chifres. A textura era diferente do que ela esperava. Apesar de sua aparência lisa, era áspero. Ela passou o dedo por cima dele, fascinada. Esta seria provavelmente a única vez em que estaria tão perto de um fae. Bem, talvez aquela fosse a única vez em que ela estaria perto de um belo rapaz, pelo menos se dependesse do pai dela. A voz dele ecoou na mente dela, dizendo que não precisava se casar, que ela era tão sortuda, tão forte, tão independente.

Se desejos românticos e sonhos com beijos eram fraquezas, então ela estava longe de ser forte. Ela tinha dezessete anos e não tinha ideia se era normal ou não, nenhuma ideia do que uma garota de sua idade estaria fazendo ou pensando. Nenhuma ideia sobre nada, apenas alguns desejos estranhos. E talvez fosse por isso que ela estava mantendo o fae em segredo. Era bom olhar para seu rosto bonito com lábios delicados, sozinha, quando ninguém saberia o que ela estava fazendo. Era bom olhar para ele enquanto ele não podia vê-la, não podia julgá-la. Mesmo que ele fosse provavelmente seu inimigo e provavelmente tivesse olhos vermelhos horríveis, pelo menos ela estava tendo este momento.

Mais e mais gotículas, depois gotas de água atingiram a janela e o telhado à medida que o chuvisco se transformava em chuva grossa. O barulho alto lá fora era um conforto caso um de seus pensamentos escapasse de sua cabeça e se transformasse em palavras. Pensamentos. Bobagem.

O cheiro da chuva estava tomando conta da sala, um cheiro tão intoxicante e maravilhoso que ela fechou os olhos por um momento para se deleitar com aquele sentimento. Estranho como ela nunca havia notado o cheiro da chuva. Talvez porque ela nunca tivesse trazido um jovem molhado e com lama para dentro.

Um jovem que ela esperava que sobrevivesse. Ele tinha que sobreviver. Até mesmo o coração dela começou a palpitar de preocupação. Tanta preocupação por ele... Bem, é claro. Ela tinha que descobrir quem ele era e o que estava fazendo ali. Na verdade, como princesa, obter essa informação era seu dever.

Assim como contar tudo para o pai dela.

Mas ela poderia ignorar essa parte por enquanto. Afinal, ela havia sido a única a ir lá fora e molhar os pés.

Ao pensar nisso, ela se lembrou dos seus dedos dos pés dormentes, então tirou os sapatos e sentou-se à lareira, imaginando como seria horrível ter o corpo todo frio daquele jeito. Após alguns minutos, quando sentiu que seus pés haviam descongelado, ela se levantou. Quando estava prestes a se virar, algo a empurrou.

Naia se viu de cara para baixo em seu tapete, o fae em cima dela, com uma mão ao redor de seu pescoço, como se estivesse prestes a estrangulá-la. Antes mesmo de processar o que estava acontecendo, ela chamou um atiçador de ferro e bateu no braço dele, depois entre suas pernas. Seu irmão tinha dito que os homens eram frágeis lá ou algo assim, e parecia ser verdade, porque o fae gritou de dor e a soltou. Naia aproveitou a oportunidade para empurrá-lo e rolar para longe.

Inimigo. Monstro. Ela deveria saber que ele poderia ser perigoso.

Naia se levantou, ainda apontando o atiçador para ele.

— É assim que você me agradece por salvar sua vida, seu idiota ingrato?

Tremendo no chão, suas unhas pontudas segurando o cobertor ao redor do corpo, ele se virou para encará-la, seus olhos bem abertos. Aqueles olhos. Eles não eram vermelhos, mas sim um marrom quente. Olhos de mogno, agora movendo-se como se fosse para verificar o quarto, verificar onde ele estava. E nenhum sinal de que ele tivesse sequer ouvido a pergunta dela.

— Você fala minha língua? — ela perguntou.

Ele olhou para ela e franziu a testa.

— Não.

Maravilha. Estava se perguntando como ele havia respondido a ela, quando ele acrescentou:

— *Você* fala minha língua.

Ela rolou os olhos. Alúria tinha sua própria linguagem. Era antiga, sim. Ela nunca havia pensado sobre sua origem. Mas essa nem era a questão.

— Por que você não pode me responder, então?

— Eu acabei de responder, não? — Ele permaneceu no chão, uma expressão casual em seu rosto, como se ele estivesse relaxando lá.

— Eu quis dizer a primeira pergunta. Eu salvei sua vida e ainda posso decidir se conto a alguém sobre você, então, se eu fosse você, eu faria um esforço para ser gentil.

Ele franziu a sobrancelha, como se estivesse pensando, e daí riu.

— Você? Me salvou?

Naia encolheu os ombros.

— É uma coisa de fae deitar quase pelado do lado de fora na chuva?

Uma borda de um sorriso apareceu em seus lindos lábios.

— Bem... Talvez não na chuva. Não... — Ele levantou o cobertor enrolado à sua volta e espreitou por baixo dele. — Quase pelado, você diz?

— E inconsciente. Eu o trouxe aqui. Não vou aceitar nada menos que servidão eterna como agradecimento. — Ela estava brincando. Ou, talvez, testando-o.

Ele piscou lentamente.

— Servidão eterna? — Ele desviou o olhar, como se estivesse pensando, então passou suas unhas escuras pelo cabelo. — Eu precisaria concordar com isso.

Naia riu.

— Eu não estava falando sério. Mas eu quero um pedido de desculpas por ter me atacado. E mantenha sua voz baixa. Você não quer que meu pai te encontre aqui. — Nem ela queria isso, na verdade.

Ele se levantou, fazendo com que ela se sentisse pequena, o que era estranho, porque ela mesma não era baixa e isso significava que ele era ainda mais alto que seu irmão. Ela quase deu um passo para trás, mas se manteve firme. Não ia deixar que ele pensasse que poderia intimidá-la.

Mas então o fae fez uma pequena reverência, colocou sua mão na cabeça, entre seus chifres, como se estivesse tonto, e sentou-se na cama, olhando-a com curiosidade.

— Eu não queria machucá-la, e não sabia que você tinha... me trazido... com boa intenção. — Suas palavras foram cuidadosas, como se as estivesse medindo.

Ela olhou fixamente para ele.

— Você não quer admitir que eu o salvei?

A expressão dele era relaxada, entediada, mesmo.

— Nós não temos como saber o que poderia ter acontecido.

Ela foi até a janela e tocou no trinco.

— É tudo uma questão de experimentar. Você pode ir lá fora e ver. Não vai ser justo porque você está consciente agora, mas a gente pode tentar.

Claro que ela não queria que ele saísse, mas não achava que ele estava pronto para ir a qualquer lugar, e era irritante que ele nem sequer lhe agradecesse.

— Ainda não vai provar nada sobre o passado. A menos que você queira que eu vá embora. — Ele inclinou sua cabeça e estreitou seus lindos olhos. — Mas você não quer, quer?

— Não antes de eu saber quem você é e o que está fazendo aqui.

Ele olhou para cima, uma expressão divertida em seu rosto.

— Mas essas são perguntas tão profundas. Você sabe quem você é e o que está fazendo neste lugar?

Ela riu.

— Claro que sim.

Houve uma batida na porta. Naia ficou tensa, daí jogou outro cobertor sobre ele e sussurrou:

— Deite e se esconda.

O fae franziu a testa, mas foi para baixo dos cobertores. Engraçado como ele não discutiu quando era algo para o bem dele. Tomara que fosse só o irmão dela e que não tenha ouvido a voz do fae. Com a tempestade lá fora, ele não deveria ouvir nada.

Naia abriu a porta só o suficiente para ver o seu gêmeo de pé no corredor, seu longo cabelo preto bagunçado, o que era raro.

— Fel? Alguma coisa errada?

— Eu... — Ele esticou o pescoço como se estivesse tentando olhar dentro do quarto.

De jeito nenhum ele veria a cama daquele ângulo e, mesmo que a visse, ela pareceria apenas desarrumada. Ainda assim, isso a estava irritando. Fel franziu a testa, pensativo.

— Eu achei que eu ouvi... Você está bem?

Naia fingiu uma tosse.

— Sim, tudo bem. Você provavelmente ouviu a chuva. — Ela tossiu de mentira de novo. — Ou eu.

O gêmeo dela estreitou seus olhos verdes como se suspeitasse alguma coisa, mas sorriu.

— Você está escondendo algo?

Ela soltou um riso nervoso.

— O que eu tenho pra esconder?

Fel deu de ombros.

— Você me diz. Mas você precisa de algo para essa tosse. — Então se virou e foi embora, sem sequer dizer boa noite nem nada.

Estranho. Bem, pelo menos ele não ia ficar para conversar ou checar seu quarto. Naia fechou e trancou a porta, depois caminhou de volta para a cama e retirou o cobertor extra.

O fae pareceu curioso e virou sua cabeça para a porta, quase como se apontasse para ela com um dos seus chifres.

— Isso é... mágica de metal?

Certo. Ele não quis dizer a mágica de Naia, que tinha trazido ele para o quarto e salvado sua vida, mas a de seu irmão. Pelo lado positivo, pelo menos isso era uma informação.

— Então você sabe sobre a nossa mágica.

Os olhos dele eram bastante cativantes ao olhar para cima, pensando.

— Eu diria... não. Eu tinha a impressão de que só as famílias reais tinham magia entre os humanos.

Naia cerrou seus punhos.

— E o que você acha que somos?

Ele estreitou seus olhos.

— Isto é... um castelo?

— Uma mansão. Confortável o suficiente. A gente não tem uma obsessão em ostentar.

— Interessante. — O fae respirou fundo, seus olhos examinando o quarto com ainda mais curiosidade do que antes. — E aqui não é Bastião de Ferro. — Aquele era o reino do metal, e isso significava que ele conhecia Alúria muito bem, sabendo sobre sua magia e até mesmo o nome de um reino. Seus olhos se estreitaram, novamente olhando ao redor do quarto e depois se fixando nela. — Onde estamos?

Ela cruzou os braços.

— Eu não sei. E se a gente trocar uma resposta por uma resposta?

Os lábios dele formaram uma pitada de um sorriso.

— Você pode mentir.

— Você também.

Ele rolou seus lindos olhos de mogno.

— Eu sou um lendário.

Lendário. Isso era o que os faes brancos se chamavam. Então ele *era* o inimigo. Naia tinha que pisar com cuidado.

— Não fae?

Ele exalou, como se estivesse irritado, então balançou sua cabeça.

— Lendário. Mas você pode me chamar do que quiser. E nós não mentimos. Isso não significa que eu tenha que responder a nada.

— Então você não vai me agradecer ou responder minhas

perguntas. Sabe, eu posso chamar meu pai, que vai te colocar em uma masmorra.

— E depois me acorrentar em ferro e me torturar até a morte. — Seus olhos se estreitaram. — Você está orgulhosa disso, humanazinha?

— Eu ainda não fiz nada para me orgulhar ou me envergonhar, *faezinho*.

— River.

A palavra não fez sentido, até que ele acrescentou:

— Meu nome.

De alguma forma, a honestidade e a suavidade em sua voz a fizeram tremer, mas não era medo, era algo... ela não estava certa do que era. Naia não queria que ele notasse a reação dela e riu:

— Não tem toda uma história em saber o nome de um fae?

Ele encolheu os ombros.

— Quem sabe? Quem sabe se o nome é de verdade? Mas você pode me chamar de River. — Ele então olhou para ela com um sorriso divertido. — Agora, quem é a minha linda aspirante a salvadora?

Naia sentiu uma leve vibração em seu estômago, mas a ignorou.

— Não sou sua. Nem aspirante.

Ele piscou lentamente, talvez para mostrar seus longos cílios.

— Desculpa. Eu fiquei com a impressão de que você achava que tinha salvado minha vida. Não é o caso?

— Não é uma impressão. Eu *salvei* sua pele ingrata. Eu te digo meu nome se você me disser o que você está fazendo aqui.

River assentiu.

— Sim. É um acordo justo.

Assim? Tão facilmente? Ele então disse:

— Seu nome primeiro.

É claro que não seria *tão* fácil *assim*. Mas se fosse um truque, ao menos ela iria descobrir se ele poderia mentir ou não.

— Naia. Apelido de Irinaia.

— Naia — ele repetiu lentamente, como se estivesse saboreando uma bebida. — Soa como música. Ele sorriu. — Estou sentado em uma cama, sem saber onde, falando com uma garota incrivelmente linda.

O que ele estava fazendo aqui. Era uma resposta correta. Descarado. E era a segunda vez que ele a chamava de linda, provavelmente esperando alguma reação, que ela não ia lhe dar, mesmo que fosse a primeira vez na vida dela que alguém a chamasse assim — além de seu irmão, o que não contava. Ela sabia que era apenas uma maneira educada de conseguir a atenção de uma mulher e não significava nada. É claro que não significava nada. Mesmo assim, era interessante saber que os faes também faziam isso.

Naia sorriu.

— Genial. Eu jamais poderia ter adivinhado.

Ele devolveu o sorriso, como se estivesse satisfeito.

— O prazer foi meu.

Outra batida na porta.

— Se esconde — sussurrou ela. Desta vez, ela notou uma pitada de medo nos olhos dele. Isto era bom e significava que ela poderia ameaçá-lo para obter respostas.

Novamente, ela abriu a porta apenas um pouco, e viu Fel, desta vez segurando uma xícara. Ela sempre admirava como ele fazia isso bem.

— Sim?

Ele estendeu sua mão com luvas, um movimento que fazia tão graciosamente.

— Chá de hortelã. Para a sua tosse.

Seu gêmeo era um tesouro, mesmo que sua perfeição às vezes fosse irritante. Naia balançou a cabeça.

— Não precisava.

— Temos que sempre apoiar um ao outro.

O pai deles tinha martelado na cabeça deles essa frase, que Naia odiava. Para ela, significava um dia ver seu irmão se tornar rei enquanto ela precisaria se contentar em ser apenas sua conselheira. Para seu gêmeo, *apoiar um ao outro* significava fazer chá no meio da noite.

Ela pegou a xícara.

— Obrigada. Eu vou tentar dormir agora, se você não se importar.

Fel empurrou a porta antes que ela tivesse tempo de detê-lo. Por um momento ela sentiu um arrepio no estômago, temendo que ele visse o que estava na cama, mas tudo o que ele fez foi dar um beijo na testa dela.

— Dorme bem, irmãzinha. Não vou te incomodar, mas me chame se precisar de alguma coisa.

— Sim — ela sorriu, depois o observou se afastar. De fato, um tesouro.

Aquela era a primeira vez que ela mentia para seu irmão, e a culpa a corroía. Até agora, havia compartilhado tudo com ele, e era estranho esconder algo. Fel fazia com que fosse muito difícil não gostar dele. Ou se ressentir com ele. Ou mentir para ele. Mesmo assim, ela fechou a porta, depois encostou o ouvido nela, para ter certeza de que os passos estavam recuando pelo corredor.

Talvez ela pudesse ter contado a ele sobre River. Mas não tinha contado. Naia se virou — e viu o fae olhando para ela com atenção.

— O quê? — perguntou ela.

Ele se virou, uma expressão entediada em seu rosto perfeito.

— Nada.

Naia sentou na cama e lhe ofereceu a xícara.

— Toma um pouco. Chá quente é bom quando a gente está com frio.

River se encolheu, olhando para a xícara como se tivesse veneno.

— Eu não estou com vontade.

— Meu irmão me preparou esse chá. Você sabe que ele não quer me ver morta, certo?

Ele levantou uma sobrancelha.

— Nunca se sabe. E o chá está fedendo a magia de metal.

Naia rolou seus olhos.

— A magia de metal não cheira mal. — Ela realmente esperava que não, caso contrário, ele ia achar o cheiro dela horrível. — E o chá é só hortelã. Que eu gosto.

Naia balançou a cabeça, tomou um gole, depois colocou a xícara em uma mesa de canto, enquanto River ainda a olhava com repulsa.

Ele respirou fundo, então seu rosto ficou sério de uma vez.

— Me peça alguma coisa.

— Por quê? Agora você vai responder?

— Não uma pergunta. É pra você pedir algo. Você acha que me salvou e eu não consigo te convencer que não, então peça algo em troca.

— Devoção eterna.

As palavras saíram da boca dela novamente. Ela sabia que ele nunca concordaria com isso, mas queria ver a reação dele.

River respirou fundo. Novamente, um traço de medo cruzou seus olhos, mas daí ele riu.

— Não isso. Algo simples.

Esse medo... significava algo. Ela tinha espaço para manobrar, tinha uma abertura para conseguir o que queria, mas precisava fazer isso direito.

— Vou pensar. Mas antes disso... Você viu meu irmão, certo? Eu poderia ter contado a ele sobre você, e não contei. Agora, vou manter sua presença aqui em segredo, desde que você responda às minhas perguntas.

Ele fez uma cara de confuso.

— Eu não me recusei a responder nada, sabe?

Não tinha provocação, travessura ou desafio em seu rosto, como se ele fosse o fae mais prestativo do mundo. Se ele queria fingir ser simpático, era melhor aproveitar a oportunidade.

— Por que você veio a esta casa? O que você estava fazendo no bosque?

Ele pausou, daí respondeu lentamente:

— Eu não quis fazer nenhuma dessas coisas, portanto, não posso lhe dar uma razão, Naia. Eu estou me perguntando tanto quanto você.

Ela respirou fundo, então decidiu perguntar algo diferente:

— Por que seu povo desapareceu?

Ele mordeu o lábio e teve uma expressão pensativa por um segundo, depois encolheu os ombros, como se estivesse preguiçoso.

— Nós não desaparecemos. Eu estou aqui.

Ela franziu a testa.

— Vocês estão planejando voltar?

— Você se refere ao meu povo. Bem, você sabe tudo o que os humanos planejam?

— Nós somos muitos reinos em Alúria. Vocês são apenas um.

River balançou a cabeça.

— Isso não significa que eu saiba de tudo.

Os olhos dele se fixaram nos dela. Parecia que estava chovendo no quarto, mas era como uma sensação fresca e reconfortante de chuva de verão. Não parecia que ele estava tentando enganá-la. Havia abertura e honestidade em seus lindos olhos castanho-avermelhados com cílios longos. Seu rosto era tão perfeito, como um desenho ou uma escultura irrealista, e estava chamando por ela. Seus lábios estavam chamando por ela.

Naia desviou o olhar, tentando se concentrar, mas até mesmo o cheiro da chuva estava dominando seus sentidos. *Concentre-se, Naia.*

Ela olhou de volta para dele, fazendo um esforço para não prestar atenção ao seu olhar surpreendentemente atraente. Havia muita coisa que ela queria entender e não podia se dar ao luxo de se distrair.

— Você é o primeiro fae a ser visto em Alúria em muitos anos. Deve haver uma razão.

A postura dele ficou rígida e seus olhos se arregalaram, daí ele desviou o olhar. Ou talvez tenha sido uma impressão, já que ele se voltou para ela e riu.

— Nós também vivemos em Alúria.

— Mas vocês não foram vistos — insistiu ela.

Ele encolheu os ombros.

— Talvez a sua espécie não tenha olhado. — Ele então olhou diretamente nos olhos dela. — Me peça alguma coisa, Naia. Eu posso te dar o que você quiser. — A voz dele era uma carícia suave no ouvido dela.

Alguma coisa? A atenção dela foi novamente atraída para os lábios dele. Ela engoliu em seco. Era improvável que um dia visse qualquer homem com a metade da lindeza dele. Era improvável que ela ficasse sozinha com alguém assim alguma vez mais. A ideia que estava vindo à sua mente era tão estranha e assustadora que nem se atrevia a pensar sobre isso.

— O que você quer de mim, Naia? — ele insistiu.

Havia uma estranha suavidade em sua voz. Ele tinha conseguido fazer o nome dela soar como música, uma canção de ninar que a acalmava e a lembrava de que ela tinha desejos. O que passava na cabeça dela seria ousado e errado e inapropriado. Ousado e errado. O pai dela ficaria furioso se soubesse que ela fez aquilo. Sua filha pura, destinada a ser solteira para sempre. Talvez essa fosse uma boa razão para arruinar as ideias absurdas do pai dela. Tranquila em seu quarto, ela poderia ter seus próprios desejos.

— Me dê um beijo.

Ela não se sentiu com medo ou vergonha. A voz era dela e não era. Era a voz de uma Naia diferente, que tinha sido aprisionada, amordaçada e amarrada. E agora estava livre.

O rosto de River ficou ainda mais bonito ao relaxar em um sorriso feliz e aliviado, como se isso também tivesse sido o que ele queria. Esse sorriso fez o coração dela saltar — e acelerar.

Ele colocou um braço ao redor dela, e a puxou para perto, de modo que ficasse sentada bem ao lado dele, com as pernas do lado oposto as suas. Era tão bom estar tão perto assim, tocando nele. Ainda havia um cobertor ao redor de River, mas ele não estava mais em seus braços ou peito. Ele a virou em sua direção, de modo que ficassem de frente um para o outro, então acariciou o cabelo dela lentamente.

Com o coração batendo forte no peito, ela fechou os olhos. Ele cheirava a grama e chuva, mas também havia algo único, misterioso, mágico e doce. Um lembrete de que ele não era humano. Naia inspirou o ar quando sentiu o lábio inferior dele tocando o queixo dela, depois subindo para encontrar seus lábios. Uma suavidade tão agradável. Ele a puxou ainda mais perto e ela sentiu o tórax dele contra o dela, sua fina camisola era a única coisa entre eles. Ele abriu os lábios dela com os dele, e acariciou o interior da boca dela com a sua língua macia, gostosa, até mesmo doce.

Naia não tinha ideia de que um beijo seria assim, tão emocionante, tão íntimo. Ela nunca teria imaginado que as línguas se tocariam, e que seria tão úmido e quente. Ou que ela se sentiria tão bem. Acariciou o cabelo dele, depois moveu suas mãos para as costas, a sensação agradável de seus lábios e língua como água reavivando um solo seco. E ela estava absorvendo, absorvendo, absorvendo, uma força viva passando por ela. Era mais do que apenas duas bocas se movendo juntas, era uma energia se movendo pelo corpo dela. Ela também o estava beijando de volta, perdida na sensação dos lábios dele. Foram segundos, minutos, horas? Uma eternidade talvez, se ela pudesse ter sido condensada naquele momento.

De repente, ele tirou os braços da cintura dela, empurrou-a e olhou para ela, tremendo, com seus olhos arregalados. Naia estava tremendo também, mas havia algo estranho na maneira como ele olhava para ela. Talvez ela tenha feito tudo errado? Mas o beijo parecia ter sido verdadeiro e poderoso. Parecia que ele também tinha gostado, que ele tinha querido tanto quanto ela. Ela tinha sentido isso na maneira como ele a tinha puxado cada vez mais para perto com seus movimentos. Por que ele estava olhando para ela daquela maneira? Por que ele a tinha empurrado para longe?

Um arrepio percorreu o corpo dela.

— River?

Não havia como não reconhecer o horror e o choque nos olhos dele.

— O que você fez?

Naia não tinha ideia. Não tinha ideia do que dizer ou o que pensar. O rosto e cabelos dele escureceram enquanto ela olhava, incapaz de entender, incapaz de fazer algo. No início, era como se o corpo dele emitisse fumaça preta, mas, depois de alguns segundos, só restou fumaça onde o fae tinha se sentado. Somente fumaça no lugar dos lábios que ela havia beijado. Somente fumaça preta, sem sequer um cheiro. Até o cheiro da chuva tinha desaparecido.

— River? — ela perguntou novamente, movendo as mãos em torno dela, procurando inutilmente por algo sólido, por um sinal dele.

Não havia nada. *O que você fez?* Ela não tinha ideia.

2

O CASTELO DO NECROMANTE

angue cobria as paredes e o piso do salão de baile. Sangue e cadáveres, cadáveres em todos os lugares. Os pés de Léa estavam descalços, pisando em um chão de granito cada vez mais viscoso e vermelho. Ela parou de andar, depois tentou juntar as mãos. Elas se cruzaram ao invés de se encostarem.

A sensação de sangue em seus pés desapareceu. Isso era um sonho. Pelo menos não era um daqueles sonhos estranhos — ou um pesadelo. Sangue e morte ela conseguia tolerar.

A voz de seu pai veio até ela. *A necromancia é vida; um sopro dela, condensada e devolvida aos mortos, para lhes dar mais uma chance.* E a necromancia nos sonhos era diferente, muito mais poderosa do que na realidade. Léa se dirigiu à grande janela. Ao redor dela, o sangue desapareceu, feridas sararam, corpos ficaram inteiros novamente, pessoas se levantaram. Ela não ousou olhar com cuidado para ninguém, não queria ver que corpos estavam lá, não queria deixar o sonho a controlar. Tudo o que ela queria era chegar à janela e olhar para o céu. Havia sempre consolo lá, sempre uma fuga até mesmo do horror mais horrível.

Ela chegou ao seu destino, ignorando tudo o que estava atrás dela enquanto olhava através do vidro. Lá, voando no céu, estava o dragão prateado. O *seu* dragão prateado, sempre presente tanto em seus sonhos quanto em seus pesadelos.

Longo, sem asas, e com escamas iridescentes, era a coisa mais bonita que ela já tinha visto. E estava repleto de poder, tanto poder que ela podia sentir mesmo à distância. Mas sua beleza e poder não eram nada em comparação com o que ela sentia ao vê-lo. Sua dor, seus medos, suas preocupações desapareciam, como se a visão fosse um bálsamo para sua alma. Seu peito estava cheio de amor, um sentimento tão incrível, até que ela abriu os olhos.

As cortinas de sua cama estavam fechadas, mas alguma luz estava vindo através delas. Este era o dia em que as delegações reais restantes chegariam. A conglomeração estava começando. Léa deveria estar feliz, deveria estar entusiasmada. Ela fingia, especialmente na frente de sua mãe, que a estava preparando para a ocasião havia muito tempo. Mas a verdade era que Léa queria era se esconder em seus sonhos, mesmo com o sangue, os cadáveres e tudo mais.

Não. Nervosismo era normal. Ela não deveria ouvir seus medos, não importava o quanto seu coração palpitasse, não importava o quanto seu estômago parecesse frio e oco. Os reis e rainhas discutiriam os misteriosos ataques e encontrariam uma solução. Além disso, ela estava realmente ansiosa para os bailes. Bailes de verdade, ali mesmo, no castelo! E ela estava curiosa para conhecer os outros príncipes e princesas de Alúria. Talvez ela até fizesse alguns amigos. E talvez houvesse um príncipe bonito e gentil entre eles.

E talvez não. Sua mãe escolheria um marido para ela de qualquer maneira.

A ESTRADA de pedregulho era muito mais lisa do que Naia havia imaginado. Era estranho cruzar o portal para um mundo tão branco. Mesmo na carruagem, usando um casaco de pele, seu rosto e suas mãos estavam esfriando e ela se arrependeu de ter enfiado suas luvas no fundo da mala. Ela provavelmente poderia usar sua mágica para se aquecer, mas não estava a fim de ouvir o seu pai reclamando.

Enquanto observava a paisagem cheia de neve pela janela, ela considerou as próximas festividades. Ela e seu irmão finalmente seriam apresentados às outras famílias reais em Alúria, e estava curiosa para ver pessoalmente todo mundo que aparentemente os odiava, incluindo a família de sua mãe e alguns primos que fingiam que ela e Fel não existiam. E havia outra razão que a animava para visitar um outro reino pela primeira vez: conhecimento. Tendo acesso a uma biblioteca diferente e a mais pessoas, talvez ela pudesse aprender mais sobre os faes.

O que você fez? A pergunta ainda ecoava em sua mente, nunca havia desaparecido, mesmo depois de quase um ano.

Um encontro com as famílias reais poderia ser uma oportunidade para buscar uma resposta. Por enquanto, ela apreciava a paisagem branca, as árvores cobertas de neve como se abraçadas por nuvens. Mas as janelas da carruagem estavam ficando cada vez mais embaçadas e ela eventualmente desistiu de tentar ver além delas.

Quando ela virou para dentro, uma visão a surpreendeu: seu pai estava olhando para baixo, suas pernas inquietas. Ela olhou para o irmão para ver se ele também notara, mas ele estava brincando com as mãos, alheio. Naia olhou novamente para o pai dela. Não foi uma impressão; ele estava nervoso.

Estranho. Ela nunca o tinha visto sequer hesitar e, na verdade, teria gostado de ver alguma emoção vinda dele algumas vezes, como quando um javali selvagem quase a esmagou. Ela tinha apenas sete anos, estava aterrorizada, e seu pai tinha esperado até o último segundo para matar a besta, sua expressão plácida. Talvez fosse porque ele era um pai muito rígido, como quando tinha mandado ela e Fel para a cabana perto do casarão para viver do que quer que eles pudessem caçar e colher, sem qualquer ajuda. Ela tinha quatorze anos então, e passou uns seis meses duros com seu gêmeo. É verdade que, no final, aprenderam a confiar um no outro, melhoraram tremendamente a mágica deles, e ficaram muito mais fortes. Ainda assim, o pai deles nunca havia mostrado nenhuma preocupação ou qualquer indício de medo.

Talvez ele só fosse calmo quando lidava com seus filhos? Na verdade, não. Ele podia recontar eventos trágicos da guerra contra os fae brancos sem mostrar sequer um traço de emoção. Nas poucas ocasiões em que ficava bravo, ele mantinha sua voz firme, sua compostura calma, o que o tornava ainda mais aterrorizante. Além disso, ele era um condutor de morte, a magia mais perigosa dos onze reinos. Naia sempre tinha achado que nada o poderia inquietar.

Mas ela estava errada.

Aqui estava ele, parecendo um homem comum, temendo algo. A questão era o quê.

— Pai? — perguntou ela.

Ele parou de se mexer e levantou seus olhos verdes.

— Sim?

— Alguma coisa errada?

— Nada. — Ele colocou suas mãos no banco e cruzou suas pernas. — Quero dizer, nós precisamos permanecer alertas, é claro. É território inimigo.

Era por isso que ele estava ansioso? Porque ia encontrar representantes de outros reinos?

— Mas nós não estamos em guerra. Mesmo durante a guerra, todos os reinos humanos eram aliados, certo?

O pai dela levantou uma sobrancelha.

— Só porque nós unimos forças para derrotar os faes, não significa que nossos interesses se alinham. E você sabe que todos eles odeiam Umbraar.

— No entanto, você sempre vem a estas conglomerações.

Seu pai tinha ido a todas, realizadas a cada três anos ou mais, cada vez em um reino diferente. Nunca em Umbraar, é claro, já que todos os odiavam ou talvez porque seu pai não tivesse a intenção de hospedar outras famílias reais. Bem, eles nem tinham um castelo para hospedar ninguém.

Este ano, a conglomeração era em Lago Branco, que era o reino mais ao sul de Alúria, congelado boa parte do ano e longe de Umbraar, que ficava muito mais ao norte. Naia estava feliz de estar ali, porque estava vendo a neve pela primeira vez. Mas ela também sabia que seu pai odiava a rainha e o rei de Lago Branco mais do que ninguém, exceto talvez pela família Bastião de Ferro — e a família Marca do Lobo. Bem, ele odiava muita gente.

O pai dela respirou fundo.

— Nunca é uma boa ideia dar suas costas para seus inimigos. Ou dar razões para eles conspirarem contra você. Todos estão fingindo ser amigos, e eu também posso fingir. — Ele apontou para ela e Fel. — E vocês também podem. — Só então ele notou que o gêmeo dela estava girando suas falanges de ferro no ar. — Isofel. Eu já lhe disse para manter suas mãos sempre cobertas com luvas.

Fel parou de girar os dedos, deixando-os flutuando no ar, e fez um sorriso zombeteiro.

— Por quê? Não quer que eles notem que eu sou um *aleijado*?

O pai deles suspirou.

— Não diga isso. Mesmo assim, você não quer revelar sua mágica.

Não fazia sentido.

— Mas todo mundo sabe que nós somos portadores de ferro — protestou Naia.

— Mesmo assim. Nunca mostre todo o seu poder aos seus inimigos.

Fel deu uma risada.

— Nossa. Eles vão ficar aterrorizados com dedos flutuantes. Mas não se preocupe, eu vou esconder tudo quando a gente chegar.

Seu pai grunhiu, e Fel colocou suas mãos de volta no lugar; peças de metal imitando ossos de mão, mantidas juntas com a condução de ferro. Era o que fazia Fel ser tão poderoso. Ele tinha que usar uma quantidade insana de mágica apenas para realizar ações comuns, como segurar um garfo, beber de um copo, abotoar sua camisa, ou escovar seu cabelo — e Naia tinha certeza de que ele passava muito tempo escovando o cabelo.

Naia ainda se lembrava de seu gêmeo quando criança, tentando usar uma mão sólida de metal, frustrado por não conseguir segurar nada. Ele pediu por próteses feitas de mais e mais peças, tentando arduamente imitar os movimentos normais de mãos de carne e osso. Naia havia sentado com seu irmão enquanto ele se esforçava para copiar seus gestos, muitas vezes se sentindo derrotado, às vezes bravo, mas nunca com ela. Algumas vezes ela o havia ouvido chorando no seu quarto, mas fingira que não tinha notado, pois nada lhe trazia mais vergonha do que ser visto em lágrimas. Mas as lágrimas tinham valido a pena. Eventualmente, ele pediu por peças metálicas que pareciam ossos e, com muito treinamento e persistência, dominou seu controle sobre elas ao ponto de poder imitar perfeitamente qualquer movimento das mãos.

E então sua mágica deu um salto gigantesco, um salto que Naia nunca conseguiu alcançar, por mais que ela praticasse. Ela estava feliz por seu irmão ser tão poderoso, mas se sentia fraca e incompetente em comparação a ele. Isso até recentemente, quando ela havia encontrado sua própria mágica. Não que o pai dela ligasse.

O ar ficou mais quente, então Naia esfregou a mão na janela e notou que eles tinham entrado na cúpula, uma estrutura colossal de metal e vidro ao redor da capital de Lago Branco, como uma estufa gigantesca.

Ela virou pro seu irmão:

— Você poderia destruir esta cúpula sem sequer piscar, não poderia?

Fel olhou pela janela.

— Uau, é enorme. Eu precisaria chegar mais perto, eu acho.

O pai deles rolou os olhos.

— Que maravilha. Nossos anfitriões vão ficar encantados em ouvir que você pode destruir a cidade deles.

Fel riu.

— Só porque eu posso, não significa que eu vou.

Ele então olhou fixamente para seu filho.

— Você acha que uma conglomeração é uma brincadeira? Você vai precisar de toda a sua perspicácia, vai precisar permanecer alerta. Há princesas de outros reinos, e elas podem tentar emboscar você.

Naia teve que segurar uma risada enquanto ela imaginava uma horda de meninas se atirando no seu irmão, e perguntou:

— Mas você não disse que todo mundo odiava a gente?

O pai dela estava sério.

— O ódio não significa nada quando elas podem ver uma

chance de estender sua influência para outro reino. — Ele se voltou para Fel: — Guarde seu coração. É a coisa mais preciosa que você tem.

O engraçado foi que ele não deu a Naia o mesmo conselho. Certo. Ele obviamente não achava que ela tinha um coração.

Foi a vez de Fel rolar seus olhos.

— Nós vamos passar quatro dias lá. Que tipo de idiota tem seu coração roubado em tão pouco tempo?

Tão pouco tempo. Era possível roubar um coração em quatro dias? E em uma hora? Em poucos segundos? O coração dela ainda estava inteiro? Ela não queria pensar sobre isso.

Uma sombra escura cruzou os olhos de seu pai.

— Os jovens se deixam levar por suas fantasias, eles não sabem a diferença entre a realidade e a ilusão.

— Anotado, pai. — A voz de Fel ainda tinha um tom zombeteiro. — Qual é o próximo conselho? Não pular de um penhasco?

O pai de Naia grunhiu.

— Nós também vamos ver tratados, e eu quero que vocês dois aprendam a lidar com essas cobras reais. Meu receio é que o rei de Bastião de Ferro vai tentar estender seu poder, usando os faes como desculpa.

Naia sentiu todo o seu corpo ficar rígido, apesar de ela ter praticado agir normalmente sempre que ouvia essa palavra. Mas ela não conseguia se livrar de sua culpa. Culpa por não contar a ninguém o que ela tinha visto e ainda mais culpa por talvez ter feito mal ou até mesmo matado River. A mágica do pai dela podia matar alguém facilmente, e ela não conseguia parar de se perguntar se era isso que tinha acontecido.

Mas se River estivesse vivo, para onde ele teria ido? Como ele teria desaparecido? O que exatamente ela tinha feito? Depois, havia a lembrança de um beijo que ela ainda sentia nos seus lábios, um gosto que nunca havia sumido da sua língua. Será que o coração dela tinha sido comprometido?

— Os ataques. Você realmente não acha que são os faes? — perguntou Fel.

Ataques. Em diferentes reinos, algumas vilas tinham sido alvo de alguma magia misteriosa que deixou todos mortos. Não tinha acontecido ainda em Umbraar. Ela também se sentia culpada por isso, perguntando a si mesma se tinha algo a ver com os faes brancos, perguntando-se se ela poderia de alguma forma ter evitado isso dizendo a alguém que tinha visto um deles.

O pai dela balançou a cabeça:

— Se eles tivessem voltado, nós já teríamos sabido. Alguém os teria visto. Isso é outra coisa. Eu não sei o que é, mas não são os faes.

Naia tinha vontade de cavar um buraco e sumir, mesmo tendo esperanças de que seu pai estivesse certo e nada disso tivesse a ver com os faes ou com o seu segredo. Até agora ela se perguntava como nem seu pai nem seu irmão haviam suspeitado de nada, mas a ideia de que ela havia resgatado — e beijado — um fae era tão absurda que não havia nenhuma maneira de algo assim passar pela cabeça deles.

Fel bufou.

— Talvez os ataques tenham sido planejados por princesas maquiavélicas. Esse é o verdadeiro perigo.

— Isofel.

A voz de seu pai estava baixa e calma, como um aviso, enquanto ele olhava para o filho. O pai de Naia tinha olhos verdes como folhas secas, enquanto os olhos de seu irmão eram mais como joias verdes brilhantes. Ambos tinham pele escura, mas seu irmão tinha cabelo preto liso e feições bem definidas, enquanto seu pai tinha cabelo castanho ondulado e um rosto mais suave. Era inquietante vê-los olhando um para o outro. Na verdade, em teoria, um condutor de morte podia matar só com um olhar, então ela sempre se sentia aterrorizada quando seu pai encarava seu irmão daquela maneira.

— Você tem certeza que eu não deveria mostrar minha mágica? — perguntou Naia. Ela sabia a resposta, mas tudo o que ela queria era fazer o seu pai parar de ficar olhando para Fel.

E funcionou, porque seu pai virou para ela e suspirou.

— Quantas vezes eu já expliquei isso? Primeiro, você não está procurando um marido. Segundo, eu não vou exibir minha filha como gado.

Ela desviou o olhar. Gado, que exagero. Para ser honesta, ela não se importaria de se exibir, não se importaria de impressionar a todos com seu próprio e único talento: a mágica de fogo, como ninguém mais em Alúria.

Tinha começado cerca de um ano antes, e ela vinha praticando o máximo que podia. Ela estava certa de que era uma manifestação de sua mágica da morte, que era poderosa e complexa, e ainda não completamente compreendida. Era a mágica do pai dela, e ele deveria estar orgulhoso de que pelo menos um de seus filhos a tivesse, mas não. Toda vez que ela mostrava qualquer magia de fogo era como se tivesse crescido nela uma segunda cabeça ou algo assim. Ela tinha se perguntado se talvez... Ela tinha perguntado e lido sobre a magia dos faes, e nunca encontrou nada que os associasse ao fogo, então não poderia ter conseguido essa mágica por causa de River. Era magia de uma condutora de morte, ela estava certa disso, mesmo que essa manifestação específica nunca tivesse sido vista antes.

E ela não se importaria de surpreender um bando de reais petulantes. Naia acendeu uma chama na palma da mão.

— Aposto que meu fogo iria causar uma ótima impressão.

O pai dela franziu a testa.

— Pare com isso. Você quer incendiar a carruagem?

Naia apagou sua chama, mesmo que fosse injusto. Fel tinha brincado com suas mãos um bom pedaço do caminho e não tinha recebido nenhum tipo de repreensão.

Seu pai então acrescentou:

— Não dê a ninguém uma desculpa para criar um rumor, para se perguntar por que você tem essa mágica.

— É a mágica de condução de morte, pai. O que mais poderia ser?

— Irinaia. Esconda o seu poder, especialmente algo tão excepcional. — Ao menos ele tinha uma palavra positiva sobre a mágica dela. — É uma questão de estratégia; nunca mostre todo o seu potencial aos seus inimigos. Se você quer fazer parte da introdução das jovens, use um pouco de condução de ferro, mas prefiro que você não participe, para que ninguém pense que você está procurando um marido.

Naia olhou para baixo. Tinha sido apenas uma ideia boba, mas, ainda assim, as palavras de seu pai a incomodaram.

Fel então perguntou:

— E se Naia quisesse um marido? — Ele não estava zombando, mas curioso, expressando uma pergunta que ela mesma não tinha ousado fazer.

O coração dela acelerou enquanto seu pai se virava para ele.

— Por que ela iria querer, se não precisa? — Ele riu, sua expressão divertida, como se tivesse ouvido a ideia mais ridícula de todos os tempos, então perguntou a ela: — Você quer se casar?

A pergunta a surpreendeu.

— Eu... eu não sei.

Ela não tinha ideia se encontraria alguém. Tudo o que ela sabia era que definitivamente não queria ver seu irmão se tornar rei enquanto ela permaneceria à parte, observando, como uma mera conselheira, sem uma vida própria, mas não queria dizer isso porque ia parecer que ela tinha inveja de Fel, e não era realmente o caso.

O pai dela acenou com uma mão.

— Bobagem. Você vai ajudar seu irmão, vai se certificar de que Umbraar está em boas mãos. Dessa forma você pode ser livre, mestre do seu próprio destino. Você pode ser muito mais do que uma esposa. Eu criei vocês dois igualmente, para que você não sucumbisse às fantasias e vaidades femininas.

Seu pai sempre insistiu que ela e Fel eram iguais. Mas eles não eram, eram? Ele ia herdar o trono, ela não. Naia olhou para baixo, já que nunca sabia o que dizer e não queria soar como se ela não desejasse o melhor para seu irmão.

Seu pai pareceu satisfeito e se voltou para Fel.

— E você, senhor, no próximo ano você vai achar uma esposa: uma plebeia saudável e honesta de Umbraar.

Fel deu um sorriso zombeteiro.

— Como você vai escolher? Vai colocar todas em uma fila, daí medir elas e examinar seus dentes?

— Como você sugere? — Ele sorriu igual ao seu filho. — Vai escolher a que melhor fingir se apaixonar por você?

O gêmeo de Naia olhou pela janela.

— Obviamente não. Quem vai querer um aleijado?

— Fel! — Ela não acreditou no que ouviu. — Quem não iria te querer?

Ele olhou para ela, seus olhos verdes definitivamente parecendo pedras preciosas frias e duras.

— Pare de dizer essa palavra — o pai dela disse. — Você é perfeito. Mas amor romântico é uma ilusão idiota.

O seu irmão virou e olhou diretamente nos olhos do seu pai.

— Quer dizer que você se arrepende de ter fugido com nossa mãe?

Ai, não. Fel estava entrando em território proibido.

O pai dela olhou para ele por alguns segundos. Depois, em uma voz lenta e ameaçadora, disse:

— Eu não tenho arrependimentos, mas não quero mais uma palavra sobre isso.

Naia olhou para seu irmão, suplicando com os olhos para que ele ficasse em silêncio. Fel exalou o ar, mordeu o lábio, depois olhou pela janela. Falar da mãe deles era absolutamente proibido em sua família. Talvez causasse muita dor ao pai deles. Ele ainda usava as duas alianças de casamento interconectadas e tinha jurado nunca mais se casar novamente. Mas era estranho ter apenas vazio e silêncio onde a memória de sua mãe deveria existir. Um vazio tão grande.

Naia olhou para fora e notou que eles estavam se aproximando do castelo de Lago Branco. Era inteiro branco, com torres altas. Estranho. Ela sempre tinha imaginado que o castelo do rei necromante seria preto, com caveiras enormes ou algo assim. Mas era verdade que até o nome do reino não fazia alusão à sua magia, e o branco parecia geada. Lago Branco, certo? Não era Necroreino, Terra da Morte, Fortaleza Sinistra ou algo parecido. Que desperdício.

Mesmo assim, o castelo era lindo. Estando debaixo da cúpula, não tinha neve ou gelo ao seu redor, mas sua brancura parecia trazer um pouco daquela paisagem de inverno para o coração do reino, para aquele belo e majestoso edifício.

Seu pai sempre dizia que um castelo era uma ostentação sem sentido e um grande alvo para seus inimigos, mas também era um símbolo imponente de poder, o que Naia achava fascinante. Esta seria sua primeira vez em um castelo de verdade, sua primeira vez usando um belo vestido, sua primeira vez indo a um baile. Tantas primeiras vezes. E ainda assim a primeira vez que mais importava tinha sido no passado; o seu primeiro beijo. Uma parte dela temia que fosse seu último beijo. Por enquanto, tudo o que ela queria era entender o que tinha acontecido, e talvez... Ela até temia pensar nisso, com medo de querer demais, mas talvez houvesse uma chance de ela encontrar River novamente. Não em Lago Branco, é claro. Como um fae chegaria a uma cidade cercada por uma cúpula de metal?

PELA PRIMEIRA VEZ em sua vida, Léa estava odiando estar na biblioteca. Sim, era seu lugar favorito no castelo — mas não quando tudo interessante e excitante estava acontecendo fora daquela sala. Sua mãe tinha até trancado a porta. Que horror. Léa estava se sentindo como uma prisioneira em seu próprio castelo.

As delegações estavam chegando dos outros dez reinos e não era para Léa encontrá-las antes do baile de introdução. Esta era a primeira vez que ela ia participar da conglomeração, agora que finalmente tinha dezessete anos, então ela nunca tinha visto as outras famílias reais. Era por isso que queria dar uma olhada, apenas uma olhada. Seu coração estava acelerando, imaginando como eram os príncipes. Léa queria vê-los, só para se sentir mais à vontade sabendo que eles não eram... O quê? Ela nem sabia o que temia. Talvez ela temesse o desconhecido e, se ela o tornasse conhecido, o medo teria ido embora. Isso fazia sentido. Ou talvez não.

Ela pensou no seu sonho e no seu dragão, o que lhe trouxe uma sensação reconfortante de paz e calma. Dizia-se que os dragões eram os criadores, guardiões e árbitros de toda a magia do mundo. Mas se eles alguma vez existiram, já tinham sumido. Exceto em seus sonhos — e às vezes pesadelos. O dragão dela parecia tão real. Ele tinha que ser real, em algum lugar. Infelizmente, não naquela biblioteca.

Mas não adiantava lamentar estar presa. Rodeada de livros,

ela podia facilmente encontrar fuga e consolo em um de seus favoritos. Não que todas as histórias de que gostava estivessem ali. Livros com beijos eram proibidos, mas ela tinha encontrado alguns deles escondidos dentro de outras capas uns anos antes. Infelizmente, eles tinham eventualmente desaparecido e, por mais que Léa tivesse procurado, ela nunca mais os tinha encontrado. Bem, sua mãe sempre dizia que aqueles livros eram imorais, que eles lhe dariam expectativas irreais e que uma moça de respeito não deveria ler aquilo. Léa não achava que eram tão ruins assim, e não esperava que um herói a salvasse, mas sua opinião não fazia diferença, visto que os livros tinham desaparecido.

Mesmo assim, ela tinha outros favoritos. *Rudolf, o Poderoso*, com mais de vinte livros, tinha sido seu fiel companheiro em seus dias de solidão. Ela adorava ler sobre suas aventuras, mesmo quando matava plebeus, e ele matava muitas pessoas, às vezes dez ou vinte de cada vez. Ele também matava dragões malvados, e o livro favorito dela era aquele em que ele tinha que enfrentar os três reis dragões que haviam aprisionado sua noiva. Sim, havia algum romance em *Rudolf, o Poderoso* também, exceto que não havia beijos. Mesmo assim, as histórias eram divertidas.

Em alguns livros, o inimigo era um necromante, o Rei dos Esqueletos, mas ele era mau, ao contrário do pai de Léa. Às vezes ela desejava ser Rudolf, lutando e matando, livrando-se de todos os seus problemas. É verdade que ela nem sabia como segurar uma espada, mas isso não importava. Às vezes desejava ser o Rei dos Esqueletos, revivendo exércitos mortos para esmagar seus inimigos, mesmo que ela soubesse que a necromancia não poderia fazer isso, mesmo que soubesse que nunca iria querer matar ou machucar alguém. Além disso, o Rei dos Esqueletos era totalmente malvado. Mas eram apenas histórias, cheias de poder reconfortante e valentia.

No entanto, Léa estava se sentindo o oposto de valente quando agarrou *O Poder de Rudolf,* e então a porta se abriu. Ela achou que era sua mãe, mas virou-se para ver Kasim entrando, e ficou feliz em ver o conselheiro mais próximo e melhor amigo de seu pai, alguém que era como um segundo pai para ela. Ficou ainda mais feliz ao notar que ele tinha um sorriso malicioso em seu rosto moreno escuro. Esse sorriso era sempre uma boa notícia, e muitas vezes significava que ele estava prestes a deixá-la fazer algo que sua mãe havia proibido.

Léa sorriu para ele.

— Você veio para abrir a porta! — Então ela acrescentou: — Mas minha mãe...

Kasim acenou com uma mão.

— Se ela vier à sua procura, eu acho uma desculpa. Mas ela está muito ocupada planejando as festividades.

— Obrigada. Eu queria tanto tentar ver alguns dos príncipes.

Ele fez uma careta.

— Tentar, Léa? Você me subestima tanto. — Ele colocou uma mão sobre seu coração. — Eu estou magoado.

— Você... — Isto era quase bom demais para ser verdade. — Tem um plano?

— Um ótimo plano, de fato. Você gosta de patinar no gelo, certo?

— Você sabe a resposta. — Ela não tinha certeza de onde ele estava indo com isso.

— Adivinhe quem vai visitar o Lago do Pôr do Sol agora?

— Eu não sei! Você tem que me dizer!

— Os jovens príncipes e princesas. Incluindo você, é claro.

Isto era incrível. Ou talvez não.

— Mas minha mãe foi muito específica dizendo que eu não posso ser vista antes do baile.

— Ah, querida, mas esta é uma oportunidade tão boa para conhecer eles. — Ele suspirou. — Se você realmente quer obedecer a Senhora Ursiana, você pode só observar. Use um capuz, mantenha a cabeça baixa e finja que você é uma serviçal. Ninguém vai olhar para você. Você vai ser como uma pequena mosca, ouvindo enquanto ninguém sabe que você está lá.

A ideia era incrível, exceto por um pequeno problema.

— Mas daí eu não posso patinar ou eles vão me ver.

— Talvez. Talvez você possa se apresentar hoje, depois de ouvir o suficiente. Ou talvez seja a sua chance de ver quem eles realmente são. É uma oportunidade tão grande. Eu não sei porque sua mãe.... — Ele limpou sua garganta. — Quero dizer, não é meu lugar decidir nada disso.

Léa riu.

— No entanto, o seu lugar é o de me ajudar a quebrar as regras.

Ele piscou para ela.

— Sempre.

— Então vamos ver esses príncipes.

Ela o seguiu para fora da biblioteca, deixando para trás todas aquelas histórias, animada e ao mesmo tempo aterrorizada em viver sua própria história, sem saber o que esperar dos príncipes e tentando esquecer a pressão de ter que fazer uma escolha tão importante em tão pouco tempo. Incapaz de esquecê-la, de fato. Suas mãos estavam suadas e seu coração estava acelerado.

3

QUEBRANDO O GELO

Três carruagens iriam transportar os jovens para o Lago do Pôr do Sol e, então, mais três seguiriam com guardas. As conglomerações sempre tinham algumas atividades informais para entreter os jovens. A mãe de Léa havia dito que era comum as princesas não irem, pois as moças precisavam proteger sua virtude. Mas Léa não conseguia entender o que podia ser errado em patinar, e estava contente que Kasim ia levá-la ao lago.

Vestindo um casaco, um cachecol e um gorro por causa do frio fora da cúpula, ela duvidava que alguém a notasse. De pé, ao lado da última carruagem com os guardas, esperava a chegada dos jovens dos outros reinos. O Kasim estava ao seu lado, pronto para dizer a ela quem era quem.

Léa tinha três primos de Rocha Verde e esperava conhecê-los. Na verdade, ela mal podia esperar para encontrar sua prima Mariana novamente, ainda se lembrando de sua breve visita quando eram apenas garotinhas. O reino onde sua mãe havia nascido tinha condutores verdes, com magia relacionada ao cultivo de plantas, o que era muito útil para garantir que as colheitas fossem férteis. Mas esse não era o único reino com magia verde, já que havia também Campo Vasto e Refúgio Verde. Falando em condutores verdes, os dois príncipes mais velhos de Campo Vasto foram os primeiros a entrar em uma

33

carruagem. Léa queria ver o mais novo, já que ele era um dos seus possíveis maridos, mas era difícil ver muito debaixo de seu casaco com capuz.

A razão pela qual seus pais queriam que ela se casasse com um irmão mais novo era por ser a única herdeira de Lago Branco. A ideia era fazer uma forte aliança, mas se casar com alguém que estivesse disposto a viver aqui e ajudá-la a governar, ao invés de levá-la para outro reino. Era por isso que ela queria ver os irmãos mais novos em vez dos príncipes herdeiros.

Os próximos a chegar foram os três irmãos de Bastião de Ferro. Embora em teoria os mais jovens pudessem ser bons pretendentes, a verdade era que aquele reino nunca fazia alianças matrimoniais, aparentemente porque queriam a condução de ferro contida em seu reino, então Léa sabia que nenhum deles seria um marido em potencial.

Os últimos foram os gêmeos de Umbraar. Agora Léa prestou muita atenção, mas não era que ela pensasse que o príncipe pudesse ser um pretendente. Ela queria saber porque sua mãe a tinha avisado tanto para ficar longe deles. Ela não tinha explicado muito além de dizer que eles eram grosseiros, mal-educados e viviam na pobreza em um reino caindo aos pedaços. Ela provavelmente exagerava, mas deveria haver uma razão pela qual sua mãe os odiava. Léa também tinha ouvido que a mãe dos gêmeos era de Bastião de Ferro e tinha fugido com o pai deles contra a vontade da família dela.

A família Bastião de Ferro odiava tanto o rei de Umbraar que proibiram todo mundo de fazer negócios com o reino e, assim, eles ficaram isolados. Mas os dois filhos pareciam normais, e na verdade era bom ver que pelo menos uma princesa também estava indo patinar.

Passaram-se minutos e minutos e ninguém mais veio. Kasim entrou para verificar se os outros estavam atrasados, mas voltou logo, dizendo aos cocheiros para partirem. Ele mesmo tomou as rédeas da última carruagem e Léa sentou-se ao seu lado.

— Onde estão os outros? — Ela sabia que todas as famílias tinham chegado e, no entanto, não havia nenhum condutor selvagem e ninguém dos reinos sem mágica.

Kasim riu.

— Com medo do frio, eu acho.

Bem, ainda assim era uma boa oportunidade para conhecer o príncipe mais jovem de Campo Vasto. Ela gostaria de poder ir na carruagem com ele e seu irmão, mas seria muito óbvio — e inapropriado. Aparentemente, a virtude de uma mulher poderia ser arrancada dela a qualquer momento se ela passasse um tempo sozinha com um homem. Pelo menos era isso que a mãe dela parecia pensar. Embora não tivesse certeza do que exatamente poderia ser roubado, ela duvidava que alguém fizesse qualquer coisa com Kasim aqui. Mas isso significava que ela não estava desacompanhada, então não estava contradizendo o conselho de sua mãe.

Eles deixaram o castelo e pegaram a estrada para o Portão Sul. Quando eles estavam quase atravessando a cúpula, uma das carruagens parou e um guarda veio correndo em direção a Kasim.

Ele fez uma pequena reverência.

— Mestre. Um dos príncipes de Campo Vasto está indisposto, senhor. Eles desejam voltar.

A expressão de Kasim era sombria.

— Ele precisa de assistência imediata?

O homem balançou a cabeça:

— Não parece ser o caso.

— Vou ver — disse Kassim, depois ordenou ao guarda: — Fique aqui.

O guarda olhou para Léa e fez uma reverência.

— Minha senhora.

Ela acenou com a cabeça, ligeiramente irritada por ele ter deixado óbvio quem ela era, então olhou para as carruagens. Os príncipes de Bastião de Ferro estavam saindo para ver o que estava acontecendo. Que azar. A oportunidade dela de conhecer um de seus potenciais pretendentes havia desaparecido. Sem mencionar que ter um visitante adoecendo durante uma conglomeração poderia ser terrivelmente problemático e causar todo tipo de rumores sobre envenenamento e sabotagem. Por outro lado, eles tinham chegado aquela manhã e talvez nem tivessem comido em Lago Branco. Poderia ter sido a viagem ou a passagem pelos portais.

Todos os reinos tinham um círculo de portais, através dos quais podiam visitar outros reinos facilmente. Em Lago Branco, o círculo era um pouco longe da cúpula, por razões de segurança. Léa nunca tinha viajado por um portal, mas tinha ouvido dizer que a experiência poderia deixar alguém tonto e indisposto. Era magia muito antiga unindo os diversos reinos de Alúria e provavelmente a razão do problema com um dos irmãos de Campo Vasto.

Kasim voltou e sentou-se ao lado dela.

— Os irmãos de Bastião de Ferro também estão voltando. Você ainda quer ir para o lago?

Ela sorriu.

— Melhor do que ficar fechada em uma biblioteca. — Talvez ela também estivesse curiosa para ver os gêmeos Umbraar de perto, e talvez estivesse ansiosa para tomar um pouco de ar fresco e passar um tempo lá fora.

As carruagens fizeram seu caminho de saída da cúpula para a Estrada do Sul, depois tomaram o caminho que levava à parte do Lago Pôr do Sol, onde normalmente se patinava. O tempo estava nublado, com alguns flocos de neve, e não fazia muito frio. Era um dia perfeito para estar fora da cúpula, e era uma pena que quase ninguém tivesse vindo.

Léa observou a distância enquanto Kasim e um guarda levavam os gêmeos para os bancos à beira do lago e os ajudavam a colocar os patins emprestados. A garota era alta e bonita, com pele morena e cabelos pretos ondulados. O irmão dela... Léa evitou olhar. O cabelo dele era preto, liso, comprido e muito brilhante. O pouco que tinha visto do rosto dele era muito bonito e, por isso, não queria olhar muito, não queria que ninguém pensasse que ela o estivesse admirando.

Ainda assim, Léa estava curiosa para observar melhor os gêmeos, então se aproximou e sentou em um banco atrás deles.

— Quer apostar quem vai cair primeiro? — perguntou o príncipe à sua irmã.

Sua voz era profunda e soava estranhamente familiar, reconfortante. Pela primeira vez, Léa percebeu que a mágica era algo que ela podia sentir, como um cheiro, mas não realmente um cheiro, um sentido diferente, e o príncipe estava repleto de mágica tão forte que, se fosse uma luz, seria deslumbrante.

A princesa de Umbraar estava tentando amarrar seus patins, fazendo um péssimo trabalho, e disse ao seu irmão:

— Eu posso ver que você está confiante que não vai ser você. Mas cair não me assusta, sabe? Eu sou perfeitamente capaz de me levantar. — O tom dela era brincalhão.

Ele riu.

— Que bom que a gente concorda que você vai cair mais do que eu.

Ele se levantou e caminhou em direção ao lago, colocou seus pés sobre ele e começou a deslizar. Seus movimentos eram um pouco estranhos, como se os patins estivessem sendo puxados por algo.

Sua irmã estava atrás dele em pouco tempo, com os patins dela terrivelmente atados. Léa entendeu que nem Kasim nem os guardas queriam amarrá-los para ela, mas eles poderiam ao menos ter avisado que os laços estavam muito soltos. A princesa deslizou um pouco, depois caiu de bunda, mas riu, e perguntou ao seu irmão:

— Por que você está fazendo isso tão facilmente?

Ele riu e se aproximou dela.

— Não é difícil adivinhar, é? De que são feitas as lâminas?

Metal. Sua patinação não era realmente patinação, mas mágica.

— Trapaceiro! — gritou sua irmã. Então, em voz baixa, acrescentou: — Eu pensei que alguém ia nos ensinar.

Léa sentiu-se mal ao ver que os gêmeos não estavam recebendo ajuda, então abaixou seu capuz, andou até a beira do lago e se dirigiu à garota.

— Venha aqui, deixe-me ajudar você a amarrar seus patins. E eu vou colocar o meu e te ensinar.

A princesa se levantou com dificuldade, seu irmão a ajudando. Foi quando Léa notou os olhos e o rosto dele. Por um momento ela sentiu como se não tivesse ar no peito, daí rapidamente desviou o olhar. Que olhos verdes brilhantes. O príncipe de Umbraar era mais bonito do que ela pensava que alguém poderia ser. Léa sabia que beleza não importava — e que ela não deveria ter reparado nele. E ainda assim seu coração estava batendo com o dobro de sua força habitual, como se tivesse despertado de um sono, decidido a chamar sua atenção. Ela ia ter que encontrar uma maneira de silenciá-lo.

O ROSTO de Naia estava doendo. A paisagem era linda, mas ela não tinha imaginado que o ar frio iria picar sua pele. Mas ela sempre quis patinar no gelo e não ia desistir só porque a temperatura estava congelando. O que tinha que ser, certo? Ou não haveria gelo.

Ela não pôde deixar de notar que a garota suspirou quando viu Fel. Era estranho pensar que seu próprio irmão era lindo, mas ele tinha um cabelo incrível e olhos únicos, então talvez realmente fosse ter uma horda de jovens princesas atrás dele — se elas ignorassem que ele era de Umbraar e não se importassem com o fato de ele ser... um pouco diferente. Naia sentiu algo frio dentro dela, temendo que ninguém levasse Fel a sério como um pretendente. E, claro, ele não deveria encontrar ninguém, mas, mesmo assim, ela odiaria que fosse ignorado ou talvez até mesmo humilhado.

Mas pelo menos uma garota ficou nervosa e envergonhada, enquanto gesticulava para Naia se sentar, depois amarrou seus patins. Mas aquela não era uma garota comum ou uma criada. Os guardas pareciam obedecer a ela, e estivera sentada ao lado do conselheiro. Seu cabelo era castanho com cachinhos delicados, sua pele um pouco mais clara que a de Naia, contrastando com olhos azuis. Linda. Naia olhou para trás para ver se seu irmão tinha notado, mas ele estava trapaceando-patinando longe delas. Estranho.

Ela se voltou para a garota.

— Obrigada. Isso é muito gentil. Eu sou Irinaia, de Umbraar. Você é...

A garota fez uma pausa, então disse:

— Léa.

— Princesa Leandra?

Os olhos da garota se arregalaram, mas então ela acenou com a cabeça:

— Sim.

— Estou feliz em conhecê-la. Você pode me chamar de Naia. — Ela apontou para o seu gêmeo. — Esse é meu irmão Isofel, ou Fel.

Léa olhou de relance para onde ele estava, depois olhou rapidamente para seus próprios patins, que ela se apressou a colocar. Os guardas estavam longe, circulando a área ao redor do lago, e até mesmo o conselheiro estava agora sentado à distância.

A princesa parecia amigável, então Naia decidiu fazer uma pergunta. Talvez tenha sido direta, mas ela não sabia quando teria tal oportunidade de novo.

— Você sabe por que todo mundo odeia a gente?

A garota mordeu o lábio.

— Eu... não sei. Eu... sinto muito. — Ela realmente soou apologética.

Naia encolheu os ombros.

— Pelo menos você está sendo honesta. A maioria das pessoas diria algo como: *Oh, ódio? Claro que não. De onde você tirou essa idéia?* — Ela riu. — Eles até voltaram, acho que para não serem contaminados com a má companhia de Umbraar.

— Talvez não tenha sido isso.

— Talvez. Eu sei que algumas pessoas pensam que meu pai matou minha mãe. Você acha que isso é verdade? — Era uma pergunta estranha, em que ela não acreditava, e ainda assim... Naia queria saber mais, e esta foi a maneira que ela encontrou para tentar cavar um pouco do passado.

Léa balançou a cabeça.

— Claro que não. Meu pai estava lá quando você nasceu e sua mãe disse que ele nunca fez nada de errado.

Isso foi uma surpresa.

— Verdade?

Os olhos da garota se arregalaram.

— Você não sabia disso?

Naia ainda estava tentando processar a informação.

— Então seu pai falou com minha mãe?

— Só um pouco. — Ela olhou para baixo. — Depois que

ela... Não quando ela estava viva. Você deve saber que ela morreu no parto, então ele... fez algumas perguntas. Ele faz isso em casos em que há uma morte suspeita. Então você pode ter certeza de que seu pai não a matou. Eu não sei por que algumas pessoas ainda insistem nesse rumor cruel.

Provavelmente ainda tinha algo a ver com o fato de que seu pai tinha fugido com sua mãe, e que Bastião de Ferro nunca tinha aceitado seu casamento — ou seus filhos. No entanto, ela sabia tão pouco do que tinha acontecido, tão pouco sobre sua mãe.

Léa disse:

— Sinto muito pela sua perda. — Ela então olhou para os seus pés, como se não soubesse o que fazer por um momento, mas então se levantou. — Vamos? Tenho certeza que você vai aprender rapidinho. — Ela tinha um sorriso brincalhão. — Sem trapacear.

Ela segurou as mãos de Naia e a ajudou no gelo, ignorando Fel, o que fazia sentido, já que ele também a estava ignorando.

Naia então se lembrou das instruções de seu pai de que eles deveriam ser educados, então ela se voltou para seu irmão.

— Fel! Venha aqui e se apresente para a princesa Lago Branco!

Léa balançou a cabeça.

— Está tudo bem.

Ele estava ao lado delas em alguns segundos.

— Desculpe, minha senhora.

Naia teve que segurar sua risada ao vê-lo agindo de um jeito tão formal. Ele pegou a mão de Léa e a beijou e, por um momento, Naia temeu que a garota notasse que algo estava errado. Mas ela não notou, talvez porque ambos estivessem usando luvas.

— Isofel, ao seu serviço — ele disse enquanto olhava para baixo, como se estivesse evitando olhar para ela.

— Meu nome é Léa. — Ela apontou para os patins dele. — Que mágica legal que você tem. Eu não sabia que você podia fazer isso com condução de ferro.

Ele sorriu e flutuou acima do gelo.

— Eu posso fazer muita coisa.

Que exibido. Ele provavelmente tinha ferro em sua camisa ou colete interior.

— Você pode voar! — Léa parecia impressionada.

Ele voltou para o gelo e encolheu os ombros.

— Só flutuar um pouco.

Léa virou-se para Naia.

— E você? Você também é uma condutora de ferro, ou você tem a magia do seu pai?

Fel pareceu desapontado por não ser mais o centro das atenções e agora estava olhando para o lado.

Naia considerou a questão.

— Eu... ah... — Ela não podia mencionar o seu fogo. — Condutora de ferro, como Fel, só que ele é melhor. E você?

Ela sorriu.

— Necromante. Como meu pai. — Ela conseguiu dizer isso com orgulho, sem nenhum traço da vergonha que Naia teria esperado, considerando que era a magia mais sinistra de Alúria.

Claro, condução de morte poderia ser fatal, mas também tinha muitas vantagens, como permitir que alguém viajasse através do oco. Necromancia... era lidar com os mortos e pronto. Por outro lado, se a necromancia era a mágica que havia limpado o nome do pai de Naia, talvez houvesse algo de bom nela.

Léa então explicou a ela como mover seus pés e, aos poucos, Naia pegou o jeito e parou de sentir frio e desconforto. Ela estava feliz por eles terem vindo. Estando ali, naquele lago cercado de neve e gelo, sentiu-se tranquila. E talvez ela fizesse uma amiga.

Seu pai não tinha empregadas, a não ser uma velha cozinheira que trabalhava apenas algumas horas por dia, e Naia muitas vezes desejava ter alguma companhia feminina. Talvez ela quisesse falar sobre beijos e amor, e todos aqueles desejos que ela nunca mencionou a ninguém. Mas ela não tinha ideia se essa princesa sequer pensava nessas coisas ou se ela era apenas fria e manipuladora, como seu pai dizia que todas as princesas eram. Naia tinha certeza que ela não podia confessar ter beijado um fae, não podia tentar descobrir se eles sempre desapareciam depois de um beijo ou se isso tinha sido um problema com ela. Tantas perguntas.

Fel manteve distância delas, mas observou os movimentos o suficiente para que agora estivesse realmente patinando, mesmo que ele também estivesse usando um pouco da sua mágica. Naia não estava usando condução de ferro. Em primeiro lugar, ela tinha certeza que cairia ainda mais se tentasse controlar as lâminas. Para Fel era diferente; seu primeiro instinto sempre era de se voltar para a sua mágica, e ela não o culpava. Ficou pensando se haveria sussurros maliciosos sobre ele. A família Bastião de Ferro tinha visto ele e Naia quando nasceram e deveria estar ciente da condição dele, mas não achava que fosse um assunto que eles quisessem mencionar.

Naia fechou os olhos enquanto sentia seus pés deslizando sobre o gelo. Léa estava muito à frente deles, mais para dentro do lago, acelerando com graça e habilidade.

Fel estava perto de Naia, mas seus olhos estavam fixos na princesa de Lago Branco, o que fazia sempre que a garota não estava olhando para ele. Sorrateiro. Então, os olhos dele se arregalaram em choque.

Naia seguiu sua linha de visão e notou algo perturbando a superfície do gelo. Subitamente, ele se quebrou e uma gigantesca cobra-d'água emergiu, suas enormes escamas azuis brilhando ao sol. A criatura estava bem ao lado de Léa, que então caiu, cercada por gelo quebrado, a criatura avançando sobre ela. As serpentes d'água geralmente eram vistas apenas perto do oceano, e estavam associadas com magia e os fae. Era estranho ver uma em um lago como aquele, especialmente quando estava congelado.

Naia sentiu sua mágica de fogo implorando para ser liberada, e acendeu duas chamas em suas mãos.

Fel também estava correndo para a criatura, mas seus olhos encontraram os dela e ele balançou levemente a cabeça.

— Deixa que eu lido com isso. — Sua expressão era calma exceto pelo aviso em seus olhos.

Certo, ela não deveria deixar ninguém ver o seu poder. Mas se ela não podia usá-lo em uma emergência, para que ter mágica? Naia apagou as chamas das palmas das mãos, mas continuou patinando em direção à criatura, logo atrás de Fel. Ele tirou suas luvas e fez seus dedos de metal voarem em direção ao monstro, atingindo as escamas em torno de seus enormes olhos amarelos. A criatura recuou e mergulhou de volta sob a água. Léa estava sentada, provavelmente prestes a fazer alguma mágica, pois seus olhos estavam ficando completamente pretos, mas o gelo sob ela já estava rachando.

Todos odiariam ainda mais a família real Umbraar se uma princesa morresse enquanto patinava com eles. Isso era um pensamento horrível e egoísta. Léa tinha sido querida e simpática com eles e não merecia que nada de mal lhe acontecesse. Mas o que Naia ia fazer? O fogo dela só poderia derreter o gelo, não o colocar de volta no lugar.

Então, ela notou peças prateadas flutuando em direção Léa. As mãos de Fel. É claro. Ele podia controlá-las de uma distância moderada. As mãos seguraram Léa e a levantaram no ar, enquanto o gelo embaixo dela rachava. Ele tinha feito tudo isso sem sequer vacilar. É claro; os homens de Umbraar não vacilavam.

Léa foi trazida para perto deles, ao lado de Fel, e seus olhos ficaram azuis novamente, mas cheios de surpresa. Fel puxou as peças de metal que compunham suas mãos, reformou-as e as colocou de volta nas luvas.

O conselheiro com a pele marrom escura estava ao lado deles, uma espada em sua mão.

— Vamos voltar — ele disse com alguma dificuldade, pois estava quase sem fôlego.

Léa foi rapidamente para a margem do lago, Naia e Fel seguindo-os à distância.

Naia se voltou para seu irmão.

— Bom trabalho.

Fel grunhiu, que era o que ele fazia quando não sabia o que responder, então disse:

— Não foi uma coincidência interessante?

Naia não tinha certeza de onde ele estava indo com isso.

— A cobra-d'água?

Ele fez que sim com a cabeça.

— Logo quando as famílias reais deveriam estar aqui.

— Você acha que alguém encantou uma cobra-d'água?

Quero dizer, um poderoso condutor selvagem poderia fazer isso, mas daria muito trabalho.

— Eu não sei.

Nem Naia. Um ataque planejado? Mas quem o faria? E por quê?

NEM A QUEBRA do gelo nem a cobra-d'água haviam assustado Léa tanto quanto a sua magia. Por um segundo ela se tinha se sentido em um daqueles terríveis pesadelos, figuras macabras alcançando-a, prestes a sufocá-la — até que mãos brilhantes a pegaram e a tiraram daquele horror.

Kasim estava dizendo algo enquanto calçava suas botas, mas ela o ignorou e se virou para ver Fel correndo para ela. Fel, que a tinha salvado.

Ele não parecia preocupado ou mesmo presunçoso. Na verdade, ele tinha o que parecia ser um sorriso apologético.

— Eu sinto muito. Só mais tarde eu notei que você também estava fazendo algo com sua mágica. Naia fica furiosa quando eu estrago os planos dela, e espero que você me perdoe.

Ele achava que a tinha interrompido? Léa balançou a cabeça.

— Eu não tenho ideia do que minha mágica estava fazendo, e duvido que ela fosse fazer algo útil. — E tinha sido apavorante, mas ela não ia dizer isso a ele. Ela sorriu. — Você fez muito bem. Muito obrigada.

— Ah. Bom, então. — Ele sentou e começou a desatar seus patins com as mesmas mãos que haviam flutuado em direção a dela, ou eram diferentes?

Léa apontou para elas.

— Como funcionam?

Ele fez uma pausa, depois tirou uma de suas luvas. O que estava embaixo era como uma mão feita de ossos prateados, mas daí as peças flutuaram e formaram uma esfera, girando no ar.

— Que incrível — disse ela.

Bem, tudo nele era incrível. Ele era tão lindo que olhar para ele quase doía. Mesmo assim, isso era uma demonstração de magia maravilhosa, e ele fazia isso tão naturalmente.

— Pode ser. — Ele olhou para baixo, colocou sua mão de volta no lugar e na luva, daí voltou a tirar os patins e depois calçou as botas.

Léa não conseguia tirar os olhos dos dedos dele.

— Você está usando mágica agora.

Ele mordeu o lábio, depois acenou com a cabeça.

— Eu o uso a maior parte do tempo, quase nem noto mais. — Ele então olhou fixamente para ela. — Você não acha isso... estranho? Ou assustador?

— Por quê? É maravilhoso. — *Ele* era maravilhoso, e esse pensamento a fez tremer. Ela então sorriu. — E eu sou uma necromante. O que a maioria das pessoas chama de assustador não me afeta. Mas sua magia é o oposto de assustadora.

Ele sorriu novamente, dessa vez mostrando covinhas fofas.

— Bem, meu pai é um condutor de morte. Sua família não é a única com a mágica da morte.

Léa sorriu, daí seus olhos encontraram os dele e ela desviou o olhar rapidamente, enquanto mal conseguia respirar. Quando todos estavam com as botas calçadas, andaram de volta até a carruagem. Kasim sentou-se do lado de fora, na frente; Léa e os gêmeos do lado de dentro. Foi assim que ela se viu ao lado de Fel, o que era assustador de certa forma, mas também bom, porque estava curiosa sobre ele.

Quando a carruagem começou a se mover, ela reuniu sua coragem e lhe perguntou:

— Você também tem um pouco da mágica de seu pai?

Fel balançou a cabeça.

— Nada. Ele diz que é uma coisa boa. Às vezes ele fala da mágica dele quase como uma maldição.

— Mas ser condutor de morte pode ser bom, certo? Seu pai pode teleportar para onde ele quiser, sem um portal.

Ele fez que sim com a cabeça.

— Em teoria, sim, mas ele diz que não é tão simples. Acho que faz algo à sua mente, dá pesadelos ou algo assim.

— E todo mundo não tem pesadelos?

Aquele sorriso de covinhas novamente.

— Talvez. E você? A sua mãe é uma condutora verde, certo?

— Sim, mas eu só tenho a magia do meu pai.

— Como é? Ser uma necromante?

Ela gostava de falar sobre a magia que amava.

— Existem dois tipos de necromancia: você pode re-despertar um corpo morto, mas por um tempo limitado, e você pode se comunicar com os espíritos dos mortos, quando eles permitem que você o faça. Meu pai usa a mágica dele quando os mortos precisam falar, e eu às vezes o acompanho. Eu ainda estou aprendendo necromancia, mas eu posso fazer um pouco, sim.

Fel levantou as sobrancelhas.

— Você pode re-despertar um cadáver?

— Por alguns segundos.

— É verdade que um necromante poderia levantar um exército de mortos?

Léa riu.

— Como o Rei dos Esqueletos?

— Você leu *Rudolf, o Poderoso*! — ele pareceu surpreso.

— Bem, sim. São livros populares.

Ele então continuou a perguntar a ela sobre seu personagem favorito, e acabaram discutindo sobre o Rei dos Esqueletos e seus feitos de necromancia completamente irrealistas, depois passaram a falar sobre tudo o que era absurdo na série. O engraçado é que ele gostava dos livros exatamente como ela, mesmo sabendo que eram ridículos. Ela se sentiu à vontade para falar com ele, não mais intimidada pela sua aparência.

Fel então lhe perguntou:

— E o *Segredo da Adélia*? Você já leu os livros dessa série?

Ela engoliu a seco. Esse era um daqueles livros de beijos proibidos para ela. Tinha lido metade de um livro antes dele desaparecer.

— Não. Eu... eu não acho que nós temos esses livros.

— Eu posso enviá-los para você. Eu acho que você ia adorar. — Ele fez uma pausa. — Se for considerado apropriado, é claro.

Léa olhou para baixo.

— Minha mãe não me deixa ler esses livros.

Ele sorriu.

— Eu poderia mudar as capas. Se você quiser.

Léa riu, mas então a carruagem parou. Eles já estavam atrás do castelo e a conversa foi cortada. Tão cedo. Foi uma pena, pois ela poderia passar uma eternidade conversando com ele sobre livros, sobre qualquer coisa, na verdade. E a irmã dele também era legal. Léa até se sentiu mal por ignorá-la, mas ela tinha um sorriso amigável e não parecia chateada.

Eles se despediram e Kasim levou Léa para o caminho das rosas no jardim. Era um lugar sem árvores ao redor, permitindo uma boa visibilidade. Embora fosse um lugar horrível para se esconder, era ótimo para conversar com alguém e ter certeza de não ser ouvido por acaso.

Léa pensou que ele fosse repreendê-la por quase aceitar um presente de um rapaz, mas ele apenas sorriu.

— Você se divertiu?

— Muito. Eles são tão legais.

Ele fez que sim com a cabeça.

— Estou feliz que você esteja fazendo amigos, mas preciso te advertir contra qualquer aspiração romântica em relação ao menino Umbraar.

Ele não era um menino. E ela não estava tendo nenhuma aspiração romântica. Ainda não, pelo menos.

— A gente estava só conversando!

— Eu sei, e é por isso que não me importei, mas ele não é para você, Léa.

— Por causa do pai dele?

Kasim suspirou.

— Eu nem vou te dizer minha opinião sobre o pai dele porque essas não seriam palavras apropriadas diante de uma moça, mas eu nunca julgaria filhos pelos erros de seus pais. Exceto neste caso.

— Mas qual é o problema? É o que aconteceu entre ele e Bastião de Ferro?

— Não é isso. Um dia você vai entender tudo. É apenas um aviso. Eu confio em você e sei que você é esperta e tem a cabeça no lugar. Eu sei que você não vai fazer uma escolha tola.

Léa fez que sim com a cabeça, mas queria entender por que ele estava dizendo isso. Kasim era o maior quebrador de regras da família, e para ele proibir algo significava que era muito ruim. Mas o quê? O que tinha de errado com a família Umbraar? Nem Naia sabia.

Kasim então acrescentou:

— Também vou contar ao seu pai sobre a cobra-d'água, e vou omitir a sua presença lá.

Cobra-d'água. Ela havia esquecido isso, e tinha muitas perguntas.

— Eu não entendo como ela apareceu no lago.

— O que você acha, Léa?

— Eu... não faz sentido. É um lago. Elas não são criaturas marinhas? É como se alguém a tivesse colocado lá. Mas por quê?

— Eu diria que a pergunta seria *por quem*? Então nós teremos as respostas.

— Mas quem poderia fazer esse tipo de magia? Eu acho que nem mesmo um condutor selvagem poderia. — Ela tremeu de pavor. — Os faes brancos?

— Eu não sei.

— E por quê? — Ela parou para pensar. — Espera. Se fosse de propósito, ela poderia estar visando aos gêmeos.

— Pode ter sido direcionado a qualquer jovem visitante real. Muitas pessoas deveriam ter ido patinar.

— Exceto que não foram.

— De fato. — Kasim suspirou. — E é porque vamos abafar o assunto por enquanto.

— E quanto aos gêmeos? E os guardas? Eles podem contar o que aconteceu.

— Eu cuidarei dos guardas. Quanto aos gêmeos Umbraar, eu não os imagino falando com ninguém. Eles iriam querer esconder a mágica do garoto.

Isso não fazia sentido.

— Você acha que eles têm vergonha dele?

— Eu acho que ele é muito poderoso.

— E apesar disso, por alguma razão, ele é um pretendente horrível.

— Léa. — Kasim tinha um aviso em sua voz. — Não tem nada a ver com a mágica dele ou mesmo com seu caráter. Seu comportamento hoje foi irrepreensível. É a família dele. Por favor, não pense nele como um par em potencial. Eu sei que ele é deslumbrante, mas a aparência não importa para um casamento.

— Eu não estava pensando nele dessa maneira, eu só estava me perguntando porque ele é tão horrível.

— Ele não é horrível, Léa. Ele só não é alguém com quem você deve pensar em se casar. Posso confiar em você?

Ela sentiu como se estivesse engolindo algo amargo, mas não queria decepcioná-lo.

— Claro.

Ele levantou uma sobrancelha.

— Além disso, se o seu critério para gostar da companhia de alguém é que ele tenha lido *Rudolf o Poderoso*, tenho certeza que candidatos não vão faltar.

4

CORDÕES DOURADOS

Naia estava chocada ao olhar para a sua própria imagem no espelho. Ela estava parte atordoada, parte surpresa ao ver-se usando um enorme e brilhante vestido roxo, tão grande que uma servente teve que ajudá-la a entrar nele. Por mais que ela temesse que pudesse ser exagerado, sempre sonhara em se vestir assim, exceto que precisaria se acostumar com essa enormidade.

Era verdade que ela sabia que vestidos eram muitas vezes uma desvantagem injusta para caçar ou correr, mas ela não estava planejando fazer nada disso hoje à noite, e era bom parecer tão extravagante. As pessoas a notariam do outro lado do salão — o que não era necessariamente ruim, mas seria novidade para ela.

Contudo, seu cabelo estava solto, pois não havia deixado que a servente o penteasse. Naia gostava muito de seu cabelo para mantê-lo em um coque ou trança, e ela achava lindo o contraste do cabelo preto com o vestido. Ela parecia uma princesa de uma daquelas histórias que seu irmão amava, naquele roxo brilhante que a lembrava do céu logo antes de anoitecer.

Falando em irmão, ela o viu por trás de seu reflexo.

O sorriso dele se alargou quando seus olhos verdes brilhantes se fixaram nela.

— Uau, olha você.

— Ótimo. Agora você vai zombar de mim.

— Eu não estou zombando. — E, mesmo assim, o rosto dele ainda era brincalhão. — Eu nunca te vi em um vestido de baile antes, e... é... interessante.

Ele estava tentando segurar uma risada? Ela rolou os olhos.

— Interessante? Você é tão encorajador.

— É lindo, Naia. — Agora não havia vestígios de zombaria. — É que eu preciso me acostumar a ver você assim.

Naia balançou a cabeça e olhou para seu irmão, que usava um traje todo preto, o cabelo parecendo se dissolver em suas roupas. Ele estava tão elegante, um verdadeiro príncipe.

Ela riu.

— Eu preciso me acostumar a usar esse vestido. E você também está um charme.

Fel grunhiu. Ela realmente precisava ter uma conversa com ele e fazer um esforço heroico para evitar que se tornasse uma cópia do pai deles. Mas isso ia ficar para outra hora. Havia um brilho em seus olhos, e ela não tinha intenção de arruinar a felicidade dele. Naia sorriu.

— Ela é linda.

Os olhos de seu irmão mostraram surpresa, mas logo ele inclinou a cabeça casualmente.

— Quem?

— Quem, Fel? — Ela riu. — Não me venha com essa. Você sabe de quem eu estou falando.

— A princesa Lago Branco. Sim, extremamente bela — disse ele, seu tom neutro.

— Nossa, que entusiasmo! Você está falando dela como você descreveria um móvel ou algo assim.

Ele encolheu os ombros.

— Por que eu deveria estar entusiasmado?

Naia, que até então estava falando com ele através do reflexo do espelho, virou-se.

— Você não tem que fazer tudo o que nosso pai diz, você sabe disso.

— Isso é muito engraçado vindo de você, irmãzinha. Você nunca fala por si mesma na frente dele.

Ela olhou para baixo. Era verdade. A questão é que ele não tinha ideia do que ela tinha feito nas costas deles.

— Talvez. — Ela encarou seu irmão. — Mas estamos falando sobre você. Se você quer cair de amor, por que não?

— Você não escolhe cair, sabe? Tenho quase certeza que você não escolheu arrastar seu traseiro no lago hoje.

— Você ficou de pé.

Os olhos dele tinham um cintilar divertido.

— Ao contrário de você, eu não estava correndo nenhum risco, mas confiando na minha mágica, algo familiar. Eu não tenho certeza se essa é uma boa maneira de viver. — O rosto dele ficou sombrio. — Ainda assim, quanto à princesa Lago Branco, eu não sou burro para querer o que não posso ter.

Naia odiava ouvir aquele tom duro na voz do seu irmão. Ela queria dizer a ele que não era verdade que ele não podia ter a princesa, mas temia que isso piorasse a situação, pois ele ia querer cavar em um buraco mais fundo, listando todos os motivos pelos quais não deveria querer a princesa.

Ela decidiu mudar de assunto.

— A cobra-d'água, o que você acha?

Eles tinham dito ao pai deles, que tinha descartado a teoria de um condutor selvagem encantando a cobra, mas não tinha ideia do que poderia ter causado aquilo. Depois disso, não tinha havido tempo para discutir o assunto com seu irmão.

— Se as serpentes d'água fossem comuns neste reino, eles não nos teriam levado patinar. Algo não... — Ele suspirou. — Eu acho que os faes estão voltando, Naia.

Naia tremeu, daí soltou uma risada nervosa.

— Uma escolha estranha para eles, você não acha?

— Talvez. Mas pense só em quantos príncipes e princesas poderiam ter estado lá. Eles poderiam ter atingido o coração das famílias reais de Alúria de uma só vez, com um simples golpe.

— Mas se eles são poderosos o suficiente para materializar uma cobra-d'água em um lago congelado, eles não estariam ainda escondidos, você não acha?

Fel inclinou sua cabeça.

— Quem você acha que é, se não os faes?

— Um acidente, talvez? Eu não sei.

Quando ela pensava nos faes, a única imagem que lhe vinha à mente era River, e essa imagem vinha acompanhada de culpa e de intermináveis perguntas. Ela não queria pensar nos faes como possíveis inimigos, como uma ameaça, não queria cogitar a ideia de que o seu silêncio tinha colocado pessoas em risco.

Seu irmão levantou uma sobrancelha.

— Acho que vamos descobrir em breve.

LÉA TEVE medo de ter cãibras por ficar tanto tempo sentada enquanto duas atendentes trançavam o cabelo dela com fios dourados. O resultado foi um coque complexo e brilhante que ela descreveria como uma coroa inclinada para trás, quase como se estivesse caindo. Mas ela não disse a ninguém que parecia uma coroa escorregando, pois sabia que este penteado tinha sido escolhido por sua mãe. Ela também tinha pó dourado ao redor de seus olhos, que estava bonito.

Seu vestido era azul claro, com um decote baixo segurado por tiras finas, de modo que seus ombros e colo estavam visíveis, fazendo-a sentir-se exposta, mas ela gostava de como a saia tinha camadas finas e transparentes que pareciam plumas azuis.

O pensamento que mais lhe veio à mente durante todo o tormento foi se Fel iria achar que ela estava ridícula. Isso não significava que estava pensando nele *daquela* maneira. Ela estava apenas curiosa sobre a opinião dele. Por outro lado, estava achando o próprio cabelo ridículo, então, se por acaso ele sentisse o mesmo, pelo menos eles poderiam rir juntos. Se ele a convidasse para dançar, eles poderiam conversar de novo. Ela ficou imaginando como seria olhar para ele de perto, segurar suas mãos mágicas por um longo tempo, ficou se perguntando como ele reagiria ao seu lindo vestido, ao seu decote baixo. Ela tremeu só em imaginar os olhos dele na sua pele exposta, mas não era medo. Ela não tinha certeza do que era. Por um breve momento, ela se perguntou como seria beijá-lo, o que só significava que seus pensamentos estavam saindo das trilhas, ziguezagueando e perdidos.

Léa tentou endireitar seus pensamentos. Haveria outros

príncipes no baile, muitos deles bonitos, muitos deles simpáticos. O pensamento a deixou enjoada.

— Léa, querida. — A voz de sua mãe.

Ela se virou e se esforçou ao máximo para sorrir.

— Você está tão bonita — disse a mãe dela.

Ela também estava bem com um vestido vermelho escuro, até o pescoço, seu cabelo encaracolado em um elegante coque, traços pretos contornando seus jovens olhos castanhos.

Um sorriso genuíno iluminou o rosto de Léa, feliz por ver sua mãe tão bonita.

— Você também.

A mãe dela riu e balançou a cabeça.

— Besteira. — Dirigindo-se às criadas, ela disse: — Vocês podem ir.

Ela então sentou-se ao lado de Léa e pegou sua mão.

— Eu mal posso acreditar que você cresceu tão rápido. Você é uma jovem mulher agora. Sei que às vezes posso parecer dura, mas tudo o que eu quero é vê-la feliz, minha querida.

— Eu sei.

Léa estava tensa, pressentindo que era improvável que esta seria uma conversa agradável.

— Você vai conhecer alguns rapazes hoje, então eu devo implorar a você para permanecer alerta o tempo todo. Eles vão roubar sua honra, querida, se você deixar.

— Eu...— Ela não queria fazer o que era possivelmente uma pergunta burra, mas tinha que fazer: — Você poderia explicar um pouco mais sobre isso? Sobre o que eles podem roubar?

A mãe dela fez uma pausa e depois respirou fundo.

— Vou lhe contar uma história. Era uma vez uma jovem princesa que participou de uma conglomeração. Ela era jovem e ingênua, e talvez não tão inteligente assim. Havia um príncipe lá, e ela achou que era o homem mais bonito que já tinha visto. Eles dançaram, conversaram. — Ela deu uma risada amarga. — Ela achou que eles estavam apaixonados. Ele visitou o quarto dela à noite, e ela o deixou ficar. Então, sim, muito, muito tola, pobrezinha. Ele tirou o que queria dela.

— O que ele pegou? — Léa não gostava de interromper sua mãe, mas ela queria entender a história.

— A honra dela, querida. Um dia você vai entender.

Ela esperava que sim. Mas ainda não fazia sentido que algo tivesse sido roubado tão facilmente.

— Mas ela não poderia ter chamado os guardas?

A mãe dela suspirou.

— Mas esse é o problema: ela achava que estavam apaixonados e que não havia nada de errado em deixar ele entrar no quarto dela, não percebeu que estava sendo corrompida e arruinada, não percebeu que ele estava roubando algo. Ela não sabia. Os homens podem enfeitiçar meninas bobas, fazê-las pensar que é tudo amor. Foi o que aconteceu com essa princesa. Daí, no dia seguinte, quando ela estava certa de que ele a iria pedir em casamento, você quer saber o que aconteceu?

— Ele não pediu?

— Não só isso, ele olhou para ela com repugnância. Agora que a tinha usado como ele queria, ela não valia nada para ele. A jovem estava arruinada, e nenhum homem a aceitaria como esposa.

— Mas como eles poderiam saber?

A mãe dela a olhou com seriedade.

— *Há* uma maneira de saber. E os homens falam. — Ela se levantou e se mexeu com um pente sobre a penteadeira. — E bem, ela morreu de desgosto. — Ela se voltou para Léa novamente. — Talvez eu não esteja sendo justa dizendo que ela foi tola. Você vai pensar, *bem, eu sou inteligente, nunca vou fazer tal coisa*, mas a única maneira de ser inteligente é se manter alerta. Sempre. Sempre, Léa. — Havia tristeza na voz dela.

— Ela era sua amiga?

A mãe dela balançou a cabeça.

— Ela não era ninguém e seu nome foi esquecido. Quando as mulheres fazem isso, elas viram ninguém, rejeitadas até mesmo por suas próprias famílias. Então nunca passe tempo sozinha com um rapaz. Nunca, Léa, não importa o quanto ele pareça gentil, não importa se ele diz que quer se casar com você.

Léa não entendeu bem as palavras de sua mãe, mas ficou claro que havia um aviso real ali, havia alguma dor real sobre algo no passado. Ela olhou para baixo, desejando poder entender mais.

— Eu vou ter cuidado.

A mãe sentou-se ao lado dela novamente.

— Eu não queria te chatear com essa conversa sombria, apenas te alertar. — Ela passou a mão por cima do cabelo de Léa. — Nós temos boas razões para comemorar. Esta noite vamos encontrar um príncipe para você, e eu quero que você tenha voz na sua escolha.

Voz. Bem, ela estava pensando nisso havia algum tempo.

— Nós não deveríamos... esperar? Dar mais tempo para eu escolher, para conhecer meu futuro marido?

Sua mãe pegou a mão dela novamente.

— Querida, o segredo do casamento não é escolher a pessoa certa, mas aprender a amar e respeitar aquela que você escolheu. Não acaba quando você se casa; começa. E isto é uma aliança para Lago Branco. Você será rainha um dia e, como rainha, você servirá ao seu reino. Uma aliança forte protegerá tanto você quanto seu povo. Isso é o que você precisa procurar. Você é inteligente, Léa, então escolherá com sua cabeça, não com seu coração. As pessoas pensam que um coração que bate rápido é amor, mas é medo. Seu coração sempre te trai, sempre te engana. Você precisa ignorar o coração.

Apesar de um frio no estômago, Léa encolheu os ombros.

— Eu não tenho nada a ignorar.

— Ignore o medo, então. Tudo vai correr bem. — Ela sorriu e se levantou. — Venha. Eu quero que você veja sua prima, Mariana.

Essa era uma notícia ótima.

— Ela está aqui?

— É claro. Mostre-lhe os corredores superiores, assim você pode ver os convidados antes de entrar. — A mãe dela piscou.

Mariana era um pouco mais velha que Léa, mas ela a havia visitado uma vez e as meninas tinham brincado e corrido ao redor do castelo. Léa gostaria que sua prima pudesse ter ficado ou pelo menos visitado mais vezes, gostaria que ela pudesse ter sido sua irmã, mas esses eram obviamente desejos inúteis. Léa tinha escrito muitas cartas para ela, mas nunca recebeu nenhuma resposta. Sua mãe alegou que Mariana tinha dificuldades para ler e Léa por fim parou de escrever. Mesmo assim, ela nunca havia esquecido seus momentos juntos, sonhando com bailes, festas e príncipes. Agora que tudo estava prestes a se tornar real, elas estariam juntas novamente.

De fato, a prima estava do lado de fora da porta dela. Tinha se tornado uma moça bonita, com olhos e cabelos castanhos claros, pele morena, e também estava usando um vestido com alças finas, mas o dela era rosa.

Léa a abraçou.

— Tão feliz em te ver.

A menina parou o abraço e olhou para Léa com um sorriso educado.

— Sim. Você é?

— Léa. Nós brincamos juntas quando você nos visitou, lembra?

— Você quer dizer... — Ela franziu a testa, como se estivesse tentando se lembrar de algo. — Quando eu vim para cá? Eu era apenas uma garotinha.

Léa sorriu, feliz por sua prima se lembrar dela.

— Sim, eu tinha sete anos. Eu acho que você tinha quase nove. Isso foi há dez anos.

Mariana fez que sim com a cabeça.

— Há muito tempo.

— Claro.

Léa olhou para baixo. Ela tinha esperado uma reação mais calorosa. Por outro lado, sua prima tinha mais irmãos, vivia em um reino no meio de Alúria, e provavelmente tinha visto muito mais famílias reais. Ela não era uma menina esquisita e sem amigos como Léa, que só tinha sua família e a criada como companhia. Uau, que pensamento deprimente. Mas era verdade. Léa antes brincava na cozinha com os filhos dos cozinheiros, mas um dia sua mãe decidiu que não era apropriado, então seus amigos recentes eram apenas livros. Não era culpa da Mariana.

Léa sorriu.

— Quer ver os convidados antes de todos?

— Claro. — O tom dela, no entanto, era frio, como uma estranha.

Mesmo assim, talvez elas pudessem se tornar amigas se elas

tivessem tempo para conversar. Léa levou sua prima até os corredores superiores do salão de baile. Este era o lugar perfeito para ver o que acontecia lá embaixo, já que os corredores eram rodeados por janelas que pareciam espelhos do outro lado. Havia também espelhos de verdade, que multiplicavam a luz dos lustres no teto. Léa tinha vindo aqui muitas vezes quando menina, sonhando com o dia em que o palácio estaria cheio de alegria e de dança. Este era o dia. E era aterrorizante.

Havia uma banda em um canto e mesas circulares ao longo das paredes, com uma parte vazia no meio. Criados traziam copos bonitos com bebidas, e muitas famílias reais já estavam chegando.

Elas pararam em uma janela e Mariana perguntou:

— Você sabe quem é o seu par?

— Ainda não. Eu quero falar com eles antes de escolher. E quanto a você?

— Meu pai quer que eu me case com Cassius, de Bastião de Ferro.

— E você concorda? — Parecia tão simples.

A garota encolheu os ombros.

— Bem, eu quero ser rainha, e ele é príncipe herdeiro.

— Legal. — Era bom ver alguém tão calma sobre isso. — Mas eu achava que eles não queriam a condução de ferro fora do reino deles.

— Eu iria morar lá. A magia não deixaria Bastião de Ferro.

— Verdade. Já eu preciso de alguém que esteja disposto a vir aqui, não de um futuro rei.

Esse era outro ponto contra Fel. Não que ela estivesse pensando nele dessa maneira, apenas que ela estava tentando entender por que Kasim a havia advertido tão fortemente contra ele e se perguntando se haveria uma solução para isso.

— Deve ser bom ser a única herdeira.

Léa encolheu os ombros.

— É só o que eu sei.

Ela olhou para o salão de baile, mas não conseguia reconhecer as pessoas que entravam nele, até que viu uma figura alta com longos cabelos pretos e sentiu como se seu coração tivesse pulado em seu peito. O coração que ela tinha que ignorar.

— Uau, ele é realmente bonito — disse Mariana.

Léa sentiu seu estômago esfriando, irritada por outra pessoa estar admirando Fel.

A prima dela então acrescentou:

— Mas dizem que ele prometeu nunca mais se casar.

Isso não fazia sentido.

— O quê?

— O rei de Umbraar nunca se casou após a morte de sua esposa. Você não sabia disso?

O rei, oh. Ele tinha uma figura elegante, mas seu cabelo era castanho. E ele não se parecia muito com seus filhos, que provavelmente eram parecidos com a mãe deles, exceto pelo tom de pele, talvez, ou os olhos de Fel, mas por outro lado eles eram um verde diferente. Léa relaxou sabendo que sua prima estava falando sobre o rei, mas então sentiu uma súbita repulsa.

— Eca. Ele é velho o suficiente para ser nosso pai.

A prima dela deu de ombros.

— Mas ele não é nosso pai. E é uma chance para uma coroa. Além disso, ele não tem nem quarenta anos. Isso não é velho. Mas eu só estou dizendo.

Léa achou a ideia extremamente constrangedora.

— Como você sabia que era ele?

— A conglomeração foi em Rocha Verde da última vez e ele estava lá. Eu não pude ver ninguém, mas algumas das serventes passaram *muito* tempo o descrevendo. Olhos verdes, pele escura, cabelos castanhos desarrumados, uma pequena cicatriz na bochecha direita.

Cicatriz, sim, só então ela notou isso. Tudo o que Léa podia pensar era que ele era o pai de Fel, e a ideia de achá-lo atraente era repugnante. Então ela percebeu que sua prima logo notaria que havia outro rei em potencial ali mesmo. Apesar dos avisos de Kasim, a verdade era que muitas pessoas considerariam Fel um excelente par.

E então foi como se Mariana tivesse ouvido seus pensamentos.

— Espere, esse é o filho dele? Ele se parece com o Grande Ferreiro.

A maior parte de Alúria adorava deuses relacionados ao

ferro e à fundição; o Grande Ferreiro era o rei de todos eles. Lago Branco ainda adorava divindades relacionadas ao frio, ao nascimento e à morte, mesmo que cada vez mais as crenças do resto da terra estivessem chegando lá. Mas o que Léa odiava era sua prima comparando Fel a um deus. Ou reparando nele.

— Vamos descer as escadas. — Léa puxou a mão da prima dela. — Tenho certeza que em breve teremos que entrar no salão de baile.

Assim que ela chegou ao andar de baixo, Léa ouviu os primeiros acordes de *Sonhos de Verão*. Tinha adorado essa música quando criança, e dessa vez seria ainda melhor, já que havia um conjunto completo de cordas e percussão para o baile. Ela queria dizer isso para Mariana, mas sua prima já tinha ido embora. Talvez elas se falassem mais tarde, mas era verdade que a garota não era exatamente como Léa havia imaginado. Por outro lado, ninguém era perfeito.

Mesmo assim, Léa queria ouvir a música, então entrou por uma porta lateral para escutar melhor. Do outro lado da sala, seus olhos encontraram os de Fel. Para sua surpresa, ele se levantou e avançou na direção dela. As mãos dela começaram a suar, o salão parecia quente, e seu coração estava definitivamente acelerando, aquele coração burro que ela não deveria ouvir.

Ele sorriu quando chegou perto dela.

— Bom te ver.

— Eu...— O que ela ia mesmo dizer? Talvez a verdade. — Estou feliz em ver você também.

— Você dança?

Ela conteve a respiração, imaginando se ele ia convidá-la.

— Sim.

Ele gesticulou para a pista de dança.

— Você gostaria de me acompanhar?

— Eu adoraria.

E foi assim que ele segurou a mão dela, e logo eles estavam em frente um ao outro e ela olhava seus olhos de perto. Na verdade, ela olhava muito mais para cima do que de perto, pois ele era muito mais alto do que ela. Seus olhos eram um verde muito mais brilhante que os do pai dele, uma cor que ela nunca tinha visto antes. Mas, por outro lado, era verdade que ela não tinha visto muitas pessoas de fora de Lago Branco. Era injusto que ela não pudesse ter nenhum pensamento romântico por ele, quando era obviamente o príncipe mais bonito de todos os reinos. Claro, ela não tinha visto todos eles, mas ela não precisava ver. Não queria ver.

— Algo incomodando você? — perguntou ele.

— Não. Pensamentos sem sentido.

— O que eu preciso fazer para trazê-la aqui, a este momento?

— Nada. Eu estou aqui. Feliz em estar dançando com você.

Talvez tenha sido uma confissão ousada, mas ela não queria que pensasse que o estava ignorando ou algo assim.

O sorriso dele iluminou todo o seu rosto, especialmente aqueles olhos tão brilhantes, que eram luminosos e encantadores.

— Então essa é outra confirmação de que nossos gostos combinam, Léa.

Ela tentou devolver o sorriso, só que que estava tendo dificuldades para respirar, e não achava que seu sorriso fosse igual ao dele.

Uma pitada de preocupação cruzou o rosto dele.

— Você vai apresentar sua mágica na introdução? É com isso que você está preocupada?

— Não. Quero dizer, sim, eu vou fazer a introdução, mas eu nem estava pensando nisso. — Na verdade, ela não estava pensando muito naquele momento. Ela conseguiu rir. — Com tudo o que aconteceu, eu tinha esquecido. — A verdade era que ela não conseguia ter pensamentos coerentes perto dele.

Ele sorriu, mostrando covinhas tão lindas.

— Eu acho que eu ia gostar de ter uma chance de me exibir.

— Parece que você gosta.

— Talvez. — Ele fez uma pausa, como se estivesse pensando. — Como você vai fazer necromancia... Quero dizer... Acho que você não pode...

— Não, não. — Ela riu. — Isso seria mórbido. Eu não vou fazer nenhuma mágica. Vou apenas tocar flauta. Eu sei que é medíocre, mas...

Sua mãe tinha dito que ninguém prestaria muita atenção à sua introdução quando ela tinha um reino, mas ela não queria falar sobre suas perspectivas de casamento. Não queria pensar sobre elas. Ela olhou para seus pés, tão perto dos de Fel e ao mesmo tempo tão longe

Ele colocou uma mão debaixo do queixo dela e levantou seu rosto suavemente.

— Léa. Você estava tão orgulhosa de sua necromancia antes, quando nos falamos. Se é isso que você quer mostrar, você deveria mostrar. Nada do que você faz pode ser mórbido. Você poderia reanimar um rato morto, e tenho certeza que seria lindo e gracioso.

— Ai, ia ser nojento. — Ela riu. Ele havia entendido mal o motivo de sua tristeza, mas havia conseguido animá-la mesmo assim. — Flauta também é legal. E eu realmente não ligo para a introdução.

— Não quer chamar a atenção de um marido em potencial?

Léa sentiu algo frio dentro dela.

— Bem, eu não acho que meu desempenho na introdução seja tão importante assim.

— Não. A menos que você faça algum tipo de necromancia tipo Rei dos Esqueletos, então tenho certeza de que todos estarão a seus pés.

Ela riu novamente.

Fel balançou a cabeça.

— Eu estou brincando. Você não precisa de nenhuma mágica para... — Ele olhou para o lado e depois se voltou para ela: — Você já conheceu alguém e sentiu como se já a conhecesse?

— Talvez.

— É assim que eu me sinto em relação a você, Léa, como se nós já tivéssemos nos conhecido antes, e eu não estou me sentindo com medo. Bem, talvez um pouco. Mas é natural... eu sinto que é natural falar com você. Eu estou sendo muito direto?

— Não.

Ela sentia o mesmo, na verdade, se ela ignorasse sua dificuldade para respirar e o coração acelerando, e ficou feliz que ele estivesse dizendo aquilo.

— Mas é verdade. É algo que eu acabei de perceber. Eu costumava pensar que não fazia sentido gostar de alguém que você acabou de conhecer, mas não é nada disso. É reconhecer alguém. E eu percebi que definitivamente passei dos limites.

Léa parou de dançar, e o queixo dela caiu. Ele estava dizendo que gostava dela? Bem, isso não significava necessariamente nada.

— Eu... também gosto de falar com você.

— Então... vamos ter alguns ratos reanimados para a introdução? Você pode achar mórbido, mas daí você vai espantar todos os seus potenciais pretendentes.

— Exceto você.

Fel fez uma pausa, e foi como se até o ar se deslocasse ao redor deles, como as cargas elétricas antes de uma tempestade, então seus olhos se tornaram ainda mais brilhantes. Mas então ele riu, seu tom brincalhão.

— Você está dizendo que eu estou na sua lista, Léa?

Ela ainda estava tão atônita que as palavras estavam falhando, e talvez tivesse falado demais. Tudo o que ela fez foi abanar sua cabeça.

— Não existe nenhuma lista.

— E onde eu fico, então?

— Só tem você. — Só depois que ela disse isso é que ela percebeu o significado de suas palavras. Ele arregalou seus olhos brilhantes, e ela limpou a garganta. — Em uma... lista única. Uma lista só para você. — Talvez ela estivesse piorando as coisas. Então, novamente, *havia* uma lista só para ele, a lista *não considere*, que era errada e injusta.

As sobrancelhas dele contraíram, uma pitada de preocupação em seus olhos.

— Uma lista triste, baseado na sua cara.

— Não é triste. É a melhor lista.

Ele respirou fundo e olhou para os lábios dela.

Léa sentiu o calor subir em seu rosto, e tentou mudar de assunto.

— Você acha que eu estou ridícula?

Fel olhou para o vestido dela, depois para seu rosto e sorriu.

— Você não quer ouvir minha opinião.

— Claro que eu quero.

— Dizer às meninas que elas estão bonitas em festas é sinal de uma mente insípida e de falta de criatividade. Mas mentir é uma má conduta. Você está me colocando em uma posição difícil.

— Eu estou perguntando sobre meu cabelo e meu vestido.

— Eles são bonitos. Mesmo assim, você poderia usar uma cobra viva como um colar e seria encantador por sua causa. Não que nada que você esteja vestindo seja estranho ou ridículo.

A música então parou.

— É isso — disse ele, então deu a ela um sorriso de acelerar o coração. — Estou ansioso para ouvir sobre essa sua lista, onde você tem o meu nome.

— E você? Tem alguma lista? — Essa foi uma pergunta ousada, mas ela tinha que fazê-la, e seu coração agora definitivamente queria pular para fora do seu corpo e fugir.

Ele estava sério agora, olhando para ela.

— Eu não tinha. Não tinha intenção. Mas você vê, nossos gostos combinam, e agora eu também tenho uma lista de um só nome. E é a melhor lista. — Ele pegou a mão dela e a beijou. — Nos falamos depois.

Léa sentiu como se suas pernas estivessem trêmulas e o chão se movendo ao sair do salão de baile. Mal podia acreditar que ele tinha vindo direto para ela, mal podia acreditar no que ele tinha dito, mal podia acreditar na maneira como ele tinha olhado para ela.

Antes de chegar ao corredor, sua mãe agarrou seu braço.

— Não faça isso de novo.

Léa tremeu.

— O quê?

— Desaparecer.

Isso significava que a mãe dela não a tinha visto dançando. Léa exalou, aliviada.

— Não fique nervosa. Vai dar tudo certo — disse sua mãe. — Oh. — Ela apontou para o peito de Léa. — E ignore as bobagens aí. Você vai precisar escolher com a cabeça.

— Eu sei.

Ela sentiu como se seu coração rosnasse contra suas palavras, o que era prova de sua insanidade; os corações não rosnavam ou tinham vontades próprias.

APESAR DE NAIA ter adorado seu vestido quando o colocou, agora ela queria arrancar aquelas mangas roxas cintilantes. Ninguém mais usava nada nem um pouco parecido com isso. Ela também reconsiderou sua decisão de manter o cabelo solto. Todas as senhoras tinham coques, tranças, ou ambos, e por mais que não quisesse ser como elas, não se sentia bem se destacando daquela maneira.

Claro, ela deveria ignorar a opinião dos outros, mas a verdade é que agora desejava ter a magia da condução de morte e poder caminhar para o oco, desaparecendo daquele baile. Pelo menos os homens de sua família não pareciam ter notado nada e não se sentiriam envergonhados por sua aparência. Bom para eles. Mas então, a ignorância do pai dela sobre a moda da corte era a culpada pela sua situação em primeiro lugar.

Ele estava apenas sentado e carrancudo, e Fel... Onde ele estava? Ela esquadrinhou a sala e o encontrou... dançando em um canto? Naia olhou melhor e percebeu que sua parceira era Léa, exceto que o cabelo dela estava estranho, como se tivesse um ninho dourado e brilhante na parte de trás da cabeça. Mas Fel não parecia achar nada de estranho nisso. Na verdade, eles pareciam bastante à vontade um com o outro. Talvez isso não significasse nada. E então, talvez... Ela olhou para seu pai para verificar se ele tinha notado alguma coisa, mas ele não estava prestando atenção em nada. Ele é que deveria estar usando as mangas estufadas, se ia agir como se não estivesse lá.

Naia continuou examinando a sala, percebendo que provavelmente havia alguns outros nobres ou talvez conselheiros, pois havia muito mais pessoas ali do que apenas as famílias reais. Ela reconheceu os príncipes Bastião de Ferro e Campo Vasto apenas porque estavam entre os que deveriam ter ido patinar no gelo com eles. Considerando tudo o que havia acontecido, ela ficou feliz por terem voltado. A menos que eles tivessem algo a ver com aquela cobra-d'água. Essa foi uma ideia interessante. Interessante e provavelmente sem sentido.

Os príncipes de Bastião de Ferro estavam ao lado de um homem mais velho bem vestido, provavelmente o rei deles, e tio de Naia. Não que ele tivesse tentado se comunicar com ela ou com Fel. Os príncipes eram altos e tinham cabelos castanhos médios, a pele um pouco mais clara que a do pai deles. Eles tinham uma grande comitiva, já que havia quatro jovens ao seu redor.

Naquele momento, o coração de Naia pulou em seu peito. Não poderia ser. Talvez ela estivesse vendo coisas. Com a comitiva de Bastião de Ferro, ela viu River. River, um fae, no castelo de Lago Branco?

5

MÚSICA E MAGIA

Era definitivamente River. Naia nunca esqueceria seu rosto ou seu queixo com aqueles lábios delicados. E ele estava falando com um dos príncipes de Bastião de Ferro. A menos que ela estivesse vendo coisas. Ela fechou os olhos e olhou novamente. O mesmo cabelo, o mesmo rosto, exceto que ele não tinha chifres, e ela não podia ver a forma das orelhas dele.

Naia decidiu caminhar até onde Fel estava dançando, apenas para que ela pudesse se aproximar dos Bastião de Ferro. Seus olhos — ou mente — poderiam estar pregando uma peça nela. Quando passou por eles, seus olhos encontraram os de River, que estavam castanhos, não castanho-avermelhados como antes. E eles não davam qualquer dica de reconhecimento.

Ela quase se chocou com Fel, que segurou os ombros dela.

— Aonde você estava indo?

Sua mente estava em outro lugar, perguntando-se se era realmente River e se ele a tinha esquecido. Se era ele, significava que estava vivo, significava que ela nunca tinha causado a morte de ninguém. Mas então, o que ele estava fazendo lá? Com os Bastião de Ferro, entre todas as pessoas?

Fel estava olhando para ela, esperando uma resposta, então ela murmurou:

— Ah. Circulando. Nós deveríamos circular em um baile, certo?

Seu irmão olhou na direção do pai deles e riu.

— Acho que você deve sentar num canto e ficar de luto. — Então ele ficou sério. — Eu sei que não é engraçado.

Naia estava tendo problemas para juntar os seus pensamentos.

— É trágico, eu suponho. — Ela então notou o brilho nos olhos de seu irmão. — Pelo menos um de nós está feliz.

Ele levantou uma sobrancelha.

— O que a faz dizer isso? — Naia pensou que ele ia negar o óbvio, mas então um enorme sorriso apareceu em seu rosto. — Não diga nada. Talvez eu *esteja* feliz, então deixe-me estar e não se preocupe ou se pergunte nada.

Naia sorriu, feliz por seu irmão, mas sua mente ainda estava preocupada com o que ela tinha visto. Ela olhou para os Bastião de Ferro e novamente viu River falando com um dos príncipes.

Fel deve ter notado para onde ela estava olhando, pois perguntou:

— Desejando dizer *oi* aos nossos primos?

— Claro. Eles parecem tão amigáveis. — Ela suspirou, depois sussurrou: — Mas eu gostaria que nosso tio falasse conosco, nos falasse um pouco sobre nossa mãe. E também sobre quem está na comitiva deles.

— Nosso pai ficaria furioso se tentássemos falar com ele.

— Eu sei. Eu não estou planejando. Eu só queria.

E também queria muito mais, principalmente saber se tinha realmente visto River. Tantas perguntas. Mas não fazia sentido para ele estar com a família Bastião de Ferro. Ela duvidava que um fae pudesse sequer entrar no reino deles, pois havia ferro em todos os lugares. Até mesmo o palácio deles tinha paredes de metal.

Talvez fosse apenas alguém que se parecia com River — exatamente como ele, mas humano. Nada fazia sentido. A única maneira de ela descobrir alguma coisa seria tentando falar com ele, mas não tinha ideia de como fazer isso, já que não lhe era permitido iniciar a comunicação sem ser apresentada primeiro. Ela poderia tentar quebrar as regras, mas não na frente dos

Bastião de Ferro. Ela precisaria ser discreta. Certo, com duas enormes mangas roxas.

Quando ela e seu irmão voltavam para sua mesa, Fel disse:

— Estou feliz que você esteja no espírito de lamento da celebração.

— Eu odeio meu vestido.

— Você está tão bonita, Naia, não diga isso. É verdade que parece um pouco desconfortável.

— Muito.

Tudo era estranho e desconfortável sobre aquele baile, aquele lugar, e ver River. River com aparência humana que tinha olhado em sua direção e não parecia reconhecê-la — ou mesmo vê-la. Talvez houvesse algo de errado com a mente dela.

Eles se sentaram à mesa com seu pai. Ela tentou achar River novamente e o viu saindo do salão de baile. Por um segundo, quase correu atrás dele, mas isso seria inapropriado e patético. Ela desejava saber se era realmente ele e o que estava fazendo lá. Talvez ele voltasse mais tarde.

Naia aproveitou a oportunidade para observar as outras pessoas no baile. O conselheiro que os tinha levado a patinar estava sentado ao lado do rei de Lago Branco, o pai de Léa, cujo rosto tinha cicatrizes, como se um animal o tivesse atacado, e ele parecia muito mais velho do que a maioria dos reis. Sua pele era clara e ele tinha olhos azuis claros, mais claros que os da filha. Era o rei necromante, que tinha falado com a falecida mãe de Naia. Talvez ela pudesse eventualmente perguntar a Léa se poderia falar com ele. Mas a princesa Lago Branco não estava mais na sala, e naquele momento a orquestra parou de tocar.

Isto provavelmente significava que a introdução estava prestes a acontecer. Naia ainda desejava poder ir até lá e mostrar seu fogo, mas seu consolo era a ideia de que sua magia tinha que ser escondida por ser tão incrível. Isso foi o que ela disse a si mesma. Isso era o que ela esperava que seu pai pensasse.

Seu pai, que se sentou como se aquele fosse o último lugar em que gostaria de estar. Ela se perguntava por que ele não usava sua magia da morte e desaparecia. Na verdade, ele quase nunca usava sua magia, alegando que era muito perigosa. Enquanto ela o observava, notou que ele respirou fundo e arregalou os olhos, vendo algo como se fosse um fantasma. Naia seguiu o seu olhar e encontrou apenas o palco. Uma jovem mulher orientava os criados para que trouxessem uma cadeira e uma mesa. Não era uma mulher qualquer. Ela estava usando uma tiara prateada contrastando com cabelos encaracolados e escuros. Com aquela tiara, e organizando a introdução, tinha que ser a rainha de Lago Branco, mesmo que parecesse um pouco jovem para ser a mãe de Léa.

A mulher olhou na direção deles e sua expressão se endureceu. Havia raiva, talvez até repugnância. Ela realmente odiava seu pai, e não estava fingindo que ele não existia, como os Bastião de Ferro ou outras famílias. Mas um segundo depois, ela se virou, seu rosto sereno novamente.

O pai de Naia se levantou.

— Pai? — perguntou Naia.

— Eu vou lá fora.

— Você vai perder a introdução.

Ele rolou os olhos.

— Eu já vi isso antes. É tudo a mesma coisa.

Quando ele se foi, Fel se voltou para Naia.

— O que você acha que deu nele?

O olhar que a mulher havia dado ao seu pai havia sido gravado em sua mente.

— Não deve ser confortável estar em uma sala onde metade das pessoas odeia você.

— Eu gostaria que soubéssemos a razão — sussurrou ele.

Uma razão? Naia fez uma pausa.

— Você acha que eles têm razão em odiá-lo? Nos odiar?

— O ódio nunca é justificado, Naia, mas algo o causa.

— É porque ele se casou com nossa mãe, e você sabe disso.

— Sim, mas... — Ele baixou ainda mais o seu sussurro. — É que nós só ouvimos um lado da história. Você já pensou nisso?

Naia estava prestes a responder quando um sino tocou.

No palco, a rainha disse:

— Bem-vindos a Lago Branco. Estamos muito felizes de ter a conglomeração aqui. Como é tradição, hoje à noite nossas filhas exibirão o melhor da magia e dos talentos de Alúria.

Ela então deixou o palco, e um homem tomou seu lugar, anunciando:

— Nossa primeira princesa é Mariana, de Rocha Verde.

Ela era uma garota bonita, usando um vestido rosa com alças, como todas as jovens naquele baile, exceto Naia. Ela se apresentou, depois colocou um pote com terra sobre uma mesa e moveu as mãos em torno dele. Nada aconteceu. Após uma eternidade monótona, um minúsculo broto apareceu na terra, e foi recebido com uma salva de palmas. Talvez eles estivessem aplaudindo porque estavam felizes por ter acabado.

A próxima garota era uma condutora selvagem de Marca do Lobo. Ela abriu um recipiente com borboletas. As criaturas pousaram em seu braço e depois voltaram para o contêiner. As palmas foram mais entusiásticas desta vez.

Outra condutora verde, de Campo Vasto, cantou em vez de fazer qualquer mágica. Foi muito menos chato do que demorar uma eternidade para que um broto aparecesse. Ainda assim, Naia sussurrou para Fel:

— Isto é trapaça. Desde quando cantar é mágica?

— A música pode ser mágica. Léa vai tocar flauta.

Fazia... algum sentido. E, de fato, a próxima princesa era de Karsal. Eles não tinham magia lá, mesmo tendo tentado muitas vezes obter através do casamento. Por alguma razão, ela nunca passou para as gerações mais novas. A garota tocou harpa, seu cabelo castanho escuro preso em uma trança bizarra sobre sua cabeça. Naia estava começando a concordar com o pai, que elas estavam sendo expostas como gado. Não se tratava de magia, ou ninguém cantaria ou tocaria um instrumento musical. Talvez Naia devesse ficar aliviada por ela não ter feito parte daquilo. Ela olhou de volta para os Bastião de Ferro, que agora estavam sentados. Nenhum sinal de River.

Outra condutora selvagem libertou um pássaro de uma gaiola e ele voou para fora da janela. Parecia que algo tinha dado errado, mas a garota fez uma reverência, sorriu e recebeu alguns aplausos.

A última a pisar no palco foi Léa, carregando uma caixa. Não parecia uma caixa de flauta. Apesar de seu cabelo estranho, ela estava muito bonita com um pó dourado na pele que fazia seus olhos azuis se destacarem.

Ela parecia tensa enquanto seus olhos examinavam a sala, mas então eles encontraram Fel e ela sorriu. Ele também sorriu para ela, mostrando aquelas covinhas que ele nunca mostrava em casa.

No palco, Léa respirou fundo, depois disse:

— Eu sou necromante e tenho orgulho disso. A nossa é a magia da vida. Um sopro de vida, mas o suficiente para dar a alguém uma segunda chance.

A garota olhou novamente para Fel, como se não houvesse mais ninguém na sala. Uma menina de bom gosto, é claro. Ele, por sua vez, estava completamente cativado por ela. Naia estava começando a pensar que seu irmão estava fazendo exatamente o que o pai deles tinha dito a ele para não fazer.

Bom para ele.

Era como se houvesse um fio dourado juntando os dois, mesmo que eles estivessem tão distantes. Naia estava feliz por seu irmão, feliz por ele ter conseguido a coroa e a garota e tudo o que ele queria. O pai dela acabaria aceitando a verdade, e Fel merecia o mundo. E, ainda assim, Naia tinha um gosto amargo em sua boca. Ela queria também ter pelo menos alguma coisa, algo mais do que ter que viver na sombra de seu irmão.

Léa tirou uma bandeja da caixa com algo sob um pano branco, que colocou sobre a mesa. Ela olhou de volta para Fel, sorriu, então puxou o pano.

Algumas pessoas gritaram. Naia levou um tempo para entender a razão dessa reação, até que percebeu o que era a coisa marrom e peluda na bandeja: um rato morto.

Os olhos de Léa ficaram pretos, daí a criatura se moveu e andou alguns passos. Mais gritos. Isto era hilário. O rato então parou de se mover. Léa o cobriu, colocou-o de volta na caixa e saiu do palco.

Naia não conteve a risada.

— Bem... ela tem estilo.

— Muito. — A voz de Fel estava distante e seus olhos brilhantes, como se ele estivesse contemplando algo realmente bom.

— Eu acho que você gostou.

Ele sorriu.

— Você não tem ideia do quanto.

LÉA SAIU do palco como se estivesse pisando nas nuvens, uma sensação agradável em seu coração, mas quando viu sua mãe carrancuda, o estômago dela se encolheu.

Seu pai também estava lá, em um elegante terno branco, mas ele parecia feliz, e caminhou até Léa e a abraçou.

— Foi lindo.

Ela se sentiu emocionada por ele ter apreciado sua magia. De certa forma, ela tinha escolhido mostrar sua necromancia para honrá-lo, e estava feliz que ele entendesse.

A mãe dela balançou a cabeça.

— Ela poderia ter escolhido uma borboleta bonitinha ou algo assim.

— Ela mostrou seu orgulho em ser uma necromante — disse seu pai.

— Ela assustou metade da sala. — A mãe dela bufou. — As pessoas vão temer necromantes por anos.

— Você sabe que isso não vai acontecer, Ursiana. — A voz dele era calma e seus olhos gentis.

Uma coisa que Léa gostava em seus pais era que havia sempre carinho e respeito entre eles, mesmo quando discordavam um do outro.

Sua mãe balançou a cabeça e se afastou. Léa então sentou-se com seu pai e Kasim. Ela olhou para Fel, tão longe, esperando que ele não viesse até a sua mesa e a convidasse para dançar, pois ela seria obrigada a recusar. Ele sorriu para ela de longe, o que aqueceu seu coração, mas então desviou o olhar, provavelmente sabendo que tinha que ser discreto, e se voltou para sua irmã.

Oh, Naia estava tão bonita! Ela era definitivamente a garota mais bonita do baile, com seus cabelos pretos soltos e vestida com um magnífico vestido roxo. Léa estava admirando Naia, quando seus olhos encontraram os de Fel novamente e ele piscou para ela. Havia algo de brincalhão e provocante naquele gesto que a fez tremer. Sem falar que ele era tão absurdamente bonito que ela mal podia acreditar que o piscar tinha sido para ela.

Mesmo assim, era tudo tão injusto. Nos livros, o casal romântico dançava a noite toda. Livros. Os que sua mãe sempre lhe dizia para não ler. E ela e Fel não eram nem mesmo um casal. Ainda assim. Não, eles não seriam. Não poderiam. Não deveriam. Ai, que confusão.

Pelo menos o rato morto parecia ter funcionado afinal, porque apenas três príncipes a convidaram para dançar. Um era um condutor selvagem de Fonte Selvagem, o outro um condutor verde de Refúgio Verde, e o terceiro, um príncipe de Bastião de Ferro. Muito diferente do que ela estava esperando.

O condutor selvagem passou o tempo todo dizendo a ela como era bonita, ou olhando para o decote dela, fazendo-a sentir-se desconfortável. Era verdade que o vestido era bem aberto, mas ele não tinha o direito de olhar para o corpo dela daquela maneira. Estava contando os segundos para a canção parar e a tortura terminar.

O condutor verde passou o tempo todo se vangloriando de suas incríveis habilidades de caça. Não, ela não tinha perguntado sobre caça e não estava nem um pouco interessada no assunto, mas ele parecia não notar. Ele provavelmente não se importaria se ela fosse substituída por uma figura de madeira. A única vantagem era que pelo menos ele não estava olhando para o corpo dela.

O príncipe de Bastião de Ferro tinha um sorriso agradável. Ele também gostava de ler, mas era fã de *Rudolf, o Poderoso*. Pelo menos ele gostava de jogar baralho e jogos de tabuleiro, o que ela também gostava. Dançar com ele era agradável porque ela não achava que estivesse interessado em pedi-la em casamento. Mas isso lhe deixava só duas perspectivas de casamento horríveis, a menos que mais príncipes mudassem de ideia nos próximos dias, o que ela sabia que era improvável.

E havia só uma pessoa naquele baile com quem ela queria passar tempo, mas não era para ela sequer pensar nele. Tão injusto.

Léa queria ouvir a mãe dela, ouvir Kasim. Ela tinha mantido uma mente aberta, mas não estava adiantando. Talvez em circunstâncias normais fosse fácil ignorar o coração, mas o dela estava dando pancadas no peito dela — e gritando.

Naia sempre tinha pensado que um baile a deixaria excitada, encantada, ou algum outro sentimento incrível. Ao invés disso, era um tipo estranho de tortura, pois ela estava cada vez mais consciente do quanto se destacava com seu vestido, do quanto sua família era isolada. Ninguém tinha falado com eles. Ninguém a havia convidado para dançar. Ninguém sequer parecia a notar.

Não que ela quisesse a atenção de um príncipe — bem, na verdade, ela queria; apenas alguma atenção, não uma proposta de casamento ou algo do tipo. Ela não queria que River a visse deixada de lado assim — se ele a tivesse notado. Se fosse ele mesmo que estava no baile.

Mas é claro que ela não receberia nenhuma atenção, considerando que era improvável que seu pai permitisse que alguém dançasse com ela. A vida dela era assim.

O Fel não parecia muito incomodado. Como príncipe, ele poderia convidar uma nobre para dançar, mas se ele quisesse dançar com uma princesa, precisaria falar com seus pais primeiro, o que significa que ele havia violado o decoro mais cedo. Não que ele parecesse se importar. Bem, por que ele se importaria? Na verdade, muitas princesas e nobres estavam caminhando ao lado de sua mesa, olhando para ele.

Naia se voltou para seu irmão.

— Você está fazendo todas as garotas suspirarem hoje à noite.

— Sim. — Ele soou irritado. — E se eu tirar minhas luvas, elas vão desmaiar.

— Léa não desmaiou.

— Claro que não. — Ele sorriu, seus olhos brilhantes.

Naia queria perguntar a ele o que estava acontecendo, o que

havia acontecido quando eles dançaram, mas ela temia quebrar essa frágil magia que o mantinha feliz.

Ela queria poder sentir o mesmo. River, a pessoa que parecia River, ou sua ilusão, nunca mais voltou ao baile. Será que a mente dela estava falhando?

Quando o pai deles voltou de sua caminhada lá fora, estava tenso, nervoso, e mexia em suas alianças com frequência, lembrando Naia da maneira como ele tinha estado na carruagem. Será que a conglomeração lhe trouxera algumas lembranças dolorosas?

Naia não queria incomodá-lo, não queria desobedecê-lo, mas talvez esta fosse uma oportunidade para aprender alguma coisa.

— Você a conheceu em uma conglomeração?

— Sim. — A voz dele estava seca. — Espera, quem?

— Quem? A minha mãe, é claro.

Ele franziu a testa.

— Ela nunca foi a uma conglomeração.

— Então por que...

— Vamos embora. — O pai dela se levantou. — Nós ficamos o tempo suficiente para sermos educados.

Naia não se importou em sair mais cedo. Na verdade, ela ficou aliviada em sair daquele lugar tortuoso, mas o comportamento do seu pai era estranho. Ainda assim, ela se levantou e o seguiu, como fez também Fel, que ainda estava de bom humor apesar de não poder conversar ou dançar com Léa, e Naia sabia que ele queria. Seu irmão tinha sido discreto e evitado olhar para a princesa Lago Branco, mas a vontade ainda estava clara em seus olhos.

Eles subiram dois andares até a ala de convidados. Uma criada se aproximou de seu pai, mas ele acenou para que ela fosse embora, de uma forma rabugenta e irritada, o que era um pouco rude. Naia tinha um quarto para ela, ao lado do de Fel, e ficou aliviada por entrar nele e finalmente ficar sozinha com seus pensamentos e preocupações. O quarto podia ser trancado por dentro, com um trinco de ferro, mas também com uma barra de madeira. Seu pai havia solicitado que seus quartos pudessem ser trancados por dentro com algo diferente do ferro. Talvez fosse um exagero, mas Naia não se sentiria segura se sua porta estivesse trancada de uma forma que até ela pudesse abrir facilmente. Claro, havia guardas no corredor, e ela duvidava que qualquer condutor de ferro tentasse qualquer coisa, mas mesmo assim... Depois do episódio com a serpente d'água, ter cuidado não custava.

O quarto era gigantesco, com uma cama de quatro colunas com gravuras ornamentadas. Também tinha uma lareira, mas não havia sido acesa, pois a temperatura era confortável no castelo graças à cúpula que circundava a cidade. Isto era muito mais sofisticado do que o seu quarto em casa. Naia estava começando a perceber que havia uma enorme diferença entre sua família e os outros reais. Ela sabia que deveria ignorá-los, que a opinião deles não importava, mas não se sentia bem em ser excluída. As palavras de Fel vieram à sua mente: *nós só ouvimos um lado*.

E se o pai dela fosse a pessoa horrível? Mas isso não fazia sentido. Como um condutor de morte, ele era extremamente poderoso e, mesmo assim, nunca usou sua magia, nunca ameaçou ninguém. Ele se importava profundamente com seus súditos. Mas isso não significava que ele não tivesse ofendido as outras famílias de alguma forma. Ou talvez ainda fosse por causa de sua mãe, por causa daquele casamento indesejado. E era horrível saber que essas famílias reais desejavam que ela e Fel não existissem. Bem, isso *os* tornava horríveis e deveria apagar as chamas das dúvidas sobre seu pai.

Naia queria se deitar e descansar, só que primeiro ela tinha que se livrar daquele frufru roxo que estava usando. Ela estendeu a mão para abrir a parte de trás do vestido, mas era mais difícil do que havia previsto, pois as costas não tinham botões, mas ganchos bem apertados. Sair no corredor e chamar uma criada seria o auge da humilhação, considerando que seu pai as havia descartado. Bem, ela poderia tentar usar a sua condução de ferro. Seria entediante, mas talvez ela devesse encarar isso como uma oportunidade para exercitar sua magia. Fel tinha ficado incrível depois de fazer toneladas e toneladas de tarefas tediosas; ela poderia fazer o mesmo — exceto que seria incrivelmente chato.

A menos que Naia usasse seu fogo, que queimava outras coisas, mas não ela. Talvez ela devesse incinerar aquela monstruosidade púrpura. Certo. Daí ela provavelmente tacaria fogo no castelo, e ela tinha certeza de que isso não seria um bom ato de diplomacia.

Para onde sua mente estava indo? Ela respirou fundo e sentou-se na cama. O que mais queria era descobrir se ela realmente tinha visto River. Naia ainda podia se lembrar do sabor dos lábios dele, mesmo depois de um ano. Mas era um absurdo. Se ele estivesse vivo, obviamente tinha esquecido o beijo deles. E mesmo se ele não tivesse esquecido, o que poderia acontecer?

Naia sacudiu a cabeça e acendeu uma chama na palma de sua mão, depois a moveu para a outra palma. Ela adorava a sensação de cócegas do fogo, o zumbido do poder que fluía através dela.

— River, onde você está? Você está vivo? — ela sussurrou, depois fechou a mão e apagou a sua pequena chama.

A vela se apagou também, por coincidência, ou talvez afetada por sua magia, deixando apenas a luz prateada da lua iluminando o quarto.

Então ela sentiu um cheiro estranho de chuva, não de chuva normal, era um cheiro arrebatador, específico... Ela se levantou, com o intuito de caminhar até a janela, quando algo chamou sua atenção ao lado da lareira, uma sombra que não deveria estar ali. Naia acendeu uma chama em sua mão novamente — e seu coração pulou.

Havia uma pessoa ao lado da lareira. Não era uma pessoa qualquer — era River.

6

ATRÁS DAS PORTAS

Naia ampliou seu fogo e caminhou em direção a River, sem saber se ela estava sonhando ou alucinando. Mas tinha aquele cheiro incrível de chuva. Um cheiro, ela percebeu, que era o dele.

Ele levantou uma mão com unhas escuras.

— Não precisa me incendiar.

Seus olhos eram marrom-avermelhados, como antes, e, no topo de sua cabeça, havia dois chifres. Era ele — sem encantamento.

— Você está vivo? — Naia não tinha certeza se estava furiosa ou aliviada. — Vivo? E nunca se preocupou em me avisar? Eu temia que eu tivesse matado você. — Esse medo tinha sido o seu companheiro sinistro por um ano.

Ele olhou para o fogo dela como se estivesse curioso, depois sorriu.

— Só que você não matou.

— Por que você não me contou?

Ele passou os dedos por cima da lareira.

— Humm... deixe-me ver. Que pergunta difícil. — Ele se virou para Naia, seu rosto tão lindo na luz tênue que vinha da chama dela. — Por que alguém não falaria com a pessoa que tentou matá-lo?

Isso não fazia sentido.

79

— Eu não tentei matar você. Eu não tenho ideia do que aconteceu. Eu me senti culpada por um ano.

Ele olhou para ela por um momento.

— Por que você me pediu para beijá-la, então?

Ele queria mesmo que ela respondesse essa pergunta? Ela engoliu em seco.

— Curiosidade. Por que você me beijou?

— Porque você pediu! Era curiosidade? Se a magia do ferro mataria um fae?

Naia franziu a testa.

— Eu não usei condução de ferro em você. Para te transportar para o meu quarto, sim, mas foi porque eu pensei que você ia morrer na chuva e você é muito pesado para eu carregar. Você não pode estar pensando seriamente que eu tentei te matar de propósito. Você estava inconsciente, River. Tenho certeza que você sabe que há maneiras muito mais fáceis de matar alguém desacordado.

— Você está feliz por eu estar vivo? — A voz dele era suave.

— Estou feliz por não ter matado você. E o que você está dizendo sobre a minha mágica? Que minha condução de ferro te faz mal? Como isso pode ser, considerando a companhia que você tem mantido? O que você está fazendo com os Bastião de Ferro?

Ele focou seus olhos castanho-avermelhados nela.

— Se você pudesse espionar seu inimigo, você não o faria?

— É isso que você está fazendo?

Os olhos dele passaram pelo rosto dela e ele inspirou fundo antes de olhá-la nos olhos novamente.

— Eu estou fazendo muitas coisas.

Ela não conseguia se livrar da memória do beijo, mas também não conseguia se livrar de suas dúvidas.

— Os ataques. São os faes? Os faes estão voltando? — Ela lembrou que ele não chamava a raça dele de faes. — Ou os lendários ou o que quer que seja?

Ele levantou um canto de seus belos lábios.

— Dê-me uma razão para lhe responder.

Bem, isso era óbvio.

— Eu salvei sua vida.

— Mas daí você quase me matou, então não conta.

Naia ainda estava tentando entender suas palavras.

— É verdade o que você está dizendo? Eu quase te matei?

Ele a considerou por um momento.

— Humm. Você realmente não tinha ideia.

— Você achava que era de propósito? — Ela não conseguia esconder sua indignação.

— Eu achava. — Havia sinceridade em seu rosto.

— Você percebe que não faz sentido? Eu sei caçar. Eu posso matar um porco selvagem com uma faca ou uma flecha. Eu posso definitivamente matar um porco inconsciente.

— Talvez você quisesse me fazer algumas perguntas primeiro. — Ele balançou a cabeça. — Foi o que eu pensei. Sua magia de ferro, Naia, foi o que quase me matou. De alguma forma, quando nos beijamos, eu absorvi parte dela. — Ele pegou um atiçador de brasa ao lado da lareira e passou sua mão sobre ele. — Mas depois me fez mais forte.

— Você está imune ao ferro agora. Foi assim que você entrou em Bastião de Ferro. É por isso que você está aqui. Mas como você escondeu seus chifres e sua cor dos olhos?

Ele deu de ombros.

— Isso é um encantamento bem fácil.

— Foi como você entrou no meu quarto?

— Eu sou um lendário. — Ele rolou os olhos. — Nós podemos ir a muitos lugares.

Ela exalou.

— Verdade. Você pode se mover através do oco. Como um condutor de morte.

— Morte. — Ele acenou com uma mão. — Um nome tão dramático para a magia que é a mais próxima da nossa.

— Você pode matar alguém com seu olhar?

Ele riu.

— Um condutor de morte pode fazer isso? Ou são apenas histórias? Sabe, vale a pena fazer as pessoas temerem você.

— Meu pai diz que nós não devemos mostrar a verdadeira extensão do nosso poder.

— Se você planeja usá-lo, sim, você esconde. — Ele olhou para ela. — É por isso que você esconde seu poder?

— Isto? — Ela apontou para a chama ainda queimando em sua mão. — É porque ninguém mais tem essa mágica.

O River balançou sua cabeça.

— Seu pai ou sua mãe tinha. — Ele franziu a sobrancelha. — Eu não tinha ideia que os humanos... Você disse que você é a única com fogo?

— A magia se manifesta de forma diferente em pessoas diferentes. Isto tem que ser condução de morte.

Ele olhou para a chama dela por um momento, como se estivesse pensando.

— Se você está dizendo.

Naia estava ficando brava. Brava por ele ter desaparecido e nunca ter enviado uma palavra, brava por ele estar no quarto dela sem lhe dar nenhuma explicação.

— Por que você está aqui? Os faes estão voltando?

Ele colocou o atiçador de volta em seu lugar.

— Nós nunca fomos embora.

— Você sabe o que quero dizer. Guerra. Há uma guerra chegando?

Ele balançou um dedo com unha escura.

— Há sempre uma guerra se armando em algum lugar, nem sempre relacionada com os faes.

— Os ataques nas vilas. Eles têm algo a ver com os faes?

Ele parou por alguns segundos e olhou para cima, como se estivesse pensando.

— Ter algo a ver é um conceito muito amplo. — Ele olhou de volta para ela. — Mas se você está querendo saber se os lendários causaram esses ataques, eu direi *não*. Mas você pode estar certa de que pode haver uma guerra para acontecer. Eu tenho uma proposta para você. Deixe esta conglomeração e volte para casa. Há tempos sombrios pela frente.

Naia sentiu o seu estômago tremer.

— Então os faes *vão* atacar.

O River passou a mão pelo seu cabelo, revelando uma orelha pontuda.

— Eu não disse isso. Eu só estou dizendo... Você pode escolher ficar protegida.

— Foram os faes por trás da cobra-d'água?

Os olhos dele se alargaram e ele ficou rígido.

— Que cobra-d'água?

— Em um lago. Fora da cúpula. Eu estava lá.

De surpresa, seu rosto se transformou em horror, mas então ele relaxou novamente.

— Você acha que os faes que estão escondidos em seu submundo são responsáveis por uma cobra-d'água? Improvável, Naia.

— Então você se lembra do meu nome.

Ele riu.

— Eu me lembro mais do que o seu nome. — Ele se aproximou dela. — E quanto a você? Do que você se lembra?

Ela teve que olhar para cima para falar com ele a essa distância.

— Seu nome. River. Se esse é realmente o seu nome.

— E o nosso beijo?

Ela podia ver as íris marrom-avermelhadas dele, mesmo que as pupilas estivessem tão grandes, e se concentrou nos olhos, evitando olhar para seus lábios.

— É claro que eu me lembro. Eu temia que tivesse sido um beijo mortífero. Parece que foi.

Ele inclinou a cabeça, como se a estivesse examinando, e passou a mão sobre o rosto dela.

— Você poderia ser muito mais, sabe?

— Mais do que o quê?

Ele riu.

— No baile desta noite, não tenho certeza se você notou, mas todas as mulheres pareciam iguais, como se todas tivessem vindo da mesma forma. O mesmo cabelo, o mesmo vestido, o mesmo estilo. E ainda assim você se destacou como uma rainha.

Elogios exagerados como esses eram extremamente suspeitos.

— E daí?

— Eu vou confessar; eu estava com raiva. Eu me senti traído. Eu pensei que talvez você tivesse me convencido a te beijar sabendo que isso me faria mal, e eu não tinha certeza do que fazer a respeito.

— O quê?

— Eu achava. — Ele olhou para baixo, depois de volta para ela, a voz ainda mais suave. — Agora vejo que eu estava errado. Mas também o tempo... passa diferente para nós quando nós... não estamos aqui. — Ele estava tão perto, cheirando como chuva e água e orvalho fresco, e ainda assim como algo mais tão mágico, tão dele.

— Onde você estava?

Ele encolheu os ombros.

— No oco, depois no submundo.

Naia deu um passo atrás, lembrando onde ela o tinha visto esta noite.

— Até que você de alguma forma se juntou à delegação de Bastião de Ferro. Tenho certeza que não demorou um dia.

— Um mês, no seu tempo. — Ele levantou um dedo. — Mas isso é uma missão. Eu não sabia que ia vê-la aqui. Eu deveria ter sabido, é claro... — Ele respirou fundo. — Eu tenho uma proposta para você.

Ela rolou os olhos.

— Você já disse: vá para casa. Desde quando isso é uma proposta, River?

— Não é. Quero dizer, poderia ser. Você não ouviu meu argumento, mas eu tenho uma melhor.

— Eu estou ouvindo.

— Case comigo.

Ela se engasgou em um suspiro. Não, não podia ser. As palavras dele não faziam sentido.

— O quê?

— Estou pedindo para você se casar comigo.

Ele *era* de tirar o fôlego. A proposta deveria fazer o coração dela acelerar, mas não vindo do nada assim.

— Por quê?

— Que tipo de pergunta é por quê? Eu tenho que perguntar, você sabe. Eu não posso simplesmente sequestrar você. Quero dizer, tudo bem, eu poderia, mas não é assim que nós fazemos as coisas.

Ela se afastou dele e se sentou na cama.

— River, as pessoas que se casam geralmente se gostam.

Ele se sentou ao lado dela.

— Você não viu muitos nobres, então.

Naia riu.

— Mas daí é diferente, é uma aliança.

— Tem aliança melhor do que humanos e lendários?

— Certo. — Ela rolou os olhos. — Como você notou, todos os humanos se curvam para mim.

— Bem, eles deveriam. Agora, case comigo e eu me certificarei de que você esteja protegida. E você irá para o submundo comigo. — Ele fez uma pausa, depois acrescentou: — Eu posso pedir a quem quer que nós vejamos para se curvar diante de você. E... eu posso fazer o meu melhor para manter seu irmão a salvo também.

Ela estava olhando para baixo, mas a menção de seu irmão chamou sua atenção.

— A salvo de quê?

Ele encolheu os ombros.

— Do que quer que venha.

— River, você sabe algo e não está me dizendo. Eu não posso me casar com alguém em quem não confio.

Ele franziu a testa e inclinou a cabeça.

— Você não viu muitos casais, viu? Espere. — Ele fez uma pausa. — Você *nunca* viu um casal de perto, Naia.

— Claro que sim. Há pessoas casadas na vila perto da minha casa, e alguns guardas são casados. E é de mau gosto gozar de mim porque minha mãe morreu, sabe?

Ele mordeu seu lábio e olhou para baixo.

— Eu não quis dizer isso. Eu não quis ofender.

— Então você não deveria ter dito isso. Mas a questão nem é essa. O que você está escondendo?

Ele balançou a cabeça.

— Nunca escondi. Tenho certeza que você está ciente que os Bastião de Ferro não são confiáveis.

— Você descobriu alguma coisa?

Ele desviou o olhar.

— Nada de específico. Ainda.

Ela decidiu fazer uma pergunta diferente.

— O que eu recebo se eu casar com você?

Ele afastou uma mecha de cabelo dela da orelha e sussurrou perto dela.

— Toneladas de beijos.

A voz deu-lhe arrepios e ela esperava que ele não notasse isso.

— Os beijos não vão te machucar?

— Eu acho que não. Não mais.

— O que mais eu recebo?

Ele se levantou.

— Gananciosa, você. Aqui estou, oferecendo meu coração, e você está olhando para ele como uma espécie de negociação.

Ela bufou.

— Oferecendo seu coração? Você está me perguntando se eu quero casar com você como se você estivesse perguntando se eu compraria seu carrinho de mangas. É claro que eu quero inspecionar o carrinho.

— Sabe, eu não me importaria de ser tratado como uma manga.

Naia balançou a cabeça.

— Não é romântico.

Havia um brilho nos olhos dele.

— Você se casaria comigo se eu fosse romântico?

— Talvez. Mas vamos concordar que meu pai não vai aprovar, e eu não sei sobre sua família, mas...

— Eles não me dizem o que fazer.

— Os lendários podem casar com humanos?

— Claro. — Ele encolheu os ombros. — Nada de errado com isso.

— Mas por quê? Quero dizer, você certamente não se importa o suficiente para mandar sequer uma palavra avisando que está vivo, então qual é o objetivo?

— Eu já expliquei. Eu estava com raiva. E sua casa está bastante protegida, no oco. Não é um lugar em que um lendário possa se aventurar.

— Mas você foi lá.

— Sim. E não tenho certeza se você notou, eu quase morri.

— Por que você foi para Umbraar?

Ele olhou para ela, como se estivesse pensando, e depois sorriu.

— Case-se comigo e eu lhe responderei.

Ela rolou os olhos.

— Você nem parece sério.

— Eu sou um lendário. Eu nunca pareço sério. E talvez eu não saiba muito sobre os seus rituais de acasalamento. Na verdade, eu não sei de nada. A oferta se mantém, mas meu orgulho está ficando muito arranhado com a sua insistência em dizer *não*. Eu lhe darei dois dias. Pense. Você não terá outra chance.

— Espere — disse ela, mas era tarde demais, pois ele já tinha desaparecido, e havia apenas a fumaça negra onde uma vez ele estivera.

A cabeça dela estava girando. Ela tinha imaginado encontrar River novamente muitas vezes, e nunca teria adivinhado que seria assim. Tudo bem, ela tinha imaginado que eles iriam se beijar e às vezes até imaginava que fariam o que as pessoas fazem depois de se beijarem. Mas uma proposta de casamento fria? Ele estava fazendo isso por uma razão, estava certa disso. E ela nem sabia se era uma proposta de verdade. Se por acaso fosse séria, o pai dela ficaria furioso. De alguma forma, a ideia do pai dela bravo não parecia tão ruim assim. Ela estava perdendo a cabeça.

Naia focou nos ganchos de metal em seu vestido, depois os arrancou todos de uma vez. Feito.

Léa sentou-se em silêncio enquanto sua criada, Siana, desfazia as tranças. Era tarde para ela ainda estar acordada, mas, por outro lado, seria horrível dormir com aquele cabelo. Siana era muito mais velha que Léa e ainda solteira. Ela tinha sido sua única amiga e confidente além de seus pais. É verdade que ela trabalhava para a família de Léa, então não era uma verdadeira confidente, já que sempre contava tudo para sua mãe. Ainda assim. Era companhia.

Os dedos de Siana arrancavam com destreza os fios de ouro do cabelo de Léa.

— Parece que você está feliz com suas perspectivas de casamento.

Involuntariamente, Léa sorriu, mas porque se lembrou de Fel.

— Eu não sei.

— Está na sua cara, alteza. — Ela nunca havia perdido o hábito de se dirigir a Léa daquela maneira. — Você encontrou alguém que chamou sua atenção.

— É difícil saber em uma noite. Eu dancei tão pouco.

— Mas você pode saber. Você vai ter um banquete amanhã, não vai? Quando há cinco ou seis pratos principais, quanto tempo você tem que olhar antes de escolher?

Léa riu.

— Já me aconteceu que algo parecia bastante apetitoso e no final não era. Eu não sei se o seu exemplo funciona.

— É claro que funciona. Precisou de quantas mordidas?

— Bem... eu não mordi nenhum príncipe esta noite.

— Ah. — Os olhos de Siana tinham um brilho zombeteiro. — Você vai esperar até sua noite de núpcias.

Léa franziu a testa.

— O que acontece na noite de núpcias?

— Minha senhora. Sua mãe proíbe...

— Eu sei. Mas eu estou perguntando.

Ela baixou a cabeça.

— Eu também não sei, pois não tenho marido. Você sabia que todos os criados estavam falando do seu rato? De onde você tirou essa ideia?

— Eu acho que... — Mesmo ela não tinha certeza de como tinha conseguido a coragem de realmente usar um rato para sua introdução. — Eu queria fazer algo diferente.

— Você certamente fez. Eu acho que foi inteligente. Mostrou que não é uma florzinha frágil.

Léa sorriu.

— Espero que seja esse o caso.

Siana então a ajudou a sair de seu vestido e foi embora.

Tinha sido uma noite tão longa. Léa não sabia se ela queria

que terminasse, com medo do dia seguinte e de qualquer conversa sobre casamento que viesse. Com medo das reuniões oficiais e do que aconteceria, do que eles diriam. Talvez os faes estivessem voltando, talvez Alúria estivesse se aproximando de uma nova guerra. Engraçado como ela nunca havia pensado que isso aconteceria em sua época. Seus pais tinham passado por uma guerra horrível, e uma guerra deveria ser suficiente por toda a eternidade.

Alguma coisa bateu na janela dela. Um pássaro? Quando ela olhou, quase caiu de surpresa. Fel estava lá. Mas como? O quarto dela era no alto do castelo.

Ela correu para a janela e o viu tocando nas barras de ferro. Estaria mentindo se dissesse que não estava feliz em vê-lo, mas que lugar estranho.

— Como você chegou até aqui?

Ele soltou as barras e ela quase gritou, até perceber que ele estava flutuando na frente da janela dela.

— Um pouco de magia. Eu só queria falar com você. Posso entrar por um minuto?

— Mas as barras...

Ele rolou os olhos.

— Barras de ferro, Léa.

— Eu... — Ela queria falar com ele, queria ter um momento a sós com ele, mas as palavras de sua mãe sobre uma princesa arruinada ainda ressoavam em seus ouvidos. — Não é... que eu não queira falar com você, mas pode ser inapropriado.

O sorriso dele se desvaneceu por um momento, mas então ele se iluminou e disse:

— Venha comigo, então.

— Lá fora?

— Sua chance de voar.

O sorriso dele era convidativo, mas...

— E se a sua magia falhar? Se alguém nos ver?

— Não vai falhar. E ninguém está olhando para cima aqui. Se olharem, eles vão pensar que somos pássaros.

— Flutuantes?

As barras se dobraram para que houvesse espaço suficiente para ela sair e ele estendeu a mão.

— Você vai me dizer que nunca sonhou em voar?

— Você não quer conhecer meus sonhos.

— Claro que sim.

Ela balançou a cabeça.

— Eu tenho muitos pesadelos. — Mesmo assim, ela segurou a mão com luvas dele, então percebeu que não estava realmente segurando ele. — Você tem certeza de que é seguro?

— Eu te seguro. As luzes da cidade parecem tão bonitas vistas do alto.

Esse era o tipo de coisa que ela nunca se perdoaria se não fizesse. Pisou no parapeito da janela, evitando olhar para baixo, então sentiu os braços de Fel à sua volta enquanto flutuavam para cima e para longe do castelo.

Talvez fosse tarde demais para perceber que ela temia alturas, pois encostou a cabeça no peito dele e fechou os olhos.

— Como isso funciona?

— Não estrague a mágica. Olhe. É lindo, eu prometo.

Léa ousou olhar e notou que eles estavam quase tocando a parte superior da cúpula. As luzes no chão brilhavam como estrelas.

— É lindo, sim. Mas você fez meu coração acelerar.

O peito dele vibrou com uma risada suave.

— Diz a garota que assustou metade do baile hoje à noite.

— É culpa deles terem medo de um rato morto que não pode fazer mal nenhum a ninguém.

— Você acha que funcionou? Afugentou seus pretendentes?

— Eu gostaria que tivesse afugentado.

Ela estava com medo, então ainda estava encostada no peito dele, o que tornava a conversa um pouco estranha, pois não conseguia ver o rosto dele.

— Você não tem medo de altura?

— O medo não é algo que me domina. É útil, e é bom ouvi-lo, mas não deveria servir para impedir ninguém. É apenas um aviso.

Léa se perguntou do que ele poderia ter medo e não achou que ela pudesse descobrir o que seria.

— Um aviso contra o quê?

— Um animal selvagem pode ser perigoso, por exemplo.

Situações sociais e políticas podem ser perigosas. Mas você está certa. Não é realmente medo. Talvez eu tenha medo de outros tipos de coisas. Se abrir pode ser assustador, pois você nunca sabe como a outra pessoa vai reagir.

— Às vezes você sabe.

— Talvez. — Ele a abraçou mais forte. — Tudo o que vale a pena neste mundo carrega algum risco. Mas o engraçado é que evitar riscos não vai evitar a dor. Meu pai diz que você não pode se apaixonar em dois dias. Ou em um dia. Mas então, como funciona? Quanto tempo você leva para saber se uma melodia lhe agrada? Quanto tempo leva para sentir se o tempo está quente ou frio? Segundos, Léa. Meu pai também diz que se se apaixonar fosse bom, você não cairia de paixão. Bem, então, eu estou voando apaixonado.

Léa mal podia acreditar nas palavras dele, mas não tinha certeza de como responder. Ela queria continuar segurando-o, ficar perto, sentindo o aroma do cabelo e da pele dele, a sensação de sua magia ao redor dela, mas também estava ficando tonta e tendo dificuldade em juntar seus pensamentos.

A testa dele se encostou na dela. Sem querer, ela levantou seu rosto e logo sentiu os lábios dele encontrando os seus. Um toque tão suave, delicado. Ela beijou os lábios dele, e então não havia nada além de beijos, bocas entrelaçadas. Léa estaria flutuando mesmo que seus pés estivessem no chão, e agora seu coração estava martelando com o dobro de sua força habitual, misturando o medo da altura e o êxtase de beijar o único príncipe que ela sempre quis beijar.

Ela afastou o rosto e confessou:

— Eu tenho medo de altura. Podemos voltar? Mas... eu gostei.

Ele riu, mas a guiou de volta para o castelo. A janela ainda estava aberta e as barras dobradas, então ela entrou, feliz por ter algo firme sob seus pés. Fel ainda estava flutuando do lado de fora.

— Entre — disse ela. — Mas não... — Ela nem sabia o que dizer e sentia como se suas bochechas estivessem pegando fogo. — Eu confio em você, mas não vamos... fazer nada que vá me arruinar.

— Eu nunca faria isso, Léa. Mas eu posso falar com você daqui, se estiver com medo.

Ela estendeu sua mão e puxou o cotovelo dele.

— Eu não tenho medo de você.

Fel entrou e Léa fechou a janela atrás dele. Só agora ela percebeu que estava usando apenas uma camisola fina, e era estranho que isso não a tivesse incomodado antes. Por outro lado, a camisola cobria mais do que o vestido do baile.

Fel ficou ao lado da janela, como se hesitasse em entrar, talvez desconfortável por causa das palavras dela. Mas como ela esqueceria o aviso de sua mãe? Talvez esta fosse sua chance de entender tudo isso melhor.

— O que é? Que arruína uma moça? O que acontece? Não pode ser só entrar no quarto dela.

Fel respirou fundo, mordeu o lábio e olhou para longe, antes de voltar para ela, um pouco nervoso.

— Isso... envolveria tirar algumas roupas.

— E depois o quê?

Os olhos dele se moveram para baixo, como se estivesse vendo sua camisola pela primeira vez, então ele desviou o olhar.

— Você vai descobrir. — Ele sorriu. — Uma vez casada, certo?

Léa ficou dividida entre a curiosidade de aprender mais, sabendo que ele provavelmente responderia se ela insistisse, e o medo de onde essa conversa poderia levar a mente dele. Ela acabou apenas acenando com a cabeça.

— Sim.

Fel cruzou seus braços e se apoiou na parede.

— Você considerou algum dos pretendentes?

— Claro que sim. Daí eu deixei você me pegar pela janela e me beijar, agora eu estou deixando você entrar no meu quarto. O que você está pensando?

Ele riu novamente, uma risada tão relaxada e fácil. Ela não se importaria de ouvi-la para sempre.

— Considerar não é dizer sim, Léa. Eu só estava perguntando. — Ele inclinou sua cabeça. — Você me considerou?

O coração dela batia rápido como se ainda estivesse no ar, só que desta vez não tinha o conforto dos braços de Fel ao redor dela. Ela olhou fixamente para os olhos verdes brilhantes dele.

— Você precisa me pedir... — Léa estava tremendo, a voz dela fina e quase falhando. — Para eu considerar você.

Fel piscou e respirou fundo. Será que as palavras dela o surpreenderam? Antes que a inquietação pudesse assentar na mente dela, ele quebrou a distância entre os dois, segurou suas mãos e beijou seu rosto.

— Quer casar comigo?

— Sim. — A palavra saiu da boca dela por conta própria antes mesmo de ela pensar na resposta. Talvez tivesse vindo direto do seu coração.

Sua recompensa foi ter o sorriso mais deslumbrante de todos os tempos. Ela soltou as mãos e envolveu seus braços em torno dele, então ele a abraçou de perto e se beijaram novamente.

Quando se separaram, ele estava sorrindo.

— Case comigo agora, Léa, agora mesmo.

Ela riu.

— Você sabe que eu não posso. — Por tantas razões. Algumas grandes e complicadas razões que sufocaram sua risada de uma vez. — E eu vou ter que convencer minha mãe.

O sorriso de Fel também se apagou, seus lábios agora formando uma linha dura.

— Ela me odeia, certo?

— Eu acho que ela odeia seu pai, não você.

Eles ainda estavam tão perto que ela podia sentir o peito dele se expandindo em uma respiração profunda.

— E se ela disser *não* e não ceder, o que você vai fazer? — Os olhos verdes dele estavam fixados nela.

— Vou tentar convencê-la primeiro. — Ela tinha que fazê-lo e não havia nenhuma razão lógica para que sua mãe se opusesse. — Se ela não mudar de ideia, então nós veremos.

Ele acenou com a cabeça.

— Eu vou falar com ela amanhã. Pessoalmente. Eu não quero que os problemas dela com meu pai atrapalhem.

— Também... — Isto era uma coisa menor, mas era algo que a mãe dela iria questionar. — Eu tenho que governar Lago

Branco. Mas você é o herdeiro de Umbraar. Como nós faríamos isso funcionar?

Ele encolheu os ombros.

— Eu poderia deixar Umbraar para minha irmã. Eu sei que ela quer e é capaz. Dessa forma você ainda poderia governar Lago Branco.

Isso... era perfeito. Léa sorriu. Tudo era tão fácil com Fel. Mas talvez não fosse tão fácil assim.

— Seu pai ficaria bem com isso?

— Talvez não. Mas quando chegar a hora de um novo governante em Umbraar, eu estou achando que ele não estará por perto para ficar chateado.

— Esses são pensamentos sombrios.

— É a verdade. — Ele afastou uma mecha de cabelo do rosto dela. — E nós não podemos viver amarrados pelos medos de nossos pais.

Ela o abraçou com força.

— Nós não vamos.

Ele a beijou novamente, um beijo que logo ficou sem fôlego e urgente, e ela queria mais e mais e mais, perdendo-se na sensação do corpo dele colado ao dela, os braços a envolvendo, até que ele parou o beijo de repente.

— Léa, é melhor eu ir. Você está certa de que eu não deveria estar no seu quarto. Eu não teria vindo, mas eu não tinha outra maneira de falar com você.

Ela não queria que ele fosse embora, então beijou o rosto dele e depois o pescoço. A respiração dele estava ficando mais rápida enquanto ela passava as mãos sobre o peito dele. Fel era normalmente tão calmo, que era bom vê-lo tão nervoso, sentir o controle escorregando dele.

— Eu confio em você — disse ela. — Você não me arruinaria.

Os olhos dele fecharam por um momento, mas depois ele a empurrou e subiu no parapeito da janela.

— Eu faria. Eu não quero nada mais do que tirar essa sua camisola, tirar suas roupas de baixo, e depois beijar você inteira. Mas eu também sei que nós precisamos esperar. — Ele estava tão ofegante que mal conseguia falar. — Deixe-me ficar mais tempo e eu vou esquecer. E se você esquecer também, você vai ser toda minha. E eu não quero esperar um mês, alguns dias, nem mesmo um segundo.

Léa engoliu em seco. Ela gostaria de ver o peito nu dele, tocá-lo, sentir mais dele, sentir a pele dele encostando na dela. Ela gostaria que ele tirasse a roupa dela, que a visse completamente nua, que a beijasse em todos os lugares. Esses eram pensamentos estranhos e surpreendentes. Mas era verdade. Ela poderia ser dele. Agora mesmo. Tudo o que ela tinha que fazer era convidá-lo para entrar. Então talvez não houvesse problema em convencer sua mãe a deixá-la se casar com ele, pois seria tarde demais para ela casar com qualquer outra pessoa.

Isso se ele não mudasse de ideia depois de conseguir o que queria. O aviso de sua mãe ecoou em sua cabeça.

Ele riu e sacudiu a cabeça.

— Léa, você está considerando isso. Mas eu prometo a você que podemos esperar. Pense não nesta noite, mas em amanhã de manhã.

Léa ficou horrorizada por ele ter notado seus pensamentos absurdos, imorais e depravados.

— Eu não estou considerando nada. — A ideia era tão indecente, tão errada. — É que... eu gostaria que você ficasse mais tempo, mas o seu ponto de vista também é justo.

Ele acenou com a cabeça e sorriu.

— Eu sei com o que vou sonhar. Nada é proibido lá. Talvez eu esteja em seus sonhos.

Ela balançou a cabeça, ainda incrédula com o que acabara de passar pela sua mente.

— Meus sonhos são estranhos, Fel.

— Eu espero poder melhorá-los. Amanhã eu vou falar com sua mãe. Eu sei que o amor cresce com tempo e cuidado, mas já há uma semente de amor para você aqui, Léa.

— Você tem palavras tão bonitas, que eu nunca consigo igualar.

— O seu sorriso bate as minhas palavras. — Seus olhos estavam tristes. — É melhor eu ir embora. Mas você disse que sim, então lembre-se que está noiva agora, Léa.

Ele colocou as barras de volta ao normal, depois flutuou

para cima e desapareceu. Ela queria que ele tivesse ficado. Talvez até quisesse que ele tivesse ficado e a arruinado, o que quer que isso significasse.

Tudo o que ela fez foi deitar-se em sua cama, onde podia imaginar que ele tinha ficado, imaginá-lo despindo-a, beijando seu corpo inteiro, fazendo tudo o que era proibido. Ela deixou sua mente ir para um lugar escuro e escondido, um lugar que ela desejava que ele visitasse. Mas era apenas uma questão de tempo.

De repente, ela estava em uma caverna cheia de criaturas de olhos vermelhos, cinzas e peludos que pareciam ratos gigantescos, mas sem cauda. Ela gritou, mas não saiu nenhum som. Quando tentou juntar as mãos e elas se cruzaram, percebeu que era um sonho, e ainda assim ela estava presa nele. Dois ratos gigantes lambiam seu corpo, enquanto outros dois a seguraram. Ela disse a si mesma que não era real, não era real, não era real. Ela queria alcançar o dragão prateado, mas como ela iria fazer isso dentro de uma caverna?

Então o fogo irrompeu pelas paredes e as criaturas fugiram apressadamente. O dragão estava lá, e o que tinha sido um pesadelo horrível virou um sonho tranquilizante, transcendente, aquelas lindas escamas iridescentes envolvendo-a, protegendo-a. Então a língua macia do dragão a acariciou, deslizando sobre sua pele, curando suas feridas, acalmando seus medos, embalando-a em um sono dentro de seu sonho. Um deleite mágico.

7

REUNIÕES E JOGOS

F el sabia que tinha uma montanha à sua frente, mas ele podia lidar com desafios. Ele estava no quarto de seu pai para o café da manhã, pois apenas alguns jantares seriam servidos na sala de jantar principal com todos os convidados. Alguns aliados talvez estivessem comendo juntos, mas seu pai obviamente não tinha sido convidado para nenhuma dessas reuniões menores.

Naia estava distraída e pensativa, mesmo que isso não lhe mudasse o apetite. Sua irmã sempre comia bem e, por sua vez, os pensamentos preocupantes que cruzavam sua mente não substituíam uma alimentação adequada.

Quando seu pai terminou de comer seu último pedaço de pão, Fel respirou fundo, esperando que isso lhe desse coragem para falar o que pensava.

— Eu vou pedir a Princesa Leandra em casamento e espero que você não tente frustrar meus esforços. — Ele tinha praticado sua frase na cabeça, mas ainda assim as palavras soaram estranhas.

Seu pai olhou para ele por um momento, uma mistura de tristeza e pena em seus olhos.

— Fel... Você não está sob a ilusão de estar apaixonado, está? Ou que ela está apaixonada?

Esta não era a reação que ele esperava. Fel estava preparado para ver seu pai zangado, chateado, discutindo, mas não com pena dele.

— O que isso importa? — Fel falou. Ele odiava quando as pessoas sentiam pena dele, odiava isso.

Seu pai suspirou e não mudou aquele olhar ridículo.

— Isofel... Você não tem chance com a princesa Lago Branco. — Seu tom era lento, como se estivesse explicando algo a uma criança de quatro anos.

— Ele tem uma chance — interveio Naia, o que não ajudou muito.

Fel olhou fixamente para o seu pai.

— Eu perguntei e ela disse que sim. Se os pais dela não permitirem, eu mesmo cuidarei disso.

Seu pai balançou a cabeça.

— Não diga bobagem, filho. Você foge com uma garota, você arruína a vida dela, você a isola da família dela. Você acha que é isso que ela quer?

Ele não poderia estar falando sério. Fel riu.

— Engraçado você dizer isso. Não foi isso que você fez com nossa mãe?

— E no que deu? Ela está viva? Feliz? Me diga.

— A morte dela não tem...

— Ela foi envenenada, Isofel. — A voz de seu pai era dura. — Eu acredito que os Bastião de Ferro a envenenaram.

Naia franziu a testa.

— Você nunca nos disse isso.

— O que é uma suposição sem prova? — O pai dele respirou fundo. — E você não vê o que está acontecendo com vocês? Como os seus primos e avós os amam tanto? E ainda assim você deve estar feliz por eu não ter começado uma guerra. — Ele olhou fixamente para Fel. — Você pega a princesa Lago Branco, você não sabe o que pode acontecer. Simplesmente não sabe. Não vale a pena.

Fel suspirou.

— Eu vou falar com a mãe dela. Ninguém proibiu nada ainda. A menos que você queira colocar outro obstáculo.

Seu pai levantou uma mão no ar em frustração.

— Eu não estou me opondo. Estou apenas tentando abrir seus olhos. Pense. A filha dela é a única herdeira de todo um reino. Todos estarão fazendo propostas.

— Quase ninguém dançou com ela.

Seu pai exalou.

— Então já está tudo arranjado. Quem quer que seja o licitante mais poderoso disse às outras famílias para não chegarem perto dela. Tem gente que mata por um reino. Esta não é uma luta que você pode vencer, mesmo que vivêssemos em um mundo onde a mãe dela não fosse uma cobra de duas caras.

Fel riu.

— Bem, talvez se ela não tivesse te desprezado, você não seria tão amargo. — Foi um golpe baixo, e baseado em uma vaga suposição, mas seu pai o estava irritando.

Seu pai estreitou os olhos.

— Quem disse alguma coisa sobre ela me desprezar?

— Eu vi como você olhou para ela, pai. Nossa mãe era sua segunda opção?

— Você está imaginando coisas. — Ele riu. — A rainha Lago Branco não vem a nenhuma conglomeração desde que éramos jovens e ela não mudou há quase dezenove anos. Por um momento foi como voltar atrás no tempo, e eu fiquei surpreso, só isso.

— Por que você a odeia? — perguntou Fel. — Eu entendo que você odeia os Bastião de Ferro. Mas por que você odeia ela?

— Por que você se importa?

— Ela é minha futura sogra.

Seu pai suspirou.

— Isofel. Você precisa encarar a realidade. Há garotas em nosso reino, você não precisa...

— Não importa. — Ele não queria ouvir mais esse disparate. — Eu terei uma audiência com a mãe dela. Tudo o que peço é que você não me atrapalhe.

— Vai. As palavras não ensinam, ensinam? Você quer experimentar a dor.

— Pai — disse Naia. — Eu vi como a Princesa Leandra olhou para Fel. Ela está apaixonada.

— Oh, paixão. — Seu pai rolou os olhos. — Vocês, crianças,

são tão bonitinhas. — Ele fez uma pausa. — Espere. Quando foi a última vez que você falou com ela?

— No baile.

— Não minta para mim.

Fel não tinha nada a esconder e decidiu dizer a verdade.

— Muito bem. Eu fui ao quarto dela ontem à noite.

— O quarto dela? — Havia alarme e medo em seu rosto. — Você... — Ele olhou para Naia, provavelmente percebendo que não conseguiria terminar sua pergunta. — Por acaso você...?

— Não. — Fel fez uma careta. — Que tipo de pervertido faria isso?

— O que você fez no quarto dela, então? Leu histórias?

— Eu a pedi em casamento. Ela disse que sim. Você é contra? O pai dele riu.

— Contra? É como ser contra você ser nomeado rei supremo de Alúria. Como eu posso ser contra algo que não tem chance de acontecer?

— Mas você não é contra.

— Se os pais dela aprovarem, eu aprovo. Caso contrário, não fuja com ela, não arruíne a vida dela e a de seus filhos, especialmente se você está sob a ilusão de que a ama. Você é jovem e acha que o amor é suficiente, mas o amor é inconstante. Dizem que o amor é como uma chama, e é exatamente isso que ele é. Tudo o que é preciso para apagá-lo é uma pequena rajada de brisa. Não confie nele. Não exponha seu coração, Isofel. As pessoas vão pisar nele. O casamento tem que ser baseado em confiança e respeito, não numa chama inconstante.

Fel franziu a testa, cansado de ouvir essas besteiras de seu pai.

— O que você sequer sabe sobre casamento?

— Nada. Absolutamente nada. Mas os filhos não devem repetir os erros de seus pais.

— Nossa mãe foi um erro? — perguntou Naia, a voz dela fraca.

Seu pai olhou para os dois.

— Vocês dois são minha alegria, meu orgulho, minha vida. Não há engano aí.

— Ótimo. Então não há engano para ser repetido. — Fel se levantou e saiu rapidamente antes de ouvir mais tolices e avisos sombrios.

O engraçado é que Fel tinha vivido sob a ilusão de que a razão pela qual seu pai tinha desafiado Bastião de Ferro tinha sido o amor por sua mãe, uma daquelas histórias românticas que ele normalmente só encontrava nos livros, final trágico e tudo mais. Porém, cada vez mais a recusa de seu pai em falar sobre ela parecia ser menos por amor e mais por indiferença. Mas então a questão era por que ele havia fugido com ela. Não fazia sentido.

Mas Léa, Léa amava Fel. Ele podia ver no brilho dos olhos dela, no seu sorriso, nos seus beijos. Linda Léa, que havia apresentado um rato morto para sua introdução. Ela tinha dito que não era boa com palavras, mas aquele momento tinha sido a única declaração de amor que ele precisava. Ela estava disposta a alienar e afugentar todos os outros, e isso significava que ela não os queria. Ela não queria nenhum outro pretendente. Fel também não queria mais ninguém.

A PRIMEIRA REUNIÃO de monarcas na vida de Léa. Um momento tão incrível, e ainda assim seus pensamentos estavam em parte em outro lugar, esperando ouvir alguma coisa sobre Fel, imaginando qual seria a reação de sua mãe.

Mas ainda era cedo. Qualquer notícia provavelmente viria após a reunião, quando os reis discutiriam o futuro de Alúria. Era disso que se tratava realmente a conglomeração. Os reis podiam se comunicar usando espelhos de distância, mas não funcionava para um grupo tão grande de uma só vez.

Ela se sentou atrás de seu pai, como todos os herdeiros que participavam da conglomeração, em uma posição onde ela podia ouvir bem, mas não ver muito, pois havia painéis de madeira separando cada rei dos outros. Eles ainda podiam ver todos, já que estavam sentados na frente, mas os painéis escondiam os herdeiros atrás deles.

Fel provavelmente estava lá também, e ela desejava poder vê-lo novamente, desejava saber que sua noite não tinha sido um sonho, que eles tinham realmente voado juntos, que estavam realmente noivos. Palavras privadas não tinham o mesmo significado de palavras públicas, e ela queria ter certeza de que as dele tinham sido verdadeiras.

Talvez ela quisesse uma confirmação porque era difícil acreditar que era verdade, difícil acreditar que o mais poderoso e mais bonito de todos os príncipes queria se casar com ela, que um dia eles dividiriam um castelo, um quarto. Ela realmente deveria parar de pensar sobre isso e se concentrar na reunião. Um dia, ela estaria sentada no lugar de seu pai, tendo que tomar decisões que impactariam milhares de vidas.

Eles começaram por discutir os misteriosos ataques em pequenas vilas. Todas as pessoas e animais haviam simplesmente morrido e não tinham feridas visíveis. A vegetação estava intocada. Quatro reis diferentes descreveram a mesma coisa. Em muitos casos, esses ataques só haviam sido descobertos dias depois, quando já era tarde demais para fazer alguma coisa. O pai de Léa tinha ido a algumas dessas vilas e usado sua necromancia para contatar os mortos, mas mesmo eles não sabiam de nada.

Mais da metade dos reinos pensava que eram os faes brancos que estavam voltando. Alguns reis discordaram. Alguém sugeriu que era algum tipo de veneno no ar, algum tipo de arma. Isso fazia algum sentido. Mas quem iria usá-lo? E por quê?

O pai dela disse que toda teoria deveria ser devidamente levada em consideração. Então, o rei de Bastião de Ferro falou, oferecendo-se para dar apoio a todos os reinos, enviando suas melhores armas e alguns de seus soldados.

— E você faria isso por causa da bondade do seu coração? — alguém perguntou.

Léa podia ver apenas parte do seu rosto de onde ela estava sentada, mas reconheceu o pai de Fel, o rei de Umbraar. Estranho como a voz dele era diferente da de seu filho.

— Não, não — disse o rei de Bastião de Ferro. — Não é bondade, mas precaução. Os faes são nosso inimigo comum. Se eles tomarem um reino, eles acabarão conquistando a nós todos, incluindo Bastião de Ferro. Como eu não quero que os faes controlem Alúria, eu prefiro fazer algo antes que seja tarde demais.

Era uma boa ideia fazer algo, com certeza. Mas deveria ser Bastião de Ferro fazendo isso?

— E que garantia nós temos de que você não voltará seus soldados contra nossos reinos? — Era novamente o pai de Fel. Ele estava sendo tão loquaz nesta reunião quanto tinha sido silencioso no baile.

Uma gargalhada ecoou na sala. Era o rei de Bastião de Ferro.

— Oh, Rei Azir, se você está falando por Umbraar, deixe-me ser claro. Primeiro, eu não tenho nenhum interesse em seu reino maldito. Segundo, se seus guardas não podem conter uma pequena força destinada apenas a apoiá-lo, então você está definitivamente desequipado para lidar com os faes. — Ele riu novamente e foi acompanhado de alguns dos outros reis. — Tudo o que eu quero é ajudar.

— Ótimo, então. Você pode ajudar aqueles que querem a sua ajuda. Eu não preciso dela — disse o rei de Umbraar.

— Alúria precisa de unidade. — Este era outro rei falando. Rocha Verde, talvez? Léa não conseguia ver. Ele continuou: — Precisa de um exército unido para combater a ameaça iminente. Isto não vai funcionar se cada um de nós tomar suas próprias decisões. Não se trata de você ou de seu reino, trata-se de toda a terra.

Eles continuaram discutindo. O pai dela estava em silêncio, e ela se perguntou o que ele estava pensando. O que *ela* faria? Aceitar a ajuda de Bastião de Ferro poderia ser bom, mas também poderia prejudicar a autonomia deles. Poderia também significar colocar forças inimigas potenciais em seu reino. Mas Bastião de Ferro não poderia querer conquistar toda a Alúria; era muito grande. Além disso, era verdade que uma pequena força enviada para apoiar os exércitos locais não seria suficiente para vencê-los. E se eles atacassem um reino, todos os outros estariam em alerta. Ainda assim, isso daria a Bastião de Ferro imenso poder sobre todo o continente.

Por outro lado, recusar a ajuda de Bastião de Ferro poderia

ser visto como um ato de rebeldia. Talvez uma boa solução seria aceitar a ajuda e ficar de olho neles. Mas, novamente, se os faes retornassem, essas brigas pouco importariam, e o orgulho equivocado poderia colocar Alúria em risco.

Léa não sabia qual era a resposta certa e aparentemente a maioria dos reis também não, já que eles adiaram o assunto e agendaram uma nova reunião no dia seguinte.

Agora o coração de Léa estava realmente acelerando. Fel ia falar com a sua mãe. E então o quê? O que seus pais iriam fazer?

FEL TINHA PRESUMIDO que a Rainha Ursiana não participaria da conglomeração do conselho. Se ela não tinha ido a nenhuma das reuniões anteriores, provavelmente não tinha um papel ativo como Rainha Lago Branco, pelo menos no que dizia respeito a assuntos entre reinos.

Ele deixou Naia assistir a seu pai na reunião e aproveitou a oportunidade para solicitar uma audiência com a mãe de Léa. Para sua surpresa, foi imediatamente recebido, e foi assim que ele se viu entrando em uma sala com estantes de um lado, uma grande janela com vista para a cidade, e cadeiras ao redor de uma pequena mesa. Dois guardas estavam de pé nos cantos e a rainha usava um vestido de dia. Fel estava usando a camisa e a calça do baile, sem o casaco, esperando causar uma boa impressão, esperando que seus instintos estivessem certos.

A Rainha Ursiana levantou-se e arqueou as sobrancelhas.

— Você desejava me ver?

Era estranho vê-la de perto. Seu rosto lembrava muito o de Léa, exceto que ela tinha olhos castanhos e sua pele era um pouco mais clara. Fel se perguntou se ela de fato tinha rejeitado o pai dele no passado. Talvez tenha sido uma suspeita inútil.

Fel fez que sim com a cabeça.

— De fato, sua majestade.

Ela fez um gesto para a cadeira na frente dela.

— Bem, sente-se.

Até agora ela tinha sido amigável, e ainda assim o coração dele pulava como um animal engaiolado.

Fel sentou-se, respirou fundo, e disse:

— Eu sei que sua majestade e meu pai tiveram desentendimentos. — Houve um traço de fúria nos olhos dela, mas muito breve. Fel tentou apaziguá-la. — Não, quero dizer, talvez meu pai tenha ofendido você. Eu gostaria que ele tivesse pedido desculpas, mas o que eu posso dizer é que eu sinto muito, e se eu puder fazer alguma reparação....

— Pule sua piedade, garoto. — Ela acenou com uma mão, como se o estivesse dispensando.

Aquilo não estava indo bem.

— Minhas desculpas. Eu não quis dizer que tenho pena. Eu queria dizer que eu não sou meu pai. Quaisquer que sejam as falhas ou erros que ele tenha cometido, eles não são minha culpa e, se eu puder, farei todo o possível para repará-los.

Ela arqueou uma sobrancelha.

— Foi por isso que você veio aqui? Sua conversa é entediante.

— Peço desculpas. Estou aqui para pedir a mão da sua filha em casamento. — Ele gostaria de ter dito isso melhor, para que não soasse como se estivesse implorando e, acima de tudo, que ele não precisasse da permissão de ninguém.

A cara de desgosto da rainha foi uma resposta horrível. Ela então fechou os olhos e suspirou.

— Você entende que ela tem outros pretendentes, eu presumo.

— Sim. Mas também tenho certeza de que sua majestade ama sua filha e vai deixá-la escolher.

Ela bateu com os dedos no braço de sua cadeira, como se estivesse pensando.

— Príncipe Isofel, eu não tenho nenhuma desavença com você. No entanto, você deve estar ciente de que Léa tem melhores opções. Dito isto, você está certo de que cabe a ela escolher, e eu transmitirei sua proposta. Você será notificado da resposta dela.

Embora a voz dela tivesse sido fria, as palavras foram ótimas. Eram simplesmente ótimas. Fel fez um esforço para não sorrir demais.

— Muito obrigado.

— Boa sorte. — A voz da Rainha Ursiana era seca e dura.

Assim, Fel deixou a sala com a certeza de que os avisos sombrios de seu pai haviam sido exagerados e infundados, e feliz por ele não ter ouvido nada daquilo.

8

BILHETES

Léa sentou-se em frente ao Príncipe Venard, de Bastião de Ferro, um tabuleiro de desafio entre eles. Estavam na sala de chá de sua mãe, onde os pretendentes de Léa deveriam vir visitá-la, exceto que ninguém mais tinha aparecido — ou enviado qualquer notícia.

A visita do príncipe Bastião de Ferro surpreendeu Léa, pois ela sempre achou que a família dele não estivesse interessada em alianças matrimoniais. Sob o olhar atento da mãe dela, tudo o que eles faziam era jogar em silêncio, o que era menos mal. Era desconfortável passar tempo com um jovem a quem ela já tinha decidido dizer *não*. Na verdade, ele também não parecia tão entusiasmado com a proposta e manteve seus olhos no tabuleiro, como se estivesse envergonhado. Ele jogava com a habilidade de um menino de dez anos e ainda ganhou, pois Léa estava tão distraída que mal conseguia jogar.

Ela desejava poder perguntar-lhe sobre os planos de Bastião de Ferro para apoiar Alúria, mas a etiqueta era que reuniões com pretendentes não deveriam incluir política, e Léa não iria quebrar o decoro e irritar sua mãe sem razão alguma, especialmente considerando o que estava por vir.

Quando ele saiu, Léa finalmente pôde respirar. Não, isso não fazia sentido. Claro que ela tinha respirado durante todo esse tempo, exceto que agora parecia que ela estivera sufocando.

Sua mãe olhou para ela, um brilho em seus olhos e um sorriso em seus lábios.

— E então?

Léa engoliu em seco.

— Tem mais pretendentes, certo?

Sua mãe sentou-se ao lado dela e segurou suas mãos.

— Léa, querida, depois da sua exibição nojenta ontem à noite, você está surpresa? — O tom dela foi gentil, no entanto.

— Deveria haver mais propostas. — Especialmente Fel. Ela estava esperando para ouvir qualquer coisa de Fel. Até mesmo gritos de indignação da mãe dela teriam sido mais bem-vindos do que aquele silêncio estranho e desconfortável.

A mãe dela estreitou os olhos.

— Você está pensando em alguém específico?

É claro que ela estava. A mãe dela suspeitava? Independentemente de qualquer coisa, ela não ia contar, não antes de ele ter proposto.

— Talvez. Talvez não. Venard não foi o único com quem eu dancei.

— Por que se preocupar, se ele é um bom partido?

— Bom? — Léa queria gritar. — Eu não entendo por que você não vai às reuniões. Eles querem colocar seu exército em todos os reinos de Alúria. Talvez queiram conquistar a todos nós. Isso é ruim.

A mãe dela balançou a cabeça.

— Ninguém é ruim. Todos apenas cuidam de seus próprios interesses. Dito isto, se os interesses deles e os seus se alinham...

— Eu não vou apoiar uma guerra.

— Léa, você acha que eu não sei de nada, mas eu sei. Muito mais do que você. Eu *vivi* uma guerra. Se os faes voltarem, e se eles atacarem, a guerra é inevitável. Ninguém vai lhe perguntar se você apoia ou não. É melhor estarmos prontos.

— E se eles não atacarem? E se os faes estiverem mortos ou algo assim? E se for apenas uma farsa para a Bastião de Ferro conquistar mais poder?

— Eu acho que não. Mesmo assim, casar com o príncipe deles não significa que você apóie tudo o que fazem. Significa que você estará em uma posição muito melhor para ter uma palavra, para negociar seus próprios interesses e os do seu reino também. Isso se essas suposições horríveis forem mesmo verdadeiras. Vou lhe dizer uma coisa: eu não estava na reunião, não. Seu pai ainda não me falou sobre o que aconteceu, mas ele vai me contar. Ainda assim, eu posso lhe dizer exatamente quem se opôs a Bastião de Ferro. — Ela franziu seu nariz. — O Rei Azir Umbraar, não foi?

Era verdade, mas Léa não queria admitir.

— Eu... não sei. Eu não podia ver quem estava falando, e muitos reis não tinham certeza se era uma boa ideia.

— Bastião de Ferro sempre foi nosso aliado e é pouco provável que isso mude. Eles são o reino mais poderoso em Alúria? Sim. Mas não há nada de errado com o poder. É tudo sobre como você o usa, e você pode usá-lo para fazer o bem, o que parece ser exatamente o que eles estão planejando fazer. Além disso, o príncipe é educado, gentil e inteligente. Lembre-se de que você precisa escolher com sua cabeça.

Léa tomou coragem, e perguntou:

— E o Príncipe Isofel?

Sua mãe fez uma pausa, pensando.

— De Umbraar. Sim. O que você quer saber?

Estranho. Léa estava esperando pelo menos um aviso severo, mas não aquela expressão em branco.

— Ele não propôs?

— Seria um espetáculo lamentável. Quero dizer, quem são eles? Mas não, ele não me contatou.

Léa olhou para baixo. Mais estranho. Ele garantiu que iria... A menos que ele tivesse mentido. Mas isso não fazia sentido. Talvez ele ainda falasse com a mãe dela, talvez algo estivesse acontecendo.

Léa precisaria encontrar uma maneira de contatá-lo. Sua mãe continuou a observá-la, mas em algum momento ela precisaria colocar sua atenção em outro lugar. O plano de Léa era aproveitar a oportunidade e escrever uma mensagem para Fel. Então, ela precisaria descobrir como fazê-la chegar até ele.

Demorou muito tempo, mas sua mãe acabou deixando a sala e Léa pegou um pedaço de papel solto e escreveu rapidamente:

Você teve a chance de falar com minha mãe? Você tentou? Aconteceu alguma coisa? Por favor, me avise. Léa.

Ela olhou fixamente para o bilhete. Parecia desesperado? Bem, ela só queria saber o que estava acontecendo. Mas e se ele tivesse mudado de ideia? Ele não o faria. Não Fel, ele não faria isso.

Após uma respiração profunda, ela colocou o papel em um envelope e o selou, depois saiu da sala. Um mensageiro estava passando, o que era uma grande sorte.

Com a voz mais neutra e confiante que conseguiu, ela lhe deu o envelope.

— Uma mensagem para a família Umbraar. Por favor, entregue-a imediatamente.

O garoto se curvou e desapareceu pelo corredor.

Léa suspirou e voltou para a sala, o coração dela batendo forte no peito. Ela queria abraçar Fel novamente, beijá-lo, ouvir sua voz, seu riso. A felicidade estava tão perto, tão simples, que tudo o que ela precisava era que ele a pedisse em casamento. Talvez ela até fugisse com ele se seus pais se opusessem. Mas ela tinha que saber se ele estava falando sério sobre isso, que ele estava falando sério quando propôs para ela. Ela tinha que saber.

Depois de algum tempo, sua mãe entrou, sorrindo, Mariana com ela.

— Alguma novidade? — perguntou Léa. Isso era bobagem. Era muito cedo para ele ter recebido o bilhete e feito alguma coisa.

— Sim, eu trouxe sua prima aqui para lhe fazer companhia, querida. Acho que as visitas terminaram por hoje.

— Talvez não — disse Léa.

— Vamos ver. — A mãe dela sorriu e foi embora.

Pelo menos Mariana Rocha Verde não estava de bom humor. Era um pensamento mesquinho e horroroso, mas Léa se sentiria ainda mais miserável se sua prima estivesse pulando de alegria. Um pensamento egoísta, egoísta e terrível.

— Como tem sido o seu dia? — perguntou Léa.

— Tudo bem.

— Alguma proposta?

— Três. Agora eu tenho que escolher.

— Você deveria estar feliz. Especialmente se seus pais estão permitindo que você escolha.

Mariana balançou a cabeça.

— Eles disseram não a um deles. Nem sequer me deixaram vê-lo. E os que eles aprovaram, bem... — Ela suspirou.

— Quem foi?

— Eles querem Carl, de Refúgio Verde, mas eu prefiro alguém com outra magia, não com a condução verde, sabe? E ele não é um herdeiro. Depois, há o príncipe herdeiro de Zarana. Sem magia. — Ela desviou o olhar e respirou fundo. — Eu poderia ir lá e ser uma rainha e ver minha mágica murchar e morrer, eu acho.

— Não soa mal, Mariana. Eles são legais?

— Um pouco. Mas... — Ela olhou para baixo. — Eu não sei.

— Você... — Talvez tenha sido ousado demais fazer essa pergunta, mas Léa estava preocupada com sua prima. — Você ama outra pessoa?

Mariana riu e sacudiu a cabeça.

— Amor é bobagem. Mas eu queria ser rainha em um reino com magia.

— Você tem que decidir agora? Talvez alguém ainda possa propor.

— Meus pais querem resolver isso agora, enquanto estamos todos juntos.

Era difícil tomar tal decisão em tão pouco tempo, mas havia se tornado uma tradição das conglomerações. Léa tentou consolar sua prima.

— Talvez um deles a faça feliz.

Mariana suspirou.

— Talvez. Eu só queria.... Quero dizer, por que não pode ser Cassius? E então, se Bastião de Ferro é muito difícil, por que não o príncipe de Umbraar, por exemplo?

O coração de Léa acelerou.

— Você falou com algum deles?

— Não, mas minha família poderia ter insistido, sabe? Para fazer de mim uma rainha.

— Mas Rocha Verde não se dá bem com Umbraar.

— Quem não gostaria de ter influência sobre outro reino, Léa? — Ela então sussurrou: — Mas então, eu ouvi dizer que o Príncipe Isofel é um aleijado. Você pode acreditar?

— Ele não é um *aleijado*. Como alguém pode dizer isso?

— Minha mãe disse que as mãos dele são falsas e ele provavelmente não pode ter filhos saudáveis.

Isso era um absurdo. Léa olhou fixamente para sua prima.

— O que uma coisa tem a ver com a outra? Isso é mais que estúpido, é cruel.

— Eu não sei por que você está com raiva de *mim*. Eu estou repetindo o que eles disseram. Da minha parte, eu gostaria que meus pais tivessem tentado um noivado com ele.

A garganta de Léa estava apertada.

— Você gostaria de casar com ele?

— Quem não gostaria? E quanto a você? Alguma proposta?

Então Fel tinha mais opções. É claro que ele tinha, e Léa não era a única que estava encantada com sua aparência. Bem, obviamente não; as outras princesas não eram cegas.

— Hein? — Mariana insistiu.

Léa tomou um momento para lembrar a pergunta, depois disse:

— Príncipe Venard, de Bastião de Ferro.

A prima dela sorriu.

— Impressionante, Léa. Estou feliz por você.

— Mas só foi ele.

— É claro. Eles teriam avisado as outras famílias para se manterem à distância.

Seria possível que a família de Fel tivesse sido avisada ou ameaçada? Isso não fazia sentido. Eles nem eram aliados de Bastião de Ferro.

— E se eu não quiser o Venard? Ninguém mais vai me pedir em casamento? Eu vou ficar solteira para sempre?

— Eu acho que se você disser *não* a ele, outras famílias podem propor. Mas por que você diria *não*?

Que pergunta idiota.

— Porque eu não amo ele?

Mariana virou os olhos.

— Eu acho que você *vai* ficar solteira para sempre.

Naia estava sentada com seu irmão no que era o escritório designado para seu pai. Um tabuleiro de desafio intocado estava sobre a mesa. A mente dela estava em outro lugar, e parecia que seu irmão estava tendo o mesmo problema.

A bizarra proposta de casamento de River continuava circulando em sua mente: girando, girando, sem ir a lugar algum. Como ela poderia deixar sua família? Mas como ela poderia ficar e ver Fel conseguir tudo enquanto ela não conseguia nada? Nunca tinha havido um futuro para Naia, e agora ela tinha a chance de pelo menos tentar algo diferente. Tentar fazer a diferença. Não, o que ela estava pensando? River provavelmente a estava enganando.

O que Naia queria fazer era contar tudo a seu irmão, ou pelo menos uma parte, e depois pedir a opinião dele. Ela começou com uma pergunta inocente.

— Fel, você ficaria chateado se eu me casasse e te deixasse? — Ele deu a ela um olhar questionador. Ela acrescentou: — E fosse morar bem longe? Mesmo se fosse alguém que... humm... não fosse realmente um aliado?

— Quem é? — Ele sorriu. — Quero dizer, eu não posso acreditar que você encontrou alguém bem debaixo do meu nariz e eu não notei nada. Quem é? — O tom dele estava muito mais empolgado do que ela esperava.

Naia segurou uma peça de madeira em sua mão e a olhou fixamente.

— É apenas uma ideia... Um talvez. Não tem ninguém.

Fel riu.

— Você não me engana, irmã. Mas se você não quiser dizer quem é, eu respeitarei sua escolha.

Seu irmão era uma joia preciosa, sempre muito gentil. Ela então perguntou:

— E você não se importaria com isso?

— Se você está feliz, eu estou feliz, Naia. Você sabe disso.

— Nós dois precisamos ser felizes.

— Eu sei. — Ele sorriu seu sorriso de adulto sem covinhas.

— E nós vamos ser felizes, sim. Não tenha medo de ir aonde seu coração lhe disser.

— Você quer dizer o oposto do conselho de nosso pai?

Fel encolheu os ombros.

— Como isso tem funcionado para ele?

— Eu acho que ele lamenta algumas de suas escolhas e é por isso que ele não quer que nós cometamos os mesmos erros.

— Mas não há nenhum caminho comprovado que seja garantido sem dor. Podemos sempre cometer erros, mas não fazer nada não vai ajudar.

Naia riu.

— Você lê demais, Fel, daí fica todo emaranhado com palavras bonitas cujo significado você não entende.

Ele também riu.

— É claro que eu entendo. Eu sei que você também entende.

— Talvez. É que... parece sabedoria não adquirida, sabedoria não vivida, como uma árvore sem raízes.

— Viu? Agora é você que está cavando metáforas.

— Pode ser. — Ela sorriu e balançou a cabeça, depois tentou conduzir a conversa de volta para onde queria. — Você não ficaria com raiva se eu fizesse algo que nosso pai não aprova?

Ele olhou para ela, aqueles olhos verdes brilhantes, abertos e claros.

— Eu não ficaria zangado nem mesmo se você fizesse algo que *eu* não aprovo, Naia. Talvez eu ficasse preocupado, mas não bravo.

Mas isso era exatamente o que ela temia, e era loucura estar realmente considerando a proposta de River, considerar ir com ele sabe-se lá para onde. Mas a alternativa era ficar e se perguntar o que poderia ter sido.

O seu gêmeo olhou para ela.

— Mas se você está planejando algo, eu espero que você me diga. — A voz dele era suave.

Ela balançou a cabeça.

— Eu não estou planejando nada, Fel.

— Claro. — Ele acenou com a cabeça sarcasticamente.

Alguém então bateu na porta e Naia correu para abri-la. Era um jovem mensageiro com um envelope. Naia mal teve tempo para notar que o remetente era a Princesa Leandra, quando Fel lhe arrancou o envelope. Pelo menos um dos gêmeos estava a caminho da felicidade.

Ou talvez não. Fel abriu o envelope, depois endureceu e bufou. Seu rosto ficou impassível, mas essa era a expressão que ele fazia quando estava escondendo sua dor, sua vergonha, seu medo.

— O que é? — perguntou Naia.

Ele amassou o papel e jogou-o em uma cesta.

— Nada.

O garoto mensageiro, que ainda estava parado junto à porta, disse:

— Minha senhora pede uma resposta.

— Uma resposta? — Fel olhou fixamente para o menino, depois puxou um papel e tinta da mesa com tanta fúria que ele deixou cair uma pequena estátua da mesa.

— Fel, pense antes de escrever — disse Naia. — Me diga o que é.

— Quieta — ele rosnou, enquanto movia a pena como se estivesse apunhalando um monstro perigoso.

Antes mesmo que ela pudesse ver o que ele tinha escrito, ele deu o bilhete ao mensageiro, depois bateu a porta e olhou fixamente para a janela, seu rosto impassível.

— Fel, o que aconteceu? — ela insistiu.

— Nada. Absolutamente nada. — Sua voz cortava como o vento do lado de fora da cúpula.

— O que tem no bilhete?

— Nada, e eu não quero mais falar sobre aquela princesa. Eu vou dar uma volta. — Ele se virou para sair, mas depois se aproximou da cesta para pegar o papel.

Naia foi mais rápida, no entanto, e o pegou. Por mais que ela odiasse o olhar magoado de Fel, ela tinha que saber o que estava escrito.

Mas ela mal podia acreditar nas palavras.

Prezado Príncipe Isofel,

Eu realmente peço desculpas por ter lhe dado falsas esperanças.

No entanto, eu confio que você encontrará uma boa companheira em breve, talvez até mesmo nesta conglomeração. Como única herdeira do meu reino, eu tive que levar em consideração a saúde e integridade física do meu pretendente, como eu tenho certeza que você vai entender.

Desejando-lhe felicidades,
Leandra.

Naia olhou de relance para Fel, que balançou a cabeça e saiu. Agora ela entendeu a reação dele. Como Léa ousou mencionar sua deficiência? Como ela se atreveu? A carta queimou na mão de Naia e ela teve que verificar se não tinha incendiado mais nada por acidente, furiosa como estava.

Enquanto Léa ainda estava entretendo sua prima, o mesmo mensageiro retornou com uma resposta de Fel. Ela escondeu o bilhete porque não queria abrir na frente de Mariana, e foi preciso muito autocontrole para não tentar ao menos espreitar e ver o que estava escrito.

Um bilhete. Era tão romântico. E provavelmente explicava porque ele não tinha tentado falar com a mãe dela. Ou talvez ele *tivesse* tentado.

Mas a mãe dela não mentiria. Ela era o tipo de pessoa que ficaria com raiva e gritaria com Léa ao invés de esconder algo assim.

Quando Léa finalmente se retirou para o seu quarto, para se preparar para o grande banquete, ela aproveitou a oportunidade para abrir o bilhete de Fel. Ela teve que lê-lo duas vezes. Não fazia sentido.

Cara Princesa Leandra Lago Branco,
Estou feliz por você ter perspectivas maravilhosas de casamento e desejo-lhe muita felicidade.
Príncipe Isofel Umbraar.

. . .

Isso SIGNIFICAVA que ele não ia propor? Que ele nunca teve a intenção? Ele nem mesmo se preocupou em responder a sua pergunta. Talvez tudo o que ele queria fossem aqueles beijos, e talvez até mais. O aviso de sua mãe veio à sua mente. Mas Fel não era assim.

Parte dela estava certa de que isto era um mal-entendido, enquanto outra parte estava certa de que ele a estava enganando. As duas partes estavam discutindo enquanto as atendentes faziam qualquer bobagem com o cabelo dela. Ao menos Léa logo teria a chance de vê-lo. Um olhar era tudo o que ela precisava para saber como ele se sentia. A menos que ele pudesse fingir. Ah, ela não podia suportar aqueles pensamentos contraditórios e conflitantes que a deixavam louca.

Desta vez o cabelo de Léa foi arranjado em um estilo menos exagerado. Havia apenas um coque no alto com caracóis em cascata, mas ela nem se importava com isso, de tão ansiosa que estava.

Suas mãos transpiravam e seu coração batia forte quando ela caminhou para a sala de jantar com sua mãe. Léa desejava poder se tornar invisível, imperceptível, que ela não tivesse que esconder sua preocupação. Os convidados já estavam à mesa. Os Umbraar estavam sentados ao lado da família Karsal, um dos dois reinos sem magia. Fel estava sentado ao lado da linda princesa deles, conversando com ela. O estômago de Léa se encolheu.

Talvez ele tenha flertado com muitas garotas em seu reino. Talvez ele tenha levado muitas delas para voar. Talvez ele tenha insistido em partir para que a garota implorasse para ele ficar, sabendo bem o que isso significava. Ou talvez Léa estivesse imaginando tudo isso. Ainda assim, quando a família Lago Branco foi anunciada, ele não olhou para ela, mesmo que estivesse sentado do lado oposto da mesa, de onde podia ver a porta. Sua irmã olhou de relance para Léa, mas não havia amizade lá. Mas por quê? As lágrimas estavam ameaçando irromper, e Léa respirou fundo para acalmá-las e mantê-las onde elas pertenciam.

Quando Léa se sentou, ela percebeu que seu vizinho de mesa era Venard. Ela queria ignorá-lo, ignorar a tudo e a todos, mas ele chamou o nome dela. Ao menos virar na direção dele lhe deu uma desculpa para olhar para Fel, que estava no fundo da mesa, também à sua esquerda.

— Este arranjo de lugares não foi minha escolha — sussurrou Venard. — Eu não quero que você pense que alguém está te pressionando. Além disso, eu não vou achar ruim se você acabar recusando a minha oferta.

— Obrigada. — Isso foi talvez uma coisa absurda de se dizer. — Confesso, no entanto, que não tinha pensado em ferir seus sentimentos ou não. — Agora, isso era uma coisa grosseira de se dizer, mas ela não se importava.

— Ai. — Ele riu. — Direto no coração. Mas eu gosto de honestidade, sabe?

— Todo mundo gosta, não?

— Claro que não. Por que você acha que mentiras educadas são tão populares?

— As pessoas são estranhas.

Fel ainda não tinha olhado para ela nem uma única vez. Era como se ela estivesse invisível.

Léa tinha que parar de ser tão boba. Ela percebeu, então, que tinha um príncipe Bastião de Ferro ao seu lado, e que talvez ela pudesse tentar descobrir alguns dos segredos dele. Afinal de contas, um dia ela seria rainha.

Ela virou para ele, mas de uma forma que mal visse Fel.

— O que você acha dos planos do seu pai?

Ele se engasgou com o pão que estava comendo.

— Você quer dizer sobre casar com você? Devo dizer que ele tem um bom gosto? Que é uma ideia brilhante? Você pode fazer pouco de mim, sabe?

Ela balançou a cabeça, irritada por ele estar mencionando isso.

— Refiro-me ao assunto da reunião do conselho.

— Certo. — Imediatamente, sua postura relaxou. — Enviar apoio para os outros reinos em Alúria. Por que nós não o faríamos? Temos a sorte de ser prósperos, de ter um exército forte, e nossa mágica nos permite desenvolver melhores armas. Quando você tem mais você dá para os outros, não é mesmo?

Léa fez uma careta.

— Como caridade?

— Como compartilhar. Somos mais fortes juntos.

— E esta ajuda vem sem custo, apenas da bondade de seus corações.

Venard encolheu os ombros.

— O benefício é uma terra humana mais forte. Eu acho que é óbvio. Quando os faes vierem, eles não vão parar nas nossas fronteiras imaginárias. Eles não vão se importar com nosso senso interno de orgulho ou autonomia.

— Mas por que você acha que são os faes? É apenas... tão aleatório, atacar algumas pequenas vilas aqui e ali.

Ele olhou em volta, depois sussurrou no ouvido dela.

— Meu pai acredita que eles estão testando uma arma mágica.

— Entendo.

E então ela viu outra coisa. Fel finalmente olhou de relance para Léa, mas seu rosto parecia uma pedra. Ele então se virou para a princesa Karsal e fez uma faca flutuar. A garota estava olhando para ele com uma cara absolutamente ridícula. Será que Léa olhava para ele daquela maneira?

Venard notou para onde ela estava olhando e riu.

— Mágica boba. Os pobres Umbraar não fazem a menor ideia de como usar sua condução de ferro.

Léa ficaria curiosa em saber como os Bastião de Ferro usavam sua magia, se eles achavam que a de Fel era boba. Mas ela disse outra coisa.

— Os gêmeos são seus primos. Você certamente poderia recebê-los em seu reino e ensiná-los. — Não que ela se importasse, mas era algo que já lhe havia passado pela cabeça antes.

— Humm. — Ele riu. — Como se nós não tivéssemos oferecido. Minha avó até queria criar as crianças, mas o condutor de morte as roubou.

— São os filhos dele.

— Minha avó diz que ele raptou minha tia, depois a envenenou.

Isso não era verdade.

— Meu pai estava lá quando os gêmeos nasceram. Sua tia disse que ele não a matou.

— Pessoas mortas também podem se enganar. Ainda assim, minha família honrou os desejos pós-morte dela por respeito ao *teu* pai.

— Eu entendo. — Seu coração estava caindo em pedaços, ela estava irritada por estar falando sobre os Umbraar, e ainda assim, aqui ela tinha um príncipe de aparência agradável sentado ao seu lado. Um que na verdade havia lhe pedido em casamento. Ela decidiu fazer uma pergunta mais direta. — Se eu casar com você, como vai ser?

— Eterna felicidade. — Ele riu. — Não. Altos e baixos, certo? Mas nós vamos trabalhar através deles. Eu prometo que farei o meu melhor para honrar você e seu reino, e para garantir que nossa aliança não seja apenas política, mas baseada na confiança e na amizade.

— Sem amor?

— Respeito mútuo, confiança e amizade são como uma árvore. O amor é o fruto. Nós plantamos a árvore e nos certificamos de que ela seja saudável, e o fruto vem depois.

— Eu gosto desse pensamento. — Era o que sua mãe lhe havia dito, e fazia algum sentido.

Ela poderia vir a amar Venard? Ele era agradável e gentil, e bonito também, se ela fosse compará-lo à maioria dos jovens, não ao estúpido prodígio que a tinha enganado. E a aparência nem importava. Talvez um *sim* não fosse tão terrível assim. Ela imaginou uma vida tranquila, em que eles jogavam jogos de tabuleiro e discutiam assuntos do reino. Não era ruim. De jeito nenhum. E ainda assim ela sentiu como se uma corrente estivesse amarrando seu coração.

9

CACOS DE ESPELHO

Naia ainda não tinha visto River novamente. É claro que ele não estaria sentado no banquete, já que não fazia parte de nenhuma família. Ainda assim, algo dentro dela a deixava ansiosa. Ansiosa sobre a estranha proposta, pensando se era mesmo verdade, com medo de que fosse algum tipo de piada. Mas então, e se *não fosse algum tipo de piada*? O que era, então?

Mas havia algo mais tomando conta dos seus pensamentos. As palavras do bilhete de Léa para seu irmão ainda estavam frescas em sua mente. Talvez elas ficariam gravadas lá para sempre, uma memória que a deixou tão furiosa que sua mão tremia ao segurar um copo.

Fel estava entretendo a princesa de Karsal, mas havia algo frio, distante e artificial nele. Ela odiava ver seu gêmeo assim, como se algo nele tivesse sido quebrado. Se ao menos pudesse abraçá-lo e dizer-lhe que era maravilhoso e merecia todo o amor do mundo. Mas ele odiava qualquer coisa que pudesse ser inter-pretada como pena, então Naia permaneceu quieta, sufocando suas preocupações, sua raiva, seus medos.

Além disso, Fel não tinha falado com ela desde que ela tinha visto o bilhete. Ele provavelmente demoraria um pouco para perdoá-la. Mas o que ela poderia ter feito?

Léa, por sua vez, apesar de olhar para Fel de vez em quando, talvez culpada pela abominação que tinha escrito, parecia feliz ao falar com um dos príncipes de Bastião de Ferro. A magia dele era provavelmente uma porcaria comparada com a de Fel, o que era um consolo.

Como as coisas poderiam ter mudado tão rapidamente? A garota tinha olhado para Fel com adoração na noite anterior. A menos que houvesse algum mal-entendido, alguma coisa. Havia algo que não fazia muito sentido e Naia decidiu descobrir, mesmo que seu irmão eventualmente a odiasse por isso.

Ela desejava poder se concentrar na comida, já que nunca havia comido tantas coisas diferentes — e tanto ao mesmo tempo. Mas então ela se lembrou das palavras de seu pai de que era vergonhoso para os reais fazerem banquetes enquanto seus súditos morriam de fome. Mas e se ninguém estivesse morrendo de fome em Lago Branco?

A outra razão pela qual não conseguia se concentrar na comida era que ela estava discretamente de olho em Léa, que agora estava bastante à vontade com seu príncipe Bastião de Ferro. Certo, ela tinha todo o direito do fazer isso, mas não justificava aquela mensagem horrível. A menos que sua mãe tivesse ordenado que ela escrevesse aquele horror, mas, mesmo assim, por que ser tão cruel? Fel ainda estava dando atenção à princesa de Karsal, o que não era certo, se ele não estava interessado nela. Por outro lado, era bom vê-lo recebendo a atenção que merecia. Mas então, será que aquela princesa eventualmente preferiria alguém com *integridade física*? E ela estava interessada em Fel ou na coroa dele?

Depois dos pratos principais, haveria um coquetel no salão de baile, para que as famílias pudessem socializar e conversar. Enquanto as pessoas caminhavam para a outra sala, Naia ficou para trás e, então, puxou Léa para o lado.

A menina ficou surpresa no início, mas parecia interessada em falar com Naia, e perguntou:

— O que aconteceu?

Naia não tinha muito tempo, pois ela não queria que as pessoas as notassem, então ela fez uma pergunta bem direta.

— Você escreveu uma mensagem para o meu irmão esta

tarde? De sua própria vontade? Enviada por um pequeno mensageiro, um menino?

— Sim, eu escrevi — ela disse como se tivesse sido a coisa mais inocente do mundo.

Ai, não. Naia esperava que tivesse sido um mal-entendido ou algo assim, que Léa não tivesse nada a ver com aquela mensagem horrenda, e aqui estava ela, confirmando isso.

A garota então se atreveu a parecer magoada, sua voz hesitante.

— Por que ele enviou aquela resposta?

Naia não tinha ideia do que ele tinha escrito, mas considerando sua fúria, podia imaginar uma barragem de insultos — cada um deles mais do que bem merecido. Ela riu.

— Você quer saber por quê? Vá se vender para o reino mais poderoso. Isso é tudo que você quer, não é?

A princesa ridícula tinha lágrimas nos olhos.

— Isso não é verdade.

Naia se afastou rapidamente, ou então ela ia dar uns tapas na garota — ou pior — e foi em direção a Fel, que já estava no salão de baile. Ele se voltou para trás, provavelmente procurando por ela, mas ficou alerta de repente, como se estivesse prestando atenção em alguma coisa.

Então tudo mudou de uma vez.

Uma luz brilhante emergiu no meio da sala. O primeiro pensamento de Naia foi que algo havia explodido, mesmo que não houvesse barulho. Ela viu seu pai pulando em alguma coisa. Não, alguém. Ele estava empurrando alguém para o chão, longe de outra luz brilhante. Luzes menores piscaram ao redor do salão de baile, e duas dúzias de faes, armados com arcos e flechas, apareceram. Todos eles tinham cabelos loiros-brancos, tez pálida e olhos avermelhados que pareciam mais rosa ou roxo. Naia sentiu seu fogo chamando por ela, mas antes que fizesse qualquer coisa, os espelhos junto ao teto se quebraram e estilhaços estavam voando em direção aos faes. Fel. Fel estava lutando, antes mesmo que ela pudesse sequer considerar o que fazer. Mas isto era tão surreal.

Então os cacos caíram no chão e todos pararam de se mover, como se o tempo parasse. Mas isso não fazia sentido. Ela ainda podia se mexer, e então olhou a cena como se estivesse examinando um quadro. A pessoa que seu pai havia derrubado no chão era a rainha Lago Branco, que ainda estava deitada, protegida por ele. É verdade que ela teria sido atingida por uma dessas luzes brilhantes se não fosse por ele. Talvez ele a odiasse, mas isso não significava que iria querer vê-la morta.

A maioria das pessoas tinha as mãos levantadas, protegendo seus rostos, que estavam contorcidos pelo medo. Fel estava sereno, olhando para além de Naia, onde a Princesa Leandra deveria ter estado, exceto que havia um enorme espelho entre ela e o salão de baile, protegendo-a. Naia sentiu um nó em seu coração, percebendo que, no segundo em que seu irmão reagiu, ele o usou para proteger a princesa que o havia humilhado. A princesa pela qual ele provavelmente ainda estava apaixonado.

Mas por que todos estavam congelados? Por que Naia não tinha sido afetada, e estava olhando para aquela cena?

Então ela sentiu um cheiro forte e inebriante de chuva e folhas molhadas. Antes que ela pudesse se lembrar qual era aquele cheiro, ouviu uma pessoa bater palmas, e viu River entrando no salão de baile, sem glamour, com um ar de outro mundo, poderoso e de tirar o fôlego. Naia finalmente sentiu seu coração acelerar, algo que ele ainda não havia feito, apesar do ataque surpresa e da estranha situação. Mas River, River a afetava dessa forma.

Ele olhou para ela e sorriu.

— Nossa. Não é uma exibição de magia espetacular?

— O que está acontecendo? — A voz dela estava trêmula.

Ele gesticulou ao seu redor.

— Você não tem uma visão perfeita da situação? Faes atacando, nobres assustados. — Ele franziu a testa. — Alguém tentando matar todos os faes de uma vez...

— Como é que eles entraram? Foi você? — Ela se sentiu horrorizada que ele pudesse ser um inimigo tão perigoso, horrorizada que ela o tivesse beijado, que ela tivesse considerado a proposta dele. O pior foi que ela havia considerado. E havia algo mais que ela não entendia. — Você está parando o tempo?

— O tempo não pode ser parado. Mas eu posso parar as

pessoas. — Ele colocou um dedo na bochecha de um homem. — Eles estão engraçados, não estão?

— Não toque neles. Por que você está fazendo isso?

Ele se virou e olhou para ela, seu rosto calmo, seus olhos avermelhados lindos e perigosamente fascinantes.

— Eu estou mantendo minha palavra, Naia, é tudo o que estou fazendo.

Ela cruzou os braços, irritada por ele tê-la afetado tanto, cansada desse jogo, cansada de fazer perguntas que ficavam sem resposta. Talvez ela devesse esperar e deixá-lo falar.

Ele inclinou sua cabeça.

— Eu te congelei também?

Naia olhou fixamente para ele.

— Você está aqui. Falando comigo. Eu presumo que você queira alguma coisa. Desembucha.

Com um risinho, ele disse:

— Oh, palavras rudes. — Então ele ficou sério e a olhou atentamente, o que lhe deu calafrios. — O que você acha que eu quero?

Ela empurrou para baixo todos os seus estranhos sentimentos sobre ele e gritou:

— Eu não sei! Eu não entendo você! Como os faes chegaram aqui?

O River suspirou.

— Eu disse que só responderei suas perguntas quando você for minha estimada esposa. Independentemente disso, eu estou aqui para parar este ataque. Então, lembre-se que eu sou o mocinho da história.

— Ou talvez você nos tenha parado para que seus amigos faes não fossem atingidos pelos cacos de espelho.

Ele olhou ao redor.

— Olha só! — Ele se agachou e pegou um caco. — Eu posso ver treze guerreiros lendários nesta sala, e um pedaço como este apontado para cada um deles. Não apenas um pedaço qualquer, mas pontiagudo. — Era verdade; parecia uma faca. — Estou presumindo que em menos de um segundo, lembre-se, alguém foi capaz de quebrar os espelhos na forma exata que precisava, e apontar os cacos em todas essas direções ao mesmo tempo. —

Ele olhou para o espelho protegendo a Princesa Leandra. — E também fez outras coisas. Isso é incrível. Agora, quem seria essa pessoa com uma magia de metal tão incrível? Alguém de Bastião de Ferro? Bem, estranhamente, eles ainda estão na sala de banquetes. Eu duvido que qualquer um deles pudesse fazer isso. Até mesmo o melhor condutor de ferro geralmente manipula apenas um pedaço de cada vez. Agora, escute: o que você acha que vai acontecer com este incrível condutor de ferro quando Bastião de Ferro descobrir o quão poderoso ele é?

— Nada. — Poderia ser verdade? Fel poderia estar em perigo por causa de seu poder? — O que eles vão fazer?

River riu.

— Oh, Naia, Naia, você não tem ideia de como os Bastião de Ferro são protetores da magia deles. Quero dizer, como eles vão ser o reino mais forte se há alguém em outro reino que pode superá-los em seu próprio elemento? Se eles virem do que seu irmão é capaz, ele vai logo estar morto.

Talvez houvesse alguma lógica em suas palavras, mas ela não confiava em River. Ela levantou uma sobrancelha.

— É o que você diz.

— Claro, é só o que eu digo. Mas tenho certeza que você é inteligente, Naia, e pode chegar a suas próprias conclusões.

— Minha conclusão é que seu povo acaba de fazer um ataque bem-sucedido contra a Alúria. Em nosso território, e sob uma cúpula de metal. O que está acontecendo?

O River encolheu os ombros.

— Talvez a guerra esteja para acontecer. Eu já lhe disse.

— Você não disse que eram os faes.

— Eu não disse que não era. — Ele olhou para ela. — Então, aqui está a minha proposta. Vou fazer com que esses guerreiros desapareçam...

— Daí eles podem voltar e nos atacar quando estivermos despreparados...

— Não necessariamente. Você não sabe. — Ele levantou a mão, com a palma voltada para ela. — Deixe-me terminar. Eu farei esses guerreiros desaparecerem. Ninguém terá certeza do que eles viram e, o mais importante de tudo, eles não vão perceber o que seu irmão fez e a extensão de seu poder.

— E em troca?

— Lindo. — Ele alargou seus olhos e sorriu. — Você está querendo me dar algo?

— Não. Mas você obviamente quer alguma coisa.

— Bem. — Ele mexeu com o cabelo, revelando uma orelha pontuda. — Você sabe que sim. Eu te levo comigo.

O coração dela quase explodiu em seu peito.

— Agora?

— Quando você estava pensando? — Ele tinha um sorriso bonito enquanto a olhava, sua cabeça inclinada.

— Você me leva agora, eles vão culpar os faes. Meu pai e meu irmão vão ficar furiosos, e eu não sei o que eles farão.

— Esse não é o meu problema.

Naia encolheu os ombros.

— Bem, então não pare o ataque. Nós estávamos vencendo.

— *Seu irmão* estava vencendo, e se outras pessoas perceberem o que ele pode fazer, eu duvido que ele viva mais uma semana. Foi muito imprudente da parte de seu pai trazê-lo aqui, mas acho que ele provavelmente não percebe o quão verdadeiramente únicos você e seu gêmeo são.

Ela riu.

— Oh. Eu também?

— É claro. Seu primeiro instinto foi de lutar, não foi? Olhe em volta. Não é assim que a maioria das pessoas reage.

Naia olhou, e só então percebeu que faltava algo no salão de baile.

— Espere. Cadê os guardas?

River encolheu os ombros de novo, parecendo quase entediado.

— Alguém deve ter se livrado deles.

— E você sabia e não parou nada disso.

Ele suspirou.

— Você fala como se fosse fácil convencer alguém a não fazer algo. Mas eu posso fazer este ataque parar. Se você vier comigo. Para se tornar minha esposa.

— Você planejou isto? Para poder me levar embora?

— Naia, estou *parando* isso.

Ela tentou pensar, entender o que estava acontecendo, e de repente um pensamento passou pela cabeça dela, e ela riu.

— Você pensou que nós perderíamos e planejou vir aqui e fingir que estava salvando a vida de todos?

— Eu certamente não tinha ideia do que seu irmão poderia fazer, não. Qualquer inimigo ficará aterrorizado e ele será o alvo número um deles. Eu posso prevenir isso.

Ela ainda não tinha certeza se as palavras dele eram reais, ainda não entendia por que ele estava se oferecendo para casar com ela, ainda não entendia nada, então, fez uma pergunta:

— Para onde você pretende me levar?

— A parte do submundo onde eu moro. — Sua voz era suave, uma carícia dos seus ouvidos para todo o seu corpo.

Por alguma razão, a ideia era excitante e intrigante. Naia engoliu em seco. Não, era terrível. Provavelmente eram tudo truques e mentiras. Ela decidiu testá-lo, para entender o que ele queria dizer com *se casar com* ela.

— E você vai me honrar como sua esposa, de acordo com seus costumes?

— Naia, tenho certeza que você não quer nossos costumes. Eu vou honrá-la de acordo com os seus.

— Do qual você nada sabe. Eu serei reconhecida como sua esposa pelo seu povo?

— Sim.

Ele não podia mentir, então era uma proposta verdadeira. Mas isso significava casar com o inimigo. E então, novamente, poderia ser uma oportunidade para ela espioná-los. Dependendo do que aprendesse sobre os faes brancos, ela poderia até mesmo salvar seu povo, poderia encontrar sua própria glória. Sim, isso fazia sentido. Era uma oportunidade única que ela não deveria deixar escapar, uma oportunidade única de fazer algo que importasse, talvez até mesmo salvar Alúria.

— Amanhã de manhã. — Ela mal podia acreditar que tinha dito aquelas palavras, como se elas tivessem vindo de uma Naia diferente. Então ela acrescentou: — Eu tenho que me despedir do meu irmão.

— Você não pode contar nada disso, no entanto. Posso ter a

sua palavra? Que você não vai dizer nada sobre mim ou sobre o que acabamos de conversar?

— Eu não vou dizer nada. Vou apenas escrever um bilhete que estou indo embora, e que é por minha própria vontade, que eu não estou sendo sequestrada nem nada. Vai ser bom para você.

— Prometa que você não vai mencionar o que viu, não vai mencionar para onde está indo, e não vai mencionar o que eu sou.

Ela estava se perguntando o quanto seria capaz de dizer, mas fazia sentido que tal coisa fosse secreta.

— Eu prometo.

Ele levantou uma sobrancelha.

— Nascer do sol, então.

River estalou seus dedos e os guerreiros faes desapareceram. A magia dele era aterrorizante. Ele poderia derrotar um pequeno exército apenas os congelando. Ela não disse nada porque não queria lhe dar nenhuma ideia. Então ele desapareceu, fumaça preta sem cheiro permanecendo por um segundo onde ele estivera, antes de se dissipar também. As pessoas ao redor dela começaram a se mover, todos confusos e assustados. Alguns estavam correndo para fora do salão de baile.

Fel correu para ela.

— Você está bem?

— Eu estou. — Mesmo que ela estivesse tremendo.

Ele olhou para o espelho na frente de Léa, que depois caiu para a frente e se estilhaçou, mas Fel se afastou antes que a princesa pudesse vê-lo.

— Eu não entendo — disse ele. — Eu juro que vi muitos faes ao nosso redor. Você não os viu?

Naia abriu sua boca para confirmar o que ele tinha visto, mas nenhum som veio. Oh, não. A promessa dela. A mágica de River não a deixava dizer nada. Ela encolheu os ombros.

Enquanto isso, um rei gritou que este era um ataque de faes. Alguém disse que o castelo não era seguro. As pessoas estavam com raiva, ansiosas.

Seu pai chegou até eles.

— Vamos voltar para os nossos aposentos.

— Você não quer ficar e discutir? — Fel perguntou a ele.

— Não quando os ânimos estão tão quentes, não — disse o pai deles.

— Foram os faes, não foram? — perguntou Fel.

O pai dela acenou com a cabeça.

— Eu vi muitos guerreiros faes ao redor da sala. Se isso eram os faes ou uma ilusão, eu não sei.

Uma ilusão? E se os guerreiros faes não tivessem sido reais? Isso explicaria como River tinha se livrado deles tão facilmente.

— Mas as explosões foram reais — acrescentou seu pai.

— Naia, o que você viu? — perguntou Fel.

Ela não podia dizer quase nada.

— Muita gente com medo. Gritos. Espelhos quebrando. Era você, não era?

Seu irmão balançou a cabeça.

— Eu não sei. Foi tudo tão rápido. Num momento eu estava jogando cacos, no outro, tudo tinha desaparecido.

— Tempos estranhos estão à nossa frente — foi tudo o que ela conseguiu dizer.

— Há uma guerra chegando, não há? — perguntou Fel.

O pai deles suspirou.

— Eu acho que acabou de chegar aqui. A questão é qual guerra. E contra quem.

Naia tinha as mesmas perguntas, e ainda assim não podia dizer a maior parte do que passava pela cabeça dela. E pensar que ela iria embora ao amanhecer! Isso seria um grande golpe para o pai dela, um grande golpe para Fel. Ela tinha concordado com River muito facilmente e agora estava se sentindo tola. Mas tola ou não, ela tinha feito o acordo, e agora precisaria honrá-lo.

O MUNDO de Léa estava desmoronando como os espelhos que uma vez rodearam o salão superior. Havia tanto pânico a seu redor, e ela sem entender o que se passava. Ela não tinha visto quase nada, considerando que um espelho tinha bloqueado sua visão antes de se despedaçar em milhares de cacos — e considerando as lágrimas em seus olhos. De onde vieram aquelas explosões? Aquele ataque era terrível para o seu reino e para os seus pais. Outros reis poderiam reclamar da segurança ruim na conglomeração, poderiam até acusá-los de terem planejado tudo isso.

Estranhamente, o que mais incomodava Léa não era o caos ao seu redor, o perigo dentro das muralhas do castelo que ela uma vez considerou seguro, mas as palavras de Naia e a indiferença de Fel. O desconforto era como um inseto rastejando sob sua pele.

Fel estava agora saindo da sala com sua família sem destiná-la um único olhar. Nem um único relance, deixando apenas o vazio dentro dela. Por um momento, até pensou que ele pudesse ter tentado protegê-la, que ele tinha movido o espelho que estava na frente dela, mas isso era impossível, quando ele nem estava olhando na direção dela.

O que tinha acontecido entre eles havia sido uma mentira, uma farsa. Léa tinha sido enganada e quase tinha feito a bobagem contra a qual sua mãe a tinha avisado. A mãe dela. Onde ela estava? Deixando o salão de baile, parecendo perturbada. Léa então procurou seu pai, que estava caminhando na direção dela, Kasim ao seu lado.

— Você está machucada? — perguntou o pai dela.

— Não.

Ela percebeu que estava chorando e respirou fundo, num esforço para parar com isso. O pai dela a olhou de cima para baixo, como se estivesse verificando a veracidade de sua responsta.

— Kasim vai levá-la para o seu quarto. Fique lá dentro até que alguém venha e lhe diga que é seguro sair.

Ela franziu a testa.

— Você acha que há mais intrusos?

— Eu não sei.

Quando ela se virou para sair, um rápido pensamento lhe veio à mente.

— Papai.

Ele fez uma pausa. Ela continuou:

— Acho que vou aceitar a oferta de Venard. — As palavras tinham um sabor amargo, mas soavam corretas.

— Falaremos sobre isso amanhã. — Ele acenou com uma mão e a dispensou.

Enquanto ela caminhava com Kasim e dois guardas, ele lhe perguntou:

— Você tem certeza do que acabou de dizer ao seu pai?

Ela encolheu os ombros.

— Quanta certeza é necessária?

— Você poderia esperar, Léa.

— Como é que esperar vai mudar alguma coisa?

— As decisões são como o vinho. Algumas ideias precisam fermentar em nossas cabeças.

Ela olhou para baixo.

— Você precisa de várias opções para tomar uma decisão. É uma decisão quando você não pode escolher?

— Você pode escolher esperar.

— Eu posso escolher fortalecer nosso reino, especialmente em um momento em que podemos enfrentar escrutínio e críticas.

Ele suspirou.

— Isso *é* verdade. Mas você não precisa sacrificar sua felicidade, querida.

— O que eu estou sacrificando? Solidão?

Ou talvez vergonha, vergonha por ter sido enganada tão facilmente. Ela queria lavar essa vergonha, lavar essa sensação horrível, esquecer o bilhete de Fel. Dizer *sim* para Venard poderia ser a solução. Poderia ser a salvação dela.

O PLANO DE NAIA era contar tudo para Fel — ou pelo menos o máximo que ela pudesse, mas as palavras nunca vieram, a coragem nunca surgiu e ela estava começando a repensar sua decisão.

O seu irmão gêmeo estava em seu quarto, pois seu pai havia ordenado que dormissem no mesmo aposento, por segurança. Ela esperava que ele estivesse dormindo profundamente ao amanhecer. Deitado em uma cama improvisada no chão, ele olhava fixamente para o teto. Naia sentia ao vê-lo com aquele rosto e olhos endurecidos.

— Fel?

— Sim?

Eu estou prestes a fugir com um fae enquanto você está aqui, de coração partido. Não, isso soava estranho, e nem era algo que ela fosse capaz de dizer.

— Você sabe que você é bonito, certo?

Ele se sentou.

— Oh, por favor. Poupe-me de sua pena e de suas palavras. Eu sei como eu sou.

Ela olhou para baixo.

— É que...

— Não, não. Você está começando a ser dramática como nosso pai. Ele acha que é uma coisa tão importante. Não é nada. Eu não sou um idiota, Naia. Eu não me apaixono em um dia. E não me importa o que uma princesa mimada pensa de mim. Eu não me importo, Naia. Então pare de me encarar dessa maneira.

Ela engoliu em seco, odiando ver a dureza no rosto dele, odiando que ela estivesse prestes a tornar tudo ainda pior.

— Eu sei que você é forte, Fel. Mas eu quero que você saiba que, aconteça o que acontecer, você sempre será meu irmão. Eu sempre te amarei.

Ele estreitou seus olhos.

— O que está acontecendo?

Ela balançou a cabeça.

— Nada.

— Ainda é o seu pretendente misterioso, Naia? Você precisa ter cuidado, sabe? Os homens às vezes... eles querem... eles te enganam.

Enganar. Os faes eram famosos por seus truques e trapaças. Ela olhou para baixo.

— Eu não estou fazendo nada. E não há ninguém.

Os olhos verdes focados nela eram enervantes, e ela temia que ele pudesse ver através de suas mentiras frágeis. Mas ele apenas acenou com a cabeça e disse:

— Que bom, então. — Ele se deitou novamente. — Pelo menos eu posso ter um sono descansado, sabendo que minha irmã está segura. — Havia uma ponta de brincadeira em seu tom, mas ele estava relaxado em sua cama.

Naia também se deitou, planejando tirar uma curta soneca antes de acordar e se preparar para esperar por River, mas seu coração acelerado não a deixava dormir. Ela temia ir com River, mas, ao mesmo tempo, tinha medo de que ele não pudesse vir ao seu quarto, ou que Fel se metesse no seu caminho. Ela não tinha certeza do que a aterrorizava mais: a ideia de ir ou ficar. E também havia todas as perguntas sobre o estranho ataque de hoje à noite. Mas essa era uma boa razão para ir, uma boa razão para aproveitar aquela oportunidade. E daí tinha a preocupação dela com Fel, o medo de que ele de alguma forma ficasse amargo e endurecido como o pai deles. Não. Um pouco endurecido, talvez, mas não havia como seu doce irmão se tornar amargo. Além disso, o que quer que acontecesse, ela não tinha a intenção de desaparecer para sempre. Ela ainda voltaria e veria seu irmão.

Após um longo tempo, Naia sentou-se. A respiração firme e profunda de Fel era o único som na sala. Ela caminhou até ele para ter certeza de que estava dormindo e, de fato, seus olhos estavam fechados. Adormecido, o rosto dele era tão suave e inocente, lembrando-a do garoto que havia sido, o irmão que havia crescido com ela — e que ela estava abandonando.

A ideia de ir embora assim, sem sequer dizer tchau, doía muito mais do que ela teria adivinhado. Ela se perguntava se ele estava realmente em perigo por causa de sua magia, e se ela o estava protegendo de alguma forma. Mas, então, ela não podia imaginar o que seria necessário para machucá-lo — a não ser que eles o pegassem como estava agora: desprotegido, vulnerável. O pensamento lhe deu calafrios. Mas Fel não era alguém para baixar sua guarda e dormir onde estivesse desprotegido — ou pelo menos ela esperava que fosse o caso.

Em silêncio, ela pegou um pedaço de papel e escreveu um bilhete para ele, dizendo que sentiria sua falta e que o amava. Ela pegou outro pedaço de papel para escrever um bilhete para seu pai. As palavras falharam. Ela não queria pedir desculpas, não queria se explicar. No final, apenas escreveu que esta era sua escolha e que ela estava segura, para que ele não se preocupasse, e que esta talvez fosse sua chance de fazer algo que importasse. Ela deveria escrever algumas palavras bonitas também, mas nada veio à mente, e não era que ela não amasse seu pai. Era apenas que ela não sabia o que escrever, o que dizer.

Embora não quisesse que ele sofresse porque ela estava indo embora, não tinha certeza de que ele a tivesse tentado entender, tentado ver as coisas do ponto de vista dela. Sentia como se tivesse um nó na garganta, cheia de coisas deixadas por dizer, coisas que ela tinha engolido, mas que estavam lá havia tanto tempo que tinham se petrificado e, agora, nunca mais se tornariam palavras novamente. Naia respirou fundo. Uma boa razão para ir embora.

Ela pegou sua mala e colocou algumas de suas roupas dentro. Era para ela fazer uma mala antes de ser levada para o submundo? Será que ela poderia levar qualquer coisa com ela?

Seu estômago estava agitado e vazio, enquanto lidava com o pensamento de que talvez ela tivesse concordado muito facilmente, não tinha sequer tentado barganhar mais, exigir mais condições. Em retrospectiva, aquele não tinha sido o seu momento mais brilhante. Mas talvez a questão fosse que a ideia de se casar com River não era repugnante. De certa forma, significava liberdade, possibilidade. E ainda assim, tudo era estranho e desconhecido e ela não podia deixar de sentir que ele estava escondendo muita coisa dela. Que ele talvez até a estivesse enganando. Não. *Tentando* enganá-la. Se ele tivesse algum plano malicioso, ela descobriria.

O céu ainda estava negro enquanto ela olhava pela janela. Se fizesse isso novamente, ela escolheria uma hora específica. O amanhecer era uma eternidade entre o escuro da noite e o azul claro do céu da manhã, um tempo ambíguo e amorfo. Uma eternidade para ela esperar e se perguntar, e até mesmo temer que River tivesse mudado de ideia. Esse medo a fez tomar consciência de que, estranhamente, de fato, ela queria ir, ela queria conhecer o submundo.

Ainda podia ouvir a respiração profunda e constante de Fel quando ela notou aquele cheiro familiar de chuva fresca sobre as folhas, um cheiro de raízes e cogumelos e toda a floresta condensada em um só lugar. Ela se virou e viu River parado bem atrás dela, mais perto do que ela imaginava, mais bonito do que ela se lembrava, em sua forma de fae, com chifres e orelhas pontudas.

Naia inspirou fundo e sussurrou:

— Você me assustou.

Ele sorriu.

— Esperava outra pessoa?

Ela colocou um dedo sobre seus lábios e apontou para a cama no chão.

River arregalou os olhos e virou, depois exalou e sussurrou:

— Oh. Seu irmão.

Ela acenou com a cabeça, depois apontou para a mala.

— Posso trazer isto?

Ele olhou para ela por um momento, como se estivesse pensando, então seus olhos se fixaram nos de Naia.

— O que tem dentro?

— O que você acha? Roupas.

Ele estava olhando para ela, seus olhos curiosos, mas então algo o empurrou. Dois atiçadores de brasa estavam dobrados ao redor de seu pescoço, prendendo River à parede.

— Quem é você? — A voz de Fel ecoou por trás de Naia.

Se houve um momento para lamentar não ter dito a verdade ao seu irmão, era aquele.

IO

ATRAVÉS DO OCO

— Fel! — Naia gritou, temendo o que seu irmão faria ao River. Ela deixou sua magia se conectar com os atiçadores dobrados que prendiam o fae à parede e tentou removê-los, mas seu irmão ainda estava usando sua condução de ferro, e os atiçadores não cederam.

River acenou com uma mão e sorriu.

— Está tudo bem. Eu estou confortável aqui.

Ela desistiu de tentar libertar River, mas daí encarou Fel.

— O que você está fazendo?

— Sério? — Seu irmão levantou uma sobrancelha. — Você está *me* perguntando? — Ele então se virou para River. — Quem é você e o que você quer com minha irmã?

Embora River estivesse contra a parede e tivesse dois paus de ferro ao redor do pescoço, seu rosto e seu corpo estavam relaxados. Seus chifres e olhos vermelhos ainda eram visíveis enquanto ele dava a Fel um largo sorriso.

— Prazer em conhecê-lo, príncipe Isofel. Eu sou River, e...

— River o quê? — Fel perguntou.

O fae pausou e seus olhos se alargaram por um segundo, então ele sorriu.

— River Lendário.

O Fel franziu a testa.

— Isso não é um sobrenome.

— Se eu estou dizendo que é; é. — River encolheu seus ombros. — E que diferença faz?

— Eu quero saber quem está aqui para raptar minha irmã. Eu acho que eu tenho esse direito, não tenho?

— Fel. — Naia tentou acalmá-lo. A quantidade de mágica naquela sala parecia nuvens pesadas, e ela não queria que se tornasse uma tempestade.

Seu irmão levantou uma mão com luvas.

— Deixe-me falar com ele. — Sua voz estava mais calma, no entanto, quando ele se virou para River. — Quais são os seus planos? O que você quer com ela?

River parecia confortável encostado na parede.

— Ela concordou em se casar comigo.

Fel olhou para ele como se fosse um inseto nojento.

— Você por acaso conhece ela?

— Não tanto quanto eu gostaria. — River suspirou. — Mas para alguns conhecimentos é preciso casar primeiro, certo?

Havia dor nos olhos de Fel quando ele se virou para Naia.

— É isso que você quer? Você está indo embora com este... Este fae?

— Sim. — Ela olhou para baixo, incapaz de dizer mais nada, sem vontade de encarar seu gêmeo, de ver a dor naqueles olhos verdes.

Fel virou-se novamente para River, sua voz dura.

— Você promete honrá-la?

— Absolutamente. — A voz de River soava calma, mas firme. Ela ousou olhar para ele, e o viu olhando para seu irmão. Sem malícia, engano ou zombaria em sua expressão.

Por um momento, foi como se Fel estivesse congelado, olhando para River, talvez incapaz de contrariar suas palavras, incapaz de encontrar falhas em suas promessas. Então ele olhou fixamente para o fae.

— Ouça, se você estiver brincando com ela, se você lhe causar algum mal, eu juro que vou encontrá-lo e matá-lo... bem devagar. E se você estiver morto, eu vou encontrar aqueles que você ama.

River inclinou sua cabeça, olhou para Naia e depois virou-se para Fel.

— Tenho certeza absoluta de que você não quer machucar as pessoas que amo.

Amor? Ele tinha acabado de sugerir que a amava?

— Não Naia, é claro! — Fel disse.

River fez que sim com a cabeça.

— Você a quer a salvo e eu a quero a salvo. — Ele então se transformou em fumaça preta e reapareceu bem na frente de Fel, estendendo uma mão. — Nós temos a mesma opinião, príncipe humano.

Fel franziu a testa, vendo que River não estava mais preso à parede.

O fae olhou para trás, para os atiçadores.

— Opa — disse ele, então voltou para onde Fel o tinha empurrado, sorrindo atrás dos atiçadores dobrados que agora cercavam seu pescoço novamente. — Eu acho que você prefere eu aqui.

Fel balançou a cabeça e virou-se para Naia.

— *Essa* é a sua escolha? Era *disso* que você estava falando?

— Fel, eu... — Por que essas palavras eram tão difíceis?

Seu gêmeo soltou uma risada amarga.

— Nós podemos nos tornar inimigos, sabe? Não tenho certeza se você notou, mas a raça dele nos atacou esta noite.

Naia balançou a cabeça.

— Eu jamais serei sua inimiga, jamais. Confie em mim, Fel.

— Você confia *nele*? — A voz de Fel estava falhando quando ele apontou para River.

Esta não era uma pergunta à qual ela pudesse responder *sim.* Mas não significava que ela tinha que ter medo, não significava que ela tinha que ficar. Ela queria ver o que aconteceria, queria aprender mais sobre os faes e, mais do que tudo, queria ver para onde este caminho a levaria, pois estava cansada de estar trancada em seu casarão, cansada de não ver nenhuma possibilidade. E ela tinha magia de ferro e fogo, sabia caçar, e tinha certeza de que poderia sair de uma situação difícil se necessário.

— Eu confio em mim mesma.

Fel suspirou, depois avançou na direção dela, abraçou-a e beijou sua testa, enquanto escorregou algo em sua mão.

— Não desapareça, irmãzinha. E aconteça o que acontecer,

você será sempre bem-vinda de volta. Se você tiver algum problema, não hesite em pedir ajuda. Eu sempre estarei aqui para você.

Com base no tamanho e na forma, ele a tinha passado um espelho de comunicação, que ela colocou no bolso do seu vestido. Ela percebeu que seu irmão tinha apenas fingido dormir, e tinha planejado passar-lhe aquele objeto — e confrontar seu visitante. Muito astuto. Mas o apoio dele significava o mundo. O fato de que ele a estava deixando ir, mesmo que um pouco irritado com isso, a fez sentir-se muito mais leve e feliz. O que quer que acontecesse, ela se certificaria de nunca desapontar seu irmão.

Eles se separaram, e Fel olhou para River.

— Trate-a bem.

— Essa sempre foi minha intenção — disse River, desta vez ao lado da mala de Naia. Ele se voltou para ela: — Eu vou carregar isto. — Então ele se virou para Fel: — Foi um prazer conhecê-lo, príncipe de ferro.

— Príncipe Umbraar — disse Fel.

— Príncipe Umbraar — repetiu River. — Confie em mim que eu farei tudo ao meu alcance para garantir que sua irmã esteja sempre segura.

— E você vai honrá-la e respeitá-la — acrescentou Fel.

— Sempre. — River acenou com a cabeça.

Fel então cruzou seus braços.

— Eu vou deixá-lo ir, mas espero que você esteja ciente de que não a merece.

River olhou para Naia.

— Eu duvido que qualquer homem mereça até o chão que ela pisa, Príncipe Umbraar. Pelo menos eu sei disso.

Fel assentiu. Naia queria rir do exagero insano, mas não queria ferir os sentimentos de seu irmão, que parecia achar que era uma coisa sensata de se dizer.

River pegou a mão de Naia, mandando uma corrente de emoção através de seu corpo. Na verdade, era a primeira vez que eles davam as mãos, algo que deveriam ter feito *antes que* ela decidisse ir com ele para o seu submundo.

Tudo à sua volta ficou escuro. Tão de repente. Ela nem

sequer recebeu um aviso, nem sequer teve a chance de um último adeus para Fel. Os braços de River envolviam-na, o único conforto em meio a essa escuridão e nada. Tanta incerteza. Ela não tinha ideia para onde estava indo, nenhuma ideia do que aconteceria, nenhuma ideia se ela tinha feito a escolha certa — e estava prestes a descobrir a resposta.

No começo, Naia sentiu como se fosse sufocar na escuridão, que era uma coisa tangível que a envolvia, ficando cada vez mais apertada. Até mesmo os braços de River se perderam nessa estranha sensação. Isto não era nada comparado à carruagem atravessando o portal, que também era escuro, mas aqui ela sentia quase como se estivesse caindo, e era estranho, era uma... *coisa*.

Se River a deixasse aqui, ela certamente morreria. Se houvesse algo como a morte neste lugar. Talvez fosse apenas sofrimento eterno, estar perdida no meio do nada.

O primeiro sinal de que ela estava saindo dessa escuridão foi sentir novamente o cheiro de River. Então sentiu a presença dele e se inclinou mais para perto, com medo do que quer que estivesse lá fora. Por um segundo, até temia que talvez ele a tivesse trazido ali para matá-la. Mesmo assim, ela se agarrou mais forte; se ele tentasse alguma coisa, ela o traria junto. Além disso, ela se sentia mais segura com ele. Pensamentos incoerentes.

— Naia. — Havia uma certa preocupação em sua voz. — Nós estamos aqui. Você pode olhar.

Ela nem tinha percebido que seus olhos estavam fechados. Quando ela os abriu, ela notou que o estava segurando firmemente, sua cabeça contra o peito dele. Deu um passo para trás e sentiu o calor subir até o rosto dela, abalada pela proximidade súbita dos dois. Eles estavam perto de um chalé cercado por uma floresta espessa, muito mais espessa do que a floresta junto à casa dela, feita de vegetação densa, que seria difícil de ser atravessada.

A mala estava ao lado dele, o que era estranho porque

carregá-la por aquele lugar escuro parecia uma façanha impossível.

Ele apontou para o chalé.

— Esta é... nossa casa. Por enquanto. Mais tarde nós podemos nos mudar para algo melhor.

Nossa casa. O pensamento teve dificuldade para entrar em sua cabeça, como se fosse uma substância estranha que não pertencia àquela mente. Além do mais, Naia ainda estava agitada por causa daquela estranha viagem.

— O que... como chegamos aqui? O que foi isso?

— O oco, Naia. Desculpe, eu deveria ter te avisado.

— Mas ao cruzar os portais entre os reinos, não é a mesma coisa?

— Os portais são antigos. Alguns dizem que eles têm magia dos dragões. O oco, por outro lado, é como uma floresta escura, selvagem e perigosa. Os lendários viajam por caminhos já traçados, onde a floresta não mais se intromete. Alguns desses caminhos são largos como estradas. Esse é o caso de seus portais.

— Agora não parecia um caminho.

Ele balançou a cabeça.

— Porque não foi. Eu aprendi a andar através do oco. Quer dizer, eu tracei meus próprios caminhos, mas eles não são largos.

— Como um condutor de morte.

— Eu acho que eles têm mais facilidade em atravessar o oco, ou talvez para encontrar os caminhos que estão lá. Eu não sei.

— Meu pai diz que é perigoso atravessar. Como um condutor de morte. Que ele não pode trazer mais ninguém com ele ou é perigoso se perder. — É engraçado que ela não tenha considerado isso.

O River pensou por um momento.

— Se eles entrarem na selva fechada, eu entendo que seja perigoso. Eles têm as habilidades para atravessar, mas a outra pessoa não...

Habilidades para atravessar... Um pensamento horrível atingiu Naia.

— Então eu não posso ir embora? — Talvez ela devesse saber que estaria presa onde quer que ele a trouxesse, e mesmo assim a ideia ainda lhe causou algum desconforto e solidão. — E onde está o seu povo?

— Você pode sair comigo, Naia. Você não é uma prisioneira. Quanto ao meu povo, eles estão... — Sua hesitação foi curta, mas bastante clara. — Aqui e ali.

Naia tinha imaginado algo diferente, como ver mais do submundo dos faes, aprender mais sobre eles. Ela engoliu em seco.

— A gente vai vê-los?

— Eventualmente. Ainda não. Venha. Tenho certeza que você quer se acomodar.

Naia o seguiu, e teve que concordar que o lugar era encantador. As paredes e o teto eram de madeira polida, com uma pequena cozinha e até mesmo uma sala com sofás, muitas almofadas no chão, e prateleiras com alguns livros. Dali havia uma escada para um mezanino. Colchas de cores diferentes haviam sido postas sobre os sofás, trazendo felicidade e calor para aquele lugar.

Ele olhou para ela.

— É temporário, Naia.

— Eu gosto daqui.

Um sorriso iluminou o rosto dele.

— Verdade? Eu tentei fazer com que parecesse um pouco com a sua casa, exceto que eu não pude deixar de acrescentar alguma cor. Venha, vou lhe mostrar o que temos.

Na cozinha, ele abriu muitos armários, mostrando farinha, legumes, pão, marmeladas. Havia até mesmo um armário especial com ovos e alguma carne, no fundo da cozinha, esculpida dentro de uma pedra.

Ela não estava prestando atenção no suprimento de alimentos, pois seu coração batia muito rápido para que ela pudesse se concentrar em qualquer coisa. O que aconteceria agora? Será que eles se beijariam? Será que eles iriam mais que beijar? Mas eles ainda não eram casados.

Ele mexeu com um frasco no balcão, depois olhou para ela.

— Eu vou fazer algo para você comer, depois eu tenho que ir.

— Ir?

— Eu ainda estou na minha missão, conhecendo os Bastião

de Ferro. Eu não posso simplesmente desaparecer, e não posso desistir do que estou fazendo.

Naia mal acreditava no que tinha ouvido.

— Então você vai me deixar aqui *sozinha*?

— Eu voltarei. Eu sempre estarei de volta.

— Você não precisava me trazer aqui. Nós poderíamos ter esperado até você terminar o que quer que você esteja fazendo. Ou você poderia ter me trazido para um lugar onde houvesse mais do seu povo.

— Não, Naia. Você tem que entender, eu quero mantê-la segura, e não há lugar mais seguro do que aqui.

— Talvez você esteja me escondendo, daí você se casa com outra pessoa.

Ele levantou as mãos, mostrando as palmas.

— Vamos esperar para casar. Vamos esperar para tudo. Enquanto isso, você está a salvo e nós podemos nos conhecer melhor. Eu vou lhe dar algo para comer. O que você quer?

— Eu não estou com fome e sou perfeitamente capaz de cuidar de mim mesma. Eu sei até caçar.

Ele olhou para baixo.

— Não há muito na floresta aqui, e eu sugiro que você não tente ir lá. Mas eu farei com que nossa cozinha esteja sempre cheia.

— O que eu devo fazer durante o dia inteiro?

Ele encolheu os ombros.

— Eu não sei. Os nobres passam seus dias sem fazer nada, não é mesmo?

— Não. Eu treinava com meu irmão, ia caçar, explorava a floresta, tinha companhia de animais. Eu nunca passei meus dias sentada, sem fazer nada, sem ninguém para conversar.

Havia uma certa dor em seus olhos castanho-avermelhados, e ele piscou lentamente.

— Naia, o que você estava esperando?

— Eu não esperava ficar sozinha o dia todo, só isso.

Ele respirou fundo.

— A maioria dos casais não passam o dia todo juntos. Você sabe disso, certo?

— No início eles passam, quando se casaram recentemente.

— Há sérios problemas que estão para acontecer em Alúria, Naia. E eu lhe disse que esperaremos para casar, esperaremos para ter certeza de que é isso que você realmente quer.

— Isso é ainda pior. Eu vou ficar arruinada e solteira.

Ele balançou a cabeça.

— Você não vai ficar arruinada. Seu irmão vai te aceitar de volta, seu pai provavelmente fará isso também. Então você será capaz até de escolher outro marido. Mas isso não vai acontecer porque tudo vai ficar bem, e quando tudo estiver resolvido, eu vou apresentá-la à minha família, e teremos uma cerimônia pública dos lendários. Eu prometo isso a você, Naia. E hoje à noite teremos mais tempo.

Hoje à noite. O que ele esperava hoje à noite?

Ele deve ter notado o medo dela, e disse:

— Eu não vou tocar em você. Nós o faremos se e quando for a hora certa, quando você confiar em mim, quando tudo estiver resolvido, quando você for minha esposa. Enquanto isso, você está a salvo.

Ela estava quase perguntando se a coisa de não tocar incluía não beijar, o que seria injusto. Talvez uma das razões para ela ter vindo foi na esperança de mais beijos e, ainda assim, ela não queria implorar por um.

— Certo.

Seus lindos olhos avermelhados estiveram sobre ela por um longo tempo, como se ele a estivesse tentando ler. Havia algo desconcertante em vê-lo quase vulnerável, diferente do seu tom convencido e brincalhão de sempre.

Ele estendeu seus braços.

— Venha aqui.

Naia deveria resistir, mas ela não o fez, e se viu abraçando-o, a sensação tão reconfortante. Estranhamente, estar perto dele a fazia sentir como se tudo estivesse certo. Acariciando o cabelo dela, River disse:

— Vai melhorar, eu prometo. E eu farei tudo o que puder para te fazer feliz.

— E quanto aos beijos — ela soltou, arrependendo-se do que disse antes mesmo de terminar a frase patética, mas sua boca e sua mente infelizmente estavam desconectadas.

— Vai ter toneladas de beijos — sussurrou ele, depois beijou o canto da testa dela. — Eu só estava planejando ir devagar, e não sei se você quer esperar. Eu não queria ser, como o seu povo diz, inapropriado. A decisão é sua.

— Sem beijos. — Este era o senso de vergonha dela finalmente falando, mas parte dela estava furiosa com essas palavras, considerando que ele estava tão perto, que seria apenas uma questão de mover a cabeça um pouco. — Não até ser tudo oficial. — O lado positivo foi que o autorrespeito dela havia vencido.

— Foi o que eu pensei. — Ele ainda a estava abraçando. — Eu preciso me acostumar com uma companheira humana. Me avise se eu fizer algo errado.

— Me deixar sozinha é errado, River.

Ele a abraçou com mais força.

— Você sabia que eu adoro meu nome em seus lábios? Mas sim, tudo vai melhorar. Isto não é para sempre.

Ela levantou a cabeça para olhar para ele.

— River é o seu nome verdadeiro?

— É. — Seu rosto estava tão perto.

— E o seu sobrenome? Tenho certeza de que não é *lendário*.

— É, de certa forma. E quanto a você? Umbraar? Isso é mesmo um nome?

— Os reinos levam o nome de suas famílias.

— Humm. — Ele tinha uma expressão divertida. — E eu aqui pensando que era o contrário...

— Qual é o seu sobrenome, River? Seu verdadeiro nome?

Ele ficou tenso.

— Eu perdi meu nome.

— Você pode *perder* um nome?

Ele correu suas mãos para cima e para baixo das costas dela, como se fosse para confortá-la.

— Ele pode ser tirado de você, sim. Então você pode me chamar do que quiser.

— Humm... River Irritante. Você gosta?

Ele riu.

— Se eu sou irritante, por que você está chateada se eu a deixo sozinha?

— Você é irritante *porque* me deixa. — Naia então lembrou-se de uma outra razão pela qual ela tinha escolhido vir aqui. — E eu quero respostas às minhas outras perguntas.

— É claro, é claro.

— O que aconteceu com o seu nome?

Ele beijou o canto do rosto dela novamente, e Naia fechou os olhos, desejando que ele movesse seus lábios para baixo.

— Hoje à noite vamos conversar. E passaremos tempo juntos, fazendo o que você quiser. Eu realmente tenho que ir agora.

— Você não ia preparar um café da manhã para mim?

— Sim. — Ele parou o abraço, depois pegou um prato, um copo, um pão, marmelada e suco, e os colocou sobre a mesa da cozinha. Ele então pegou um bolo doce e um prato com maçãs. — Me diga o que mais você quer, e eu me certificarei de que você o tenha. Estarei de volta esta noite. — Ele olhou para ela. — Não vá para a floresta.

Por alguma razão, ela sentiu que era exatamente o que tinha que fazer. Por que as pessoas sequer avisavam os outros para não fazer certas coisas, se só dava mais vontade de desobedecer?

River sorriu.

— Eu estou falando sério. É um mato escuro e grosso, e não há nada para caçar lá, mas se você quiser tentar, divirta-se. — Ele beijou o rosto dela. — Eu vou pensar em você o dia todo. — Ele sorriu, depois se tornou fumaça negra e desapareceu.

Naia ficou olhando fixamente para a comida na mesa. Ela nem estava com fome, nem mesmo tinha certeza para onde sua vida estava indo.

Depois, deu outra olhada na casa. Era limpa, bem organizada, mas simples. River era um camponês? Um camponês fae? Ou talvez faes não tivessem classes como os humanos. Ela não tinha pensado nisso, não tinha percebido que talvez ela estivesse largando todas as suas aspirações, que ao invés de se tornar uma conselheira do rei, ela estava prestes a ser uma esposa de um ninguém. A esposa de River, no entanto, e quando seu rosto e o beijo deles lhe veio à mente, não soou mal. Era apenas... talvez ela quisesse mais dele, mais amor, mais afeição, mais alguma coisa. Talvez hoje à noite. Afinal, ele tinha soado sincero ao afirmar que as coisas seriam melhores, ao prometer que a faria feliz.

E então havia coisas que ela precisava aprender sobre os faes, sobre o ataque em Lago Branco, e aquela ainda era a sua melhor chance. Se ela mudasse de ideia e voltasse para casa, ela não o faria com as mãos vazias. E ainda assim... ela queria segurar a mão de River. Uma vez que ela estivesse certa de que poderia confiar nele.

Fel faria qualquer coisa por sua irmã. Qualquer coisa. Ele enfrentaria qualquer ameaça, abriria mão de riquezas, lutaria contra qualquer inimigo. E ainda assim, deixá-la partir com um fae era algo que ele jamais imaginou que teria que fazer. Talvez fosse pior do que lutar contra um monstro, pois significava deixar o monstro levar sua irmã, sua gêmea, sua melhor amiga. E ainda assim, ele havia dito que apoiaria suas escolhas. Ele queria vê-la feliz, e se ela e o fae estivessem apaixonados, quem seria ele para atrapalhar? Isso se o fae realmente gostasse dela, mas ele tinha prometido que a respeitaria e, por mais viciosas que essas criaturas pudessem ser, uma coisa que elas faziam era honrar suas palavras.

Nada fazia sentido. Como ela o tinha conhecido? Por outro lado, se sua irmã estava feliz, quem era ele para julgar? Para interferir? Mas teria sido a escolha dela? Ou será que o fae a tinha enganado? *River.* Obviamente um nome falso. E Fel o deixou levar Naia.

Ele tocou o espelho de comunicação em seu bolso, esperando que ela se lembrasse dele, esperando que funcionasse onde quer que ela fosse, esperando que ela o chamasse se tivesse algum problema. Mas outro pensamento estava em sua mente: sua própria mãe. Talvez os Bastião de Ferro tivessem sentido o mesmo quando descobriram que ela tinha fugido, e quem sabia o quanto eles tinham interferido? Quantos dos problemas foram causados porque eles não aprovaram a escolha dela? Talvez até tenham causado a morte dela. Fel não ia fazer o mesmo. E ainda assim, agora ele estava se preparando para enfrentar a mais terrível fúria.

Segurando o bilhete destinado a seu pai, caminhou para os aposentos de sua família com passos seguros, mas com um coração instável.

Ele mal entrou, quando ouviu:

— Cadê Naia?

Como esperado, essa foi a primeira pergunta que seu pai fez. Fel engoliu em seco, depois entregou-lhe o bilhete em silêncio. Enquanto seu pai lia as primeiras palavras, seu rosto ficava petrificado, seus olhos enlouquecidos.

Antes que seu pai pudesse perguntar ou dizer qualquer coisa, Fel disse:

— Eu vi ele. Eu o deixei levar ela embora.

Seu pai olhou para ele por alguns longos segundos. Quando abriu sua boca, o que saiu foi uma barragem quase inteligível de insultos e reclamações.

O próprio Fel concordou com muita coisa. *Por que ele não tinha feito algo? Como irmão dela, era seu dever protegê-la. Como ele poderia ter sido tão inútil?*

Quando as palavras de seu pai se acalmaram, Fel disse:

— A escolha foi dela.

— Escolha? — seu pai falou.

— Sim, como a minha mãe.

Seu pai balançou a cabeça, depois tocou sua orelha.

— É pontuda? Eu tenho chifres? Olhos vermelhos? Não, certo? Então há uma diferença aí. — Ele não estava gritando e, ainda assim, todas as palavras tinham um tom de fúria. — E eu não faço ideia de porque sua mãe fez o que ela fez. Não faço a menor ideia. Não tenho nada a ver com isso. E não é um comportamento que eu gostaria que Naia repetisse, ou que meu filho apoiasse.

— Eu entendo.

— Você não entende. Você definitivamente não entende, e eu tenho vergonha de ter confiado em você, de ter colocado a segurança de Naia em suas mãos.

— Bem, eu não tenho mãos. E eu respeito minha irmã e o que ela escolhe para si mesma.

Seu pai estava balançando a cabeça.

— Crianças tolas, tolas. — Ele olhou para Fel com uma nova determinação. — Há uma reunião de emergência. Vá no meu lugar. Volte para Umbraar com nossas coisas. Eu esperarei por você lá.

— Aonde você está indo?

— Aonde? — O pai dele estreitou os olhos. — Você está me perguntando aonde? Estou indo pegar sua irmã de volta. — Os olhos dele ficaram negros, depois todo o corpo dele se dissolveu em fumaça e então desapareceu.

Fel estava sozinho, com terror em seu coração já partido. Não havia como nada disso acabar bem.

II
DECISÕES

Léa sabia que era um sonho, e mesmo assim ainda se sentia desorientada, ainda sentia um arrepio através de seu corpo. Havia sangue novamente, sangue no chão, sangue nas paredes de um salão de baile com cornijas douradas no teto. Não mais douradas; o sangue estava pingando através delas, tornando-as vermelhas. Isto não era Lago Branco, não era nenhum lugar que ela conhecesse, e a sala estava vazia, sem sequer cadáveres no chão. E agora o sangue estava subindo, prestes a engoli-la, afogando-a.

A janela única estava no lado oposto do salão de baile. Tão longe. Com cada vez mais dificuldade a cada passo, ela caminhou através do sangue até chegar a ela. Lá fora, tudo o que viu foram nuvens negras e uma tempestade. Nenhum sinal do dragão dela. Nenhum sinal de nada que ela conhecia, e mesmo assim ela tinha que fugir, escapar, ou o sangue a afogaria.

Batidas suaves em sua porta despertaram Léa. Seu alívio em estar fora daquele sonho não durou muito, pois logo lembrou que esta também era uma realidade estranha, uma realidade em que seu castelo havia sido atacado, em que ela tinha que tomar uma decisão para o resto da vida em um tempo extremamente curto. As pancadas ficaram mais altas.

Ela estava prestes a perguntar quem era, quando sua mãe entrou, já usando um vestido de dia, o rosto dela muito severo.

— Há muito o que fazer hoje.

Léa se sentou.

— Eu sei. — Ela então notou as olheiras sob os olhos de sua mãe e sua postura, como se estivesse carregando um grande peso. Léa acrescentou: — Eu sei que tudo está muito difícil neste momento.

A mãe dela suspirou.

— Todos irão embora após a reunião de emergência. A conglomeração acabou. — A voz dela era ríspida.

Léa sabia o quanto sua mãe havia planejado aquela conglomeração, o quanto ela estava ansiosa pelo evento. O baile de encerramento teria sido incrível, com mais músicos e artistas. Agora nada disso iria acontecer.

— Eu sinto muito.

— Não. — A mãe dela balançou a cabeça. — Poderia ter sido pior. — Ela deu a Léa um sorriso tenso. — Mas você tem uma oportunidade maravilhosa, e eu acho que você tem boas notícias. — Havia uma certa esperança em seus olhos.

Sobre o quê? O que Léa poderia fazer que deixaria sua mãe feliz? A resposta veio a ela como um soco. *Venard*. Ela sentiu um arrepio em suas entranhas.

— Eu não sei.

— Léa. — A voz de sua mãe era lenta. — Não haverá tanto tempo para você tomar uma decisão. Mas você pode fortalecer Lago Branco. A escolha está em suas mãos.

Léa suspirou, e decidiu dizer o que estava pensando:

— Casamento é para sempre. Como eu posso escolher assim?

A mãe pegou a mão de Léa na dela.

— Você ainda está sob a suposição incorreta de que o segredo da felicidade é escolher bem. Não é. O segredo é honrar a pessoa que você escolheu.

— Quando eu tenho que tomar uma decisão? — Léa sentiu frio por dentro.

— Idealmente antes de eles irem embora. Se você for esperta, antes da reunião de emergência. Vamos precisar de aliados, querida.

As memórias da noite anterior chegaram a Léa. Venard não

era desagradável. Por outro lado, toda vez que pensava nele, era como se Fel entrasse no pensamento e o arruinasse. Era Isofel que ela queria. Isofel, que tinha dito que não queria nada com ela.

Será que Léa iria sacrificar uma aliança e talvez até a chance de uma união feliz por causa de alguns sentimentos bobos e inúteis por um príncipe que havia virado as costas para ela? E, novamente, não havia nada de errado com Venard, que era até mesmo bonito. E ainda assim, tudo em que ela pensava eram os olhos verdes de Isofel. Isofel, Isofel, Isofel, uma obsessão horrível que lhe custaria caro. Aqui estava sua mãe, envolta em tristeza, esperando por uma notícia que a pudesse animar. E Léa tinha o poder de dar a ela essa notícia.

Ela suspirou e olhou fixamente para sua mãe.

— Se eu concordar em casar com Venard, você acha que isso nos ajudará?

— Muito. — Um sorriso iluminou o rosto dela. — Você tem tanta sorte, Léa, que tem um jovem bonito interessado em você, e não poderia ser um par melhor.

Jovem e bonito. Verdade. Um pensamento então a atingiu: ao contrário de seu pai, que era muito mais velho que sua mãe.

— Como foi? Quando você escolheu dizer *sim* para o meu pai?

Ela desviou o olhar brevemente, depois encarou Léa novamente.

— Foi como se o sol aparecesse por entre nuvens depois de uma tempestade devastadora.

Léa sorriu.

— Parece romântico quando você diz isso.

A mãe balançou a cabeça.

— Tudo, menos romântico. Prático, realista. As tempestades são românticas. Uma casa segura e seca é prática. É isso que eu preciso que você seja: realista, racional. Coisas que valem a pena, coisas que importam, não são românticas. O dia a dia não é romântico. Os tratados do reino não são românticos. Mas será a sua vida, e você pode muito bem encontrar alegria e beleza nela, em coisas que importam, em coisas que têm verdadeiro valor.

Seu reino, seu futuro, tudo dependia deste momento. Talvez seu pai a deixasse dizer *não* a Venard, talvez ele nem se importasse com isso. Mas isso certamente criaria uma tensão adicional entre Lago Branco e Bastião de Ferro, bem quando precisavam de aliados. E o que isso mudaria para Léa? Quem iria se casar com ela depois disso? Ela não tinha muita escolha e estava agindo como uma pirralha mimada, temendo não ter mais escolhas, quando a que ela tinha era excelente.

— Eu sei — disse Léa. — Eu sei que romance é uma bobagem. E... — Foi preciso alguma força para dizer as próximas palavras. — Eu caso com Venard.

A mãe dela sorriu.

— Querida, estou tão orgulhosa de você, tão feliz por você.

Léa fez que sim com a cabeça. O coração dela estava acelerado. Se corações palpitantes fossem um sinal de amor, talvez houvesse algo em Venard.

A voz de sua mãe tinha um tom emocionado quando ela disse:

— Tudo o que eu quero é vê-la feliz, Léa. Eu quero que você tenha tudo: o amor, o marido, o castelo, a coroa, os filhos felizes. Eu quero ver você feliz, realizada. — O sorriso dela agora era amplo. — E eu acho que eu vou ver.

— Sim. — Léa não tinha certeza de nada. Ela sentia como se houvesse algo estragado dentro dela, algo apodrecendo. Mas isso era o coração dela, certo? E ela deveria ignorá-lo. Mesmo assim, por enquanto, ela queria se concentrar em outra coisa. — Eu... é melhor eu me preparar para a reunião de emergência.

A mãe balançou a cabeça.

— Não. Eu vou organizar os detalhes do seu casamento, e sua presença pode ser necessária. Vista-se, e eu te chamarei quando precisar de você. — Ela então beijou o rosto de Léa e sorriu. — Minha linda menina. Tão crescida. Você é minha vida, meu orgulho, você sabe?

Pelo menos a mãe dela estava feliz com a decisão de Léa. Uma pessoa entre duas era um bom começo.

— Eu vou... me preparar.

— E eu vou negociar os termos do casamento e já volto. — Sua mãe piscou e saiu.

Léa olhou fixamente para a porta que sua mãe havia fechado, sentindo-se como se o quarto estivesse prestes a engoli-la.

FEL TEVE que enterrar uma série de sentimentos conflituosos enquanto caminhava para a reunião de emergência. O futuro de seu reino, o destino de Alúria, era tudo maior do que ele, do que a escolha de sua irmã, a raiva de seu pai, as palavras dolorosas de Léa. E por que ele estava misturando Léa com sua vida?

Era estranho entrar no seu papel de herdeiro antes do tempo certo, sentar-se na posição que ainda pertencia ao seu pai.

Fel examinou a sala enquanto os reis tomavam seus lugares. O Rei Herald, de Bastião de Ferro, já estava lá, mas Fel não podia ver se estava sozinho ou se tinha um príncipe com ele. Não que isso importasse. O que importava era o que ele ia propor e como ele estava planejando expandir o poder do seu reino. O Rei Flávio de Lago Branco também estava lá, sozinho. O estômago de Fel murchou e o surpreendeu. Ele não tinha ideia de que esperava ver Léa novamente. Talvez ele quisesse apenas que ela visse o que estava perdendo, ver que mesmo que ele não fosse fisicamente perfeito, ainda era capaz, e poderia até mesmo agir como um rei. Mas tudo isso era um disparate. O que Léa significava para ele?

Nada, nada, nada. Tanta inutilidade dentro dele. E um pressentimento horrível para este encontro.

O rei de Campo Vasto olhou fixamente para Fel.

— Seu pai não pôde nos agraciar com sua presença? Muito assustado?

Fel ignorou a indireta e deu a ele um sorriso educado.

— Ele teve que ir embora. Eu peço desculpas profundamente.

Um outro rei, este de Marca do Lobo, soltou uma risada zombeteira.

— A conglomeração mais importante desde os conselhos de guerra, e ele não está aqui.

Fel manteve sua compostura.

— Eu sei o quanto todos vocês apreciam a presença do meu pai. — Ele fez um esforço para esconder qualquer traço de sarcasmo em sua voz. — Mas vocês terão que lidar comigo, hoje. — No entanto, não havia como conter o sorriso.

Isso pareceu o suficiente para acalmar as perguntas, mesmo que ele ainda tivesse olhares estranhos. Mas se eles desprezavam seu pai, por que se importavam? Certo. Para ter uma desculpa para desprezá-lo ainda mais. Dito isto, seu pai era uma voz forte contra Bastião de Ferro, e Fel duvidava que sua própria voz pudesse carregar o mesmo poder. Naia, Naia, por que ela tinha partido hoje? Agora Fel estava aqui, tentando segurar toda a barra, tendo que ser cuidadoso e sábio apesar de tudo ao seu redor — e dentro dele — caindo aos pedaços.

O rei de Lago Branco abriu a conglomeração mencionando o ataque da noite anterior, e depois exortando os outros reis a escolherem sabiamente como reagir nessas circunstâncias extraordinárias. Os reis de Fonte Selvagem e Zarana reclamaram que talvez Lago Branco não tivesse se preocupado o suficiente com a segurança da conglomeração, mas o rei de Bastião de Ferro fez com que se calassem, defendendo Lago Branco. Sua defesa foi um pouco exaltada demais, no entanto, como se ele fosse um grande amigo do rei. Eles eram aliados próximos, sim, e talvez até amigos. Ainda assim, Fel se sentiu enjoado com isso.

O Rei Herald repetiu a proposta de Bastião de Ferro de enviar parte de seu exército para cada um dos outros dez reinos. Ele alegou que era para ajudar Alúria a se preparar contra a ameaça dos faes, então pediu uma votação. Com isso, Fel não concordou.

— Sem voto — disse ele, enquanto os reis o olhavam com olhos arregalados, talvez se perguntando como ele ousara abrir a boca. — Este assunto depende de cada reino. Da parte de Umbraar, nós apreciamos profundamente a amizade e o apoio oferecidos por Bastião de Ferro, e esperamos que isso leve a alianças e oportunidades frutíferas, mas nós confiamos em nossas próprias forças.

Alguém riu, e ele desejou poder ver se era o rei de Campo Vasto ou Refúgio Verde.

O Rei Herald encarou Fel por um momento, depois olhou para ele como se estivesse com pena.

— Vocês serão os primeiros atacados pelos faes, então. E se eles tomarem seu reino, nós teremos que proteger o resto do continente.

Fel sorriu.

— Bem colocado: se. Nós nos comunicaremos com nossos queridos aliados e lhe contaremos sobre qualquer ameaça que venha em nossa direção. Se ela vier. Se.

Fel sabia que os faes estavam de volta. E, ainda assim, com Naia alinhada a um deles, era muito mais complicado. Contudo, até aquele momento ele temia mais Bastião de Ferro do que os faes. Talvez ele estivesse errado, mas não os queria em seu reino e sabia que seu pai tinha a mesma opinião.

O Rei Herald tinha seus braços cruzados e ainda olhava para Fel como se ele fosse um ponto sujo na parede.

— Não há *se*. Os faes estão aqui.

Fel assentiu.

— E nós lutaremos contra eles quando a necessidade vier.

Então todos eles perderam o interesse em Fel, já que cada reino concordou em receber as forças de Bastião de Ferro. Estranho. Fel sabia que muitos deles não gostavam da ideia de ter parte de um exército inimigo em potencial dentro de suas fronteiras, mas talvez estivessem realmente com medo dos faes. Ou então não queriam desafiar Bastião de Ferro, que agora tinha garras por toda a Alúria. Com exceção de Umbraar, que ficou sozinho, mais isolado do que nunca. Tudo nesses acordos fez com que os pelos de Fel ficassem arrepiados.

Talvez fosse verdade que Bastião de Ferro só quisesse proteger suas terras dos faes, mas também era verdade que eles estavam acumulando um poder incrível, e o poder era inebriante: as pessoas que o tinham acabavam querendo cada vez mais. Fel esperava que eles ignorassem seu reino, já que era em sua maioria rural e não tinha metais preciosos ou qualquer outra riqueza. Antes da guerra fae, Umbraar tinha sido próspero, mas agora sua relativa pobreza talvez pudesse mantê-los a salvo. Ele esperava que fosse o caso.

E também havia outras possibilidades nefastas. Bastião de

Ferro poderia querer fazer de Umbraar um exemplo, para evitar que alguém mais os desafiasse. Fel tinha que se preparar para o pior.

Enquanto Léa se sentava à mesa do café da manhã com sua empregada Siana, olhava para o relógio com frequência, mas parecia que ele estava parado. O tempo pareceu diminuir, ou talvez não conseguisse acompanhar a ansiedade de Léa, esperando pelo que sua mãe diria.

Sim pode ter sido a resposta certa, mas isso não significava que sua mente — e seu coração — tivesse aceitado Venard para seu futuro. Era uma questão de tempo, é claro. E, ainda assim, sua mãe estava negociando seu casamento agora mesmo, e isso significava que Léa estaria casada em poucos meses, no máximo em um ano.

Tão cedo.

Tão de repente.

E, mesmo assim, ela sempre soube que chegaria a isso — e sempre havia temido isso. Exceto quando pensou que teria sido com Fel. Esses pensamentos bobos.

Ela também desejava ter ido à reunião de emergência. Eles poderiam ter culpado o pai dela pelo ataque e aqui estava ela, incapaz de fazer alguma coisa. É verdade que ela também não teria feito muito lá — mas desejava estar apoiando seu pai. Ela desejava saber o que eles estavam decidindo para o futuro de Alúria. Fel provavelmente tinha ido à conglomeração. Ou talvez Naia. As pessoas em quem ela deveria parar de pensar.

Então, sua mãe entrou com passos apressados.

— Aí está você! Vamos para o seu quarto. Oh, você vai ficar tão bonita!

Léa se levantou e seguiu sua mãe.

— Bonita com o quê?

— Seu vestido. Nós precisamos ter certeza de que está tudo pronto.

— Que vestido?

— Você vai se casar com seu segundo vestido de baile, já que não foi usado, e não há tempo para comprar um novo.

Isso não fazia sentido.

— O que você quer dizer com *não há tempo?*

— Você acha que alguém pode aprontar um vestido para esta tarde?

Léa ainda não tinha ideia do que sua mãe estava falando.

— O que vai acontecer esta tarde?

Sua mãe parou e franziu a testa como se Léa tivesse feito uma pergunta imbecil.

— Você vai se casar.

Léa sentiu como se ela estivesse caindo em um poço sem fundo. Um poço de desespero. E não sabia como sair dele.

Naia olhou fixamente para a floresta escura ao redor do chalé, mal acreditando que River esperava que ela ficasse confinada a esta pequena clareira, esta pequena casa. A verdade era que ela esperava que a chegada ao submundo alargasse seus horizontes, não que os estreitasse.

O sol agora estava alto no céu, o que era algo mais que ela não esperava. De alguma forma ela havia pensado que o submundo seria literalmente, bem, sob o mundo — ou sob o solo. Ao invés disso, ele tinha um céu regular acima dele. Mas talvez aquele não fosse o submundo, e sim algum lugar em Alúria. Não havia maneira de ela saber.

A dor nos olhos de seu irmão veio à sua mente. Logo quando ele mais precisava dela, ela o tinha deixado. E para quê? Naia suspirou. Por uma casinha linda e um futuro marido bonito. Por uma chance de aprender mais. Por esperança. Talvez ela só estivesse chateada por River ter saído, mas isso significava que sentia falta dele. Era tudo muito complicado, ainda mais porque ela não sabia exatamente no que estava se metendo e não sabia as motivações de River.

Um som de passos a pegou de surpresa. Eram passos pesados, definitivamente não de River. Mesmo antes de ela se virar para olhar, ouviu:

— Naia! — A voz do pai dela. Furioso. Ela se virou e viu mais fúria em seus olhos, seu rosto, sua postura, seus punhos cerrados. Ela esperava que ele não a matasse por acidente ou de propósito com sua condução de morte.

— Oi, pai. — Ela sorriu. O que ela podia fazer? Acovardar-se? Nem a pau.

— Nós vamos para casa. — Ele segurou o pulso dela e a puxou.

De uma vez, ela se lembrou de todas as vezes que ele havia tomado decisões por ela, todas as vezes que ele havia pensado que sabia o que era melhor para ela, sem nunca se preocupar em perguntar a ela, em ouvi-la. E agora aqui estava ele novamente, nem um pouco interessado em compreendê-la, sem fazer o menor esforço para tentar convencê-la, como se ela não tivesse uma palavra a dizer sobre sua própria vida.

— Não! — Ela puxou sua mão e deu um passo atrás. — Não — ela repetiu. A palavra soava estranha vindo da boca dela.

Ele fez uma careta.

— O que você quer dizer com *não?*

— Significa que eu sou uma pessoa, que eu tenho escolhas. Não sou um objeto para você carregar por aí, para controlar.

— Um objeto? — Ele parecia horrorizado. — Desde quando? Eu não dei nada além de amor para você e seu irmão. Eu cuidei de você, alimentei você, ensinei você a ser forte, autossuficiente, encorajei você a usar sua mágica. Do que você está falando? Esse fae te fez uma lavagem mental?

— Ninguém fez lavagem mental em ninguém. Você nos deu amor, sim, mas sempre foi Fel primeiro. Você nunca me perguntou o que eu queria, você nunca se importou com o meu fogo, nunca teve sequer uma palavra positiva sobre isso.

Ele balançou suas mãos.

— Porque essa mágica me preocupou! Eu não sei o que significa, eu não sei como você conseguiu. Eu não quero que ninguém veja. E talvez eu nunca tenha perguntado o que você queria, tudo bem. Eu acho que não, mas vamos supor que seja verdade. Bem, você nunca me disse! Se havia algo que não te fazia feliz, como eu deveria adivinhar, Irinaia? Eu posso atravessar o oco, mas não consigo ler mentes.

— Eu estou lhe dizendo agora que quero ficar aqui.

— Para me irritar? Para me desafiar? Por que, Naia, por quê? O que você vai conseguir aqui? Esse fae vai te usar e depois te deixar, eles não são como nós. Ele pode até te matar. Não arruíne sua vida. — O tom dele agora era mais suplicante do que bravo. — É casar que você quer? Eu te ajudo a encontrar um marido, Naia. Venha para casa. Estou lhe pedindo.

A reação dele a confundiu. Ela não esperava que ele parasse de ficar com raiva, não esperava que ele tentasse ser compreensivo. Mas era verdade que, no início, ele ia arrastá-la de volta para casa sem sequer perguntar o que ela achava. E havia outro problema.

— Você não pode me carregar; é perigoso. Você sempre disse que não pode levar ninguém através do oco.

— Perigoso? — Ele sacudiu suas mãos novamente. — Eu prefiro passar anos perdido na escuridão do que ter uma filha arruinada por um fae. Você esqueceu que eles nos atacaram? Você esqueceu que eles destruíram a mais bela cidade de Umbraar? Certo, você não era ainda nascida, então você não liga. Bem, eles mataram minha família, minha casa, eles destruíram quase tudo que eu amava.

— E você acha que eu não posso fazer uma diferença? Eu estou aqui. Que melhor lugar para aprender mais sobre eles?

— Então você está aqui para espioná-los? Você vai dar o seu corpo em troca de alguma informação falsa e dispersa? É assim que funciona? Foi assim que eu te criei?

Ele estava sugerindo que ela estava se vendendo? Aí, não, ela não ia deixá-lo escapar com isso. Naia olhou fixamente para o pai dela.

— Você acha que eu estou dando meu corpo em troca de informação? Não. — Fez bem dizer essa palavra. — Estou dando porque eu quero. — Ela se sentiu ainda melhor ao dizer algo que ela sabia que o machucaria. — Acredite ou não, eu também tenho desejos.

Seu pai se afastou, olhando para ela com horror.

— Você quer um inimigo monstruoso? Eu te criei, cuidei de você, para um *fae* te ter...

— Para muito mais do que isso, mas se é assim que você quer

ver, não é problema meu. — Ela não sabia onde estava encontrando a força para desafiá-lo.

Era aquela Naia diferente, Naia que tinha beijado River, a mesma Naia que queria ficar, que ia descobrir tudo o que podia sobre os faes, que não ia recuar e voltar para casa. Bem, ela provavelmente não poderia nem voltar para casa, tendo dado ao River sua palavra. Tinha isso. Além do mais, ela não queria deixar que seu pai a controlasse. Ela queria traçar seu próprio caminho. Mesmo que levasse a um desastre, era o desastre dela. Ela queria estar no controle de sua vida.

Ele a olhou fixamente.

— Sério mesmo, você quer ficar? Dizer adeus à sua família?

— Eu não estou dizendo adeus a ninguém. É você quem está fazendo isso.

Ele olhou fixamente para ela, o queixo duro.

— Muito bem, Irinaia. Se você não vier comigo agora, você não será mais minha filha. Eu vou te deserdar. Eu não falarei mais com você ou sobre você. É isso que você quer?

Lágrimas chegaram aos olhos dela.

— Se eu sou sua filha apenas em certas condições, então eu nunca fui sua filha, para começar.

Ele olhou para ela por um momento, como se estivesse incrédulo, e então disse:

— Você está certa. Você *nunca* foi minha filha. Adeus, Irinaia.

Os olhos de seu pai ficaram completamente negros. Naia estremeceu, temendo que ele a matasse, mas então ele desapareceu em uma nuvem de fumaça negra.

Era como se ela estivesse engolindo aquela fumaça, o que era a coisa mais amarga que já havia provado. Muito do que ela havia dito a ele havia ficado preso na garganta por anos. Ela deveria ter ficado aliviada em desabafar e, ainda assim, tudo o que ela podia lembrar era de seu pai indo embora, a sensação de que ela estava perdendo parte de sua família, parte de sua identidade, que ela não tinha mais um porto seguro para voltar e que passaria sua vida à deriva. Era liberdade, sim, mas não da maneira que ela queria.

— Naia?

Ela levantou os olhos e, para sua surpresa, viu River olhando para ela com preocupação.

— Eu sinto muito — disse ele, então a envolveu em seus braços. — Talvez ele mude de ideia. Ele só está com raiva. Mas eu estou aqui para você agora. E você ainda tem o seu irmão.

Naia ficou chocada com River todo querido, mas feliz por ele estar aqui, mesmo que tivesse preferido que ele não tivesse ouvido aquela conversa.

— Eu pensei que você tinha ido embora.

Ela podia sentir a vibração do peito dele enquanto ele falava.

— Eu sei quando há intrusos aqui, Naia. Eu só não interferi porque eu sabia que era entre vocês dois. Tenho certeza de que você sempre foi uma filha maravilhosa e ele tem muito orgulho de você. Você estar aqui não o incomodaria se ele não te amasse, então eu espero que você saiba disso.

Ela olhou para ele.

— Está tudo bem. Eu nunca gostei de ter pessoas me dizendo o que fazer, e agora ele vai parar.

River assentiu e passou os dedos pelo cabelo dela.

— Ele vai. Você merece sua liberdade.

Ela abriu seus braços e gesticulou ao seu redor.

— Tanta liberdade. Olhe para todos os lugares que eu posso ir!

Ele riu, depois ficou sério.

— É só por enquanto. Confie em mim. E este lugar vai mantê-la segura. Acho que só um condutor de morte poderia vir aqui e, até onde eu sei, ele é o único.

— Outro fae poderia vir, não poderia?

Ele olhou para cima, pensando.

— Em teoria, sim, mas eles precisariam saber sobre este lugar e saber como chegar aqui, então a resposta é não. É seguro. E eu estou aqui. Assim como você e sua poderosa magia também.

— Eu não me importo em estar segura, eu me importo em ser livre. — Ela então lembrou de outra coisa que River poderia ter ouvido. — E eu acabei de dizer que eu estava espionando você.

— Eu sei. Eu entendo. Nada do que você disse a ele foi para

os meus ouvidos. E você será livre e poderosa, como você merece. Espere, é tudo o que estou lhe pedindo.

— Você tem que melhorar a espera, River. Você me deixa aqui sozinha, nem mesmo me beija...

Os lábios dele estavam nos dela em menos de um segundo, e então ela sentiu aquela conexão maravilhosa, a energia deles se entrelaçando, até mesmo um pouco da mágica de ambos. E, naquele momento, ela sabia que tinha tomado a decisão certa.

12

MUDANÇA DE RUMO

A viagem de Fel para casa foi vazia e solitária. Ele queria negar, mas a verdade era que ele não conseguia parar de pensar em Léa. Léa, que tinha deixado bem claro que ele não era bom o suficiente para ela.

E depois havia Naia e seu pai. A pior parte tinha sido empacotar as coisas deles, enquanto seu coração machucado estava tenso, pensando no que estava acontecendo com eles, pensando se talvez seu pai fosse querer machucar River, trazer sua irmã de volta à força. Será que ele faria isso? Fel gostava de pensar que conhecia bem seu pai, mas a verdade era que não tinha ideia de como ele reagiria em tal situação. E talvez River ou algum outro fae pudesse ferir ou até mesmo matar seu pai.

Ele tocou a ponta do espelho de comunicação ainda em seu bolso. Seria impossível fazê-lo funcionar em uma carruagem, pois precisava de uma superfície estável para isso. Mais tempo se perguntando sobre Naia e seu pai. Tantas perguntas, ansiedade e dor.

Quando chegou perto de sua casa, ele correu para dentro — e encontrou seu pai sentado na mesa da cozinha, uma taça na mão.

— Cadê Naia? — perguntou Fel.

— Naia? — Seu pai franziu a testa, como se estivesse pensando. — Eu não tenho ideia do que você está falando.

— Minha irmã. Você a encontrou?

— Irmã, irmã. Sim, ela está em algum lugar, não sei bem onde, perto de uma casa.

— Ela está bem? O que aconteceu?

— É claro que ela não está bem. Ela foi roubada por um fae.

— O que você fez com ela?

— Eu? — Ele riu. — Você está confuso. Eu não fiz nada. Covarde, você pode dizer, mas ei, ela nem é minha filha. O que eu me importo?

— Ela é minha irmã.

— E ainda assim você a deixou ir.

— Eu não a *deixei* ir. Ela não é minha para dizer a ela o que fazer.

Ele encolheu os ombros.

— Bem, ela também não é minha.

Fel notou que seu pai estava bebendo álcool, o que era estranho, já que álcool sempre tinha sido proibido em sua casa.

— Você está bebendo?

Ele levantou sua taça.

— Celebrando. Eu parei de beber quando eu trouxe vocês dois para casa, você sabia disso? Então, agora eu estou fazendo uma celebração ao contrário e bebendo um pouco, agora que eu perdi uma filha.

— Como isso vai ajudar?

— Beber não muda os fatos, mas muda os olhos que olham para os fatos e, então, quando os fatos não ficam duplos, eles ficam embaçados, menos precisos, para que a verdade não te corte.

Fel balançou a cabeça e novamente tentou perguntar algo.

— Então ela está bem?

— Não. E daí, certo? Ela disse que eu nunca a escutei. É justo?

— Talvez ela estivesse chateada, dependendo do que você lhe disse.

— Bem, *eu* fiquei chateado por causa do que ela fez. Não que isso importe. — Levantou seu copo e olhou para ele, como se estivesse examinando o líquido.

— Certo. — É claro que Fel entendia que seu pai estava

bravo. Ainda assim... — Mas ela será sempre minha irmã. Se ela quiser voltar para casa e você a proibir de voltar, você terá que expulsar nós dois.

O pai dele grunhiu.

— Sua gratidão é comovente, sabe? Você sabe o que os Bastião de Ferro teriam feito com você? Você sabe o que eles me disseram?

— Eu não quero ouvir.

— Oh, mas você tem que saber. Eles disseram que iam acabar com o seu sofrimento. Eles iam matar você, Isofel. Isso não é horrível?

— Bem, você não está feliz por Naia não ter casado com alguém alinhado com Bastião de Ferro? — Ele sentiu uma pontada de dor então, pensando em Léa falando com aquele príncipe, mas ela não era dele para se importar. E, ainda assim, ele se sentiu inquieto.

O pai dele riu.

— Você acha que o fae vai se casar com ela? E o que vai acontecer quando eles nos atacarem? Além do mais, talvez tenha sido ele por trás do ataque no castelo.

— Se ela estiver lá, talvez eles possam ser nossos aliados. — Fel disse meio de brincadeira, mas agora estava pensando que talvez pudesse haver alguma verdade nisso. — Bastião de Ferro vai enviar seu exército para cada reino de Alúria, exceto para nós. Eu duvido que eles estejam felizes com Umbraar os desafiando. Eu não duvido que eles queiram fazer de nós um exemplo, e então culpem os faes. Ou eles estão realmente esperando que os faes ataquem ou eles estão planejando algo.

— E daí? — O pai riu. — Você espera que sua irmã os faça nos poupar?

— Eu não sei. — Fel não tinha ideia se River estava alinhado com os outros e qual era o seu acordo com Naia. Ele nem mesmo sabia se ela tinha alguma influência sobre ele.

Seu pai rolou os olhos.

— Ninguém sabe nada.

Talvez. Mas eles tinham que fazer alguma coisa.

— Eu irei para o Forte Real. Talvez eu até durma lá. Vou me

certificar de que nossas novas armas sejam à prova de metal e que estejamos prontos. Você vem?

Seu pai acenou com uma mão.

— É o meu dia de celebração ao contrário. Me deixe.

— É justo. Mas o reino precisa de você.

— Eu sei. É um dia. Não é uma vida inteira. Eu jurei nunca mais beber por causa dos meus filhos. E eu ainda tenho você.

Por alguma razão, suas palavras o tocaram. Fel se aproximou da parte de trás da cadeira do seu pai, envolveu seus braços ao seu redor e beijou seu rosto.

— Obrigado. Por ter salvado minha vida, por ter me ensinado tantas coisas. Eu sou muito agradecido.

Talvez o gesto tenha surpreendido seu pai, que ficou todo tenso e grunhiu.

Fel parou o abraço e foi até o estábulo para pegar seu cavalo. Seu pai não era perfeito, mas ele amava seus filhos. Até Naia. Talvez suas palavras tivessem sido cruéis agora, mas se ele a deixou ficar, isso significava que ele também respeitava as escolhas dela. Fel desejava que sua irmã tivesse sido mais aberta com os dois. Talvez então esta situação pudesse ter sido evitada.

Ele também se perguntava o que tinha acontecido com seu pai para torná-lo tão amargo. Era uma pergunta que Fel tinha feito a si mesmo ultimamente e desejava poder descobrir mais, e entender onde sua mãe se encaixava em tudo isso. Até mesmo a história da bebida era estranha. Ele não sabia que seu pai havia parado de beber quando eles nasceram. Isso significava que ele já tinha bebido antes, e se sua mãe estava em Bastião de Ferro, eles tinham sido separados. Mas era porque ele não sabia onde ela estava? Ou algo tinha acontecido? Às vezes, Fel pensava que o passado tinha as chaves para destravar o presente, exceto que elas estavam perdidas em algum lugar.

Ele ajeitou seu cavalo, seus pensamentos agora focados em Bastião de Ferro e qualquer ameaça que pudessem representar para a Umbraar. Ou ele estava sendo paranoico? Não, ele tinha um sentimento estranho sobre tudo isso, e era melhor que eles estivessem prontos. Era por isso que ele queria correr para o forte.

Por outro lado, uma vez a caminho, outro pensamento não

saía de sua mente: Léa. Ele continuava lembrando de Léa com o príncipe Bastião de Ferro, e sentia como se estivesse sufocando. Então, pensou sobre o bilhete dela. Não eram palavras dela. Se havia algo que o tinha impressionado sobre Léa era como ela era natural em relação às mãos de metal dele. Ela não tinha mostrado nenhum choque ou surpresa, e não parecia se importar com elas.

Então Fel pensou na mãe dela, na maneira como ela o tratou, como se duvidasse que Léa aceitaria a proposta dele. Ela poderia ter forçado Léa a escrever aquele bilhete horrível. Sim, Léa deveria ter recusado, mas talvez ela não tivesse a coragem ou a força para desafiar sua mãe. Mas será que ele queria alguém que não o defendesse? Que o envergonharia para agradar a mãe dela? Mas não era fácil desafiar um genitor, e Fel sabia disso.

Esses pensamentos ficaram circulando em sua cabeça, e ele decidiu que deveria ter conversado com Léa para entender a situação. A única razão pela qual não o tinha feito era por causa de seu orgulho ferido. Mas o que era orgulho comparado ao seu coração? Ele ia se tornar amargo e frio como seu pai? Fel mudou seu rumo. Ele estava voltando para Lago Branco. Talvez fosse melhor ferir seu orgulho, enfrentar a vergonha, do que continuar se perguntando. Ele ia falar com Léa.

Léa sentiu como se estivesse fora do seu corpo, observando a si mesma como uma estranha. Ela não sabia se concordava com as razões de sua mãe para acelerar tanto o casamento, mas, oh, ela tinha toneladas delas. *Os Bastião de Ferro queriam que ela visitasse o reino deles, mas de jeito nenhum ela ia viajar com um jovem sem estar casada. Estes eram tempos difíceis, e era melhor consolidar uma aliança forte. Não importava de qualquer forma; o casamento não era sobre escolha, mas sobre honrar a escolha feita.*

Por outro lado, era verdade que se tudo estava decidido, estava decidido. Adiar o casamento não mudaria nada. Léa também tinha sonhado com uma cerimônia melhor, com mais pessoas, um vestido especial... Mas eles disseram que ela teria essa celebração em Bastião de Ferro, que eles teriam um segundo casamento lá.

Se ela falasse com seu pai, pedisse a ele para adiar a cerimônia, achava que ele a iria ouvir, mas ela não queria ser uma garota imatura e arruinar uma aliança importante quando as coisas estavam prestes a ficar difíceis. E ainda assim o coração dela não ouvia nenhum dos argumentos. O coração que ela deveria ignorar. Aquele coração que gritava *Fel* como uma criança mimada que não queria se separar do seu brinquedo.

E foi assim que ela se viu caminhando para o jardim de rosas, o mesmo jardim onde Kasim lhe tinha dito que não podia ter o Isofel. E esse era o seu maior problema, querer alguém que não a queria. Esperar para se casar não ia resolver nada.

Como a maioria das famílias visitantes já tinha partido, não havia muitos convidados. Bem, não estava tão ruim assim. As famílias Marca do Lobo e Refúgio Verde estavam lá, assim como a família de sua mãe, de Rocha Verde, depois os visitantes de Zarana. Léa se perguntou se eles estavam todos aproveitando os trajes que deveriam ter sido usados no segundo baile.

Léa mal conseguia respirar, pois seu coração batia em seu peito em protesto por este casamento. Mas ela sabia que não seria tão ruim assim. Era tudo uma questão de se dar bem com seu marido, e ele era agradável, então não havia razão para que eles não pudessem ser amigos.

Seu pai pegou o braço dela.

— Sinto muito que isto seja tão apressado.

Léa balançou a cabeça.

— Não importa. — E era verdade. Nada importava.

E talvez ela estivesse apenas exagerando. Talvez tivesse sido influenciada por alguns ideais românticos sem sentido e, se ela continuasse esperando por isso, arruinaria sua verdadeira felicidade. Ela andou ao lado do seu pai por um caminho no jardim. Os convidados estavam sentados em um semicírculo ao redor de um púlpito onde o Mestre iria oficiar a cerimônia.

Então ela sentiu algo com o vento. Um cheiro da mágica. A mágica de Fel. E talvez ela estivesse imaginando coisas, já que a família dele não estava entre os convidados. Não, ele estava lá, ele tinha que estar. Léa olhou e viu alguém em um cavalo, bem longe, atrás do círculo de guardas protegendo o jardim. Fel? Ou uma ilusão? Léa tola, tola. Ele tinha sido muito claro que não a queria mais. E então o cavalo e o cheiro desapareceram do jardim, mas não da mente dela.

Léa pegou o braço de Venard e quis dar-lhe um sorriso, mas sua boca tinha um gosto tão amargo que ela temia fazer uma careta. Pelo menos ele parecia não notar. As palavras do Mestre voaram, enquanto ela tentava esquecer aquela amargura. O dia tinha sido tão apressado que mal tinha comido nada, exceto por alguns bolos de arroz. Fritos, gordurosos. Nada de comida de verdade. Aquele com recheio de laranja tinha sido gostoso, mas agora seus pedaços estavam dançando em seu estômago. Não estavam dançando. Eles tinham formado uma turba, prestes a atacar ou destruir algo, como se de alguma forma tivessem tomado o lado do coração e quisessem punir Léa. Ela respirou fundo, esperando que seu estômago se acalmasse, que os pedaços de comida permanecessem onde deveriam, mas, eventualmente, eles ganharam — e se jogaram em seu vestido e sapatos.

FEL SE VIROU e galopou para longe, o mais rápido que pôde. Ele queria que aquela imagem desaparecesse atrás dele, ele queria que seus sentimentos, suas ilusões bobas desaparecessem.

E ainda... Um casamento? Como ela poderia ter ido tão rápido? Ela o tinha dado o seu *sim,* ela tinha sido prometida a ele. Mentiras, tantas mentiras, como seu pai o tinha avisado.

Ele não se arrependeu de ter voltado para Lago Branco. Era melhor aceitar uma verdade desconfortável do que continuar se perguntando. E ainda assim, parecia errado, como se aquele príncipe Bastião de Ferro estivesse tirando algo que deveria ser dele. Não algo. Alguém. Como Naia, ela tinha feito sua escolha. Uma escolha clara, que não era ele.

Todas as vezes em que seu pai lhe tinha dito para ter cuidado, para não abrir seu coração, vieram à sua mente. Ele antes achava que era um disparate, mas no final das contas era verdade. E como poderia não ser verdade?

Fel tinha estado delirante pensando que uma garota poderia realmente amá-lo. E ele havia cometido o erro de colocar suas esperanças tolas na herdeira de um reino, uma princesa mais bela do que qualquer artista poderia conceber. Uma fantasia tola de que ela o escolheria, defeituoso como ele era. Incompleto. Toda a sua mágica, todo o seu poder, não mudava o fato de que ele nunca teria dedos de verdade para passar pelo cabelo dela, ele nunca seria capaz de segurar de verdade a mão dela.

Ele galopou para longe, esperando que a dor, a vergonha e a ferida não o alcançassem, esperando que elas ficassem todas para trás. Que ficassem em Lago Branco, congeladas com seu coração.

Léa estava sentada em uma pequena sala ao lado do salão de recepção, com uma esperança secreta de que o casamento fosse anulado ou algo assim. E depois? Ela estava esperando o impossível, ainda pensando que tinha visto Fel, ainda... Ainda o querendo — e sabendo que ela tinha que abafar aqueles pensamentos inúteis, engolir sua dor.

Os Bastião de Ferro e sua mãe tinham feito tanto escândalo, como se nunca tivessem visto ninguém vomitar antes. Claro que ela tinha arruinado seu vestido e o traje de Venard. Tinha sido um espetáculo horrível, mas mesmo assim... Não era como se ela tivesse cometido alguma transgressão que justificasse o horror nos olhos de sua mãe, o nojo no rosto dos convidados e aqueles sussurros... Sussurros que soavam como censura e zombaria, e ainda assim baixos o suficiente para que ela nunca discernisse as palavras.

Agora sua mãe e os Bastião de Ferro estavam fazendo negociações novamente, o que era bastante estranho. Será que eles iriam rejeitá-la porque tinha se sentido mal? A parte estranha era que ela esperava que sim. Torcia para não ter que visitar Bastião de Ferro, esperava... Ela nem sabia o quê. Contudo, o casamento tinha sido concluído. O casamento. Léa estava casada — mesmo que não parecesse.

A porta se abriu, e era o pai dela. Seu rosto estava calmo, o que trouxe um imenso alívio, depois de ter sido empurrada para esta sala como se fosse algum tipo de criminosa.

— Nervosa, Léa?

— Eu acho que sim. — Ela se engasgou um soluço.

Ele suspirou.

— Bem, este casamento *foi* bastante repentino. Mas você entende porque ele foi tão apressado, não é mesmo?

Ela fez que sim com a cabeça porque, se tentasse falar, acabaria chorando.

Os olhos dele estavam calmos e ele até tinha um leve sorriso.

— Está tudo bem, e talvez seja para o melhor.

A esperança se acendeu em seu coração.

— Eles anularam o casamento?

— Oh, não. Não se preocupe. Tudo está bem e você vai para Bastião de Ferro com eles, para conhecer o reino. O Rei Harold e a rainha não estarão lá, mas você vai conhecer o resto da família. Agora, o importante é que seu marido vai esperar mais tempo para consumar o casamento, o que é uma boa ideia.

Léa tinha tantas perguntas, mas uma delas era a que mais importava.

— Como o casamento se consuma?

Ele pausou, como se a resposta tivesse ficado presa em sua boca, então, depois de um tempo, disse:

— Pergunte à sua mãe.

— O que isso tem a ver com o fato de eu ter me sentido mal? Ele mordeu seu lábio.

— Uma bobagem. Mas sua mãe vai lhe dizer.

Mas quando sua mãe chegou, ela estava de mau humor e correu com Léa para seu quarto para se trocar, e Léa não se sentiu à vontade para fazer sua pergunta. Mas tinha que perguntar.

Depois que ela se vestiu, quando as empregadas tinham ido embora, Léa respirou fundo e disse:

— Mãe, o que acontece na consumação do casamento?

A mãe fez uma pausa e respirou fundo.

— Léa... Apenas relaxe e tudo vai ficar bem.

— Mas como? O que acontece?

— Vocês vão se deitar juntos. Na primeira vez, talvez você

precise pensar em algo que você goste. Imagine que você está em um lugar maravilhoso, feche os olhos e simplesmente esqueça o que está acontecendo. Isso é tudo o que você precisa saber.

Léa engoliu em seco.

Sua mãe balançou a cabeça e a abraçou.

— Léa, querida, desculpe-me, eu estava brava. Eu... as pessoas falam. — Ela sorriu. — Mas você vai ficar bem e vai ser feliz.

Léa fez que sim com a cabeça, e antes que pudesse perceber o que estava acontecendo, elas desceram as escadas e então foi empurrada para uma carruagem com Venard e sua avó, a Senhora Célia, uma viúva elegante com cabelos grisalhos e olhos escuros e penetrantes, que estavam focados em Léa, fazendo-a sentir-se pequena e insignificante. Venard, por sua vez, estava olhando pela janela, como se não estivesse interessado em falar com ela.

Léa estava tremendo, pouco à vontade naquele pequeno e hostil espaço que parecia que estava prestes a sufocá-la. Pela janela, o castelo dela estava ficando cada vez menor, desaparecendo na distância. A sensação era muito diferente de quando ela tinha visto sua cidade do alto, quando ela ainda acreditava em se apaixonar, quando seu coração era jovem e esperançoso, cheio de sonhos românticos. Agora tudo o que ela conhecia estava sendo deixado para trás, enquanto ela se movia em direção ao desconhecido.

13

NAIA E RIVER

Naia fechou os olhos, movida pela melodia hipnotizante de River tocada em seu carlay, uma pequena harpa, um instrumento de seu povo.

Ele tinha passado o dia com ela, e a cada segundo em sua companhia a fazia ter mais certeza de que esta tinha sido a escolha certa. Desde o almoço com peixes e algumas sementes estranhas que haviam preparado juntos, até ele a ajudando a arrumar suas coisas, havia uma calma de normalidade, uma companhia especial, suave e serena. E agora esta música que se aprofundava dentro dela, procurando por alguma dor enterrada, depois transcendendo-a em canção.

River parou.

— A música te deixa triste.

Naia percebeu que ela tinha lágrimas em seus olhos.

— É um tipo bom de tristeza, emocionante. Não tenho certeza do porquê. — Talvez ela ainda estivesse sentida por causa de seu pai, mas não queria pensar sobre aquilo.

Ele suspirou e colocou o instrumento de lado.

— Algumas dores são melhores deixadas sozinhas do que remexidas. Eu gostaria de poder tocar algo alegre. — Ele sorriu para ela. — Talvez um dia eu possa.

— É lindo, River.

Ele se sentou nas almofadas ao lado dela e pegou sua mão.

— Você gosta? — Ele fez um gesto para a casa ao redor deles. — De nós aqui. Não vamos ficar aqui para sempre, mas quero dizer... Isto...

— É bom. — Ela beijou o rosto dele.

Ele fechou seus olhos, depois passou a mão pelo cabelo dela, suas longas unhas escuras tão perto de seu rosto.

— Teremos muitos dias tranquilos como este, e dias alegres, e muito mais. Mas por enquanto... eu preciso fazer o que estou fazendo, Naia.

Ela olhou fixamente para seus lindos olhos castanho-avermelhados.

— O que é? Você precisa me contar, senão eu vou pensar que você não confia em mim. A menos que você esteja me enganando.

— Você acha que a informação é um presente, e pode ser. Mas também pode ser uma maldição, ou uma carga pesada, até mesmo um tesouro que as pessoas farão de tudo para roubar. Eu não posso lhe contar tudo. Mas eu posso lhe contar um pouco. Vamos trocar uma pergunta por uma pergunta. Mas nós podemos nos recusar a responder algumas delas. Pode ser?

— Depende. Se você recusar tudo, é inútil. Deixe-me fazer cinco perguntas. Sim ou não apenas. Você não precisa explicar. Mas responda a elas.

Ele engoliu em seco.

— Vá em frente.

Ela ficou surpresa que ele tivesse concordado tão facilmente, e sem perder tempo perguntou a única coisa que a incomodava havia muito tempo.

— Você tinha como alvo a mim ou minha família quando apareceu pela primeira vez na minha casa?

— Não. — Ele tinha um leve sorriso, como se a pergunta tivesse sido divertida.

Seu tom brincalhão a fez temer que não estivesse sendo sincero com ela, que ele a estava enganando, mas não havia como saber se era verdade ou não, a não ser fazendo perguntas. E ela tinha mais algumas.

— Você tem alguma outra amante ou, hmm, uma amiga especial? — A pergunta soava estranha, mas ela queria saber.

Ele fez uma careta.

— Não!

Ela suspirou, aliviada com a reação dele.

— Era só uma pergunta.

— Eu não posso acreditar que você pense assim — disse ele, soando ofendido.

— Muito bem. — Mas havia tantas outras coisas que ela queria saber. Era até difícil escolher uma pergunta, mas ela fez. — Você está realmente espionando os Bastião de Ferro?

— Sim.

Ele parecia ter certeza. Isto era bom. Por outro lado, o que mais ele poderia estar fazendo? Havia uma grande pergunta que ela queria fazer havia um tempo.

— Os faes estão voltando?

Ele fez uma pausa, seu rosto em conflito.

— Pergunte outra coisa.

— Você disse que responderia.

— Eu não sei a resposta, e prometi *sim* ou *não*, mas não posso mentir, e não posso dar uma resposta a essa pergunta.

Ela respirou fundo.

— Você realmente não sabe se os faes estão voltando?

Era como se seus olhos estivessem enevoados por um momento.

— Sim, eu não sei, Naia.

— Trazer-me aqui é parte de algum esquema?

Ele encolheu os ombros.

— Essa é uma pergunta ambígua. O que é um esquema? Fazer você feliz? Fazer você se casar comigo? A resposta é sim, mas eu não acho que seja no sentido que você está pensando. Pronto. Suas cinco perguntas terminaram. Agora você pode perguntar o que quiser, mas eu posso me recusar a responder. Eu farei o mesmo com você, mesmo que seja injusto, pois você pode mentir.

— Não é tão fácil quanto você pensa, River, e quando você conhece bem as pessoas, você sabe quando elas estão mentindo.

Ele rolou os olhos.

— Uma habilidade que eu obviamente não tenho.

— Preste atenção e você vai aprender. Se você está tentando

obter informações de humanos, você precisará saber quando eles estiverem mentindo. Agora, o que você quer saber sobre mim?

Ele a olhou fixamente.

— Como você conseguiu o seu fogo?

Era engraçado que ele estivesse curioso sobre isso.

— Eu não sei. Foi alguns dias depois de você ter desaparecido. Quero dizer, depois que eu te salvei. Eu senti esta nova magia pulsando dentro de mim, e ela queria sair, e então, quando dei por mim, eu tinha fogo nas palmas das minhas mãos.

River a observou atentamente.

— Mas ninguém mais em sua família tem.

— Não que eu saiba. Acho que é da condução de morte do meu pai.

— Não. — Ele tinha certeza em sua voz. — A magia da morte é... fria. Essa não é a descrição correta, mas o fogo simplesmente não combina com isso. Talvez... — Ele olhou para cima, pensando. — Condutores de ferro podem manipular as temperaturas do metal...

— Eles podem? Quero dizer, nós podemos...

Ele fez que sim com a cabeça.

— Sim. Em Bastião de Ferro eles usam essa mágica para ajudar na fundição. Então talvez... — Ele inclinou sua cabeça. — Eu não sei.

— Eu poderia ter adquirido o fogo de você?

Ele sorriu.

— Eu acendi sua chama, Naia?

— Você sabe do que estou falando. — Ela sentiu um calor subindo em seu rosto.

Ele ainda estava rindo, tão lindo.

— Eu sei, eu sei. Mas eu não tenho nenhum fogo. Esse tipo de fogo, pelo menos.

Ela rolou os olhos.

— Tão engraçado.

— Seu fogo é um mistério, Naia.

— Não é. Meu pai é um condutor de morte, minha mãe era uma condutora de ferro. É um desses dois tipos de magia.

River mordeu seu lábio.

— A menos que um deles tivesse algum tipo de magia adormecida, talvez de um de seus avós, bisavós ou algo assim.

— Talvez. — Ela olhou fixamente para ele. — Você sabe muito sobre magia humana, não sabe?

Ele encolheu os ombros.

— É bom estudar o inimigo.

— Nós somos inimigos, agora?

— Humanos. Eles eram. Nós tivemos uma guerra, lembrase? E eu não me refiro a você.

Naia olhou para baixo, pensando, e então decidiu fazer uma das perguntas que mais a incomodava.

— Como você chegou à minha casa naquele dia? E por quê?

Ele respirou fundo.

— Eu estava perdido no oco.

Ela ficou surpresa que a tivesse respondido tão facilmente, mas a ideia de se perder ali também era horrível.

— Aquele lugar por onde viajamos?

Ele fez que sim com a cabeça.

— Não foi... divertido. Ou agradável. Mas não parecia tão longo estar lá. Semanas ou meses, talvez. O tempo passa diferente lá. Mas então eu vi uma luz, e fiz tudo que pude para chegar àquela luz. Quando dei por mim, estava no seu quarto.

Naia lembrou a sensação terrível de atravessar o oco e não podia imaginar alguém lá por semanas.

— Você não tem medo? De se perder novamente?

— Não, não mais. Eu... Digamos que encontrei meu caminho novamente.

— O que aconteceu quando nos beijamos?

— Eu absorvi um pouco da sua magia de metal. É fatal para nós.

— Como você sobreviveu?

— Eu não tenho certeza. Agora é hora de eu *fazer* algumas perguntas. Por que você concordou em vir comigo?

Naia sorriu.

— Seus lindos olhos.

— Viu? Não é justo. Você diz o que quiser ao invés de responder.

Ela riu.

— Mas *é* parte da verdade.

— Eu pensava que a sua espécie era repelida pelos nossos olhos.

— Nada em você é repulsivo.

Ele riu.

— Isso é um... elogio *comovente*.

— E quanto a mim? Você acha algo estranho em mim?

— Não é estranho, apenas... Você é como o céu noturno sem nuvens, quando apenas olhar para ele te enche de admiração e comoção, e te faz se sentir lisonjeado que você esteja vivo para testemunhar algo tão grandioso.

Ela parou, atônita com as palavras dele, só depois percebendo que não deveria levá-las a sério.

— Você realmente exagera.

— Eu não posso mentir.

— Mas qual é a regra sobre exagero?

— Seria uma mentira. Eu não exagero, Naia. Só porque seu povo exagera, não significa que eu exagere.

Ela não conseguia conter sua risada.

— Então você se sente *lisonjeado* por poder olhar para mim?

— Não sei o que há de engraçado nisso, mas continue, zombe de mim.

— Eu não estou zombando. Suas palavras soam... — Ela ia dizer engraçadas, mas depois pensou melhor. — Estranhas para mim.

— Primeiro você reclama que eu não sou romântico. Quando eu expresso o que penso, eu sou estranho.

— Estar aqui é romântico. Sua música é romântica. Sim, suas palavras foram românticas. Mas você entrando no meu quarto dizendo: vamos fazer *um acordo, case comigo,* isso foi horrível.

Ele encolheu os ombros.

— Eu não vejo o porquê.

— Agora me diga, se olhar para mim é tão bom, o que você sente quando me beija?

— Há lugares que as palavras não podem alcançar.

Ela olhou nos olhos dele, perguntando-se se ele ia entender a dica, mas em vez disso ele se levantou de repente e disse:

— Eu tenho algo para nós. Uma bebida especial para um brinde.

— Eu não bebo álcool.

Talvez ela devesse deixar de ser a filha obediente, mas não conseguia se livrar da sua educação, de todas as vezes que seu pai a tinha advertido... Ela simplesmente não queria beber.

— Não álcool. É... um suco. Raro e especial.

Ele andou até o balcão da cozinha e pegou dois copos e uma grande garrafa roxa. Ela se levantou e o seguiu.

— É uma bebida dos faes?

— Bem, sim. Assumindo que por fae você quer dizer lendário.

— Não. Quero dizer, isso terá algum efeito sobre mim?

— Você vai gostar. — Ele focou seus olhos nela. — Você ainda não confia em mim?

— Eu não sei.

— Você acha que eu te envenenaria?

— Não. Mas eu não sei, pode me fazer agir de forma diferente ou algo assim. — Ela estava pensando que talvez isso a fizesse mais aberta aos avanços românticos dele, mas a triste verdade é que ela duvidava que precisasse de uma bebida para isso. Mesmo assim, ele não deveria dar a ela uma bebida para fazê-la agir como ele quisesse, se é que ele quisesse fazer alguma coisa. — Este suco pode tirar meu livre-arbítrio?

Ele balançou a cabeça.

— Ele é extraído de uma flor rara, flumência. Ela tem folhas roxas escuras e só cresce em nossa terra. Quer dizer, crescia. É conhecida por seu sabor único. — Ele sorriu. — E não vai fazer você pensar ou agir de maneira diferente, se é disso que você tem medo.

— Vá em frente, ria. Como eu vou saber?

— Eu gostaria que você confiasse em mim. — Os olhos dele eram melancólicos.

— Eu estou aqui. Isso não é bom o suficiente?

Ele fez que sim com a cabeça.

— É como um sonho do qual eu nunca quero acordar.

Naia se sentiu nervosa novamente, depois tomou um gole. Era doce, mas não como um suco, mais como uma doçura sutil e fresca.

— É gostoso. Mas o que você quer dizer com *as flores cresciam*? Elas não crescem mais? Elas se foram?

Ele olhou para baixo.

— Eu não tenho certeza. Dormentes, talvez. Como algumas plantas no inverno, em lugares onde congela.

— Fica frio no submundo?

Ele olhou para baixo e balançou a cabeça.

— Não. Nós estamos no submundo e, como você pode ver, não está frio. Foi apenas um exemplo, ou uma comparação para o que está acontecendo com a flor. Ou talvez elas tenham desaparecido. Então, é melhor você aproveitar enquanto tem. Algumas coisas não são destinadas a durar. — Havia tristeza em seus olhos enquanto ele olhava para ela.

— Como o quê?

Ele passou os dedos pelo cabelo dela.

— Você é tão linda.

— Você está evitando a resposta.

— Você está me distraindo.

Ele tirou o copo da mão dela e o colocou no balcão e deu a ela um breve e suave beijo, mas depois a olhou com aqueles olhos tristes.

Naia não sabia o que o deixava assim. Ela acariciou o cabelo dele, sentindo os fios macios através de seus dedos, depois passou um dedo sobre um de seus chifres, novamente fascinada por sua textura áspera.

— Não. — Ele empurrou a mão dela e fechou os olhos, como se estivesse machucado.

— Dói?

— São sensíveis.

Ele ainda tinha os olhos fechados. Quando ele os abriu, havia lá uma intensidade que a assustou. Ele a empurrou contra o balcão, pressionando seu corpo contra o dela, e a beijou.

Este foi um beijo diferente, profundo, desesperado, cheio de sentimento e carinho. Ele a sentou no balcão, depois lentamente moveu suas mãos pela perna dela, primeiro por cima da saia, depois por baixo, a sensação das unhas dele na pele dela trazendo um arrepio em todo o corpo, enquanto acariciava a sua coxa, cada vez subindo mais.

Havia algo emocionante naquelas mãos estranhas, aquelas garras escuras contra sua pele nua, aquelas garras escuras que ela desejava que pudessem explorar mais dela. E então ele se aproximava cada vez mais, Naia se perdendo na sensação da boca dele, do calor de seu corpo. Ele estava tão perto que ela envolveu suas pernas ao seu redor, sabendo que era errado e inapropriado, deliciosamente errado e inapropriado. Ele a levantou e depois a carregou pelas escadas acima, enquanto a beijava.

Então ela estava deitada na cama. Seu coração começou a martelar em seu peito, enquanto se perguntava o que estava prestes a acontecer, perdida na sensação de seus beijos, perdida no toque de suas mãos que acariciavam o corpo dela.

Mas tudo o que aconteceu foi que ela caiu em um sono tranquilo.

RIVER OLHAVA PARA NAIA, tão serena em seu sono. Isto tinha sido tão, tão perto. Mas, quando ele olhava para ela, sentia-se lisonjeado e ironicamente sortudo por estar ali com ele, por ela o querer. Ela era o tipo de garota pela qual reinos se perderiam, impérios cairiam, traições aconteceriam. Se alguém contasse sua história, ninguém o culparia por desistir de tudo por ela — exceto que, se ele desistisse de tudo, não haveria ninguém para contar sua história.

River não queria que Naia se apaixonasse por ele, pelo menos ainda não. E mesmo assim era ele quem tinha caído em um precipício. Talvez devesse ter ido embora no momento em que ela o salvara, olhando para ele com gentileza em vez de ódio, com magnífico fascínio em seus lindos olhos escuros. Ele tinha sido tomado por seu jeito contraditório: ousada, mas inocente, confiante, mas cética. E tão linda e poderosa.

Talvez tivesse sido errado dar a ela o suco de flumência, mas, no final, ele *a* tinha salvado dele.

O que tinha acabado de acontecer? Se ela tivesse ficado acordada por mais tempo, ele não teria parado. Ele não teria parado de beijá-la, e teria ido tão longe quanto ela teria deixado.

E isso teria sido errado. Ele tinha dado a ela sua palavra de que esperaria. Esperaria por uma tênue esperança de que um dia isto seria real, isto seria para sempre. Que um dia eles estariam de fato diante do conselho dos lendários, diante de seu pai. Talvez ele tivesse a sorte de fazer amor com ela todas as noites até o final de seus dias. Um sonho doce e idealista. Claro que ele a queria, mas ela tinha que querer também — e saber toda a verdade para ser capaz de decidir.

Era tão estranho que ele tivesse passado tantos anos no oco. Para ele, tinham sido como dias, ou no máximo meses, ele nem tinha envelhecido, mas a realidade era que havia passado quase dezenove anos perdido naquela escuridão, apenas para acordar novamente quando fosse a hora de encontrá-la, acordar anos mais tarde, ainda jovem, ainda com a idade certa para ela.

River não queria acreditar em destino, não queria pensar que coisas horríveis tinham que ter acontecido. E, ainda assim, o fato de ele ter sido parado no tempo por dezenove anos, apenas para acordar e vê-la... Isso lhe deu uma pausa. Talvez houvesse algo maior do que o próprio tempo os conectando, alguma mágica misteriosa. E ainda assim, mesmo que eles estivessem conectados, isso não mudaria o fardo nas suas costas.

Uma gota de água caiu no rosto lindo dela. Ele olhou para o teto, mas estava bem fechado, e nem mesmo estava chovendo. Outra gota, e ele percebeu que era de seus olhos — uma lágrima.

Porque ele sabia. Uma vez que ele fizesse tudo o que tinha que fazer, teria sorte se ela não tentasse matá-lo. E ele duvidava que teria forças para detê-la.

20 ANOS ANTES

River estava debaixo de uma árvore, seu carlay no colo, lembranças confusas do baile na sua cabeça.

— River!

Alguém estava bravo com dele. Um dia como qualquer

outro. Baseado na voz, era seu primo Kanestar. River fechou os olhos e fingiu que estava dormindo, daí sentiu um chute em suas costelas.

— Para que isso?

Seu primo tinha cabelos castanhos escuros e dois chifres longos, que ele adornava com anéis e até pontas douradas. Neste momento, ele parecia um touro.

— Onde você estava?

— Aqui. Você não acabou de me encontrar?

— Houve uma reunião, seu canalha.

River passou sua mão pelo cabelo, dolorosamente consciente da falta de chifres em sua cabeça, e sorriu.

— Eu gosto quando as pessoas usam palavras bonitas para me descrever.

Kanestar olhou para ele.

— Você é uma vergonha, River. Irresponsável, bêbado, egoísta, descuidado, imaturo.

— Por que você está nomeando todas as minhas adoráveis qualidades em um tom tão exasperado?

— Você se acha engraçado, River?

— Tenho certeza que sou engraçado.

— Nós estamos em guerra, primo.

River fingiu estremecer.

— Oooh, tão assustador. Humanos. Eu estou aterrorizado.

— Não seja imbecil. Eles têm armas, eles têm ferro, eles têm até magia mortífera de metal. — O primo dele era tão dramático e exagerado.

— Ai, pare com isso. A mágica deles não se compara à nossa. E mesmo que se comparasse, tenho certeza de que podemos atê-los em um acordo ou algo assim. Que bobagem horrível.

Kanestar olhou para ele.

— Então é isso? Você vai agir como uma criança mimada e ignorar suas responsabilidades?

— Eu sou o irmão mais novo. Vocês não dizem que eu sou apenas uma criança? Eu nem sequer tenho meus chifres.

— Você tem dezoito anos. E sabe que você nunca terá chifres.

Isso provavelmente era verdade. River talvez devesse

consultar o curandeiro sobre isso, mas se alguém descobrisse que ele realmente se preocupava com aquilo, o escárnio não teria fim. Ele também havia considerado usar glamour e criar a ilusão de chifres falsos em sua cabeça. Ele era bom o suficiente para poder manter o encanto o tempo todo, mas daí, se alguém tentasse tocá-los, seria o auge da humilhação.

Então River apenas riu e passou a mão pelo seu cabelo.

— Ah, então esse é o problema. Você está com inveja porque eu não tenho um impedimento anatômico no topo da minha cabeça.

Kanestar rolou os olhos.

— Seu conhecimento de anatomia é tão ruim quanto sua destreza em luta.

— Quem se importa com isso? Há coisas melhores na vida. E, a propósito, se você vai me chamar de fraco, não me culpe por não querer ter nada a ver com essa briga ridícula com os humanos miseráveis.

— Miseráveis. Sim. Talvez seja por isso que você se pareça com um deles.

River quase cerrou seus punhos, mas parou a tempo. Nunca era bom deixar que as pessoas soubessem que tinham atingido seu objetivo. Ele riu.

— As garotas gostam. Talvez você devesse cortar seus chifres e levar a vida com mais leveza.

— River. — A voz do Kanestar estava tensa, séria. — Nós costumávamos ser amigos. Seu pai pode ter desistido de você, mas eu não desisti. Eu sei que você parece preguiçoso e irresponsável, mas eu acho que é fingimento. Não tenho certeza do motivo, mas há mais em você do que festejar. E você tem uma magia poderosa.

Kanestar estava... negociando? Isso era incrivelmente embaraçoso.

— E daí? Eu não vou usar minha mágica. Não para uma guerra estúpida. — River deitou-se novamente e fechou os olhos.

Seu primo ficou em silêncio por um tempo, então disse:

— É isso aí, então? Você pode fazer a diferença e você está escolhendo não fazer...

River suspirou e se sentou.

— O que você quer?

— Os humanos estão envenenando nossos círculos. Nossos assentamentos estão sendo atacados. Nós precisamos empurrá-los de volta. Junte-se a nós. Junte-se a mim. — Kanestar estava definitivamente levando isso muito mais a sério do que deveria.

— Tenho certeza que você vai se sair bem sem mim. — River sorriu. — Tem seus chifres poderosos, sabe?

Kanestar suspirou e foi embora. Ele havia sido amigo de River uma vez, antes de ele decidir dedicar sua vida ao reino e a algumas bobeiras sem sentido.

Agora eles estavam levando os humanos a sério? Era apenas uma desculpa para se preocupar. Havia faes vivendo por toda a Alúria, e eles usavam círculos para se locomoverem para a Cidade Lendária e de povoado em povoado. Agora havia mais e mais humanos por toda a terra, já que seus números tinham crescido bastante rápido. Ainda assim, a maioria deles era bastante inútil contra os lendários: eles eram mais fracos, mais lentos, não tinham mágica e não sabiam nada sobre truques verbais e barganhas. Os que tinham magia geralmente se escondiam atrás de paredes grossas. River tinha certeza que esta guerra não era nada, e que sua família estava exagerando.

Aquela foi a última vez em que ele viu seu primo, outrora seu melhor amigo.

Um mês depois, seu corpo foi trazido de volta para a Cidade Lendária.

Culpa. Vergonha. Eram apenas palavras. O que River sentia era algo mais, algo profundo, algo que o corroía por dentro.

14

A CIDADELA DE FERRO

Léa esperava sentir tonturas ou náuseas ao cruzar o portal para Bastião de Ferro, mas parecia normal, como passar por um arco regular, exceto que a paisagem mudou de gelada para nebulosa com árvores secas, mas sem gelo ou neve.

Venard ainda estava olhando para fora, enquanto a Senhora Célia continuava olhando para Léa com olhos estreitos. A mulher provavelmente iria terminar aquela viagem com algumas rugas extras — o que seria bem merecido.

De repente, pela primeira vez, a mulher sorriu. Foi um sorriso frio que não alcançou os olhos dela, mas pelo menos foi algo.

— Nós estamos chegando ao nosso lar. Esta também é a sua casa agora, mesmo que você esteja aqui apenas para uma breve visita.

Léa acenou com a cabeça.

— Sim.

A Senhora Célia franziu a testa.

— Sim? É isso o que você tem a dizer? Nós estamos admitindo você em nosso reino, o mais rico de Alúria, apesar de sua horrível exibição, apesar das suspeitas de todos sobre você.

— Eu quero dizer...

— Quieta! — a mulher rugiu. — Não me interrompa quando eu falo.

Léa só queria dizer que não tinha tido a intenção de desrespeitar ninguém, mas agora ela achava que queria desrespeitar aquela mulher, e tinha em mente algumas palavras que exigiram muito esforço para serem contidas.

— Estamos lhe dando as boas-vindas. — A mulher levantou uma sobrancelha. — Por enquanto. Mas se descobrirmos que você está carregando o filho de algum criado, oh, menina, você vai se arrepender de suas mentiras.

— Mentiras? — Desta vez Léa não conseguiu conter suas palavras. — Como você ousa questionar minha honra?

— Venard.

Ele olhou entre Léa e Senhora Célia, como se hesitasse por um segundo, mas então esbofeteou o rosto de Léa com tanta força que lhe trouxe lágrimas aos olhos. Antes mesmo que ela pudesse se recuperar do tapa, ele estava segurando as duas mãos dela, e sussurrou no seu ouvido:

— Por favor, fique quieta ou vai ser pior. Por favor. — A voz dele estava suplicando, não ameaçando.

A mulher olhou para seu neto com um sorriso satisfeito. Léa queria saltar da carruagem, mas ela estava contida. Queria dizer que eles deveriam anular o casamento, que ela os odiava, que queria voltar para casa, mas o tom dele deu uma pausa em seus pensamentos. Talvez estivesse tentando adverti-la. Ele a machucou e ela não podia perdoá-lo por isso, e não podia imaginar uma união pacífica com ele. Mas aquela mulher... havia uma clara satisfação em seu rosto. Ela gostava de ver Léa humilhada, machucada.

— Calminha, menina — disse a Senhora Célia. — Se você quer fazer parte de nossa família, você precisa se adaptar aos nossos costumes. Não nos interrompa. Não nos contradiga. Seu marido lhe ensinará algumas maneiras, para que possamos recebê-la entre nós. Isso vai amolecê-la, torná-la mais macia. Como carne.

Carne? Léa olhou fixamente para a mulher.

— Eu quero voltar.

Senhora Célia fez um bico, como se estivesse zombando dela.

— Tão bonitinha. Ela acha que tem uma escolha. Entenda

uma coisa, menina: nós não nos importamos com o que você quer. Venard.

— Não me machuque, não me machuque, ou vai ser pior! — Léa gritou.

Ele segurou os pulsos dela com uma mão, depois pegou uma barra de ferro fina, dobrou-a e enrolou-a em torno de um de seus pulsos.

A Senhora Célia levantou uma sobrancelha.

— Se você gritar, se você reclamar, se você falar quando não deve, esse ferro vai queimar você. Tente correr, e ele vai te queimar. E não pense que será uma queimadura suave. Nós nos certificaremos de que ele atravesse seu osso até que você fique como o menino Umbraar.

Fel. Como ela ousava dizer isso sobre ele? Foi assim que ele tinha perdido suas mãos? Não, não poderia ser, ele nunca tinha estado em Bastião de Ferro, até onde ela sabia. Pensar sobre ele fez Léa se sentir ainda pior, mas, por outro lado, e se ele também fosse cruel? Como ela saberia?

A Senhora Célia riu.

— Quietinha. Muito melhor, não é? Agora, nós queríamos tratar você gentilmente, mas você escolheu isso. Nós ainda podemos tratá-la com gentileza, lembre-se, uma vez que seu comportamento seja apropriado para Bastião de Ferro. E eu vou ser honesta: eu não me importo com o que sua mãe ou seu pai disseram. Para mim, você é uma vadiazinha que recebeu algum criado entre suas pernas, e nada me convencerá do contrário. Quem foi, querida? Um guarda? — Ela riu e balançou a cabeça. — Tantos guardas nos corredores, isso é o que dá. Mas não me interessa quem foi. Se houver uma criança aí, ela não vai sobreviver.

— Não diga nada — Venard sussurrou no ouvido dela.

Léa nunca havia sido tão humilhada em sua vida. Na verdade, ela nunca havia sido humilhada. O gosto era amargo, e a deixava com raiva, uma raiva feia que queria machucar e talvez até matar alguém. Mas ela permaneceu em silêncio. Ela permaneceu em silêncio enquanto a mulher continuava falando sobre como as filhas eram mal criadas hoje em dia, como Bastião de Ferro tinha altos padrões, como Léa não só era uma vadia, era como um animal selvagem que precisava ser domesticado. Era como se isto fosse um teste para ver por quanto tempo ela poderia suportar ser insultada sem responder.

Finalmente, a mulher tinha um sorriso mais amigável.

— Eu vejo que você está aprendendo melhores modos, garota. Você vai ver. Logo você se tornará uma verdadeira princesa, digna do título de Bastião de Ferro.

Léa quis rolar os olhos e dizer a ela que sempre foi uma futura rainha, mas não valia a pena.

Senhora Célia levantou uma sobrancelha.

— Você vai se comportar quando chegarmos à Cidadela de Ferro?

Esse era o nome do castelo deles. Léa permaneceu em silêncio.

— Você consegue se comportar? — ela repetiu.

— Sim — disse Léa entre os dentes.

A mulher se voltou para seu neto.

— Venard. — Léa estremeceu, imaginando ao que eles iriam sujeitá-la, mas a mulher disse: — Liberte-a.

Ele parou de segurá-la. Léa esperava que isso não significasse que ela estivesse prestes a enfrentar algo pior.

A mulher então deu um amplo sorriso.

— Tenho certeza de que seremos melhores amigas e estou feliz que você fará parte de nossa família. Eu quero que você olhe pela janela, garota. Esta é uma visão que você nunca vai esquecer.

Léa olhou para fora, especialmente porque isso significava parar de olhar para as duas pessoas horríveis na carruagem. O que ela viu a surpreendeu.

O sol estava se pondo quando Fel chegou ao forte, a escuridão se instalando, e isso era muito apropriado. Desta vez, a viagem de volta ao seu reino não havia sido solitária e atormentada pela preocupação. Não havia mais nada para ele se preocupar. E ainda assim o vazio falhou em diminuir sua dor, pois seu coração estava rachando como o gelo do lago. Aquele lago de um sonho inútil.

Seu consolo foi que seu pai e sua irmã estavam vivos e seguros, ou pelo menos tão seguros quanto Naia poderia estar onde ela estava. A salvo. Fel temia que esta fosse a calma antes da tempestade, seu coração se enchendo de uma preocupação assustadora de que tudo estava prestes a desmoronar, que seu reino estaria em perigo.

Mas pelo menos isso lhe dava um propósito, um objetivo. Talvez ele estivesse quebrando por dentro, mas tinha que ficar de pé e se preparar para qualquer ameaça que viesse em seu caminho. Ele chegou ao forte, depois deixou seu cavalo no estábulo.

Fel não tinha estado muito aqui no último ano. Seu pai não queria Naia lá, com medo de que algum jovem se aproveitasse dela, e Fel não queria deixá-la para trás. Em retrospectiva, ele deveria ter questionado mais seu pai, insistido para que Naia viesse. Mantê-la isolada não tinha funcionado tão bem, não é mesmo?

Ele correu para o arsenal, onde agora tinham carpinteiros trabalhando ao lado de ferreiros. Uma gigantesca catapulta de madeira estava do lado de fora, ao lado do pátio onde seus soldados treinavam. Um pequeno pátio, pois eles tinham poucos soldados, e ele esperava que eles não tivessem que mudar isso.

Silvan, o mestre de armas, o cumprimentou com um sorriso. Ele tinha quase a idade de seu pai e já trabalhava com eles havia mais de vinte anos.

— Isofel! Você nos agraciou com sua visita.

Fel acenou com a cabeça e apontou para a arma.

— Toda de madeira?

— Sim. Uma obra de arte, não é?

Talvez. Não. Alguma coisa estava errada. Ele podia sentir algo naquela catapulta chamando por ele. E havia apenas um tipo de mágica que podia fazer isso. Ele sentiu o que o chamava e depois os puxou para fora da estrutura de madeira: cinco grandes pregos de ferro. Ele os fez voar em direção a Silvan, parando-os quando eles estavam a um dedo do seu rosto. A catapulta desmoronou.

Silvan não ousou dar um passo atrás, mas seu rosto estava pálido quando olhou para Fel.

— Sua graça, eram só alguns pregos.

Fel deixou os pregos caírem no chão.

— Eu estava provando meu ponto de vista. Você usa isso contra um condutor de ferro, eles o usarão contra você.

— Mas e se nós lutarmos contra os faes?

— Nós também temos armas de ferro, não temos? Mas precisamos ter certeza de que podemos enfrentar Bastião de Ferro, se alguma coisa acontecer.

— Será que eles enviariam a realeza deles para cá?

— Não podemos apostar que eles não vão.

— Cuidado — alguém disse atrás de Fel. — Um dia você vai matar alguém por acidente.

Ele se virou e viu Ariel, ou melhor, Arry, filho do general, e a única pessoa que Fel considerava um amigo.

Fel sorriu e, em seguida, balançou a cabeça.

— Tenho certeza que vou matar alguém de propósito. — Ele continuou pensando naquele príncipe Bastião de Ferro pegando o braço de Léa, e sua imaginação fez tudo acabar em sangue e violência. E queria poder esquecer isso.

— Então agora Bastião de Ferro é o inimigo? — perguntou seu amigo.

— Eles não foram sempre?

Arry assentiu, depois mordeu o lábio.

— Cadê Naia?

Pobre rapaz. Seus olhos sempre brilhavam quando ele a mencionava. Ele poderia ter sido um parceiro apropriado para ela? Poderia ter sido diferente se ela tivesse vindo aqui mais vezes?

— Em casa — Fel mentiu.

— Certo. — Arry olhou para baixo.

— Fel! — A voz de uma garota o chamou. Ele podia reconhecer aquele som em qualquer lugar, e agora ele desejava poder desaparecer. Era bastante injusto que ele não tivesse herdado a condução de morte de seu pai.

Christine estava então na frente dele.

— Como foi a conglomeração?

— Discutirei isso mais tarde com as partes envolvidas. — Não com ela, ele quis dizer. Ele não queria falar com ela.

— Eu só estou perguntando. Como uma amiga.

Fel encolheu os ombros.

— Estava tudo bem. Eu... tenho coisas para fazer. Se você me dá licença.

Ele deu meia-volta e correu para o quartel. Christine. Não faz muito tempo, ele tinha achado que estava apaixonado por ela. Ela era bela, e tinha sardas bonitinhas no rosto. Considerando que era filha de Sivan, Fel tinha acabado muito interessado na fabricação de armas, e vindo aqui muito mais vezes do que deveria.

Eventualmente ele a tinha beijado — então tudo se desmoronou quando ela tremeu, como assustada. Apenas uma hesitação, e todas as ilusões de amor dele se foram. Uma hesitação quando ele a tocou com sua mão falsa. Se antes ele achava que a voz dela era melodiosa, agora a achava irritante. Por alguma razão, os sentimentos dele se transformaram em repulsa, e isso piorou enquanto ela continuava a persegui-lo.

Isso lhe dava esperança. Significava que suas ilusões de amor por Léa também deveriam desmoronar em breve, certo? Afinal, aquele bilhete tinha sido muito pior do que um leve tremor. E, mesmo assim, estava demorando muito. Demorando demais.

MONSTRUOSO, magnífico, horrível. O castelo de Bastião de Ferro era tudo isso ao mesmo tempo, mas se Léa escolhesse uma descrição, seria monumental — ou talvez tenebroso.

À primeira vista, parecia o pico de uma montanha, mas era um pico prateado, todo feito de algum ferro forjado, brilhando ao sol. Aquela coisa tinha que ter pelo menos uns vinte andares, em forma de colina íngreme, cercada pelo que parecia ser um fosso. Talvez fosse uma montanha rodeada pelo castelo. Ela não podia acreditar que seria apenas um prédio, não podia nem mesmo imaginar como eles tinham erguido tal coisa. A enormidade daquela estrutura feita por pessoas fez com que ela tremesse, essa desnaturalidade dominando a paisagem como se quisesse dizer a todos que aqui os humanos eram os que governavam a natureza. Condutores de ferro.

Mesmo assim, quanto tempo levou para uma família construir aquela coisa colossal? Ela nunca havia achado que os Bastião de Ferro podiam trabalhar duro, mas talvez eles pudessem fazê-lo rapidamente. Isso explicava porque Venard tinha dito que a magia de Fel era fraca. Fel. Só seu nome era uma facada abrindo um poço de dor por algo que nunca seria verdade. E ainda assim, Venard não exalava aquela energia forte de mágica que o príncipe de Umbraar tinha. Talvez fosse apenas diferente. Ou talvez tivesse sido enterrada sob a maldade dessa família.

A verdade é que qualquer castelo seria aterrador para alguém que chegasse lá com duas pessoas horríveis que a ameaçavam de machucá-la. As primeiras horas com sua nova família não auguravam nada de bom para seu futuro. Léa tinha que encontrar uma maneira de desfazer isso, desfazer o casamento, voltar para casa. Os olhos duros da Senhora Célia sobre ela a lembraram que não seria fácil. Venard estava novamente olhando para fora, como se Léa não fosse da sua conta.

Senhora Célia sorriu.

— Impressionada?

Léa decidiu ser educada e jogar o jogo que eles queriam que ela jogasse.

— Muito. É... majestoso. — A palavra que lhe veio à mente no início tinha sido *monstruoso*, mas ela estava feliz por tê-la consertado a tempo.

O sorriso da mulher era amigável.

— Sua nova casa, querida. Você também será majestosa.

Léa fez que sim com a cabeça, depois olhou para fora. A Senhora Célia simpática era inquietante.

— Olhe para mim, garota — disse a mulher.

Léa virou-se para ela. Ela ainda tinha aquele sorriso amistoso que nem parecia falso.

— A partir de hoje, você também será minha neta. Tudo o que eu faço, é porque eu me preocupo com você, porque eu quero que você seja realmente parte da nossa família. Você entende isso, não é mesmo?

— Sim, é claro. — Léa tentou sorrir, mas ela não achou que o resultado fosse decente.

— Bem, então, comporte-se e seja uma boa menina, e você terá uma vida adorável e feliz. É muito fácil.

Certo. Exceto pela parte em que Léa se arrependeria de viver se por acaso ela estivesse grávida. A menos que... um beijo poderia engravidar alguém? Não, isso arruinaria uma garota. Era algo que Fel tinha evitado. Ele tinha deixado o quarto dela para que nada comprometedor acontecesse entre eles, então ela não poderia ter engravidado. Ele parecia tão respeitoso, tão... Era melhor não pensar nele, ou aquele pequeno vislumbre de felicidade só iria tornar a realidade atual ainda mais sombria. Esta realidade em que, no dia seguinte, ele havia esquecido Léa e tinha desejado boa sorte a ela com suas perspectivas de casamento. Assustadoramente semelhante à história que sua mãe lhe tinha contado. A história que Léa havia pensado que nunca lhe aconteceria. No entanto, aqui estava ela, a Cidadela de Ferro mais imensa a cada minuto.

Quando eles se aproximaram, ela percebeu que o castelo não estava rodeado por um fosso, mas sim por um penhasco circular, que também parecia artificial. Não se parecia tanto com uma colina a essa distância, pois podia ver colunas e ângulos afiados naquele gigantesco castelo. Uma ponte enorme levava ao portão da frente. Léa tremeu, notando que a ponte não tinha fundações. Ao invés disso, ela era suspensa em nada, e uma queda daquela altura seria fatal. É claro que a ponte não iria cair, ou não estaria ainda lá. Mas Léa evitou olhar pela janela quando a atravessaram, sentindo seu estômago frio e oco.

Senhora Célia tinha um sorriso zombeteiro.

— Assustada com as alturas?

— Um pouco — Léa confessou.

— Nós estamos chegando lá. Faça as escolhas certas, hein? Eu realmente, realmente quero que possamos nos dar bem.

— Esse também é o meu desejo — Léa mentiu.

Ela queria jogar aquela mulher da ponte. Na verdade, ela estava se perguntando se seria terrível se a ponte se partisse. Léa não queria morrer, mas não se importaria de ver seu marido e a avó dele mortos. Que loucura. Ela não tinha passado nem um dia com os dois e já estava desejando a morte deles. Esses eram pensamentos ruins. A morte não era algo que os humanos pudessem decidir ou desejar. Ela sabia disso. E talvez tudo o que quisesse era sair daquele lugar, e então ninguém precisaria se machucar. Especialmente ela.

A carruagem parou, e Léa tremeu, agora temendo o que estava prestes a enfrentar. Quem sabe talvez tudo fosse correr bem. Talvez o que acontecera tivesse sido apenas um aviso severo para assustá-la, talvez ela não fosse apanhar mais ou ser ameaçada.

Venard foi o primeiro a sair. Ele ajudou sua avó a descer da carruagem e só então estendeu seu braço para Léa, que o segurou. Em tão pouco tempo, os sentimentos dela por ele haviam passado de indiferença e alguma curiosidade para desgosto e repugnância. Mas segurar o braço dele não ia matá-la.

Duas fileiras de guardas vestindo uniformes cinzas formavam um caminho até a porta principal do castelo. Uma porta bastante exagerada, como se eles estivessem esperando uma visita de um gigante ou algo assim. O pensamento a divertiu, e Léa achou que se ela encontrasse pequenas coisas para rir, poderia sobreviver até encontrar uma maneira de voltar para casa.

Os dois irmãos mais velhos de Venard também estavam lá, esperando por eles. Léa se lembrou de sua prima Mariana, que desejava poder se casar com Cassius, o mais velho. Às vezes não conseguir o que você queria era uma bênção, e ela gostaria que Mariana soubesse disso.

Andar naquele caminho cercado por guardas a fez sentir-se ameaçada novamente. Ou talvez ela estivesse reagindo exageradamente. Mais uma vez, talvez a partir de agora tudo fosse ir bem.

Quando estavam quase alcançando aquela porta gigantesca, uma garota veio correndo na direção deles. Ela tinha cabelos loiros avermelhados e estava vestida como uma nobre. O primeiro pensamento de Léa foi que era alguém da família que sentia falta de Venard ou dos outros irmãos, mas o rosto dela estava em lágrimas.

— Venard! — gritou a garota. — É verdade, então? Você casou? E quanto a nós? E quanto a tudo que você me disse?

Léa o sentiu ficar rígido ao lado dela, e foi tomada por pena da garota. Ela queria poder fazer um acordo na hora e deixá-la casar-se com ele, se ela gostava tanto dele. Se *ela* queria ser torturada pela avó dele. A avó dele, que murmurou:

— Venard.

Léa tremeu, tendo ouvido esse tom duas vezes agora. Uma voz tão silenciosa, uma palavra tão inofensiva, carregando a ameaça da violência. Venard ficou ainda mais tenso, e olhou fixamente para a garota.

Oh, não, Léa não queria vê-la se machucando, sendo espancada. O que eles iam fazer com a pobre garota?

A resposta veio rapidamente. A garota estava usando uma corrente dourada ao redor do pescoço que, em um movimento rápido, a estrangulou. A menina caiu, seu rosto ficando roxo.

— Não! — Léa gritou e, por instinto, tentou alcançar a menina caída, querendo tirar aquela corrente dela, querendo fazer algo... mesmo que fosse tarde demais, mesmo que a menina já estivesse morta.

Em vez disso, sentiu dois guardas agarrando-a pelos braços, arrastando-a para dentro do castelo. Os ouvidos estavam zumbindo e tudo estava embaçado. Isto não podia ser real, mas não era um de seus sonhos. Ela sabia disso mesmo que não pudesse tentar cruzar as mãos, com os braços segurados daquela forma, pois estava sendo arrastada como uma prisioneira. Será que eles a colocariam em uma cela, em um calabouço? Será que eles a torturariam?

Os salões tinham piso de granito e paredes de madeira, o que significa que não era o castelo inteiro que era feito de metal. Metal, como o colar da garota. A garota que provavelmente amava o Venard, que era o marido de Léa. Ela gostaria que sua mãe estivesse ali, gostaria de poder perguntar a ela se era possível fazer um casamento com um assassino de sangue frio funcionar. Alguém então colocou uma venda em Léa e a única razão pela qual isso não a deixou mais assustada foi porque ela provavelmente estava tão assustada quanto poderia estar.

Léa sentiu como se estivesse em algum lugar subindo, então foi empurrada mais um pouco e ouviu uma porta se fechar.

— Você pode tirar a venda. — A voz de Venard, que agora lhe dava a sensação de que larvas estavam rastejando em seu ouvido.

Mas Léa fez o que lhe foi dito, e ficou espantada ao se encontrar em um quarto completamente cor-de-rosa. Paredes, teto, candelabro, tapete, cama, cobertas, mesas, cadeiras. Sua respiração parou por um momento, aquela sensação horrível de antecipação quando encontrou Venard olhando para ela, ódio nos olhos dele.

Ele a puxou, então seus lábios estavam junto à orelha dela.

— Faça o que eu te digo, ou então eu te obrigo — sussurrou ele. — Grite agora. Grite para que eu pare.

Léa realmente não entendeu o que ele estava dizendo.

— O quê?

— Eles esperam que eu a castigue por sua insubordinação. E eu castigarei se for preciso. Eu não o farei se você me ajudar. Agora grite, ou eu vou fazer você gritar.

A mensagem era clara. A memória da viagem até aqui, de ter tomado aquele tapa horrível, depois ser amarrada, então ver aquela jovem assassinada, veio à sua mente de uma só vez, e saiu em um grito horrível.

Havia um brilho de deleite nos olhos de Venard, como se ele gostasse.

— Mais — disse ele.

Léa estava com náusea. A ideia de que ela estava vivendo com uma família que esperava que ele batesse nela era horrível. Ela gritou novamente, enquanto lágrimas corriam pelos seus olhos.

Ele fez um gesto de aprovação com a cabeça.

— Um pouco mais. — Ele então deu suas costas para ela e chutou uma gaveta. Não apenas a chutou, mas tirou uma gaveta e a jogou contra uma parede. Talvez fosse para fazer algum barulho, mas havia uma verdadeira raiva lá.

Ele olhou para ela, e então ela começou a gritar todas as palavras que conseguiu pensar. *Por favor, pare, não. Por favor, pare, não.* E talvez parte disso fosse verdade. O que ela quis dizer foi *por favor, deixe-me voltar para casa. Por favor, pesadelo, acabe.* E ainda assim seus gritos ecoaram nas paredes, provavelmente as atravessaram, para serem ouvidos por algum louco sádico no corredor. Sua nova "família".

FEL OLHOU FIXAMENTE PARA ARRY, parado em frente a ele na cripta do forte. Esta era uma sala que podia ser usada como um depósito e como um local seguro para a realeza, mas o chão era apenas terra batida, e era grande o suficiente para permitir a prática de mágica e, mais importante, a luta livre.

Isso era o que Fel estava fazendo. Ele havia escolhido um lugar tão isolado porque não estava usando nenhuma mágica e não se sentia confortável sendo visto por estranhos sem as mãos.

Seu amigo tinha seus cabelos castanhos claros em um rabo de cavalo e ficou parado, olhando para ele, ambos esperando por uma abertura. O suor estava pingando pelo pescoço de Fel, mesmo que ele também tivesse puxado seus cabelos para cima, pois eles já estavam nisto havia mais de uma hora.

Arry tentou fazer ele tropeçar, mas Fel acabou com a vantagem e jogou seu amigo no chão.

— Ai — Arry fez uma careta. — Você vai acabar me matando dessa maneira.

— Não cheguei nem perto. Outra rodada?

Arry sentou-se e levantou uma mão.

— Me dá um tempo. Eu preciso recuperar o fôlego, sabe? E por que você está tão insistente em treinar?

Fel encolheu os ombros.

— O mesmo. Se alguma vez a minha mágica falhar, eu preciso estar pronto. Mesmo que não falhe, quero dizer... E é um bom exercício.

Era bom para fazê-lo parar de pensar, parar de sentir, parar de lembrar. Era bom para ele deixar Lago Branco e a conglomeração para trás.

— *Ótimo* exercício. — Arry rolou os olhos. — Tanto que estou exausto. E com fome.

— Você poderia ter que enfrentar um inimigo nessas condições. Se você quiser, você pode tentar me fazer desmaiar com o golpe do sono, daí eu vou deixá-lo sozinho por um tempo.

Era uma técnica para deixar o inimigo inconsciente por alguns minutos, mas o próprio Fel hesitava em tentar porque temia cometer um erro.

Arry olhou atentamente para Fel.

— Você ainda não disse nada, mas eu sei que algo está errado. O que é?

— O que há de errado em praticar?

Seu amigo não parava de olhar para ele.

— O que está acontecendo?

Usando sua mágica, Fel puxou suas mãos, que estavam no chão, e depois cruzou seus braços.

— Eu estou dizendo que não é nada, não é nada.

Arry pensou um pouco, então disse:

— É uma garota. — Ele coçou o queixo. — Eu sei que é. Você estava lá com todas as princesas chiques. Uma delas roubou seu coração.

Fel riu e olhou para o lado.

— Não é bem assim.

— Você acha que pode me enganar?

Quanto mais evitava o tópico, pior ele ficava. Arry não o deixaria sozinho, provocaria, insistiria... Fel decidiu dizer a verdade a ele:

— Talvez. Sim. Eu conheci alguém. E daí ela se casou com outro príncipe. Feliz?

Arry olhou fixamente para ele por um momento.

— Desculpe. Eu...

— Deixa pra lá. — Fel balançou a cabeça. — Eu só não quero falar sobre o assunto.

Se ao menos parar de pensar fosse tão fácil.

15

O BOSQUE

Estranho sonho. Sem mortes, sangue, ou qualquer criatura sinistra, e só aumentava o pavor de Léa com o novo horror que estava prestes a enfrentar. Ela estava em um prado verde, junto a um rio. Tudo muito verde, muito brilhante, muito bonito. E nenhum sinal de seu dragão no céu. Ausência agonizante.

Ela então ouviu uma voz atrás dela, uma garota, perguntando:

— Mas por quê?

Léa virou-se e pensou que conhecia essa voz, e ainda assim não se lembrava de onde. Ela estava com um homem jovem que ela também conhecia, e ainda assim de alguma forma eles não cabiam em lugar algum na sua memória.

Estavam sentados na grama e ele segurou a mão dela.

— Serine, por favor. Há coisas maiores em jogo: política, família. Eu prefiro não a envolver em nada disso.

Ela olhou para baixo, mas não puxou sua mão.

— Com você são promessas e promessas. Todas palavras vazias.

Ele beijou o rosto dela.

— E quanto a isso? — Ela deu um pequeno sorriso, mas ainda parecia triste. Ele acariciou o cabelo dela. — E eu te amo.

— Palavras de novo. — Ela riu amargamente.

— Mas eu amo. Ainda assim, amor e casamento não são a mesma coisa. Amor é amor, somos nós juntos. Casamento, quando você é um príncipe, é sobre poder. É algo mais.

— Você disse que se casaria comigo.

— Talvez. Um dia. Eu não sei. Agora não. Não pode ser agora.

Ela arrancou um pouco de grama do chão, depois olhou para ele.

— Eu não vou ser sua outra mulher, eu não vou.

— Você será sempre a única. Você confia em mim? — A garota olhou para baixo. Ele beijou o pescoço dela e perguntou novamente, desta vez em um sussurro: — Você confia em mim?

Léa pensou que a garota o afastaria, mas ao invés disso ela o beijou de volta, como se um beijo pudesse acalmar seus medos, saciar suas preocupações, como se se ela o beijasse o suficiente ele acabaria se casando com ela. Ou talvez fosse apenas porque ela queria este momento, ela queria esses beijos.

O casal agora estava deitado sobre a grama, com as mãos dele descendo pelo corpo dela e depois levantando sua saia. Será que isso contaria como *arruinar* uma mulher? Mas Fel tinha dito a ela que tinha que tirar as roupas. Se ele estivesse dizendo a verdade.

Léa não conseguia desviar o olhar, mesmo que soubesse que deveria, mesmo que soubesse que era um momento íntimo, não para seus olhos. Era isso que acontecia quando um casamento era consumado? Mas eles não eram casados. E, ainda assim, aqui estavam eles, as mãos dele acariciando as coxas dela. Léa engoliu em seco quando percebeu que ele estava tirando as roupas da garota — e as dele. E mesmo assim ela não considerou isso um escândalo ou imoral. Em vez disso, ela se perguntou como seria estar tão perto de alguém, não por dever, não como parte de um casamento. Ela se perguntou como seria estar tão perto de Isofel. Se ela o tivesse deixado ficar em seu quarto naquela noite, se ela tivesse sido arruinada, talvez não estivesse casada agora.

Casada. A verdade bateu nela como uma pedra — e então ela reconheceu o jovem — e a garota. Ele era Venard, e Serine era a garota que ele havia assassinado. Nuvens pesadas apareceram no céu, e a cena mudou. A garota não estava mais viva, mas era um cadáver, pálido e ligeiramente azulado, seu rosto roxo.

Léa finalmente teve que se virar. Ela nem teve tempo de recuperar o fôlego quando Serine, ou melhor, seu cadáver, apareceu na sua frente.

— Você. Você me matou. — Ela enrolou suas mãos frias ao redor do pescoço de Léa.

Léa queria gritar, gritar, sabia que isto não era real e ainda assim não podia parar. Mas ela sufocaria se ficasse lá. Ela tinha que acordar. *Acorde, acorde.* Se ao menos pudesse explicar à menina, explicar que nada disto era culpa dela, explicar que aquilo tinha sido um erro horrível, uma situação horrível, e que ambas eram vítimas. Não. Vítima, não. Léa queria ser uma sobrevivente, queria ver os Bastião de Ferro pagarem por isso.

O ódio teve resultado. Léa acordou, suas próprias mãos ao redor de sua garganta. Ela estava se estrangulando? Não fazia sentido. Seu pai sempre lhe havia dito que os mortos não podiam prejudicar os vivos e que os sonhos não podiam a atingir.

Ela se levantou, ajustando seus olhos para a luz que vinha da janela e a cor vibrante do quarto. Havia um espelho de corpo inteiro na parede, e ela olhou fixamente para si mesma. O pescoço dela estava machucado. Tinha sido real. Terrivelmente real. E isto: este quarto, esta vida, também era real.

O primeiro sentimento que a dominou foi a fome. Incrível. Sua vida estava desmoronando, e aqui seu estômago queria algo tão básico, tão normal. Mas ela estava morrendo de fome. Eles não lhe tinham dado nada para comer, e Venard havia saído logo após aquela surra falsa, que tinha sido humilhante. Será que eles estavam planejando matá-la de fome? Não. Ela sabia a resposta. Conseguir comida provavelmente envolveria mais humilhação.

Por que isso tinha acontecido? Sua mãe havia dito a ela que tudo ficaria bem. Até o pai dela tinha aprovado este casamento. Ele era amigo do Rei Harold. Ele não tinha notado nada de estranho na família Bastião de Ferro? Ele não poderia tê-los investigado um pouco mais?

Léa tinha confiado em seus pais, confiado nos conselhos deles. Para quê? Ela suspirou. Ficar chateada com sua família não ia resolver o problema dela. Eles provavelmente não tinham ideia do que estava acontecendo e não podiam prever que os Bastião de Ferro seriam monstros sádicos. Se eles soubessem, as coisas teriam sido diferentes.

Era isso que Léa tinha que fazer: contar aos seus pais. Mas como? Ela estava bastante certa de que cada passo que dava estava sendo observado. Bem, não realmente. Ela estava sozinha agora. E tinha que aproveitar a oportunidade.

Naia estava sozinha em sua cama, sem saber por quanto tempo tinha dormido, sem saber até mesmo de como tinha chegado ali. A cama dela. Essa foi uma maneira interessante de chamar essa cama nesta casa estranha. Talvez isso significasse que ela estava pronta para aceitar que pertencia a este lugar.

Seu primeiro pensamento foi chamar River, mas isso faria com que ele se sentisse importante demais. Ela se levantou e desceu as escadas, onde encontrou comida posta na mesa. Novamente havia pão, bolos, suco — mas nada de River. O lado positivo era que ela não ia passar fome. O lado ruim? Ela estava se sentindo como um animal de estimação. Sim, Naia estava com fome. Mas ela estava faminta por explicações, por informações, o que ela não tinha conseguido.

Ela tentou se lembrar do dia anterior, tentou lembrar porque ela não tinha insistido em saber mais, então todas as lembranças vieram até ela como uma represa sendo quebrada. Seus beijos, a sensação das mãos dele nas pernas dela, e todo aquele desejo. Um desejo que ela continuava desejando. Mas agora, pela manhã, parecia errado, como se ela tivesse estado pronta para dar tudo a River em troca de tão pouco. E, ainda assim, estar com ele tinha sido tão bom, quase como se os beijos dele pudessem acalmá-la, fazê-la esquecer que ela ainda não confiava nele — mas era tão bom ser embalada no esquecimento.

Havia um bilhete sobre a mesa:

Eu voltarei em breve. Você vai estar em meus pensamentos o dia todo.

Ela sentiu uma vibração em seu estômago. Por outro lado, talvez ele pudesse mentir por escrito. Ai, por que ela estava duvidando de tudo o que ele fazia? Isso a deixaria louca. Ela estava ficando louca e confusa, mas ela sabia a solução.

Sua decisão tinha sido tomada no momento em que ele lhe disse para não ir para a floresta. Talvez um dia, se ela quisesse muito que alguém fizesse alguma coisa, ela lhe diria para não fazer o que ela queria.

A floresta tinha as respostas, ela sabia disso, e não tinha medo de se perder ou se machucar, acostumada a passar dias e dias na floresta ao redor de seu casarão. Se bem que naquela época ela sempre carregava uma faca e seu arco e flechas. As palavras de seu pai vieram até ela, claras como se ele estivesse ao seu lado:

— Sempre carregue uma arma ao entrar no bosque. Você nunca sabe com que criatura você pode se deparar.

A memória das palavras dele fez seu coração pesar, agora lembrando-se dele dizendo a ela que não era mais sua filha. Mas ele nunca a havia escutado! Ela não queria se tornar a conselheira de Fel. E, mesmo assim, doía muito saber que ela nunca seria capaz de recorrer a ele para conselhos, para uma risada, para um jogo de cartas. Bem, ele foi quem tinha escolhido ignorar a escolha dela. Mas doía. Pelo menos ela ainda tinha seu irmão, bom demais para este mundo, bom demais para a irmã dele. E era verdade que ele seria um rei melhor do que ela. Isso não significava que não a incomodava, apesar de ela amar seu gêmeo com todo o seu coração.

Mas ela tinha que parar de ficar triste por causa de sua família e, em vez disso, ficar preparada e alerta. Ela deu uma olhada pela casa e não encontrou arco e flechas, mas encontrou duas facas, que ela amarrou no cinto, e depois saiu. Facas de prata. Não era perfeito, mas era alguma coisa. E ter um pouco de metal com ela sempre a fez se sentir mais à vontade.

Às vezes ela se perguntava porque sua magia não era chamada de condução de prata ou mesmo condução de ouro, já que eles também podiam manipular esses metais. Talvez tenha sido por causa da guerra contra os faes, sendo a mágica deles a mais mortal contra aqueles inimigos. Mortífera. Ela estremeceu quando se lembrou do desaparecimento de River após seu primeiro beijo. O fato de ela o ter machucado era difícil de suportar, o mero pensamento de que ela poderia tê-lo matado. Talvez ela não confiasse totalmente nele, mas a ideia de vê-lo sofrendo a deixava toda fria por dentro. Alguns sentimentos fortes por um fae que a tinha largado nesta casa como um pássaro ou algo assim. Não um pássaro, pois pelo menos ele podia voar.

Tanta bobagem. O que ela tinha que fazer era descobrir os segredos dele, e ela estava certa de que eles estariam neste bosque — ou além dele.

A vegetação era espessa e densa, não apenas com árvores, mas também com arbustos e folhagens grossas, mas ela arrumou uma maneira de entrar, logo se vendo sob copas fechadas que tornavam a floresta escura e assustadora. Uma coisa que a deixou inquieta foi o silêncio — apesar de toda a vegetação, era como se a floresta estivesse morta. Sem pássaros, roedores ou insetos aqui dentro.

Ela sentiu uma tontura estranha e leve por um tempo, mas depois passou, e ela percebeu que não queria estar ali. Não, ela queria voltar para sua casa aconchegante e pequena. Não havia nada na floresta, nada.

Naia se virou e voltou, depois se viu em sua cozinha, segurando uma faca, sem ter certeza se ela realmente tinha saído ou imaginado, sem ter certeza por que ela tinha saído. Não, tinha havido uma razão, tinha havido. Havia algo que ela precisava descobrir, algum lugar a que ela precisava ir. O que era?

LÉA ESTAVA feliz por seu quarto ter papel e tinta, mas seu coração estava acelerado. Ela escreveu um bilhete relatando a viagem, dizendo que ela estava bem e que o castelo era lindo, mas havia um segredo lá dentro. Algumas letras eram ligeiramente mais altas que as outras, formando a frase: *Eu estou em perigo. Ajude-me a voltar para casa.*

Casa, casa, casa, mesmo que ela não tivesse muita companhia, mesmo que ela não pudesse ler tudo o que queria, parecia um sonho neste momento. Seus pais *tinham cometido* um erro. Sim, casar com alguém que você não conhecia poderia funcionar — mas também poderia ser um desastre. Era como jogar cara ou coroa — e Léa havia tido azar. Por mais que a mãe dela acreditasse que o importante era fazer o casamento funcionar após a cerimônia, havia um limite para o que poderia dar certo.

Talvez até mesmo Fel teria sido uma má idéia, considerando o quão pouco ela o conhecia. Isso se ele não a tivesse evitado, é claro — o que só provava que ele não era certo para ela, mas que prova amarga. E Léa louca do sonho, pensando que queria que ele a tivesse arruinado? Eca. Ele, que não a merecia? Bem, pelo menos ele era melhor do que Venard.

Era como se ela tivesse conjurado seu marido, pois imediatamente ele abriu a porta e entrou — sem sequer bater. E então o sonho chegou a ela tão claramente, sua visão dele e da menina, Serine, as doces palavras para ela, e daí seu corpo estrangulado. Ele tinha amado ou mentido para ela, e depois a tinha matado tão facilmente quanto alguém jogava fora uma bota velha.

Ele olhou para Léa de cima a baixo.

— Como você está?

— Com fome.

Ele fez que sim com a cabeça.

— É o que eu achava. — Os olhos dele então se concentraram no pescoço dela. — O que é isso?

Mãos estranguladoras do sonho dela, ou de uma garota morta, quem poderia saber? Mas ela não ia lhe contar nada disso.

— Eu quis fazer parecer... realista.

— Verdade. Boa ideia. — Ele franziu a sobrancelha. — É que... Não. Sim. Boa ideia. De qualquer forma, minha avó quer saber se você vai se comportar. Para tomar café da manhã conosco.

Léa queria rir, rolar os olhos, mas não valia a pena. Ela apenas perguntou:

— O que você acha?

— Eu estou dizendo. Se você for agradável, ela também será agradável.

— Venard, você está falando sério quando diz que é meu amigo?

— Você não notou?

— Quero dizer, posso lhe fazer uma pergunta? Ou você vai me castigar se não for algo que você queira ouvir?

Ele encolheu os ombros.

— Entre nós, pergunte o que quiser. Entre nós.

É claro. Não na frente de sua família sádica.

— Serine — disse ela, e notou que os olhos dele se alargaram. — Como você pôde matá-la daquela maneira?

Havia uma sombra escura em seus olhos e ele cerrou seus punhos.

— A culpa foi dela. A culpa foi dela. Ela não deveria ter feito isso, não deveria. A culpa foi dela.

— Você gostava dela?

Ele andou pelo quarto.

— Que diferença isso faz? — As palavras estavam sendo ditas com raiva, mesmo que ele não estivesse gritando. — Se eu tivesse recusado, se eu tivesse tentado protegê-la, você acha que ela teria conseguido sair viva? — Ele se voltou para Léa, seu rosto contorcido de raiva. — Você acha que vai sentir mais falta dela do que eu? Você acha que tem algum direito de me condenar? Você acha?

— Não. — Sua voz era quase um sussurro. Ela se perguntava se ele poderia eventualmente ser um aliado, já que ele não parecia feliz por Serine estar morta. Mas, mesmo assim, ele tinha sido tão frio com isso. — Sinto muito — ela acrescentou, só porque ele parecia que estava prestes a surtar a qualquer momento e ela queria apaziguá-lo.

Ele balançou a cabeça.

— Foi uma infelicidade. — No entanto, havia tristeza em seus olhos.

— Você está chateado? Com sua avó?

Ele olhou fixamente para ela.

— Claro que não. Foi culpa da Serine. Só da Serine. Se ao menos... — Ele suspirou. — Minha avó pode parecer... difícil.

Mas é para o nosso próprio bem. Você vai ver. Certifique-se de não sair da linha e ela será como uma mãe para você. Tenho certeza que você vai começar a gostar dela.

Léa decidiu que ele definitivamente não batia bem da cabeça. Como ela não queria discutir com loucos, ela fez um esforço para fingir um sorriso.

— Eu espero que sim.

— Sim. — Ele acenou com a cabeça. — Eu também. Você será parte de nossa família.

Um arrepio correu pela sua coluna. E então outro arrepio, enquanto ela se lembrou do que estava prestes a fazer.

— Aqui. — Ela lhe entregou o bilhete, a mão dela tremendo levemente. — Meus pais me pediram para escrever para eles quando eu chegasse.

Ele levantou uma sobrancelha, tomou o bilhete, depois o desdobrou, leu, e então o dobrou novamente.

— Tenho certeza que você logo será capaz de falar com eles através dos espelhos de distância.

— Eu sei. — Em breve ele queria dizer quando eles acreditassem que ela estava submissa o suficiente ou algo assim. — Mas, por enquanto, eu não quero que meus pais se preocupem. Se alguma comunicação for enviada para Lago Branco, talvez você possa enviar isto também.

Ele fez que sim com a cabeça e depois colocou o bilhete em seu bolso.

— Claro. Vou mandar o mais rápido que puder.

Ela exalou, aliviada por ele cuidar disso. O pai dela iria notar a mensagem, ela tinha certeza que ele iria. Ele nunca quis que as coisas fossem desta maneira.

Venard estava olhando para ela.

— Então, você quer comer ou não?

— Quais são as regras?

Ele pensou por um momento.

— Olhe para baixo, não fale com ninguém a menos que falem com você, não contradiga ninguém. — Ela tinha perguntado em parte em tom de brincadeira, mas ele estava falando sério. Ele então sorriu. — Você vai ficar bem. Tenho certeza que todos eles vão te adorar apesar do começo difícil.

— Venard. Uma garota foi assassinada na minha frente. Eu chamaria isso de pior do que difícil.

— Poderia ter sido mais difícil. — Seu tom era amigável, mas ela não deixou de notar a ameaça contida em suas palavras.

Mas era verdade que ele não era tão mau quanto os outros, e ela não queria mudar isso.

— Obrigada. Por me poupar. — Aquelas palavras soavam horríveis. Agradecer a alguém por ter um mínimo de decência era bizarro, mas se ela queria sobreviver àquele lugar, ela tinha que dançar a canção deles, e não deveria perder seu único aliado parcial ali.

— Eu sou seu amigo, Léa. Eu sempre te protegerei quando puder.

Ela fez que sim com a cabeça, ciente que ele também a mataria se sua família lhe pedisse.

— Eu espero que você sempre seja capaz de me proteger.

Ele ofereceu a ela seu braço.

— Não há nada para você se preocupar.

Seu braço a lembrava do sonho, os braços ao redor de Serine, depois o cadáver dela. Léa estremeceu, mas segurou o braço dele e ambos deixaram a sala. Uma coisa que ela percebeu foi que ele provavelmente tinha planejando manter a garota como amante. Léa nem se importava. Preocupar-se com isso soava tão mesquinho em comparação ao medo de ser espancada até a submissão, o medo de ser assassinada. Talvez tenha sido esse o objetivo deles: deixá-la assustada e complacente. Seu único consolo era que ela deixaria este lugar logo, então nada disso importaria.

Mas eles não a matariam. Pelo menos ainda não. Ela tinha a chave para um reino. E ainda assim, isso não significava que eles não a iriam espancar.

De olhos vendados na noite anterior, ela não tinha visto aquela parte do castelo. Um pequeno salão a levou para um átrio com uma varanda interior. Eles estavam no alto. O primeiro pensamento dela foi que uma queda daquela altura seria mortal. Venard a levou até uma caixa de ferro, fechou uma grade e então eles começaram a se mover para baixo.

— O que é isso?

— Um elevador. Não se preocupe, ele tem cabos que o seguram. Mas ele precisa de um condutor de ferro para movê-lo.

— Por que não usar as escadas?

— Não há nenhuma. Assim, nós nos certificamos de que somente pessoas autorizadas por nossa família possam vir até aqui. Isso torna essa ala segura.

Léa estava quase perguntando como ela se moveria pelo castelo sendo que não tinha mágica metálica, mas percebeu que a pergunta era burra antes de sair de sua boca. Esse era o ponto: o quarto dela era uma prisão, e a menos que ela aprendesse a escalar muito bem, não haveria como sair dali. Apenas um condutor de ferro poderia mover a gaiola para cima e para baixo. Fel. Sim, ela estava ficando louca agora. Ele nunca chegaria perto daqui, e mesmo que chegasse, não seria para salvá-la.

Ela tinha que ficar esperta. Agora. Ela se virou para Venard e sorriu.

— Isso é incrível.

— Não é? — Ele parecia satisfeito.

Léa estava começando a pensar que ele realmente acreditava que ela iria se dar bem com sua família e que tudo seria maravilhoso. Alguma coisa errada com a cabeça dele, com certeza.

Eles pararam alguns andares abaixo de onde ficava o quarto de Léa, depois caminharam até uma grande porta prateada, que dois guardas abriram. Um pouco bobo fazê-los abrir, se era feita de metal, mas ela não disse nada.

Do outro lado das portas havia uma sala grande, toda bege, com lustres enormes e uma mesa suficientemente grande para acomodar umas sessenta pessoas. Amplas janelas em ambos os lados a iluminavam. Na borda da mesa estava a Senhora Célia, e Léa teve que se esforçar para não tremer. Ao lado dela estava o irmão do meio, Silas. Do outro lado estava o príncipe herdeiro, Cassius. Léa quase estremeceu novamente lembrando que sua prima esperava se casar com ele. Ao menos ela tinha escapado. A não ser que houvesse pessoas mais cruéis no mundo, a menos que o casamento fosse uma prisão da qual não houvesse fuga.

Mas esses eram pensamentos indesejados, quando ela tinha que agir com simpatia e graça e, oh, parecer tão feliz por fazer parte daquela adorável família.

Eles a sentaram do outro lado da Senhora Célia, entre Cassius e Venard.

A mulher sorriu para ela.

— Como você dormiu?

Léa estava olhando para seu prato e deu uma olhada na Senhora Célia.

— Muito bem.

— Sentindo-se mais calma do que ontem?

— Muito mais calma.

A mulher olhou para o pescoço machucado de Léa e sorriu com satisfação.

— É ótimo ouvir isso. Agora, aposto que você deve estar com fome. — Ela estalou seus dedos. — Criados.

De uma porta lateral, três jovens mulheres trouxeram bandejas com pão, cortes de carne, frutas, bolos, doces e queijo. Léa ia evitar os doces desta vez, apesar de que adoraria vomitar naquelas pessoas.

Ela pegou pão, queijo, uma fatia de carne e um copo de chá. Ela fez um esforço para morder e mastigar lentamente para não parecer um animal selvagem faminto, mesmo que estivesse morrendo de fome. Apesar disso, pegou uma segunda e uma terceira porção, ignorando os olhares atentos sobre ela.

— Está com um bom apetite? — Célia comentou.

Léa engoliu rapidamente, para não falar com a boca cheia, e sorriu.

— Isto é delicioso, só isso.

A mulher respirou fundo.

— Eu estava pensando que você gostaria de mandar uma palavra aos seus pais, não é mesmo?

Léa congelou. Não, não havia razão para pânico, ela não sabia de seu bilhete. Ela acenou com a cabeça.

— Sim, é claro.

— Ela já escreveu um bilhete — disse Venard, então o tirou do bolso dele.

Frio, tanto frio dentro dela. Não, tudo ia ficar bem, o código era muito sutil, ninguém notaria. Era o que ela esperava.

— Deixe-me ver. — Célia tomou o bilhete e o desdobrou. — Tão bonitinho. Ela acha nosso castelo lindo, teve uma viagem agradável e tem um lindo quarto rosa. Esse é um bilhete tão inofensivo. — Ela estava sorrindo, mas havia algo de arrepiante em seu tom. Então ela olhou fixamente para Léa. — Por que, então, você está tão pálida?

Rápido, rápido, ela tinha que inventar algo.

— Com medo de você encontrar alguma ofensa no que eu escrevi. — A voz dela saiu tensa. Bem, ela estava com medo.

Célia franziu a testa.

— Ah, mas você parece tão culpada. Alguma coisa não faz sentido.

— Tem sido... estressante.

— Estressante? Nós a recebemos em nossa família, apesar de sua vergonha, e você se atreve a reclamar...

— Não, é...

— Não me interrompa. — A mulher olhou para ela, mas então ela sorriu. — Mas agora estou curiosa. O que tem neste bilhete? Uma mensagem secreta? Você precisa me dizer, garota, ou ficarei me perguntando até o resto dos meus dias.

Célia olhou de relance para Venard, então seus olhos pararam no irmão dele.

— Cassius. Encoraje-a.

Ele puxou a mão dela, depois pressionou algo quente sobre ela. Uma faca de manteiga. Que estava ficando cada vez mais quente — e a queimando.

Léa sentiu Venard segurando sua outra mão. Ela tentou puxar a mão que estava sendo queimada, mas o príncipe era muito forte.

— Pare! Por favor!

Célia olhou para ela.

— Diga o que você fez.

— Não... — Ela não podia mais suportar a dor. — Eu escrevi um código. Pare.

A mulher acenou para Cassius, que retirou a faca, mas continuou segurando sua mão. Precisava colocar algo frio sobre ela, pois sentiu-a queimando.

— Que código? — perguntou a mulher.

Léa sentiu a faca perto de sua pele.

— Letras um pouco maiores. Eu só quero ir para casa, é só

isso. — Lágrimas estavam incomodando os olhos dela. Lágrimas pela dor, pela esperança perdida, pelo medo dela, e mesmo assim estava tentando segurá-las. — Deixe-me colocar algo frio na minha mão.

Célia franziu a testa.

— Oh. Você acha que pode pedir qualquer coisa?

— Por favor!

A mulher agora a olhava com repugnância.

— Garota. Você não pode exigir nada. E você não pode escolher para onde ir. Você está casada agora. Suas escolhas não são mais as suas.

Léa manteve seu rosto neutro, como se estivesse de fato ouvindo e prestando atenção, como se alguma dessas coisas fizesse algum sentido.

Célia então olhou o bilhete cuidadosamente. Não, não, não. Agora Léa nunca mais seria capaz de usar esse código para seus pais. A mulher balançou a cabeça.

— *Eu estou em perigo*? Perigo de quê? Você está sendo bem tratada aqui. Você deve ter sido muito mimada se você não suporta uma leve repreensão. Você quer aborrecer seus pais, é isso que você quer? Você quer quebrar a nossa aliança? Você percebe o que isso implicaria? Ou você ainda é uma criancinha pequenininha que não sabe das suas responsabilidades?

Raiva. Tanta raiva borbulhando dentro dela. E ainda assim, qualquer coisa que fizesse só faria com que eles a machucassem ainda mais.

— Eu não quis ofender.

— Não queria ofender! Você queria mentir aos seus pais que você está sendo maltratada. Como? Está sentindo falta das suas bonecas?

— Sentindo falta de não ser queimada.

— Cassius.

Oh, não. Ele pressionou a faca contra a parte de trás do pulso dela. Ainda não havia queimado tanto.

— Você vai segurar sua língua? — Célia perguntou.

— Sim.

A mulher acenou com a cabeça e o príncipe levantou a faca.

A Senhora Célia balançou a cabeça.

— Apenas uma pequena repreensão. Você sabe por quê? Para colocá-la na linha. Para fazer de você uma boa esposa, uma boa rainha, uma boa mãe.

Ah, sim, ser infligida com uma punição física faria dela uma mãe maravilhosa. Mas eles queriam que ela fosse humilhada, então iria agir de forma humilde.

— Eu entendo.

— Você entende? Sério?

— Sim, estou começando a entender.

— Vamos esperar que seja o caso. Eu acho que você precisa se acalmar um pouco. Guardas! — Dois homens entraram. — Escoltem-na até a sala de acalmia. — Ela virou-se para Cassius. — Leve-a.

Léa não resistiu ou reclamou nem nada. Eles agarraram seus dois braços, vendaram-na e a levaram embora. A mão dela estava latejando. Ela sentiu que pegaram a gaiola de elevação novamente, e desceram — muito. Quando a venda foi removida, ela estava em uma sala com paredes, piso e teto brancos, alguma luz solar fraca vindo de uma janela pequena, alta e redonda.

Eles fecharam a porta e a deixaram lá. Sozinha. Esta era uma espécie de cela. Não era tão ruim quanto ela esperava. Não tinha nenhum lugar para sentar ou deitar além do chão, mas pelo menos não estava mais perto daqueles príncipes ou daquela mulher. Aqueles príncipes. Seu querido marido e suposto "amigo" não tinha dito uma palavra durante toda a provação. Ele provavelmente teria queimado a mão dela se sua avó lhe pedisse para fazê-lo. Léa desejou poder dizer isso para sua mãe, dizer a ela que nem sempre era possível fazer com que um casamento funcionasse.

Porém, mais do que gritar com sua mãe, ela queria vê-la novamente, queria um abraço. Léa tinha que voltar para casa. A questão era como. Não ia ser fácil. Mas tinha que haver uma maneira.

16

ATAQUE

Fel tinha verificado as armas e eles estavam realmente avançando na catapulta de madeira. Era bom sentir-se útil, estar fazendo alguma coisa. Ele tinha sentido falta de seu amigo, sentido falta de estar aqui — mas agora também tinha saudade de sua irmã, e estava preocupado com o que estaria acontecendo com ela. E ele também sentia falta de Léa, o que era absolutamente ridículo. Ele não podia sentir falta de alguém que nunca havia sido sua amiga — nem nada mais. Mas ele estava inquieto e preocupado com ela, o que também era ridículo. Ela provavelmente estava feliz com seu marido perfeito e de duas mãos.

E então havia outra pessoa com quem Fel estava preocupado: seu pai. Ele ainda estava em casa, a apenas uma curta viagem a cavalo. Por mais que Fel gostasse de permanecer no forte concentrado em se preparar para qualquer ameaça que viesse, tentando esquecer todas as lembranças da conglomeração, de Lago Branco, decidiu que era melhor voltar para casa e ver como estava seu pai.

O sol já estava se pondo quando Fel cruzou o enorme portão de ferro e saiu em direção ao seu casarão. Ele nunca tomava a estrada principal, mas um caminho mais discreto, coberto pelas copas das árvores, de forma que não fosse seguido.

Enquanto cavalgava, ele continuava a sentir uma angústia

implacável que não saía de seu peito. Ainda estava pensando em Léa, ainda preocupado com ela. Tudo insanidade, é claro. Tantas besteiras, besteiras bem como o pai dele o tinha avisado. Ele estava *preocupado* com Léa? Isso era uma piada. Mesmo que os Bastião de Ferro fossem horríveis, ela iria se tornar parte daquela família. Quem sabe ela e seu adorável marido um dia se sentassem em um trono juntos, soltando gargalhadas sinistras e ridicularizando todos os reinos conquistados por eles. A escolha dela tinha sido clara, e Fel não tinha nada a ver com isso.

Além de tudo isso, tinha mais uma coisa o incomodando: uma estranha presença na floresta. Não um animal. Ele parou e ouviu — então se abaixou, e desviou de uma flecha que passou acima de sua cabeça. Outra flecha voou abaixo dele, da direção oposta, e seu cavalo se empinou. Ah, não. Eles pegaram a perna do Flip.

Fel desmontou e mandou seu cavalo embora antes que fosse atingido novamente por algo que não tinha nada a ver com ele. Mas agora Fel estava sozinho, carregando apenas uma espada, sem sequer um escudo, e havia pelo menos dois arqueiros apontando para ele. Ao menos ele podia saber onde eles estavam simplesmente por sentir como perturbavam a floresta.

Fel nem mesmo teve tempo de tirar as mãos das luvas e mandou cada uma delas para a direção de onde as flechas tinham vindo, enquanto ao mesmo tempo desviava de uma terceira flecha.

Três atacantes o cercavam. Isto era uma emboscada, não havia dúvidas, e não dava tempo para ele se perguntar quem poderia estar por trás disso ou quais eram os motivos deles. Tudo o que ele podia fazer era concentrar todos os seus sentidos em encontrar seus inimigos.

Uma de suas mãos encontrou uma pessoa e agora a estava estrangulando. Seu arco e flechas caíram de uma árvore, então a pessoa pulou. A outra mão... ele não a podia mais sentir. Outra flecha veio daquela direção, mas Fel já havia se escondido atrás de uma árvore, abrigando-se dos dois arqueiros que ainda estavam atirando. Ele correu, para dar alguma distância, e ouviu passos atrás dele. Eram três pessoas, e parecia que aquele que havia caído da árvore de alguma forma tinha conseguido se levantar.

Fel puxou sua espada usando sua magia e a mandou voar na direção do primeiro homem que o perseguia. A arma encontrou alguma resistência, daí ele ouviu um grunhido, puxou a espada para trás e a mandou para o segundo agressor, mas daí, novamente, ele não podia mais sentir a espada, como se ela tivesse se desintegrado ou algo assim.

Quatro punhais vieram em sua direção. Punhais de ferro. Fácil. Ele os virou, dois em direção a cada agressor que ainda estava de pé. Ele sentiu um deles acertando um homem, outro caindo, mas perdeu os dois outros. Um agressor estava mexendo com sua magia — e agora se aproximando, um estranho punhal na mão dele. Um punhal de madeira. Sorrateiro. Ele tinha pele média e cabelo castanho, e podia ser de qualquer reino, até mesmo de Umbraar.

Fel conseguiu puxar uma de suas mãos de volta, mas a outra estava perdida, como se tivesse se dissolvido no meio ambiente ou talvez ido longe demais. Ele formou um punho com a mão que podia alcançar, e o enviou no caminho do homem que corria em sua direção, que parou e sorriu. Fel observou horrorizado enquanto o homem olhava para sua mão, e ela ficava cada vez mais quente, parada no ar. O homem era um condutor de ferro. Essa informação levantava muitas questões, mas em vez de focar nelas, Fel aproveitou a oportunidade para chutar uma pedra em direção ao homem. Ela bateu no ombro dele, mas não o machucou. Enquanto isso, a mão de Fel havia derretido e caído no chão.

— Ooooh. — O homem zombou dele. — Não é divertido brincar quando você não é o único com os truques. — Seu sotaque era aluriano neutro, mas se ele era um condutor de ferro, não era difícil adivinhar de onde era.

— Vá embora. E eu vou poupar sua vida — disse Fel.

O homem riu.

— Você? Sério? — Ele franziu a sobrancelha e fingiu pensar com cuidado. — Como é que isso vai funcionar? Sem uma espada? Sem... mãos.

Fel havia considerado negociar, propor pagar mais do que

quem os tivesse contratado, mas isso era sempre uma coisa arriscada de se fazer. E agora ele estava irritado porque o homem estava zombando dele, como se Fel fosse inferior, e ele não era.

— Se você quer morrer hoje, a escolha é sua.

O homem rolou os olhos, o que só deixou Fel ainda mais furioso. Não. Isso era errado. Sentimentos não tinham lugar em uma luta. Ele poderia ficar com raiva mais tarde. Agora era a hora de pensar; pensar claramente e encontrar uma abertura. Havia sempre uma abertura, era só olhar direito. Mas ele precisava de tempo. O homem estava parado, observando-o, talvez também cogitando estratégias.

— Eu desisto. — Fel levantou seus braços. — O que você quer?

— Sua vida, falso condutor de ferro.

— Certamente há mais coisas que você quer.

O homem encolheu os ombros.

— Outras coisas não importam neste momento.

Então o outro homem veio correndo, o primeiro arqueiro que quase tinha sido estrangulado. A compaixão de Fel seria a sua perdição, considerando que ele deveria tê-lo matado quando teve a oportunidade.

No momento em que ambos avançaram contra Fel, ele tentou alcançar qualquer metal, qualquer ferro... A única coisa que encontrou foram pequenos pregos nas botas de ambos os homens, mantendo as solas no lugar. Ele os arrancou e espetou os pés deles, depois chutou um galho que bateu na cabeça do condutor de ferro e atingiu o outro homem, mas não fez muito para detê-los. Os pregos sumiram, mesmo que os sapatos dos homens estivessem arruinados, o que dificultava a caminhada deles. Fel talvez pudesse aproveitar a oportunidade e correr, mas isso deixaria ambos os agressores vivos e propensos a voltar, talvez com mais ajuda. Ele tinha que lutar. Mas como?

Seu momento de indecisão lhe custou caro, pois o condutor de ferro saltou sobre ele e conseguiu empurrá-lo para o chão. Fel sentiu suas costas batendo na extremidade dura de uma pedra, dor aguda correndo através dele, mas o pior foi ver um punhal de madeira afiado apontado para seu rosto.

Naia ainda não entendia o que a estava incomodando. Tudo era lindo e colorido nesta casa. Talvez fosse apenas porque sentia falta de mais calor e vida, e ainda assim ela estava calma, em paz — exceto por algo que a incomodava no fundo de sua mente.

Em Umbraar ela passava os dias estudando, treinando sua mágica, ou caminhando na floresta. Ela sentia falta da floresta. Naia olhou pela janela. Havia um bosque ao redor da casa, mas não era a mesma coisa. Algo sobre ele não era atraente.

Mas olhar para fora lhe deu uma ideia. Ela saiu, feliz por ver que havia uma área pavimentada com pedras. Perfeito para treinar sua magia de fogo, que era algo que ela sempre gostava de fazer por pelo menos uma hora por dia.

Ela acendeu duas chamas e as transformou em bolas de fogo, que planejava rodar em volta dela, mas então uma memória veio tão rapidamente que até a assustou.

O bosque. Os segredos de River. Ela não estava aqui para não fazer nada o dia todo; ela estava aqui para descobrir os segredos dele, e ela sabia que o bosque era a chave. Como ela poderia ter esquecido isso?

Ela ainda tinha uma faca amarrada ao cinto. O que ela estava pensando? Que ela a estava carregando para o caso de um bife aparecer de surpresa? Não. Ela não tinha estado pensando — mas agora ela estava.

Com passos firmes, ela se aventurou naquele bosque escuro.

Naia se viu em sua cozinha, sem saber direito o que a estava incomodando. Havia algo que ela queria, algo... Ah, ela sabia. Mais um pouco de suco de maçã.

Este seria o momento em que Fel deveria ver sua vida passar num instante, mas em vez disso, sua mente estava girando, tentando achar uma ideia de como derrotar esses homens, especialmente aquele acima dele, pronto para apunhalá-lo. Sua magia ainda o chamava, como se tivesse uma vontade, um desejo de agir, e ele estava procurando, procurando. Então sentiu um pouco de metal, fraco, mas próximo, dissolvido.

Fel nunca havia feito nada assim, nunca havia feito nada sequer remotamente parecido, e sequer tinha ideia se era possível, mas ele alcançou o ferro movendo-se dentro dos homens, dentro das veias deles — e puxou tudo de uma vez.

Ele fechou os olhos, tremendo, enquanto os homens caíram, mortos, daí se levantou rapidamente e correu para onde o outro agressor tinha sido atingido com a espada. O homem estava deitado no chão, ainda vivo, mas com uma poça de sangue se formando ao seu redor. Fel ajoelhou-se ao seu lado, a uma distância suficiente para estar seguro.

— Diga-me quem o enviou e por quê, e eu o pouparei.

O homem deu uma risada amarga.

— Você acha que minha vida vale a pena se eu falhar, falso condutor de ferro?

— A vida de todos vale a pena. Tenho certeza de que você está apenas seguindo ordens.

O homem balançou a cabeça e fechou os olhos. Algo azul manchava seus lábios. Veneno. Ele realmente temia sobreviver ao seu fracasso.

Fel ainda estava tremendo, ainda horrorizado com o que tinha feito, mas não queria baixar a guarda, pois poderia haver mais assassinos. E, de fato, ele sentiu outra presença, desta vez na sua frente. Mas não havia ninguém, ou pelo menos ninguém que ele pudesse ver — no início. Depois de alguns segundos, Fel finalmente viu alguém se materializando do nada: o amigo fae de Naia.

O fae tinha as mãos levantadas, como se estivesse se rendendo, mas seu sorriso provocador não era nem um pouco assustado.

— Não me mate com meu próprio sangue. Eu estou aqui para ajudar.

Fel não podia acreditar no que estava vendo.

— Você quer me ajudar *agora*? Depois que eu quase fui assassinado?

— Não. — O fae franziu a testa. — Cheguei aqui há um

tempo, mas não queria interromper sua impressionante exibição.

— Assassinato é impressionante?

— Proeza marcial é sempre algo a ser admirado. Pode ser triste e violenta, mas há beleza nisso. Você é bastante impressionante. — Sua admiração soou genuína, o que só o deixou mais esquisito aos olhos de Fel.

— Você está interessado em mim ou na minha irmã?

De brincalhão, o rosto do fae se tornou sério.

— Como você se atreve? Eu tenho um coração leal. E é de Naia.

Ele pareceu ofendido. De verdade. Ficar ofendido por isso era sem noção, mas ser tão insistente em sua devoção pela sua irmã era algo que Fel poderia apreciar. Ele sorriu.

— Era uma piada.

O fae franziu a testa, pensando.

— Uma piada. As piadas humanas não deveriam ser engraçadas?

Fel suspirou.

— Foi uma piada ruim e boba, certo? E sem sentido. Perdoe-me. Agora, o que você está fazendo aqui e o que você quer além de admirar violência sem sentido?

— Eu não sei por que você está com raiva de mim.

— Talvez porque você estava aqui e não levantou um dedo, agora você está tentando dizer que veio me ajudar.

— Paz, humano. Você não quer ficar com uma dívida por uma vida. Você deveria estar feliz por eu não ter intervindo.

Fel balançou a cabeça.

— E como você sabia mesmo que eu ia ser... — Uma lembrança veio a ele do baile. — Espera. Eu te vi. Com os Bastião de Ferro. O que não faz nenhum sentido. Você está por trás disso?

— Eu dei minha palavra a Naia que te protegeria. Enviar assassinos não soa como proteger, soa?

Talvez. E se aquele fae o quisesse morto, ele não estaria aqui falando. Mas Fel ainda tinha toneladas de perguntas.

— O que você está fazendo com os Bastião de Ferro?

— Informação. Informação é sempre útil, não é?

— Mas como você pode... Você não é alérgico a ferro e mágica de metal?

— Se a magia do ferro me fizesse mal, eu não seria capaz de me aproximar de sua irmã, seria?

— Talvez dependa de quão perto.

E isto não era algo que ele queria imaginar. O fae balançou a cabeça.

— O ferro não me afeta.

— Oh.

O Fel sempre tinha achado que o metal fazia mal aos faes, então ele se lembrou do que tinha acabado de fazer.

— Mas faz sentido, senão o seu sangue...

— O sangue é diferente. Quando o ferro é dissolvido em algo vivo, como uma folha verde ou na terra, ele é diferente, ele não nos faz mal.

— Afinal, o ferro te faz mal ou não?

O fae encolheu os ombros.

— Não *me* machuca.

Ele provavelmente quis dizer que isso fazia mal para outros faes, mas não a ele, e isso era uma informação bastante útil.

— Ótimo. Vá pegar uma pá, então.

O River riu com deboche.

— Você se atreve a me dar uma ordem?

— Foi você quem disse que estava aqui para ajudar. Então ajude.

O fae olhou para ele por um longo tempo e depois desapareceu. Fel não tinha certeza se ele iria voltar, não entendia por que ele estava ali, e ainda estava agitado por causa do ataque — e por causa do que sua magia tinha feito.

— Aqui — disse o fae, agora de pé atrás de Fel com uma pá de ferro.

— Obrigado.

Os olhos de River brilharam.

— A sua gratidão é apreciada.

— É sempre bom ter ajuda oferecida livremente — disse Fel, antes que o fae viesse com querer inventar uma dívida ou qualquer outra loucura. Ele então moveu a pá com sua mágica e começou a cavar uma sepultura. Tantas perguntas passavam por sua mente. Ele lembrou de uma, e virou para o fae. — Se o sangue é diferente, e eu sei que é, como a minha magia o afetou?

— Mágica não é uma ciência exata. É uma coisa viva, que respira, evolui. Ela cresce com você e muda.

Fel olhou para os dois homens que ele havia matado com o sangue deles, mas acabou desviando o olhar, ainda horrorizado, e virou-se para River.

— Já que você está tão prestativo hoje, e já que você assistiu à luta, você tem alguma ideia de onde eles vieram?

O fae encolheu os ombros.

— Um deles é um condutor de ferro. O que há para se perguntar?

— Muito. Quero dizer, ele não faz parte da família real, e ainda assim... Ele poderia ser de qualquer lugar, como eu e minha irmã.

O River balançou sua cabeça.

— Eles são de Bastião de Ferro, e não é difícil adivinhar porque eles querem você morto, não é?

— Tantas possibilidades.

— Imagine se você estivesse contando com sua mágica única para colocar outros reinos em submissão. Ter outra pessoa lá fora com a mesma magia seria um problema, não seria? Sem mencionar que um condutor de ferro poderia causar sérios danos ao castelo deles, por exemplo. Eles não podem aceitar isso.

Fazia sentido. Fazia muito sentido.

— Mas nesse caso... Naia também seria um alvo.

— Exatamente. — River sorriu. — E esta é a parte em que você deve perceber o gênio que eu sou, certificando-me de que sua irmã esteja segura em um momento como este. Você não está feliz com isso?

— Eles não podem chegar onde ela está?

O fae balançou sua cabeça.

— Não. Ela está completamente segura.

— Bem, saber que seríamos alvos implica em conhecimento prévio, o que não melhora a minha confiança em você.

O fae encolheu os ombros.

— Eu não gosto muito dessa história de confiança. É por isso que nós fazemos acordos e não mentimos.

— Assim você diz. Seu nome é mesmo River?

— É.

— E você não tem um sobrenome.

— Você pode me chamar de River Irritante.

Fel rolou os olhos.

— Fascinante. E o que o ilustre River Irritante deseja? Tenho certeza que você está aqui por uma razão.

— Primeiro, foi para mantê-lo seguro.

— Sua ajuda foi impressionante, *River*. — Ele não escondeu o escárnio na forma como disse o nome.

— Estou feliz que você tenha gostado. Eu quero um acordo.

— Eu estou ouvindo.

O fae então olhou para a pá, agora cavando a segunda cova, e franziu a testa.

— Você vai fazer isso com sua mágica?

— Ao invés do quê? Usar minhas *próprias mãos*? — Fel levantou seus braços. Ele estava usando mangas compridas, como sempre, mas ainda era óbvio que suas mãos tinham desaparecido.

— Certo — River disse. — De qualquer forma, eles enviaram três homens. O que você acha que vai acontecer quando eles descobrirem que falharam?

— Eles vão enviar mais. — Era óbvio. Mas havia coisas que ele não entendia. — Mas como eles chegaram até Umbraar? Quero dizer, os portais estão fechados.

— Você sabe que existem outras maneiras de viajar, certo? Eles poderiam ter ido pela floresta. Chegar aqui não é um problema tão grande assim. A questão é... se você não fizer algo, isso não vai parar e, eventualmente, você não será capaz de se salvar.

— E você por acaso se importa comigo?

— Na verdade, não. — River inclinou sua cabeça. — Mas sua irmã se importa. E ela me pediu para ter certeza de que você esteja bem. Então, aqui estou eu. Mas veja, eu não posso estar em todos os lugares ao mesmo tempo, então eu quero que você torne meu trabalho mais fácil.

— Você espera que eu me esconda?

— Mais ou menos. — A expressão divertida estava de volta em seu rosto. — Finja que você está morto. Faça seu pai anunciar a sua morte. Os Bastião de Ferro são arrogantes e eles não suspeitarão que seus capangas falharam.

— Será que eles não notarão que não voltaram?

— Cometer um crime é fácil. Escapar é difícil. Eu acho que eles não vão se importar.

— Mas um deles é um condutor de ferro. Tem que ser alguém relacionado com a família real ou algo assim. Você sabe alguma coisa sobre isso?

Havia uma leve dureza nos olhos avermelhados de River.

— Eu não estou aqui para lhe dar informações sobre Bastião de Ferro. Estou aqui para lhe pedir para fingir que você está morto, para que eles não o incomodem novamente.

— Eles não vão tentar encontrar Naia?

— Digam que ambos estão mortos. Puff. Fácil. Problema temporariamente resolvido.

— O que eu recebo se eu fizer isso? — Fel sabia que faes gostavam de barganhas, e ele queria tirar proveito disso. — Se eu anunciar que estou morto?

O River olhou para suas unhas, que eram feias e escuras. Credo, como Naia conseguia suportar aqueles dedos com aquelas coisas nojentas? Bem, provavelmente melhor do que nenhuma unha — ou dedos. Pensamento deprimente.

— Bem, sua irmã, nós... eu quero me casar com ela. De verdade. Mas eu quero dar a ela algum tempo para pensar se é isso que ela realmente quer. Para me conhecer melhor. Se você fingir que está morto, eu garanto que ela vai manter sua... virtude, como vocês dizem.

Eca, ele não poderia estar querendo fazer um acordo envolvendo esse tipo de coisa.

— Naia sempre será virtuosa, não importa o que ela faça, e você não pode ser tão repugnante para querer fazer um acordo sobre isso

— Sim, sempre virtuosa, eu concordo. Nós não usamos essas palavras, eu só estava tentando falar da maneira que a sua raça faz. Você quer detalhes sobre o que eu não vou fazer?

Novamente, que extremo mal gosto.

— Não, não, não. Mas eu confio em sua honra. Você não disse que seu coração pertencia a ela?

— Não é a única parte.

— Me poupe. Eu não quero ouvir isso. Não quero saber nada sobre isso. Eu não vou fazer acordos sobre o seu respeito pela minha irmã. Se eu achasse que tinha que fazer tal coisa, você já estaria morto.

O fae riu.

— Você acha que seria assim tão fácil?

Um dia antes, Fel talvez tivesse tido suas dúvidas, mas depois do que ele acabou de fazer...

— Eu tenho certeza, River. *É* tão fácil matar você.

River olhou rapidamente para os corpos dos dois homens.

— Justo, justo. Então você vai fingir que está morto porque é uma boa ideia, certo?

— Não. Eu ainda quero um acordo.

— O que você quer?

Era aquela angústia que ainda falava com ele, mesmo que não fizesse sentido.

— Você vai a Bastião de Ferro às vezes? Você tem alguma influência lá?

— Eu não vou responder.

Fel riu.

— Você entende que isso conta como um sim, certo?

River franziu a testa.

Ainda mal acreditando no que ele ia pedir, Fel não foi capaz de se deter.

— De qualquer forma, um dos príncipes acabou de se casar. Leandra é sua esposa. Eu... se ela precisar... Eu...— Ele não tinha certeza do que dizer.

River tinha um sorriso divertido.

— Oh, você está apaixonado.

— Eu odeio ela.

O fae inclinou sua cabeça, como se estivesse genuinamente curioso.

— Como funciona quando você mente para si mesmo? Você realmente acredita no que diz?

— Ninguém está mentindo. Mas eu quero que você a ajude.

— Ajuda? A única ajuda que ela pode conseguir é se eu a tirar daquele lugar. — Ele olhou para cima. — É... um pouco difícil. O negócio precisaria ser...

— Não, não. Ela provavelmente está feliz com seu marido Bastião de Ferro. Quero dizer, não sei. — Tinha sido a escolha dela, e ela provavelmente estava bem. Fel sabia disso, e sabia que sua ansiedade era absurda. E ainda assim. Ele mordeu seu lábio. — Digamos que a guerra comece. Digamos que Bastião de Ferro seja atacado. Eu duvido, mas vamos supor que isso aconteça. Quero dizer, em uma situação de vida ou morte. Salve-a. — O apelo em sua voz surpreendeu até mesmo a ele.

— A garota que você odeia. Certo. — River parecia pensativo. — O problema é que eu não posso estar em todos os lugares ao mesmo tempo. Eu não posso proteger a todos.

— Faça o que você puder. É... provavelmente um absurdo. Você provavelmente não vai precisar fazer nada.

— Mas em uma situação de vida ou morte, se eu puder, eu vou salvar essa Leandra que você odeia. Em troca, você vai concordar em desaparecer. Diga que você está morto.

— Eu vou pedir ao meu pai para fazer isso.

— Claro. — River rolou os olhos. — Eu não estava esperando que você comunicasse sua morte pessoalmente.

— E trate bem a minha irmã. Mas não há acordo para isso. É o seu dever.

Ele encolheu os ombros.

— Não pedi nenhum acordo.

Na verdade, ele tinha pedido um acordo envolvendo Naia, mas Fel ia fingir que nunca tinha ouvido aquela barbaridade. Ele tinha uma pergunta importante.

— Você a ama?

— O amor é uma coisa estranha e selvagem, não é? Fica enjaulado em uma palavrinha tão pequena.

Fel não gostou disso nem um pouco.

— Evitar responder a uma pergunta conta como um *não*.

— Então você claramente não nos entende, não é mesmo?

— Nunca aleguei que entendia. Ainda conta como um não. O que você quer com Naia?

— Mantê-la segura, por exemplo. O que eu fiquei com a impressão de que tínhamos concordado.

Fel suspirou. Não havia muito que ele pudesse fazer em relação a isso. Ele ainda desejava poder mudar a opinião de sua irmã, por outro lado, River estava ali, aparentemente fazendo algo que ele havia prometido a Naia, afirmando claramente que seu coração pertencia a ela. E ainda assim, não dizendo que a amava. E andando com os Bastião de Ferro. Era um quebra-cabeça.

— Justo. Agora, para mim, eu aprecio o quanto você olhou hoje — Fel rolou os olhos. — Bastante útil. Mas se os faes ou Bastião de Ferro atacarem, eu estarei na linha de frente defendendo meu povo, então seus esforços serão inúteis.

A face de River era impassível.

— Viver um dia de cada vez, ou alguns dias de cada vez. Faz sentido.

— Por acaso eles vão atacar? Seu povo? Bastião de Ferro?

— Eu não sei por que você pergunta. Eu te vi preparando armas de madeira. Eu acho que você já tem sua resposta. Meu conselho: continue.

Isso foi uma confirmação.

— Bem, Bastião de Ferro, depois da nossa recusa em ter suas forças, eu acho que é uma questão de quando. Os faes... Seu povo está de volta?

River novamente olhou fixamente para suas unhas horríveis.

— Esta é uma pergunta bastante complexa, para uma resposta que não seria satisfatória. Apenas finja que você está morto por enquanto. O futuro cuida de si mesmo.

— Não, não cuida. — Fel ia dizer *você tem que planejar*, mas algo chamou sua atenção.

Foi como se a escuridão se instalasse imediatamente, então um silêncio desconcertante atingiu a floresta, após um breve ruído, quando as criaturas da floresta tinham se escondido o mais rápido que puderam, como se escapassem de um predador. Fel podia sentir uma ameaça crescente vindo em sua direção.

River sorriu.

— Minha deixa para ir embora. Nós temos um acordo, Isofel. — Ele então desapareceu.

Sozinho, sentindo a inquietação na floresta, Fel virou-se — e viu seu pai galopando rapidamente em sua direção. Ele deve ter visto Flip chegar machucado.

Seu pai desacelerou quando o viu, e aquela sensação de ameaça crescente começou a se dissolver. Tinha sido uma pequena amostra de sua magia: mortífera, poderosa, aterrorizante. Suficientemente forte para perturbar a floresta e lançar medo por uma longa distância ao seu redor. Magia de um condutor de morte.

— O que aconteceu? — perguntou seu pai.

— Muito.

Ele não ia mencionar River — pelo menos por enquanto. Ele não queria deixar seu pai mais bravo do que já estava, e não queria que ele chegasse a conclusões erradas sobre o fae. Mas o resto ele tinha que contar. Tempos difíceis estavam por vir.

17

VOZES

Depois de uma hora naquela sala, os dentes de Léa estavam batendo, suas mãos e pés frios. O lugar não estava com uma temperatura de congelar, mas estava frio o suficiente para que ficar lá por um longo tempo se tornasse desconfortável.

O piso era de granito, de modo que, se ela se sentasse ou se deitasse, ficaria ainda mais fria. Mas ficar em pé era exaustivo, então ela estava sentada, alternando posições para não ficar com nenhuma parte do corpo muito gelada. Qual era o plano dos Bastião de Ferro? Fazer com que ela os odiasse? Ela não entendia o objetivo disso. Tudo bem, talvez eles quisessem que ela fosse mansa e maleável, mas ela não podia acreditar que a estratégia deles atingiria esse objetivo. Talvez eles fossem simplesmente sádicos.

Um som chamou sua atenção, como um vento forte soprando, mas não fazia sentido que ela o ouvisse de repente assim. Bem, talvez houvesse alguma tubulação ou algo que amplificasse o som. Mas era como uma voz. Soava como se estivesse chamando seu nome. Talvez ela estivesse ouvindo coisas. Mas e se... e se os mortos estivessem tentando falar com ela? Era possível. Os mortos. A magia dela. Talvez houvesse uma solução lá. Talvez ela devesse se voltar para a sua necromancia.

Enquanto ela tentava prestar atenção em qualquer outro

som, a fechadura da porta se virou. Léa se levantou, sem saber o que esperar, mas era apenas Venard, sozinho. Surpreendentemente, ela se sentiu aliviada.

— Como você está? — Ele fez a pergunta, mas não parecia preocupado.

— O que você acha? — Foi preciso algum esforço para tirar a agressividade de suas palavras. Ser rude não iria ajudá-la.

Ele balançou a cabeça.

— Eu trouxe uma pomada para você. Para a sua mão. Vai ajudar.

Ela deveria agradecer a ele? Por trazer algo para uma ferida que sua própria família havia causado? Uma olhada no rosto dele lhe disse que sim, era isso que ele esperava.

— Isso é muito gentil — disse ela, se segurando para não rolar os olhos.

Ele a olhou fixamente.

— Por que você fez isso? Eu não estou tratando você bem? Você não tem todo o conforto que você quer? — Parecia uma piada sem sentido.

— Seu irmão queimou minha mão, caso você não tenha notado.

— Mas isso foi depois. Você poderia ter causado um problema diplomático. Por que você faria isso?

Por quê? Ele não entendia por quê? Ela não tinha certeza se ele era avoado, burro, ou apenas pensava que era tudo normal. Léa engoliu sua raiva.

— Eu quero ir para casa, é só isso. Eu não quero causar nenhum problema.

— E nós vamos. Você está apenas nos visitando. Você sabe disso. — Ele soou como se estivesse acalmando uma criança ou algo assim. — Quando todos confiarem em você, quando você nos conhecer, nós voltaremos para Lago Branco. Era esse o acordo, não era? Mas você não está ajudando.

— Bem, não é aceitável me deixar sem comida, me queimar, querer me ouvir gritar. Não é normal. Você não consegue ver?

Ele olhou para ela e suspirou.

— Há muitos tipos de normalidades. É por isso que você está

aqui; para se acostumar aos nossos costumes. Você está fazendo tudo parecer muito pior do que é.

Não havia como fazê-lo entender, então era melhor nem tentar.

— Talvez você esteja certo. — Não, ele estava absolutamente errado, mas ela não ia dizer isso. Ela queria permanecer no lado bom dele, mesmo que não fosse tão bom assim. Por enquanto. — Eu... eu gostaria de pedir algo.

— Sim?

Ela estava prestes a inventar uma mentira absurda e esperava que ele a engolisse.

— Em Lago Branco, minha família, especialmente meu pai e eu, nós louvamos os mortos. É importante para que a gente não fique doente, por causa da nossa magia. — Ela nem tinha certeza se o que estava dizendo fazia sentido, mas continuou. — De tempos em tempos, eu preciso estar perto dos mortos.

Ele franziu a testa.

— Como em um cemitério?

— Um mortuário seria melhor. Antes que eles sejam enterrados.

— Ah, sim, porque isso não é nem um pouco horripilante.

— Eu sou uma necromante. O que você esperava?

Ele fez uma pausa e disse:

— Este não é outro truque, é? Por favor, não me diga que você vai ressuscitar os mortos e tentar algo estúpido.

— Nós não podemos *ressuscitar* os mortos. E eu não vou fazer nada. Eu só preciso... da energia da morte, senão eu me sinto fraca, posso ficar doente. — Talvez esta tenha sido a coisa errada a dizer, pois ela não tinha certeza se eles se importavam se ela ficasse fraca ou não.

— Eu vou ver o que posso fazer.

— Você vai verificar com a sua avó.

— Uma vez que ela esteja de bom humor, e uma vez que ela tenha esquecido a sua ofensa, sim.

— Se sua avó pedisse para você cortar um dos meus dedos, você o faria, não é mesmo? Sem sequer pestanejar.

Ele olhou para ela por um momento.

— Não. Eu acho que eu piscaria.

O CÉU ESTAVA FICANDO vermelho quando Naia caminhou para fora para praticar sua magia de fogo. Estranho como ela não tinha feito isso antes. O dia tinha passado em um borrão, muito mais rápido do que deveria, o que era estranho. E ela tinha aquela sensação de que estava esquecendo alguma coisa. Mas o quê?

Embora ela tivesse certeza de que poderia controlar sua magia em um espaço fechado, sempre praticava ao ar livre. A voz de seu pai ainda ressoava em seus ouvidos:

— Você vai incendiar a casa!

Exagero. Ela provavelmente *poderia queimar* a casa — só que não por acidente.

E mesmo que o pai dela não estivesse aqui, ela ainda estava indo lá fora. Era verdade que era melhor ter mais espaço e nenhum objeto inflamável ao redor dela. Seu plano era praticar sua parede de fogo, pois ela queria aprender como mantê-la estável por períodos mais longos. A magia dela *era* impressionante — mesmo que ninguém parecesse notar isso. Exceto seu irmão, é claro, o irmão de coração partido que ela havia deixado para trás. Não, eles se veriam logo, ela sabia disso. E Fel era forte — ou pelo menos ela esperava que sim.

Não adiantava ficar pensando nessas coisas. Ela respirou fundo, depois sentiu aquela sensação familiar e emocionante da magia correndo por ela, como se tivesse vida e vontade e estivesse excitada para ser libertada, então ela levantou as mãos. Nessas horas, ela sempre se lembrava da voz de seu irmão dizendo a ela que não precisava usar suas mãos para fazer magia, e que isso mostrava seus próximos movimentos, mas ela não podia evitar. Fácil para ele dizer que as mãos não eram necessárias. Ou talvez difícil. Esse tinha sido um pensamento maldoso. Ela não queria se preocupar com seu irmão, e se concentrou de volta na sua magia.

No momento em que acendeu sua primeira chama, uma enchente de lembranças chegou até ela. Lembranças daquele dia. Ela *havia* tentado verificar a floresta. Duas vezes. E havia esquecido. Ou o bosque estava encantado ou River tinha feito algo, colocado algum tipo de barreira mágica para impedi-la de ir para lá. Desgraçado. Mil vezes desgraçado. A menos que fosse o bosque, não ele.

Naia queria esclarecer esse assunto imediatamente, mas ir à floresta novamente, especialmente perto do crepúsculo, seria imprudente. O que ela tinha que fazer era planejar melhor. Ela mesma escreveria lembretes, para que, se voltasse, pudesse se lembrar do que tinha tentado fazer. Ela também se certificaria de estar alerta quando fosse fazer isso. Havia algo naquele bosque, e era algo que estava sendo escondido dela, provavelmente de propósito. Se fosse River mexendo com a mente dela, ela iria ficar furiosa. Mas por que ele faria uma coisa dessas? Que pergunta idiota. Porque ele estava escondendo segredos dela.

Assim que aqueles pensamentos lhe passaram pela cabeça, ele apareceu em sua frente.

Ele deve ter notado o flash de raiva em seus olhos, pois seu sorriso brincalhão foi substituído por uma expressão curiosa.

— Seu prazer em me ver é comovente.

Naia queria dar uns tapas naquela cabeça bonita dele, mas não era provável que isso lhe desse respostas. Ou seria? Ela considerou a ideia por um segundo, então decidiu fingir que não sabia de nada. Dessa forma, ela poderia tentar obter algumas informações dele esta noite e então investigar o bosque amanhã, e ele não tentaria nada para impedi-la de ir. Ela sorriu.

— Você me assustou.

Ele olhou para ela e seus arredores, como se estivesse tentando encontrar algo, e então perguntou:

— Você estava do lado de fora?

— Eu estava praticando um pouco de mágica.

— Sério? Deixa eu ver.

Um sorriso iluminou o rosto dele, um sorriso incrivelmente irritante, pois fez algo dentro dela se acender, fez algo em seu coração se mexer. Por que ele era tão bonito? Naia queria estar concentrada, não tonta. Mesmo assim, ela ficaria feliz em mostrar a ele sua magia.

Ela levantou as mãos, obviamente ciente de que o movimento era desnecessário, enquanto River olhava para ela, curioso.

Então, soltou uma parede de fogo ao redor dele, perto o suficiente para que ele sentisse seu calor. Bem, ela estava com raiva.

Ele não vacilou ou estremeceu, mas sim pareceu achar divertido. Após alguns segundos, ela extinguiu todo o fogo de uma só vez, só porque era mais dramático.

River conseguiu parecer impressionado.

— Isso é fantástico, Naia. Você é tão incrivelmente poderosa.

Naia encolheu os ombros, desacostumada a elogios como esse, sem ter certeza se não era bajulação sem sentido.

— Eu aposto que você também tem uma mágica incrível. Por que você não me mostra?

— Você já viu bastante.

É verdade, ele tinha parado todos no baile em Lago Branco, ele os tinha trazido para cá. Mas aprender sobre sua magia era informação.

— Mostre um pouco mais.

Ele riu.

— Muito bem. Aqui vai.

Um círculo de fogo, idêntico ao que ela havia lançado em torno dele, agora a rodeava. Incrível. Então ela não conseguia vencê-lo nem mesmo com a magia que pensava ser única para ela.

— Você também tem fogo? — Ela fez o seu melhor para esconder a surpresa em sua voz.

Ele balançou a cabeça.

— Toque. Confie em mim.

Naia hesitou, mas quando sua mão se aproximou do fogo, ela notou que ele não emitia calor. Quando ela o atravessou, ela não sentiu nada. Ela franziu a testa confusa, depois se lembrou pelo que os faes eram famosos: trapaças.

— É uma ilusão.

— Sim. Não tem substância ou verdade.

— Interessante, para alguém que afirma não poder mentir.

— Eu não posso mentir com *palavras*.

Este era um bom lembrete. Mas por quê?

— Você quer que eu confie ainda menos em você?

A ilusão de fogo dele desapareceu.

— Eu quero que você saiba mais de quem eu sou. — Um canto de seus lábios se levantou. — E me exibir, apesar de eu estar tremendamente superado.

Naia rolou os olhos.

— Insanamente superado. Eu sou muito mais poderosa do que você.

— Com fogo, absolutamente. — Ele pegou a mão dela, e o coração dela saltou. Ao mesmo tempo, esse toque era reconfortante e familiar como se ela sempre o tivesse conhecido. Então, ele a conduziu para dentro de casa. — Você sabe no que eu estava pensando? Um piquenique.

— Na floresta? — Ela sorriu e conseguiu não mostrar nenhuma reação.

— Ah, não, esse bosque é escuro. Ao invés disso, vamos sentar perto da casa e observar as estrelas. Eu não estou realmente interessado em ficar dentro de casa, sabe? — Ele estava então na cozinha, abrindo um armário e alguns potes. — Você está disposta?

— Claro. Como você sabe que a floresta é escura? Você já esteve lá?

Ele riu.

— Bem, não é preciso ser um gênio. Um olhar e você verá que já está preto como breu.

— Nós poderíamos acender algumas velas.

Ele estava colocando algumas nozes e frutas em uma toalha de mesa.

— Mas daí a gente não vai ver as estrelas. — Ele pausou, virou-se para ela e sorriu.

Naia estava começando a pensar que o sorriso dele tinha algo mágico, porque quando a olhava assim, ela queria esquecer suas dúvidas, esquecer o bosque, esquecer que havia alguma magia estranha afetando sua memória. Era como se tudo o que importava fosse ele. Era uma sensação estranha e assustadora.

— Isto é bom? — Ele apontou para a comida que tinha recolhido, suas sobrancelhas sulcadas, uma leve apreensão em seu rosto enquanto ele esperava a resposta dela.

Sementes, frutas e nozes. Eles iam comer como pássaros —

ou faes. Mas ela não estava com tanta fome, considerando que, na segunda vez em que tinha voltado da floresta, ela tinha almoçado. E tudo parecia saboroso.

— É claro.

Logo estavam sentados do lado de fora, Naia mordiscando algumas uvas, enquanto ele comia porções grandes de sementes e nozes. Ela se perguntava onde ele havia conseguido todas essas coisas, mas tinha coisas mais importantes para perguntar primeiro.

— Eu realmente gosto de caçar, sabe? — ela disse. — Em Umbraar, eu sempre trazia algo para nós comermos, desde porcos selvagens até alguns grandes roedores.

Os olhos de River estavam brilhantes.

— Eu sei. Princesa caçadora. Parece... excitante. — Ele estava fugindo totalmente do assunto ou apenas fingindo.

— Eu sinto falta da caça. Duvido que estes bosques sejam tão terríveis, e se...

— Não há nada lá para você caçar, Naia. Se você precisar de alguma coisa, é só me pedir.

— Eu vou ficar entediada em casa!

— Eu sei. Mas tem livros, e você poderia praticar um pouco de magia...

— Como você sabe que não há nada nesse bosque? Você já foi lá?

Ele encolheu os ombros.

— É muito denso.

— Talvez eu possa ir e verificar o que tem lá.

Ele fez uma pausa.

— Pode ser. Você tentou ir lá?

— Não que eu me lembre. — As palavras haviam sido escolhidas cuidadosamente, e ela observou a expressão dele com atenção, mas ele não mostrou nada.

— Bem, este não é como o seu bosque de Umbraar, eu sinto muito.

Ela decidiu ser mais direta com sua pergunta.

— Existe alguma magia nesta floresta?

— Todas as florestas têm magia, Naia, é por isso que elas

podem ser tão fascinantes, por que você pode ir lá e às vezes nunca mais querer voltar.

River era um mestre em dar não-respostas, mas ela notou que a resposta dele não foi um *não*. Ela pressionou novamente.

— Você me disse para não ir lá.

— Bem, é um bosque fechado, escuro, e não tem porcos selvagens. Eu acho que você não iria gostar. — Seus olhos avermelhados estavam sobre ela. — Naia, eu sei que isto não é o ideal. Há livros na casa, mas eu entendo que não é como a vida que você tinha. Isto... não é para sempre. Pense neste lugar como um porto seguro em tempos turbulentos.

— Nenhum porto em Alúria é mais seguro.

O rosto dele ficou melancólico, como se revivesse uma memória.

— Sim, mas costumavam ser.

— River, quantos anos você tem? — Sim, ela percebeu que estava perguntando isso um pouco tarde demais.

— Eu não sei. Verdadeiramente. Eu tinha dezoito anos quando me perdi. Muito tempo passou, mas não para mim. Não é a mesma coisa.

— Quando você se perdeu?

— Quase vinte anos atrás. Mas eu não vivi esses anos, eu não envelheci nesses anos, então não conta.

— Os faes não vivem mais tempo?

— Não tanto assim. Nós, pelo menos. Eu não sei sobre o povo do outro lado do mar. Nós tendemos a ser mais saudáveis, só isso.

Vinte anos atrás.

— Você estava vivo durante a guerra.

— Sim, Naia, eu estava. Antes que você fique com raiva de mim, saiba que eu perdi muitos amigos, muitas pessoas que eu amava.

Ela se perguntou se ele havia perdido uma garota que amava e sentiu uma estranha pontada de ciúmes.

— Meu reino perdeu uma cidade inteira.

Uma nuvem cruzou os olhos dele.

— Eu sei. Mas eu não acho que fomos nós.

— Se não são os fae, então quem?

— Um desastre natural. Alguma raça mágica do continente. Outro reino humano. Essas são as minhas teorias.

— Que raça? Como outros faes?

Ele balançou a cabeça.

— Os faes são pacíficos.

— Então quem? Trolls? Dragões? — Ela nem tinha certeza se eles existiam, mas estava perguntando.

— Você quer dizer mestres dos dragões. — Sua voz era dura. — Eu duvido que fossem eles.

— Mestres dos dragões?

River suspirou.

— Eles são mágicos do continente. Aparentemente, montavam dragões. Há muito tempo atrás.

— Então quem?

O rosto dele estava estranhamente sério e pensativo.

— Ou nós, mas eu não sabia nada sobre isso, e não faz sentido. Ou outro reino.

— Deixe-me adivinhar. Bastião de Ferro. Seus amigos. Mas por quê?

River olhou para ela.

— Não necessariamente eles. Ainda assim, você deve saber que humanos podem fazer coisas desprezíveis.

— Faes também. Ou lendários.

— Verdade.

Naia não esperava que ele concordasse com isso. Ela se deitou sobre o cobertor, mas se virou para ele.

— Mas como... Quero dizer, como você está em Bastião de Ferro? Eu duvido que eles aceitem qualquer um que vá lá e até mesmo levem essa pessoa para a conglomeração e para um baile.

Ele soltou um risinho relaxado.

— Oh, Naia. Eu deveria me sentir desprezado por você estar ignorando meu charme irresistível?

Ela levantou uma sobrancelha.

— Eu sei do seu charme. Mas isso não explica como Bastião de Ferro deixou você entrar no círculo deles.

A expressão dele ainda era brincalhona.

— Claro que sim.

— E você não vai me dizer.

— Você não deve se preocupar com esse tipo de coisa.

— Você disse que responderia.

Ele fixou seus olhos nela.

— Quando nós nos casarmos.

— Sim, e agora eu estou aqui e você está adiando.

— Eu sou legal. Estou dando a você uma chance de mudar de ideia.

— E se eu mudar de ideia agora? E se eu quiser esperar em casa até o que quer que você precise fazer seja feito? — Ela não queria ir para casa. Pelo menos não antes de descobrir o que havia naqueles bosques, mas ela o estava testando.

Ele estava descascando um pêssego com suas próprias mãos.

— Você fez um acordo. Um acordo é um acordo.

— Mas não foi justo.

O canto de seus lábios se levantou.

— Dica: se você fizer um acordo com um fae, e se você achar que ele não te enganou, cuidado, algo ainda pior está por vir.

Naia não conseguia acreditar em si mesma.

— Sério? Você vai me manter aqui como uma prisioneira? Se eu quiser ir para casa você não vai me deixar?

— Por um curto período de tempo. Eu gosto de você, Naia, eu realmente gosto, e você deve acreditar em mim. Você é poderosa e doce, e você tem tanta bondade e compaixão, mas não é uma compaixão ingênua. Há inteligência e poder por trás disso tudo. Você é uma força a ser desafiada, e eu gosto disso.

Ela exalou e rolou os olhos.

— Ótimo. Mudando de assunto.

— Na verdade, não. Eu já pensei sobre isso. Eu estava perdido há tanto tempo, então havia aquela luz me chamando. Eu não entendi a princípio. Agora eu acho que era você.

— Pode ser. Quando eu esqueço de lavar meu rosto, minha pele fica muito brilhante.

Ele riu.

— E você? Como você me encontrou?

Um palpite. Algo tão poderoso que a tinha tirado da cama. Ela não havia pensado muito nisso, mas agora que ele havia mencionado... Ainda assim, ela não ia confessar de jeito nenhum. Naia encolheu os ombros.

— Eu estava passeando.

— No meio da noite.

— Não conseguia dormir. — Tecnicamente, isso era verdade.

— Estou feliz que você tenha me encontrado, minha linda salvadora.

— E quanto a mim? Eu deveria estar feliz por ter encontrado você?

— Isso... é com você. — Ele se deitou ao lado dela, e estendeu os braços para ela. — Vem cá.

Ela se apoiou no peito dele, ouvindo seu coração debaixo de sua túnica fina. Enquanto ela ainda queria descobrir os segredos, ficar longe dele não ia mudar nada. A menos que... ela se lembrou da noite anterior, a sensação das mãos dele contra a pele dela... Era melhor esquecer aquilo por enquanto.

— É uma noite sem lua — disse ele. — Linda.

Havia um rastro brilhante que parecia ser pó prateado atravessando o céu.

— Engraçado como a escuridão revela a luz.

— Revela.

Ela podia sentir o peito dele reverberando com sua voz, uma voz tão adorável. Ele continuou:

— Você vê aquelas estrelas? Nós lendários acreditamos que cada uma delas tem um mundo inteiro.

— É um monte de mundos.

O braço dele a envolveu, e ela não podia dizer que não gostava disso.

— Imagine as possibilidades. Às vezes eu me pergunto se haveria um mundo como o nosso, mas onde as coisas tivessem ocorrido de forma diferente. Por muito tempo, eu desejei que as coisas tivessem sido diferentes, eu queria não ter... — Ele suspirou. — Ficado perdido. Faz sentido, certo? Mas daí eu não estaria aqui, e isso me faz questionar tanto. — Havia um triste anseio em sua voz.

— O que você gostaria que fosse diferente?

— Agora mesmo? Nada. Este é um momento perfeito. E talvez a vida seja isso. Nós pensamos na vida como uma jornada, aonde ela nos leva. Talvez ela não chegue a lugar algum. Talvez tudo o que exista sejam esses pequenos e perfeitos momentos. No final das contas, nada dura.

— O que deixamos para trás dura — disse ela. — Nossa linhagem, nosso legado, coisas que fazemos que são maiores do que nossas vidas. — Essas eram as palavras de seu pai, explicando a ela e a Fel o que significava ser um governante.

— Nós podemos esperar que dure. Nós não sabemos se dura. — Seu peito subiu e caiu em um fôlego profundo. — Mas isto aqui, isto é real. Para mim, pelo menos.

— Apesar de todos os seus segredos?

Ele passou a mão pelo cabelo dela.

— Eles não pertencem a este momento. Não pertencem a nós. Deixe-me acreditar que somos maiores do que tudo isso, que nada pode nos abalar, que isto é para sempre. Deixe o amanhã se preocupar consigo mesmo, tomar conta de si mesmo. Se preocupar agora não vai mudar nada.

Naia fechou os olhos, absorvendo o cheiro dele, a sensação de estar lá.

— Eu quero que isto dure, River. — Ela não podia acreditar que estava se abrindo tanto assim.

— Então talvez nós tenhamos uma chance.

Talvez ele estivesse certo de que a preocupação não iria mudar o futuro.

Ela iria verificar a floresta amanhã, ela iria descobrir qualquer segredo nefasto que ele estivesse guardando. Por enquanto, ela poderia desfrutar do calor dele, da sua presença, do som de seu coração batendo tão perto. Por enquanto, ela poderia fingir que este momento duraria para sempre.

A IDEIA de ser uma ameaça era divertida para Léa. Se ao menos fosse verdade. Mas aparentemente Bastião de Ferro não sabia disso, pois eles tinham seis guardas a seguindo. O pedido dela para visitar uma casa mortuária tinha sido atendido rapidamente. Demasiadamente rápido para o gosto dela. Talvez eles quisessem testá-la. Infelizmente, ela não ia atacar ninguém ou fazer nada impressionante. Tudo o que ela queria era alguma informação, uma pista, algo... Sua única mágica era necromancia, então era isso que ela tinha que usar.

Eles tinham caminhado por longos corredores na base do castelo, chegando a uma sala onde dois corpos estavam sendo preparados para serem enterrados. Trabalhadores ou guardas do castelo, ela não tinha certeza.

Ainda não havia nenhum cheiro de decadência, mas o odor da morte permeava a sala escura. Esse cheiro não a incomodava, ao contrário, trazia lembranças de segurar a mão de seu pai e aprender sobre sua mágica, de tentar ouvir os mortos, de ver como ele auxiliava pobres ou ricos, nobres ou servos, qualquer um que precisasse de sua ajuda. Ela sentia falta do seu pai, e não podia acreditar que ele a tinha enviado para cá, a tinha dado a esses monstros. *Mas ele não sabia.* Seus próprios pensamentos o defendiam. Não havia tempo para arrependimentos ou ressentimentos. Ela olhou para as duas formas debaixo de lençóis brancos.

— Quem são? — perguntou ela ao soldado ao seu lado.

— Nós não devemos responder a você.

Léa poderia insistir, mas na verdade isso não importava muito. *Fale comigo*, pensou ela, direcionando as palavras para os corpos. *Se você tem algo a dizer, fale comigo.* Nada. Talvez tenha sido uma tolice pensar que alguém a ajudaria. Os mortos raramente tinham qualquer negócio com os vivos.

E havia outro problema: Léa não era boa em necromancia. Às vezes ela mentia ao pai que tinha ouvido os mortos, quando não tinha, só porque ele ficava sempre tão satisfeito quando ela realizava qualquer necromancia. Talvez ela tivesse desperdiçado sua chance de aprender enquanto podia. Mesmo assim, ela continuou tentando perguntar, implorar, ver se algum espírito, seja das pessoas nas mesas ou qualquer um que estivesse lá, poderia ajudá-la.

— Vossa alteza. — Um soldado disse. — Seu tempo acabou.

Léa suspirou. Ao menos, valeu a pena tentar. Quando eles estavam saindo da sala, ela ouviu uma voz, e não era imaginação dela.

— À noite, criança. Em seus sonhos.

18

A CIDADE LENDÁRIA

Naia ainda não entendia como River sempre saía antes dela acordar, ou como ele a tinha levado para a cama. Bem, faes eram em teoria mais fortes que os humanos, e ele tinha que ser. Ela tinha adormecido lá fora, encostada no peito dele, enquanto ele cantava uma velha e triste canção. Tanta melancolia, mas um tipo estranho de melancolia, como um bálsamo calmante. E aquele momento, estando perto um do outro, tinha sido tão bom. Naia podia se acostumar com isso, até mesmo se acostumar a passar seus dias sozinha, desde que ela descobrisse os segredos dele, desde que não fosse nada nefasto.

Às vezes as pessoas guardavam segredos pensando que era para o bem dos outros, às vezes não era com má intenção. Ela esperava voltar àquele abraço com cheiro de chuva, para olhar de perto para aqueles olhos vermelhos estranhamente lindos sem medo, sem preocupações. Era por isso que ela tinha que saber o que havia naquele bosque — ou além dele.

Naia comeu algumas nozes e frutas, pensando que estava prestes a se tornar um esquilo, então pegou algum papel e tinta e escreveu para si mesma um bilhete: *Indo para a floresta, dez da manhã. Use sua mágica de fogo se você não se lembrar disso.*

Ela saiu da casa com passos firmes. Duas vezes agora suas memórias tinham voltado quando ela acendeu uma chama, então ela ia contar com sua mágica de fogo para ajudá-la a atravessar o encanto do bosque. Se por acaso não funcionasse, veria seu bilhete — e então tentaria novamente, quantas vezes fosse necessário para romper a magia mexendo com sua memória.

Com uma chama na mão e uma certa preocupação no coração, ela saiu da clareira e pisou entre as árvores. Ela ainda estava ciente do que estava fazendo, ainda lembrava que tinha que descobrir o que estava lá dentro. A vegetação era espessa, com arbustos, e as árvores bloqueavam o sol brilhando sobre elas, de modo que a chama de Naia era brilhante e visível naquela semi-escuridão. Não havia sons de pássaros ou qualquer outro animal, o que era muito estranho. Passo após passo ela se movia, pequenos galhos e folhas rachando sob suas botas. Ela ainda não sentia nenhum encanto e achou que o fogo dela a estava mantendo à distância, mas ela não queria apagá-lo e testar sua teoria.

Depois de alguns passos, o ar ficou mais espesso e foi difícil andar, como se ela tivesse encontrado algum tipo de barreira mágica, empurrando-a de volta. Ela aumentou sua chama e a empurrou através dela. Então, de repente, a sensação foi embora, como quando suas orelhas ficavam bloqueadas e depois desbloqueadas de repente. Mas o que ela viu foi horripilante.

As árvores à sua frente estavam mutiladas e mortas. Ela se virou, e notou que tudo também estava morto atrás dela. Arbustos mortos, árvores mortas, tudo seco. O coração dela batia mais rápido. Era possível atravessar para uma terra de mortos no oco, mas ela não achava que tinha o poder de viajar para lá. A não ser que ela tivesse a magia de condução de morte. Ainda assim, os vivos não deveriam se aventurar lá, para não se perderem.

Naia respirou fundo. Ela não ia voltar. Ainda não. Pelo menos não sem entender o que tinha ali dentro. E se ela estava usando a magia de condução de morte, ela certamente poderia usá-la para voltar.

Quando ela deu um passo à frente, a floresta morta ficou para trás. Em seu lugar, ela encontrou colinas com vegetação morta e um leito seco de um riacho, que ela decidiu seguir, para não se perder. O que era este lugar? Por que estava tão seco? Tão morto?

Uma melancolia se instalou sobre ela, uma vontade de retornar àquela casa segura, colorida e cercada de grama verde, onde ela havia observado as estrelas com River. E mesmo assim ela tinha que saber o que estava aqui, tinha que entender o que este lugar significava para ele — se é que significava alguma coisa.

Além da colina, ela viu uma pequena casa. Quase parecia que tinha sido feita naturalmente, a partir de galhos de árvores que se dobraram formando um abrigo circular. Ainda com fogo nas palmas das mãos, ela correu para lá, seus ouvidos em alerta para qualquer som diferente, para qualquer ameaça. Mas havia apenas silêncio, silêncio desolador. Ela olhou para trás para ter certeza de que o riacho morto e o bosque morto ainda estavam lá, então correu em direção à casa, com o coração acelerado de pavor sobre o que iria encontrar.

Aquele lugar tinha uma porta de madeira com lindas esculturas de flores. A maçaneta também era de madeira esculpida e ela a virou, esperando que estivesse trancada. Ao invés disso, a porta se abriu, revelando uma pequena mesa de madeira baixa, ao lado de dois paletes. Ela deu um passo atrás quando viu o que estava neles, ou melhor, quem. Uma senhora e uma criança, ambas com pele clara, cabelos loiros pálidos e chifres curtos. Ela as observou cuidadosamente para notar qualquer movimento de respiração. Elas não pareciam mortas, mas estavam tão quietas... Havia um movimento leve e lento para cima e para baixo no peito da mulher. Talvez os faes respirassem mais devagar.

Naia fechou a porta suavemente, de modo a não fazer barulho, e saiu. Então este era um assentamento de faes, e fazia sentido, já que era para lá que River tinha dito Naia que a traria: para o submundo. Exceto que parecia que a clareira com a casa estava em uma parte isolada dele. Talvez ele a estivesse escondendo. Seus punhos se cerraram de raiva e ela quase deixou sua chama se extinguir, mas se pegou a tempo. Imagine se ela se perdesse neste lugar? Será que River se preocuparia? Ela se lembrou da noite anterior. É claro que ele se preocuparia. E ainda assim ela tinha aquela estranha amargura na boca.

De onde ela estava, ela podia ver mais longe no vale. Havia mais construções pequenas, talvez casas também e, mais abaixo, muito longe, o que parecia ser uma árvore gigantesca cercada por casas. Ela olhou melhor e percebeu que não era uma árvore, mas um edifício, ou melhor, um palácio. Era apenas que ele era construído como se fosse um tronco de árvore com galhos.

Naia poderia voltar agora, sabendo o que estava além da floresta, sabendo o que River queria impedi-la de ver e, ainda assim, talvez ela pudesse aprender mais sobre este lugar. Ela teria que ter mais cuidado, pois não sabia o que poderia acontecer se um fae a visse. Talvez essa fosse a razão pela qual ele não queria que ela viesse aqui: poderia ser perigoso. Mas ela podia se defender. Enquanto ela pensava isso, sentia o fogo mágico pulsando dentro dela, como um lembrete de sua força. Ela ia verificar aquele palácio, fazendo o seu melhor para evitar ser vista, mas estava indo para lá.

River ainda não conseguia encontrar o que estava procurando na Cidadela de Ferro. Talvez não estivesse lá. Talvez tivesse sido uma suposição boba. Tanta incerteza à sua frente. Ele queria poder passar mais tempo com Naia. Tantas coisas que ele queria. Ele queria que seu primo nunca tivesse morrido.

20 ANOS ANTES

River estava sentado no salão de cerimônia ao lado de Ciara, a favorita entre seus irmãos. Era engraçado porque ela tinha uma gêmea idêntica, a Anelise, mas ele não se dava tão bem com ela. Ambas as meninas tinham o típico visual lendário, com cabelo loiro pálido e olhos bordô.

O lugar estava vazio agora, pois todos haviam saído após a cerimônia de cremação, que havia transformado em cinzas o que restava de alguns de seus melhores guerreiros.

Enquanto isso, sua Cidade Lendária estava acolhendo refugiados de toda a Alúria, vindo para a segurança do submundo. Mas esta era uma cidade pequena, e ligada ao Monte Primordial, que ainda estava sendo destruído. A natureza aqui não sobreviveria muito tempo com essa destruição, e logo não haveria comida para ninguém, muito menos para tantos faes.

As esperanças dos lendários estavam diminuindo.

— O que eu não entendo é por quê — disse ele, percebendo que sua voz estava tensa. — Como? Como os humanos poderiam ter matado tantos de nós? Eles são tão fracos.

— Eles são muitos. — Ciara olhou fixamente para a pira, pensativa. — Mas nós vamos descobrir uma maneira de derrotá-los. — Ela então se virou para River. — Sabe, eles são tão violentos e gananciosos, talvez não devêssemos nos preocupar em combatê-los. Em vez disso, deveríamos deixar eles se destruírem uns aos outros. — Ela disse isso como uma brincadeira, mas talvez pudesse haver alguma verdade naquilo.

Porém, dada a situação deles, não era uma ideia viável.

— Levaria muito tempo. Humanos. Às vezes eu gostaria que eles nunca tivessem vindo para Alúria.

— Você está esquecendo que nós somos parte humanos, River.

Ele passou a mão sobre sua cabeça.

— De fato. Tão difícil para mim lembrar disso. — Apenas sua bisavó, mas era o suficiente para que alguns membros da família real tivessem cabelos escuros, e o suficiente para que River não tivesse chifres, o primeiro entre os lendários.

Ciara respirou muito, muito fundo.

— Nós vamos encontrar uma maneira de vencer isto, tenho certeza que vamos.

Era o que ele mais desejava: vingança. Ele esperava matar tantos inimigos quanto possível, mas ele se perguntava se isso seria suficiente.

— E ainda assim não trará ninguém de volta. Você sabe o que dói? Kanestar morreu e eu não estava lá.

— Daí você não estaria aqui, River. Não vale a pena lamentar o passado.

Ele encostou sua cabeça no ombro dela.

— Eu só quero que isso termine.

— Vai terminar.

Mas como? Ele tentou se lembrar do que havia estudado, e

então rememorou algumas das palavras de seu pai para seu mago mestre.

— Você acredita que os mestres dos dragões realmente têm um bastão que poderia nos ajudar a combater a magia do ferro?

Ela fez uma pausa.

— Se alguém tem algo assim, são eles. Mas eu não acho que seja tão fácil encontrar os mestres dos dragões, e mesmo que pudéssemos, eu duvido que eles nos emprestem o bastão. Quanto a roubá-lo... Como é que vamos encontrar esse objeto? Duvido que esteja sob um letreiro dizendo *bastão mágico*. Como você pode roubar algo quando você não sabe como ele é e onde está?

River pensava que um objeto tão poderoso não seria guardado de forma descuidada.

— Provavelmente está sob alta segurança.

— Exatamente. — O tom de sua irmã implicava que ela achava que isso era um obstáculo. Para River, a segurança extra seria o sinal que apontaria para o artefato. Ela balançou a cabeça. — Tentar roubá-lo seria totalmente imprudente e tolo.

Imprudente e tolo. Imprudente e tolo como River.

DE PÉ em um grande provador de roupas, Léa tinha uma sensação sinistra, talvez por estar sendo observada pela Senhora Célia, dois criados, e pelos dois irmãos mais velhos de Venard. Ela teria preferido ser jogada em um ninho de cobras gigantes, mas suas preferências não eram levadas em consideração havia algum tempo.

Este quarto pertencia à costureira, e havia muitas amostras de tecido em um canto e uma plataforma circular para pisar. Raios de sol inclinados entravam por três janelas altas, de onde ela podia vislumbrar um pouco do vale abaixo.

— Venard falou que você está mais calma — disse Célia, com aquela voz que arranhava as entranhas de Léa.

— Sim. — Léa conseguiu dar um sorriso falso. — Estou me acostumando com Bastião de Ferro.

— Isso é bom saber. Agora, você sabe por que nós estamos fazendo você experimentar um vestido?

— Eu adoraria saber.

Abafar sua raiva tinha sido difícil no início, mas ela estava pegando o jeito. A questão era que parecia que estava engolindo veneno, algo amargo, corrosivo, e estava se acumulando dentro dela, prestes a se transformar em algo que ela não tinha ideia do que era.

— Uma festa de casamento apropriada, menina. Como você merece.

Léa tinha sonhado com sua festa, seu vestido, e agora não se importava com nada disso. Uma das mulheres abriu uma enorme caixa e tirou um vestido dourado.

A Senhora Célia então disse:

— Dispa-se, criança.

Havia uma divisória em um canto e Léa se moveu para aquela direção, mas a velha mulher pisou na sua frente.

— Aqui. Não há nada de que se envergonhar.

A ideia de estar só com suas roupas de baixo na frente desses dois príncipes a fez congelar.

— Eles podem sair? Ou virar pra trás?

A mulher esbofeteou o rosto de Léa.

— Quem você acha que é para fazer exigências? Para dar ordens a dois príncipes de Bastião de Ferro? Eles estão aqui para garantir a sua segurança. Nada mais.

Cassius riu. Seu outro irmão não mostrou nenhuma reação e, para ser justa, ele nem mesmo estava olhando para ela.

Léa olhou em frente e disse a si mesma que estava sozinha, que ninguém estava vendo nada. Essa era a única maneira como ela podia continuar fazendo isso, e ainda assim suas mãos estavam tremendo enquanto ela desatava a frente de seu vestido, tirava-o, depois esperava, usando apenas suas roupas de baixo. Sua garganta estava seca e grossa, com lágrimas engolidas, palavras engolidas, gritos engolidos.

— O que você está esperando? — Célia disse.

— Eu já tirei a roupa.

— Garota tola, boba. Nós queremos examiná-la. Tire tudo.

— O quê? — a pergunta escapou de seus lábios, parte em incredulidade, parte em horror.

— Eu vou contar até dez. Se você ainda tiver dificuldade para entender o que eu lhe disse, eu vou fazer com que os príncipes a ajudem.

Os príncipes. Ainda na sala. Quando seus olhos encontraram os de Cassius, ele lambeu seus lábios.

Isto estava errado. Horrível.

— Sete, oito — disse a mulher.

Não havia escolha. Léa tirou a combinação, sentindo-se fria, vulnerável, mortificada por ter seus mamilos expostos. Ela estava tremendo enquanto tirava sua calcinha, com mais horror do que já havia sentido em toda a sua vida. Desta vez, ela se concentrou em um ponto aleatório na parede. Ela não queria ver os rostos dos príncipes enquanto eles olhavam para ela, seu contentamento enquanto eles saboreavam sua humilhação.

Célia se aproximou de Léa, depois se voltou para a mulher ao seu lado.

— O que você acha?

— Eu preciso examiná-la.

A velha mulher franziu a testa.

— Para que você acha que está aqui?

— Perdão, sua alteza.

A mulher tocou a barriga de Léa, que então quase gritou, porque a mulher beliscou seu seio direito.

— Eu acho que ela não está grávida — disse a mulher.

— Deixe-me ver. — Célia apalpou os seios de Léa. — Provavelmente. — Ela se virou para a mulher. — Dispensada.

A mulher se apressou a ir embora, seu alívio claro. Os criados aqui provavelmente tinham uma vida difícil. Léa tinha pena deles e gostaria que ela pudesse fazer algo. Talvez todos tivessem pena de todos, mas estavam paralisados em seus próprios medos, sentindo-se ameaçados à sua própria maneira.

A outra mulher então trouxe uma roupa de baixo diferente, que Léa ficou feliz em vestir, e depois o vestido, que demorou mais tempo, pois tinha que ser amarrado cuidadosamente nas costas. Mas o fato de não estar mais nua trouxe um imenso alívio para ela.

Célia olhou fixamente para Léa.

— Estamos todos confiando em você, garota. Nós estamos apostando em sua honra, então lembre-se disso.

Tanta honra, ficando nua na frente de dois homens. Mesmo assim, ela baixou a cabeça.

— Eu aprecio isso.

— Sim. Boa garota. Nós precisamos de meninas boas e obedientes como você, sabe? E de uma festa para nos animar. Perdoe-me se eu estou azeda hoje, mas acabei de saber que perdi dois netos. Horrível, horrível.

Léa sentiu como se ela tivesse engolido uma pedra enorme e pesada. Não podia ser... Não, não era quem ela temia que fosse, ou então a mulher nem fingia estar chateada.

— Sim — continuou Célia. — Eles pensam que eu não me importo, mas eu me importo. Eles foram roubados de mim, levados por aquele rufião. Ele não apenas arruinou minha filha, ele não cuidou dos meus netos. Agora eles estão mortos. Escumalha Umbraar. Nunca deveria ter tocado naquelas crianças, depois de tudo o que ele fez.

Umbraar. Umbraar. A mulher continuou reclamando, mas Léa não conseguia mais se concentrar. Ela pensou em Fel e Naia, tão cheios de vida, tão cheios de amor um pelo outro. Como? Como isso poderia ser? E o pior era que ela sabia que não deveria ousar perguntar o que tinha acontecido. Fel não tinha sido legal com Léa, mas, mesmo assim, por que isso deveria acontecer com ele, quando Cassius estava aqui, vivo? Quando esta mulher ainda estava viva?

Léa segurou suas lágrimas, pensando que pelo menos agora ela tinha uma chance de falar com Fel, se ela encontrasse uma maneira de usar sua necromancia. Talvez ela quisesse entender o que tinha acontecido ou talvez só quisesse uma última chance de vê-lo. Esse era um desejo egoísta. Os mortos deveriam ser deixados em paz. Ela sabia disso. E ainda assim, e ainda... Ver Isofel mais uma vez era uma tentação muito grande para que não caísse nela.

Naia foi cuidadosa ao se dirigir para o castelo dos faes e para a cidade. Havia algumas árvores ao longo do caminho — todas secas, sem folhas — e ela se moveu da sombra de um tronco para outro, para ter certeza de que tinha algum tipo de cobertura. As chamas em suas mãos eram o oposto de discretas, mas ela não ousaria arriscar apagá-las e ficar perdida lá.

Ela encontrou um pequeno grupo de casas como a primeira, mas estavam vazias. Até agora Naia não tinha visto nenhum fae e ela estava achando tudo muito estranho. O leito do riacho seco levou a um leito de um rio seco, com construções maiores por suas margens, onde ela estava certa de que encontraria alguém.

E daí, o que ela faria? Será que ela ia perguntar algo a eles? Ela parou, pensando. Bem, ela podia tentar ouvi-los, tentar descobrir algo, tentar entender quem era River e por que ele estava naquela área isolada no submundo. Certo. Quais eram as chances de ela achar alguém falando sobre ele? Mesmo assim, ela tinha que reunir o máximo de informações que podia.

Encontrou um grande prédio feito de pedras, em um bosque seco. Alguns dos troncos faziam parte das paredes, de modo que o lugar parecia pertencer à natureza.

Não havia vidro nas janelas, então ela entrou sorrateiramente — e ficou chocada. Ela se viu em uma sala grande com um teto alto e abobadado. Havia umas dez longas mesas de madeira dentro dela, com pedaços de armas: a maioria arcos e flechas. Este era um lugar onde eles as construíam.

Mas não foi isso o que impressionou Naia. O que chamou sua atenção foi que havia cerca de trinta faes ali, todos dormindo no chão de pedra dura, como se todos eles tivessem ficado de repente cansados de trabalhar e decidido se deitar.

Havia algo maior acontecendo do que apenas o que estava se passando naquela primeira casa. Naia observou os faes adormecidos. Havia homens e mulheres, todos usando túnicas e calças simples. Alguns deles tinham acessórios como cintos, pulseiras, brincos, mas, no geral, eles se vestiam de maneira simples. A maioria deles tinha cabelos loiros prateados muito longos, mas dois deles tinham cabelos loiros-cinza, e um tinha cabelos castanhos claros, mais claros que os de River.

Que se danasse o perigo. Naia se agachou perto de um trabalhador que estava mais distante do resto, apagou uma de suas chamas para libertar uma mão, e bateu em seu ombro.

— Olá? Olá?

Sua pele era quente como qualquer pessoa viva, então ele não estava morto. Com um arrepio, Naia lembrou o dia em que ela tinha achado River e como ele estava frio, temendo o que poderia ter acontecido se ela não o tivesse encontrado. O que a tinha feito sair naquela noite? Ela não sabia, mas estava feliz por isso. Mesmo aqui, tentando descobrir os segredos de River, desconfiada dele, ela ainda se importava com ele. Sim, ela se importava, e seria tolice negar isso.

Por enquanto, ela queria obter respostas, queria entender o que estava acontecendo. Ela bateu um pouco mais no ombro do fae, mas ele não acordou. Se o fato de todos eles estarem dormindo no chão ainda não tinha sido uma grande dica, agora ela estava certa de que aquele era um sono encantado. Mas então, quem tinha atacado a conglomeração? Tão estranho.

Ela deixou aquele prédio e correu em direção ao que ela pensava ser o palácio, agora muito menos temerosa de que alguém a encontrasse, pois estava começando a achar que todos estavam dormindo.

Mas daí, a questão era: por que não River? Talvez ele estivesse no oco quando isso aconteceu. Fazia sentido. Mas ainda não explicava os faes que ela tinha visto no salão de baile em Lago Branco.

Naia não sabia o que mais iria encontrar no palácio, mas ela tinha a sensação de que precisava ir para lá. À medida que se aproximava, ela via mais e mais casas, em sua maioria feitas de pedra.

A área ao redor do palácio era uma pequena cidade com ruas de paralelepípedos e muitas casas de pedra quadradas, cercadas por árvores secas.

Naia encontrou alguns faes dormindo na rua. Isto era estranho. Ela desejava poder movê-los para um lugar melhor, mas nem sabia para onde ou como fazer isso. Bem, ela talvez pudesse encontrar uma bandeja grande de prata ou algo assim e usá-la para movê-los. Muito trabalho. Talvez River pudesse fazer isso. Talvez fosse isso que ele estivesse fazendo. De repente, ela percebeu que ele poderia pegá-la ali. Bem, talvez isso fosse bom: uma chance de confrontá-lo diretamente.

O palácio era construído de pedras, mesmo que as paredes externas fossem de madeira. Ele tinha grandes câmaras e a principal diferença dos palácios humanos era que as paredes eram menos polidas, e alguns lugares no chão pareciam que tinham tido vegetação. Era como se até mesmo o palácio quisesse fazer parte da natureza. Natureza morta. O estômago dela se agitava. O que quer que estivesse acontecendo ali era uma tragédia horrível. Ela não podia entender o que River sentia ao ver aquele lugar assim, tão morto.

Naia não tinha certeza do que estava procurando enquanto perambulava pelos corredores e quartos, cruzando com faes adormecidos aqui e ali, que estavam vestidos de seda e veludo e usavam mais acessórios do que os faes do lado de fora.

Eventualmente, ela encontrou uma câmara grande com dois tronos. Essa tinha que ser a sala do rei, mas estava vazia. A atenção de Naia foi atraída para uma tapeçaria atrás das cadeiras. Tinha que ser a família real. Havia um casal usando coroas de galhos: o rei e a rainha. O rei tinha cabelos castanhos e olhos vermelhos, enquanto a rainha tinha o típico cabelo louro prateado. Seus olhos pareciam rosa na tapeçaria. Ao redor deles, havia duas meninas idênticas, ambas parecidas com a rainha, e dois faes homens com cabelos loiros e olhos vermelhos. Uma parte da tapeçaria tinha sido queimada e Naia não tinha certeza se havia alguém nela ou não.

Isto não explicava o sono. Bem, o que ela estava esperando? Algum relato escrito sobre como aquilo tinha acontecido? Se alguma coisa tivesse ocorrido, não haveria nenhum aviso, senão os faes teriam ao menos trocado de roupa e ido para suas camas. Era isso que Naia teria feito.

Tendo vindo aqui em busca de respostas, tudo o que ela encontrou foi um mistério ainda maior. Ah, ela ia fazer River falar, não importava o que fosse preciso.

19

DORMINDO

Léa estava sozinha em seu quarto rosa-choque — de novo. Eles nem sequer tinham um criado para atendê-la, talvez para que ela não reclamasse ou para que ela não tivesse ninguém com quem conversar.

Ela queria esquecer a cena desta tarde, queria esquecer a vergonha e a humilhação de ter estado despida na frente de dois príncipes, mas ela ainda sentia como se o olhar de Cassius fosse uma gosma pegajosa cobrindo seu corpo, mesmo depois de um banho. A pior parte tinha sido o choro. Como uma menina tolinha de dez anos, Léa tinha chorado na sua cama por muito tempo.

Chorar não ia ajudar; ela tinha que planejar, tinha que pensar. Ela tinha que encontrar uma maneira de contatar os mortos — e Fel. É verdade, ele a tinha rejeitado e, ainda assim, seu mundo se sentia estranho sem ele, como se uma estrela brilhante tivesse sido arrancada do firmamento. Duas estrelas. Sua irmã tinha sido tão bonita, inteligente, cheia de vida e alegria.

Nesse momento, a porta dela se abriu, trazendo Venard, que estava sorrindo, carregando um livro sob seus braços.

— Como foi a prova do vestido?

Ela olhou fixamente para ele. Ela tinha considerado contar o que tinha acontecido, mas que diferença faria? Ela apenas estenderia sua humilhação para além do que desejava.

Léa encolheu os ombros.

— Muito bem.

— Eu trouxe algo que eu acho que você vai gostar. — Ele estendeu sua mão, mostrando-lhe um livro. *Rufus, o Maravilhoso.* — É o seu favorito, não é?

Não. Léa gostava do *Rudolf, o Poderoso.* Dito isto, talvez esta imitação fosse divertida, e seria melhor do que ficar sozinha sem nada para fazer.

— Obrigada.

Ele olhou para ela e suspirou.

— Eu sei que nem tudo tem sido perfeito. Mas eu quero que você saiba que eu quero que isto funcione. — Ele apontou para os dois.

Certo. Seu plano tinha sido ter uma amante — ou mais. Mas Léa não queria discutir. Ela apenas fez que sim com a cabeça.

— Ótimo.

Ele pegou as mãos dela e ela odiou a sensação de sua pele contra a dela.

— Em breve celebraremos nosso casamento para que Bastião de Ferro veja. Mas também é nossa chance de tentar, nossa chance de torná-lo real, Léa.

— Claro.

Ela se afastou e passou os dedos pelo cabelo, aliviada por quebrar o contato com ele.

Ele olhou para ela de cima a baixo.

— Minha avó não acha que você está grávida. Eu nunca pensei que você estivesse, Léa. — Ele sorriu. — É uma boa notícia para nós.

— Pode ser.

Ela desviou o olhar, esperando que ele aproveitasse a dica e partisse logo. Ao invés disso, ele tocou o rosto dela e virou sua cabeça para que ela olhasse para ele. O gesto foi gentil, no entanto.

— Léa. Ouça-me. Nós vamos voltar para Lago Branco. Você sabe disso, certo?

— Quando?

Ele parou um momento, então disse:

— Se tudo correr bem, no dia seguinte ao casamento.

Tão cedo? Em três dias? O coração dela ficou mais leve e um sorriso veio ao rosto dela.

Ele fez que sim com a cabeça.

— Eu sabia que você gostaria de ouvir esta notícia, mas não conte pra ninguém. Era para ser uma surpresa. Estou ansioso por isso tanto quanto você. Então seremos apenas nós, e você estará perto de sua família. Vai ficar tudo bem. E minha avó está feliz em ver a sua melhora.

Ela queria dar um soco nele. *Melhora?* Como se ela tivesse sido a única a causar problemas.

Ele continuou:

— Você está se tornando parte da família agora.

Ela suspirou.

— Estou sendo mantida neste quarto como uma prisioneira, Venard. Eu não estou nem sendo alimentada. Eles estão me trazendo só salada e frutas.

— Mas isso é para o seu próprio bem. Você não quer repetir o que você fez no casamento em Lago Branco, quer?

— Eu estava nervosa.

— Bem, comer coisas leves vai fazer com que você não vomite.

— Claro. Eu posso desmaiar.

— Eu te segurarei, então. — Ele sorriu e se aproximou dela. — Faz um tempo eu venho querendo te abraçar, sabia?

Ela não tinha certeza se ele estava tentando ser sedutor. Tudo o que ela sabia era que sentia um arrepio na espinha — o tipo ruim de arrepio.

— Muito bem. — Ela queria mudar de assunto, rapidamente. — Por que, então, me deixam neste quarto? Sem mesmo nenhum livro?

Ele inclinou sua cabeça, como se estivesse confuso.

— Para sua segurança. Para onde você quer ir?

Que tipo de pergunta idiota era essa? Mesmo assim, ela só disse:

— A biblioteca, por exemplo.

— Diga-me quais livros você quer e eu os trarei até você. E

você não vai mais ficar sozinha. Eu virei todas as noites para te ver.

— O quê?

— O que você quer dizer com o quê? Você não está grávida. — Ele apontou para a barriga dela. — Significa que você está pronta para ter um pequeno condutor de ferro aí dentro. O que você diz?

Ela engoliu em seco, sentindo frio por todos os lados.

— Eu... Não podemos esperar?

— Eu sei que você está com medo. Mas eu vou ser gentil.

Não, não, não. A ideia de ele a tocar fazia com que ela quisesse vomitar, mesmo que não tivesse comido muito. Ela tinha que adiar, tinha que encontrar uma saída.

— Nós deveríamos... nos conhecer um pouco mais, você não acha?

Ela considerou mencionar que eles mal tinham se beijado, mas daí temeu que ele quisesse beijá-la e o pensamento foi revoltante.

Ele olhou nos olhos dela. Havia bondade ali. O problema era que ele tinha uma versão bizarra do que era a bondade.

— Esse é o ponto principal, Léa. Conhecer um ao outro. Nos aproximar mais. Isto vai nos ajudar.

Não, não hoje à noite. Nunca, na verdade. Ela tinha que encontrar alguma desculpa por enquanto, alguma saída.

— Acho que devemos esperar até... até depois da festa de casamento.

Ele fez uma pausa.

— Tecnicamente, nós já estamos casados, mas... faz sentido, eu acho. Aproveite então suas últimas noites sozinha.

Léa estava tremendo quando ele saiu. Ela sentou-se na cama e respirou devagar e profundamente. Sabia que isto viria um dia, sabia até mesmo quando ela tinha dito à sua mãe que concordava em casar com ele. O que ela tinha pensado? Era muito fácil a mãe dela dizer que a amizade era suficiente para um casamento, mas eles precisariam... chegar perto. Tirar a roupa deles e depois fazer o que eles tinham que fazer. Ela se lembrou de Cassius olhando para seu corpo nu e imaginou Venard fazendo o mesmo, ao mesmo tempo em que a tocava. Tão nojento. Talvez ela vomitasse mesmo morrendo de fome.

Ela tinha que se concentrar. Tinha que encontrar uma saída. Estes eram pequenos detalhes que não importavam tanto assim. Suas palavras de que eles iriam voltar para Lago Branco logo não faziam muito sentido.

Se eles chegassem lá, a primeira coisa que ela gostaria de fazer seria mandar alguém chicotear Venard ou algo assim. Lindo. Ela estava se transformando na Senhora Célia. E mais, não era *ele* que ela queria castigar.

Talvez fosse com isso que Venard estivesse contando; que ela não gostava da família dele, mas gostava dele. Talvez essa fosse até uma estratégia planejada pelos Bastião de Ferro para isolá-la e ter certeza de que ele seria a única pessoa que lhe ofereceria alguma gentileza. Talvez eles pensassem que ela já estaria sob o controle dele quando fossem para Lago Branco. Eles tinham que estar loucos. Loucos, sim, claro. Pensando melhor, isso realmente fazia muito sentido.

Então, se eles estivessem pensando que ela e Venard estavam se dando bem, essa seria sua chave para ir para casa: fingir que gostava dele. Oh, não. Isso significaria eventualmente fazer o que quer que ela teria que fazer com ele. Respirou fundo mais uma vez. Ela adiaria, adiaria, adiaria — até não poder mais. Daí ela seria corajosa.

Por enquanto, havia uma coisa que ela queria: comunicar-se com alguém morto de Bastião de Ferro que talvez pudesse lhe contar um segredo, contar alguma coisa. Deveria haver pelo menos uma pessoa que tivesse sido injustiçada, que pudesse usar a oportunidade de vingança, que talvez pudesse dar a ela algumas informações que pudessem ser úteis. No início, Léa queria tentar encontrar uma maneira de escapar deste reino, mas agora que ela estava prestes a voltar para casa, ela não tinha certeza se tentar escapar era uma boa ideia. Ela também tinha percebido que seria errado tentar alcançar Fel — errado e inútil.

Usar seus sonhos para alcançar os mortos era muito diferente da maneira como seu pai fazia necromancia, mas ela achava que seus estranhos pesadelos tinham que valer alguma coisa.

Foi assim que ela se deitou, tentando esquecer Venard, esquecer sua humilhação, esquecer a festa de casamento, esquecer o que aconteceria após a festa, pois ela não iria a lugar algum se esses pensamentos continuassem circulando em sua mente.

Com respirações lentas e profundas, ela tentou alcançar sua terra de sonhos — e pesadelos. Tinha que haver alguém morto ao redor daquele castelo que quisesse falar com ela. Tinha que haver.

Léa estava de pé em um lago congelado à noite.

— Isofel! — gritou ela. — Fel!

Os olhos dela estavam molhados de lágrimas. Ela tinha que encontrá-lo.

Um lobo gigantesco se aproximou dela. Não era um lobo, pois seu pelo era todo bagunçado e estranho, e ele tinha três olhos vermelhos brilhantes.

A criatura pulou em cima dela, e ela tremeu de medo — e daí acordou em sua cama, suando. Por que ela estava tentando encontrar Isofel? Ela deveria deixá-lo em paz, deixá-lo descansar. Não era como se eles tivessem tido algo especial quando ele estava vivo. Mesmo assim, a morte dele não fazia sentido, doía. Ela nem tinha ideia de como ele tinha morrido, mas nem podia perguntar a alguém.

Mas ela tinha que enterrar todos os pensamentos sobre ele — e tentar encontrar alguma informação útil. Este não era o momento para lembrar ou se lamentar. *Ah, Léa. Se concentre.*

Tudo estava escuro ao redor de Léa. Escuridão, tanta escuridão e nada.

— Fel! — ela gritou.

Uma garota bonita, não mais velha que quatorze anos, com cabelos castanhos, apareceu na sua frente.

— Quem você está procurando?

— Isofel. O príncipe de Umbraar. Isto é... Os mortos estão aqui?

— Pegue minha mão — disse a garota.

Por alguma razão, tudo em Léa gritou *não*.

— Eu não posso simplesmente te seguir?

A menina acenou com a cabeça e puxou o braço para trás.

— Venha comigo.

— Você sabe onde Isofel está?

A garota estava andando à frente de Léa agora.

— Venha comigo.

Havia algo estranho sobre a situação, mas Léa gostaria de ver Isofel uma última vez, talvez para dizer adeus, talvez para entender o que tinha acontecido, talvez até para gritar com ele por tê-la rejeitado. Foi por isso que ela seguiu a garota, e talvez tivesse sido a decisão certa, pois ela saiu daquela escuridão e caminhou por uma trilha rochosa entre montanhas. Havia algo sombrio e desolador naquele lugar, mas Léa não conseguia entender exatamente o quê. Essas montanhas pareciam mais altas do que as de Alúria, então este era outro lugar, provavelmente o lugar para onde os mortos iam. E ainda assim, Léa sentiu que havia algo errado.

— Para onde estamos indo?

— Você vai ver — respondeu a garota, andando à sua frente.

— Você está me levando para Isofel? Ele está aqui?

A garota parou e virou.

— Por que você deseja ver alguém que não te ama? Alguém que nunca te quis?

— Isso não é da sua conta. Talvez eu queira gritar com ele.

Ela queria gritar com ele, sabendo bem que não faria nenhuma diferença, sabendo bem que não mudaria nada. E ainda assim.

A garota tinha um sorriso.

— Você é uma garota tão patética e mal amada.

— Com certeza. — Ela só não rolou os olhos porque não fazia nem sentido. — Você está me levando para Isofel?

— Eu vou te dar algo melhor.

A garota então abriu sua boca, revelando dentes tão afiados quanto longos pregos, dentes que não pertenciam a uma cabeça humana, que de fato ficou distorcida com o espaço onde a boca deveria estar, que ficava cada vez maior.

Léa se virou para correr, mas sentiu os braços da menina em volta dela.

— Por que correr? — perguntou a garota. — Eu vou acabar com a sua dor.

Este era um sonho, e Léa podia controlá-lo. Ela juntou suas mãos — mas elas não cruzaram. O quê? Não tinha nenhuma lógica. Isto tinha que ser um sonho e ela ia sair dele agora. Os braços a estavam apertando, e então algo afiado espetou o ombro dela. Nada fazia sentido, e Léa não sabia como escapar. Ela esperava que isto não fosse real e que ela não fosse morrer, mesmo que a dor não parecesse uma ilusão.

Léa fechou os olhos, temendo o pior, mas então os braços e os dentes a soltaram.

— Desapareça.

Essa era a voz de outra mulher.

Léa abriu os olhos e viu uma linda jovem de cabelos escuros em pé na sua frente. A garota — ou criatura — não estava mais lá.

Logo quando Léa estava prestes a lhe agradecer, a jovem mulher falou novamente:

— Isso foi uma tolice, Léa. Você sabe muito bem que não deve tentar alcançar os mortos.

— Você sabe meu nome?

— Sim. E nós temos que ir embora. Agora.

Ela estendeu a mão, e Léa recuou e deu um passo atrás, lembrando-se da garota de antes.

— Agora — repetiu a mulher. — A menos que você queira fazer companhia para a menina dentuça.

Bem, entre alguém que tinha tentado comê-la e alguém que aparentemente a estava salvando, Léa tinha que escolher. Ela pegou a mão da mulher.

Logo ela estava de volta àquele lugar negro, depois em seu quarto rosa. Era estranho sonhar com algo tão comum como o seu quarto.

— Você está segura agora, mas não faça isso novamente. E não tente encontrar Isofel. Ele não está na terra dos mortos e, mesmo que estivesse, você não deveria tentar perturbá-lo.

Isso significava...

— Ele não está morto?

A mulher fez uma pausa.

— Não, ele está vivo.

Léa ficou surpresa com o alívio que ela sentiu.

— Obrigada. Por me salvar. Por tudo.

— Eu devo esse favor ao seu pai.

Isso fazia muito sentido, e Léa ficou emocionada e agradecida pela necromancia do pai dela.

— Você quer que eu diga a ele? Agradeça a ele?

A mulher balançou a cabeça.

— Não há necessidade.

Léa queria perguntar mais, perguntar o que aquela criatura tinha sido, perguntar como a mulher a tinha encontrado, mas ela sabia que, se era um espírito, seu tempo era muito limitado e cada segundo contava.

— Você pode me dizer seu nome?

A mulher balançou a cabeça.

— Uma palavra tão velha e esquecida. Mas é Ticiane.

Ticiane. Nomes, mesmo esquecidos, tinham poder, e se era o nome verdadeiro dela, significava que ela confiava em Léa.

— Ticiane, você pode me ajudar? Eu acho que pode haver algo errado acontecendo aqui em Bastião de Ferro. Algum segredo, talvez. Você pode me contar ou me mostrar alguma coisa? Se puder. Ou se quiser.

Léa engoliu em seco, sem saber se ela estava sendo muito ousada, ou se ela estava abusando muito da sua sorte.

A mulher deu uma risada amarga.

— Você acha? Alguma coisa errada em Bastião de Ferro? Você realmente quer ver?

— Sim.

— Então confie em mim. — Ticiane foi até a janela e a destravou. — Nós vamos por aqui.

Léa se aproximou dela, e teve vertigens só de olhar para baixo.

— Como?

— Você já voou antes, não voou?

Com Fel. Seu coração sacudiu com a memória.

— Não sozinha.

A mulher pegou a mão de Léa.

— Venha.

Talvez fosse mais prudente ficar naquele quarto horrível, mas se esta era a chance de Léa encontrar alguma coisa, ela tinha que aproveitá-la.

Então ela pegou a mão de Ticiane — e pulou pela janela.

NAIA ESTAVA CANSADA quando chegou à floresta ao redor da casa de River. Voltar do palácio havia levado muito mais tempo do que ela esperava, e suas pernas estavam fraquejando agora que não havia mais curiosidade as impulsionando.

Ela não estava mais com raiva de River. Bem, talvez só um pouco, pois ele não deveria ter escondido isso dela. Mesmo assim, ela estava principalmente preocupada e não podia imaginar quanto sofrimento ele estava passando. Tinha que haver uma conexão entre aquele encantamento em seu povo e o que quer que ele estivesse fazendo em Bastião de Ferro, mas ela não entendia o que era. Tudo o que ela sabia era que eles tinham que conversar.

Suas chamas ainda estavam acesas quando ela atravessou a floresta de volta para a clareira. Era estranho como aquela magia não cansava. Muito pelo contrário, ela se sentia mais e mais energizada à medida que a usava. Era como se fosse preciso mais esforço para reprimi-la do que para deixá-la fluir.

Quando ela saiu da floresta, viu River, parecendo desesperado, com os olhos arregalados.

Ele correu para Naia e a envolveu em um abraço bem apertado.

— Onde você estava? O que aconteceu?

A voz dele estava rouca, tremendo de emoção, sua respiração acelerada.

Naia olhou para ele, surpresa com sua reação.

— Eu estou bem.

Os olhos dele estavam marejados de lágrimas.

— Eu pensei que tinha te perdido.

Ele se importava com ela. E ela não tinha certeza do que pensar.

— Eu... sinto muito. Eu não sabia que ia demorar tanto.

Ele passou as duas mãos sobre o cabelo dela.

— Onde você estava? O que aconteceu? Você está bem?

— Eu estou bem. — Ela ainda não estava entendendo a reação dele. — Você está realmente preocupado comigo?

Ele soltou uma risada amarga.

— O que você acha?

— Eu... — Ela queria perguntar se isso significava que ele gostava dela de verdade. Engraçado como ela tinha vindo aqui sem saber, como ela ainda não tinha certeza, mas, também, ele tinha todos esses segredos... — Eu não sei o que pensar.

— Você ainda não confia em mim.

Não havia tristeza em seus olhos ou voz, a frase soou como uma mera observação.

— Está na hora de mudarmos isso, não está?

— Onde você estava? — insistiu ele, sua voz urgente.

Naia deu um passo atrás e sorriu.

— Vamos fazer isso: Eu te conto o que aconteceu e você me conta os teus segredos. — Ela então acrescentou: — E nós comemos, porque eu estou faminta.

Ele deve ter visto que ela estava bem, já que sua expressão relaxou.

— Eu definitivamente concordo com a comida. Sob as estrelas novamente? Ou você quer sentar lá dentro, como humanos?

— Sob as estrelas.

Ele a beijou no rosto e a abraçou com força.

— Estou tão feliz por você estar aqui.

Naia relaxou naquele abraço, e então ele beijou os lábios dela, suavemente no início, depois a puxou ainda mais para um beijo profundo. Por que sempre era tão mágico beijá-lo?

Ele parou bruscamente, e riu.

— Você tem que me fazer parar, ou eu vou te deixar morrer de fome.

— Talvez eu não me importe.

— Não. Eu disse que cuidaria bem de você.

Ele a beijou brevemente, depois entrou na casa.

Naia o seguiu, o coração dela agitado em seu peito. Logo eles estavam sentados do lado de fora, em silêncio por um tempo, enquanto ela comia. River também estava comendo, mas mais lentamente, enquanto mantinha sua atenção sobre ela. Havia afeição nos olhos dele, uma doce afeição que aquecia o coração dela. Talvez... talvez ela estivesse se apaixonando pelo River.

O pão que estava segurando caiu quando ela chegou a essa conclusão.

— O quê? — Ele riu.

— Nada. — Ela sentiu sangue subindo até o rosto, mas era uma sensação boa. Ela sabia que estava perto de conhecê-lo melhor, que eles estavam perto de entender e confiar um no outro.

Os olhos avermelhados dele estavam fixados nos dela.

— Você parece feliz.

— Talvez eu esteja.

— Humm... — Ele coçou o queixo, como se estivesse pensativo, mas o tom dele era brincalhão. — Devo assumir que toda essa felicidade é porque você está me mantendo em suspense?

— Não está gostando de provar o próprio remédio? — Ela riu, depois se lembrou da expressão desesperada dele quando voltou. — Eu realmente não queria te preocupar.

Ele desviou o olhar e balançou a cabeça.

— Você não tem idéia, Naia.

— Então você se preocupa comigo?

Em vez de responder, River só olhou para ela.

Ela franziu a testa.

— O que essa cara significa?

Ele rolou os olhos.

— Sério? Sério, Naia? Você acha que eu não me importo com você?

— Não é normal guardar segredos daqueles de quem você gosta.

Pronto. Ela estava chegando ao seu ponto. Ele riu.

— Você deve saber que não é verdade. As pessoas guardam segredos. O tempo todo. Mesmo de quem amam.

Será que ele a amava? Mas ela voltou para o assunto em questão.

— Mas isso significa que elas não confiam.

Ele encolheu os ombros.

— Talvez sim. Talvez não.

— O que há além do bosque?

Ali. Uma pergunta direta.

Ele olhou para ela por alguns longos segundos, depois respirou fundo, surpreso.

— Você foi lá?

— Por quê? Você acha que pode ler minha mente agora?

— Não. Mas você não está perguntando como se realmente quisesse saber o que está lá, você está perguntando como se estivesse me desafiando a te contar. Você foi lá? Para a Cidade Lendária? Como?

— Eu não sabia que tinha um nome, mas, sim, eu estava em um lugar com muitos faes, uma cidade e um palácio.

Ele se levantou e colocou as duas mãos na cabeça.

— Você foi lá? Como?

— Qual é a diferença? — Ela não ia lhe dar suas respostas tão facilmente. — E se você estava tão preocupado, por que você não tentou me procurar lá?

— Você viu algum lendário? Eles estão vivos? O que está acontecendo lá? — O tom dele era urgente, preocupado. Seria possível que *ele* não tivesse ido lá? Mas como?

Naia queria contar tudo a ele, mas não queria desperdiçar sua chance de tirar algumas informações dele.

— Diga-me o que você está fazendo em Bastião de Ferro.

— Não é óbvio? Eu os odeio. — Ele perdeu sua compostura calma e começou a gritar. — Eu quero cada um deles morto, idealmente depois de muita dor e sofrimento. Eu quero que eles saiam desta terra, eu os quero abandonados, odiados, humilhados. Isso é o que estou fazendo!

Foi surpreendente e até assustador vê-lo enfurecido daquela maneira. E, mesmo assim, ela teve que continuar empurrando para obter respostas.

— Como? — perguntou ela.

— Uma pergunta por uma pergunta, Naia. Meu povo está vivo?

— Sim, mas eles estão todos dormindo. Você não sabia disso? Você não foi lá?

— Eu não posso. Eu não posso ir lá! Eu não sei como você fez isso, mas talvez porque você seja humana, ou talvez a sua magia de ferro desfaça a barreira. Eu não sei.

Não era a magia de ferro, mas por alguma razão ela não quis contar a ele. Ele estava tão bravo e agitado.

— River, — a voz dela era gentil — eu posso ajudar você.

— Naia, você não consegue ver? Eu sou um. Um. Só um. Contra um reino maligno com magia bizarra.

— Você acha que a magia do ferro é bizarra?

— Não. Não. Claro que não. Mas eles têm mais magia. Eles estão... — Ele fechou os olhos, depois olhou para ela, mas sua expressão estava dura. — Naia, se você começar a pensar, você vai somar dois e dois.

— Eu entendo que você está chateado. De verdade. Mas sério, você não precisa fazer isso sozinho.

Ele riu e sacudiu a cabeça.

— Você não vai a lugar algum perto daquele reino desgraçado, não vai.

— Minha magia é mais forte do que você pensa.

— Eu não me importo. Eu quero você segura.

— Presa?

Seus olhos eram duros.

— Se for preciso, sim.

Naia odiava o olhar dele, odiava o que ele estava dizendo, mas ela decidiu ignorar isso porque River estava muito nervoso.

— Fel poderia ajudar você.

— Fel? — River riu. — Ele tem um reino e sua própria pele para proteger, Naia. E eu duvido que ele se importe com os lendários.

— Confie em mim, então. Se você não quer que eu lute, eu não vou lutar. — Isso não era verdade, mas ela não queria contradizê-lo quando ele estava tão agitado. — Mas me diga o que está acontecendo e o que você está planejando.

Os olhos de River ficaram tristes, então ele a abraçou e sussurrou no ouvido dela.

— Eu amo você sim, caso você não saiba. Mas eu ainda sou o inimigo do seu povo.

Isso não fazia sentido.

Ele beijou o rosto dela, daí sussurrou:

— Durma.

Naia queria dizer algo, perguntar o que estava acontecendo, mas sua boca não se mexia. Então ela se encostou nele, incapaz de ficar de pé mais tempo. Então não havia mais nada.

LÉA SEGUROU o grito vindo até ela enquanto caía, caía, caía. Ela não sabia se um grito seria ouvido de verdade, e não queria ver o que iria acontecer. Então ela sentiu uma mão a puxando, enquanto ela se aproximava do abismo abaixo do castelo.

— Você tem que voar — disse a mulher.

— Eu não tenho asas.

— Apenas flutue. Ou nós não chegaremos a lugar algum.

Apenas flutue. Claro, um conselho tão fácil. Mas este era um sonho, e Léa deveria ser capaz de controlá-lo. Um sonho. Logo ela ficou no ar como se fosse água.

Ticiane acenou com a cabeça.

— Siga-me. Não se preocupe, ninguém será capaz de vê-la. — Ela então subiu rápido no ar.

Léa tentou imaginar que estava no fundo de um lago e tinha que nadar para a superfície, e foi assim que seguiu a jovem misteriosa, que parou em uma varanda do castelo. Elas ainda estavam abaixo do nível do vale, no fundo do abismo ao redor da Cidadela de Ferro.

Uma grande porta de uma varanda levava a um jardim interno. Léa estava prestes a tentar abri-la, mas Ticiane a deteve.

— Não vamos entrar. O que você está vendo?

Não era um jardim de verdade, agora que ela via melhor, e fazia sentido, considerando que esta parte do castelo não recebia tanta luz solar. Havia uma grande sala com uma fonte e algumas plantas falsas ao seu redor, iluminada por arandelas, que levavam a dois corredores.

— Um jardim falso.

— Venha para a janela.

Isto significava sair da varanda novamente, e as entranhas de Léa estavam prestes a congelar, mas ela o fez. Uma janela mostrava um quarto com uma grande cama de casal em madeira esculpida, e uma jovem mulher dentro dele. Este poderia ser algum tipo de quarto de empregados, exceto que a decoração era muito luxuosa, com pinturas na parede, sedas e veludos. Talvez Bastião de Ferro tratava bem seus serviçais? Que pensamento idiota. Claro que não tratavam.

— Quem é ela? — perguntou Léa.

— Uma mãe de ferro. Elas são escolhidas a dedo para virem ao castelo, engravidarem, e darem à luz a condutores de ferro.

Léa tentou entender.

— Os filhos delas não pertenceriam à família real?

Ticiane balançou a cabeça.

— Não se elas não forem casadas com os príncipes, não se os filhos não forem reconhecidos.

— Elas são... forçadas a vir aqui?

— Essa é uma pergunta interessante, Léa. Elas vêm de famílias pobres. Esta é a chance para elas terem uma vida melhor. Então, você poderia dizer que escolheram isto. Mas entre a fome e isto, quanta escolha elas tiveram? Embora seja verdade que pelo menos elas não são arrastadas para cá à força, o que é surpreendente para os padrões de Bastião de Ferro.

— Por que os Bastião de Ferro querem filhos ilegítimos?

— Pegue minha mão.

Elas estavam naquela escuridão opressora novamente, então Léa estava sobre uma floresta e viu um grande prédio de pedra com um imenso pátio cercado por muros altos. Algum tipo de fortaleza.

— Eles vêm e treinam aqui.

Mesmo sendo noite, um grupo de cerca de seis jovens estava fazendo algo. Léa teve que olhar duas vezes para ter certeza do que ela estava vendo, mas aqueles indivíduos estavam flutuando barras de metal acima deles. Era uma prática de mágica de ferro. Mas o prédio era tão grande...

— Quantos deles estão aqui?

— Centenas. — Ticiane continuou olhando para a fortaleza, alguma tristeza em sua voz. — Bastião de Ferro tem feito isso desde pouco depois da Guerra dos Faes. Seus primeiros filhos estão se tornando adultos agora. Eles podem se passar por soldados normais.

Léa ainda estava um pouco incrédula em relação a como eles poderiam ter gerado tantos condutores de ferro, mas a questão era o que ela havia se lembrado da conglomeração real.

— Se eles enviassem dez, vinte deles para cada reino, estes condutores de ferro poderiam fazer muitos danos, mesmo em pequenos números.

Ticiane suspirou.

— Eu não sei quais os planos deles. Faça o que você quiser com esta informação. Vamos voltar.

A mulher puxou a mão de Léa e então estavam naquela escuridão horrível novamente, depois no quarto rosa.

Ela olhou para Léa com uma expressão séria.

— Eu ajudei você, mas não pense que isso é normal. Nunca procure os mortos. Você, de todas as pessoas, foi criada por um necromante e deveria saber melhor.

Isso era verdade. Mas por outro lado...

— Eu estava desesperada.

— Não deixe o desespero tomar conta de você, ou você fará escolhas tolas em suas piores horas. Eu te salvei e te mostrei o segredo de Bastião de Ferro, por respeito ao seu pai. Mas eu não virei novamente. Se os mortos quiserem falar com você, eles vão te procurar, não o contrário. Nunca, nunca, o contrário. — Seus olhos castanhos escuros estavam focados em Léa.

Mas as palavras da mulher não eram totalmente verdadeiras.

— A necromancia permite que você fale com uma pessoa morta.

— Quando o corpo acaba de morrer, Léa. Há uma janela muito pequena em que isso pode ser feito. Novamente, eu não deveria ter que explicar isto para você. Buscar os mortos é insensato e perigoso. Na melhor das hipóteses você terá um espírito perdido te seguindo, na pior das hipóteses, eles te prenderão em algum lugar. Fui clara?

— Sim. Bem clara. — Óbvio que Léa sabia de tudo isso. E, ainda assim, sua tolice tinha conseguido informações úteis, mas ela não ia mencionar isso.

Ticiane olhou para ela por um momento, talvez para verificar se o *sim* tinha sido sincero, então disse:

— Mantenha-se forte. Nenhum tormento dura para sempre. Agora tente dormir novamente, mas não vá em busca do que você não deve procurar. Eu ficarei aqui até que você durma, só por precaução.

— Obrigada.

Léa deitou-se em sua cama, pensando que era estranho dormir dentro de um sonho, mas talvez esse fosse o caminho para a transição de volta à realidade. Ela sentia falta do seu dragão, mas esta noite ela não ia tentar encontrar mais nada nem ninguém.

O que ela tinha que fazer era tentar encontrar uma maneira de avisar seus pais, avisar outros reinos. Talvez esse exército de condutores de ferro tivesse sido criado para derrotar os fae. Mas talvez... O pouco que ela sabia sobre eles fazia com que duvidasse de qualquer chance de boas intenções. Mas quais eram as intenções deles?

20

VELAS DA MORTE

River não podia acreditar que sua magia tinha funcionado em Naia, considerando que havia algo diferente nela, algo que a tinha permitido atravessar para a Cidade Lendária. Mas ela havia adormecido e agora ele a estava levando para o quarto deles.

Observou seu rosto pacífico, agradecido por ela estar tão perto, que nada de ruim havia acontecido com ela. Não havia palavras suficientes para explicar o medo que ele tinha sentido. E, ainda assim, ele a tinha feito dormir.

Mas o que ele poderia ter feito? Ele tinha que ser cauteloso. Por um lado, não queria que ela corresse o risco de se machucar, por outro, ele não podia deixar que ela o influenciasse em seu curso.

Algumas pessoas comparavam ter uma grande responsabilidade com carregar uma grande rocha. River sentia que estava fazendo malabarismos com rochedos. Houve um tempo em que ele não teria imaginado que assumiria tal fardo. Um tempo em que ele não teria adivinhado que alguma vez seria capaz de assumir *qualquer* responsabilidade. Ele não tinha certeza se sentia falta daqueles dias ou se desejava poder voltar atrás e fazer as coisas direito. Mas o que isso importava agora?

20 ANOS ANTES

Ousado, impetuoso, irresponsável. Essas eram virtudes, se alguém soubesse olhar para elas da maneira correta. River estava vestido com uma simples camisa branca e calça de linho marrom, esperando que isso o fizesse parecer humano.

O sol estava alto e a maioria dos lendários estavam dormindo quando ele saiu do palácio com passos leves. Ele não tinha dito a ninguém para onde estava indo, pois algumas tarefas eram mais bem realizadas sozinho.

— River.

Ele estremeceu com a voz de sua irmã. Ciara era astuta demais.

— Sim?

Ela olhou para ele com seus olhos rosa-escuro.

— Eu sei o que você está fazendo.

Ele deu a ela um sorriso.

— Se você quer dizer que eu estou passeando, eu direi que você é muito perspicaz.

— Poupe teus nós verbais, irmão. — Ela rolou os olhos. — Você vai para Fernick para tentar encontrar os dragões, para tentar encontrar o bastão, não é mesmo?

— Por que você quer saber?

Ela balançou a cabeça e estendeu a mão.

— Aqui. — Em sua palma, havia cinco seixos azuis.

— As pedras do lapso? — Sua avó as tinha dado a Ciara antes de passar para a vida após a morte. A questão era que ninguém sabia o que faziam. Ou talvez ninguém soubesse como usá-las. Ou, muito provavelmente, uma combinação idiota de ambas.

— Se algum de nós pode descobrir como usá-las é você.

River hesitou.

— Nossa avó as deu para você.

— E estou dando a você agora. Leve-as.

Ela estava decidida, e quando ela fazia isso, era impossível contradizê-la, então River obedeceu e colocou as pedras no bolso.

Ela respirou fundo.

— Mas, por favor... volte. Nós vamos achar um jeito, vamos encontrar uma maneira de vencer esta guerra com ou sem aquele bastão. Não arrisque sua vida por isso. Eu sei que você se sente culpado por causa de Kanestar, mas se você ainda está aqui, é por uma razão.

— Eu estou tentando encontrar a razão, irmã. Se eu ainda estou aqui, eu preciso aproveitar e fazer algo útil.

— Você sabe que nosso pai está planejando uma missão para coletar esse bastão, certo? Você não precisa fazer isso.

— Espere aí. — Ele olhou fixamente para ela e tentou manter o tom dele brincalhão. — Você quer que eu vá ou você quer que eu fique? Porque você não dá objetos mágicos para alguém se você não quer que tentem.

— Eu só quero que você tenha cuidado. E que você volte.

— Se tudo der certo, eu estarei de volta antes mesmo que nosso pai e o conselho concordem se eles devem ou não tentar enviar uma missão para Fernick.

— É isso que eu espero, que você volte. Com ou sem o bastão. Entendido?

River não ia voltar de mãos vazias, mas felizmente sua irmã não estava pedindo por uma promessa, apenas para ele dizer que entendia o ponto de vista dela, que ele obviamente entendia. Ele fez que sim com a cabeça.

— Perfeitamente.

— E como você planeja chegar lá? O caminho no oco através do oceano está perdido há gerações.

Ele passou uma mão na cabeça.

— Não para os humanos. Já que eu posso me passar por um, eu tenho que aproveitar.

— Os humanos não podem... espera. Você vai pegar um *barco*? — Ela disse isso como se fosse a ideia mais horrível de todos os tempos. — Com o inimigo?

— Diga-me que você está surpresa com a minha engenhosidade.

Ela riu.

— Eu sei que você é inteligente, River. Isso corre na família. Agora descubra como usar as pedras do lapso. E vamos esperar pelo melhor.

. . .

Mesmo que Ciara tivesse dito para ele ter cuidado, mesmo que talvez ela não confiasse que ele fosse capaz de recuperar o bastão, suas palavras o haviam encorajado. As pedras do lapso o encorajaram. Talvez fossem apenas pedrinhas, mas era o legado de sua família, uma estranha herança familiar transmitida através de gerações.

Com essa confiança recentemente encontrada, River foi para um dos círculos em Umbraar. Menos e menos dessas passagens estavam disponíveis para o seu povo, agora que os humanos as estavam atacando, mas algumas ainda estavam intactas em reinos com extensas florestas, como Umbraar. Porém, o assentamento fae ali havia sido abandonado recentemente, e todos estavam se retirando para a segurança da Cidade Lendária.

Ele não precisou caminhar muito até que estivesse na magnífica cidade de Formosa. Ciara sempre disse que era um lugar movido pela ganância, mas também era lindo, com ruas de paralelepípedos e casas em um terreno irregular que beirava um enorme penhasco, como se estivesse escondida por um enorme muro. Uma parede rochosa abrigava torres douradas, como se o castelo tivesse sido parcialmente embutido na rocha. Todos os navios que iam para Fernick atracavam aqui, então era o centro do comércio em Alúria.

Muito ouro deixava este porto, graças aos condutores de ferro que podiam sentir o metal na terra. Eles destruiriam tudo e qualquer coisa por ouro e pedras preciosas. Talvez esta cidade *fosse* movida pela ganância. Ela ainda estava intocada pela guerra, que estava em fúria principalmente nos reinos de Bastião de Ferro, Marca do Lobo e Fonte Selvagem, mas isso não significava que Umbraar não estivesse enviando soldados e suprimentos para matar o povo de River. O pensamento de que todos lá gostariam de vê-lo morto fez a cidade ficar feia, mas o que importava para ele era que tinha barcos, e um deles podia levá-lo através do mar.

Usando luvas e seu cabelo para baixo, sobre as orelhas, o único glamour de que River precisava era em seus olhos, e não era assim tão grande a diferença. Ele havia considerado torná-los azuis ou verdes, mas o marrom era o mais fácil — e era praticamente a sua verdadeira cor de olhos.

Apesar de seu nome significar "rio", River não sabia nada sobre barcos. Mesmo assim, ele encontrou um emprego em um deles como guarda. Afinal de contas, ele tinha uma espada. Uma espada de bronze, mas poderia muito bem ter sido uma espada de madeira, considerando o quanto eles a verificaram. Na verdade, ele tinha usado sua magia persuasiva para convencer o capitão. Ele sempre se perguntou por que o seu povo não ia até alguns humanos importantes e os convencia a desistir desta guerra tola. Ou a massacrar uns aos outros. Seus avós lhe haviam dito que ele podia se infiltrar nas cortes de humanos, mas sempre o incomodava pensar que sua força estava em sua aparência humana. Ainda assim, agora ele estava tirando vantagem disso, em seu caminho para o continente, em uma jornada quase impossível.

Léa acordou e sabia duas coisas. Primeiro, outros reinos poderiam estar em perigo, se Bastião de Ferro estivesse enviando condutores de ferro para eles. Provavelmente não para Lago Branco, se ela e Venard iam voltar tão cedo. Mesmo assim, era algo que ela precisaria dizer aos seus pais.

Em segundo lugar, Isofel estava vivo. Vivo! Léa tinha certeza que era verdade, e não podia evitar que seu coração saltasse de alegria. É verdade que, se ele estivesse morto ou vivo, não faria diferença na vida dela, mas pelo menos ela não precisaria ter pena do tolo que a havia rejeitado. Sim. Isso explicava porque ela estava tão feliz.

Talvez se ela não tivesse sido tão encantada por Isofel, teria prestado mais atenção a Venard, teria percebido que havia algo de errado com a família dele, teria feito uma escolha melhor. Que escolha? A dele tinha sido a única proposta de casamento. Tinha sido tudo planejado. Como o rei de Bastião de Ferro era amigo do pai dela, era improvável que sua família se opusesse à união. E Venard parecia decente quando ele não estava perto de sua avó louca ou seu irmão sádico.

E, daí, havia uma terceira coisa em sua mente. O pedido de Venard e o que aconteceria após a festa de casamento. Se ela pensasse muito sobre isso, ela eventualmente vomitaria. Sabia que queria voltar para Lago Branco o mais rápido possível, e sabia que isso só aconteceria se a família dele confiasse nela. Isso seria uma maneira de ganhar a confiança deles rapidamente — a não ser que ela pudesse convencê-lo a mentir. Talvez. Se ele fosse amigo dela, talvez ele a ajudasse.

Ela se vestiu, o que foi bom porque logo seu marido entrou, sorrindo.

— Entusiasmada para o seu grande dia?

— Sim.

O que ela ia dizer? Ele ofereceu seu braço.

— Venha. Você vai tomar o café da manhã conosco.

Léa tremeu, temendo encarar os irmãos dele, a mão dela ainda doendo por causa da queimadura que tinha recebido da última vez.

— Você tem certeza de que é necessário? — A voz dela tremia.

— Vai ficar tudo bem. Venha.

LÉA SENTOU-SE entre a Senhora Célia e Venard, feliz por estar longe de Cassius, mas infelizmente ele estava bem na frente dela. Ela olhou para a única torrada que lhe deram, e tentou não a devorar muito rapidamente, pois desperdiçar um pedaço de pão perfeitamente bom, vomitando-o, seria horrível. E daí teria qualquer punição que os loucos lhe infligiriam se isso acontecesse, o que ela também não queria enfrentar.

Léa acenou com a cabeça enquanto Célia falava sobre educação, modéstia e boas maneiras, parabenizando-a por tê-las adquirido, como se ela tivesse sido um animal selvagem que agora estava sendo domesticado. Bem, um animal aprisionado, um pássaro com suas asas cortadas, essas eram algumas descrições apropriadas para a maneira como ela se sentia em Bastião de Ferro.

Mas aparentemente, de acordo com eles, Léa estava aprendendo a se comportar e se tornar uma pessoa decente. Isso era bom de ouvir, por mais ultrajante que fosse, pois sua esperança de voltar para casa acendia em seu coração. Se era preciso agir como uma lambe-botas submissa, Léa estava pronta. Especialmente agora que ela queria contar a seus pais sobre o exército de condutores de ferro. Ela tinha que contar.

Célia colocou uma mão no braço de Léa.

— Você tem sido uma garota tão adorável e boa que nós temos um presente para você. Cassius. — O tom dela era diferente, não uma ameaça desta vez. Era impressionante como Léa tinha se tornado boa em decodificar as inflexões da mulher.

O príncipe passou uma caixa para sua avó. Dentro dela estava uma gargantilha cravejada de diamantes, uma joia que fazia todo o corpo dela tremer ao lembrar de Serine sendo assassinada.

— É adorável. — Léa sorriu, esperando que o medo não fosse audível em sua voz.

Cassius sorriu. Ele sabia. Venard estava comendo e fingindo não ver nada.

Célia ficou atrás dela.

— Vamos colocá-la agora, assim você vai poder usá-la no seu casamento, querida.

Léa quase perguntou se eles não deveriam esperar até que ela vestisse o vestido, mas ela sabia que era melhor não ficar quieta e permaneceu em silêncio. Ela engoliu sua raiva, dor, aversão, engoliu todas essas palavras que agora estavam se remoendo dentro dela, apodrecendo.

Um dia ela vomitaria todas essas palavras engolidas, um dia ela vomitaria, mesmo que as mantivesse todas escondidas sob um sorriso — por enquanto.

Não fazia sentido para eles tentarem torná-la submissa. Era como criar uma pantera. Por outro lado, talvez eles confiassem que sua coleira nunca se quebraria. E na verdade era justamente o que estavam colocando nela. Ela engoliu enquanto a mulher fechava o colar.

— Venard, querido — disse Célia. — Venha e feche isto. Para que não saia mais.

O quê? Eles estavam soldando o colar para que não pudesse ser retirado? Isso seria terrivelmente desconfortável, sem mencionar o quão sujo ele ficaria. Poderia até machucá-la. Talvez fosse só por enquanto. Léa nem queria saber, tudo o que ela queria era ir embora daquele castelo horrível e voltar para casa.

— Obrigada — Léa sorriu novamente.

— Oh, querida, você é uma joia que merece joias. — Célia sorriu como se realmente acreditasse nessas palavras.

— Ficou ótimo. — Foi Cassius quem disse isso, e Léa olhou fixamente para seu prato. — Você sabe o que é ainda melhor?

Ela continuou olhando para baixo, mas sentiu seu colar aquecendo.

— Olhe para mim — disse ele. — Eu estou falando com você.

Ela levantou os olhos para ele, e a sensação de calor no colar parou. Cassius pegou dois pêssegos.

— Estes são melhores. Parecem deliciosos. E eu mal posso esperar para experimentá-los. E você sabe por quê? Porque eu consigo tudo o que quero.

Ele olhou diretamente para ela e lambeu um dos pêssegos. Ela não podia acreditar que ele estivesse fazendo isso na frente de seu irmão, de sua avó, mas, por outro lado, nem Venard nem Célia estavam prestando atenção.

— Você vai gostar quando eu provar? — perguntou Cassius.

Assassinato e morte. Esses eram os únicos dois pensamentos em sua mente naquele momento. Ela ia matá-lo, não importava o que fosse preciso.

— Vai gostar? — insistiu ele.

— Imensamente — ela disse. Ela ia adorar vê-lo sufocando até a morte.

Cassius sorriu, satisfeito.

Senhora Célia riu e se dirigiu ao príncipe.

— Desde quando você é chegado a pêssegos?

— Desde que eu vi essa delícia. — Ele manteve seus olhos em Léa.

Venard olhava para baixo, alheio a tudo. Não, ele estava muito quieto. Ele *estava* escutando. Léa reconheceu algo nele: medo. Como ela, ele mantinha a cabeça baixa e não falava a menos que falassem com ele. Mas era o medo que o tinha transformado em um assassino, o medo que o impedia de mudar qualquer coisa, que o impedia de ser uma pessoa decente.

Por outro lado, ali estava ela, aceitando humilhação após humilhação em silêncio. Será que ela levantaria sua voz para ajudar outra pessoa? Tudo o que ela queria era matá-los a todos. Se o pai dela a visse agora, ele ficaria desapontado. Bem, não. Se ele soubesse o que estava acontecendo, talvez fosse o primeiro a matá-los. Essa era a parte que Léa não entendia. Como os Bastião de Ferro imaginavam que ela iria para casa e tudo ficaria bem? A menos que eles fossem tão loucos que pensassem que a maneira como a estavam tratando era normal. Bem, eles *eram tão* loucos, então isso provavelmente explicava tudo.

RIVER ESTAVA na Cidadela de Ferro, aproveitando de um raro momento em que ficara sem supervisão. Seu glamour podia fazê-lo parecer um guarda, permitindo que ele se movesse no castelo, e ele podia passar pela maioria das portas — não que fosse fácil, já que tudo estava tão bem guardado.

Ele estava procurando, procurando, e ainda não estava nem perto de encontrar o que queria. Tanta coisa em seus ombros. Para alguém que uma vez não queria ter tido nada a ver com os deveres do reino, esta tinha sido uma grande mudança. Talvez tenha sido um castigo. *Foi* um castigo. Ninguém deveria ver tanta morte em sua vida. Seus pensamentos se voltaram para o passado.

20 ANOS ANTES

A parte boa era que River estava em um barco indo para Fernick. A parte ruim era que ele estava entre os inimigos. O maior perigo não era ser descoberto, embora fosse uma possibilidade. O perigo era não os ver mais como inimigos. Ele sabia que era uma ilusão. Antigamente, havia aldeias híbridas humanas e faes em alguns reinos e, no entanto, quando a guerra havia começado, muitos lendários tinham sido mortos por seus próprios vizinhos. Não era algo em que ele gostasse de pensar.

River tinha usado sua persuasão para evitar fazer qualquer trabalho. Não que ele fosse preguiçoso, embora, para ser justo, ele *era* preguiçoso. A questão era que ele não sabia como fazer qualquer trabalho manual e certamente não sabia nada sobre o manuseio de um barco. Ele tinha sido contratado para salvá-los de ladrões ou qualquer outra ameaça. Isso ele achava que podia fazer bem, pois sua mágica podia vir a calhar.

O navio se chamava Velas da Morte. O mar estava cheio de monstros marinhos, e a única razão pela qual havia uma rota para o continente era que o rei de Umbraar viajava por ali algumas vezes, espalhando sua magia, que era forte o suficiente para manter as criaturas à distância. Como a maioria dos navios de Umbraar, este era decorado com caveiras e outros símbolos relacionados à morte, pois eles acreditavam que isso ajudava a manter os monstros afastados. Ele esperava que a magia do rei não falhasse agora. Embora River pudesse definitivamente defender o navio de alguns ladrões, ele era completamente desqualificado para enfrentar uma gigantesca serpente marinha, muito menos mais do que uma.

Embora tivesse evitado trabalhar, ele não tinha conseguido escapar dos jogos de cartas. Ele tinha pegado o jeito facilmente, e era a terceira noite que estava sentado com Keller e Antônio. A parte bizarra? Ele estava começando a gostar dos homens. Keller tinha cerca de sessenta e cinco anos de idade, sua pele já enrugada por causa do sol. Ele tinha um sorriso largo, apesar de ter dois de seus dentes da frente faltando, e passava muito do seu tempo esculpindo uma pequena estatueta de madeira, uma bonequinha para sua neta, que morava em Formosa.

Antônio tinha vinte e cinco anos, pele morena e cabelo preto. Como ele iria se casar em breve, falava frequentemente de sua noiva ao ponto de os outros homens fazerem piada disso. River não se importava. Na verdade, ele via algo cativante nos olhos do homem, cheio de esperanças e sonhos. Sonhos simples, como se uma pessoa pudesse ter a chave de todos eles.

Quando perguntado sobre seu passado, River lhes disse que era órfão e fingiu que só tinha lembranças dolorosas que ele queria esquecer. Os homens não pareciam se importar muito, pois isso lhes dava mais tempo para falarem sobre si mesmos.

Era assim que ele estava jogando outro jogo de rei morto na cabine da tripulação.

— Diz, rapaz. — Keller riu, mostrando as lacunas entre seus dentes. — Você mentiu para o capitão para conseguir este emprego. — Ele tomou um longo gole de seu rum.

Bem, não. River não podia mentir. Mas eles não podiam saber disso. Ou que ele tinha de fato enganado o capitão. Ele riu.

— Eu menti?

— Sim, eu duvido que você já tenha visto alguma ação com essa sua espada. Eu acho que é um brinquedo.

River deu de ombros.

— Eu posso defender o barco. Mas você pode duvidar de mim. Eu realmente espero nunca ter que provar meu valor em combate.

— Humm. — O velho olhou fixamente para ele. — Você é mais jovem que meu filho. Nem mesmo uma barba, ainda. Você não tem nem dezoito anos, tem?

— Eu tenho dezoito anos. Mas o capitão nunca perguntou minha idade.

— Keller, cale a boca — disse Antônio. — Você fica falando em ter que nos salvar, você vai chamar o perigo. Está tudo bem com o rapaz. Muito empaquetado, só isso.

Empaquetado? River tinha se vestido para parecer um trabalhador de docas ou barco.

Antônio acrescentou:

— Deve ter sido criado por algum nobre. Eles têm tempo livre para aprender a empunhar espadas, não têm? — Ele se voltou para River. — Está tudo bem se você não quiser falar sobre isso.

Ele definitivamente não queria. E o homem tinha se aproximado terrivelmente da verdade. River estava bebendo rum, vestido roupas de linho simples, usando seu cabelo todo bagunçado para cobrir as orelhas e eles ainda pensavam que ele tinha sido criado por um nobre? Seu disfarce era definitivamente uma porcaria.

Keller ainda olhava fixamente para ele.

— Você me faz lembrar do meu filho.

— Todo mundo faz quando você está bêbado, meu velho. — Antônio riu.

— Verdade. Eu só... Eu pensei que havia muito mais na vida. Continuei perseguindo sonhos vazios no mar. Enquanto isso, meu filho cresceu, e você sabe o que eu sou? Um velho solitário cujo único filho não quer falar com ele.

— Você tem a sua neta — River o lembrou.

— Espero que sim. — Ele olhou para baixo.

O velho tinha tentado se comunicar com ela e ia lhe trazer presentes de sua viagem. Os arrependimentos dos mais velhos eram arrependimentos para se prestar atenção. Eles tinham vivido o suficiente para que eventualmente se voltassem ao que realmente importava. No caso do homem, era sua família, a família que ele havia ignorado durante toda a sua vida.

River pensou no arrependimento do homem sobre seu filho e seu próprio relacionamento com seu pai. Talvez River pudesse ter se importado mais, mas se importar era perigoso. Quando você se importava, você podia se machucar. Era muito mais fácil fingir que ele não queria ter nada a ver com as expectativas do seu pai. Muito mais fácil do que decepcioná-lo. A realização o surpreendeu.

— Seus olhos estão *vermelhos?* — perguntou Keller.

Droga. River tinha perdido o glamour por um segundo, mas ele o consertou.

— O quê?

— Por um momento eu pensei que seus olhos estavam vermelhos, como aqueles faes malvados.

River ficou mais rígido, mas sorriu.

— Você está definitivamente ficando bêbado.

O homem riu.

— Nós nunca vemos seus ouvidos, rapaz.

Antônio falou:

— Pare com as besteiras. Se ele fosse fae, já estaríamos todos mortos.

River puxou seu cabelo em um coque, primeiro tendo encantado suas orelhas.

— Pronto. Feliz? — Ele ia puxar seu cabelo mais vezes durante o dia, pois a última coisa que ele queria era que alguém ficasse curioso e o verificasse enquanto ele dormia. Ele não tinha glamour enquanto dormia, mas com seus olhos fechados e seus cabelos sobre as orelhas, com fios cuidadosamente colados a elas, ninguém descobriria o que ele era.

Keller desviou o olhar.

— Eu vou ficar feliz quando eu der a estatueta para a minha pequena Janet.

Tanta dor na voz dele. River tentou consolá-lo.

— Eu acho que é a intenção que conta. Que você quer estar perto dela.

Suas próprias palavras soaram estranhas. River estava se esquivando de toda e qualquer responsabilidade relacionada ao reino e causando uma fenda entre ele e seu pai. Ele nunca havia considerado se apenas a intenção de ajudar poderia ter sido suficiente. Ele nunca havia considerado se ele poderia ter sido suficiente.

Antônio então disse:

— Eu serei feliz quando eu me casar. — Ele se virou para River. — E quanto a você? Quando você vai ser feliz?

— Quando a guerra acabar. — Não houve hesitação em suas palavras. Era de fato o que ele mais desejava.

Keller acenou com a cabeça.

— Ai, rapaz. Isso, também.

Como ele, todos ali só queriam que a guerra terminasse, só queriam que suas vidas voltassem ao normal. A maioria das pessoas provavelmente queria o mesmo. E então, se faes e humanos todos queriam que a guerra terminasse, por que ela ainda estava acontecendo?

Bem, o Monte Primordial ainda estava sendo destruído, e os humanos não davam nenhum sinal de que em algum momento parariam, apesar de todos os apelos dos lendários. Era a ganância dos humanos, destruindo tudo em seu caminho. E ainda assim os humanos também eram como Keller e Antônio, que só queriam amar e ser amados.

— Além disso, — acrescentou Antônio — eu ouvi algumas coisas. É... um rumor, mas faz sentido. O rei de Umbraar poderia encontrar aquela cidade escondida dos faes brancos.

River congelou. A Cidade Lendária estava ficando superlotada, pois eles estavam recebendo lendários de toda a Alúria, e eles não eram guerreiros, mas pessoas normais, incluindo mulheres e até mesmo algumas crianças. Mas os nobres de Umbraar tinham o que eles chamavam de condução da morte, permitindo que se movessem através do tempo e do espaço, para caminhar através do oco. Eles podiam eventualmente encontrar até mesmo uma cidade fae escondida.

— Em que isso ajudaria? — A voz de River saiu mais dura do que o pretendido.

Antônio encolheu os ombros.

— Daí eles não podem se esconder.

— Isso não faz sentido. — River tentou soar mais calmo e não tão investido no assunto, mas não tinha certeza de que estava conseguindo. — Se você acha que eles são perigosos, você não *gostaria* que eles permanecessem escondidos?

— Não se eles vierem e nos atacarem. — Ele mostrou as palmas das suas mãos. — Quero dizer, é uma suposição, e é apenas uma maneira de obter uma vantagem. Não significa que ninguém vai atacar a cidade deles, mas pode significar o fim da guerra.

— Claro. — River fez que sim com a cabeça. Talvez esses homens não fossem tão diferentes dele, mas eles ainda estavam em lados opostos, e ele tinha que se lembrar disso.

Acima de tudo, ele tinha que se apressar e encontrar aquele bastão. Seu santuário, onde ele pensava que todos estavam seguros, talvez não durasse muito mais tempo.

LÉA CONSEGUIU MANTER sua cabeça baixa, sua boca fechada e sua raiva sob controle por um dia e meio. Considerando que ela estava usando o equivalente a uma coleira, isso tinha sido uma impressionante demonstração de autocontrole. O que a tinha mantido calma era saber que em um dia ela estaria de volta para casa. Apenas mais um dia.

Pelo menos quando chegou a hora de se preparar, Léa foi deixada sozinha com três criados e a Senhora Célia. Sem Cassius. O vestido dourado era lindo, com delicados bordados e pérolas. Um dia Léa havia sonhado com um lindo casamento, um lindo vestido com uma saia enorme, e uma festa inesquecível. Agora era tudo uma porta de entrada para uma prisão.

Ela quase não reconheceu a bela jovem que olhava de volta para ela no espelho. Bem, ela não era mais a mesma pessoa, não era mais a mesma pessoa que havia deixado sua casa apenas alguns dias antes. Tanta amargura e raiva dentro dela, algo sombrio crescendo lá, esperando, matando seu tempo.

Com aquele semblante externo de calma, ela seguiu a Senhora Célia para pegar uma carruagem para fora do castelo até Cinária, a cidade mais próxima dali. Mais de cinquenta soldados a cavalo os acompanharam, talvez alguns condutores de ferro entre eles. Na carruagem estavam a Senhora Célia e Silas, o outro príncipe. Pelo menos não era Cassius. O rei e a rainha ainda não estavam de volta de suas viagens por Alúria.

— Nós estaremos no coração do reino — disse Célia, depois de um longo tempo de silêncio. — E você vai querer se comportar. — Ela levantou uma sobrancelha e deu a Léa um olhar duro.

— Eu vou. — Ela tinha ficado ótima em não mostrar nenhuma reação.

Eles cavalgaram até chegar à cidade, mas ela estava vazia, como se fosse uma cidade fantasma, um lugar de pesadelos. Parecia irreal. Ela saiu da carruagem atrás de um prédio alto, com oito guardas a seguindo e mais quatro abrindo grandes portas. Quando as cruzou, ela se viu em uma plataforma, uma espessa parede de vidro a separando de uma praça onde estavam centenas de plebeus. Então era lá que as pessoas estavam. Por que eles estariam interessados naquele casamento? Por que eles se importavam?

Léa caminhou para o meio da plataforma e ficou em pé ao lado de Venard, de costas para a multidão do outro lado do vidro. Sonhando acordada sobre o retorno ao seu reino, ela mal ouviu as palavras do Mestre sobre união e amor e família e qualquer bobagem. No final, Venard segurou sua mão e a levantou, sob um tremendo aplauso. Isto era um espetáculo.

Depois disso, ela e Venard desfilaram em uma carruagem de vidro alta. Ela ficou de pé e acenou, esperando que não estivesse desagradando a senhora Célia. Se ela fizesse algo que eles não gostassem, seu colar ficaria quente ou alguma coisa pior.

Tantos rostos, tantas pessoas, algumas delas com roupas esfarrapadas. Havia até mesmo crianças e pais com bebês. Por que eles sequer se importavam? Ela nunca seria a rainha deles. E talvez tudo o que quisessem era ver seu lindo vestido, ver de perto um príncipe e uma princesa, como se eles fossem deuses que poderiam abençoá-los. Mas eles não eram deuses, eram apenas monstros, que não se importavam com qualquer uma das pessoas de lá. Ela até se perguntava se *ela* se importaria. Em Lago Branco, seu pai ajudava até mesmo os pobres quando eles precisavam de um necromante. Ela tinha estado nas aldeias e em algumas fazendas distantes, e os rostos não eram tão magros, não pareciam estar em tanto sofrimento, com fome. E, mesmo assim, Léa mal podia se defender neste lugar, neste reino horrível. Como ela poderia ajudar alguém? Mas não era essa a desculpa de Venard? Que não tinha escolha?

Esses pensamentos a acompanharam de volta ao castelo, enquanto imaginava que logo poderia avisar seus pais e outros reinos sobre o exército de condutores de ferro. Por outro lado, os Bastião de Ferro eram terríveis, mas isso não significava que eles estavam planejando atacar alguém. Talvez fosse tudo para derrotar os faes. Mesmo assim, os outros reinos tinham que saber sobre isso — só por precaução.

Venard também estava provavelmente ansioso para escapar da influência de sua família, ansioso por mais independência, então provavelmente estava ansioso para ir embora de Bastião de Ferro também.

Dois criados ajudaram Léa a se despir sob a supervisão de Célia, e depois trouxeram-lhe uma sopa de galinha, que ela devorou. Quando foi deixada sozinha, no silêncio de sua solidão, ela notou que seu coração estava pulando em seu peito. A noite. A consumação. Ela não conseguia arranjar uma maneira de evitar isso. Ela precisava conquistar a confiança de Venard. Ela suspirou e fechou os olhos, uma sensação amarga em sua boca.

Enquanto ela pensava nisso, ele entrou.

— Você se saiu bem hoje.

— Não foi difícil.

— Nós vamos para Lago Branco em breve. Eu... — Ele olhou para baixo. — É que... Meus pais estão lá agora, e eles têm uma boa comitiva. Alguns soldados.

Provavelmente com alguns condutores de ferro, tornando-os muito mais perigosos do que eles pareciam.

Ele olhou nos olhos dela.

— Por favor, não tente nenhuma tolice.

— Eu não ia... — O significado de suas palavras a atingiu. — Você está ameaçando meus pais?

— Não. — Ele mostrou as palmas das suas mãos. — Claro que não. Eu nunca o faria. Eu estou... apenas avisando você, Léa. Mas você tem razão que nós temos nos dado bem, então isso é um aviso inútil.

Um arrepio correu pela sua coluna.

— Você acha que meus pais estão em perigo?

— Não. Meu pai e o seu são amigos. Você sabe disso.

— Não foi isso o que você disse.

— Foi uma suposição boba. No caso de algo importante acontecer, caso você tentasse fugir ou algo assim.

— Por que eu fugiria agora, se estou prestes a ir para casa? — Ela apontou para a janela. — E como você acha que eu vou sair?

Ele balançou a cabeça.

— Perdoe meus disparates. Não há com o que se preocupar. Nós estaremos em Lago Branco em breve. Mas nós precisamos ser marido e mulher até lá, então...

— Então você decidiu ameaçar meus pais porque isso é tão romântico e definitivamente nos ajudará a ficar mais próximos.

Ele balançou a cabeça novamente.

— Não é de mim que você precisa ter medo. Você sabe disso. Você sabe tanto disso que não está segurando sua língua. — Ele colocou uma mão na cabeça dele. — O que é para o melhor. Nós precisamos ser honestos um com o outro e eu estava sendo honesto com você, isso é tudo. Você está pronta?

Ela quase perguntou "Para quê?", então as palavras dele a atingiram.

— Nós podíamos esperar — ela disse.

Venard fez que sim com a cabeça.

— Verdade. Eu também fiquei um pouco cansado do casamento. Tente relaxar e eu estarei de volta em uma hora. Oh. — Ele estendeu uma mão e removeu a gargantilha dela, o que foi um alívio. — Viu? Eu confio em você. Até mais tarde, Léa.

Leandra. Ela odiava quando ele usava o apelido dela. E o que ele quis dizer com uma hora? Não, não. Isso não era o que ela queria dizer com esperar.

Ela se sentou em sua cama, com o coração acelerado. Será que ele estava dizendo que se ela o contrariasse, seus pais estariam em perigo? Não, ele não poderia ter dito isso. Mas ela não tinha certeza. O pensamento de que ele estaria de alguma maneira a forçando a cooperar a deixou enjoada. Ela estava planejando cooperar. Havia certamente muito mais mulheres em casamentos sem amor, e elas faziam o que tinham que fazer.

Léa talvez pudesse tentar relaxar e fazer o que sua mãe lhe havia dito: imaginar que ela estava em outro lugar. Ainda soava horrível. E, ainda assim, agora que seus pais vinham à sua mente, a preocupação tomava conta dos seus pensamentos.

Ela tinha que inventar um plano, e ela não ia conseguir fazer isso enquanto estivesse preocupada dessa maneira. Talvez a resposta pudesse estar em seus sonhos. Léa deitou-se, fechou os olhos, e respirou devagar e profundamente. Ela podia imaginar que estava em outro lugar. O dragão dela. Talvez ela pudesse encontrá-lo em seus pensamentos ou sonhos. Isso a ajudaria a se acalmar.

Fechou os olhos, imaginando que estava ao ar livre em um prado, tentando encontrar sua conexão com seu dragão. Tudo o que ela viu foram nuvens brancas e fofas no céu, mas ela decidiu que ia ser paciente. O dragão dela, o dragão dela, o dragão dela. Ela manteve esse pensamento firme em sua mente.

O chão na sua frente se abriu, e uma enorme forma emergiu dele, suas escamas de prata iridescentes refletindo o sol. Cores brilhantes e encantadoras, uma sensação reconfortante em seu coração, em sua mente. Calmante, calmante, todas aquelas cores dançando, refletidas naquelas escalas brilhantes e magníficas. Ela seguiu o dragão, correndo naquele prado.

Então, ela apareceu em um cômodo escuro com paredes de pedra. Um enorme mapa de Alúria estava pendurado em uma parede, com alguns desenhos e flechas nele. Uma pequena mesa de madeira tinha cerca de vinte livros de história e estratégia militar, empilhados um em cima do outro, alguns deles abertos. Isso era uma coisa horrível de se fazer a um livro.

Em uma prateleira, perto de uma janela, havia alguns títulos de ficção. O céu estava escurecendo lá fora. Ela olhou para o outro lado e encontrou uma cama de solteiro com alguém dormindo sobre ela. Mesmo virado para o outro lado, ela reconheceu o cabelo: aquele era Isofel. Léa estava em seu mundo de sonho, ela estava certa disso. Isto não era Bastião de Ferro e ela não estava mais em seu corpo. Ela se aproximou da cama e ele se virou.

Ele sorriu quando a viu, um sorriso com covinhas que era cheio de encanto, surpresa, maravilha. Isto era realmente um sonho, ou ele não estaria olhando para ela daquela maneira, com seus olhos tão brilhantes. Ela percebeu que este era o lugar em que mais queria estar, isto era o que ela mais queria. E se era um sonho, então nada era proibido.

21

O OCO

Léa estava feliz por estar longe de tudo, longe de sua vida de pesadelo. Talvez fosse por isso que seus sonhos não eram mais desconfortáveis ou perturbadores, mas sim maravilhosos. E era assim que ela estava aqui com Fel. Era como se nesta paisagem de sonhos ele nunca a tivesse rejeitado. E, realmente, o fogo verde em seus olhos era o mais distante que ela podia imaginar de uma rejeição.

Ela se sentou ao lado dele e passou a mão por cima de seu cabelo, sentindo sua textura suave nas pontas dos dedos. Ele fechou os olhos, apreciando o toque dela. Quando os abriu, havia determinação em seu olhar, então ele envolveu seus braços ao redor dela e a beijou. Era como o beijo que tinha sido cortado no quarto dela, profundo e desesperado e faminto, exceto que desta vez ela não tinha medo, nem culpa, nem vergonha. Seu beijo também era doce e terno, mas era uma ternura furiosa e desesperada, um toque de que ela gostava.

Léa passou as mãos por cima das costas dele, percebendo, com surpresa, que não havia tecido entre a pele dele e os dedos dela, e ela sentia o calor, a suavidade da sua pele.

Tudo isso parecia irreal, mágico, maravilhoso. Léa fechou os olhos quando ele beijou o pescoço dela e depois o sentiu puxando sua camisa de dormir para cima, puxando o corpete dela para baixo. Como deveria ser. Agora não havia nada entre eles, nada que os separasse. Ele a deitou e a beijou mais e mais e mais, a sensação de seu corpo sobre o dela agradável, calmante, a sensação de seu peito contra o dela deliciosa.

Foi tudo maravilhoso, ainda mais quando ele beijou seus seios, sua barriga, até aquele estranho lugar de prazer, vergonha e culpa, exceto que agora só havia ternura e deleite. Tudo parecia certo. Ele também se livrou de suas roupas, e então olhava nos olhos dela, com tanto sentimento em seu olhar. Fel dos sonhos a amava. E ela o amava de volta, ela sabia disso em seu coração. Mais do que só no seu coração.

Ele deu uma risada leve, como se estivesse chegando à mesma conclusão que ela. Naquele momento, ela sentiu uma pontada de dor entre as pernas, algo estranho, mas que logo parou.

Os olhos dele se arregalaram e ele ficou tenso.

— Léa?

— Sim?

— Como...— Ele franziu a testa, confuso.

Muitas peças prateadas voaram de uma mesa lateral. Suas mãos. Ele beliscou o ombro dela suavemente.

— Você é real?

Uma sensação horrível estava se instalando no poço do seu estômago. Mas não podia ser.

— *Você* é real?

Ele se sentou, sua expressão horrorizada.

— Merda, Léa. É claro que eu sou real. O que *você* está fazendo aqui? — Ele estava se vestindo e jogou as roupas dela para que fizesse o mesmo. — Quero dizer, eu sinto muito, muito, muito mesmo. Você não tem ideia do quanto eu lamento.

Isto era estranho. Mas Léa estava acostumada a sonhos estranhos. Por outro lado, algo estava errado. Ela tentou cruzar suas mãos — e não conseguiu. Mas isso já havia acontecido com ela antes. Ele era parte do sonho dela, mesmo que isso não fizesse muito sentido.

Ele continuou:

— Eu juro, eu pensei que estava sonhando, eu pensei... Eu sinto muito.

Léa puxou um lençol para cobrir seu corpo nu. Ela não ia

processar o que estava acontecendo e vestir o corpete ao mesmo tempo.

— Você é parte do meu sonho, certo? — Ela realmente esperava que sim. — Não há nada para lamentar.

Ele cobriu seu rosto com sua mão de metal.

— Léa. Isto é real. Eu sou real. Este lugar é real. E se você não é minha alucinação muito realística, então você está aqui, e isso significa... — Ele suspirou.

Real? Não fazia sentido.

— O que é este lugar?

— O quartel no Forte Real de Umbraar.

Ela decidiu se vestir.

— Umbraar. Então, obviamente, é um sonho. — Seus dedos estavam trêmulos quando ela amarrou seu corpete. — Como eu teria chegado até aqui? — Era bizarro argumentar contra alguém imaginário.

— Como *eu* vou saber? Eu estava dormindo. Eu vi você. O que você esperava que eu pensasse?

Ela recolocou sua camisola, o que não mudava o fato de que ela não estava muito vestida.

— Eu estava no castelo em Bastião de Ferro no meu quarto bem fechado. Como eu teria vindo até aqui?

Ele se sentou e segurou as mãos dela.

— Ouça-me. Léa, isto é real. Este sou eu. Eu nunca teria sido tão ousado. Nunca. Mas eu não pensei. Eu não sabia! Como você chegou aqui? — Havia agonia em sua voz.

— Eu não sei. Eu às vezes fico presa em pesadelos estranhos, e acho que este é um deles. — Tinha que ser, senão ela não saberia como lidar com a vergonha.

— Não é. Tudo o que sei é que eu quase... — Ele fechou os olhos. O tom dele ficou frio de repente. — Você não é casada?

Ela sentiu um gosto amargo em sua boca.

— Sim.

— Você ainda não fez isso com seu marido? — Ele fez a pergunta como se não fosse nada demais. Este não era mais o Fel dos seus sonhos, e ela estava começando a ficar preocupada.

— Não.

— Como você chegou aqui? — ele insistiu. Sua voz era suave, mas seu tom era urgente.

— Eu não sei! — Quantas vezes ela teria que repetir isso? Ela estava começando a pensar que isso era realmente real, mas então nada fazia sentido.

Ele acendeu uma segunda vela na sala, então seus olhos se alargaram quando notou a mão dela.

— O que aconteceu aí?

A queimadura. Ela se sentiu envergonhada e constrangida, como se de alguma forma a culpa tivesse sido dela. Envergonhada de confessar que ela estava presa a um casamento abusivo.

— Nada.

— Não se parece com nada, Léa.

— Foi um acidente.

Ele olhou nos olhos dela.

— Alguém lhe fez mal? — Havia preocupação, mas também frieza e desprezo na sua voz.

— Por quê? Por acaso você se importa?

— Não. — Ele olhou para baixo e encolheu os ombros. Então ele acrescentou, murmurando: — Não significa que eu não vou matá-los.

Léa balançou a cabeça. Isso não fazia nenhum sentido.

Ele olhou para ela novamente.

— Você fez a sua escolha, não fez? Agora, por que você está aqui?

— Eu não sei! Eu nem sei se isso é real ou não. Eu estou sonhando. Ou pensando que eu estou sonhando. Se eu estivesse acordada e pudesse ir a qualquer lugar, você acha que eu viria aqui?

Ele rolou os olhos.

— Obviamente não.

Seus pensamentos então foram para seus pais, e para a ameaça pairando sobre eles.

— Eu preciso voltar.

Ele riu amargamente.

— Bem, então vá.

— Isofel. Eu não tenho ideia de como.

— Da mesma forma que você veio, minha querida Leandra Bastião de Ferro. E eu peço desculpas. Verdadeiramente. Eu cometi um erro. Um erro imperdoável, mas, por favor, saiba que eu sinto muito.

Léa tinha que voltar. Ela não ia fazer nada disso com Venard, mas ela provavelmente poderia convencê-lo a esperar ou algo assim. Mesmo assim, ele havia dito que se ela tentasse fugir, algo poderia acontecer com seus pais. Mas como ela voltaria? Mais e mais ela estava ficando mortificada com o que havia se passado entre ela e Fel. Tão facilmente, tão rapidamente. Ele provavelmente tinha perdido todo o respeito por ela.

— Eu pensava que estava sonhando. Eu nunca teria feito nada disso se eu estivesse acordada.

— Por quê? — Ele cruzou seus braços. — Eu estou frequentemente em seus sonhos?

— Não. E quanto a você? Você não deveria ter pensado que era um pesadelo?

Ele encolheu os ombros.

— Era um sonho normal. — Ele estava dizendo que sonhava com ela com frequência? — Eu deveria ter notado que era muito realista, com certeza, mas, em meu benefício, eu estava meio adormecido.

— São sete da noite.

— Eu tenho acordado às três. — Ele olhou para ela. — Você entende o que aconteceu?

— Eu não tenho nenhuma ideia.

— Entre nós. Você entendeu?

Sua cabeça iria pegar fogo se ela pensasse nisso por mais um segundo sequer. Embora no momento tivesse parecido maravilhoso, agora tudo o que restava era vergonha.

— Eu preferia esquecer isso.

— Tudo bem. — Ele fechou os olhos e respirou fundo. — Nós quase fizemos sexo, Léa. Isto é o que os casais casados fazem, como eles fazem filhos. Eu teria ido muito, muito mais devagar com você, mas eu não sabia.

— Por que você pensou que eu tinha feito isso com meu marido?

— Porque eu pensava que você fazia parte do meu sonho. Não há complicações nos sonhos.

Foi constrangedor, mas ela ficou feliz por ele estar explicando a ela, então fez outra pergunta.

— Eu estou arruinada, agora? Será que eles notarão isso?

— Eu acho que não. Na verdade, nós não... É com isso que você está preocupada, certo? Com o seu marido?

— Eu estou preocupada com tantas outras coisas. Eu preciso voltar antes que eles descubram que eu saí.

Ele olhou para ela, uma frieza estranha em seus olhos.

— Então você estava deitada, depois *puff*, você estava aqui?

— Eu estava sonhando um pouco antes. — Ela então se lembrou do que sabia sobre Bastião de Ferro. — Fel, você tem que ter cuidado. Bastião de Ferro, eles têm... condutores de ferro, mais do que apenas a família real. Centenas. Eu não sei o que eles vão fazer.

Ele suspirou.

— Centenas? Como?

— Eles os escondem. Os príncipes têm... amantes.

— Eu já estou me preparando para lutar contra condutores de ferro, mas eu não fazia ideia de que estava nesse ponto.

— Está. Eles têm soldados de Bastião de Ferro em Lago Branco. Eu acho que alguns deles podem ser condutores de ferro. Se eu não voltar para a Cidadela de Ferro, meus pais podem estar em perigo.

— Oh, não é uma família adorável que você escolheu? — Ele sorriu. — Pelo menos seu marido tem duas mãos, certo?

Ela não deveria ter dito nada. Claro que ele só ia usar as palavras dela para humilhá-la.

Ele ficou em silêncio por algum tempo, então disse:

— Escute. Alguém a levou a algum lugar, você viu alguém diferente?

— Não. Eu estava no meu quarto. Sozinha.

Ele acenou com a cabeça.

— E você está preocupada com seus pais.

— Sim.

Ele pegou um longo casaco de couro marrom que estava sobre uma cadeira e jogou-o na cama, ao lado dela.

— Vista-se. Vamos precisar falar com meu pai.

A humilhação. A vergonha.

— Não. Por favor. Ninguém pode saber sobre isto.

Ela odiava implorar, mas não tinha escolha.

Ele caminhou até ela e segurou suas mãos nas dele, que agora estavam enluvadas, e olhou nos olhos dela.

— Léa. Não é sua culpa. Você não fez nada de errado. Eu não vou contar a ninguém o que aconteceu neste quarto, eu prometo. Mas eu acho que você pode ter entrado no oco sem querer, como um condutor de morte. Talvez tenha algo a ver com a sua necromancia, eu não sei. Meu pai tem magia de morte, ele pode te ajudar. Eu não posso.

Se ela não estivesse preocupada em voltar para Bastião de Ferro por causa de seus pais, ela iria querer morrer naquele momento. Só de imaginar a humilhação já era terrível o suficiente. Mas ela vestiu o casaco de Fel, e foi uma tortura porque cheirava como ele, e deveria ser um cheiro horrível, mas só fazia com que ela quisesse que eles ainda estivessem se beijando. Se ele notasse isso, provavelmente a humilharia ainda mais.

Ela olhou para ele.

— Você promete? Promete que não vai contar?

— Eu jamais vou contar isso pra ninguém. Mas nós precisamos entender o que aconteceu, e meu pai precisará ajudar a escondê-la aqui.

— Esconder aqui?

— Se eles estão ameaçando sua família, você não vai voltar para Bastião de Ferro.

— Eu tenho que voltar.

Ele olhou fixamente para ela.

— Vamos falar com meu pai.

Ele abriu a porta e verificou se havia alguém, depois fez um gesto para que ela o seguisse. *Se esconder aqui.* Poderia ser a libertação dela. Seria a ruína dela também. Fel não a queria. Ela estaria colocando sua família em perigo e arruinando sua reputação para sempre. Mas poderia ser sua maneira de escapar de Bastião de Ferro — como uma covarde, apenas para ser humilhada novamente, e para colocar seus pais em risco.

Eles abriram uma porta de madeira grossa e chegaram a um

escritório com mapas nas paredes e uma mesa com pilhas e pilhas de papéis. O Rei Azir estava sentado atrás de uma mesa, em frente a um guarda. Fel pisou na frente de Léa, de modo que ela ficasse escondida.

— Eu preciso falar com meu pai sozinho — disse Fel.

— Pode ir — disse o Rei Azir ao homem, que se afastou.

Quando o rei viu Léa, olhou entre ela e seu filho.

— Não é o que você está pensando — disse Fel.

— Você nem sabe o que estou pensando — respondeu Azir.

— Algo estranho aconteceu — disse Fel. — Com a mágica dela. Ela estava sonhando, daí ela apareceu no meu quarto. Eu acho que a necromancia pode tê-la feito andar no oco.

O rei Umbraar olhou fixamente para ela.

— Isso é verdade?

— Sim. Não tenho ideia de como cheguei aqui.

E agora ela estava quase completamente certa de que este não era um sonho estranho, o que era vergonhoso.

O Rei Azir continuou olhando para ela, como se a visse pela primeira vez, então ele se levantou e segurou seus ombros, urgência e agonia em seu rosto.

— Você tem certeza de que é necromante? Você consegue falar com os mortos?

Fel o empurrou.

— Larga ela. — Seu tom era calmo, mas havia algo tão assustador e ameaçador em sua voz que até mesmo Léa tremeu.

Fel e seu pai então olharam um para o outro. Essa era uma maneira muito desrespeitosa de tratar um pai, mas era verdade que o rei estava sendo um pouco agitado demais. Fel então acrescentou:

— Eu a vi reanimar um rato. Satisfeito? — Sua voz estava mais calma, mas ainda havia um tom ameaçador.

Azir fechou os olhos e se voltou para ela.

— Você tem certeza absoluta que é necromante?

O que mais ela poderia ser?

— Sim, tenho certeza.

Ele ainda estava olhando para ela. Fel então disse:

— Pai, eu acho que a necromancia funciona um pouco como a condução de morte. Essa é a única explicação.

O rei olhou para seu filho, depois se voltou para ela.

Fel continuou:

— Ela está dizendo que Bastião de Ferro tem um exército de condutores de ferro. Isto não é nada bom. E que ela teme por seus pais em Lago Branco.

Foi como se todo o ar fosse sugado para fora da sala e depois colocado de volta de uma vez, mas desta vez mais pesado e escuro.

— O quê? — perguntou Azir. Ele se voltou para Léa. — Isso é verdade?

Ele soou como se fosse assassiná-la se ela dissesse que sim.

— Eu não sei — ela disse com uma voz fraca. — Talvez. Existem forças de Bastião de Ferro em Lago Branco, quero dizer, talvez não seja nada, mas eu quero voltar, só para garantir. É que... eu não sei como voltar. — As palavras saíram meio misturadas, enquanto ela sentia a tensão aumentando na sala.

O rei olhou para ela.

— Eu vou tirar sua mãe de lá agora mesmo. E você vai ficar aqui.

Ela sentiu o pânico na sua pele.

— Isso só vai piorar as coisas. E eu preciso voltar pro meu marido.

— Não — insistiu o Rei Azir, e ela notou que os olhos dele estavam ficando negros. — Você vai ficar aqui e ficar a salvo.

Fel então disse:

— Se ela quer voltar para Bastião de Ferro, deixe-a voltar. Ajude-a.

Os olhos do rei se tornaram verdes novamente e ele se voltou para Léa.

— Você está segura lá? Você tem certeza?

Não, Léa não tinha certeza, mas ela não queria arriscar a vida de sua mãe, não quando ela estava tão perto de voltar para casa.

— Sim, eu tenho certeza.

Fel então acrescentou:

— Pai, se você for a Lago Branco, isso vai causar um tumulto entre reinos.

O rei acenou uma mão.

— Eu não sou um idiota. Ninguém vai nem me ver. — Ele olhou fixamente para Léa. — Você tem certeza absoluta de que está segura em Bastião de Ferro?

— Estou segura — insistiu ela, pensando em seus pais, pensando que ela estava tão perto de voltar para casa e não ia arruinar tudo agora.

Azir pegou um pequeno espelho de comunicação e o deu a ela.

— Se algo acontecer, qualquer coisa levemente suspeita, entre em contato comigo e eu a tirarei de lá.

— Tudo bem.

Ela pegou o objeto, surpresa que este estranho de repente se importasse com ela. Talvez fosse por causa de seu filho.

— Obrigado — disse Fel, confirmando o que ela pensava. A questão era que Fel só se importava com ela o suficiente para não querer vê-la machucada ou morta.

— Você pode me levar de volta? — Léa perguntou ao Rei Azir. — E se você for a Lago Branco, você pode dizer aos meus pais para terem cuidado com a comitiva de Bastião de Ferro, que pode haver condutores de ferro entre eles?

O rei acenou com a cabeça.

— Sim, se é isso que você realmente quer.

— Eu quero — disse ela. — Eu não acho que meus pais estejam correndo algum risco, mas se eu desaparecer, eles podem correr. Eu entrarei em contato com você se algo acontecer.

Fel segurou seu braço.

— Léa. Você tem certeza?

Ela desejava que ele não falasse assim com ela, desejava que ele fosse ou frio ou doce o tempo todo, já que esse vai e vem a estava deixando louca.

— O que mais eu posso fazer? O que vai acontecer se eu ficar aqui?

— Nós vamos mantê-la segura. — Não havia nenhum sentimento nos seus olhos, no entanto.

— Até o quê? Até quando? — ela perguntou. — Eu não vou começar uma guerra por causa de um sonho que deu errado.

Fel a soltou e zombou dela.

— Muito bem, então. Volte pro seu querido marido.

— Pelo menos ele quis casar comigo.

— Vamos — disse Azir. — Estamos perdendo tempo. Segure meu braço.

Assim? Agora mesmo? Ela o segurou, e mal teve tempo para um último olhar para Fel antes de ser engolida pela escuridão.

Os pensamentos de Fel eram uma confusão completa e ilógica. E seus sentimentos? Não faziam sentido. *Ficar aqui até quando*, ela tinha perguntado. A resposta ainda estava em sua garganta. *Até sempre. Até a morte. Eu vou honrá-la, respeitá-la e amá-la até o fim de nossas vidas.*

Se ao menos tudo fosse tão simples. Se ao menos ele soubesse que isto não se transformaria em humilhação, que ela ficaria, que ela o escolheria. Se ao menos ele não fosse tão fraco e tolo para ainda querê-la depois de tudo o que ela tinha feito.

Fel estava sendo consumido por culpa e arrependimento. É claro que ele tinha notado que o sonho tinha sido realista demais. Mas tinha sido como um presente dos deuses. Como ele poderia ter adivinhado? E ainda assim, ele quase tinha ido longe demais, quase... Mas ele também estava sendo consumido por vergonha. Ela o tinha visto como ele era; sem luvas, sem camisa, sem nada que o escondesse. E ainda assim ela não tinha se importado e tinha quase sido dele. Tão perto. Mas teria sido errado. Isso só o deixava triste pelo que poderia ter sido. O que nunca seria. Por causa dela. E então tudo se transformava em raiva.

E por que o pai dele a estava levando de volta? Ele tinha dado a ela um espelho de comunicação, mas será que ia funcionar? O de Naia não estava funcionando. E se Léa fosse mandada de volta para o perigo? E se fosse culpa dele? Eles poderiam tê-la mantido em Umbraar, independente do que ela escolhesse. Mas isso seria terrível. Se ela queria seu marido, eles não podiam impedi-la de voltar para ele. Tanta confusão. Levando-o à loucura. Não, uma coisa ele sabia: no momento em que ela tinha partido, ele desejava que ela tivesse ficado. Agora ele tinha que se arrepender de suas palavras duras, lamentar sua raiva, e viver com o conhecimento de que havia desperdiçado sua chance de consertar as coisas.

AZIR ESTAVA LEVANDO a filha de Ursiana através do oco. A filha de Ursiana, que se parecia com sua mãe, exceto por seus olhos azuis. Os olhos do rei necromante. E ainda assim. A magia da menina não lhe parecia necromancia. Isso abria um baú de perguntas esquecidas.

— Você tem certeza de que estará segura lá? — ele insistiu.

A menina acenou com a cabeça, parecendo certa. Azir não ia colocar a filha de Ursiana em perigo, não se ele pudesse evitar. Além disso, Isofel a amava. O tolo. Nenhum dos seus avisos tinha funcionado. Mas talvez avisos não funcionassem. Seu filho ia amar esta menina até o final de seus dias. Tudo que Azir esperava era que isso não consumisse sua alegria, sua vida, seus sonhos. Talvez Fel ainda encontrasse a felicidade apesar de seu coração partido.

Ela tocou seu bolso.

— Eu entrarei em contato com você se algo acontecer. Isto é normal? Eu pensei que você não poderia trazer ninguém através do oco.

Foi como se ela quisesse mudar de assunto. Azir decidiu ignorar suas dúvidas sobre aonde ela estava indo e responder a ela.

— É uma má ideia. Quando eles não têm a magia que lhes permite atravessar. É como quando você está nadando e tenta arrastar alguém que não sabe nadar. Eles podem puxar você para as profundezas. Mas você tem essa mágica, então é diferente. — Ele olhou novamente para ela. — Você tem certeza absoluta que pode reanimar um animal morto?

A garota franziu a testa.

— Por que você continua me perguntando isso?

— Curioso sobre a sua mágica.

Ela encolheu os ombros.

— Bem, é a mágica do meu pai.

— Certo. — Ele se concentrou nos caminhos na escuridão, depois traçou os passos até o castelo de Bastião de Ferro, aquele lugar que ele não visitava havia anos. O estranho era que as memórias eram mais doces do que amargas, doces com a memória dos dois bebês que ele havia tirado daquela família horrível, Isofel e Irinaia. Então sua respiração parou ao pensar em Naia. Com um fae. Dizendo que ela os estava espionando, mas o que ela realmente estava fazendo? Fel dizia que ela ainda deveria ser bem-vinda em casa, ela deveria ser perdoada se ela voltasse. Talvez ele tivesse razão.

Com sua filha tendo ido embora, aqui estava ele com a filha de Ursiana. A filha de outro homem. Mas isso não era culpa da menina. E ela não era uma menina, mas uma mulher casada. Uma mulher casada que tinha acabado de ser infiel.

— Leandra — disse ele. — Se a necromancia é como a morte, você precisa aprender a controlá-la. Você terá sonhos no oco, mas às vezes eles serão reais.

— Como o que acabou de acontecer. — Sua voz estava trêmula. Claro. A ideia era aterrorizante. Tinha sido assustadora para ele uma vez, antes que ele soubesse como controlá-la.

— Sim. Você pode entrar em seus sonhos. É raro, mas pode acontecer. Seu pai nunca mencionou nada disso?

— Ele me ensinou a entender quando eu estou sonhando.

Talvez a necromancia e a condução de morte *fossem* semelhantes afinal de contas.

— E caminhar no oco? Ele já lhe ensinou?

— Não.

Isso não era bom. Isso era extremamente perigoso.

— Tenha cuidado. Há coisas lá fora. Coisas perigosas. Mas o maior perigo não é você se machucar, mas soltar algo.

Ela ficou quieta por um momento, então disse:

— Como posso evitar isso?

Era preciso muito treinamento. Treinamento que ela obviamente nunca tinha recebido. Mas então, novamente, talvez a necromancia fosse diferente. Tinha que ser muito menos perigosa, se seu pai nunca a tivesse alertado contra nada disso. Mesmo assim, ele destilou a ideia principal:

— Controle seus pensamentos, controle seus sentimentos, controle seus sonhos.

A menina acenou com a cabeça.

Eles chegaram à Cidadela de Ferro. Uma monstruosidade que abrigava monstros. O que estava errado com Ursiana? Como ela poderia ter enviado sua filha para lá? Por outro lado, o Rei Harold era amigo do rei necromante, e talvez nada disso fosse monstruosidade para ele. Talvez os dois reinos estivessem até conspirando juntos. Isso fazia muito sentido. E os Bastião de Ferro não fariam mal à única herdeira de Lago Branco.

— Nós não seremos vistos. Diga-me para onde você precisa ir.

— É no alto o meu quarto.

Ele se concentrou e viu o último andar no olho da sua mente. Quartos e dormitórios. Um deles chamou sua atenção.

— É rosa?

— Sim.

Estranha escolha para alguém com magia de morte. Eles normalmente não gostavam de cores brilhantes. Por outro lado, novamente, ele estava fazendo suposições baseadas em condução de morte.

Entrar dentro de um espaço fechado sempre era difícil. Ele agarrou o braço dela com firmeza, enquanto sentia a escuridão pressionando sobre eles.

— Silêncio agora — ele sussurrou.

Quando a escuridão desapareceu, ele estava dentro de um quarto rosa choque.

— É aqui? — ele perguntou o mais baixo possível, para impedir que alguém o ouvisse.

Ela fez que sim com a cabeça, depois disse:

— Obrigada.

A filha de Ursiana não mostrou nenhum indício de medo, então ela provavelmente estava segura. A garota tinha tido sorte de não ter aparecido em outro lugar, de onde ela não saberia como voltar. Ela deveria saber como voltar, mas obviamente ela nunca havia recebido nenhum treinamento. Ele ainda tinha um sentimento estranho sobre isso. Ainda se perguntava... Isso tinha que ser um absurdo.

Ele acenou com a cabeça e saiu. Para mais bobagens. É claro que Ursiana estava a salvo. Talvez ela estivesse sentada em um trono com seu marido necromante rindo da destruição que eles estavam planejando. Talvez ela também estivesse conspirando com o Príncipe Sebastian, de Marca do Lobo. Ela não gostava tanto dele?

Azir ainda se perguntava como é que ele não tinha matado o príncipe. Ele se perguntava frequentemente sobre isso, mas não havia nada para se perguntar. O assassinato não ia consertar nada. Quanto a Bastião de Ferro, não havia conserto. Mesmo se ele matasse o rei, outra pessoa igualmente terrível tomaria o poder. Eles estavam todos envenenados. Exceto Fel e Naia. E a mãe deles, provavelmente.

Mas este não era o momento de agitar as chamas de sua raiva, mas de ir até Lago Branco, só para verificar se Ursiana estava segura. Sua insensatez ainda conseguiu surpreendê-lo.

Ele abriu a escuridão para ver o ridículo castelo de Lago Branco. Que tipo de necromante construía um castelo que se parecia com um bolo? Ele fechou os olhos para tentar olhar para dentro. Não deveria ser muito difícil, pois era sempre fácil ver onde ela estava. Mas antes de encontrá-la, viu um corredor cheio de sangue e guardas mortos. Lago Branco estava sendo atacado. Seu coração parou. O mundo parou. Tudo parou.

22

CONGELADOS

Léa estava tremendo, quase incapaz de acreditar que estava de volta àquele quarto horrível, incapaz de acreditar no que tinha acabado de acontecer, aterrorizada ao pensar que um dia poderia deslizar em seus pesadelos. Mas ela também estava envergonhada e com raiva de Fel. Por que ele a tinha humilhado?

O pai dele tinha sido gentil, no entanto. Para alguém com uma reputação tão horrível, ele tinha sido incrivelmente prestativo. E ainda assim. Parte dela desejava ter ficado em Umbraar, desejava que Fel a tivesse pedido para ficar. Mas isso seria uma tolice. Sim, seria sua tão desejada fuga, mas e se Bastião de Ferro retaliasse contra Lago Branco? Será que ela suportaria essa culpa? E ela sabia que poderia fazer de Venard um aliado, ela sabia disso. E ela poderia esperar um dia para ir para casa.

Mais do que nunca, ela estava determinada a falar com ele e adiar sua consumação. Ele estava obviamente tão ansioso quanto ela para ir embora, então não havia sentido em pensar nele como um adversário. Tudo daria certo. Não para o coração dela, mas isso havia sido quebrado no momento em que ela tinha recebido aquele bilhete de Isofel. E então quebrado novamente hoje à noite. Ela tinha deixado Fel esmagá-lo e depois pisar nos pedaços. E uma parte bizarra dela desejava que ele tivesse levado mais tempo para notar que não era um sonho, que ele não tivesse parado.

Uma olhada no relógio lhe disse que uma hora inteira ainda não havia passado. Ela tivera muita sorte.

Depois de algum tempo, Venard entrou.

— Eu vou apagar as velas. Se dispa e espere por mim. — Havia algo estranho, tenso em sua voz.

— Venard, não. Vamos dar um tempo. Você é meu amigo, você pode esperar. Nós vamos governar Lago Branco juntos. Não é preciso pressa. Vamos nos conhecer primeiro, vai ser muito melhor. Faremos isso quando estivermos longe de sua família, quando não houver ameaças pairando sobre nós.

Ele não olhou para ela.

— Apenas feche os olhos e relaxe, está bem? Vai ficar tudo bem. Apenas deite-se e relaxe. — Havia muito medo em sua voz. Estranho.

Léa ficou imersa na escuridão quando ele saiu, mas ela acendeu uma vela logo em seguida. Se ele estava com mais medo do que ela, ela poderia usar isso a seu favor. Venard era um covarde, mas não era cruel. A menos que sua avó estivesse ao lado dele, ameaçando-o, duvidava que ele fizesse qualquer coisa contra a vontade dela.

Depois de longos minutos, a porta se abriu novamente. Ela respirou fundo, confiando em si mesma que ainda podia convencê-lo, mas seu pensamento ficou preso em seu peito quando ela viu quem entrou.

Não era o Venard, mas seu irmão, Cassius.

Antes da conglomeração, Azir tinha vindo a Lago Branco algumas vezes, apenas por curiosidade, uma curiosidade bizarra. Mesmo assim, ele não conhecia bem o castelo e não sabia onde a família real estaria em uma ocasião como esta. A maioria dos castelos tinha uma câmara de segurança para o rei e a rainha, mas ele não tinha certeza se era o caso aqui, e se tinha havido tempo para eles chegarem lá.

Ele tentou sentir onde Ursiana estava, mas era como se ele

estivesse de frente para uma parede. Decidiu se lembrar da conglomeração e ir para o salão de baile principal. Havia guardas de Lago Branco caídos no chão, mas não havia nenhum sinal de conflito ou sangue. Eles não estavam respirando, no entanto — eles estavam mortos.

Quem poderia ter causado isto? Os faes novamente? Seu instinto lhe dizia que isso tinha sido obra de Bastião de Ferro, agora que eles podiam tomar o controle do reino depois de terem casado com a herdeira de Lago Branco. E se alguns dos guardas que eles tinham mandado eram condutores de ferro... Mas isso ainda não explicava como esses homens haviam caído mortos sem ferimentos. O que Azir tinha que fazer agora era encontrar Ursiana. Ele lembrou da ala de convidados e imaginou que os aposentos reais estariam lá perto.

Em cima, nos corredores, ele encontrou sinais de batalha. Guardas e criados tinham sido mortos com espadas ou algum outro tipo de objeto cortante. Sua experiência ao observar Fel e Naia o havia ensinado que condutores de ferro podiam fazer um grande estrago mesmo à distância. Se tivesse sido um condutor de ferro. Mas ele não viera aqui para descobrir quem estava atacando o castelo, mas para levar Ursiana embora, se ela ainda estivesse viva. Um peso horrível estava assentando em seu peito quando ele percebeu que as chances de ela sobreviver a isto eram muito pequenas. Onde ela estava? Gritos abafados à distância chamaram sua atenção. Azir escorregou na escuridão e se viu em um quarto enorme. Um canto estava coberto com algum tipo de vinha escura, que dois homens estavam tentando cortar.

— Taque fogo nisso — disse um deles. Ele estava usando calças escuras e uma camisa, e sem uniforme de guarda, então era difícil saber de onde ele era.

— Eles precisam do corpo dela — o outro respondeu.

— A gente apaga o fogo antes que ela queime.

Azir escorregou no oco novamente, depois passou pelas videiras, onde Ursiana estava caída, inconsciente.

Algo explodiu fora das videiras, então ele a agarrou em seus braços e mal teve tempo de fugir antes que qualquer fogo ou calor os atingisse.

Em busca de um pulso, ele tocou o pescoço dela, por um segundo temendo que estivesse morta, assim como todos na sala do trono. Seu coração ainda estava batendo, mas ela estava tão fria.

Então ele olhou em volta e percebeu que seu momento de pânico o havia feito se perder. Ele geralmente podia ver caminhos à sua frente, como estradas em um campo claro, mas desta vez só havia escuridão. E paredes. Ele estava cercado por elas em todos os lados, exceto um, de onde vinha uma luz fraca. Mas um rugido monstruoso também vinha daquela direção. Isto não poderia ser. De todas as vezes que ele poderia ter se perdido, de todos os lugares onde ele poderia ter ido parar, por que isso estava acontecendo agora, e por que ele tinha vindo parar aqui?

20 ANOS ANTES

Deixar a tripulação das Velas da Morte foi uma experiência estranha, pois River sentiu como se estivesse deixando amigos para trás. E ainda assim eles eram humanos, humanos que estavam destruindo Alúria, que não se importariam de ver a Cidade Lendária destruída. E agora ele estava em Fernick, uma terra que ele conhecia muito pouco, sem nenhuma ideia de onde encontrar os mestres dos dragões, dragões, ou o que quer que eles escolhessem para se chamar.

Ele sempre tinha se perguntado o que tinha acontecido com os dragões em Alúria e até mesmo em Fernick, e agora ele obteve sua resposta e isso fez seu estômago ficar um pouco virado. Por dragões, ele sempre imaginou as lendárias criaturas voadoras semelhantes a répteis. Mas por algumas conversas com a tripulação, ele aprendeu que os dragões eram os mestres dos dragões; humanos. Humanos mágicos, claro, mas definitivamente não os dragões que ele gostaria de ver. Que nome pretensioso, dragões. Eles não poderiam ter escolhido um nome humilde e realista, como lendários? Por outro lado, saber que ele não teria que enfrentar criaturas gigantescas que soltavam fogo facilitaria sua busca. Mas ele ainda desejava que elas existissem.

Fernick era também a terra de muitos tipos de faes e elfos. Ele sempre quis ver faes e fadas com diferentes cores de pele, e se perguntava como seria ser azul ou roxo ou ter asas. A ideia de voar soava incrível, mas ter asas frágeis faria com que isso fosse muito perigoso.

O continente era ocupado por humanos, como a Alúria, mas era enorme e tinha grandes florestas onde feéricos podiam viver sem serem perturbados. Mas ele estava ali para encontrar os dragões, não outros faes.

Andando de bar em bar na cidade portuária de Seminak, foi fácil usar seu glamour para fazer os humanos falarem. A parte mais difícil era entender o que eles diziam. River costumava pensar que ele tinha um bom domínio de fernês, mas isso obviamente foi antes dele ter ouvido alguém falando a língua em um bar — ou qualquer conversa de verdade. As palavras se misturaram todas em uma confusão incompreensível. Só para ele, é claro, já todos os outros entendiam perfeitamente essa mistureba de sons. Aqui estava ele: o estrangeiro que não sabia nada, falando muito devagar. Ao menos havia mais humanos de Alúria naquela cidade portuária. A parte bizarra era vê-los e reconhecê-los como compatriotas, quando eles eram inimigos.

Ainda assim, com seu terrível fernês ou falando com humanos de Alúria, River reuniu informações. Não foi difícil conseguir que as pessoas falassem sobre histórias, mitos, boatos. Os humanos eram fascinados por mágica, especialmente em uma terra como esta, onde poucos deles a possuíam. Nem mesmo a realeza tinha qualquer magia em Fernick.

E foi assim que ele aprendeu sobre os mestres dos dragões. Agora, a história estava ficando muito confusa. Aparentemente, dragões de verdade tinham existido no passado, e por dragões eles se referiam a criaturas gigantescas. No passado, eles queriam dizer uns quinhentos anos antes, o que era tempo suficiente para fazer tudo soar como um mito. Mesmo assim, era uma informação.

Os mestres dos dragões provavelmente não estariam no sul ou perto das cidades. O melhor palpite de River eram as montanhas. À medida que ele se aprofundava cada vez mais no continente, mais e mais ele temia encontrar um fae e talvez ser exposto. Verdade que ele não era um inimigo aqui, exceto que estava usando sua magia para conseguir comida e hospedagem, e alguém eventualmente ia acabar não gostando disso.

Ao longo de sua viagem, ele olhava para suas pedras de lapso. Uma ideia veio a ele quando estava em uma pequena vila perto das Montanhas Cinzas. As pedras podiam formar um círculo. Talvez um círculo como os de Alúria, permitindo que ele fosse para outro lugar. Ele as testou na floresta, em um lugar tranquilo. Colocando as pedras em um grande círculo, observava como os animais pisavam dentro dele. Se tivesse sido um portal, pelo menos alguns deles passariam, mas nenhum o fez. Eventualmente, enquanto um bando de pássaros lutava pelo milho que ele havia jogado lá, ele bateu palmas para afastar as criaturas.

River tremeu, incapaz de acreditar no que ele estava vendo; os pássaros tinham parado de se mover. Ele estendeu sua mão e tocou uma criatura, e ela começou a comer novamente. Então ele aplaudiu, mas nada aconteceu. Quando ele estalou os dedos, os pássaros voltaram ao normal, inabaláveis, ilesos. Isto era incrível. Esse era o lapso que as pedras causavam, como um lapso no tempo, exceto que o tempo não mudava realmente. Se esta mágica funcionasse em um círculo maior, ele sabia o que teria que fazer para conseguir aquele bastão.

Naquela noite, ele colocou as pedras ao redor da pousada e as testou. Elas funcionaram. Os hóspedes e o dono foram parados no tempo, como se fossem estátuas, e ainda assim estavam vivos, respirando, mesmo enquanto parados. E River agora tinha acesso a um poder imensurável nos objetos mágicos que ele tinha em mãos.

Aconteceu que os dragões não eram tão difíceis de encontrar. Quando River chegou ao vale certo, os aldeões sabiam onde eles moravam. Parecia que os mágicos não tentavam se esconder. O que os mantinha seguros era o suposto poder que tinham. Se eles se achavam intocáveis, isso era ainda melhor para River.

O Covil dos Dragões ficava no topo de uma colina íngreme. River colocou as pedras de lapso ao seu redor e subiu, chegando finalmente a um grande edifício de mármore. Não havia guardas em nenhuma das portas, e por um momento ele temeu que o lugar tivesse sido abandonado, mas, uma vez lá dentro, viu um grupo de pessoas ao redor de uma mesa. Parecia que eles estavam conversando. Eles olhavam uns para os outros, alguns deles com a boca aberta. A segurança aqui era uma porcaria. Ele costumava pensar que a segurança era uma porcaria no palácio dos lendários, mas era incrível comparada a esse Covil dos Dragões. A menos que um dragão de verdade aparecesse ou algo assim. Bem, é claro que não. Os *dragões* tinham sido congelados, e eles eram apenas humanos com magia. Muita magia, aparentemente, mas isso ainda não fazia deles dragões. Um dia, ele precisaria encontrar um deles acordado e discutir sobre semântica. Aquele não era o dia, é claro.

Enquanto ele se perguntava onde o bastão poderia estar, seus olhos notaram que havia algo transparente na parede. Gelo. Provavelmente se mantinha frio com mágica, já que ali era verão. Dentro dela havia um bastão de metal. Ótimo. Bem no hall de entrada. Poderia ser *o* bastão? River se aproximou dele. Ele geralmente podia sentir o cheiro de mágica, era um cheiro estranho, sempre diferente dos aromas naturais. É claro, ele não sentiria nada envolto em tanto gelo. Mas tinha que ser algo muito importante para estar lá. Ele poderia raspar o gelo até liberar o artefato, poderia esperar até que derretesse, ou — ele viu uma lareira em um canto.

Agora, isto estava ficando ridiculamente fácil. Mas talvez eles contassem com os três homens e quatro mulheres ao redor daquela mesa para proteger o bastão. River pegou um longo pedaço de madeira que não estava fundo no fogo e, com ele ainda aceso, pressionou contra o gelo, que derreteu rapidamente. River pegou um lenço para segurar o bastão, temendo que ele pudesse ter algum feitiço de proteção ou ferro.

Uma vez que envolveu suas mãos ao redor do artefato mágico, um frio intenso atingiu o seu braço e depois todo o corpo. É claro, o bastão tinha que estar frio, tendo estado lá por tanto tempo, mas isto era demais. Ele largou o objeto, que caiu no chão. O gelo estava se formando ao redor de River. Isso tinha que ser um feitiço de proteção. River tolo, achando que não haveria nada lá. Ele decidiu pegar o bastão e correr antes que o gelo o envolvesse, mas era tarde demais. As pernas dele não se moviam. Ou seu tronco ou braços. Quando o gelo cobriu sua cabeça, ele fechou seus olhos. Ele estava ralado.

Léa lamentou imediatamente não ter ficado em Umbraar, ter desperdiçado sua chance. Tudo porque ela confiou em Venard, confiou que ela estava prestes a voltar para casa em breve, que eles ainda poderiam ser aliados. Aquele covarde. Agora ele havia deixado seu irmão entrar no quarto.

Ela fez um esforço para manter sua voz firme.

— Quarto errado?

Cassius tinha um sorriso nojento.

— Oh, você não pode obedecer a uma simples ordem, não é mesmo? Você quer isso com velas acesas, quer ver tudo? Melhor ainda.

— Eu estou esperando o meu marido.

Ele riu.

— Você acha que ele está vindo? Você acha que ele não sabe disso?

— Duvido que a Senhora Célia aprove isso.

Léa odiava aquela mulher, mas não achava que ela iria se rebaixar a esse nível. Ele encolheu os ombros.

— Você acha que eu me importo? Além disso, tudo o que eles querem é um pequeno condutor de ferro saindo da sua linda barriguinha. Você acha que eles vão verificar de quem é a criança?

Talvez não. Talvez tudo o que eles quisessem fosse Lago Branco, e considerando como eles a estavam tratando, eles não estavam nem um pouco preocupados com o seu bem-estar. Medo. Medo como ela nunca havia sentido na vida estava tomando conta dela. Por um momento, foi como se ela não pudesse ver nada, não pudesse sentir nada, congelada no lugar.

Uma risada horrível veio da boca do príncipe e ele avançou em direção a ela.

— Socorro! — gritou ela. — Socorro! — Não era brilhante, mas era o melhor que ela podia fazer.

— Eu gosto disso. — O sorriso dele era uma careta horrível. — Grite mais um pouco.

Não havia tempo para alcançar o espelho de comunicação para tentar buscar ajuda do pai de Fel. Ela queria poder desaparecer no oco novamente, mas ela tinha que relaxar para fazer isso, e agora ela estava o oposto de relaxada.

— Vamos — insistiu ele, agora bem na frente dela. — Grite.

Havia apenas uma parede atrás dela, aquela horrível parede cor-de-rosa. As mãos dele se moveram para o botão superior do casaco dela — o casaco de Fel. Ela ainda podia sentir a mão mágica de Fel em seu braço, perguntando se ela estava certa de que queria voltar para Bastião de Ferro. Oh, quão orgulhosa e estúpida ela tinha sido! Mas ela tinha voltado para manter seus pais seguros. Ela esperava que eles estivessem seguros agora.

Cassius estava lidando com o botão, felizmente levando uma eternidade para abri-lo. Ela podia tentar bater nele, chutá-lo. E então o quê? Não havia como ela lutar contra ele e vencer.

Ele soltou o botão e olhou fixamente para ela.

— Vamos fazer isso bonitinho, está bem? Você é uma pequena vadia que já teve alguma prática. Todos nós sabemos disso. Então comece por se despir. Faça um bom desempenho e você não vai se machucar. Viu como eu sou legal?

Ao menos isso lhe daria tempo para reunir seus pensamentos, para tentar achar uma solução. A raiva estava fervilhando nela enquanto desfazia botão por botão do casaco, o mais lentamente que podia. O que ele pensava que era? Que direito ele achava que tinha? Que direito Venard achava que ele tinha de entregá-la ao seu irmão? Por que eles pensaram que poderiam queimá-la, machucá-la, humilhá-la? Eles não achavam que haveria consequências? Será que eles achavam que ela era tão inútil que poderiam tratá-la assim? Será que eles achavam que Lago Branco era tão fraco que poderiam arriscar a ira de seus pais? Quem este palhaço pensava que ele era?

Ele não tinha o direito de estar aqui, não tinha o direito de estar dizendo a ela o que fazer, não tinha o direito de querer tocá-la. Toda sua dor, humilhação, raiva, todas as palavras que ela havia engolido estavam borbulhando, ameaçando vir à tona. De repente, as palavras do pai de Fel voltaram para ela. *O maior perigo é você soltar algo.* Mas ela não estava com medo. Ela não tinha medo dos sentimentos escuros e viscosos dentro dela. Não fazia sentido engarrafá-los. Um estranho poder estava fervilhando dentro dela. Era destruição, dor, morte. E ela o saudou.

Cassius zombou.

— Olha só. Olhos negros. Tão bonitinhos. Isso é pra ser mais sexy?

Léa sorriu.

— Para mim, sim.

E então ela sentiu. Como uma represa sendo quebrada. O quarto ficou imerso na escuridão, mesmo que a vela ainda estivesse acesa. Tentáculos de uma coisa preta, pegajosa, estavam envolvendo Cassius. E sua expressão mudou. Tão simples. Tão fácil. O escárnio tinha desaparecido, o medo tinha tomado seu lugar.

— Pare com isso, sua bruxa!

Léa riu.

— Eu gosto disso. Grite mais um pouco.

Ele tentou avançar sobre ela, mas aquela coisa enrolou a garganta dele e o puxou de volta. Ficou cada vez mais apertada enquanto ele gritava por ajuda. Foi lento, de modo que ela pôde apreciar cada um dos gritos dele. Ele estava tão assustado, tão indefeso.

Um espelho rachou ao lado dela. Cassius provavelmente estava tentando alcançar qualquer metal para se defender, mas seria difícil fazer qualquer coisa quando ele não conseguia nem mesmo respirar.

Quando ele estava quase morrendo, Léa ajoelhou-se ao seu lado.

— Eu prometo a você que todos em sua família que me humilharam verão o mesmo fim. Eu quero ver todos vocês pagarem por isso. E sofrer. Sofrer muito.

Os olhos dele fecharam, e ela sentiu sua vida o deixando. Foi agradável e gratificante, mais agradável do que o melhor bolo de laranja. Tanta magia dentro dela, batendo com um poder imensurável, o poder da morte.

A porta se abriu, e quatro guardas entraram.

— O que está acontecendo...

O guarda nem chegou a terminar a frase, já que todos eles caíram mortos. Controlar a morte era tão bom. Ela poderia muito bem matar a todos naquele castelo. Todos em Bastião de Ferro. Todos em Alúria. Todas as pessoas no mundo.

Não. Não os pais dela. Não. O que ela estava pensando? Eram esses os seus próprios pensamentos? Não havia tempo para ficar horrorizada com os guardas mortos, e ela ainda não estava horrorizada com o que ela tinha feito com Cassius, mas tinha que escapar antes que mais guardas viessem. A menos que ela pudesse matar todos. *Matar todos, matar todos.* Era como se algo estivesse falando dentro da cabeça dela, e isso a estava deixando confusa. Ela tinha que tentar ir para o oco, mas fechou os olhos e nada aconteceu. Ela correu para fora, onde logo foi cercada por uns vinte guardas. Sem Venard, sem Silas, aqueles covardes.

Os primeiros guardas caíram mortos, depois ela viu uma estranha fumaça azul no corredor, vindo de ambos os lados.

Os guardas entraram em pânico e cobriram seus narizes e bocas.

— Névoa de morte — gritou um deles.

Ótimo. Então eles estavam envenenando todos, incluindo os guardas. Incluindo ela. Havia apenas duas saídas: pular ou ir para o oco. Léa não tinha ideia de como sair daquele lugar. E não achava que suas chances de sobrevivência seriam boas se ela pulasse. As chances dela também eram terríveis se ela ficasse e respirasse aquele gás. Era como se ela finalmente tivesse deixando aquela apreciação mórbida pela morte. Ela não queria matar ninguém. Tudo o que ela queria era sobreviver. A questão era como. Presa, prestes a ser envenenada, como ela iria encontrar uma saída?

23

ENCURRALADOS

Havia uma luz fraca iluminando o túnel onde Azir estava. Ursiana estava inconsciente, mas respirava. Pensando naquelas videiras que a protegeram em Lago Branco, percebeu que ela deve ter usado sua magia, e uma quantidade insana de uma só vez, para ter feito aquela barreira. Ele sabia que ela era uma condutora verde, mas sempre tinha achado que a magia dela estava adormecida. Talvez ela tivesse despertado. A magia agia de maneiras estranhas... Como com Naia e seu fogo misterioso. Mas ele não queria pensar em Naia. Ao menos ele ainda tinha Fel. Mas por quanto tempo? Será que Bastião de Ferro se moveria para atacar Umbraar também?

Enquanto isso, Azir estava preso ali, naquele buraco, enquanto algo rugia do lado de fora. Se ele estivesse certo, a criatura esperando por eles era um olho da morte, e esta era uma das armadilhas deles. Não havia nenhum jeito de ir para o oco a partir daqui. Se ele quisesse sair, ele precisaria enfrentar o monstro — ou monstros — esperando por eles lá fora.

Por enquanto, tudo o que ele fez foi sentar-se contra a parede de pedra e colocar a cabeça de Ursiana em seu colo, para que ela tivesse algum tipo de travesseiro. Ela o havia traído, desonrado, e ainda assim aqui estava ele, preocupado com onde a cabeça dela estava descansando. Ela não parecia tão diferente de quase dezenove anos atrás. Algumas linhas, talvez, aquelas linhas que a vida marcava nos rostos das pessoas, como as dele. Talvez fosse por isso que ele quisesse tanto salvá-la: não por ela, mas por uma memória de uma época em que ele pensava que tudo poderia ter sido diferente. Uma época em que ainda havia esperança mesmo depois de tanta dor e tragédia, uma luz brilhante em um mundo escuro. Tudo ilusão, é claro, mas o lembrete estava aqui, como se o sonho pudesse se tornar sólido e real.

Sua preocupação com ela foi o que o fez se perder e acabar ali. Irônico que ele tivesse querido tanto salvá-la e, no final das contas, tinha acabado condenando os dois. Tudo tão irônico e ilógico.

— Azir? — O tom da voz dela o levou de volta dezenove anos.

Mas era ela, não uma memória. Finalmente, ela estava acordada, e ele suspirou de alívio. Estranhamente, ela não olhou para ele com sua zombaria habitual, a menos que a luz fraca o estivesse enganando. Esse pensamento veio muito cedo, pois ela logo franziu as sobrancelhas e sentou-se, como se tivesse acabado de perceber que estava descansando sua cabeça em um ninho de escorpiões.

— O que está acontecendo? — perguntou ela, com a voz fria e tensa, o que fazia sentido, considerando o que ela tinha acabado de passar.

— Seu castelo foi atacado.

— Eu sei disso! — Ela olhou à sua volta. — O que você está fazendo aqui? Onde nós estamos?

— Eu te salvei e...

Os olhos estavam arregalados.

— Você sabia que isto ia acontecer?

— Não.

— Então como você...

— Deixe-me explicar. Eu pensei que Bastião de Ferro poderia atacar, com certeza. Eu nunca teria adivinhado que eles teriam atacado seus aliados mais próximos.

— Como você me encontrou?

— Eu... — Como ele ia explicar isso? Ele não queria

comprometer Isofel. — Recebi uma comunicação de sua filha. Ela estava preocupada com você.

— *Você* recebeu? Ela não me contactou faz tempo, só escreveu cartas estranhas, mas nunca mencionou nada...

— Ela entrou em contato com meu filho. Em um sonho, por acidente. — Ele não precisava explicar quão real o sonho tinha se tornado. — E ela estava preocupada com seus pais. Então eu fui até Lago Branco para verificar, e infelizmente cheguei lá tarde demais. Tudo o que eu pude fazer foi tirar você de lá.

— Eu não pedi nem preciso que você me salve, Azir. Eu te disse para nunca mais me tocar.

— Bem, está feito. — Ele encolheu os ombros. — Mas devo dizer que estou muito feliz por você não querer ser salva, porque não tenho certeza se eu o fiz.

— O que você quer dizer? Espere. — Ela deu outra olhada na caverna. — Você me levou para o oco? Você não disse que não podia levar outra pessoa? Que isso poderia fazer você se perder?

Azir ficou atônito por ela se lembrar de algo que ele havia dito a ela havia tanto tempo.

— Sim, é verdade. Eu não deveria tentar levar ninguém através do oco, mas você estava cercada. Eu... — Se houvesse algo como uma coroa de tolices, ela precisava colocar em sua cabeça. — Eu esqueci.

— Você pode sair daqui?

Ele mordeu seu lábio.

— Há um olho da morte lá fora. Talvez mais. Vou precisar observá-los, ver se há um momento em que eles descansam, para passar por eles.

— Você não pode simplesmente... *puff*? — Ela estalou os dedos.

— Não. — Ele estava se sentindo tolo. — Eu sinto muito. Mas vou tentar encontrar uma maneira de nos tirar daqui.

— Talvez. De todas as maneiras possíveis de morrer, estar presa a você é um castigo que eu acho que não mereço. Você não pode sair por conta própria, pelo menos? Deixar-me com o meu destino em paz?

— Eu obviamente não posso, ou eu não estaria aqui ouvindo sua voz.

Era uma mentira, ele não a ia deixar. Isso não significava que ele gostava da situação em que eles estavam. A presença dela era como espetar uma velha ferida com ferro quente.

— Você deveria ter me deixado morrer, Azir.

— Você liberou uma poderosa magia verde para combater seus atacantes, Ursiana. Isso não me parece ser alguém que desistiu da vida.

— Eu não tinha desistido. Claro que não. Mas se eu soubesse que a alternativa a morrer era ficar presa com você, obviamente eu teria reconsiderado.

— Por quê? Isso faz você se sentir mal? Talvez você mereça.

— Vai se foder, Azir.

O tom dela o surpreendeu.

— Usando palavras desagradáveis agora?

— Meus *sentimentos* são desagradáveis. Não há palavras para expressá-los, mas algumas delas são mais apropriadas que outras.

Ele sorriu.

— Pelo menos sua grosseria está emergindo. Melhor do que esconder debaixo de um verniz doce.

— Você é quem sabe tudo sobre esconder. É por isso que você fez essa tentativa patética de me resgatar? Será que você tem um pouco de remorso pelo que você me fez?

— Uma montanha de remorso e vergonha, sim. Por ter confiado em você uma vez.

— Confiança? Você está brincando comigo, certo? Você me usou e depois me largou. Minha culpa por ser uma idiota ingênua? Claro. Eu aceito isso, eu aceito a minha culpa. Meu erro, com certeza. Mas eu ainda posso detestar você por tirar vantagem da garota inocente e esperançosa que eu era.

Ele rolou os olhos.

— Tirar vantagem... Já superamos isso, não é mesmo? Eu não vejo mais razão para fingir. Não era você que estava brincando comigo e com o príncipe de Marca do Lobo, Sebastian, ao mesmo tempo? Eu não entendo por que você não se casou com ele. A menos que ele também soubesse quem você realmente era.

— Por quê? Você esperava que eu não falasse com ninguém? Que eu não dançasse com ninguém? E ainda assim eu me lembro de nunca ter dançado com ele, não que isso tivesse sido errado. Essa é sua desculpa frouxa? — Ela acenou com uma mão. — Poupe-me. Basta dizer que você conseguiu o que queria e pronto. Eu fiz minhas pazes com isso há muito tempo.

Por que ela estava insistindo em agir inocentemente?

— Ursiana. Por favor. Não há mais necessidade de fingir. Não depois de todo este tempo. Eu te vi no jardim com Sebastian.

Ela riu um riso amargo.

— Você *me* viu? Você definitivamente não viu, porque eu não estava lá. Ou você está mentindo por alguma razão ridícula, ou sua visão estava gravemente prejudicada.

— Eu não estou mentindo. Eu vi.

— Como você poderia ter visto algo que não aconteceu?

— Aconteceu. Era você. Eu percebi que você estava mentindo. Foi por isso que eu não consegui mais olhar para você.

Ela fez uma pausa, olhando fixamente para ele.

— Então foi por isso que você não me pediu em casamento.

— Sim.

Ela riu amargamente.

— Fantástico, simplesmente fantástico. Sabe, eu passei minha vida inteira pensando que você era um idiota que só queria me usar por uns momentos e depois me jogar fora. Mas na verdade, não. É mil vezes pior. — Havia fúria na voz dela. — Você acha que eu não tenho honra. Você acha que eu seria capaz de algo nojento como isso. Eu passei os últimos anos da minha vida odiando você. Como pode ser ainda pior?

A raiva dela quase o fez pensar duas vezes, quase o fez acreditar nela, mas ele também confiava em seus próprios olhos.

— Porque é o que eu vi.

— Vá se foder, Azir. Mil vezes vai se foder.

Ele sentiu algo agarrando seu pé e fazendo-o cair no chão duro. Havia alguma coisa ao redor dele. Uma corda. Não, um cipó. Então mais e mais cipós estavam apertando seu peito.

— O que você está fazendo, mulher?

— É a minha mágica. Fica fora de controle. Você não é o rei mais poderoso? Faça alguma coisa.

As videiras estavam tornando difícil para ele respirar.

— O quê? Matar você?

— Talvez. Ou desaparecer no oco. Pelo menos eu não terei que ouvir mais suas asneiras.

Ele não queria morrer, mas não podia fugir, e também não podia matá-la. Foi preciso muito esforço, mas ele conseguiu falar mesmo que estivesse quase sendo estrangulado.

— Se você não controlar sua mágica, você vai me matar.

— Você merece isso. — Ela sorriu. — Na verdade, não. Você merece pior.

As videiras ficaram mais soltas, permitindo que ele recuperasse o fôlego, mas agora elas estavam crescendo espinhos.

Ele não acreditava no que via.

— Você vai me torturar?

— Quantas vezes eu tenho que explicar que eu não controlo minha mágica? Agora, enquanto nós dois ainda estamos vivos, por favor, explique a si mesmo. Você diz que eu o traí. Eu não traí, mas vamos supor que você realmente pense assim. Como você se atreve? Como você se atreve a me acusar disso? Três meses após a conglomeração, seus filhos com a desonrada princesa Bastião de Ferro nasceram. Eu sei como os bebês são feitos, obviamente. E eu sei quanto tempo leva. Tão engraçado que algumas pessoas comentam o quanto você amava a princesa Ticiane. Pobre Azir, nunca mais se casou de novo. Pobre Azir, arriscou sua reputação por amor. Bem, não. Você a traiu comigo. Eu nunca fui nem mesmo sua primeira escolha. Então não venha me inventar essas desculpas estúpidas e ofensivas. Você estava mentindo para mim o tempo todo em que estava me cortejando.

— Eu não estava mentindo. Eu nem conhecia a Ticiane. Isso aconteceu depois.

— Azir. — Ela rolou os olhos. — Novamente, nós dois somos adultos, ambos sabemos como bebês são feitos e ambos sabemos quanto tempo eles levam para ficar prontos. Assuma. Confesse. Diga que eu fui apenas uma distração. Não dê essa mentira ridícula de *você me traiu*. Você sabe no seu coração que isso não é verdade.

Azir fechou os olhos. Talvez ele soubesse em seu coração que Ursiana e Sebastian não faziam sentido. Mas a princesa Marca do Lobo tinha dito a ele... Poderia ter sido uma conspiração para separá-lo de Ursiana? Mas, novamente, ele tinha visto com seus próprios olhos. Ele tinha visto.

— Silencioso? — Ursiana disse. — Você não pode explicar a Ticiane, pode? Quero dizer, a explicação é óbvia.

— É uma história complicada, sim. — Muito complicada, e não era algo que ele queria que alguém descobrisse. Ursiana estava olhando para ele e decidiu que era melhor tentar apaziguá-la. — E eu sinto muito. Se é realmente verdade que você nunca esteve com Sebastian...

Uma videira lhe deu um tapa no rosto.

— *Se* for verdade? Como você se atreve?

Ela *estava* furiosa. Mas não fazia sentido que ela nunca tivesse estado naquele jardim. Não podia ser que este tempo todo ele tivesse sido enganado por uma mentira. Não podia ser. As videiras estavam de novo o envolvendo e apertando cada vez mais.

— Acho que é agora que a sua magia me mata.

Ela balançou a cabeça.

— Espero que não. Confie em mim, Azir. Eu realmente não acho que uma morte rápida e fácil lhe convém.

— Como eu sou sortudo. — Uma risada estranha saiu de sua garganta, talvez por causa do absurdo de tudo isso, o absurdo de estar preso ali enquanto Bastião de Ferro atacava, enquanto seu reino poderia estar em perigo. E, ainda assim, lá estava ele, incapaz de fazer nada, sendo atacado pela magia verde de alguém que ele um dia tinha amado. Um dia? Ou ainda? — Pelo menos tudo o que você faz quando sua magia fica louca é conjurar algumas videiras bonitinhas.

— Videiras assustadoras, Azir. Não as insulte ou elas podem ficar mais zangadas.

— Se é o que você diz. — Ele não achou que houvesse algo assustador sobre a magia dela, ou ela. Verdade que a videira ao redor dele estava ficando apertada. — Eu acho que ela gosta de mim, sabe? Está me abraçando e não me solta. Se você quer me abraçar, você pode fazer isso, não precisa usar suas videiras.

Suas palavras tiveram efeito, já que as videiras recuaram.

— E quanto a você? — Os olhos dela estavam cheios de aversão e zombaria. — O que a sua magia desencadeia, condutor de morte?

Isto não era algo em que ele quisesse pensar. Não naquele lugar.

— Vamos esperar nunca descobrir, certo?

LÉA SEGUROU a respiração enquanto observava os guardas ao seu redor entrarem em pânico, muitos deles fugindo, exceto que estavam caindo, como se aquela névoa de morte, seja lá o que fosse, os tornasse inconscientes — ou mortos. Olhou para o corrimão para verificar se havia uma maneira de ela descer, e sentiu uma flecha voando perto dela. Havia guardas lá embaixo também.

Ela correu de volta para seu quarto, agora que os guardas estavam se dispersando. Sua ideia era fechar a porta e colocar lençóis ao redor das fendas para bloquear o gás, para dar a ela algum tempo.

Então, alguém agarrou seu pulso. Era um jovem de cabelos castanhos que ela não pensava ter visto antes.

Léa sentiu a escuridão se fechar sobre eles, então ela estava em um escritório com algumas prateleiras e livros, uma escrivaninha e duas poltronas.

— Acredite ou não, eu estou aqui para salvá-la — sussurrou ele. — Não grite nem faça barulho.

— Onde estamos?

— Ainda no castelo Bastião de Ferro. Mas eles não vão conferir aqui. Apenas não tente ir a lugar algum.

Ela estava prestes a lhe agradecer, quando percebeu que ele tinha chifres e orelhas pontiagudas.

— Você é fae.

— Opa. — Ele tocou sua cabeça, depois fechou os olhos. — De fato.

Não fazia nenhum sentido.

— Por que você está me ajudando?

— Isofel. Eu fiz um acordo com ele.

Suas palavras a deixaram tranquila. Ela não achava que Fel desejaria mal a ela, mas fazer um acordo com um fae? Era estranho.

— Por que ele faria isso?

O fae rolou os olhos.

— Pense bem e profundamente, e tenho certeza que você vai descobrir. Agora, você parece ter esgotado sua magia, então descanse. Não tente nada ou pode até morrer.

— A necromancia não pode matar ninguém. — Ela então percebeu o absurdo que tinha acabado de dizer. — Quero dizer...

— Olha, eu não vou fingir ser um especialista em magia humana, mas você parece prestes a desmaiar, então descanse. — Ele franziu a testa, olhando para ela. — Você tem certeza que é necromante?

Novamente essa pergunta.

— Por quê?

Ele encolheu os ombros.

— Nada. Eu obviamente não sei muito de magia humana, então deixa pra lá. Eu voltarei amanhã, então a levarei para um lugar seguro.

— Por que não hoje à noite?

Ele rolou seus olhos novamente. Eles não eram castanhos, como ela havia pensado no início, mas vermelhos escuros.

— Como eu já disse, você precisa descansar. Não abra a porta, não importa o que aconteça, e não deixe ninguém te ouvir.

Ela ia ser presa novamente, tendo que confiar em um fae, de todas as pessoas. Mas era melhor do que estar naquele quarto sem ter para onde ir. Havia apenas um problema.

— E se eu precisar fazer xixi?

Ele encolheu os ombros e olhou em volta, depois apontou para um vaso.

— Ali.

— Que nojo.

— Então, segure. Eu não ligo.

Com isso, ele desapareceu. Ótimo. Agora ela estava fazendo alianças com faes. Não, Isofel estava fazendo alianças com eles. Mas por quê? E por que pediria a ele para salvá-la? É claro que ela queria pensar que era porque ele se importava com ela, mas não queria mais se enganar. E isso ainda não respondia como Fel o conhecia.

Seus pensamentos voltaram-se então para os momentos antes de ter sido resgatada. O que tinha acontecido? Ela tinha matado Cassius e vários guardas. Não apenas os matara, mas sentira um imenso contentamento, uma imensa satisfação ao fazê-lo. Agora tudo o que restava era arrependimento e vazio. Era verdade que ela tinha ficado com raiva. Mas havia algo mais, como se a própria morte a tivesse chamado, ou talvez algo além, algo sinistro, escuro, poderoso — e aterrorizante. Era algo que tinha uma vontade, algo senciente. Ou tinha sido só ela?

Isto era tão estranho, tão diferente de tudo o que seu pai a tinha ensinado. O pai dela. Léa fechou os olhos, lembrando-se das ameaças de Venard. Em quanto tempo Bastião de Ferro iria atacar? Eles iriam atacar? Ela deveria ter pedido àquele fae para levá-la a Lago Branco. Ela tinha que avisar seus pais, dizer a eles que poderia haver condutores de ferros no comitê de Bastião de Ferro, dizer a eles para terem cuidado. Então ela se lembrou de que o rei de Umbraar estava indo para Lago Branco. Estranho que ele estivesse preocupado com a mãe dela. Até onde Léa sabia, ela o odiava. Estranho.

Tanta coisa que não fazia sentido. Agora ela tinha que descobrir o que estava acontecendo com sua mágica, e encontrar uma maneira de alcançar seus pais. Os dois objetivos eram um só. Se ela fosse para casa, seu pai a ajudaria a entender sua magia. O problema era chegar lá. Ainda assim, seu sentimento principal era alívio, alívio por ter escapado de Cassius, e também horror com o que quase tinha acontecido. O problema era que suas ações provavelmente causariam um conflito maior, e ela precisaria estar pronta para isso.

Mas ela estava cansada. Exausta, para ser mais precisa. Ela se deitou em um sofá e depois sentiu o cansaço se instalando. Enquanto seu corpo relaxava, seus pensamentos paravam de girar em sua mente. E ela ainda estava preocupada com Lago Branco e seus pais. Bastião de Ferro provavelmente atacaria em retaliação. Mas algo não estava certo. Havia algo... Ela se lembrou do que Cassius quase tinha feito, sem o menor medo de repercussão, lembrou da maneira como eles a tratavam, que até mesmo a machucavam. Tantas vezes ela havia se perguntado por que eles pensavam que poderiam escapar, e agora a resposta óbvia a atingiu como uma adaga no peito.

Bastião de Ferro jamais planejou que ela se encontrasse com seus pais. Eles queriam controlá-la, e então controlar seu reino. Retornar a Lago Branco não lhe daria a liberdade que ela queria. Ou Bastião de Ferro já tinha atacado, ou eles estavam prestes a atacar. Essa verdade se instalou com um gosto amargo na boca dela. Fazia sentido e era óbvio — mas horrível também. Ela tinha que ir para lá agora mesmo, ela tinha que ir. Mas como?

24
FUGA

Fel não tinha se afastado do escritório de seu pai, mas já haviam se passado duas horas. Duas longas horas. Algo de errado havia acontecido. Mas o quê? Poderia ser que ele tivesse encontrado problemas enquanto levava Léa para o terrível reino de ferro? Não. Isso era um absurdo. Léa provavelmente estava feliz lá, de mãos dadas com seu querido marido. As palavras soavam estranhas, erradas. Fel ainda sentia dor em seu peito sempre que pensava em Léa. Provavelmente era o seu coração partido. Tinha que ser isso.

Seu pai tinha dito que iria para Lago Branco. Lago Branco e Bastião de Ferro eram aliados, especialmente agora que estavam unidos pelo casamento. Mas Léa estava preocupada com seus pais. Ele continuou pensando, tentando entender, e não chegou a nenhuma conclusão. Havia algo errado acontecendo. A questão era o quê.

Com seu pai fora, as decisões cabiam a ele. Ele podia esperar. E, ainda assim, sentiu que até mesmo o ar estava diferente. Ele foi para a varanda e olhou para o céu. Era como se o próprio vento estivesse trazendo um aviso de perigo. A menos que ele estivesse imaginando isso. Mas ele sabia que Bastião de Ferro iria atacar. Talvez eles ainda pensassem que ele estava morto, mas iriam atacar. Na verdade, essa tinha sido provavelmente a razão pela qual eles tentaram matá-lo.

Fel respirou fundo. Talvez fosse impetuoso, apressado. Mesmo assim, ele preferiria ser criticado por ser cauteloso demais do que por ser pego desprevenido.

Andou até o pátio e tocou o sino duas vezes. Umbraar estava em alerta. Daqui ele mandaria cavaleiros para as maiores vilas, dizendo aos plebeus para se esconderem. Havia abrigos no subsolo e perto das montanhas. O suficiente para sete a dez dias, para o caso de um inimigo entrar. Ele sentia em sua pele, sentia em sua respiração, sentia em seus ossos. Bastião de Ferro estava chegando.

A EXAUSTÃO TINHA TOMADO conta de Léa. O problema era que, apesar de estar quase adormecendo, sua mente repetia a imagem de Cassius em seu quarto, depois a vida dele desvanecendo-se.

Seu pai lhe havia dito que matar era uma das piores coisas que alguém poderia fazer; que não era nosso direito decidir quem ficava e quem seguia em frente nesta vida. Mas talvez o que Cassius estivera prestes a fazer tivesse sido pior? Tanta repugnância, tanto horror. E Venard, onde ele estava? Talvez escondido em algum lugar. Então, ela se lembrou dos guardas que tinha matado. Guardas inocentes, apenas obedecendo a ordens. E, no entanto, tinha sido tão bom matá-los, tão bom sentir o poder de tirar uma vida. Seu pai não estaria orgulhoso dela agora. O que estava acontecendo com a magia dela?

Logo Léa estava andando em uma floresta nebulosa, uma sensação horrível de estar sendo vigiada a incomodava. Tudo parecia estranho e errado. Ela tentou juntar suas mãos, mas em vez disso, elas cruzaram. Este era um sonho, não o que quer que tivesse acontecido que a levara a fazer algo horrível e vergonhoso com Isofel.

— Léa!

A voz de Kasim. Ela correu naquela direção e o viu com seu pai, mas eles estavam semitransparentes, como se estivessem desaparecendo.

Os olhos de seu pai ficaram tristes quando ele olhou para ela.

— Eu sinto muito. Eu nunca tive a intenção de te causar mal. Eu nunca deveria ter deixado você ir para Bastião de Ferro.

— Você não tinha como saber. — Ela tinha ficado brava antes, mas agora não queria que ele se sentisse culpado por ela. — Como você está?

Foi Kasim quem respondeu.

— Nós estamos bem. Mas Lago Branco não está. Não vá lá agora. Espere. Espere até que você possa salvar seu povo. Você sempre será sua verdadeira rainha.

— O que está acontecendo?

— Não vá para Lago Branco — disse seu pai, mas a voz dele estava sumindo. — Salve-se primeiro, se você quiser salvar o reino.

Então ele e Kasim desapareceram.

— Pai? Kasim?

Ela não queria que eles fossem embora. Havia tanto a dizer, tanto que ela queria perguntar. Mas havia tão pouco que ela podia controlar em um sonho.

Lago Branco em perigo? Como ela temia. Ela pensou em sua criada Siana, nas pessoas na cozinha, nos guardas, em todos na cidade e sentiu um aperto horrível em seu peito. Ela se lembrou daqueles campos de treinamento que ela havia visto, com os condutores de ferro. O que Bastião de Ferro estava fazendo com o seu reino?

Ela sentiu um gosto amargo em sua boca, depois respirou algum tipo de poeira.

Léa abriu os olhos e percebeu que não estava mais no sofá, mas no chão, deitada sobre madeira dura. Pelo menos não era granito frio ou mármore. Mas era... Ela olhou à sua volta. Não podia ser. A cama era a mesma, mas lençóis brancos cobriam os móveis. Tinha sido o quarto dela, o quarto dela como uma menina solteira, o quarto que não era mais dela, mas agora era uma memória.

Ela ia tentar verificar se era um sonho, mas nem se incomodou. Era real. E estava tudo quieto, então talvez nada tivesse acontecido. Ela se levantou, ansiosa para encontrar sua mãe, seu pai, para lhes dizer que se preparassem, para lhes contar tudo. Tudo. Exceto aquela parte vergonhosa com Fel.

Quando ela foi para a porta, ouviu passos e a voz de um estranho.

— Encontre todos os criados. Cada um deles. Nós precisamos saber o que aconteceu. Nós precisamos descobrir quem traiu Lago Branco para os faes.

Então algo tinha acontecido. O estômago dela se encolheu, junto com a esperança que ela tinha tido. Faes? Será que os faes poderiam ter se envolvido nisto? Bem, ela tinha visto um deles, mas ele a tinha salvado. Mas houve o ataque durante a conglomeração. Talvez. Mas seria uma estranha coincidência. Por que neste momento? Ela ainda não reconheceu a voz, e conhecia a maioria dos guardas principais. Mas ele tinha dito: *quem traiu Lago Branco*, não *quem nos traiu*. Poderia ser alguém de Bastião de Ferro.

— Encontre todos que estejam se escondendo — disse a voz, agora ainda mais perto.

Então ela ouviu uma chave em sua fechadura. Alguém estava vindo. Mas era um aliado ou um inimigo?

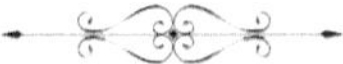

Naia sentiu como se houvesse uma parede de vidro entre ela e a cena na sua frente. Que cena. Era ela mesma, dormindo em sua cama, River olhando para ela. Ela sabia que ele tinha feito alguma coisa: ele a tinha colocado para dormir. Naia bateu naquela parede de vidro, mas não conseguiu fazer nenhum som. Seu desejo era cruzar aquele vidro e esbofeteá-lo pelo que estava fazendo com ela. Isto era tão errado.

E ainda assim ela fez uma pausa, notando a maneira como ele olhava para ela. Tanta ternura e cuidado, um olhar tão doce. Os olhos dele sempre a pegaram, mas, vendo-o assim, ela podia jurar que ele amava a garota para quem estava olhando. Ser olhada assim era algo que sempre quis, ter alguém olhando para ela como se ela fosse o mundo inteiro, tudo.

Mas ele a havia encantado e ela não entendia o porquê. Ele havia escondido coisas dela, e ela não entendia o porquê. E então, tudo o que o olhar dele fez foi deixá-la em conflito. Mas ela tinha que escapar deste sono, tinha que escapar deste encantamento. Talvez ela não devesse ficar tão comovida com a maneira como River a olhava. Afinal de contas, era muito fácil amar alguém que não conseguia responder. Mas oh, ela ia quebrar esse feitiço. E então ele ia ouvir tudo. Ela duvidava que o olhar dele continuaria doce.

20 ANOS ANTES

River presumiu que esta magia de congelamento era apenas para os senhores dragões pegarem quem tentasse roubar seu artefato, e não para matá-lo. A menos que eles mantivessem uma galeria de aspirantes a ladrões, todos congelados, prontos para serem exibidos.

Independentemente do que eles normalmente faziam, tinham que estar acordados para fazer isso. E agora, com as pedras de lapso, ele não tinha certeza se alguém iria encontrá-lo. Ele nem mesmo tinha certeza se alguém poderia entrar no círculo e ainda assim se mover.

Agora ele estava preso neste Covil dos Dragões, sem saída. Ele empurrou o gelo, mas era muito grosso. Se ao menos pudesse produzir calor, mas isso não era um tipo de magia que os lendários tinham.

Ele não queria morrer. Ele queria ver sua irmã novamente, queria ver seu pai. Ele se importava com seu povo, ele se importava com sua família e queria ter a chance de contar isso a eles. Queria pedir desculpas ao seu irmão, pedir desculpas mesmo que ele pensasse que nada havia sido culpa dele. E mais do que tudo, ele queria ajudar os lendários. Os humanos em Alúria não tinham apenas magia, eles tinham armas com ferro, eles tinham fogo e explosões, e não era justo. Ele tinha que fazer alguma coisa — e estava tentando.

Talvez saber que ele morreria tentando significaria algo, mas daí ninguém saberia sobre isso. E ele nunca teria a chance de dizer adeus, assim como nunca tinha tido a chance de dizer adeus ao seu primo. River faria qualquer coisa por outra chance. Uma chance de fazer tudo diferente.

As extremidades de seu corpo já estavam dormentes quando ele viu uma luz fora do gelo — uma chama. Talvez algum mestre dos dragões tivesse superado seu feitiço e estivesse chegando. Ele não gostou dessa ideia, mas pelo menos isso poderia significar que ele não seria congelado até a morte. A pessoa tinha uma tocha ou algo assim, pois estava derretendo o gelo com ela. Quando a última parte rachou, ele viu que seu salvador era uma jovem mulher com cabelo preto, pele morena e olhos castanhos, olhando para ele com curiosidade. River não queria ter uma dívida vitalícia, mas dever a sua vida para uma garota tão linda certamente não seria o fim do mundo.

— Eu... acho que você me pegou — disse ele. — Muito bem feito.

— Eu não tenho nada a ver com isso... — Ela olhou para a poça formada pelo gelo derretido. — Muito molhado. Eu só vim para te salvar.

Ela então olhou para o topo da cabeça dele, como se estivesse surpresa com a falta de chifres, o que não fazia sentido; e era constrangedor

Ótimo, linda ou não, na realidade ele não estava com vontade de lhe dever uma dívida vitalícia. Ele apontou para ela.

— É questionável se você me salvou ou não.

Ela estreitou os olhos.

— River, por favor, não vamos começar, vamos? Já está ficando ridículo.

Ele se perguntou como ela sabia o nome dele. E ele não gostava de ser chamado de ridículo.

— Você sabe meu nome e eu não sei o seu. Nós deveríamos consertar isso.

Com um sorriso deslumbrante, ela disse:

— Nós vamos consertar, sim. — Ele esperou que ela se apresentasse, mas em vez disso, ela acrescentou: — Vá. Suas pedras não vão segurar os dragões por muito tempo.

Ótimo. Ela sabia o nome dele e tudo sobre sua mágica secreta. Ele tentou mudar de assunto.

— Você sabe que eles não são dragões reais, certo?

— Isso depende muito da sua definição de real. Vá.

Ele olhou de relance para o bastão, e ela olhou para ele, seus olhos tristes.

— Leve.

— Isso é um truque, certo? O que vai acontecer depois? Eu vou ficar enclausurado no fogo?

— Leve o bastão. — Houve uma certa hesitação em suas palavras. — Talvez tenha sido destinado a você.

— Quem é você?

— Vá. E pare de fazer perguntas. Ou talvez *eu* o prenda com meu fogo.

Era como se seu cérebro derretesse, pensando naquela linda garota e num tipo diferente de fogo, imaginando seus lábios nos dela, suas mãos no corpo dela, querendo-a ainda mais do que aquele bastão. Ele sorriu.

— Talvez eu não me importe com isso.

Ela expirou e rolou os olhos.

— Eu não sabia que você era tão pervertido.

— Eu não sou... Ei, você não deveria saber nada sobre mim. — E mesmo assim ele ainda queria beijá-la. — Você está me encantando?

— Olha, eu só vim para salvar sua vida, e eu não tinha ideia de que ia ser tudo esquisito. Quer dizer, talvez eu devesse ter adivinhado. De qualquer forma, estou indo embora, River.

Ela deu meia-volta e começou a se afastar dele.

— Como você sabe meu nome? — gritou ele.

Ela se virou e suspirou.

— Pela última vez, vá. Os dragões são perigosos, mesmo que você tenha conseguido enganá-los. Fuja, e fuja o mais rápido que você puder.

— Venha comigo, então.

Depois de olhar para ele por um momento, ela disse:

— Tudo bem. — Então pegou a mão dele e o puxou.

Havia uma energia estranha e agradável entre eles. Logo ele a estava seguindo, correndo por uma escada junto à colina, uma escada que ele não tinha visto antes.

River teve o cuidado de não escorregar nos pequenos degraus.

— Eu ainda quero saber quem você é.

— Não importa. — Ela inspirou fundo. — Meu tempo acabou. — Os olhos dela se fixaram nos dele, como se ela quisesse dizer algo. Havia uma mistura tão grande de emoções que o deixou confuso.

E, mesmo assim, ele sentiu como se ela gostasse dele — muito. Havia calor e familiaridade naqueles olhos, como se ela o conhecesse há muito tempo, mas isso não fazia sentido e, ao mesmo tempo, explicava como ela sabia o nome dele. River não tinha tempo para descobrir o que isso significava, pois ela desapareceu, seus lábios se separando ligeiramente, como se estivesse prestes a dizer uma palavra. Mas não havia mais nada onde ela tinha estado.

River pegou as pedras rapidamente, sabendo que os mestres dos dragões notariam o bastão desaparecido, e então correu para a vila, trocou um cavalo por ouro falso e galopou de volta ao porto. Ele precisaria entrar no primeiro barco para Alúria, e rapidamente.

Quando ele deixou a montanha e o Covil para trás, quando a maravilha de encontrar sua linda salvadora se desvaneceu, seu coração acelerou, e não foi com medo ou preocupação. Ele sabia que tinha conseguido o bastão, sabia que ele estava a caminho de seu povo. Pela primeira vez, ele seria capaz de olhar nos olhos do seu pai com orgulho. Isto era heroico. Ele ia salvar os lendários.

Agachada debaixo de um lençol que cobria uma mesa, Léa ouviu a porta se abrir e alguém entrar em seu velho quarto. Talvez ela devesse correr até eles, dizer-lhes que Lago Branco poderia estar em perigo, depois passar por eles e tentar encontrar seus pais. Ela só queria salvar sua família, salvar seu reino.

E, ainda assim, aqui estava ela, agachada. As palavras do sonho com o pai vieram à sua mente: *Salve-se*. Mas ela queria poder salvar a todos. Não, ela desejava que não houvesse necessidade de qualquer salvação.

Os passos que chegavam eram pesados, e soavam como botas.

— Vazio. Nenhum fogo ou vela recente — disse um homem.

Não foi uma voz que ela reconheceu. Espreitou de baixo do lençol e viu a borda das calças do homem. Cinza, como os uniformes de Bastião de Ferro. Provavelmente.

Um segundo homem então falou:

— Não. Nós precisamos encontrar a rainha. Ela pode estar escondida em qualquer lugar.

Encontrar a rainha? Isso significava que sua mãe tinha escapado. Mas também significava que estavam atrás dela.

O homem continuou:

— E quaisquer serventes que possam estar escondidos. Aqui seria um bom esconderijo. Revistem o quarto.

Isto não era bom. Léa poderia tentar fingir que era uma criada, mas somente se as pessoas não a olhassem muito de perto. Poucas pessoas tinham olhos tão azuis com pele escura, então ela era facilmente reconhecível.

A mesa que ela havia escolhido era pequena, então talvez eles a ignorassem. Os homens revistaram as cortinas, abriram o guarda-roupa, moveram a cama e ainda assim o seu esconderijo foi deixado em paz. Ela não queria que os soldados de Bastião de Ferro a encontrassem. Mas será que saberiam que era ela, quando ela deveria estar no castelo maligno deles? Mesmo assim, não gostava desta situação.

Os passos recuaram e a única razão pela qual ela não expirou em alívio foi para não fazer nenhum som.

Seu plano agora era esperar que o quarto ficasse quieto, depois sair de lá e tentar encontrar seus pais enquanto fingia ser uma servente. Mas eles também estavam procurando por serventes. Isso não fazia sentido. Por que se preocupariam com eles?

Quando estes pensamentos lhe passaram pela cabeça, ela ouviu passos novamente, e então viu o lençol que a escondia sendo puxado.

Léa cobriu seus olhos e tremeu, fingindo estar assustada. Não que ela não estivesse assustada, mas normalmente ela não estaria cobrindo o rosto e tremendo daquela maneira.

— Não me machuque — ela suplicou, esperando que acreditassem que era apenas uma criada jovem e assustada e não olhassem muito para ela.

— Oh, dá pra acreditar nisso? — O soldado estúpido estava zombando dela. — Que coisinha fofa e assustada.

O medo se tornou um frio que corria por todo o corpo dela. Seu tom a lembrava de Cassius, lembrava do que ela havia passado em Bastião de Ferro, e ela estava agachada, encurralada, em uma posição de onde não havia como escapar.

— Vamos levá-la para as masmorras — disse o segundo homem, seu tom severo. Isso era muito melhor do que as observações lascivas de seu companheiro.

— Não seja tão chato, alguns minutos não vão machucar ninguém. — Ele riu, depois tocou o rosto dela e murmurou: — Certo? Minha coisinha bonitinha.

O corpo dela estava prestes a se transformar em gelo. Talvez ela pudesse gritar por ajuda. Certamente ainda havia guardas de Lago Branco no castelo. Mas daí ela seria descoberta. Talvez estivesse exagerando e tudo o que o homem quisesse fosse fazê-la sentir-se desconfortável, fazê-la saber que ele tinha poder sobre ela.

Não. Ele não era o único com poder. Algo estalou dentro dela. Léa abriu os olhos, empurrou a mão dele para longe e olhou para ele.

— Fique longe de mim.

— Oh, ela tem espírito. — Ele riu. — Ou o quê?

— Morte.

O homem sorriu, mas ela só viu a reação dele por alguns segundos, pois o quarto logo ficou escuro. A vela que eles haviam trazido se apagou, e até mesmo a luz da lua desapareceu. Toda a luz, toda a vida estava sendo sugada para fora daquele lugar — suavemente. O homem gritou e gritou.

— Olha, ele tem espírito — ela zombou.

Sim, é isso mesmo. Mate todos eles. Mate a todos. Uma voz na cabeça dela. Confortável. Empoderadora. Familiar. Ela poderia matar a todos. Ela deveria. Matar todos os invasores de Bastião de Ferro. Ela se sentiria tão bem. Era apenas uma questão de relaxar, de deixar essa energia fluir.

Então, uma imagem veio para ela: seus pais. Se matasse

todos, eles morreriam. Não só eles, mas também Siana, todos os cozinheiros, os guardas, os filhos dos trabalhadores do castelo.

E daí? disse a voz.

Você está brincando? ela respondeu, ainda em sua cabeça.

A luz da janela novamente iluminou a sala. Havia um tronco seco na frente dela. Não era um tronco. Ela asfixiou um grito implorando para sair de sua garganta. Era o cadáver do homem, seco. Ela o empurrou e se levantou, tremendo.

O outro homem estava agachado, olhos fechados, mãos cobrindo as orelhas, seu corpo inteiro tremendo, o que significava que estava bem vivo. Léa ficou imediatamente aliviada e com medo. Ela não queria matar mais ninguém, mas não podia deixar este homem contar a alguém o que ele tinha visto. Aquela coisa estranha da morte tinha ido embora. Não parecia um poder que ela pudesse usar, mas sim algo que assumisse o controle sobre ela. E agora ela tinha desaparecido.

Léa teve que agir rapidamente, pois os gritos do morto teriam atraído a atenção.

Sem opções, ela saiu correndo da sala, esperando chegar a uma passagem secreta antes que alguém a pegasse.

25

A ONDA

20 ANOS ANTES

River chegou à cidade portuária sem parar, sem dormir, negociando cavalos no caminho, alimentado pela excitação e pela expectativa de levar aquele bastão de volta à Cidade Lendária. Se este artefato pudesse realmente combater a magia humana, poderia significar sua vitória, sua liberdade.

Ele precisaria encontrar um barco indo para Alúria imediatamente, e encantar o capitão para deixá-lo se juntar à tripulação. Talvez ele até mesmo os encantasse para que saíssem mais cedo. River tinha olhado para trás algumas vezes e não via perseguidores. Ele estava pronto para uma luta, ou para tentar enganar os mestres dos dragões, e ainda assim nenhum deles tinha vindo. Talvez porque ele estivesse viajando rápido. E mesmo assim ele tinha um pressentimento sinistro.

Será que a garota bonita e misteriosa tinha feito algo para protegê-lo? Talvez. A memória dela também o estava incomodando. Ele passaria o resto de sua vida se perguntando quem ela era, se perguntando por que ela o tinha ajudado, pensando nela e desejando que ele pudesse ter passado mais tempo com ela. A parte engraçada era que ele não sentia nenhuma dívida vitalícia. Era quase como se suas ações não contassem ou, pior ainda, como se ela não existisse mais, o que era um pensamento desconfortável.

Ele sempre pensou que amor à primeira vista era o epítome

do ridículo. *Bem, parabéns, River.* Mas não era amor, era um desejo, uma vontade, algo difícil de explicar. A ideia de que ele passaria o resto de sua vida com aquele desejo não satisfeito não tornava nada melhor. Mas ele tinha o bastão, e isso tornava tudo melhor.

O sol estava nascendo quando ele chegou ao porto, nascendo como sua esperança. Quatro barcos estavam atracados lá e, como sinal de sua boa sorte, um deles estava pronto para sair, um barco de Fernick, e River convenceu o capitão a deixá-lo viajar com eles.

O barco se chamava *Montanha Dourada*, e não era decorado com caveiras como os barcos alurianos, mesmo que eles também se beneficiassem da magia da morte de Umbraar, permitindo que atravessassem o mar. Eles partiram no final da manhã, depois de três horas tensas quando River tinha ficado escondido lá embaixo, temendo ser acossado por mestres dos dragões furiosos.

Quando a âncora foi levantada e ele sentiu o movimento do barco, mal acreditou na sua sorte, mal acreditou que estava a caminho de casa, mal acreditou que tinha o bastão. Talvez tivesse sido realmente o destino, e o destino estava sorrindo para ele.

Sua euforia logo desapareceu, no entanto, quando uma forte dor de cabeça se instalou. Ele sentiu como se alguém tivesse um martelo e uma estaca e estivesse espetando seu crânio. *Espera aí.* Havia, sim, alguma coisa batendo bem na cabeça dele, mas por dentro. Seus chifres estavam saindo e ele lamentou todas as vezes que tinha desejado que isso acontecesse.

Por que tinha que ser *agora*? Ele podia encantá-los, é claro, pelo menos em teoria, a menos que a dor o consumisse, então era um pouco difícil manter o encanto. Para piorar a situação, já que os chifres eram novos, ele não estava acostumado a disfarçá-los. Mas eles ainda eram pequenos, apenas duas pontinhas pequenas e ridículas, e se ele deixasse seu cabelo solto e bagunçado, talvez conseguisse disfarçar. Ele se deitou em sua cama a noite toda.

A manhã trouxe febre e calafrios, o que era algo bastante raro nos lendários, mas acontecia durante o chiframento. Chiframento. Esse era geralmente um evento importante no qual o jovem que passava pela transição tinha amigos e familiares que o visitavam com presentes, comida e conforto. River havia passado sua infância esperando esse momento, e agora passava por aquilo enquanto estava em um navio cercado por humanos, justamente quando eles estavam em guerra com seu povo.

O capitão desceu, olhou para ele de longe e depois ordenou que fosse para um pequeno depósito do outro lado do barco. Temiam que ele tivesse uma doença contagiosa, o que fazia sentido. River carregou suas roupas de cama e pertences com dificuldade e cumpriu a ordem. Pelo menos estar sozinho significava que ele não precisaria se encantar, e isso era um alívio. Mesmo assim, ele amarrou um lenço em volta do topo de sua cabeça, só para garantir. Ele tinha visto alguns marinheiros usando isso, e era o disfarce perfeito tanto para os chifres quanto para as orelhas.

Quando a noite estava caindo, alguém abriu a porta. Era o cozinheiro e curandeiro deles, um homem velho chamado Von, trazendo-lhe um pouco de sopa.

River ficou agradecido, mas também curioso.

— Você não tem medo de ficar doente?

O homem riu.

— Eu vi a peste vir e ir embora. Você provavelmente comeu algo com que não está acostumado. O corpo faz isso. Ele acha que a comida é veneno, então luta contra ela. Tanta luta. — Ele suspirou. — Mas é melhor que você fique aqui. Faz todo mundo se sentir melhor.

— Sim. — Ele tentou dar um sorriso, apesar de ainda sentir como se algo estivesse perfurando seu crânio. Ele não estava sendo perfurado, mas crescendo a partir dele, o que não mudava a sensação. Ele então acrescentou: — E eu aprecio a comida. — Isso era perigosamente próximo de agradecer ao homem, e River não queria ficar endividado, mas sentiu que seria estranho não dizer nada.

Von acenou com uma mão.

— Não é nada. — Ele olhou para os olhos de River por um segundo muito longo, um segundo em que River tentou fazer com que parecessem castanhos, sem ter certeza absoluta se conseguia. O homem então disse: — Vou deixar você descansar — e foi embora.

River esperava que o homem não tivesse notado o que ele era. Passou a noite temendo não apenas que os mestres dos dragões o encontrassem de alguma forma, mas que a tripulação da *Montanha Dourada* viesse e o jogasse para fora do barco, ou pior, que o aprisionasse.

A febre e a dor não diminuíram no dia seguinte, mas Von continuou trazendo comida para ele. Na segunda noite, o velho apontou para a sua cabeça.

— Eles estão aparecendo.

— O quê?

River passou a mão sobre o lenço de cabeça, percebendo que os toquinhos estavam muito maiores agora. Mas isso não podia ser o que o homem queria dizer, não é mesmo?

O homem balançou a cabeça e bufou.

— Não tente me enganar. Eu sei o que você é. Talvez você não note, mas seus olhos ficam quase vermelhos às vezes.

Sua voz era calma demais para alguém que sabia que ele era um lendário.

— Você quer dizer... eu sou...

— Um mestiço. Tem algum sangue fae em você, não tem?

River expirou. Certo. Havia algumas misturas entre as aldeias onde lendários e humanos viviam em harmonia. Tinham vivido em harmonia. E provavelmente muita mistura em Fernick.

— Algum sangue fae, sim. Mas eu também sou humano. — Apenas um oitavo de humano, mas ainda assim.

— Bem, amarre esse lenço mais solto para que as pessoas não percebam. É difícil para a sua raça neste momento. Na verdade, eu não entendo porque você está indo para Alúria.

— É a minha casa.

O homem suspirou e finalmente foi embora. Um mestiço. Ele nunca havia pensado no que aconteceria com os humanos que eram parte fae. Em Alúria, algumas dessas famílias haviam se mudado para a Cidade Lendária, junto com muitos refugiados, mas obviamente havia mais deles, ainda vivendo entre os humanos. E ainda assim não havia nada que ele pudesse fazer a respeito disso. Tinha que esperar que o rei de Umbraar não encontrasse a cidade deles e que seu pai pudesse usar o bastão e combater a magia humana.

Ao menos eles estavam perto de Alúria e deveriam chegar lá na noite seguinte. Naquela noite, enquanto ele dormia, o som de um estrondo o despertou. Era alto, mas um pouco abafado, como se estivesse longe. Soava como trovão, mas não havia chuva.

Ele fechou os olhos novamente, e estava quase adormecido, quando o barco virou de cabeça para baixo. Ele bateu com força no teto de seu pequeno depósito e ouviu gritos acima dele, no barco. Não, abaixo. O barco tinha sido virado, e logo a água estava entrando através das placas de madeira do seu cômodo. Tentou abrir a porta, mas ela não se movia, pois a água a pressionava por fora. A única coisa que ele tinha era o bastão, que ele usou para bater na porta. Quando ele já estava submerso, ele abriu um buraco grande o suficiente para atravessar a nado, e saiu com o artefato mágico. Estava quase sem ar quando chegou à superfície turbulenta.

O céu ainda estava limpo, sem nuvens à vista e, ainda assim, algo tinha virado o barco. Algo como uma onda enorme. Pelo menos não era tão ruim quanto uma serpente marinha, e pelo menos a água não estava muito fria. Havia gritos e gritos na distância, e ele esperava que a tripulação tivesse sobrevivido. Ele precisaria esperar por um barco para resgatá-lo — pouco provável — ou talvez ele tivesse que nadar até a costa.

O problema era que ele nem sabia em que direção Alúria estava. O oceano era um emaranhado de ondas escuras sob um céu estrelado e misteriosamente calmo. Ele encontrou um pedaço de madeira flutuando e o segurou com uma mão, enquanto amarrava o bastão ao seu cinto, guardando sua força para a manhã, quando o sol o ajudaria a encontrar sua direção. Talvez ele devesse ter estudado as estrelas como os marinheiros, então saberia para onde ir. De qualquer forma, o oceano tinha que ficar mais calmo para que ele pudesse avançar.

Quando o céu ficou vermelho, esperando o sol aparecer, o oceano se acalmou. Superado pela exaustão, ele estava quase adormecendo quando viu algo: um brilho verde de escamas.

Ótimo. Ele estava reclamando da sua sorte, como se as coisas não pudessem ficar piores. Podiam.

Talvez se ele ficasse quieto, o monstro não o visse — ou não o sentisse ou não o cheirasse. Havia muitos detritos flutuando na superfície e talvez isso confundisse a serpente.

Então algo emergiu da água, e era do tamanho de um barco médio, mas era apenas uma cabeça. No início ele viu os enormes olhos verdes, depois a gigantesca boca, que se abriu, mostrando fileiras duplas de dentes afiados. A criatura proferiu um grito estridente.

Bizarro. Ele pensou que as criaturas gritavam quando tinham medo ou queriam intimidar o inimigo. Não havia maneira possível de River ser mais intimidado do que ele já estava, ele que era cerca de vinte vezes menor do que a criatura. Talvez o monstro quisesse que ele soubesse que estava com raiva. Além do medo, River sentiu arrependimento. Arrependimento por não ter perguntado mais sobre este bastão. Se ele podia exercer magia poderosa, talvez ele pudesse derrotar aquela serpente, exceto que ele era inútil em sua mão. E tinha que levá-lo para a Cidade Lendária. Ele não podia morrer aqui, depois de tudo o que ele tinha passado. E, ainda assim, ele olhou para aquela boca enorme, sem saber o que fazer.

Boca enorme. Ele tinha uma chance: pular dentro dela, além das fileiras de dentes, e daí machucar a criatura por dentro. Mas então um forte flash de luz atingiu seus olhos, e ele não conseguiu ver nada por alguns segundos. Quando olhou novamente, a criatura tinha recuado, provavelmente também afetada pela luz. Então havia outra serpente marinha, menor, branca.

— Não ataque — disse a voz feminina. Não uma voz qualquer, a voz da garota que o tinha salvado. Agora, ele não tinha certeza se ela estava falando com ele ou com a serpente. Serpentes. Ele estava ficando confuso. A serpente menor fez um som estranho, sibilante, e a maior respondeu, como se estivesse tendo uma conversa. Talvez eles estivessem debatendo quem iria comê-lo, exceto que ele ainda pensava que a voz tinha vindo da serpente menor, o que não fazia sentido. Por último, lembrou-se que a garota que o salvara não tinha escamas.

Mas o que quer que tenha acontecido, a grande serpente

nadou para longe, o que significava que River estava seguro, pelo menos por enquanto. Depois de outra luz brilhante, ele viu a garota de cabelos pretos, mas ela estava flutuando acima do oceano, e meio transparente.

— Você me salvou novamente? — perguntou ele, exausto demais para tentar fingir que não houve salvação.

Ela inclinou a cabeça.

— De novo? De novo? Você tem precisado de mais ajuda do que isso?

— No Covil dos Dragões.

A garota bonita balançou a cabeça.

— Não fui eu.

Mas ela não era fae e provavelmente poderia mentir. Ele simplesmente não entendia o porquê. Mas o que mais o incomodava era a aparência estranha dela.

— Você está morta?

— Esta é a minha forma espiritual, mas há mais significados do que a morte.

— Se você me disser seu nome, da próxima vez que eu a vir, eu terei certeza que será você.

— Um nome é apenas uma palavra temporária, dada à nossa forma mortal.

— Você está morta, então. — Ele suspirou. — Talvez você devesse ter deixado a serpente me comer, então eu a encontraria.

Ela sorriu.

— O seu tempo ainda não acabou.

— Eu nem tenho certeza se vou conseguir chegar a Formosa.

— Você não vai. Mas você está perto de Alúria. Campo Vasto, está vendo? — Ela apontou, e enquanto ele olhava naquela direção, viu o contorno da costa. — Não é uma cidade, mas acho que você pode encontrar o seu caminho a partir de lá.

Não parecia longe.

— Você não vai desaparecer novamente, vai? E me deixar aqui?

Ela tinha um lindo sorriso.

— Você não espera que eu fique por aqui, espera? Imagine só como ia ser complicado. — O rosto dela então ficou sombrio.

— Mas nós nos encontraremos novamente. Seja forte. Tempos sombrios pairam sobre você. Mas você... Você é bom, River. Nunca se esqueça disso.

— Eu sou muito bom em tantas coisas, você deveria tentar...

— Quieto. — Ela rolou os olhos. Será que visões ou formas espirituais ou o que quer que seja viravam seus olhos? — Pelo menos você vai crescer.

— Ei, você acabou de me chamar de criança?

— Você *é* um menino. — Ela suspirou. — Mas não vai durar muito. — Havia tristeza em seus olhos. — Fique forte. E nunca se esqueça de quem você é.

Com isso, ela desapareceu — de novo, deixando-o sozinho para nadar até a costa.

Ele chegou a uma praia depois de algumas horas nadando. Campo Vasto. Este reino era longe de Bastião de Ferro, e não tinha sido muito afetado pela guerra. Enquanto as habitações dos lendários tinham sido esvaziadas, alguns dos círculos feéricos ainda permaneciam, e River chegou à Cidade Lendária à noite. Suas roupas estavam esfarrapadas, seu cabelo emaranhado, mas ele foi direto para o grande salão, na esperança de encontrar seu pai.

O que ele encontrou, em vez disso, foi uma celebração. Não era uma grande celebração, apenas a família real e os mais próximos, mas ainda não combinava com a guerra e toda a tragédia pela qual eles tinham passado. Havia vinho, frutas, carne, músicos e, o mais estranho de tudo, havia uma leveza e alívio no ar, até mesmo alguma felicidade, que ele não via havia muito tempo. Por um momento ele esperou que eles soubessem que ele estava vindo e o que estava trazendo, mas como ninguém parecia notá-lo, logo percebeu que provavelmente não era esse o caso.

— Irmão! Você finalmente nos agraciou com a sua presença.

Oh, não. Forest. Ele era o mais velho, mas eles não se falavam há mais de um ano. Talvez tivesse sido culpa de River, mas mesmo assim. Ele tinha passado alguns momentos íntimos com uma guarda feminina, só para mais tarde descobrir que seu irmão tinha sido apaixonado por ela. O fato de que River não sabia de nada não fez diferença para apaziguar Forest. Ou o fato de que ele tinha sido bastante jovem. O amor era uma coisa complicada. Os lendários não eram possessivos por natureza, e eram propensos a flertes temporários sem apego. Mas esse não era o caso de sua família, provavelmente por causa do sangue humano. Isso poderia causar alguns problemas. E era como se Forest invejasse River, o que era ridículo, já que ele era o mais velho e o herdeiro do trono, e sempre fazia de tudo para agradar ao pai, mesmo que não precisasse. Era quase como se ele se ressentisse com a rebelião e o descuido de River. Para completar, Forest tinha os cabelos brancos e os olhos vermelhos dos lendários, com chifres magníficos, e nenhum sinal físico de sua ascendência humana.

River deixou tudo de lado, realmente feliz por Forest estar falando com ele.

— Para que é a celebração?

Seu irmão bufou e olhou para ele de cima a baixo.

— Onde você esteve? Perdido em um pântano?

— Mais ou menos.

— Bem. Você deveria me agradecer. — Isso significava uma dívida desconfortável e precisava ser por uma boa razão. — Acabamos de dar um grande golpe nos humanos.

Essa era uma ótima notícia, considerando que eles não tinham obtido nenhuma vitória há tanto tempo.

— Sério? Parabéns. O que aconteceu?

Forest sorriu.

— A cidade de Umbraar, e praticamente o reino, não existe mais.

Ele se lembrou do barulho e das ondas, e teve uma sensação horrível.

— O que você quer dizer com isso?

— A grande cidade deles, onde eles tinham seu castelo, seu porto, desapareceu. A família real se foi. Eles não vão nos ameaçar novamente. — Ele estava sorrindo.

— O que você quer dizer com *desapareceu*?

Ele encolheu os ombros.

— Foi embora. O penhasco desabou sobre eles, enterrou a cidade sob camadas e camadas de pedras quebradas.

Formosa. Onde uma neta tinha recebido um presente de

Keller, onde um casamento tinha acontecido, onde muitas pessoas inocentes viviam. Seu irmão não podia ser tão insensível a isso, todas essas pessoas celebrando não podiam ser tão insensíveis a isso. Os joelhos de River quase dobraram.

Mas não podia ser verdade, não fazia sentido. Tinha que ter sido um acidente, algo mais, seu irmão não poderia ter feito algo tão monstruoso.

— Podemos sair por um momento?

— River, eu adoraria dar meu tempo a você, mas, como pode ver, esta é minha noite.

— Saia ou eu falo com você aqui. — Ele levantou sua voz o suficiente para que outras pessoas olhassem fixamente para eles.

— Dois segundos, então.

Quando eles estavam na varanda, River perguntou:

— Que magia você usou? Os lendários não têm nenhuma magia que possa quebrar pedras.

— Eu descobri algo.

River estava enojado.

— E você gosta de matar inocentes?

— Inocentes? — Ele riu. — Eles nos matariam a todos se pudessem. Nós estávamos perdendo, caso você não tenha notado. Esta cidade não vai nos segurar por muito tempo. Se eles continuarem destruindo o Monte Primordial, todos nós precisaremos nos mudar para Alúria, mas isso será impossível se houver humanos em todos os lugares. Eu fiz algo, River, enquanto você não fez nada, como sempre.

— Nada? — Ele ainda estava segurando o bastão. — Quer adivinhar o que é isso?

Forest franziu a testa.

— Você não teria conseguido passar pelos dragões. Isto é algum truque, não é?

— Eu passei pelos dragões, e este é o bastão deles. Eu acabei de voltar de Fernick. Você não precisava matar inocentes.

— Os humanos matam inocentes o tempo todo — disse Forest. — Eles acabaram com vilarejos inteiros.

— Mas se nós nos tornarmos como eles, então pelo que estamos lutando?

— Sobrevivência. Eu espero que você não esteja preso a uma

ideia infantil do bem ou do mal. — Ele olhou fixamente para a cabeça de River. — Oh, você tem uns chifres bonitinhos de crianças lendárias, então ser infantil talvez lhe sirva. Os chifres só atrasaram o quê? Oito, dez anos?

— Não é essa a questão. Você não destrói uma cidade inteira, você não destrói.

— River. A Alúria é muito pequena para ambos os lendários e os humanos. É simples assim. Apenas um de nós sobreviverá. Eu quero que sejamos nós. — Ele apontou para o bastão. — Este é realmente o bastão dos dragões?

— Estava no Covil dos Dragões, bem protegido.

— E você o pegou sozinho?

River sorriu.

— Eu também tenho alguns truques dos quais você não sabe nada.

— Você deveria ter aproveitado e pego um coração de um dragão.

— Eles não são dragões, eles são humanos mágicos.

— Tanto faz. Os corações têm uma magia poderosa.

— Credo. Eu não vou arrancar o coração de ninguém.

Forest suspirou.

— Pena. Mas só o bastão já é ótimo, e provavelmente selará nossa vitória. Eu... — Ele mordeu seu lábio, como se estivesse pensando. — Vamos esquecer o passado. Eu sugiro o apresentarmos juntos ao nosso pai, para mostrar a nossa união. Ele vai ficar feliz.

— Eu não me uno com assassinos em massa.

Forest fez uma careta.

— Você não faz sentido. Então vá sozinho. Você acha que nosso pai vai acreditar em você?

— Por que ele não acreditaria? Eu não posso mentir.

Seu irmão respirou fundo.

— Eu quero ajudar, garantir que nosso pai vai acreditar que este é o bastão.

River ainda estava muito horrorizado para caminhar com seu irmão, por outro lado, se todos estavam comemorando, todos eram frios e insensíveis e não se importavam. Talvez muitos deles seriam capazes de ter destruído uma cidade se tivessem a oportunidade. Talvez tenha sido uma resposta a tanto sofrimento, dor e perda, um entorpecimento que os tornou monstruosos. Mas se o bastão pudesse combater a magia humana, era uma solução. River tinha que mostrá-lo a seu pai, e a presença de seu irmão só ajudaria.

River acenou com a cabeça.

— Tudo bem.

— Deixe-me carregá-lo. — Forest estendeu sua mão.

Parecia errado dar a ele, mas, novamente, se a ideia era fazer seu pai se importar, então ele não ia ficar pensando demais.

Eles entraram no grande salão. O pai de River estava sentado à beira de uma longa mesa e fingiu que não o via.

— Pai — disse Forest. — Este é o bastão dos dragões. Ele pode ser a nossa salvação.

— Sério?

Forest acenou com a cabeça.

— Eu o recuperei.

Isso não fazia sentido. Não era verdade. Como o irmão dele estava dizendo isso?

Os olhos de seu pai se arregalaram.

— Não pode ser!

— É sim. Foi tirado de Fernick antes da terrível cidade de Umbraar ser destruída.

River deu meia-volta e saiu do salão. Ele nem queria discutir, não havia razão para isso. Pelo menos os lendários tinham uma maneira de vencer aquela guerra, uma maneira que ele esperava que dessa vez não envolvesse a morte de inúmeras pessoas.

Fel estava no topo da muralha do forte, observando a floresta, pensando se ele estava agitando seu povo e preocupando a todos sem motivo algum. As fronteiras estavam bem guardadas e os portais ainda mais. E ainda assim seu pai não tinha voltado. E Léa... tinha sido mandada de volta ao olho da tempestade — onde tudo deveria estar calmo, no entanto. Mas apenas temporariamente.

Quanto mais pensava no momento em que ela tinha partido,

mais ele percebia que desejava poder fazer tudo de novo. Ele não se importava com seu orgulho, com nada. Ele imploraria que ela ficasse aqui, que ficasse segura. A salvo. Por quanto tempo? Não, ele a mandaria embora para um lugar seguro, a mandaria para uma das cavernas escondidas, e pelo menos teria certeza de que nada de ruim aconteceria com ela. Agora a preocupação e a culpa roíam-lhe as entranhas. Ele estava tentando dizer a si mesmo que ela estava feliz com seu marido, mas as desculpas soavam cada vez mais fracas. Ele estava tentando acreditar que tinha sido escolha dela, mas então percebeu que nunca lhe havia dado uma alternativa, nunca lhe havia pedido realmente para ficar, ainda bravo com aquele bilhete estúpido que a mãe dela provavelmente a havia obrigado a escrever.

O som de um cavalo trotando rapidamente o fez descer os degraus até a quadra. Um jovem soldado. Fel passou pelos homens atraídos para a comoção.

— Eles estão vindo — disse o jovem. Sua voz estava fraca, trêmula, e ele estava visivelmente exausto.

— Quem? De onde?

Ele balançou a cabeça.

— Cerca de cem, duzentos soldados. Bastião de Ferro. A pé. Da Floresta Azul.

Isso era no máximo a uma hora de distância. Fel tremeu.

— Isso não pode ser. É mais perto do que as fronteiras, ainda mais perto do que os portais.

— Sim — o homem concordou.

Fel queria fugir, queria se esconder, queria contar com seu pai para mantê-lo seguro. Sim, ele tinha se preparado para isso, ele tinha até considerado que algo assim estava prestes a acontecer e, ainda assim, ouvir que era real parecia mais do que ele podia suportar.

Ele fechou os olhos rapidamente, determinado a se controlar e a manter sua expressão composta, mostrando calma e convicção. Como ele poderia liderar e inspirar se ele mostrasse medo? Havia dez homens ao seu redor, e era hora de agir.

— Você, leve-o para o curandeiro — disse Fel. — O resto de vocês vai acordar a todos neste forte e dizer a eles para se prepararem. Sem sinos. Agora não. Dividam-se. — Ele disse a cada um deles para irem em uma direção, depois correu de volta para seus aposentos, para pegar sua espada. Não. Ele teria que lutar sem ela. Ele tirou cada pedaço de ferro que estava usando, com exceção das mãos, e depois voltou para fora.

Até agora ele nem tinha certeza se eles estavam vindo em sua direção, mas estavam muito perto e não havia mais nada que eles pudessem procurar em Umbraar. Se três assassinos tinham encontrado Fel saindo do forte, é claro que eles sabiam que este era um lugar importante. Talvez eles até soubessem que ele estava vivo e que seu pai também tinha ficado aqui.

Fel olhou para os enormes portões de ferro. Por que metal? Por outro lado, a madeira podia ser queimada com bastante facilidade. Tanto metal, metal que poderia ser usado contra eles.

Um homem veio correndo para ele. Era Stan, o comandante responsável por aquele forte.

— Príncipe Isofel, o que está acontecendo?

— Bastião de Ferro está vindo para nos atacar.

O homem franziu a testa.

— Você tem certeza? Onde eles estão?

— Floresta Azul. Perto demais. Teremos sorte se estivermos meio prontos quando eles chegarem aqui.

— Onde está seu pai? Nós deveríamos trazê-lo aqui.

— Ele não está no casarão e não está em nenhum lugar em que possamos alcançá-lo. Eu estou no comando por enquanto.

— Com o devido respeito...

— O quê? — Fel olhou fixamente para ele. — Com o devido respeito, o quê?

— Eu conheço estes homens e este forte.

De fato. E ele havia treinado Fel, que estava acostumado a ouvi-lo. Mas as coisas eram diferentes agora. Fel acenou com a cabeça.

— É por isso que estou contando com a sua ajuda. Eles têm condutores de ferro entre eles. E nós vamos precisar agir rapidamente. Consiga o máximo de homens que puder para colocar todos os equipamentos pesados de ferro no cofre subterrâneo.

O homem parecia incrédulo.

— Nós vamos lutar contra eles com o quê?

— Madeira, comandante, é com isso que vamos lutar contra eles. Nossos arcos e flechas e até mesmo catapultas.

— Você não pode realmente achar...

— Por favor, Stan. Eu respeito sua experiência e os anos em que você serviu ao nosso reino, mas estamos em desvantagem numérica e estamos ficando sem tempo. Se eles não tiverem condutores de ferro, nós estaremos em vantagem. Nós temos as muralhas, nós temos o terreno superior. Nós teremos até mesmo tempo para tirar nossas armas de metal do cofre. Se eles tiverem condutores de ferro, aquele portão não vai ficar de pé, e nós estaremos com problemas em breve. Não vamos dar a eles ainda mais munição. Por favor, faça o que eu digo, mesmo que você ache que é a coisa mais idiota de todos os tempos. Você pode me repreender mais tarde. Agir rápido nos dará mais tempo do que tentar descobrir se minhas decisões estão certas ou erradas. Isso faz sentido?

— Faz.

Estava claro que Stan estava dizendo isso relutantemente, mas não importava. Era bom o suficiente.

— Ótimo, então. Coloque nosso metal no subsolo.

O homem acenou com a cabeça e correu para reunir alguns dos soldados que estavam acordados e prontos. Enquanto isso, Fel encontrou alguns dos homens e pediu a eles para construírem uma barreira de pedra atrás do portão de metal.

— Com o quê? — perguntou um homem.

— Quebre as pedras do alojamento, e segure-as com barro.

— Não vai ter tempo para secar.

— Pelo menos é alguma coisa. Vá.

O dever de Fel era ficar no lugar de seu pai na sua ausência. Todos no reino sabiam disso e, ainda assim, eles deveriam ter praticado um pouco mais. Não apenas Stan, mas alguns outros soldados experientes não pareciam muito felizes em obedecê-lo. Talvez Fel devesse ter deixado o velho comandante assumir a liderança. Isso era o que aconteceria se ele não estivesse aqui. Mas Fel estava aqui — e sabia da magia que estava vindo.

Arqueiros foram posicionados no topo da muralha, e alguns espadachins no chão, no caso de quebrarem o portão ou entrarem por outros meios. Sim, eles tinham espadas e escudos de madeira.

Fel olhou para o céu. Ele podia sentir a ameaça da violência, como nuvens antes da chuva. E ele temia o que estava por vir e as vidas que seriam perdidas.

As palavras de seu pai vieram até ele. *Sem piedade no campo de batalha. Ponha sua bondade e compaixão de lado, ou você falhará.* Mas que tipo de pessoa poderia se livrar da sua compaixão como se fosse um casaco? E uma vez tendo sido abandonada, será que ela voltaria?

As mortes dos assassinos ainda o assombravam, o peso horroroso de tirar vidas. E se ele tirasse ainda mais vidas esta noite, isso não iria mudá-lo para sempre? E mesmo assim, seria ainda pior se a covardia o impedisse de proteger seu povo. E ele também poderia morrer hoje à noite.

Ele lamentou não ter dito mais a Léa, ter fingido ser indiferente a ela. Se as coisas tivessem sido diferentes, ele teria se despedido dela, teria prometido voltar para ela, saberia que uma parte de seu coração nunca endureceria, a manteria em seus pensamentos no calor da batalha. E se ele sobrevivesse, voltaria para ela, onde quer que fosse, o homem mais feliz de todos. Ele ainda a amava, e nunca teve a chance de dizer isso, nunca lhe tinha dito que, se ela quisesse, ele poderia perdoar seu bilhete, seu casamento, tudo, que ele a amaria para sempre se ela ficasse.

— Você está pensando na sua princesa necromante — uma voz o assustou. A voz de Arry.

— Por que você acha isso?

— Você faz uma cara. — Seu amigo piscou rápido e pareceu um idiota olhando para o céu. Aquilo era obviamente uma tentativa terrível de imitação.

— Hum. — Estranho como seu amigo o conhecia, e ele nem mesmo lhe havia contado tudo. Certamente nunca lhe diria que ela tinha estado no quarto dele, que eles quase... Este não era o momento para esses pensamentos. — Onde você estava? Eu pensei que você tinha decidido dormir durante a batalha.

Arry riu.

— Onde? Assegurando que todo o metal estava sendo colocado no cofre. Eu não posso acreditar que você realmente esperava que meu pai levasse suas ordens a sério.

— Mas eu pedi para ele fazer isso.

— Eu acho que ele não entende o que a condução de ferro pode fazer, e nem mesmo acredita que eles terão mágicos no meio deles. Eu acho que ele nem tem certeza de que eles vão atacar.

— O que ele acha que eles estão fazendo?

Arry rolou os olhos.

— Nos intimidando para chegar a uma negociação.

Fel riu.

— Eu nunca o tomei por um otimista. Tomara que ele esteja certo.

— Nós sabemos que ele não está. — Sua expressão era séria, tensa, então ele deu um sorriso fino. — Mas será um prazer estar ao seu lado.

Fel ficou tenso. Isto não era exatamente o que ele queria.

— Verdade. Mas se eu pedir para você recuar, recue. Eu prefiro que você volte e se salve do que fique ao meu lado e morra.

— Se tivermos que recuar, você não vai ficar e morrer como um tolo, vai?

— Morrer como um herói. Sim, se for preciso.

— Oh, pare com isso. Vamos esmagá-los. Nós temos a vantagem de nossas muralhas...

— E o nosso forte portão de ferro. Claro. — Fel queria estrangular seu eu do passado por não ter notado antes. Mas ele nunca havia pensado que chegaria a isso.

— Tanto faz. Não morra. Eu quero ver você roubando uma princesa de Bastião de Ferro.

— Ela já é minha. Eu não vou roubar ninguém. — Estranho como as palavras saíram, e como elas pareciam verdadeiras. Foi também uma decisão, e talvez Arry estivesse certo que isso o deixaria ansioso para vencer, ansioso para sobreviver, ansioso para estragar um pouco do poder de Bastião de Ferro.

— Esse é o pomposo Príncipe Umbraar que eu conheço.

Fel sorriu, mas então ficou sério novamente.

— É melhor nos concentrarmos. Faça-me um favor e corra

pelo perímetro, certificando-se que todos estão bem posiciona-dos, e que ninguém está usando nenhum metal, nem mesmo anéis, correntes, nada.

Arry olhou para as mãos de Fel.

— E sobre...

— Eu posso controlá-las. Mas eu não posso controlar todo o metal do forte.

Seu amigo acenou com a cabeça e correu. Eles mal estavam preparados — e as forças de Bastião de Ferro estariam sobre eles a qualquer minuto.

26

DESPERTAR
20 ANOS ANTES

River acabou contando tudo para Ciara, e pelo menos ela acreditou nele. Ela estava sentada em sua cama, pois ele não tinha saído de seu quarto desde que Forest declarara que o bastão tinha sido sua descoberta.

Os olhos dela foram gentis quando olhou para ele.

— Mas isso não faz diferença. O que você fez vai nos salvar.

River deu de ombros.

— Pode ser.

— Você queria o reconhecimento.

Ele balançou a cabeça.

— Isso seria uma bobagem. Com tudo o que está acontecendo, por que se importar com isso? O que nós precisamos fazer é nos salvar, certo? Ainda assim, não é justo que Forest receba todo o crédito, receba tudo....

— Ele tem trabalhado muito. Você deveria colocar suas diferenças para trás.

— Hum. E ele pode mentir. Como ele pode mentir? Você pode mentir? Não se preocupe. Não é uma pergunta que alguém possa responder de uma maneira satisfatória.

— Você tem cabelo castanho e chifres tardios, talvez ele tenha a habilidade de mentir.

Chifres tardios. Eles ainda pareciam ridículos, como os de um menino de treze anos.

— Ele não deveria usar a habilidade de mentir contra mim.

— Talvez ele tenha pensado que seria mais fácil assim, eu não sei. Ou talvez ele não tenha mentido, apenas distorcido as palavras.

— Ótimo. Agora você está defendendo ele.

— Não — disse Ciara. — Eu só não quero ver você com raiva.

— E você acha que destruir uma cidade é correto? Você acha que isso faz sentido?

Ela fez uma pausa.

— Talvez ele não a tenha destruído.

— Não muda o fato de que todos estavam dançando, celebrando milhares de mortes. O que há de errado com vocês?

— Eu não estava dançando, River. Mas todos temiam o rei de Umbraar. Você tem que entender o que sua morte significa para nós.

— Ainda está errado.

— A guerra traz o pior de todos.

River suspirou.

— Será que tem que ser assim?

Alguém bateu à sua porta. River abriu e viu Forest, depois empurrou a porta para tentar fechá-la, mas seu irmão a empurrou de volta.

— River, ouça. Eu contei a verdade ao nosso pai. Eu disse a ele que foi você quem encontrou o bastão. No início eu o deixei pensar que era eu só para ajudar, só para que ele confiasse que era de verdade.

— Ótimo. Lide com isso, então.

— Não. Tem que ser você. Você tem que usá-lo.

River riu.

— É por isso que você está me chamando.

— Eu sempre planejei um dia dizer que era você. Você deveria confiar mais em mim.

— Você é um mentiroso.

Forest franziu a testa.

— Eu nunca menti. Você não quer que esta guerra acabe? Você não quer usar o bastão? Vamos lá, esta é sua chance de ser nosso herói, de esculpir seu nome entre os maiores lendários.

— Você acha que eu me importo com esse absurdo?

— Todo mundo se importa.

— Vai, River. — Ciara, que tinha ficado quieta até agora, estava ao seu lado. — Eu sei que você quer consertar as coisas.

— Claro que sim.

Ele seguiu seu irmão até uma pequena sala perto do salão dos lendários. Lá, viu seu pai e Hazela, sua mais respeitada estudiosa de magia.

Ela olhou fixamente para ele.

— De onde você tirou isso?

— Um bloco de gelo no palácio dos mestres dos dragões.

A estudiosa acenou com a cabeça.

— É o bastão certo.

Seu pai colocou uma mão no ombro de River.

— Você se saiu bem, filho.

Filho. Ele não o chamava assim havia anos e, ainda assim, ouvir essa palavra não o fez se sentir tão bem quanto o esperado. River apenas acenou com a cabeça.

A erudita olhou para ele.

— Você terá que empunhá-lo. Em um de nossos círculos, ao anoitecer, você terá que bater no chão com ele.

— Um círculo o mais próximo possível do Monte Primordial — acrescentou seu pai.

Seu coração bateu mais rápido.

— Em Bastião de Ferro?

A mulher balançou a cabeça.

— Fonte Selvagem também funciona. Ainda é perigoso, mas você não vai estar lá por muito tempo. — Ela lhe entregou um pedaço de papel. — Estas são as palavras. — Eram símbolos em Élfico Antigo. — Você consegue ler esta linguagem? — ela perguntou.

— Sim. — Na verdade, algumas das letras eram semelhantes a fernês, e ele sabia como pronunciá-las mesmo que não entendesse o significado delas.

Hazela acenou com a cabeça.

— Então não há dificuldade.

River pegou o papel, uma sensação de vazio em seu estômago.

— E isso vai combater a magia dos humanos.

— Vai vencê-los, filho. Vai assegurar nossa vitória. — Havia orgulho na voz de seu pai, em seus olhos. River estaria mentindo se ele dissesse que não gostava da oportunidade de ser quem salvaria seu povo, ser aquele em quem seu pai confiava.

— Amanhã é quando você deve ir — disse a mulher. — Nós temos sorte de a lua cheia estar tão perto. Ao anoitecer. Certifique-se de que não seja noite ou dia.

— Posso ler o papel ou devo memorizá-lo?

Ela suspirou.

— Memorize, mas não leia em voz alta quando estiver praticando. As palavras são poderosas. Você não quer desperdiçar o feitiço. E mantenha-o em segredo.

Isso não fazia muito sentido.

— Não deveríamos dizer ao nosso povo? Dar-lhes esperança?

Seu pai bateu no ombro de River.

— Eles o saberão quando for a hora de saber.

River voltou para seu quarto e, como Ciara ainda estava lá, acabou contando tudo para ela.

Ela ouviu com atenção e disse:

— Por que você acha que Forest mudou de ideia?

— Eles provavelmente disseram que tinha que ser quem pegou o bastão? Talvez ele tenha medo de ficar sozinho num círculo? Como eu vou saber?

— Humm... — Ela mordeu o lábio. — Você pode verificar se talvez isto seja perigoso?

— Ciara. Mesmo que eu morra, eu farei isso se significar nossa vitória.

Ela olhou fixamente para ele.

— Não seja bobo.

— Não é bobagem. É a verdade.

Ela suspirou.

— E o que dizem as palavras?

— Eu não tenho certeza.

— Você não era o especialista em idiomas?

Ele riu.

— Especialista. Você deveria ter visto o desastre que eu fui em Fernick.

— Eu gostaria de ter visto. Você sabe o que eu estou pensando? Esta seria a oportunidade perfeita para atacar os humanos. Eu não me refiro a pessoas normais, inocentes. Mas nós poderíamos invadir a Cidadela de Ferro, por exemplo, antes que eles percebam que a magia deles desapareceu.

Fazia sentido, mas não havia como planejar algo assim.

— Nosso pai não quer que eu conte para ninguém.

— É uma bobagem. Se fizermos os humanos perderem sua magia, precisaremos agir rapidamente.

Talvez, mas havia outro problema.

— Bem, não. E se isto não funcionar? Nós não podemos colocar nossas esperanças em alguns livros mágicos antigos.

— Pode ser.

— Ciara. — Ele a olhou fixamente. — Diga pra mim que você não está planejando nada.

— Por que você se preocupa tanto? Foi você quem foi em uma missão perigosa e praticamente sem esperança. Eu disse alguma coisa?

— Mas isso é diferente de ir para Bastião de Ferro.

— Eu só disse que era uma boa ideia. Relaxa, irmão.

E ainda assim ele não conseguia relaxar, um sentimento sinistro sobre ele.

Léa ouviu passos no corredor, mas entrou em uma passagem secreta antes que eles a vissem. A maioria dos aposentos reais tinha saídas, exceto o quarto de Léa, talvez porque sua mãe temesse que ela saísse escondida. Para fazer o quê, exatamente? Ela então se lembrou de Fel vindo para o quarto dela. Se ele não fosse capaz de entrar, e se ela pudesse sair para encontrá-lo, ela teria saído? Talvez. Fel. O coração dela ficou apertado de preocupação. Mas ele estava bem. Ele estava preparado, preparado até mesmo contra um exército com condutores de ferro. E ela tinha que parar de pensar nele e se concentrar em encontrar seus pais e ajudar seu reino.

Ela tinha sido tão tola, voltando a Bastião de Ferro, pensando que isso salvaria seus pais. É claro que eles já tinham planejado tudo isso. Ela deveria ter ficado em Umbraar e começado a planejar sua vingança. Mas agora ela estava em casa — o seu maior desejo — e ainda escondida em uma pequena passagem como um rato.

Esta passagem levava à adega pela cozinha principal. Ela se perguntou se um velho rei bêbado teria construído isto, ou se a ideia era ir para algum lugar subterrâneo, o que ofereceria mais proteção. Quando chegou lá embaixo, procurou escutar. Como ela não ouviu nenhum passo ou voz, presumiu que era seguro abrir a porta.

Assim que ela saiu, viu uma jovem mulher e um menino de uns dez anos. Ambos tinham cabelos castanhos claros e olhos cor de mel, que a olharam com medo.

Léa levantou suas mãos.

— Eu não sou uma ameaça.

A mulher olhou para a passagem, o rosto dela cheio de emoção.

— Será que... isso leva para longe? — A voz dela era quase um sussurro.

Era horrível decepcioná-la, mas Léa balançou a cabeça.

— Ela vai para o corredor perto dos aposentos reais. Pode funcionar como um esconderijo temporário, mas é muito estreito.

A mulher então olhou melhor para Léa.

— Sua alteza.

Léa a interrompeu:

— Não me chame assim. — Ela notou que algumas caixas de madeira as estavam barricando do resto daquela parte da adega. Já era uma sala especial, separada do resto, e barricá-la ofereceria ainda mais proteção. — Há mais pessoas aqui?

Com uma mão trêmula, a mulher apontou para as caixas.

— Do outro lado, talvez.

Léa deu uma olhada melhor nela.

— Eu a vi em nossas recepções, e ao redor da cozinha, talvez, mas eu não me lembro do seu nome.

— Valéria. Eu... trabalhava no lavadouro. Este é meu irmão,

Lago. — O menino estava se agarrando à mulher e ainda olhava para Léa com medo. — Valéria então apontou para o canto: — E meu outro irmão, Sali.

Era um homem jovem, um guarda de Lago Branco, deitado no canto.

— Ele está ferido — acrescentou Valéria.

Léa agachou perto do jovem e notou que ele estava dormindo, mas havia um pouco de sangue em sua camisa.

— Ele precisa de cuidados?

— Eu remendei a ferida dele. Só o braço. Ele está descansando agora, mas ele tem que continuar escondido.

Léa queria poder fazer algo para ajudá-lo, algo para ajudar o seu reino.

— Eu sinto muito, eu...

Os olhos da mulher estavam cheios de lágrimas.

— Pelo menos ele está vivo. Tantos morreram.

— Você viu o que aconteceu?

Ela olhou para o chão, e sua voz ficou ainda mais baixa.

— Eu vi soldados de Bastião de Ferro. Eles estavam gritando que eram os faes, mas... Sali chegou aos nossos aposentos e nos pediu para nos escondermos. Ele disse que foram os soldados de Bastião de Ferro que o atacaram e a seus companheiros. A única razão pela qual ele escapou foi porque fingiu estar morto, depois escapuliu e nos encontrou.

Deve ter sido difícil atravessar tantos soldados nessa confusão, a menos que...

— Você usou outra passagem para chegar aqui, então.

Ela acenou com a cabeça.

Poderia ser a saída de Léa.

— Aonde ela leva?

Valéria balançou a cabeça.

— Os aposentos dos criados. Eles estão invadindo. Procurando por *traidores*. — Ela bufou de raiva.

— Qualquer um que saiba quem atacou o castelo.

A jovem mulher acenou com a cabeça novamente.

Léa suspirou.

— Você sabe de alguma coisa sobre minha mãe ou meu pai? Se eles estão vivos?

— Oh. — Valéria olhou para baixo, então, depois de uma respiração profunda, olhou para Léa. — Você não sabia? Eles tocaram os sinos e tudo mais. Eu sinto muito. Seu pai, ele...

No começo, as palavras não faziam sentido, palavras estranhas que não podiam ser amarradas juntas para formar uma sentença, palavrões incompreensíveis, mas quando o significado bateu em Léa, o coração dela deu um nó. Ela sentiu como se não houvesse mais chão debaixo dela, e cobriu o rosto com as mãos. O pai dela tinha ido embora deste mundo?

Por quê? Por quê? O casamento dela com a Bastião de Ferro tinha causado isto? A estupidez dela? Não poderia ser o que ela tinha feito com Cassius, não haveria tempo para isso. Agora ela desejava ainda estar no castelo Bastião de Ferro, mas que ela pudesse matar todos lá. E, então, ela percebeu que deveria ter sabido que seu pai tinha morrido, ela deveria ter sabido no momento em que o viu em seus sonhos, desaparecendo.

— Você sabe se minha mãe sobreviveu?

A mulher balançou a cabeça e mordeu o lábio.

— Sali estava guardando os aposentos reais, então... Mas eu não sei. Nós já estamos aqui há algum tempo.

Léa lembrou que os guardas de Bastião de Ferro estavam procurando por sua mãe. Isso significava que ela tinha escapado — pelo menos até agora. Mas o pai dela... Ela se perguntava se Kasim teria sobrevivido, mas em seu coração, Léa sabia que ele também tinha ido embora.

— Você é a rainha agora — disse Valéria. — Mas eu ouvi dizer que você chegaria amanhã ou hoje mais tarde. Como você...

— Eu vim antes. Eles não podem saber que eu estou aqui.

— Você não pode fazer nada? — Seus olhos estavam suplicando, como se estivesse esperando que Léa resolvesse seus problemas.

Isso era o que uma rainha deveria fazer, não era? E, ainda assim, ali estava ela: escondida, assustada, insegura do que fazer. Ela apenas balançou a cabeça, o coração cheio de vergonha. Era uma vergonha ser fraca, não ter uma solução.

Léa respirou fundo. Ela tinha que pensar e pelo menos oferecer alguns conselhos.

— Eu acho que eles querem culpar os faes por este ataque. Eles vão matar qualquer um que disser outra coisa. Se você fingir que estava apenas se escondendo porque estava com medo, você pode escapar, a menos que eles estejam matando todos que estejam aqui, mas eu não acho que seja esse o caso. Tenho quase certeza que muitas pessoas e guardas da Lago Branco podem muito bem acreditar que foram os faes e que Bastião de Ferro está apenas ajudando. Mas seu irmão, ele vai precisar se esconder. Você tem suprimentos aqui?

A mulher balançou a cabeça.

Léa engoliu em seco.

— Então você terá que escondê-lo. Você pode deixá-lo na passagem. Você terá que sair e parecer feliz por os faes terem sido derrotados. Finja que você estava apenas com medo e que você não viu nada. Essa é a única maneira de você sobreviver.

A mulher respirou com força e segurou o menino ainda mais forte.

— Faça isso de manhã — disse Léa, — quando mais pessoas de Lago Branco estiverem por perto. Eles não podem andar por aí matando serventes e fingir que vieram para proteger nosso reino. — Fazia sentido, e fazia o coração dela ficar mais tranquilo. — Algo mais: eles são mais poderosos do que parecem. Alguns deles podem ser condutores de metal e eles têm alguma magia estranha. Uma revolta seria perigosa neste momento. Eu vou tentar deixar o reino e conseguir ajuda. Eu voltarei, mas não sei quando.

— Mas como você vai escapar?

— Eu vou dar um jeito.

Na realidade, Léa não tinha ideia. Tudo o que ela sentia era frio e vazio. Tudo o que ela sabia era que tinha um poder estranho que poderia permitir que ela escapasse daquele castelo, mas que também poderia matar todos que estavam nele, e que não tinha ideia de como controlá-lo.

NAIA SE SENTIA PRESA, não apenas presa naquela casa, presa em seus sonhos. Talvez River tivesse olhado para ela com uma expressão amorosa e carinhosa, mas que tipo de carinho era esse? Doía saber que ele havia tirado a liberdade dela, e doía ainda mais perceber que era porque não queria lhe dar nenhuma explicação, não queria responder às suas perguntas. Ela queria estrangular River, mas isso obviamente seria difícil, considerando que ela não conseguiria acordar.

Mas ela *estava* acordada — de um certo ponto de vista. Se ela podia pensar tudo isso, se ela estava ciente do que estava acontecendo, então ela não estava sonhando. A questão era como estar verdadeiramente acordada e em seu corpo.

Fogo. A palavra veio a ela como um sussurro do vento. Se seu fogo mágico podia contrariar a magia que bloqueava a Cidade Lendária, talvez ele pudesse... Ela acendeu uma chama em sua mão.

Naia se sentou, com o coração acelerado, e olhou ao redor do quarto. Era noite, River não estava ali, e ela não tinha ideia de quanto tempo tinha passado. Dias? Horas? Meses? Ela não tinha certeza. Talvez tivesse sido tudo um sonho estranho que ele a tivesse feito dormir, que ele a tivesse olhado com olhos bondosos e amorosos. Mas não, ela tinha perguntado a ele sobre aquela cidade fae, tinha perguntado o que tudo isso significava, e não tinha obtido respostas. Ele a tinha feito dormir. Agora era noite avançada, e ele não estava ali.

Que parte do seu pensamento achava que viver com um fae daria certo? Ele tinha dito que declararia seu amor na frente de seu povo, na frente de seu pai. Que piada. Esse era o tipo de promessa de fae com a qual era preciso ter cuidado. Se seu povo estava todo adormecido, não havia como um casamento acontecer.

Naia pegou o espelho que Fel havia lhe dado, mas ela não conseguia sentir nenhuma magia nele. Ela se perguntava se seu irmão estava bem, se seu pai estava bem. O pai dela. Agora o remorso tomou conta de seus pensamentos. O que havia entrado nela que a fez trocar sua família por um fae enrolado? Agora ela estava ali, ainda sem nenhuma resposta, não mais perto de descobrir o que estava acontecendo do que antes. E a pior parte era suspeitar que ela estava sendo enganada por River. Mas por quê? Por que ele não poderia tê-la deixado sozinha? Sozinha, solitária e insegura sobre seu futuro, mas talvez fosse melhor do que provar algo que não era destinado a ser dela.

Mas se lamentar não ia consertar nada. Ela tinha que encontrar soluções e, desta vez, ela chegaria ao fundo disto, não importava o tempo que demorasse. Ela então se lembrou de ter voltado da Cidade Lendária, de como River tinha ficado perturbado, de como ele a tinha segurado como se nada mais importasse no mundo. Claro. E daí ele não só tinha evitado as perguntas dela, como a tinha feito dormir.

Naia se vestiu, pegou uma faca e foi para fora. Ainda não havia sinal de River. Ela teve a impressão de que ele voltaria para casa todas as noites como um marido. Bem, ela tinha tido muitas impressões erradas — e estava prestes a consertá-las e descobrir a verdade.

Com uma chama na mão e fogo no coração, ela atravessou a mata ao redor da casa e logo se viu caminhando no prado que levava ao palácio dos lendários, apenas as estrelas iluminando seu caminho.

Pelo menos agora ela sabia que não precisava evitar ser vista, e também sabia que não encontraria ninguém para lhe dar qualquer informação, então isso era uma vantagem em relação à última vez. Ela também sabia que não fazia sentido perguntar ao River sobre nada daquilo, então isso era mais um passo. Um doloroso passo, mas às vezes você tinha que caminhar através da dor para seguir em frente. E, ainda assim, essa dor significava que ela se importava com River, o que só a deixava irritada — e ainda mais magoada.

Naia se importava com River, e uma vez ela tinha pensado que poderia dar certo, apesar de tudo. E a realidade era que ela não tinha ideia de quem ele realmente era, o que ele queria, e quais eram seus planos. Ela uma vez tinha pensado que eles compartilhariam uma vida juntos, e ainda assim ele nunca compartilhou nenhum de seus medos, desejos e planos com ela. E então, ele era fae, uma raça famosa por não ser confiável. Ela pensou que já tinha descoberto tudo, que não ia deixar que ele a enganasse, mas tinha sido enganada e condenada desde o momento em que eles se beijaram pela primeira vez. Ou mesmo desde o momento em que ela o havia visto pela primeira vez.

Passo após passo ela caminhou, esperando alcançar a cidade e o castelo, sem ter certeza do que estava prestes a encontrar, sem ter certeza até mesmo do que estava procurando. Tudo o que ela queria eram algumas respostas. Aquela primeira casinha parecia muito mais próxima desta vez, talvez porque ela estivesse esperando vê-la, talvez porque ela não estivesse sendo tão cuidadosa ou lenta. Esta era a cidade de River e seu povo. É claro que ele queria salvá-los. A pergunta era: salvá-los do quê? E como?

Esta área tinha algumas árvores secas e feias, e tornava a paisagem assustadora à noite. Se ela não estivesse tão brava, talvez voltasse e esperasse pelo dia, já que a noite lançava sombras sinistras no chão. Mas o seu objetivo era a cidade e o palácio. Mesmo assim, ela parou. Havia um som diferente no ar, talvez uma sensação diferente. Bem, era noite, era isso que era diferente. Naia continuou.

Tarde demais, ela ouviu alguns passos. Muito tarde demais. Quatro faes saltaram das árvores na sua frente, e mais dois atrás dela. Todos eles estavam usando o uniforme que ela tinha visto no palácio fae, uma túnica verde com calças marrons, e tinham arcos e flechas. Dois deles apontaram suas armas para ela. O que mais a surpreendeu foi ver alguém vivo e em movimento naquele lugar.

Naia levantou suas mãos lentamente. Claro, esse movimento só a colocaria em vantagem para incendiá-los a todos, mas ela esperava que eles não tivessem ideia disso. Ela queria perguntar a eles quem eram e o que eles estavam fazendo aqui, mas sabia que era melhor ficar quieta quando ameaçada.

— Quem é você? — disse um dos faes.

— Oh, eu tenho a mesma pergunta. — Opa, ela esqueceu de segurar a língua. — Quero dizer, eu não quero fazer mal.

Guardas. Eles eram guardas, ela percebeu. Aquele que tinha falado era um pouco mais alto que os outros e tinha cabelos brancos como a neve em Lago Branco, com olhos vermelhos escuros. Os dois guardas com os arcos também tinham cabelos tipo neve, mas um tinha olhos vermelhos brilhantes e o outro, olhos cor-de-rosa. O do meio tinha cabelo louro claro, e olhos vermelhos também. Ela não tinha ideia de como eram os dois guardas atrás dela porque não ia se virar.

O fae então perguntou:

— Quem é você e como você chegou à nossa cidade sagrada?

— Eu sou... uma amiga — disse ela. — Eu queria saber o que está acontecendo. Eu quero ajudar.

— Ajudar? Você é humana. Você não é exatamente um amigo da nossa raça.

— Eu conheço River. Eu sou... amiga dele. — Essa palavra soava horrível, mas o que mais ela ia dizer que eles eram?

Os guardas olharam uns para os outros.

O guarda loiro, que tinha ficado em silêncio até então, olhou fixamente para ela.

— Nós deveríamos levá-la ao Rei Spring.

— Ela tem mágica. Eu consigo cheirar — disse o outro guarda.

Enquanto isso, os arqueiros ainda tinham seus arcos apontados para ela, não completamente esticados, mas ela podia queimá-los. Só que ela obviamente ainda não queria usar seu fogo e correr o risco de ferir quatro pessoas.

— Eu adoraria falar com o seu rei — disse ela.

O guarda loiro acenou com a cabeça.

— Muito bem. Mas vamos precisar amarrar suas mãos. Ele tirou um par de algemas de seu cinto. Latão. Não tão fácil de trabalhar como o ferro, mas ela poderia lidar com isso também.

Naia estendeu seus braços. A ideia de ter suas mãos presas não era boa, mas, por outro lado, ela podia se livrar daquelas algemas facilmente. Ao menos ela estava a caminho do palácio, onde o rei a ajudaria a entender o que estava acontecendo.

Uma coisa que ela não havia considerado era o quão desconfortável seria passar um grande tempo andando daquela maneira. E o quão desconfortável seria lidar com os olhares curiosos na direção dela.

Eles se depararam com faes acordados ao longo do caminho do palácio, ao contrário da vez anterior em que ela esteve ali, que tinha sido o quê? Ontem? Uma semana antes? Ela não tinha certeza. Mas a sensação não era festiva ou aliviada. O que ela notou nos olhos daqueles faes era medo. Não medo dela, mas de algo mais. Medo e desespero, em todos os lugares que ela olhava.

Ela ia perguntar a eles se perceberam que tinham acabado de acordar do que parecia ter sido um longo sono, mas decidiu que isso seria como confessar que ela já havia estado ali. Em vez disso, ela perguntou:

— Aconteceu alguma coisa aqui?

— Você vai falar com o nosso rei. — A voz do guarda era firme, mas não dura.

De fato. Até onde ela sabia, levar um estranho ao rei não era algo que normalmente era feito, pelo menos não em reinos humanos onde eles mantinham formalidades.

— Todos os visitantes recebem essa honra?

O homem riu.

— Visitantes.

Certo. Cidade secreta, selada e tudo isso. Fazia sentido que eles estivessem desconfiados dela. O que não fazia sentido era porque eles estavam acordados agora, a menos que ela tivesse vindo, antes, durante a hora da sesta ou algo assim.

Ela decidiu ser brincalhona e ver se ela poderia pescar informações.

— Você não está feliz em ver um novo rosto?

— Humana. — Havia um aviso na voz do guarda. — Guarde suas palavras. Elas não lhe farão nenhum favor. Se você tiver perguntas, faça ao nosso rei.

Humana. O escárnio com que ele disse essa palavra lhe dizia tudo o que precisava saber sobre eles. Pelo menos River não era assim. Ou pelo menos era o que ela achava. Guardou seus pensamentos para si mesma, não mais interessada em desperdiçar seu precioso fôlego, já que aparentemente suas palavras não eram apreciadas.

Quando chegaram à cidade, mais guardas a escoltaram, o que a fez sentir-se realmente importante. Bem, como a princesa de Umbraar, ela era importante, só que ela não costumava sentir isso. Talvez a palavra certa fosse perigosa, e havia um estranho prazer em perceber que os habitantes desta cidade tinham algum medo dela. Isso era diferente de River, mesmo que ele afirmasse que ela quase o havia matado uma vez. Se a magia de metal era mortal para os faes, então ela era de fato bastante perigosa e tinha que se lembrar disso. Mas ela não estava ali para ameaçar ou assustar ninguém, e sim para falar com eles, para entender o que estava acontecendo.

O palácio ainda parecia uma árvore — uma árvore morta — mas parecia muito mais grandioso quando havia guardas de pé na sua entrada. Eles a levaram para um salão com piso e colunas de mármore branco, contrastando com a maioria da arquitetura de madeira da cidade. Ela não tinha estado aqui antes, pois suas portas tinham estado fechadas da outra vez. Uma plataforma alta tinha cinco cadeiras, e depois havia dois balcões nas laterais, de onde os espectadores mais curiosos poderiam assistir o que quer que acontecesse ali. Mas a sala estava vazia agora. E permaneceu vazia por muitos minutos.

De certa forma, foi embaraçoso e um pouco humilhante ser trazida para aquele lugar algemada como uma prisioneira. Talvez ela devesse ter tentado discutir mais, barganhar com eles, mas estava tão ansiosa por qualquer tipo de resposta que a ideia de ver o rei tinha sido tentadora demais. Independentemente disso. O que importava era obter respostas.

Depois de muito tempo de pé, uma porta se abriu e cinco faes entraram, dois deles guardas. Três deles eram nobres. Um deles era uma jovem mulher de cabelos pálidos e olhos cor de borgonha e o outro era um jovem com características semelhantes. Depois havia outro homem, um pouco mais velho, usando um ornamento circular dourado sobre sua cabeça. Ele tinha que ser o rei, e Naia teve que respirar fundo. Com cabelos castanhos claros e olhos castanhos avermelhados, com aquela mandíbula quadrada com lábios delicados, ele era a cara de River.

27

A BATALHA

Léa deitou-se no chão frio e duro, esperando que o sono a encontrasse, esperando que seus sonhos lhe dessem uma resposta. Mas ela sabia a resposta. Tinha que ir para Umbraar, para Isofel. A ideia era como ir para casa. Mas não era a sua casa. Ele a tinha rejeitado. E ainda assim, talvez sua mãe estivesse em Umbraar, e eles eram o único reino desafiando Bastião de Ferro. E parte dela ainda estava apaixonada pelo seu lindo príncipe, apesar de tudo.

Ela pegou o espelho e tentou entrar em contato com o rei de Umbraar, mas sem sucesso. Alguma coisa estava errada.

Léa suspirou, depois tentou relaxar da mesma forma que ela tinha feito quando tinha acabado em Umbraar. E ela continuou pensando em Isofel. Isofel a beijando, a pele de Isofel contra a dela. Esses pensamentos não estavam ajudando em nada seu sono. Ela se sentiu envergonhada e brava consigo mesma ao notar o quanto ela ainda o queria. Ainda assim, ela tinha que encontrá-lo.

O sono só veio muito depois, depois de muitas respirações lentas e profundas, depois que Léa tentou pensar em nada e enterrar todos os seus medos e preocupações.

Léa se viu caminhando no meio de montanhas. Oh, não, foi ali que aquela criatura a tinha atacado. Ela tentou juntar suas mãos — e elas cruzaram. Ainda era um sonho. Mas este era um lugar perigoso, e ela tinha que ir embora. A questão era como.

Um movimento à sua frente acabou sendo uma daquelas criaturas com dentes afiados. Léa ouviu sons atrás dela, e viu mais duas. Rodeada. Ótimo.

— Nós não vamos te comer — disse uma das criaturas. — Desta vez. Siga-me.

Léa virou para o outro lado e correu, mas seus braços foram pegos, e então ela foi arrastada para uma caverna dentro de uma montanha. As paredes tinham tochas com uma luz verde assustadora e, no meio, um trono escuro, com uma mulher usando preto, seu rosto velado, sentada sobre ele.

— Finalmente você está aqui.

Léa franziu a testa.

— Ajuda quando seus criados não tentam me comer.

A mulher riu.

— Dispensados. — As criaturas saíram correndo em quatro patas, como ratos. — Léa, minha querida. Eu tenho uma proposta para você. Você pode ser toda poderosa. A rainha de toda a Alúria, do mundo inteiro. E eu posso te ajudar.

— Eu só quero o Lago Branco, mas estou ouvindo. Quem é você?

— Chame-me Rainha das Trevas. Soa bem, não soa?

Léa só a olhou fixamente.

— Use o poder que é seu. Seu direito. Pare com esse disparate de tentar controlá-lo. Vocês, condutores da morte, são tão enfadonhos.

— Eu sou uma necromante.

A mulher soltou uma grande gargalhada.

— Tão boba. Sabe de uma coisa? Você pode ser fraca, você pode ser patética. Mas saiba que é por escolha.

Então a imagem se dissolveu. Léa abriu os olhos e se viu na adega, enquanto alguém estava batendo na barricada deles.

Valéria e seus irmãos estavam dormindo, e ela os acordou.

— Vamos escondê-lo. Rápido.

A jovem acordou, e ela e Léa colocaram o guarda no túnel que levava aos aposentos reais. Ele estava gemendo e parcialmente acordado, e o túnel tinha escadas estreitas e não era um lugar onde qualquer um pudesse descansar, mas teria que servir por enquanto.

Uma voz veio de trás das caixas.

— Alguém aí? Nós não vamos machucá-lo, nós só queremos a sua versão dos fatos.

Léa olhou para a Valéria.

— Eu vou com você — sussurrou ela.

A mulher empurrou Léa.

— Se esconda. Eu volto para ver vocês. Esconda-o, também. — Ela empurrou Lago, seu irmão mais novo.

Assim, Léa estava em uma escada escura com um guarda ferido e uma criança. Ela segurou a mão do menino e sussurrou:

— Você vai ter que ficar quieto.

— Eu sei. E se eles me encontrarem, eu direi que nunca vi nada.

Léa apertou a mão dele, como se quisesse lhe trazer algum conforto.

Ele então acrescentou:

— Eu não tenho medo do escuro.

— Você é inteligente.

Sim, bom para ele. Léa também não costumava ter medo disso, exceto que agora ela sabia que poderia haver coisas de outro mundo escondidas nele. Não, isso era no oco, no espaço entre mundos, uma fissura como um abismo aberto, de onde as coisas os olhavam. Um abismo de onde um poder horrível poderia fluir para ela.

Léa então acrescentou:

— Ouça-me, Lago. Se sua irmã não voltar, e se você sentir muita sede, você terá que sair.

— Eu sei. — A voz dele era fina, cheia de tristeza, provavelmente pensando no pior.

Léa tinha pensado que a irmã poderia estar ocupada, presa, ou algo assim. Além disso, coisas poderiam acontecer. Ela apertou a mão do garoto novamente, tentando acalmá-lo e tranquilizá-lo, mesmo que ela soubesse que não havia como tranquilizá-lo, que ela não poderia lhe dar garantias.

Mas a quantidade superior de guardas de Lago Branco deveria oferecer algum grau de segurança para os trabalhadores do castelo. Ela esperava que sim. Os irmãos de Valéria logo ficaram em silêncio novamente, superados pela fadiga. Ela também estava exausta, assustada e perdida. Sua vida sempre tinha parecido tão certa, sua mãe sempre a tinha criado para casar-se bem e se tornar a rainha de Lago Branco, e no final isso aconteceu. Mas ela não achava que atrasar ou esperar teria ajudado muito. Venard e as pessoas de Bastião de Ferro sabiam como fingir serem amigáveis quando queriam.

Léa suspirou. Ela tinha que chegar a Isofel. Apenas a menção mental do nome fez o coração dela se contrair de preocupação. Tanta preocupação tola. Tinha que dormir novamente e tentar fazer o que quer que ela tivesse feito antes. Quando tentou se lembrar dos detalhes de como tinha chegado a Umbraar, ela se lembrou que tinha visto seu dragão. Era nisso que ela tinha que se concentrar; no seu dragão mágico prateado. Talvez ele simbolizasse sua magia, pelo menos a parte boa dela. Era como se ele a protegesse.

20 ANOS ANTES

River deveria estar feliz e animado. Ao invés disso, havia algo incomodando-o, e ele não sabia o que era. Ele estava deitado na cama bem acordado, seu coração batendo mais rápido do que o normal. Talvez ainda fosse a memória da tragédia de Formosa e o pensamento horrível de que seu irmão poderia ter feito isso. Mas e se Forest *não tivesse* destruído a cidade de Umbraar? E se seu irmão estivesse apenas tomando o crédito, como ele tinha feito com o bastão? Embora River ficasse aliviado em saber que seu irmão não era um monstro completo, isso levava a uma pergunta preocupante. Quem teria feito isso? E por quê? Um penhasco não caía do nada.

Ele respirou fundo. Este não era o momento para se preocupar; ele estava prestes a combater a magia dos humanos, e isso era bom. A magia do ferro, em particular, era mortal para a sua espécie, e se pudesse ser detida, daria uma chance ao seu povo. A menos que o feitiço fosse perigoso. Mas ele estava disposto a arriscar a morte para salvar os lendários. Ele se perguntava se encontraria a garota bonita que o tinha salvado se ele passasse para o outro lado. Isso era um pensamento mórbido.

Ainda assim. Havia uma coisa que ele podia fazer: traduzir as palavras do encantamento. De fato, seria bastante útil, para que quando ele dissesse o encantamento, colocasse um sentido nele, sentisse as palavras. Isso era bem lógico. Com esse pensamento, ele pegou uma pilha de livros sobre o élfico antigo e os trouxe para o seu quarto. Enquanto procurava cada palavra, comparava as frases, olhava para vários significados possíveis, e tentava dar sentido ao texto, as horas passavam rapidamente.

O sol já estava nascendo quando ele conseguiu uma tentativa de tradução:

Pelo poder do infinito, isso é feito como eu digo, cobrindo toda esta terra. Eu concentro todo o poder da magia eterna para trazer mudanças para o povo não-mágico. Mudança somente para as pessoas puramente não-mágicas, todas as pessoas não-mágicas, e conforme este poder se espalha, elas são mudadas.

As pessoas não mágicas eram os humanos. Tinha que ser assim, porque se a magia fosse afetar apenas os humanos sem magia, seria inútil. *Mudança* provavelmente significaria uma mudança na magia deles. No Élfico Antigo original, *krittl* era uma palavra complicada que também poderia significar *transformação, viagem* ou *ponte*. Tinha que ser transformação — ou mudança — neste contexto.

Ele deixou a Cidade Lendária sem dizer adeus ou fazer mais perguntas, pois não conseguiu encontrar seu pai ou a erudita mágica. Ciara também não foi encontrada em lugar nenhum.

Depois de pisar nos caminhos do oco, ele chegou a um círculo em Fonte Selvagem. Não existiam mais lendários vivendo neste reino, pelo menos até onde ele sabia. Os humanos lutavam com seu povo com aço e explosões, com armas cada vez mais perigosas que eles nunca poderiam combater. Isso significava que talvez bloquear sua magia não fosse o fim da guerra, mas poderia fazer muito.

Este círculo era pequeno, no meio de um bosque. Nenhum soldado humano estava ao redor dele, pelo menos ainda não. River olhou para o topo do bastão. Havia uma estrela e um portal esculpido nele. Magia tão poderosa quanto aquela que poderia matar quem a manipulava. De olhos fechados, ele se concentrou. A morte não era o fim do mundo, era apenas uma transição, uma passagem, e ele podia aceitar isso. Os Livros Antigos mencionavam uma ponte ou portal para o outro mundo.

Ele olhou para a imagem esculpida novamente. Ela poderia muito bem simbolizar a morte. Quando ele estava prestes a realizar o encantamento, outro pensamento o atingiu, e um arrepio correu pela sua coluna. *Krittl* significava transformação, viagem ou ponte. Todas estas palavras se relacionariam a uma coisa nos Livros Antigos: a morte. Ele pensou de novo nas palavras que ele tinha a dizer, com o novo significado em mente.

Pelo poder do infinito, isso é feito como eu digo, cobrindo toda esta terra. Eu concentro todo o poder da magia eterna para trazer a morte ao povo não-mágico. Morte somente para o povo não-mágico puro, toda pessoa não-mágica, e à medida que este poder se espalha, eles serão mortos.

De repente, as palavras fizeram mais sentido. Muito mais sentido. Talvez este encantamento tenha vindo dos elfos antigos ou dos dragões, mas ele ainda deveria seguir alguma lógica. A lógica fae sempre dizia que acordos deveriam ser claros. Mágica e encantamentos também deveriam ser claros, não ambíguos ou vagos. Se este encantamento trouxesse algum tipo de mudança para os humanos em Alúria, ele deveria declarar que tipo de mudança seria. Se fosse para trazer a morte, não haveria necessidade de especificar nada.

Mas isso não era possível. Seu pai não faria... A imagem da celebração da tragédia de Formosa veio à sua mente. As palavras de seu irmão, dizendo que não havia espaço para humanos e para lendários em Alúria. Ele olhou para o símbolo no bastão. Por mais horrível que fosse sua conclusão, ela fazia sentido.

River se lembrou de quando ouviu seu pai mencionar o artefato, dizendo que era uma maneira de lidar com os humanos. Será que ele havia dito que era para combater a magia dos humanos? Ou River tinha presumido isso? Era fácil pegar pedaços isolados de informação e construir uma nova narrativa.

Seu coração estava acelerando, e o anoitecer estava sobre ele. Matar todos os humanos salvaria seu povo. Eles poderiam deixar a Cidade Lendária, repovoar Alúria, garantir a recuperação da natureza no Monte Primordial. Não haveria mais guerra. Mas a que custo?

A mão de River tremia quando ele olhava fixamente para o artefato mágico que segurava. O que ele tinha feito? Por que ele não poderia ter morrido no seu caminho para Alúria, enterrando esta coisa horrível no fundo do mar? Então ele a imaginou chegando à costa, terminando nas mãos de alguém, causando destruição novamente.

Por que a garota misteriosa o tinha salvado? E duas vezes? Ela parecia humana. Isso não fazia sentido. Ela deveria tê-lo deixado congelar até a morte. Então as palavras dela vieram até ele. *Você é bom, River. Nunca se esqueça disso.* Mas o que *bom* significava? Ele queria ser um bom filho, mesmo quando fingia que não o fazia, só porque tentar e falhar doía muito. Ele queria salvar seu povo, ele queria ter certeza de que não veria mais mortes sem sentido, como a de seu primo. Havia tanta coisa que ele queria, e usar este bastão garantiria que todos os seus desejos fossem atendidos. Ele poderia trazer paz a Alúria.

E ainda assim sua garganta estava espessa com lágrimas ameaçando vir. Ele não conseguiria matar milhares e milhares de pessoas, simplesmente não conseguiria. E ele também não podia deixar ninguém fazer isso. Um objeto como este era indestrutível — em teoria. A menos que...

River tinha apenas alguns minutos, e ele mudou as palavras. *Pelo poder do infinito, isso é feito como eu digo, cobrindo* este bastão. *Eu concentro todo o poder da magia eterna para trazer a morte a este* bastão. *A morte somente a este* bastão, *e conforme este poder flui,* este bastão *será morto.*

Ele não tinha certeza se um bastão poderia *morrer*, mas ele não conhecia a palavra *destruir* em Élfico Antigo. O artefato começou a vibrar e River se agarrou a ele. A magia geralmente precisava de um mágico, então ele não poderia largá-lo. Aqui poderia muito bem ser sua morte, mas se ele livrasse o mundo de um objeto tão perigoso, valeria a pena.

Ele não soltou, mesmo quando vibrava tanto que seu corpo inteiro tremia, mesmo quando sua magia fluía para ele, uma estranha onda quente, dolorosa e desconfortável, como se ele estivesse queimando por dentro. Ele sentiu a morte em suas mãos, e ainda assim continuou segurando-a, determinado a destruir aquele bastão, determinado a livrar o mundo de um objeto tão perigoso.

O CÉU ESTAVA ESCURO quando River acordou. O chão ao redor dele estava queimado e o círculo feérico tinha desaparecido. Ele tinha ficado inconsciente em território inimigo e teve muita sorte de ter sobrevivido. Ele andou a noite inteira até encontrar outro círculo, e finalmente chegou à Cidade Lendária pela manhã.

Ele havia pensado muito no que iria dizer. Seu plano era dizer que o bastão tinha sido destruído e que o feitiço não tinha corrido como planejado. Se ele fosse suficientemente vago, eles não notariam a dissimulação contida em suas palavras. Era isso que os lendários faziam, eles brincavam com as palavras para evitar ter que se expor. Sim, eles só diziam a verdade, mas a verdade tinha várias dimensões, e era só uma questão de mostrar o ângulo certo.

Ele encontrou seu pai comendo no prado, conversando com Forest e Anelise.

River se aproximou lentamente, mas se escondeu atrás de uma árvore para ouvir a conversa deles.

— Estes lendários menores têm que ir — disse seu pai. — De jeito nenhum podemos ficar com eles.

Anelise suspirou.

— Mas os humanos não se foram. Quero dizer, é perigoso lá fora para a nossa raça. — Era estranho vê-la preocupada com qualquer um. River sempre a considerou uma das mais impiedosas dos irmãos, bem diferente de sua gêmea Ciara.

Forest voltou-se para ela.

— Bem, algo deu errado. O que você quer que a gente faça? Que mantenhamos este lugar superlotado?

— Talvez demore um pouco? — perguntou ela. — Talvez nós possamos esperar?

Eles estavam esperando o feitiço que River deveria ter feito, esperando que todos os humanos estivessem mortos. Ele continuou observando-os.

Seu pai balançou a cabeça.

— Os refugiados devem partir hoje à noite. Não há espaço para todos.

Anelise realmente parecia desapontada.

Forest acenou com a cabeça.

— Vou me certificar de que eles saiam. Alguma notícia de River?

Seu pai deu uma risada amarga.

— River? Como eu poderia ter confiado nele com qualquer coisa?

— Ele não trouxe o artefato? — perguntou Anelise.

Seu pai encolheu os ombros.

— Deve ter sido uma falsificação ou algo assim.

River foi até eles.

— Eu estou aqui. E o bastão era real. Tirado do palácio dos mestres dos dragões. Eu quase morri trazendo-o para cá.

Seu pai franziu a testa.

— O que aconteceu?

O feitiço não correu como planejado estava na ponta da língua dele. Em vez disso, ele perguntou:

— Você ficaria feliz? Se todos os humanos em Alúria morressem? Perdão, cada humano *puro*, caso contrário você e todos os seus filhos também estariam mortos.

— Que tipo de pergunta estúpida é essa?

— Esse feitiço era para a morte, não era? — Ele se voltou para Forest. — E você temia que ele pudesse matar o empunhador, não é mesmo? Foi por isso que você me deixou executá-lo.

— Você fez, fez a mágica? — perguntou Forest.

— Não. Não. — As palavras soaram corretas, e tudo o que ele sentiu foi alívio, alívio ao olhar para seu pai e dizer o que ele realmente pensava. — Mil vezes não. Eu poderia voltar cem vezes e cem vezes eu me recusaria a matar tantos inocentes.

— O que você fez? — A voz de seu pai era calma, só que mais como se ele estivesse lutando para mantê-la contida. — Onde está o bastão?

— Eu o destruí.

Seu pai olhou fixamente para ele.

— Impossível. Onde está?

— Desapareceu. Eu usei seu próprio poder contra ele, e funcionou.

— Criança tola! Por quê? Nós poderíamos estar voltando para Alúria. A terra teria sido nossa. Você diz que não quer matar inocentes? E quanto a todos os inocentes lendários que teremos que mandar de volta, hein? E quanto a eles?

— Mantenha-os aqui.

— Não há espaço, não há comida, não há recursos. — Seu pai estava gritando, todo o autocontrole tendo ido embora. — Logo não haverá comida nem mesmo para nós. Você está nos condenando à morte.

River manteve sua cabeça erguida.

— Não. Eu peguei o bastão e o destruí. Nós podemos vencer os humanos, eu sei que podemos, mas não vamos fazer isso através de assassinato em massa.

— *Você* não vai vencer ninguém. — Havia ódio nos olhos de seu pai. — River da Segunda Dinastia, quero dizer, River. Você está por este meio despojado de qualquer reivindicação à minha família, despojado do seu nome. Você está condenado ao eterno...

— Pai, não — Forest o interrompeu.

Isso era surpreendente. Talvez ele fosse sugerir que River devesse ser torturado até a morte. River estava tão bravo que não se importou. Ele não se importava se seu pai nunca o tinha apreciado, não se importava se seu irmão o odiava, não se importava se eles estavam chateados com o que ele tinha feito. Ele sabia que tinha sido a escolha certa.

Seu irmão continuou:

— Dê a ele uma chance de trazer o bastão de volta. Ou talvez, se ele tem tanto talento que pode chegar ao palácio dos mestres dos dragões, ele poderia trazer um dos corações de um dragão.

Fazia sentido. Forest não estava sendo vingativo ou prestativo, apenas estratégico, provavelmente pensando que o bastão não tinha sido destruído. River riu.

— Não existem dragões.

Forest rolou seus olhos.

— Eu lhe disse que os corações dos mestres dos dragões *são* os corações dos dragões.

Seu pai levantou uma mão.

— É justo. River, você está exilado até trazer de volta o bastão ou o coração de um dragão.

— Por que eu traria algo para você? Você acha que eu me importo?

— Vá embora — disse seu pai.

— Ótimo. Eu vou pegar minhas coisas.

— Não, rapaz. Você está levando apenas as roupas do seu corpo, e considere isso um favor.

River não ia ficar devendo nada a ninguém.

— Eu não preciso de favores.

Ele tirou a camisa, depois parou quando ouviu um mensageiro correndo para eles.

— Rei Spring. Sua filha...

River podia ver nos olhos do homem, podia ver o medo e o desespero. Não a Ciara, não.

O mensageiro engoliu em seco.

— Eles tentaram invadir a Cidadela de Ferro ontem à noite. Apenas um de seus companheiros sobreviveu.

River caiu de joelhos, incapaz de ouvir o resto, incapaz de suportar a dor. Não podia ser, não a doce Ciara, não. De repente, sua ideia de destruir o bastão pareceu tola. Foi por sua culpa que sua irmã havia sido morta.

Lágrimas caíram de seus olhos, enquanto ele ouvia seu pai gritar:

— Vá! Saia daqui. Traidor!

— Não vai resolver nosso problema, pai — disse Anelise, sua outra irmã, com seus olhos molhados de lágrimas. Ela tinha acabado de perder sua gêmea e River não podia imaginar a dor que ela estava sentindo. — River pode nos ajudar. Nós precisamos de toda a ajuda que pudermos para vencer esta guerra.

— Ele é incompetente — seu pai rugiu.

River sentiu sua irmã colocando algo em sua mão. Ele pegou, depois fez o que lhe foi dito, deixando a Cidade Lendária, sentindo-se desorientado, sem saber para onde ir. E culpado. Ele acabou em uma clareira cercada por árvores. Era como se ele fosse parte da Cidade Lendária, parte do submundo, mas fora de suas fronteiras. Ainda no reino dos lendários.

Tantas coisas que ele tinha feito de errado. Ao invés de cruzar o mar por uma bugiganga, ele deveria ter ficado, deveria tê-los ajudado a planejar e lutar. Talvez as coisas pudessem ter sido diferentes. E ainda assim ele não podia mudar nada agora.

O SILÊNCIO TINHA um peso tão grande e prepotente. Ainda nenhum inimigo à vista, e ainda assim Fel estava inquieto. Então ele sentiu a magia, como se ela o chamasse. Quase tarde demais ele impediu que três dardos de ferro atingissem alguns arqueiros. Eles tinham feito a curva sobre a muralha, algo que um condutor de ferro poderia facilmente fazer, e algo que tornaria a posição dos soldados de Umbraar precária.

Ninguém tinha notado o que havia acontecido. Enquanto isso, Fel se concentrou, tentando encontrar a fonte dessa magia. Então ele sentiu algo mais, armas pesadas de ferro se aproximando do forte. Canhões. Era quase como se ele pudesse vê-los, mesmo que estivessem escondidos pelas árvores. Mas eles ainda não tinham sido disparados, e ainda não estavam ao seu alcance.

Ele se virou e gritou.

— Arranjem cobertura. Tábuas ou escudos de madeira atrás e acima de você. Eles têm flechas que podem se curvar sobre o muro e nos alcançar por trás. Mágica. — Ele apontou para dois jovens soldados que estavam atrás dele: — Você e você. Peguem o máximo de tábuas que puderem e tragam-nas para os arqueiros. Rápido.

Ele mal terminou de dizer isso e teve que evitar que dois dardos — ou flechas de metal — atingissem seus homens.

Os canhões estavam chegando perto. Fel sabia que ele não deveria atacar se eles não fossem atacados primeiro, mas as flechas eram um sinal claro de agressão. Ele alcançou o grosso invólucro metálico dos canhões com sua magia — e os quebrou em milhares de pedaços. Gritos foram ouvidos por trás da mata, já que os soldados provavelmente foram atingidos pelos estilhaços. *Sem misericórdia, sem compaixão.*

Ainda assim, as forças de Bastião de Ferro se escondiam na floresta junto ao forte. E não havia como negar que era Bastião de Ferro, a menos que condutores de ferro estivessem agora agindo como mercenários, o que ele duvidava. Fel sabia onde estava a maioria de suas forças, ele podia sentir suas espadas à distância. Ele ainda não queria desperdiçar flechas quando elas estavam tão distantes.

— Catapultas. Eu quero fogo após a primeira linha de árvores.

Infelizmente havia apenas três catapultas puramente de madeira, e usar fogo com elas era complicado, pois as madeiras precisariam ser acendidas logo quando estivessem prestes a serem soltas, mas ele confiava que seus homens podiam fazer isso bem.

Alguns dos troncos caíram na primeira linha de homens de Bastião de Ferro. Ele sabia disso porque podia sentir onde eles estavam, e também ouviu gritos. Mesmo assim, muitos dos troncos ficaram presos nos galhos. Alguns deles pegaram fogo, mas não durou muito, pois tinha chovido recentemente e a floresta estava úmida.

Cinco outras salvas de flechas metálicas curvadas foram enviadas por cima do muro, e Fel as parou. Ele ainda não conseguia sentir onde estava o condutor ou os condutores de ferro. Se ele pudesse, ele os eliminaria primeiro, pois eram a maior ameaça. E ainda assim ele sentiu como se as forças de Bastião de Ferro estivessem apenas brincando com eles, testando sua força.

Fel ouviu então o portão de ferro ranger. Ele era do lado oposto do forte, não onde os soldados de Bastião de Ferro estavam, mas ele estava ciente de que alguns deles poderiam ter ido para o outro lado, de modo que ficassem cercados. Ele concentrou sua magia em manter o portão no lugar, mas não adiantava. Muita mágica estava agindo contra a dele, e ele viu o portão sendo arrancado de suas dobradiças e erguido no ar. Pelo menos ninguém tentou invadir aquela parte da fortaleza, mas não seria difícil, já que a parede improvisada não era alta.

Lá fora, na frente dele, alguns soldados de Bastião de Ferro estavam vindo e jogando algo na parede, seguidos por um estrondo ensurdecedor. Eles tinham pequenos explosivos e logo destruiriam todos os muros. Os arqueiros tinham atingido dois homens carregando os sacos com pólvora, mas ainda estavam sendo atirados perto o suficiente da parede para serem perigosos. Enquanto isso, o portão estava flutuando sobre eles. Fel não podia fazer muito, e não entendia o que eles estavam tentando fazer. Tinham que ter mais de dois condutores de ferro; era muita força. O portão ficou vermelho, e ele percebeu o que estavam prestes a fazer.

— Se cubram! — ele gritou. — Eles vão chover metal fundido sobre nós.

Ele não tinha sido capaz de deter os condutores de ferro, mas ele podia deter os homens com os explosivos. Ele sentiu as espadas entre a floresta, as espadas nos quadris de tantos homens. *Sem piedade.* Fel respirou fundo, e fez as espadas flutuarem no ar e cortar. Elas deveriam ter cortado pescoços, mas ele não pôde ser muito preciso.

Naquele momento, o portão de metal derreteu acima deles, e Fel conseguiu pegar parte da substância e enviá-la sobre os homens de Bastião de Ferro na floresta. Ele podia sentir a tonalidade metálica no sangue deles, e enviar as peças, depois as espadas. Ele se sentiu como um monstro — um monstro que tinha acabado de salvar seus próprios homens, ao custo de uma centena de vidas. Ele se sentiu enjoado, mas a batalha ainda não havia terminado. Ainda havia pelo menos dois condutores de ferro lá fora, ele podia sentir a magia mesmo que não estivesse certo de onde eles estavam. Correu pelas escadas, pulou o muro temporário e correu para a floresta, procurando a fonte da magia como a dele. Ele ouviu passos atrás dele, e viu Arry vindo logo depois dele, arco e flecha na mão.

Eles encontraram dois homens jovens correndo.

— Parem! — Fel gritou. — Parem e suas vidas serão poupadas.

Eles continuaram correndo, até que um dos condutores de ferro caiu, e depois o outro. Arry tinha atingido eles com suas flechas.

— Eles não pararam. — Os olhos de Arry estavam arregalados e ele disse isso como um pedido de desculpas.

Fel acenou com a cabeça.

— Nós vamos vê-los mais tarde. Vamos voltar e ver se podemos levar algum prisioneiro, e se a área está segura.

De volta ao forte, o curandeiro cuidava dos soldados Umbraar que estavam feridos. Alguns deles tinham sido atingidos com pedaços do portão fundido ou com flechas que tinham se curvado, apesar dos esforços de Fel. Um jovem tinha sido estrangulado com seu próprio colar.

Ele queria gritar e gritar. Nada disso deveria ter acontecido, ele deveria tê-los protegido melhor, ele deveria... Havia tanta coisa que poderia ter sido feita, como conseguir mais reforços nos dias anteriores, ter mais sentinelas. Mas como eles poderiam ter sabido? Eles tinham a sorte de Fel ter sido rápido o suficiente para agir no meio da noite, sem nenhum aviso prévio.

Havia mais horrores para ele enfrentar. Depois de reunir um grupo de uns vinte soldados, alguns armados com espadas, outros com flechas, Fel foi para a área onde os soldados de Bastião de Ferro estavam. Ele queria recuar, horrorizado com o que tinha feito, horrorizado com tanta morte. Talvez ele não devesse ter piedade no campo de batalha, mas aquela batalha havia terminado rapidamente, e agora que lhe era permitido ser humano novamente, ver o resultado de suas ações doía.

Arry estava ao lado dele.

— Você não teve escolha, Fel, eles tinham explosivos, eles teriam derrubado aquelas paredes e matado cada um de nós.

— Eu sei. — Ele se voltou para os soldados. — Se alguém estiver vivo, leve-os para a prisão. Nós os trataremos e os interrogaremos. Cuidado com qualquer explosivo. Os outros, vamos colocá-los na área aberta para uma pira fúnebre.

Um funeral horrível, sem entes queridos, sem que seus nomes fossem ditos ou honrados, mas isso era a guerra.

Ele não podia mais olhar para aquilo e estava quase tonto, mas seria um mau exemplo voltar atrás. Por outro lado, como monarca atuante, ele não deveria estar ali na floresta, exposto, onde um arqueiro poderia estar no topo de uma árvore. Ele suspirou. Não havia arqueiros. Ele tinha certeza de que todos tinham sido mortos. A menos que Bastião de Ferro enviasse reforços, ou talvez um ou dois soldados que tivessem fugido voltassem. Não, desertores eram covardes.

Mesmo assim, ele tinha uma sensação estranha de que isto estava longe de ter terminado. Bem, tinha que ser apenas o começo. Bastião de Ferro não ia desistir sem mais nem menos. E na próxima vez, eles enviariam um exército muito mais poderoso. Ele esperava que seu pai já estivesse de volta nessa altura. Esperava que seu pai estivesse vivo, que estivesse tudo bem. Sua irmã... Era estranho, mas ele confiava que River queria vê-la a salvo. Ele apenas desejava poder falar com ela. E Léa... Léa estava no meio de tudo isso, e ele esperava que ela ainda estivesse a salvo.

Estar entre soldados mortos em batalha não era algo que ninguém jamais deveria fazer. Que experiência horripilante, repugnante e aterrorizante. Perto dele, um dos homens caídos se moveu.

Antes de chamar alguém para lhe trazer um curandeiro, Fel se agachou — e deu um passo para trás em horror. Havia um soldado se movendo sim, tentando sentar-se — exceto que ele não tinha cabeça. Fel olhou para o outro lado e viu outro corpo se mexendo. Por alguma razão a voz de Léa veio até ele, mesmo que talvez ela não tivesse dito isso usando estas palavras: *A necromancia não pode levantar um exército morto.*

Não significava que não houvesse outro tipo de magia que pudesse: algo horrível, sujo e antinatural.

— Recuem! — Ele gritou. — O mais rápido que puderem. Recuem! De volta para o forte. — Ainda assim, ele se manteve de pé observando enquanto os homens andavam de volta. Caminhavam? — Corram! Corram!

— O que está acontecendo? — Arry perguntou em um sussurro.

— Os corpos estão se movendo — respondeu Fel calmamente. Ele não tinha certeza porque estava mantendo a voz baixa. Logo outras pessoas iriam notar o que estava acontecendo.

— Você quer dizer... Necromancia?

Fel balançou a cabeça.

— Algo muito pior. — Ele virou para trás e gritou novamente. — Nós precisaremos mandar fogo aqui embaixo. Peguem as armas de metal. Recuem. Rápido. Estarei de volta em um segundo.

Ele se concentrou nas espadas caídas entre os cadáveres, e as levitou lentamente para o forte. Ele não queria corpos mortos-vivos armados. Mas o tempo que ele levou para fazer isso foram alguns segundos preciosos, em que a maioria dos corpos se levantou, alguns deles colocando a cabeça de volta no pescoço. Era quase como os pedaços soltos de suas mãos de metal, unidos com magia, mas este era um tipo estranho e desconhecido de magia. E então os corpos correram na sua direção. Eles eram muito rápidos. Mais rápidos do que ele. Teria que lutar.

Ele sentiu os pedaços quebrados dos canhões, puxou-os e os fez levitar em um círculo rápido ao seu redor, fazendo um escudo improvisado. Não havia tempo para tentar verificar se seus homens tinham conseguido chegar ao forte. Ele olhou para trás e viu Arry ainda muito perto dele, muito longe da relativa segurança das paredes de pedra, então abriu o círculo ao seu redor e o transformou em uma barreira, mas pouco fez para parar os cadáveres, já que eles não se importaram em ser feridos. Não havia como, por exemplo, fincar um fragmento pontiagudo em seus corações e pará-los. Eles simplesmente continuavam, e agora estavam quase chegando em Fel.

Ele olhou para trás e viu que Arry estava chegando no forte, então fechou o círculo novamente ao seu redor, fazendo as peças girarem cada vez mais rápido. Elas deveriam agir como as lâminas de um moinho de vento, empurrando qualquer coisa que tentasse se aproximar dele, e ainda assim foi atingido por um braço e uma mão, mas manteve aquele círculo.

Ele viu flechas com fogo passando por ele, mas mesmo elas faziam muito pouco. Os cadáveres eram como galhos molhados, difíceis de pegar fogo. Cerca de trinta, quarenta cadáveres estavam pressionando contra seu escudo, enquanto ele recuava lentamente, tentando voltar para o forte, chegar perto de onde seus homens poderiam apoiá-lo. Apoiá-lo com o quê? Flechas de fogo que pouco faziam para parar essas malditas monstruosidades?

Fel não tinha certeza de por quanto tempo ele seria capaz de manter o seu escudo, e por quanto tempo ele iria funcionar. Ele não sabia que dano aquelas criaturas estavam fazendo dentro do forte e se as pessoas estavam se machucando. E aqui estava ele, incapaz de fazer muito, sentindo-se inútil e sem esperança, agarrado à sua vida. Era muito desejar um milagre?

Ele se perguntava se poderia encontrar uma maneira de conjurar fogo, como sua irmã. Um círculo de fogo seria muito mais útil agora. Mas quais eram as chances de ele encontrar uma maneira de dominar essa mágica em segundos? E ele não podia largar a magia do metal para tentar alcançar seu fogo, ou ficaria desprotegido.

O desespero estava chegando até ele, mesmo que soubesse que deveria sempre ter esperança. Ele nunca se importaria em morrer em batalha, mas se o fizesse, gostaria de morrer como um herói e fazer algo que importasse, não ir assim. Não era hora de morrer, era hora de encontrar uma maneira de viver. A questão era como. Até mesmo sua magia estava prestes a falhar.

Naquele momento, quando sua esperança estava quase perdida, a floresta ficou mais escura de repente. Havia outra magia ali, uma magia que ele conhecia, uma magia de algo mais perigoso do que até mesmo esses corpos encantados ou possuídos. Quase parecia ser a magia de seu pai, mas não era. E ainda assim, parecia próxima e íntima, como se fosse a sua própria magia. Mas não podia ser.

28

A VERDADE

Azir encostou-se na parede da caverna e tentou ouvir o que estava do lado de fora. Dois olhos da morte, até onde ele podia ouvir. Ele não tinha certeza se aquelas coisas dormiam, mas ele estava prestando atenção.

Ursiana estava o mais longe possível dele, depois de ter sido convencida de que não havia para onde ir. Talvez ele devesse tê-la deixado ir lá fora. Nem um único *agradecimento* por tê-la salvado, não. Apenas raiva. Ele poderia estar colocando seu reino em perigo, estando aqui, e ele não recebeu nenhum agradecimento por isso. Por outro lado, estar preso aqui era culpa dele. E se ele pensasse nisso, ele não tinha realmente salvado ninguém. Talvez fosse o destino, o destino que estava lhe dando uma chance de desabafar tudo antes de morrer, porque ele tinha uma tonelada de coisas que ele sempre quis dizer a ela. Ela ainda insistia que nunca o havia traído. Mas... isso não fazia sentido. Não fazia. A raiva dela fazia parecer que ela estava dizendo a verdade, mas muitas pessoas usavam falsa indignação para disfarçar suas mentiras. Mas será que ela faria isso? Aquele pedaço de dúvida o deixaria louco. Ele decidiu focar no que sabia que ela tinha feito.

— Então você decidiu que odeia toda a minha família — ele perguntou.

Havia mais luz vindo da abertura agora e ele a viu estreitando os olhos.

— Nós não concordamos em ficar em silêncio? Eu prefiro quando você está quieto.

Ele riu.

— Ah, eu sei o que você prefere.

— Vai se foder, Azir.

— Eu não quis dizer isso, mas... — Uma videira apareceu do nada e bateu na cara dele. — Ai. Eu disse que não quis dizer isso. Podemos parar com a violência?

— Eu não a controlo. — Ela desviou o olhar e encolheu os ombros, um sorriso maroto em seu rosto.

— Você deveria tentar controlar. Isto é mágica muito útil, sabe?

Ela ainda estava olhando para o lado.

— Algumas videiras bobas. Eu não consigo fazer plantações crescerem em um campo. Minha magia é apenas um veneno inútil. Veneno e raiva, é tudo o que me resta.

Era o que tinha sobrado para ele também. Ele sorriu.

— Talvez combine com você.

— Não combina. — Ela se levantou. — Você sabe por quê? Eu era cheia de esperança, cheia de alegria, cheia de vida. Eu acreditava no bem das pessoas. Talvez eu fosse inocente demais. Chame isso de burrice, chame isso de ingenuidade se você quiser, mas eu era apenas uma menina cheia de sonhos. E daí você acabou com tudo.

— Eu acabei? Sério? — Ele ria e estava prestes a lembrá-la de que ela tinha sido feliz no seu casamento, ao contrário dele. Quanto aos dois, ela não podia estar seriamente chateada com ele, quando a culpa tinha sido dela, quando as escolhas dela os tinham afastado. Mesmo assim, ele não disse nada porque não estava com vontade de ser estrangulado pelas videiras. E era tudo tão idiota. — Oh, então você estava feliz? Cheia de alegria? Isso é engraçado. Tão bonitinho. Depois daquela guerra horrível. Que bom para você. Quanto a mim, eu tinha acabado de perder minha família, minha casa, tudo o que eu conhecia. Eu tinha dezoito anos e não podia nem entrar em luto. Em vez disso, eu tinha que cuidar de um reino marcado para sempre pela tragédia e a perda. Que legal que você estava feliz.

Ela mordeu o lábio e olhou para baixo.

Talvez ele tenha ido longe demais.

— Desculpe — disse ele. — Eu sei que Rocha Verde também sofreu. Eu sei que você perdeu um irmão.

— Não se compara, Azir.

Ele suspirou.

— Perda é perda. Podemos realmente quantificar?

Ursiana balançou a cabeça, e então eles ficaram imersos em silêncio. Era estranho como o silêncio podia ser pesado, desconfortável. Talvez o peso fossem todas as palavras não ditas, todas as palavras penduradas entre eles.

Mas havia coisas que não deveriam ser deixadas para lá.

— Você tem seus problemas comigo e eu entendo. Mas o que meu filho tem a ver com isso?

Ela bufou.

— Seu filho? Nada. — As palavras saíram afiadas como uma lâmina.

— Então por que... — Ele fechou os olhos e suspirou. — Eu sei que você não deixou sua filha aceitar a proposta de casamento dele. Novamente, eu entendo que você está brava comigo, mas o que é que ele...

Ursiana soltou uma risada zombeteira e amarga, tão alta que o silenciou.

Quando o riso dela diminuiu, ele disse:

— Eu não entendo o que é engraçado.

— O que há de errado com você? — Ela olhou fixamente para ele. — Você vai me dizer que você não é apenas um cafajeste, você é burro?

— Eu não sou um cafajeste. — Essa era uma acusação insana, especialmente vinda dela.

— Certo. Você é burro.

— Basta dizer aonde você quer chegar.

— Eu não estou chegando a lugar nenhum. Mas você não pode pensar que Leandra e seu Ilofel juntos seria uma boa ideia.

— Isofel. E eu não vejo o que tem de errado.

— Você não vê o que tem de errado? Se você não está

enojado e horrorizado, você tem um problema. Talvez você tenha mesmo um problema.

— Muito bem, então. — Argumentar que ele não via nada de nojento em seu filho não ia levar a lugar algum. Ele respirou fundo. Não, ele não ia deixar isso passar. — Só para que você saiba, Isofel é o rapaz mais honrado que eu conheço. Ele tem um bom coração. Não apenas um bom coração, ele tem uma magia extremamente poderosa. Ele é inteligente, doce e gentil. Eu não consigo imaginar um marido melhor.

Ursiana suspirou, como se estivesse exasperada.

— Azir. Seu amado e querido filho pode ser o ser humano mais maravilhoso que já pisou em Alúria. Na verdade, é encantador, adorável, o quanto você o ama. Muito interessante. Agora, por favor. Nós somos adultos aqui. Nós sabemos como os bebês são feitos. Nós dois podemos contar meses. Não finja ser tão burro. Oh, talvez você goste de fingir para não precisar pensar no que fez.

— Você não pode estar dizendo que eu sou burro e me mandando frases crípticas. Ou eu sou burro e incapaz de entender nada, ou eu posso adivinhar o significado de suas meias sentenças. Afinal, o que é?

— Eu não quero falar sobre isso. — A voz dela era estranha, como se ela estivesse chorando. Na verdade, ela se sentou e cobriu o rosto.

Ele se levantou, sentou-se ao lado dela e perguntou suavemente:

— O que foi?

Ela balançou a cabeça e agora ela estava realmente chorando. Ele nunca a havia visto tão angustiada e se sentia perdido, sem saber o que fazer.

— Ursiana. Eu estou aqui. — Ele estendeu e segurou a mão dela, que ela puxou.

— Não me toque. — Suas palavras vieram com dificuldade entre os soluços.

Ele continuou repetindo as palavras dela em sua mente. Apenas uma possibilidade veio a ele. Mas isso não fazia sentido.

— Eu estou tentando entender. Você não pode querer dizer que Leandra é minha filha. Ela nasceu dez meses após a conglomeração, ainda por cima prematura. Seus olhos são azuis como os do pai dela. E ela é uma necromante. — Uma necromante. Uma necromante que poderia andar no oco como um condutor de ferro? — Ela não é minha filha, é?

— Eu não quero falar sobre isso — murmurou Ursiana.

— Eu acho que eu deveria saber.

Ele parou de chorar e olhou fixamente para ele.

— Deveria saber? Deveria saber? Depois de me usar e me jogar fora? O que você deveria saber? Como eu consegui não ficar desonrada, como eu não fui banida? Você se importou?

— Eu a vi com outra pessoa.

— Não é verdade! — ela gritou.

— Muito bem. Agora, a menos que ela seja um burro, ela não pode ser minha e ter nascido dez meses após a conglomeração, pode?

— Por quê? Você queria que anunciássemos seu nascimento na data certa? Você não acha que alguém teria adivinhado? Você não acha que alguém teria feito as contas?

Azir ainda estava tentando entender as coisas, ainda mal acreditando em suas palavras.

— Seu marido não se importou com isso?

— Ele me ajudou! Ele me salvou. E ele precisava de um herdeiro.

Azir engoliu em seco. Muitos sentimentos ao mesmo tempo. Ele tinha suspeitado por um pequeno momento quando a garota apareceu em Umbraar, mas ela tinha olhos azuis... Mas o pai dele também tinha olhos azuis. Ainda era difícil de processar.

— Você deveria ter me dito.

— Por quê? Para que você zombasse de mim?

— Você me traiu.

— Ah, isso é incrível vindo de você, que já tinha estado com aquela princesa de Bastião de Ferro. Agora, seus gêmeos nasceram quatro meses após a conglomeração. Não há como você dizer que eles foram concebidos depois disso. Isso significa que *eu* fui uma distração idiota. Tudo bem. Minha culpa.

— Você não foi uma distração. Como você pode pensar isso?

— Então a princesa Bastião de Ferro foi uma distração. Ou

como você pode explicar nem mesmo olhar para mim no último dia?

— Você me traiu. Ou eu pensei que sim.

Ela rolou os olhos.

— Sua conversa de traição quando você já tinha colocado duas crianças na barriga de outra mulher é ridícula.

— Mas eu não tinha colocado. Eu não conhecia Ticiane, nunca a conheci. Eu nunca tive nada com ela. Eu não estava usando você. Eu estava falando sério.

— Bem, explique seus gêmeos, especialmente seu menino de olhos verdes como os seus.

— Eles não são como os meus. A cor é diferente. E os gêmeos, eles não são meus. Sim, eles são meus filhos e eu os amo. — Ainda os amava, até mesmo a Irinaia. — Mas eu nunca... eu tive uma visão desta mulher me pedindo para ajudar seus filhos. Ela disse que estava morrendo.

Ursiana parecia incrédula.

— Então você foi até Bastião de Ferro e os desafiou com base em alguma visão aleatória?

— Eu sei que parece estranho. E ninguém pode saber disso, senão eles não serão considerados herdeiros de Umbraar. — Ele fechou os olhos. — É claro que eu recusei no início. Eu disse: *Você pegou o endereço errado. Aqui não é Lago Branco, eu não sou necromante e, o mais importante, não me importo.*

Ele suspirou. Talvez fizesse sentido contar tudo isso a Ursiana, Ursiana, a quem ele havia aberto seu coração e compartilhado toda sua dor e seus medos uma vez. Agora ele estava compartilhando seu maior segredo.

— Mas ela insistiu. Ela disse que tudo o que eu tinha que fazer era ir até Bastião de Ferro e ver as crianças nascerem. Eu imaginei que ela só queria testemunhas. Naquela época, Umbraar e Bastião de Ferro tinham boas relações, então eu acabei cedendo. O seu marido também estava lá, olhando para mim como se eu fosse um criminoso.

— Ele sabia o que você tinha feito.

— Ótimo. Porque *eu* gostaria de saber. De qualquer forma, era a princesa Ticiane, e ela deu à luz naquele dia e morreu. Ela tinha me pedido para verificar os bebês. Parecia estranho, mas você não vai acreditar no que visões e sonhos constantes podem fazer com você. Entre ir para outro reino para checar um nascimento e arriscar ser assombrado para sempre, a escolha não é tão difícil. Acho que ela também visitou Lago Branco, já que o Rei Flávio estava lá.

Ursiana estava prestando atenção, ainda com aquele tom duro em seus olhos, mas ouvindo. Ele suspirou e continuou:

— Uma parteira saiu do quarto com uma menina, dizendo que o bebê sobreviveu, mas a mãe estava morrendo. Então eu ouvi outro bebê chorando, e pedi para entrar. Eles não ficaram contentes com isso, mas me deixaram. Um curandeiro estava olhando para aquele bebê, daí me viu e balançou a cabeça. Eu ainda me lembro das palavras dele. *Pena*, disse ele. *Que desperdício*. Um desperdício. Aqui estava um bebê saudável, e ele o estava chamando de *desperdício*... — A memória ainda o enfurecia. — E foi quando eu tomei minha decisão. Eu já havia decidido nunca casar, mas eu sabia que meu reino precisaria de herdeiros. E eu... eu não estava bem. Então eu disse que os gêmeos eram meus. Foi realmente uma sorte que o Rei Flávio estivesse lá. Ele perguntou a Ticiane quem a tinha matado, e ela não sabia ou não queria responder, mas ela disse que os gêmeos eram meus filhos. Poucas pessoas duvidam dos mortos. E assim eu os trouxe para casa. Mas... eu não estava com mais ninguém durante a conglomeração. Era só você. Eu achei que era verdade. Eu pensei que era para sempre.

A dureza desapareceu de rosto dela enquanto olhava para ele, mas daí voltou.

— Certo. E você jogou tudo fora por causa de uma mentira estúpida, uma farsa, manipulação, o que quer que seja. Você deveria ter dito: *Espere um minuto, Ursiana não faria isso*. E se você pensou que eu era capaz de traí-lo, de ver outro homem, então você nunca me conheceu em primeiro lugar.

Ele suspirou.

— Mas quem teria criado esta mentira, quem teria montado algo assim?

— Metade das princesas teriam se casado com você. Você era um rei, não um príncipe. Você acha que um reino não é algo pelo qual vale a pena encenar uma mentira?

— Eu... não sei.

— Claro. Guarde sua história falsa, assim você não precisa dizer que você me jogou fora.

— Eu nunca te jogaria fora.

— Você jogou! E eu me vi sozinha, grávida, sem perspectivas de casamento.

— Bem, você encontrou um marido.

Essa risada amarga novamente.

— Eu não sou sortuda?

Ele fez uma pausa.

— Eu sinto muito. Desculpe, eu não sabia que Leandra era minha filha, mas eu juro que prestei atenção. Por que você acha que eu sei quando ela nasceu? Mas ela era uma necromante de olhos azuis... Eu entendo que você fez isso para enganar a todos, e você me enganou.

Ela ainda estava rindo.

— Você acha que Flávio e eu realmente faríamos um filho juntos?

— Vocês não eram casados?

Ela balançou a cabeça.

— Nós somos amigos. Bons amigos que se amam e respeitam um ao outro, mas isso é tudo.

Amigos. Interessante. Mesmo assim, havia algo que ele tinha a dizer.

— Leandra e o Isofel não são irmãos, Ursiana. Eles não foram criados juntos, eles nunca se viram como família, e não têm os mesmos pais. Você deveria ter contado à sua filha.

— E admitir minha maior vergonha? É fácil para você dizer isso. Eu pensei que eles eram irmãos. Eu não... Eu... me senti mal por não ter passado a proposta dele, mas achei que isso evitaria o pior, só isso. E, para ser honesta, eu não acho que fiz nada de ruim. Ele estava flertando com outra princesa e estava de bom humor no dia seguinte. Eu não acho que ele se importou.

— Só porque ele não estava mostrando isso não significa que ele não se importou. Estou feliz que eles não sejam irmãos, e não tenho certeza se suas ações teriam evitado o pior. — Na verdade, ele tinha certeza que o pior já tinha acontecido, o que era terrível em muitos aspectos, considerando que Leandra era casada, mas ele não queria dizer nada disso, já que não tinha sido culpa dela nem de Fel. — Sua, nossa filha pode andar no oco. Eu te disse que ela se comunicou em um sonho, mas a realidade é que ela veio para Umbraar.

— O quê? Como ela estava?

— Preocupada com você.

— E onde ela está agora?

— Ela... — Ele fechou os olhos. — Ela pediu para voltar para Bastião de Ferro. Eu... eu não achava que ela estava em perigo, e...— Ele suspirou. — Sinto muito. Mas foi o que ela me pediu para fazer, então eu acho que ela ainda está segura, e...

— Você não poderia ter sabido que eles se tornariam nossos inimigos. — Ursiana suspirou. — Mas eles nos atacaram. Eles insistiam que eram os faes, mas eu os vi.

— Eu sei. Eles provavelmente querem o filho deles no trono o mais cedo possível, e eles vão culpar os faes. É por isso que eu preciso voltar para Alúria, para lutar contra eles. — Ele fechou os olhos. — E você precisa contar a verdade para sua filha. Você não entende o que é ser um condutor de morte. É uma magia estranha, conectada com algo mais, algo escuro, perigoso, algo que quer sair.

— Léa é uma menina doce e gentil. Ela definitivamente não vai soltar nada perigoso em nenhum lugar.

— Ela ainda assim deve saber disso.

— E quanto aos *seus* filhos? Eles por acaso sabem que você não é o pai deles?

— É diferente.

— Diferente como?

— A princesa de ferro me jurou que o pai não era de nenhuma das famílias reais de Alúria. Deve ter sido algum guarda ou algo assim. Ela não queria contar e, na época, eu não estava preocupado com isso. Mas significa que os gêmeos só têm magia de ferro.

— Não é vergonhoso para você. Você deveria dizer a eles.

— Talvez eu diga. Talvez eu tenha que fazê-lo. E por que é vergonhoso para você?

Ela riu.

— Não seja ridículo. As mulheres sempre levam a culpa,

carregam as consequências, engolem a vergonha. Os homens não precisam responder por nada.

— Eu... — Ele não sabia o que dizer. Ele queria dizer que ela deveria ter dito a ele, mas será que isso teria feito alguma diferença? E se ele ainda estivesse sob a ilusão de que ela o tinha traído? Engraçado como ele estava começando a pensar que tinha sido um erro, uma ilusão tola, que ele tinha sido enganado por uma mentira. Mas ele não podia mudar nada disso agora. Ele respirou fundo. — Você está certa. Eu sinto muito.

Ela se levantou e olhou para a abertura.

— Nós precisamos encontrar uma saída daqui.

— Vamos esperar até que o sol nasça. Eles não vão estar tão fortes então. Enquanto isso, talvez você devesse descansar.

Ela balançou a cabeça.

— Quando minha filha está em perigo?

— Você usou demais sua magia. Você precisa descansar.

— Eu não usei demais merda alguma. Mas vou me deitar e ficar quieta se minha voz perturba vossa alteza.

— O que é essa boca suja, Ursiana?

— Você tem um problema com minha boca? Fique feliz por você não poder ouvir meus pensamentos.

Ela se deitou em um canto e ele se sentou ao lado dela.

— Se você quiser ficar acordada, nós podemos conversar, mas estou preocupado com você. Você estava desmaiada, eu tinha medo de que você fosse morrer. Você não tem ideia...

— Obrigada. Eu prefiro dormir do que ouvir essa porcaria.

Azir suspirou.

— Eu vou deixar você descansar.

Ele esperou para ouvir algum outro tipo de maldição, mas em vez disso a respiração dela se aquietou, como se ela já tivesse adormecido, ou como se ela estivesse fingindo, só para que ele a deixasse em paz.

Poderia ser verdade o que ela estava dizendo, que ela nunca o traiu? E Leandra, a filha dele... Uma condutora de morte solta no mundo, sem nenhuma ideia do terrível poder que ela carregava. E apaixonada por Isofel, o garoto que ele havia criado. Isso tinha que ser amor, para carregá-la através de Alúria até ele. Azir precisaria tirá-la de Bastião de Ferro. Era muito perigoso para ela agora que não era mais uma refém. Eles já tinham Lago Branco, não havia necessidade de mantê-la viva. Tanta coisa para ele fazer, tanta coisa que precisava ser consertada.

Ele olhou de volta para Ursiana. Uma vida inteira perdida, um coração partido sem motivo, tanto tempo passado com um coração amargo e congelado, quando poderia ter sido diferente. E ainda assim, se tivesse sido diferente, ele não teria acolhido Fel e Naia. Estranho destino.

Léa estava tentando encontrar seu dragão, tentando chamá-lo, e logo se viu em um vale aberto, sob uma forte tempestade. Mesmo com todo o barulho da chuva, um grito ensurdecedor atraiu sua atenção. O dragão dela não estava voando, mas deitado, machucado. Desta vez ela usaria toda e qualquer magia em seu poder para salvá-lo, não importando o que fosse necessário.

Léa correu em direção ao dragão, mas em vez disso pisou na escuridão. Não. Se ela realmente olhasse, poderia ver através dela. Era o oco. E então ela viu o que estava procurando; Isofel, de pé no que parecia ser um pequeno tornado, e então ela estava de pé ao lado dele.

Ele não a reconheceu, mas isso fazia sentido. Não era um tornado, mas sua própria magia, girando pedaços de metal ao seu redor, enquanto coisas horríveis, corpos, tentavam quebrar sua barreira. Fel estava em perigo. Ela estava em perigo com ele. Não. Ela sabia porque tinha vindo; para salvá-lo. Se fosse uma questão de deixar algum poder estranho fluir através dela, iria fazê-lo. Mas e se matasse Fel? Talvez ela pudesse tentar levá-lo embora com ela. Não, ela mal conseguia andar sozinha no oco.

Então Léa lembrou-se da Rainha das Trevas. Se havia um tempo para ser toda poderosa, era agora.

— Ajude-me — ela murmurou, sabendo que poderia haver um preço alto pelo que ela estava pedindo, mas não se importou.

Uma fenda escura se abriu no céu, de onde coisas escuras caíram. Não. Voaram para baixo. Com dentes, garras e pequenas asas, eles atacaram aqueles cadáveres horríveis que estavam tentando chegar até Fel, tentando chegar ao forte. Eram coisas viciosas, mas ela as tinha sob seu controle, ela as mantinha protegendo os homens de Umbraar e, o mais importante de tudo, o príncipe de Umbraar.

E ainda assim sentiu como se seu controle estivesse escorregando dela, como se estivesse drenando suas forças, sua vida. A magia da morte. Oh. A Rainha das Trevas a tinha enganado. Isto era magia que sugava a força da vida. E se ela parasse, não sabia o que iria acontecer, não sabia se essas coisas iriam piorar tudo, se eles iriam atacar os homens de Umbraar. O que ela tinha feito?

Ela sentia braços familiares enrolados ao redor, então se encostou no peito de Fel.

— Léa, pare com isso. Pare com isso. — Como sua voz podia ser gentil e desesperada ao mesmo tempo?

— Eu não posso.

— Largue a mágica. Eu acho que você está morrendo.

— Escape. Sobreviva. — Era até difícil falar.

Ele a segurou com mais força.

— Eu não disse isso antes, e sinto muito. Eu te amo. Eu sempre amei. Largue essa mágica. Eu vou pensar em algo. Nós vamos sobreviver a isto juntos. Eu prometo. Largue. Volte.

Mas ela estava muito longe para parar agora, aquela coisa a estava controlando, sugando sua vida.

Os braços suaves ao redor dela então a viraram de repente. Um deles a estava sufocando. Tudo ficou negro.

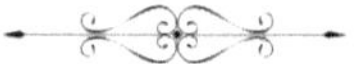

ENTÃO O REI dos faes brancos, ou lendários, era a cara de River. Não que ele fosse tão igual assim. Havia uma certa severidade em suas feições, um franzir na testa e uma aspereza que tornava seu rosto desagradável. Talvez fosse algum tipo de cansaço, medo, desespero, como ela tinha visto nesta cidade. A natureza estava seca e tudo estava morto, e isso certamente não tornava as coisas fáceis para eles. O que Naia estava se perguntando era se aquele rei era irmão ou pai de River, e por que ele nunca lhe havia contado nada sobre isso. Bem, ele não tinha dito nada a ela, então não valia a pena se perguntar sobre qualquer falta de informação.

Naia fez uma reverência, mesmo sabendo que os faes brancos não tinham autoridade sobre os humanos, mas ela o fez para mostrar respeito e boa vontade.

O rei olhou fixamente para ela.

— Diga o seu propósito.

Isso significava que ela finalmente fora autorizada a falar.

— Eu quero entender o que está acontecendo aqui. Para ajudar — acrescentou ela.

— Quem é você?

Ela suspirou e decidiu ser honesta.

— Eu sou Naia Umbraar, e conheço River, que disse que não tinha sobrenome. Ele está preocupado com você, e eu também estou preocupada.

O rei franziu a sobrancelha.

— E qual é exatamente a sua preocupação, humana?

— Parece que você já está nesta cidade há algum tempo, certo? E as coisas parecem um pouco mortas aqui. Eu não sei o que está acontecendo, mas posso imaginar que, o que quer que tenha causado isto, não é bom. — Ela percebeu que parecia perdida e completamente fora de seu ambiente, e que sua oferta de ajuda era, na melhor das hipóteses, risível. — Eu sou amiga de River, então eu também sou sua amiga.

Uma risada escapou dos lábios do rei.

— De fato. River é bastante amigável com os humanos.

A menina sentada ao lado do rei disse então:

— Você tem uma mensagem dele?

— Não. — Ela *estava* soando absolutamente ridícula e temia que esses faes pensassem que ela era uma lunática. — Mas eu sei que ele está preocupado com vocês.

O jovem sentado ao lado do rei franziu a testa.

— Desde ontem?

O rei colocou uma mão no braço do jovem e sussurrou algo para ele, que então pareceu confuso e perguntou:

— Por quanto tempo? Há quanto tempo?

Nenhum dos faes disse nada, mas Naia pensou que ela poderia dar algumas informações.

— A guerra contra os humanos foi há quase vinte anos, e vocês não têm sido vistos desde então. — Os dois faes mais jovens na plataforma olharam uma para o outro. Naia então perguntou: — Vocês têm dormido durante esse tempo?

— Estávamos descansando, sim — disse o rei, sem mostrar nenhuma surpresa. Era sinistro o quanto se parecia com River. Ele continuou: — Então você quer nos ajudar?

— Se eu puder.

O rei acenou com a cabeça e se levantou.

— Siga-me. — Ele virou-se para os guardas e para os jovens nobres na plataforma. — Vocês também.

Seu tom era amigável, mas ela gostaria que eles soltassem suas algemas, não que ela não pudesse fazer isso sozinha, só que isso significava que eles ainda não confiavam nela, e então, por consequência, ela também não confiava neles.

Eles cruzaram uma porta que levava a grandes degraus de pedra descendo para um túnel feito de terra compacta, com raízes secas ou videiras ao longo dela. Aquele lugar poderia ter sido verde antes, mas como toda aquela cidade e os arredores, agora estava seco e morto. Eles não seriam capazes de sobreviver por muito mais tempo assim, a menos que deixassem este lugar, mas ela não tinha certeza se eles seriam capazes de fazer isso. Ela não tinha certeza porque River havia dito que ele também não tinha permissão para entrar. Ela esperava que muito disso fosse esclarecido agora.

Alguma coisa espetou o braço dela. Naia olhou, e viu a jovem de cabelos brancos puxando a mão com aquelas garras afiadas, mas ela não estava olhando para ela, mas para o rei, e disse:

— Pai, por que estamos indo para a cela antimágica? Há algum prisioneiro lá que vamos ver?

Então a garota era uma princesa. *Antimágica? Prisioneira?* Mas não havia nada ameaçador na maneira do rei ou até mesmo nos modos dos guardas.

O rei se virou e olhou para a garota e sorriu.

— É um bom lugar para uma conversa particular. Nós não

queremos ser ouvidos. — Ele olhou de relance para Naia e piscou-lhe o olho amigavelmente.

— Nós poderíamos ir lá para cima em vez disso. É mais agradável — disse a garota, então rapidamente beliscou o braço de Naia.

Isso era definitivamente um aviso. Mas se Naia fugisse, ela não aprenderia nada. E ainda assim, se ela ficasse, talvez eles quisessem fazer dela uma prisioneira. Eles poderiam até mesmo tentar matá-la. Mas por quê? Até o rei certamente gostaria de ouvir o que ela tinha a dizer. E ainda assim, a garota a tinha avisado.

A primeira coisa que Naia fez foi abrir suas algemas, mesmo que ela mantivesse seus braços na mesma posição. Será que ela conseguiria lutar contra esses guardas? Os que estavam dentro e fora e depois voltar para a floresta ao redor da casa? As chances dela eram pequenas. Ela precisaria tentar argumentar para escapar daqui. Naia parou.

— Para onde você está me levando?

— Em algum lugar onde possamos conversar. — O rei ainda soava amigável. — Não é isso que você quer?

— Sim. — Naia sorriu. Faes podia enganar com palavras, mas eles também eram obrigados a honrá-las, então ela tinha que tentar usar isso a seu favor. — E eu quero ir embora depois de conversarmos. Ilesa.

Houve uma pequena pausa antes que o rei sorrisse.

— Esse é um desejo normal.

Essa pausa... E ele não disse nada com suas palavras. Mesmo assim, ela tentou não parecer nervosa.

— Sim. Então, só por segurança, você pode prometer não me fazer mal e me deixar ir quando eu quiser?

O rei balançou sua cabeça.

— Eu não vou te machucar. — Ele precisaria honrar isso. Ele então acrescentou: — Você parece assustada. Há alguma razão para isso?

— Bem, a guerra contra a minha raça está fresca em sua memória. Mas eu não lhe desejo nenhum mal. Na verdade, eu adoraria ajudar você.

— Nós adoraríamos muito isso.

Tudo parecia bem, mas eles estavam descendo para um lugar que era uma prisão. Isso não poderia ser bom.

— Ótimo. — O sorriso de Naia teve que ser forçado. — Mas eu adoraria conversar lá em cima. Lá fora.

Ela podia sentir as espadas de bronze nos guardas e na cintura do rei, os traços fracos de ferro na terra ao redor deles, mas ela não tinha certeza se deveria tentar correr ou não.

Os lábios do rei formaram uma linha.

— Você certamente entende...

Em uma fração de segundo, Naia tomou sua decisão e puxou todas as espadas e as usou para empurrar os guardas que estavam atrás delas até as bordas do túnel, depois correu entre eles.

— Pegue-a — ordenou o rei. — Viva.

Naia nunca tinha corrido tão rápido antes. Ela considerou tentar destruir parte do túnel, mas não tinha certeza do quanto seria capaz de trabalhar na terra, pois ela nunca havia tentado e não queria perder tempo. Em retrospectiva, ela deveria ter pegado aquelas espadas, mas não importava, haveria muito metal à sua frente, e ela também tinha o seu fogo.

Quando chegou ao salão onde havia falado com o rei pela primeira vez, ela arrancou parte da porta de bronze e a empurrou de volta para dentro do túnel, de modo a fazer uma barreira. Havia cerca de dez guardas à sua volta, armados com arcos e flechas. Arcos e flechas de madeira. Isso era ruim. Mas eles ainda não estavam atirando.

Ela se concentrou em seu fogo e conseguiu fazer um círculo ao seu redor.

— Eu posso queimar todos vocês até a morte agora mesmo. Mas eu não quero fazer mal a nenhum de vocês. Por isso, me deixem ir.

O rei saiu pela porta e acenou com sua mão.

— Faça o que ela diz.

Tinha que haver um truque em suas palavras, a menos que o rei fosse de fato amigável e ela estivesse tendo uma reação exagerada. Mesmo assim, ela não queria se arriscar e correu para fora do salão apenas para se encontrar rodeada por mais uns vinte arqueiros.

Certo. O rei tinha ordenado que apenas os guardas lá dentro a soltassem. Fae traiçoeiro. Naia empurrou uma parede de fogo ao redor dela que fez os arqueiros recuarem, e então ela aproveitou a oportunidade para correr enquanto puxava tantas espadas quanto podia, mantendo-as flutuando atrás dela enquanto corria. Era impressionante como o desespero melhorava a sua mágica.

Quando três faes apareceram à sua frente, ela os empurrou para o chão usando a parte de trás de algumas de suas espadas. Ela não sabia quanto tempo seria capaz de continuar lutando assim, e até onde ela iria. O bosque estava tão distante.

Então, ela sentiu algo nas costas, não profundo como uma flecha, apenas uma picada. Ela sentiu um dardo e o puxou para fora, mesmo que ela soubesse que isso a faria sangrar mais. Ela temia que ele tivesse algum tipo de veneno. Naia estava tão brava. Por que eles estavam fazendo isso com ela?

Depois de fazer outra parede de fogo ao redor dela, gritou:

— Parem! Eu só queria ajudar. Eu não sou sua inimiga. Eu sou amiga de River.

Sua visão estava ficando escura e seu corpo se sentia pesado, tão pesado. O cansaço a venceu e ela caiu. Então não havia nada.

FEL TINHA ACABADO de dar o golpe do sono em Léa, esperando que ele tivesse feito tudo certo, esperando que isso só a deixasse inconsciente e não a machucasse. Mas ela teria morrido se ele não tivesse feito isso. Ele a pegou quando ela desmaiou em seus braços, apenas adormecida, mas ainda viva.

Essas coisas que ela tinha chamado, tanto quanto ele sabia, eram demônios. Eles tinham sido eficientes em derrotar os corpos, comendo-os. Mas ele sabia que eles se voltariam contra ele e seus homens em breve. Fogo. O fogo mágico era a única coisa que poderia derrotá-los. Se havia um momento para Fel usá-lo, tinha que ser agora. Mesmo assim, ele não sentia nenhum fogo dentro dele. Ele se perguntava se ele tinha que ser chamado com as mãos, como sua irmã fazia, e nesse caso ele estava ferrado.

Fel fechou os olhos, segurando Léa. O desespero poderia causar um surto de mágica, então isso tinha que acontecer. Se não fosse por ele, pelo menos por ela. Ele tinha que encontrar seu fogo.

Então sua própria voz veio até ele.

— Solte. Deixe ir quem você pensa que é. Solte.

29

PENDURADA

Eu amo você sim, caso você não saiba. As palavras de River não paravam de se repetir na cabeça de Naia. River, que, pelo menos em teoria, não conseguia mentir. River, que a tinha feito adormecer.

Mas ela não tinha ideia de onde ela estava e seu corpo doía. Certo. O povo de River a tinha feito dormir. Talvez fosse uma coisa de fae.

Naia abriu os olhos e percebeu que estava pendurada de cabeça para baixo, com suas pernas amarradas com uma corda forte. Ela podia queimar aquela corda facilmente, mas o problema era que o chão estava muito abaixo dela, coberto com espetos de madeira. Ao longo da parede, perto do teto onde estava pendurada, havia uma espessa janela de vidro e, além dela, ela viu o rei fae, aquele que se parecia assustadoramente com River, exceto que ele era feio e desagradável.

Ao lado dele estava o jovem fae. Nenhum sinal da princesa que tinha tentado avisar Naia. Que ajuda maravilhosa. Havia outros três homens com roupas mais escuras, e uns dez guardas atrás deles. Ela não podia sentir nenhum metal, mas não tinha certeza se era porque eles não estavam usando nenhum ou se a parede bloqueava. Ela tentou acender chamas em sua mão, e elas estavam normais, então pelo menos a magia dela não estava completamente bloqueada. Talvez ela pudesse queimar aqueles espetos ou algo assim, ela ainda não tinha certeza.

O rei a vigiava.

— Finalmente acordada.

— Você disse que não me faria mal!

Ele encolheu os ombros.

— Você me parece bem. E eu nunca te toquei nem te ataquei.

É claro. As palavras enganadoras de um fae. *Ele* havia declarado especificamente que não a machucaria, não que ela não seria machucada. Isso fazia uma tonelada de diferença.

— Eu não fiz nada. Por que você está fazendo isso?

O rei olhou fixamente para ela.

— Por que você não se pergunta o que sua raça fez?

— Isso foi há muito tempo. Mas você também nos atacou e destruiu vilarejos e até mesmo uma cidade. Eu acho que estamos quites.

O rei riu.

— Eu não estou falando de humanos, garota. Agora, eu posso deixá-la ir. Ilesa. Mas você tem que nos libertar.

Libertá-los?

— E como eu posso fazer isso?

— Isso não nos cabe dizer, não é? E talvez você não possa fazer isso, mas talvez alguém da sua raça possa.

— Eu não tenho ideia de como ou por que vocês estão sendo mantidos nesta cidade, e eu certamente os ajudaria se eu soubesse como. E o que você quer dizer com minha raça? Minha família?

— Dragões, garota. Precisamos da magia dos dragões para nos libertar.

Será que ela ouviu bem? Dragões?

— Eu não sei se você notou, mas eu não tenho escamas. Ou asas. Ou garras. Quer dizer, deveria ser bastante óbvio...

— Quieta. Mestres dos dragões, dragões, condutores de dragões, é tudo a mesma coisa. Você parece humana, mas não é.

Isso fazia mais sentido. E ainda assim não fazia.

— Eu sou uma condutora de ferro e eu tenho magia de fogo. Eu não sou um dragão ou sei lá o quê.

— Talvez você não esteja ciente disso. Nós ainda precisamos ser libertados.

— E como me manter aqui pendurada vai ajudar?

— Alguém da sua espécie sentirá sua angústia. Esperemos que sim. E eles virão.

Naia suspirou. Isso significava que ela ia ficar ali para sempre, a não ser que sua magia pudesse de alguma forma libertá-la. Ou ela poderia convencê-los.

— Sério, eu não conheço nenhum mestre dos dragões, e eles não me conhecem. Isso não vai funcionar. Mas se você me deixar ir embora, eu posso tentar encontrá-los. Parece mais razoável, não?

Tudo o que o rei fez foi olhar para um dos faes perto dele e acenar com a cabeça. Isso era um sinal, e provavelmente uma má notícia para Naia. O fae estava usando um capuz cobrindo a maior parte de seu rosto. Ela se perguntou o que ele poderia fazer de tão longe e atrás de uma parede de vidro, quando se sentiu sendo transportada para outro lugar.

Ela estava no jardim perto de sua casa, e Fel estava deitado, com os olhos arregalados de medo, sangue jorrando de seu peito. Não. Naia respirou fundo. Isto não era real.

Naia se viu então perto do seu pai, deitado numa cama, pálido e doente.

— Você me deixou. Você me traiu — ele lhe disse com uma voz fraca.

Ela estava prestes a pedir desculpas, mas novamente ela teve a presença de espírito para perceber que não era real. Eles estavam tentando fazer algo à mente dela, como se procurassem amplificar seus medos, e apesar de serem horríveis, ela tentou não ser absorvida por essas visões, por mais tenebrosas e realistas que fossem.

Naia então estava na cama na casa de River, beijando-o. A sensação de seus lábios, suas mãos deslizando sob a saia dela, parecia tão real, tão agradável. Mas não era real, não era... Ele se moveu em cima dela, e foi assustador e excitante. Era tão estranho temer e desejar algo ao mesmo tempo, mas era bom se perder na sensação suave de seus beijos e carícias, esquecer o que quer que fosse que a estivesse incomodando no fundo de sua mente. Havia algo, algo, algo que ela tinha que lembrar, mas isto estava tão bom.

Ele tirou a camisa, e lá estava, como quando ela o vira pela primeira vez, tão magnífico, só que desta vez não estava frio, mas quente, tão quente. A pele dele era macia nas mãos dela, e ele a beijou novamente, depois parou e se afastou, segurando sua garganta, com dificuldade de respirar, como se estivesse sendo estrangulado. De novo, não. Ela queria salvá-lo, queria desfazer aquele beijo, desfazer o mal que ela tinha feito.

— River! River!

E, assim, o grito a fez abrir os olhos. Ela suspirou de alívio quando percebeu que ainda era uma prisioneira pendurada de cabeça para baixo e que isso tinha sido apenas uma visão. Significava que River não estava morrendo. Também significava que ela estava em apuros e provavelmente morreria neste lugar, mas, naquele momento, foi um alívio.

O rei riu.

— Então o vergonhoso River está se misturado com um dragão. Por que isso não me surpreende?

— Mas ele é seu filho, não é? — Foi um palpite, mas era o que fazia mais sentido.

O rosto do homem endureceu.

— River não é mais meu filho.

Era por isso que River não tinha sobrenome. Ele não tinha mentido. Mas era injusto.

— Eu acho que ele está tentando ajudar vocês.

— É seu dever. Tudo é culpa dele. Nós deveríamos ter vencido a guerra, deveríamos ter Alúria para nós. Apesar disso, aqui estamos nós, encurralados, morrendo.

— Deixe-me ir. Eu falarei com ele.

— Eu quero que sejamos livres.

— Vou tentar libertar vocês. Eu posso até tentar encontrar esses dragões.

— Tentar não é bom o suficiente.

Naia estava cansada disso, e mandou uma coluna de chamas para a parede. Nada aconteceu, claro. Antes que os faes estranhos lhe enviassem mais visões assustadoras, ela queimou os espetos abaixo dela, depois queimou a corda que a estava amarrando e pulou para baixo. Ela alcançou o chão de pé, mas daí caiu imediatamente, seu traseiro batendo no chão com força, tendo que ouvir o rei rindo daquela janela.

Pelo menos ela não estava mais naquela posição ridícula pendurada. Mas o fundo daquela sala e as paredes eram apenas pedra, pedra que ela não podia queimar. E ainda assim, tinha que haver alguma coisa. Se ela tinha sido trazida para dentro e então pendurada, a sala tinha que ter algum tipo de porta, passagem. Desta vez, ela queimaria qualquer fae que cruzasse o seu caminho. Se ela encontrasse a saída, é claro.

Ela se moveu cuidadosamente entre os espetos e depois tocou a parede embaixo da janela. Isso significava que o rei e sua comitiva não poderiam mais vê-la, e ela esperava que não a pudessem atingir com aquela magia esquisita. Ela ainda precisava encontrar uma maneira de escapar, porque não estava delirando como os faes e sabia que nenhum mestre dos dragões viria à sua procura. Nem mesmo River poderia vir aqui, não que ela esperasse que ele fizesse alguma coisa.

O rei então gritou da janela acima dela:

— Eventualmente você vai morrer de fome.

— Talvez todos nós passemos fome juntos. E você está aprisionando a única pessoa que queria te ajudar. Pelo menos isso será merecido.

Bem, não. Ela pensou em alguns dos rostos que ela tinha visto no caminho para o castelo. Eles não tinham nada a ver com isso. Mas era verdade que ela podia morrer aqui. Tudo porque River nunca lhe dissera nada, porque ela teve que vir e procurar suas próprias respostas enquanto ele escondia seus segredos.

Talvez tudo isso tenha sido porque ela tinha decidido seguir um fae trapaceiro ao invés de ficar com sua família. Ela queria se arrepender, e então ouviu novamente: *Eu amo você sim, caso você não saiba.* Mas que tipo de amor era esse, mantendo-a no escuro, mantendo-a inconsciente? E ainda assim ela sentia algo também, e era mais do que apenas gostar dos beijos dele ou ficar encantada com sua aparência. Mas nada disso importava agora.

Então uma dor horrível atingiu todo o seu corpo, como se estivesse queimando. Tanta dor.

RIVER QUERIA VOLTAR para casa logo. Sua magia tinha sido necessária à noite, mas agora era de manhã e ele queria voltar para Naia, mesmo que ela provavelmente não se importasse se ele estava lá ou não. Ele fechou seus olhos. Isto não ia durar muito, era só até que tudo estivesse resolvido.

Então ele ouviu: *River! River!* Ela o estava chamando, e ele não teve escolha a não ser obedecer ao seu chamado imediatamente.

Um soldado de Bastião de Ferro e um de Lago Branco estavam ao seu lado. Pobres forças de Lago Branco, tão convencidos de que tinham sido os faes malvados que os tinham atacado. A estas alturas, ele duvidava que qualquer outro relato fosse levado a sério.

— Eu tenho que ir — disse ele, só para ser educado. Daí, sem contar a ninguém mais, entrou no oco e voltou para sua casa.

Ele correu pelas escadas até o seu quarto — e o encontrou vazio. Ele olhou pela janela para a barreira que o separava de sua cidade. Ela estava lá, chamando-o, e ainda assim havia uma forte magia proibindo-o de entrar.

Tentar entrar poderia fazê-lo perder-se no oco por anos novamente. Mesmo assim, ele tinha que tentar. Não, em vez de tentar contrariar a magia que o mantinha fora, ele tinha que ouvir a magia que o atava a Naia — e esperar que fosse forte o suficiente.

20 ANOS ANTES

River ainda estava dentro do reino dos lendários, mas em um lugar isolado. Talvez ele pudesse se esconder ali, se o resto de Alúria se tornasse muito perigoso. Ele chutou uma pedra. Não. Ele deveria estar fazendo alguma coisa. Ele queria vingar Ciara, queria matar todos em Bastião de Ferro, até inocentes.

Checou seu bolso para ver o que Anelise havia lhe dado. Um espelho de fadas para olhar no salão dos lendários. Ótimo. Assim ele podia saber o que estava perdendo, podia olhar para todos os eventos dos quais tinha sido expulso, podia se lembrar de tudo que estava perdido para ele. Mas ela tinha boas intenções. E ele merecia seu exílio. Não deveria ter tomado uma decisão tão impetuosa por conta própria. River cobriu seu rosto com as mãos. Que outra decisão deveria ter sido tomada? Se ele tivesse voltado para a Cidade Lendária com o bastão, eles tentariam usá-lo. Ele duvidava que mesmo Ciara aprovasse isso. Mas ela tinha corrido para Bastião de Ferro. Por quê? Agora ela tinha morrido.

Através do espelho, ele notou um movimento estranho no salão da Cidade Lendária. Seu pai tinha guardas ao seu redor, assim como seus dois filhos restantes. Três estranhos estavam entrando, usando armaduras azuis escuras cintilantes, incluindo capacetes. Nenhum dos exércitos humanos usava armaduras como aquelas, até onde ele sabia. E como eles poderiam ter encontrado sua cidade? O rei de Umbraar era o único que podia encontrá-la, e ele tinha que estar morto, enterrado debaixo do palácio.

— Estamos aqui em paz — disse um deles, um homem. Ele tinha um sotaque estranho... Fernês.

Todos eles tiraram seus capacetes. Havia uma mulher com pele clara e longos cabelos loiros, e um homem mais jovem com cabelos castanhos e pele escura. O mais alto deles, que estava no meio e parecia ser seu líder, era um homem com pele morena, cabelo preto longo e liso, e olhos amarelos brilhantes. Eles tinham que ser os tais dos dragões. E ainda assim ele não podia ir lá e explicar que roubar o bastão havia sido culpa dele, que havia sido um erro idiota por causa de uma esperança tola.

Seu pai estava sentado em seu trono.

— A que devo o prazer de tal visita? Vocês gostariam de oferecer sua ajuda?

— Você destruiu uma cidade — disse a mulher. — Você usou o bastão Krittl para causar morte em massa.

Forest se levantou.

— Nós não usamos o bastão. Meu irmão o destruiu. E nós não temos nada a ver com o acidente em Formosa.

Estranho. Ele estava mentindo agora? Ou ele tinha mentido ou distorcido a verdade antes?

O líder balançou a cabeça.

— Isto não é o que seu povo diz. Vocês comemoraram a queda de Formosa.

— Eles têm nos matado! — protestou seu irmão. — Destruindo tudo no caminho deles. É um crime estar feliz por haver menos deles em Alúria?

— Mas você disse que foi você — disse o líder.

Forest cruzou seus braços.

— E daí? O que você vai fazer?

— Qual é a sua defesa? Sua justificativa? — perguntou a mulher.

O pai dele se levantou.

— Vocês não podem vir à nossa cidade, ao nosso salão sagrado, e exigir respostas.

Os mestres dos dragões olharam uns para os outros. Haveria arqueiros em posições estratégicas agora mesmo e ele esperava que seu pai não fosse tão tolo em enfurecer esses visitantes que tinham uma magia misteriosa.

— Nós não estamos exigindo nada — disse o líder deles. — Estamos aqui para ouvir o seu lado, para dar a vocês uma chance de se defenderem.

— Uma chance? — rugiu o pai dele. — Para nos defendermos? Eles nos atacam com fogo, aço e explosões, eles atacam nosso pacífico povo que tem vivido tranquilamente da terra, eles têm feito tudo que podem para se livrar de nós. Você vai nos ajudar a lutar contra eles?

— A guerra é uma coisa triste. — O líder suspirou. — Não justifica o mau uso da magia, não justifica o que vocês fizeram. Não só isso, todos nós poderíamos ter sido mortos em nosso covil, quando seu ladrão lançou seu feitiço sobre nós. Ele não percebeu que isso teria nos deixado vulneráveis? Ele nos deixou vulneráveis por mais de um dia, até que um de nós encontrou o contrafeitiço.

Mas haviam sido apenas alguns minutos que eles haviam

ficado congelados. A menos que... River lembrou que ele não tinha desfeito o feitiço, ele apenas achou que remover as pedras do lapso iria desfazê-lo, mas aparentemente não o fez. Isso explicava como ninguém o tinha seguido, como só agora eles estavam chegando a Alúria. Eles provavelmente tinham sido resgatados por alguém que não tinha estado em seu palácio.

Forest balançou sua cabeça.

— Foi o meu irmão. Leve suas queixas até ele.

Seu pai olhou de relance para os mestres dos dragões.

— Eu vou pedir que vocês saiam. Se vocês, como seres mágicos deste mundo, não têm intenção de nos ajudar, então eu não sei o que dizer.

O líder deles balançou a cabeça.

— Você poderia ter levado suas queixas até nós, e nós poderíamos ter ajudado. Antes.

— Não fomos nós! — gritou Forest. — Não fui eu. Eu não sei o que aconteceu em Formosa. Eu não posso mentir.

O líder olhou para ele por longos segundos.

— Nós vamos investigar. Enquanto isso, tudo o que pedimos é que vocês fiquem nesta cidade.

O pai de River riu.

— Quem você pensa que é? Para nos dar ordens?

— Meu nome é Ircantari, e eu sou um dos sete dragões magos. — Ele apontou para a mulher. — Esta é Tzaria, representante do conselho para a paz, e Risomu, defensor dos dragões. Nós vamos investigar o acidente de Formosa. E vamos voltar. A sua falta de cooperação será notada.

O pai de River olhou para eles.

— Eu estou deixando vocês irem embora com suas vidas. Isso deve ser notado.

— Sua ameaça será notada — disse o homem, Ircantari.

River queria bater no espelho de fadas. Se não tivesse sido realmente Forest que havia destruído Formosa, isso mudava tudo e seu povo não deveria estar pagando pelo erro de River. Esses mestres dos dragões certamente eram rígidos e pensavam que sabiam de tudo. Se eles estavam tão preocupados com a justiça, por que não tinham vindo antes? Por que eles não os tinham ajudado?

Enquanto os mestres dos dragões iam embora, seu pai soltou uma gargalhada.

— Ou talvez não.

Oh, não. River queria gritar, mas sabia que não seria ouvido. Uma salva de flechas voou na direção dos mestres dos dragões — e caiu na metade do caminho.

Os visitantes não estavam intimidados. Ircantari disse:

— Sua tentativa patética de acabar com nossas vidas também será notada.

River mal conseguia respirar. Será que seu pai ordenaria a seus guardas que tentassem atacá-los com espadas? Talvez não. Uma coisa que o Rei Spring não fazia era repetir seus erros. Os mestres dos dragões estavam muito calmos e provavelmente tinham algum tipo de escudo mágico os protegendo.

Seu pai riu.

— Não vamos ser bobos. Nenhuma vida foi posta em perigo aqui.

Ircantari olhou para o rei por longos segundos, então, como se estivesse decidindo, disse:

— Nós vamos investigar suas reivindicações. Enquanto isso, vocês permanecerão aqui.

Os visitantes foram embora. River não podia ver muito, mas presumiu que eles estariam saindo através de um dos círculos. Uma estranha sensação veio a ele, então, como se algo o estivesse puxando para dentro de sua cidade. Uma vez exilado, ele nunca mais seria capaz de entrar na Cidade Lendária — a não ser que ele trouxesse um coração de dragão. Havia três corações batendo bem no salão antigo. A visão do espelho de fadas ficou embaçada e River se sentiu enjoado. *Vocês permanecerão aqui.* Não tinha sido um conselho, mas um encantamento. Os dragões estavam aprisionando os lendários na cidade — mas isso significaria sua morte, pois o Monte Primordial estava sendo destruído.

River tinha que fazer alguma coisa. Ele improvisou um círculo naquela clareira, e então entrou na escuridão do oco, determinado a encontrar os mestres dos dragões e suplicar a eles. Ele até imploraria se fosse preciso.

Bastião de Ferro. Eles tinham acabado de ir para a Bastião de

Ferro, o que significava que eles eram bastante corajosos ou imprudentes, ou talvez eles não entendessem a ameaça que os humanos representavam. Na verdade, definitivamente parecia ser este o caso. Não, eles mudaram de direção. Marca do Lobo. Quase tão ruim quanto.

River os encontrou em um círculo feérico.

— Espere.

Ircantari virou-se e colocou seus olhos amarelos arrepiantes em River.

— O que você está fazendo aqui?

— Fui eu quem roubou o bastão. Mas nós não destruímos Formosa. Eu cheguei em Alúria *depois* que a cidade caiu, na verdade eu quase morri quando o barco em que eu estava virou.

— Volte para a sua cidade.

— Eu não posso. Você tem que investigar os humanos. Eles têm magia. Os condutores de ferros também têm armas poderosas. Eles têm aço, explosivos, fogo. Talvez *eles tenham* atacado Formosa.

Estranho como o pensamento só tinha chegado até ele agora.

— Por que eles fariam uma coisa dessas?

— Porque eles são violentos? Eles são loucos? Eu não sei.

— Nós vamos investigar isso.

— Não. — O desespero estava tomando conta de River. — Você não entende. Se você deixar meu povo preso na Cidade Lendária eles vão morrer. Não há comida, a natureza lá está morrendo, graças aos humanos gananciosos destruindo o Monte Primordial. Todos eles vão morrer.

Ircantari olhou fixamente para River.

— É uma solução temporária. Seu povo não vai ficar preso lá para sempre.

— Mas por quanto tempo? Um mês pode ser demais.

— Nós descobriremos o que aconteceu, então discutiremos isso novamente com o seu rei. Se você quiser ajudar seu povo, diga a ele para cooperar conosco ao invés de tentar nos matar.

— As pessoas lá, a culpa não é delas — disse River. — Se você tem problemas comigo, lide comigo, se tem problemas com meu pai, lide com ele.

— Volte para a sua cidade.

— Eu não posso.

As palavras não foram ditas a ninguém, pois River foi jogado de volta para o oco. Claro. *Volte para a sua cidade.* Agora talvez ele descobrisse qual magia era mais forte: a de seu pai ou a dos mestres dos dragões. Ou então ele seria rasgado ao meio.

Uma ideia de última hora veio a ele. O espelho de fadas poderia representar um lugar. Mesmo que River estivesse se debatendo na escuridão, incapaz de encontrar um círculo. Ele pegou o objeto em sua mão e colocou as pedras de lapso ao seu redor, concentrando-se em congelar todos dentro das fronteiras daquela cidade. Dessa forma, se os mestres dos dragões demorassem muito, pelo menos ninguém morreria de fome. Esses mágicos não pareciam entender o problema ou se preocupar com ele, e era improvável que estivessem com pressa para levantar o feitiço que segurava os lendários em sua cidade. Se sua magia funcionasse, ele poderia salvar seu povo, pelo menos por um tempo, se não funcionasse... então era o fim.

Mas ele não saberia o resultado de seu esforço por muito tempo, já que a escuridão o engoliu imediatamente. Exilado de sua cidade e ao mesmo tempo ordenado a permanecer lá, River acabou suspenso no nada, congelado no tempo.

Ele levou dezenove anos para acordar novamente, faminto, frio, solitário e desorientado. Não tinha certeza se estava morto ou vivo, ou onde estava, até que viu uma luz ao longe. Mas também havia rosnados assustadores naquela direção. E, ainda assim, era uma direção, era um objetivo. River lutou para chegar àquela luz — e desmaiou.

Ele acordou em um quarto estranho, ainda atento a qualquer sinal de inimigos, ainda tentando lutar por sua vida. Mas ele não encontrou um inimigo e, sim, sua linda salvadora — de novo. Exceto... ela era um pouquinho mais nova, e olhava para ele como se ela não o conhecesse. E ela tinha a intenção de exigir sua devida dívida por ter salvado a vida dele. Ele acabou a beijando — e quase morreu com sua magia de ferro venenosa, acabando empurrado de volta ao oco.

Quando River voltou à consciência, ele tentou visitar sua cidade, mas não foi capaz de fazê-lo. Ele considerou ir a Fernick novamente, e pediu aos mestres dos dragões para ajudar seu povo. Mas, então, seus pensamentos se voltaram para Ciara. Ciara e suas palavras, *deveríamos deixar eles se destruírem uns aos outros*. Ele ainda poderia ter sua vingança. E se seu povo ainda estivesse vivo, ele poderia libertá-los. A única coisa que estava entre ele e seu plano era uma pessoa: sua linda salvadora, com quem ele agora tinha uma dívida vitalícia.

30

DÍVIDA

Naia estava deitada no chão, seu corpo tremendo. O que eles tinham feito? Ela não conhecia nenhuma magia que pudesse causar dor como aquela. Ilusão. A dor era uma ilusão, como as visões. Eram os estranhos faes encapuzados. E não havia nada que ela pudesse fazer para detê-los a não ser implorar, o que ela não ia fazer. Talvez eles realmente pensassem que, se a atormentassem o suficiente, os mestres dos dragões viriam. Como ela poderia convencê-los de que era um absurdo?

Sua esperança agora era que eles finalmente vissem a futilidade de sua estratégia e se cansassem de atormentá-la. Quanto tempo isso iria demorar era a questão. Enquanto isso, ela ainda podia tentar encontrar uma saída. Ela odiava tanto isso. Era horrível sentir-se fraca e indefesa daquela maneira. Tudo porque ela havia tido cuidado com sua magia ao escapar da primeira vez. Se ela tivesse matado aquele rei, estaria livre. Claro que sim. Direto para os braços de River. Como é que isso ia funcionar?

O chão então tremeu sob ela, e ela fechou os olhos, preparando-se para mais horrores. Em vez disso, ela ouviu:

— Naia?

River estava na frente dela. Uma visão, é claro.

— Você não é real.

Ele segurou a mão dela e a puxou:

— Eu sou.

Era ele. Ele tinha vindo.

— Pai! — River gritou. — Deixe-a ir. Ela é minha companheira de vida escolhida e eu lhe peço que a honre como tal.

— Você não é meu filho. E como você chegou aqui? — gritou o rei.

— Não importa — respondeu River. — Agora, deixe-nos ir. Eu *estou* tentando libertá-los. Mas mantê-la presa não vai ajudar em nada.

River olhou para ela e a puxou em seus braços.

O rei suspirou.

— Sabe, eu lhe dei uma tarefa. Eu acho que você a cumpriu. Pelo menos uma vez você fez algo certo. Você trouxe o coração de um dragão.

— Ela não é... — River franziu a sobrancelha, depois olhou para ela e respirou fundo. Havia medo em seus olhos.

— O quê? — Naia sussurrou.

Ele a segurou com mais força.

— Eu vou tirar você daqui, eu vou encontrar uma maneira. — Os braços dele estavam tremendo, no entanto.

A voz do rei ecoou acima deles.

— Você quer ser bem-vindo à Segunda Dinastia novamente?

— Não — gritou River. — Apenas nos deixe ir.

Naia queria perguntar se ele não poderia simplesmente desaparecer com ela da mesma forma que ele tinha aparecido, mas obviamente não poderia, ou então não estaria pedindo para o rei deixá-los ir. E ele estava com medo.

— Bem, isso é muito ruim — disse o rei. — Considerando que você está prestes a cumprir sua palavra. Pegue o coração dela.

River a largou e deu um passo atrás, ou tentou, e depois parou.

— Corra — ele murmurou. — Pra longe de mim.

Havia cinco faes encapuzados na janela lá em cima, todos eles olhando para River. Ela percebeu que eles iam obrigá-lo a fazer isso, fazê-lo tirar o coração de Naia. Mas ele não tinha nem mesmo uma faca ou nada. Ele tinha suas unhas. E Naia não tinha certeza de que ela seria capaz de lutar contra ele.

Não havia muito espaço para correr, mas ela deu um passo atrás, prestando atenção para não colocar os pés em nenhum dos espetos.

River estava tremendo, seus olhos arregalados de medo, até que ele teve um meio sorriso, como se tivesse uma ideia.

Olhou para ela.

— Comande-me. Me dê uma ordem para te levar embora daqui — sussurrou ele.

Ela não tinha certeza porque ele estava dizendo isso, mas tentou.

— Leve-me embora.

Ele tremeu e pisou em sua direção.

— Co... mande. Ordem.

— Salve-me. — Suas costas estavam agora na parede.

River fechou a distância entre eles, provavelmente para fazê-los passar para o oco, mas ele ainda estava tremendo quando tocou o peito dela.

— Ordene.

Ela se lembrou então da noite em que ela o encontrou. *Devoção eterna,* ela havia pedido a ele, mas então eles concordaram com o beijo em seu lugar. Mas e se? E se ele tivesse que fazer o que ela lhe dissesse?

Desta vez ela tomou a autoridade de alguém para quem algo era devido, como se ele fosse seu servo.

— Me leve para casa.

Havia alívio no rosto dele, o que ela esperava que fosse porque o pedido tinha funcionado, e não que ele estivesse prestes a pegar o coração dela. Então ele a envolveu em seus braços, e logo estavam naquela escuridão terrível, depois na clareira em volta da casa. A casa *dele.* Ela tinha dito para trazê-la para casa.

River ainda estava tremendo.

— Eu quase te perdi, eu sinto muito.

As perguntas estavam rodopiando na mente dela.

— Não me faça dormir — disse ela, e só então percebeu que

tinha usado o mesmo tipo de comando que ela tinha usado antes.

Ele parou de abraçá-la e olhou para ela.

— Você sabe meu segredo agora.

— Nem um pouco, River, nem um pouco. Você tem centenas de segredos. Vamos entrar. Eu quero sentar.

Ela correu para dentro de casa, e ele a seguiu. Ela não tinha certeza se o tinha *comandado* ou não. Exausta, caiu em uma almofada no chão. Ele sentou-se ao seu lado.

Ela perguntou:

— Eu te fiz sentar, ou você está fazendo isso porque você quer?

River se levantou.

— Por quê? Você acha que eu só falarei com você se você me forçar?

— Eu não acho. Eu tenho certeza. Agora sente.

Ele olhou para ela e se sentou. Isso *tinha* sido um comando e ela podia senti-lo — e não se importava.

Naia olhou fixamente para ele.

— Então você me deve devoção eterna? Não tenho certeza se você tem cumprido a sua parte do acordo.

Ele desviou o olhar.

— Diga alguma coisa.

River sorriu.

— Alguma coisa.

— Idiota.

— Eu acabei de salvá-la e gostaria que você fosse um pouco mais atenciosa.

— Você me salvou como parte dessa coisa mágica estranha.

Ele rolou os olhos.

— Não seja ridícula.

— Oh, mas eu quero ser ridícula. Como me fazer dormir por horas ou dias ou quem sabe por quanto tempo é devoção eterna?

Ele encolheu os ombros.

— Você usa palavras ambíguas, você obtém resultados ambíguos. — O tom dele era frio, insensível. Este era o verdadeiro River?

— Você vai me responder agora, e não vai inventar armadilhas com palavras estranhas. Por que você me trouxe aqui?

— Agora? Para salvar você. Peço desculpas se interrompi sua adorável conversa com meu querido pai.

Ela olhou fixamente para ele.

— Quero dizer, antes. Por quê?

— Para ter certeza de que você estava segura. — Seu tom foi forçado, pois ele claramente não se sentia confortável em receber ordens para respondê-la.

Ela ainda não se importava.

— Por causa da eterna devoção?

Ele inclinou sua cabeça.

— Em parte. Podemos parar com isso? Falar normalmente?

— Não. Você nunca fala. Agora me responda e não reclame.

Ele olhou para ela, visivelmente odiando a situação.

— Por que sua gente está presa na cidade? Por que tudo lá está seco? Por que você disse que não podia ir lá e agora você simplesmente foi?

— Os mestres dos dragões os prenderam lá. Tudo está seco porque a cidade está conectada ao Monte Primordial. Se a natureza lá é destruída, a natureza na Cidade Lendária também é destruída. Eu não posso ir para a Cidade Lendária porque eu fui exilado. É uma magia forte. Mas a minha devoção eterna a você é mais forte. É mais forte que o poder antimágica naquela cela.

— Por que você foi exilado?

Ele fechou os olhos e expirou.

— Eu tinha um artefato mágico poderoso que nos teria permitido ganhar a guerra. Eu o destruí.

— Por quê?

— Eu não queria matar inocentes. Nem mesmo humanos.

— Essa não é uma razão justa para exilá-lo.

River encolheu os ombros e desviou o olhar. Havia tanto lá, tanto para entender, tanto para desemaranhar, mas ela decidiu passar para as perguntas que mais a incomodavam.

— O que você está fazendo em Bastião de Ferro?

— Criando ilusões para eles.

— Explique. Explique de uma forma que eu possa entender

o que você está fazendo lá e por que você está fazendo isso, e qual é o seu objetivo.

River suspirou.

— Vamos falar normalmente.

— Eu disse sem reclamações.

Ele esfregou a mão no rosto, depois olhou de relance para Naia.

— Bastião de Ferro, eu acho que eles são piores do que parecem. Muito piores.

— Então você decidiu ajudá-los. Faz muito sentido.

— Mas faz. Eu estava vivo durante a guerra, e uma cidade em Umbraar foi destruída.

— Formosa.

Ele acenou com a cabeça.

— Eles dizem que os faes fizeram isso. Eu não acho que fomos nós. Eu acho que foi Bastião de Ferro. Mas eu preciso de provas. Estar lá me permite procurar. Então essa é uma das razões. A segunda razão é que eles mataram minha irmã. Ela era minha irmã favorita, com quem eu mais me dava bem, e eles a mataram. Eu sou apenas um, Naia. Tudo o que eu posso fazer é ajudá-los a cavar sua própria sepultura. Eu me aproximei deles e me ofereci para criar ilusões para eles.

— E eles disseram: *claro, nos ajude*?

— Eu usei... meus poderes sobre o rei deles. E ele confia em mim agora. Eu estou criando ilusões, como a de Lago Branco. Não havia nenhum fae lá.

Ilusões. Fazia sentido.

— Você criou aquela cobra-d'água que nos atacou no lago?

Ele balançou a cabeça.

— Eu acho que foi alguém de Marca do Lobo. Um forte condutor selvagem poderia encantar uma criatura aquática. Eu não sabia nada sobre isso, mas quando você me disse, eu percebi que você poderia estar em perigo. Foi por isso que eu a quis levar embora.

— Para que você pudesse ajudar Bastião de Ferro e ainda manter a sua parte da eterna devoção?

— Em parte.

— Então você está criando ilusões para fazer as pessoas

temerem os faes e dar poder a Bastião de Ferro? Como isso vai derrotá-los? E se seu povo ficar livre, os humanos vão atacá-los de maneira ainda pior do que antes.

Ele suspirou.

— As ilusões são reversíveis. Em seis meses, as pessoas vão perceber que foi Bastião de Ferro. Quando isso acontecer, eu posso me infiltrar em outros reinos e fazê-los se unirem para atacar Bastião de Ferro, que estará enfraquecida até lá. Eu sou apenas uma pessoa e eu não tenho um exército. Isso é o melhor que eu posso fazer.

— Por que você não me disse nada disso?

— Eu achava que você não ia gostar, e você tinha o poder de me impedir. Quero dizer, você ainda o tem.

— Algumas vilas foram atacadas. Algo misterioso. Era você?

Ele balançou a cabeça.

— Não. Mas foi Bastião de Ferro. Eles têm alguma magia estranha. Por isso eu pensei que eles poderiam usar as ilusões em vez de matar pessoas.

— Por que você passou um ano longe de mim? Como você pôde fazer isso, considerando sua devoção eterna?

— Eu fui jogado de volta para o oco, como eu disse a você. Durou meses. Quando eu voltei foi que comecei com meu plano. Só percebi que você tinha poder sobre mim no castelo de Lago Branco, quando você me chamou para o seu quarto.

Isso não parecia verdade

— Eu te chamei?

— De alguma forma, você fez. E eu não tinha outra opção a não ser obedecer.

— Por que então você me deixou sozinha aqui, quando eu lhe pedi para ficar?

Ele balançou a cabeça.

— Você não me ordenou para ficar, Naia, você apenas reclamou que eu estava te deixando.

— Ótimo. — Ela ainda estava tentando entender os passos dele. — E por que você decidiu me pedir em casamento?

— Eu vi você, e você era tão bonita, e tão poderosa, e eu pensei que você gostava de mim e que você gostaria disso. Talvez eu tenha pensado que pudesse dar certo, talvez eu tenha pensado que seria uma maneira de te manter segura. Talvez eu tenha pensado que seria uma maneira de cumprir meu dever de devoção eterna. Havia muitas coisas passando pela minha mente. E acima de tudo, eu sei que nunca quereria mais ninguém ao meu lado.

Ela queria acreditar nas últimas palavras dele, e era tentador acreditar nelas, sabendo que não podia mentir. E ainda assim.

— Claro. Então você disse que se casaria comigo e não o fez.

— Eu queria resolver tudo primeiro. Eu também sabia que um dia você descobriria tudo o que eu fiz, e você me veria de uma forma muito diferente. Quero dizer, se eu tivesse casado com você enquanto ainda guardava segredos, seria... — Ele fez uma pausa e olhou para baixo. — Errado. Eu não seria capaz de fazer isso.

— Você disse que queria declarar seu amor por mim ao seu pai, sabendo bem que não poderia ir lá.

— Eu pensei que ia encontrar uma maneira de voltar. Eu acho que Bastião de Ferro está escondendo um coração de dragão. Se eu o encontrasse, eu seria bem-vindo de volta. Só então, quando tudo estivesse resolvido, quando você soubesse quem eu era, você seria capaz de dizer *sim* ou *não*. Se eu tivesse sido egoísta, eu não esperaria. Eu fiz isso para honrá-la.

— Não. Você fez isso porque sabia que me irritaria, você sabia que estava fazendo coisas que eu não gostava, e você queria fazer de qualquer forma, achando que eu simplesmente iria embora um dia, para que você não sentisse culpa.

— Talvez. — Ele fez uma careta. — Pare com isso. Pare de me fazer falar.

— Não, até que eu saiba o que preciso saber. Por que eles estão dizendo que eu sou um dragão? Você sabia disso?

— Eu não tinha ideia, mas eu deveria ter notado. Foi um grande descuido da minha parte. Quero dizer, seu fogo, os olhos brilhantes de seu irmão, sua habilidade de contornar a magia que mantém esta casa longe da Cidade Lendária...

— Mas o meu pai é um mortal.

River mordeu seu lábio.

— Eu não acho que ele seja seu pai.

Não poderia ser verdade, não poderia ser. Não fazia sentido.

— Você pode estar errado.

— Eu posso. Pare com isso, Naia.

— Não. Você vai me dizer o que você está evitando me dizer. Mais segredos. Conte-me.

Ele suspirou.

— Eu já tinha te encontrado antes. Duas vezes. Você não se lembra?

Ela balançou a cabeça.

— É o que eu pensava. Às vezes eu me perguntava se você era a mesma pessoa. No Covil dos Dragões, você me salvou. Eu... às vezes desejava que você não o tivesse feito. Então, no meu caminho de volta para Alúria. Você me salvou novamente, mas foi como se você estivesse morta. Eu... eu não entendo isso.

— Mas você não passou quase uns vinte anos no oco?

— Sim.

Ela levantou uma sobrancelha.

— Eu realmente pareço ter quarenta anos?

Ele encolheu os ombros.

— Eu tenho só dezenove anos. O tempo age de forma diferente em alguns casos. As pessoas na minha cidade também não envelheceram. Eu não sei, Naia. Eu nunca entendi isso.

— Conte-me em detalhes como eu o salvei.

River suspirou novamente, depois continuou a contar a ela sobre a guerra contra os humanos, depois sobre como ele decidiu pegar o bastão dos dragões. Naia ficou surpresa ao saber que ele tinha viajado para Fernick. Alúria tinha estado isolada por tanto tempo que parecia estranho ouvir que havia barcos indo para o continente, e uma cidade animada com um porto. Claro, ela tinha ouvido falar de Formosa, mas esse era o tipo de coisa que soava como uma lenda, e quando ele descreveu sua viagem, isso fez a cidade parecer tão real, tão tangível. Ele explicou como havia roubado dos senhores dragões usando algo que chamou de pedras do lapso, e como ela o havia salvado.

— Como poderia ter sido eu?

— Ela era igual a você, Naia. Eu não sei.

A história não terminou aí. Ele contou como seu navio havia afundado no caminho de volta, provavelmente por causa da tragédia em Formosa. Isso significava que ele realmente nunca tivera nada a ver com aquilo. Então, novamente, ela o salvou, mas em alguma forma espiritual. Uma vez que ele voltou para a Cidade Lendária, seu irmão alegou ter destruído Formosa, mas ele não tinha certeza sobre isso. Então soube do que o bastão realmente poderia fazer e o destruiu. Exceto que, então, os mestres dos dragões vieram e isolaram sua cidade. Ele usou as pedras para manter seu povo parado no tempo, mas quando ele implorou aos mestres dos dragões para libertar a cidade, eles tentaram mandá-lo de volta, e o choque de magia o mandou para o oco.

— Eu gostaria de nunca ter roubado aquele bastão. Foi o que trouxe os dragões, o que os fez isolar a minha cidade.

— Você não podia saber. Se é um instrumento mágico que pode matar milhares de pessoas, talvez ele tivesse que ser destruído. E talvez os mestres dos dragões tivessem vindo de qualquer forma, por causa de Formosa, e culpariam os lendários de qualquer maneira. Os mestres dos dragões... Você disse que um deles iria investigar Bastião de Ferro?

— Foi o que ele disse. Eu pensei que tinha sido mentira, que ele tinha voltado para a terra deles, mas agora... eu me pergunto. — Ele a olhou fixamente.

— Você acha que um deles foi para Bastião de Ferro... e conheceu minha mãe?

— Talvez.

— Mas e o meu pai? Meu pai de verdade? Quero dizer, Azir Umbraar?

— Eu não sei.

Ela também não sabia de nada, e era muito para engolir de uma só vez.

— Tem mais, não tem? — perguntou ela. — O que mais você não está me dizendo?

— Você precisará ser mais específica.

O tom dele era seco. É claro, ele ainda estava sob o comando dela. Não gostava do que estava fazendo, mas odiava ainda mais tudo o que ele tinha feito, especialmente porque tinha mantido tudo escondido dela, pensando que a perderia, e havia feito isso de qualquer maneira.

— Para mim. Você me fez dormir. Você usou encantamento

em mim? Para me fazer concordar em me casar com você? Para me fazer concordar em vir aqui?

Ele sorriu.

— Acredite ou não, sua atração por mim é sua, mesmo.

— Idiota. Então você não fez nada?

Ele olhou para baixo.

— Eu a encantei. Mas não para ficar interessada em mim. Como você bem sabe, uma coisa dessas seria completamente desnecessária.

Ela rolou os olhos.

— Então o que você fez?

— No baile. Em Lago Branco. Eu fiz você desaparecer no meio da multidão. Eu te fiz imperceptível.

Naia não tinha certeza se ela o tinha ouvido direito.

— Você o quê?

— Eu fiz isso para que ninguém reparasse em você.

— Por que você faria isso? Você não acabou de dizer que não estava interessado em mim? Que você só veio ao meu quarto por causa de sua eterna devoção?

— Você me entendeu mal. Eu teria te deixado sozinha. Isso não significava que eu não a achasse interessante. Não significava que eu não tentaria te cortejar. Corretamente. Assim que minha vida estivesse resolvida. Uma vez que eu descobrisse se você tinha tentado me matar ou não. De qualquer forma, entrar no quarto de uma garota humana não é um comportamento apropriado. É por isso que eu só fui quando você me chamou.

— E mesmo assim você queria que eu me sentisse invisível no baile.

— A maioria desses príncipes são horríveis. Daí, se eles te vissem, um monte deles ia querer se casar com você. Eu fiz um favor a você. Para te manter a salvo.

Naia balançou a cabeça.

— Umbraar tem relações horríveis com outros reinos. Ninguém teria me pedido em casamento.

— Eles fariam. É claro que fariam. Eles não falariam de nada além de você. Eu te salvei de um casamento terrível.

— Para quê? Para que você pudesse me enganar e mentir tanto que me fizesse te abandonar?

— Eu estava esperando que você me entendesse. Eu pensei que você me entenderia. Mas eu tinha que dar a você a oportunidade de se decidir a meu respeito.

Naia respirou fundo e fechou os olhos.

— Você tem que fazer o que eu digo, certo? Se eu mandar?

— Sim.

A decisão dela era dolorosa de certa forma. Significava perder uma vantagem estratégica. Como alguém que sempre quis liderar um reino, esta não era uma boa escolha. Também significava talvez ver River se afastar dela, e o estranho era que, apesar de tudo, ela ainda não queria que ele fosse embora.

Ele estava olhando para ela.

— Eu estou esperando.

Ela respirou fundo mais uma vez.

— Eu te liberto de sua dívida de vida para comigo. Você não me deve mais servidão eterna. Você não me deve mais nada. Será que funcionou?

— Nós precisaríamos testar.

Naia percebeu que lágrimas corriam pelos seus olhos.

— Você está livre para ir embora. Vou só te pedir que me leve para casa.

— Esta é a sua casa. Foi para cá que eu a trouxe quando você me comandou.

— Mas se foi tudo por causa de uma regra mágica boba, então não é mais. Talvez eu pensasse que era a minha casa, mas acho que não é. Você estava apenas me mantendo aqui para que eu não me metesse no seu caminho, não é? — Ela riu. — Talvez eu devesse ter perguntado isso antes de remover sua devoção eterna.

— Naia, isso não é verdade. Eu lhe disse de muitas maneiras diferentes, algumas delas bastante vergonhosas, o quanto eu me importo com você. Eu já te disse que já te vi antes. Eu sei que nossa conexão é maior do que podemos ver. Por que você acha que eu só quero você aqui para te tirar do meu caminho?

— Porque você me fez dormir. Para não te atrapalhar. Posso pedir a você para não fazer isso novamente? — Ela rolou os olhos. — Eu definitivamente deveria ter pedido isso mais cedo e ter feito você prometer.

— Eu não vou fazer isso. Você não me odeia?

— Não. Você estava tentando salvar seu povo, e eu posso entender isso. Eu não concordo com a maneira como você fez as coisas, mas eu posso entender a sua lógica. Mas sabe de uma coisa? Eu também odeio Bastião de Ferro. Eles mataram minha mãe, podem ter matado meu pai verdadeiro, podem ter destruído Formosa e meus avós, tios e tias. Se você quer derrotá-los, vamos pensar nisso juntos. Eu posso ajudar você. É bom que você me ache bonita, é bom que você me queira ao seu lado, mas você tem que me respeitar como pessoa, não como um objeto bonito.

— Isso não é justo. Eu respeito você. — Ele olhou para baixo. — Eu só... eu tinha que fazer o que eu tinha que fazer. Uma vez, eu ignorei as necessidades do meu povo por causa da compaixão. Eu fiz com que minha irmã morresse. Eu não podia deixar que a compaixão me desviasse de novo.

— Você acha que eu não posso ajudá-lo?

Ele olhou para ela com seus olhos castanho-avermelhados.

— Eu não quero que você arrisque sua vida por isso. Eu quero você a salvo.

— Eu não estou dizendo que vou lutar. Deixe-me apenas entender você. Compartilhar suas tristezas, dúvidas e medos, caso contrário não há nada entre nós.

— Bem, eu tinha planos e não achei que você concordaria com eles.

Ela riu.

— Essa é a parte mais adorável, River, que você estava disposto a me deixar ir embora, mesmo que você dissesse que me amava.

— Amar é deixar ir embora.

— Deixar ir, pode ser. — Ela olhou fixamente para ele. — Não desperdiçar, não jogar coisas fora. Você sabe de uma coisa? Destruir é fácil. Desfazer as coisas é fácil. Quebrar é fácil. Dói, mas é fácil, não requer esforço. Você queria fazer isso da maneira mais fácil. Ficar juntos, amar, construir coisas, isso é complicado, difícil, requer trabalho. O que você quer fazer? Você quer o caminho mais fácil? Você quer realizar os seus planos e me ver partir? É fácil. Ou você quer fazer isso do jeito mais difícil? Vamos planejar juntos, vamos encontrar uma maneira de salvar sua cidade, de derrotar Bastião de Ferro, vamos encontrar uma maneira de superar nossas diferenças. É preciso trabalho, River. Eu te perdoo porque eu quero escolher o caminho mais difícil, porque eu acredito na construção das coisas. O que *você* escolhe?

Ele olhou para ela por longos segundos e, então, pegou a sua mão.

— Eu quero o caminho mais difícil. Com você. E agora que você sabe tudo sobre mim, e agora que eu declarei meu amor por você na frente do meu pai, como eu disse... eu preciso perguntar a você. Casa comigo?

Ela beijou o rosto dele.

— Me dê um tempo para confiar em você, tempo para pensar sobre isso.

Ele estreitou seus olhos.

— Pensar? Cadê a garota que acabou de dizer que escolheria o caminho mais difícil? Quem escolheu amar, construir coisas?

— Caminho difícil, River. Não significa estalar os dedos e conseguir o que você quer. Você tem que trabalhar para isso. Eu quero confiar em você, e eu escolho confiar em você, mas você precisa fazer sua parte. Eu acho que eu preciso fazer a minha parte também, afinal, eu ignorei o seu conselho de não ir para a floresta. Minhas ações colocaram sua cidade em perigo. Eu quero consertar isso, mas confiança requer trabalho.

Ele respirou fundo.

— Eu vou trabalhar para isso.

Naia sorriu.

— E vamos trabalhar juntos para derrotar Bastião de Ferro.

— Desde que seja seguro para você.

— E para você.

— Justo.

— Eu ainda preciso ir para Umbraar, River. Eu quero ver meu irmão. Também... — Ela olhou para baixo. — Eu quero falar com meu pai. Pai de verdade ou não, eu não gosto do jeito como eu vim para cá sem a aprovação dele. Você viria comigo e conversaria com ele?

Ele desviou o olhar.

— Nós poderíamos esperar, certo? Até que Bastião de Ferro seja derrotado?

— Você está com medo do rei de Umbraar?

— Ele é assustador, mas...

— River, o que está acontecendo?

Ele olhou para ela e mordeu seu lábio.

— Bastião de Ferro acabou de atacar Umbraar.

LÉA TEVE dificuldades para abrir os olhos, pois tudo estava tão brilhante ao seu redor. Fel ainda a estava segurando, mas eles não estavam perto do forte. Eles não pareciam estar em nenhum lugar, ou talvez ela não pudesse ver porque tudo estava tão claro.

— Será que eu... estamos mortos?

— Ainda não. — A voz dele era um pouco diferente, como se ele fosse mais velho, mas parecia o mesmo.

— O que está acontecendo?

— Você logo estará de volta, então eu preciso ser breve. Eu vou te levar embora. Para conseguir ajuda. Bastião de Ferro, eles têm mais magia do que pensávamos, e são muito mais perigosos. Nós temos que encontrar uma maneira de derrotá-los.

Ela fez que sim com a cabeça.

— E a minha mãe?

— O rei de Umbraar estava com ela. Nós podemos tentar ajudá-los mais tarde.

A menção do Rei Azir a lembrou de algo que a vinha incomodando, e agora havia se tornado claro, mas também assustador.

— Fel. Eu acho que sou uma condutora de morte.

— Você é.

Ela engoliu em seco, lembrando como o Rei Azir estava tão preocupado com sua mãe, como sua mãe o odiava e como ela tinha contado sobre a jovem que havia perdido sua honra. Se dar conta disso foi horrível.

— Eu acho que nós somos irmãos.

Ele balançou a cabeça.

— Não. De jeito nenhum. Azir não é meu pai. Ele poderia ser seu, com certeza, mas ele não é meu pai.

— Como você sabe?

Ele mordeu seu lábio.

— Semelhança familiar. E eu não tenho a mágica dele.

Ela respirou fundo.

— Eu... então... eu não entendo por que você não me pediu em casamento. Eu tentei perguntar. Eu ainda não deveria ter casado com outra pessoa, mas...

— É minha culpa. Eu deveria ter falado com você. Confiar em bilhetes que poderiam ter sido facilmente adulterados foi burrice. E eu não deveria ter confiado na sua mãe para passar o meu pedido.

Suas palavras a surpreenderam.

— Você me pediu em casamento para minha mãe?

— Você achava que não?

— Eu... — Ela olhou para baixo. — Mas é tarde demais, certo? Para nós?

Ele passou sua mão mágica pelo cabelo dela.

— Eu não me importo se você se casou, ou o que quer que tenha acontecido entre você e seu marido. Isso não muda o fato de que pertencemos um ao outro. — Ele suspirou. — Mas é tarde demais para nós.

— Por quê?

— Eu não sou mais o mesmo. No mundo real.

Não tinha nenhuma mudança nele agora, mas isto provavelmente era um sonho.

— Você está machucado? Aconteceu alguma coisa?

Ele balançou a cabeça e focou seus lindos olhos verdes nela.

— Nada de ruim. Eu encontrei meu poder, só isso.

— Mas então... — Ela não entendeu o que poderia ser. Será que ele achava que ela não o queria? Será que ele achava que estava feio? — Eu não me importo com a sua aparência.

Fel riu.

— Você está me interpretando mal. Eu estou magnífico.

— Então eu realmente não entendo.

Ele beijou o rosto dela.

— Vá. Agora concentre-se em derrotar as forças das trevas em Alúria. Eu vou levá-la para Fernick. Mas eu...

Ela queria perguntar o que ele queria dizer, o que ele estava dizendo, como eles estavam viajando, mas ela desmaiou novamente.

31

ADEUS

Azir tinha passado a noite acordado, com pensamentos confusos passando pela sua mente. Ao mesmo tempo, ele prestava atenção aos olhos da morte. Havia mais de dois, e por mais que ele esperasse que adormecessem durante o dia, não podia ter certeza de que seria o caso.

De qualquer forma, ele e Ursiana estavam sem comida e água e seria mais fácil escapar mais cedo do que mais tarde. Quanto mais tempo eles ficassem ali, mais fracos ficariam.

Ele tinha pensado muito no que Ursiana havia dito a ele. Sua versão dos eventos fazia muito mais sentido do que pensar que ela tinha estado com algum príncipe qualquer. Nunca tinha feito sentido, e mesmo assim ele acreditara nisso como um idiota ingênuo. Tudo porque era mais fácil acreditar no pior das pessoas. Agora ele estava preso naquele lugar horrível, com criaturas monstruosas lá fora. Mais e mais estava chegando à conclusão de que não havia maneira de ambos saírem vivos daquele lugar. Ele não tinha dúvidas em seu coração de quem ele queria que sobrevivesse.

Ele se ajoelhou perto de Ursiana e tocou o ombro dela.

Ela abriu os olhos, viu-o, depois se sentou, como se estivesse assustada.

— O quê?

— Você está com medo de mim?

— Eu odeio você. É diferente.

— Eu aceito isso. Eu... eu pensei no que você disse. — Suas palavras saíram com dificuldade. — E eu acredito em você. Você não tem ideia de como é difícil para mim dizer isso, como é difícil para mim admitir que eu estava errado, admitir que eu posso ter arruinado minha vida e talvez a sua porque eu acreditei em uma mentira idiota, mas eu acreditei. Para meu crédito, eu era jovem. Eu não tinha ninguém para me dar conselhos, ninguém para confiar a não ser falsos amigos. Não que isso me desculpe. Eu sei que não. Eu deveria ter confiado em você. Ou pelo menos ter lhe dado uma chance de explicar seu lado da história. Eu nunca lhe dei essa chance. Mas apenas.... — Ele suspirou, palavras presas em sua garganta.

Ursiana balançou a cabeça.

— Isso não importa mais.

— Importa. Importa, porque eu quero que você saiba disso. Se alguma vez eu acreditei no pior em você, não foi porque eu não soubesse quem você era. Eu sabia, e eu sabia bem. Mas eu tinha acabado de perder toda a minha família, muitos dos meus amigos, a própria cidade onde eu cresci. Se eu não confiei em você, não era porque eu te via de uma forma pior, mas por causa da minha incapacidade de acreditar que as coisas poderiam ser boas novamente. Se eu não confiei em você, foi porque eu não acreditava que as coisas boas pudessem durar. Eu tinha acabado de perder todos e tudo o que eu amava, e talvez fosse mais fácil aceitar que amar você era uma mentira do que perder você novamente.

Os olhos dela estavam duros.

— Palavras bonitas. Não mudam o fato de que fui eu que fiquei sozinha e grávida.

— Mas você encontrou alguém que cuidou de você.

— E se eu não tivesse encontrado? Você não sabe o que acontece conosco, sabe?

— Eu não posso fingir...

— Nem todas as famílias querem viver com a vergonha. Uma filha que morre de uma doença estranha é melhor do que uma filha desonrada com um filho bastardo.

Ele franziu a sobrancelha.

— Sua família não faria...

— Eu não sei. Eu nunca perguntei. Flávio e Kasim me resgataram, salvaram Léa, mas poderia ter sido muito diferente. Talvez nem eu nem ela estivéssemos vivas hoje.

— Você nunca pediu minha ajuda.

Ela olhou fixamente para ele.

— Não comece, Azir. Não comece.

Ele acenou com a cabeça.

— É justo. — Ele suspirou. — Eu... eu estive pensando sobre nossa fuga, e não há muito que possamos fazer, exceto... — Ele fechou os olhos. — Nós teremos que esperar até que eles fiquem quietos e daí correr, esperando que eles demorem um pouco para nos ver. Deve haver um corredor que conduza para fora deste lugar. Os olhos de morte podem jogar espigões venenosos e eles são fatais, então você vai na minha frente. Assim, se algum espigão nos alcançar, eles atingirão apenas a mim, e você sobreviverá.

Ela olhou fixamente para ele por longos segundos e, de repente, disse:

— Tudo bem.

Tudo bem. Certo. Ele não estava pensando em lágrimas ou algo dramático, mas esperava uma reação um pouco mais forte do que essa. Afinal de contas, estava disposto a morrer por ela. Talvez ela secretamente achasse isso hilário e ia celebrar a morte dele depois que voltasse a Alúria. Talvez ele merecesse. Ou talvez ele não tivesse sido claro.

— Você entende que eu posso morrer.

Ela acenou a cabeça um pouco rápido demais, como se estivesse nervosa. Isso era pelo menos uma reação. O que ele estava esperando, afinal? Ela sempre o veria como o cafajeste que havia se aproveitado dela e depois a largado, apesar de todas as desculpas e explicações dele. Ele havia passado anos de sua vida pensando nela como a mulher fria que o havia traído, seguro no sentimento de que nunca havia sido amado. Havia algo reconfortante no ódio, que o tornava muito menos vulnerável, e talvez ele não tivesse o direito de tirá-lo dela.

Mesmo assim, ele tinha coisas para lhe dizer.

— Ursiana, Léa pode estar em perigo. Eu quero que você a tire de Bastião de Ferro.

Havia fogo em seus olhos.

— Você *quer*? Você não tem o direito de querer nada a ver com ela. Você pode tê-la concebido, mas ela não é sua filha. Dito isto, sim, qualquer idiota vai concordar que ela não pode ficar em Bastião de Ferro, e se por qualquer milagre você sobreviver, talvez você deva cuidar disso.

Ele suspirou.

— Então você concorda comigo e ainda assim me censura.

— Não se atreva a agir como o pai dela, só isso.

— Ótimo. Na verdade, faz sentido. Posso lhe pedir algumas coisas? Tenho direito a pedidos antes de morrer? Ou isso é demais?

— Sim. Faça seus pedidos antes de morrer.

— Eu acho... Se ainda for possível, independentemente do que aconteceu entre Léa e o príncipe de Bastião de Ferro, eu ficaria feliz se ela e Isofel ficassem juntos. Eles não são irmãos e gostam um do outro. Mas isso depende de você e dela, é claro.

Ela cruzou seus braços, seus olhos distantes.

— Eu não tenho nenhum problema com isso.

— Certo. E... tente enviar uma mensagem para Naia. Eu... Eu disse a ela que não era minha filha, eu... Mas não é verdade. Eu sinto falta dela e gostaria que não tivéssemos nos separado daquela maneira. Ela sempre será minha herdeira. Uma das minhas herdeiras, pelo menos. Tente enviar-lhe esta mensagem, por favor.

— Claro. — Os olhos dela ainda estavam distantes, e úmidos agora. Ela tinha algum sentimento, era apenas que estava enterrado no fundo de sua raiva.

— Está tudo bem, Ursiana. — Ele riu. — Talvez morrer por olhos da morte seja merecido.

— Não é engraçado.

— Eu... eu nunca deixei de te amar. Todo dia que eu pensava que te odiava era apenas um dia que eu gostaria de ter você ao meu lado. Talvez eu achasse que te odiava porque pensava que você tinha tirado isso de mim. Eu... Você foi para Lago Branco, mas foi meu coração que ficou congelado, frio, duro, mas também preso no tempo. Eu nunca amei mais ninguém.

Lágrimas corriam pelos olhos dela.

— Agora isso não faz diferença. Nós dois podemos sobreviver sozinhos e isso é o que importa: continuar, seguir em frente, cuidando de nossos filhos. O passado se foi e não importa mais. O que importa é o futuro; o que pode ser consertado. Isso é o que importa, não uma história de amor bobo da nossa adolescência.

— Pode ser.

Talvez ela estivesse com o coração frio, mas era melhor assim. Isso significava que ela não iria sofrer com a morte dele.

— Você sabe que é verdade — ela disse ainda chorando, no entanto.

Ele queria estender a mão e secar as lágrimas dela, mas talvez isso só tornasse tudo pior. Era hora de um último adeus, não de tentar reacender uma chama que tinha sido apagada havia muito tempo.

— Você está pronta? — perguntou ele.

— Muito. — Ela sorriu. — E ansiosa para isso.

Sim, definitivamente de coração frio. Ao menos ela sobreviveria à morte dele sem nenhum trauma.

— Eu os manterei ocupados e você correrá à minha frente. O corredor deve ser bem em frente a este.

— Certo.

Algo no tom dela... Havia algo. Não, era apenas ele sendo bobo e esperando mais alguma tristeza. Ele não tinha o direito de esperar isso.

— Vamos — disse ele.

Uma vez lá fora, eles chegaram ao túnel que deveria levar a outras partes do oco, mas então ela o empurrou e formou uma barreira de videiras entre ela e ele. Os monstros estavam do lado dela. O que ela estava fazendo?

— Ursiana!

— Corra! — Ela gritou. — Eu não posso segurá-los por muito tempo.

Ele não ia fugir, não com ela ainda aqui. Ele não ia deixá-la. E ainda assim.

— Corra — ela suplicou. — Por favor, por favor. Se eu mantiver esta barreira protegendo você, eu não posso me proteger. Eu nunca sobreviveria vendo você morrer. Por favor, corra. Conserte o futuro. É o *meu* desejo antes de morrer.

Havia olhos de morte se aproximando, com base nos rugidos. Ele tentou quebrar as videiras, mas não conseguiu, desarmado como estava. Ele não ia deixá-la, mas, se ele não saísse de lá, os dois morreriam. Se ele fugisse, ela poderia usar as videiras para se proteger, e ficando aqui, ele só condenaria os dois à morte. *Fuja.* Que desejo horrível de morrer.

Ele acabou fazendo como ela havia pedido, mesmo que ele odiasse isso, mesmo que ele estivesse disposto a morrer por ela. Ele se viu em areias brancas de uma praia desconhecida. Ondas suaves batiam na frente dele. O mundo se despedaçava dentro dele. Tudo tão errado. Ele teria dado sua vida para salvá-la, ele teria morrido de bom grado por ela, e mesmo assim nem isso ela queria. *Eu nunca sobreviveria vendo você morrer.* E por que ela pensou que *ele* poderia? *Conserte o futuro.* Era verdade que ele tinha muito o que fazer. E ainda assim. Se houvesse alguma chance de Ursiana estar viva, ele a tiraria de lá. Não importava o que fosse preciso.

Os joelhos de Naia se sentiram fracos.

— O quê? Umbraar sendo atacado? — Ela ainda não podia acreditar nas palavras de River. — Eu preciso ajudá-los agora. Você sabia sobre isso? Você não me disse? Você não avisou eles?

— Naia, você não precisa se preocupar. — Sua voz era calma. — As forças de Bastião de Ferro não têm nenhuma chance contra seu irmão e seu pai. Eles serão dizimados.

— E você acha que isso é bom? Ver pessoas mortas?

— Eles são o inimigo. Decida-se, Naia.

— Me leve para Umbraar.

— Você não me dá mais ordens.

— River, se você quiser que isso funcione, você vai me levar para o meu reino agora mesmo. E não me diga que é perigoso. Se o inimigo está todo dizimado, então não há perigo, certo?

— Eu prefiro me garantir.

— Eu também, e eu quero estar perto do meu irmão e do meu pai quando o nosso reino estiver sendo atacado. Não tire isso de mim.

Ele engoliu em seco e olhou fixamente para ela, depois respirou fundo e fechou os olhos.

— É justo.

Eles caminharam por aquele lugar estranho e escuro, e depois foram parar no Forte Real. Muita fumaça estava vindo dele, e Naia correu para lá — e parou. Havia uma pilha de corpos queimados perto de um dos muros externos, e alguns dos corpos não pareciam humanos. River estava ao lado dela.

— O que aconteceu aqui? — Ela se voltou para ele. — O que é isso?

Ele estava olhando em volta, como se pensativo.

— Eu não tenho certeza. Até onde eu sabia, tudo o que eles estavam enviando era um exército regular, com alguns condutores de ferro, armas fortes, mas muito metal, com o qual seu irmão provavelmente lidou muito rapidamente.

Ela balançou a cabeça e caminhou em direção ao forte, agora lentamente, sentindo-se enjoada quando viu alguns dos homens de Bastião de Ferro mortos. Ela olhou de relance para River. Ele estava diferente, com seus chifres escondidos com um encanto e com os olhos castanhos. A expressão dele era de incredulidade.

— Eu não entendo. Eles deveriam ter sido derrotados facilmente.

— Exceto que não foram.

River fez uma pausa.

— Cometer erros é fácil. Consertá-los é difícil. Deixe-me te ajudar a consertá-los, Naia.

— Vamos esperar que haja conserto.

Um soldado veio correndo para ela. Não era um soldado qualquer, mas Arry. Ele tinha visitado frequentemente a casa deles muitos anos antes, quando eles ainda eram crianças. Não tanto ultimamente, e Naia não tinha ideia do porquê. Mas ela ainda achava que podia considerá-lo um amigo.

Enquanto isso, River colocou um braço em volta dela, talvez para consolá-la, mas pareceu errado na frente de todas essas pessoas. Ela queria afastá-lo, mas achou que chamaria ainda mais atenção.

— Onde está Fel? — ela perguntou quando Arry estava bem perto.

Ele olhou para River, depois para ela.

— Se foi.

Ela sentiu como se seu coração tivesse parado.

— O quê?

— Não, não. Ele está vivo. Mas ele foi embora. — Ele olhou novamente para River, como se houvesse algo que ele não quisesse dizer na sua frente. Ela perguntaria a ele mais tarde.

— E o meu pai?

— Não foi visto desde ontem à noite. Fel disse que ele estava ocupado em algum lugar.

Ela estava tentando aceitar tudo isso.

— O que aconteceu aqui?

— Muita coisa.

Talvez a conversa de Léa com Isofel tivesse sido um sonho e ela nem tinha checado, o que talvez tenha sido melhor. E ainda assim ela não poderia estar sonhando se ela estivesse pensando tudo isso.

Então ela se sentiu como se estivesse em um buraco escuro, enterrada na escuridão por um longo tempo. Lentamente, sentiu algo quente debaixo dela e finalmente abriu seus olhos para ver o sol acima de algumas nuvens, e sentir um vento agradável batendo no seu rosto. Debaixo dela, escamas prateadas iridescentes brilhavam. O dragão dela. Ela estava deitada sobre ele, voando acima do mar.

Ela passou a mão sobre suas escamas macias, sentindo aquela textura agradável. Isto era real.

Finalmente ela teve a coragem de dizer o que ela tinha segurado por muito tempo.

— Eu te amo.

Ele diminuiu a velocidade e olhou para trás com um daqueles enormes olhos que pareciam de gato. Isofel. Em sua outra forma.

OBRIGADA

Muito obrigada por ler este livro! Eu espero que você tenha gostado.

Se você gostaria de saber mais sobre mim ou se inscrever para receber notícias, poderá me encontrar na página dayleitao.com/br

Além disso, resenhas são super importantes para autores e leitores, então, se você tem um minuto, por favor, deixe sua opinião no Skoob, Goodreads, Amazon, ou qualquer outro site. Não é preciso ser longa ou eloquente. Uma frase curta como *foi divertido, eu gostei disso, mas não gostei daquilo, bom para leitores que gostam de..., me fez lembrar de livros como...*, é perfeita.